HEIR OF FIRE

불의 후계자

사라 제이 마스

Athena

공보경_역자 소개

고려대 영어영문학과를 졸업했다. 현재 소설 및 인문서 전문 번역가로 활동하고 있다. 옮긴 책으로 사라 제이 마스의 〈유리왕좌〉 시리즈를 비롯해 제임스 대시너의 〈메이즈 러너〉 시리즈, 나오미 노빅의 〈테메레르〉 시리즈, J.K. 롤링의 《해리 포터 마법 연감》, 《크리스마스 피그》, 바우히니 바라의 《불멸의 킹 라오》, 리처드 바크의 《나는 자유》, 루이자 메이 올콧의 《작은 아씨들》, 커트 보니것의 《제5도살장(그래픽노블)》, 애덤 크리스토퍼의 《기묘한 이야기 : 어둠의 날》, 실비아 모레노-가르시아의 《멕시칸 고딕》, 레이 브래드버리의 《사악한 것이 온다》, 리처드 오스먼의 《목요일 살인클럽》, 어빙 슐먼의 《웨스트 사이드 스토리》, 토머스 해리스의 《양들의 침묵》, 찹 본 휴스의 《페트록의 귀환》, 애거서 크리스티의 《커튼》, 딘 쿤츠의 《살인예언자 5》 등이 있다

불의 후계자 유리왕좌 시리즈 3권

개정 신판 1쇄 펴냄 2025년 10월 20일

글쓴이 사라 제이 마스(Sarah J. Maas)
옮긴이 공보경
편집디자인 조세연
기획 이혜정
펴낸이 김대현
펴낸곳 (주)도서출판 아테나
등록 1991년 2월 22일 제2-1134호
주소 서울시 강서구 양천로 738, 한강G트리타워 613호
전화 (02)2268-6042 / 팩스 (02)2268-9422 / 홈페이지 www.athenapub.co.kr
ISBN 979-11-86316-40-5(03840)

CROWN OF MIDNIGHT(THRONE OF GLASS SERIES)
Copyright ©Sarah J. Maas 2014
Map by Virginia Allyn
All rights reserved
Korean translation copyright ©2025 by Athena Publishing Inc.
Korean translation rights arranged with Bloomsbury Publishing Inc. through EYA(Eric Yang Agency).

이 책의 한국어판 저작권은 EYA(Eric Yang Agency)를 통한 Bloomsbury Publishing Inc. 사와의 독점계약으로 (주)도서출판 아테나가 소유합니다. 저작권법에 의하여 한국 내에서 보호를 받는 저작물이므로 무단전재 및 복제를 금합니다.

책값은 표지에 있습니다. 잘못된 책은 바꾸어 드립니다.
주의! 책의 모서리 부분이 날카로우니, 다치지 않도록 주의하세요.

다시 수잔에게,
우리의 우정은 내 삶을 더 나은 방향으로 바꾸었고
이 책에 온기를 불어넣었다.

■ 등장인물

셀레이나 사르도시엔

　　아달렌 '왕의 전사'이자 에렐리아 대륙 최고의 암살자다. 아달렌 왕의 명령을 받아 웬들린에 도착했지만, 임무를 수행하던 중 자신의 비밀을 찾고자 메이브 여왕이 사는 페이 요정족의 도시 도라넬로 향한다. 그곳에서 메이브 여왕의 전사 로완의 도움을 받아 자신의 진정한 재능을 깨우친다.

도리언 하빌리아드

　　아달렌의 왕세자다. 부왕의 정복 전쟁과 압제에 반감을 품고 있지만 밖으로 드러내지는 못하고 있다. 셀레이나가 떠난 뒤 방황하던 그에게 새로운 연인이 나타나고, 그녀와 함께 오랫동안 봉인된 마법의 힘을 제어하는 방법을 찾아나선다.

케이올 웨스트폴

　　아달렌의 왕실 근위대장이자 도리언의 오랜 벗이다. 셀레이나의 연인이었으나 그녀를 살리기 위해 웬들린으로 보낸다. 왕실에 대한 충심과 셀레이나에 대한 사랑, 테라센 왕국의 부활 사이에서 홀로 고군분투한다.

아달렌의 왕

　　도리언의 아버지이자 아달렌의 왕. 마법의 힘을 빌려 테라센과 펜헤로우를 멸망시켰고, 이일웨이마저 노리고 있다. 에렐리아 정복이라는 목적을 위해선 수단과 방법을 가리지 않는 냉혹한 왕이다. 자신의 목적을 위해선 자식마저 희생시키는 무자비한 왕이다.

로완 화이트손

메이브 여왕의 최정예 전사이자 페이 요정족의 왕자이다. 거대한 체격에 바람처럼 빠른 몸놀림으로 수천 년 동안 수많은 전투에서 활약했다. 메이브 여왕의 명을 받아 셀레이나의 마법력을 끌어올리는 데 주력한다.

에이디언 애쉬리버

아달렌의 북부 지역 사령관이다. 아달렌에 의해 멸망한 테라센의 왕족이었으나 나라를 배신하고 아달렌 왕의 충복이 되었다. 방탕하고 거친 성격에 무례하기 짝이 없으나 뛰어난 실력 덕에 모든 것이 용인된다. 그의 손에는 반짝이는 검은 반지가 있다.

마논 블랙비크

블랙비크 마녀의 후계자이자 열세 마녀단의 리더이다. 빼어난 외모와 달리 잔혹하고 거친 성격의 마녀로, 옐로레그스와 블루블러드 마녀단 후계자들과 경쟁하지만 늘 우위에 있다. 세 마녀단의 모의전쟁을 승리로 이끌며 명실상부 최고의 마녀 자리에 올랐다.

소르샤

아달렌의 젊고 아름다운 치료사이다. 전부터 셀레이나와 도리언, 케이올의 이상한 상처를 치료해왔으나 아무에게도 그 사실을 알리지 않은 과묵한 성격이다. 도리언 왕세자의 새로운 연인으로, 그를 도와 마법력을 제어하는 방법을 찾아나선다.

메이브 여왕

지상의 흙보다 더 오래 존재해온 페이 요정족의 여왕이다. 셀레이나의 증조이모할머니이기도 하다. 요정족 여왕이지만 냉혹하고 음흉한 인물이다.

제1부
재의 후계자

I

맙소사. 날씨가 너무 더워서 셀레이나 사르도시엔은 왕국을 위한 일이고 나발이고 전혀 하고 싶은 마음이 없었다.

아침부터 테라코타 지붕 가장자리에 느긋하게 납작빵처럼 햇볕에 서서히 구워지는 중이었으니 괜한 생각이 드는 것일 수도 있었다. 벽돌 화덕을 마련할 여유도 없는 이 도시의 빈민들은 창턱에 반죽을 올려두고 빵을 익혀 먹었다.

제기랄. 납작빵은 지긋지긋했다.

이 도시 사람들은 그 납작한 빵을 '테그야'라고 불렀다. 양파 맛이 나는 바삭바삭한 빵인데, 한번 먹으면 아무리 물을 마셔도 그 향이 씻겨나가질 않았다. 하지만 테그야를 다시는 입에 대지 않겠다고 결심하기엔 아직 일렀다.

위대하신 황제 폐하이자 지상의 지배자인 아달렌 왕의 명령으로 여기까지 왔지만, 두 주 전 웬들린의 수도 배러스에 다다르고 보니 자금이 넉넉하지 않아서 먹을 수 있는 음식이라고는 그것뿐이었다.

보안이 철저해 보이는 성, 정예 경비병들, 건조하고 뜨거운 바람에 자랑스럽게 펄럭이는 짙은 청록색 깃발을 확인한 셀레이나는 아달렌 왕이 암살을 명한 대상자를 죽이지 않기로 했다. 그 후 돈이 바닥나자 노점상의 수레에서 테그야와 와인을 훔쳐 먹으며 연명하고 있었다.

지금 이것도 훔친 것이었다. 성벽으로 둘러싸인 수도 주변의 완만한 언덕에 자리한 포도밭에서 생산된 시큼한 레드와인인데, 처음에는 입맛에 맞지 않아 바로 뱉어버렸지만 요즘은 그 맛을 즐기고 있었다. 아무래도 상관없다고 결심한 날부터 이렇게 늘어져 살고 있는 중이었다.

경사진 테라코타 타일 지붕 위쪽으로 손을 뻗어 아침에 가지고 올라온 와인 항아리를 찾았다. 숨까지 헐떡이며 손을 이리저리 뻗었지만 잡히지 않았다. 욕이 나왔다. 이놈의 와인이 대체 어디 있는 거야?

팔꿈치를 바닥에 대고 몸을 일으키는데 세상이 기울어지고 눈앞이 확 밝아졌다. 아침 내내 근처 굴뚝에 홰를 타고 앉아 있는 흰 꼬리 매한테서 멀찌감치 거리를 둔 채, 새들이 저 위에서 맴을 돌고 있었다. 매는 다음 식사거리를 낚아채려 때를 기다리고 있는 중이었다. 저 아래서는 온갖 색깔과 소리로 가득한 시장이 펼쳐져 있었다. 당나귀 울음소리, 이국적인 옷과 친숙한 옷을 손에 들고 흔들어대는 상인들의 목소리, 옅은 색 자갈들을 밟으며 굴러가는 바퀴 소리. 그런데 이 빌어먹을 와인은 어디 있지…….

아. 맞다. 차갑게 식혀두려고 묵직한 빨간 타일 밑에 와인 항아리를 넣어두었던 게 기억났다. 몇 시간 전, 성벽 주변을 살피기 위해 이 거대한 실내 시장의 지붕으로 기어 올라와 빨간 타일 밑에 와인을 넣어두었다. 나름대로 쓸모 있다고 생각되는 일을 하고 나서, 응

달에 몸을 뻗고 누워 잠들었다. 지금은 무자비하게 쏟아지는 웬들린의 강렬한 햇볕에 타서 없어진 지 오래된 응달이었다.

항아리째 들고 와인을 마시려 했는데 휑하니 비어 있었다. 생각해 보니 다행이기도 했다. 이미 머리가 빙빙 돌았다. 물이라도 마셔야 했다. 테그야도 더 먹어야 할 듯했다. 어젯밤 어느 술집에서 누군가와 시비가 붙어 입술이 터지고 광대뼈가 긁혔으니 뭐라도 먹어야 했다.

끄응 소리를 내며 엎드린 채 거리를 내려다보았다. 경비병들이 순찰을 돌 시간이었다. 셀레이나는 성벽 위를 지키는 경비병들과 마찬가지로 거리를 지키는 경비병들의 얼굴과 무기도 이미 파악해두었다. 교대 순번도 기억해두었고, 그들이 성안으로 연결되는 거대한 문 세 개를 어떤 식으로 여는지도 알아두었다. 보아하니 저 성에 사는 애쉬리버 가문과 그 조상들은 보안을 무척이나 중요시하는 듯했다.

해변에서부터 서둘러 이동해 배러스에 도착한 지 열흘이 지났다. 암살 대상을 죽이고 싶어 안달이 나서가 아니라, 이 도시가 더럽게 넓다 보니 출입국 관리소 직원들을 피해 이동하며 걸음을 재촉하느라 그렇게 됐다. 셀레이나는 항구에서 출입국 관리소 직원들의 느슨한 업무 방식에 맞춰 신분 등록을 하는 대신 뒤로 슬쩍 빠져 도망쳤다. 몇 주 만에 바다를 건너와 땅을 밟으니 기분이 좋아서 수도로 향하는 발걸음도 가볍고 빨랐다. 배를 타고 오는 동안에는 비좁은 선실의 좁아터진 침대에 누워 있거나 칼을 가는 것 외에 달리 할 일도 없었다.

당신은 겁쟁이에요.

네히미아의 말이었다.

숫돌에 늘 그 말이 부딪쳐 메아리쳤다. 겁쟁이, 겁쟁이, 겁쟁이. 그 단어는 바다 건너 이곳까지 셀레이나를 따라왔다.

셀레이나는 이일웨이를 해방시키겠다고 맹세했다. 절망과 분노와 슬픔의 시간 속에서도, 케이올과 워드 열쇠 그리고 뒤에 남겨 놓거나 잃어버린 모든 것을 생각하는 와중에도, 이곳 해변에 도착하면 반드시 계획대로 하리라 결심했다. 그녀의 계획은 아달렌의 왕이 공포의 왕국을 건설하는 데 사용한 워드 열쇠를 찾아내서 없애는 것이었다. 실현 가능성도 별로 없는 미친 계획이지만 꼭 이뤄내고 싶었다.

이것은 셀레이나와 아달렌 왕의 대결이었다. 그렇게 되어야만 했다. 그들 외에 다른 누군가의 목숨이 희생되거나 다른 영혼이 오염되어서도 안 되었다. 괴물을 죽이려면 내가 괴물이 되는 수밖에 없었다.

케이올의 엉뚱한 선의 덕분에 여기 오게 됐지만, 어차피 온 김에 필요한 대답도 들을 작정이었다. 악마족이 워드 열쇠를 만들 당시 에렐리아 대륙에는 단 한 사람만이 살아남았다. 악마족이 강력한 힘을 담아 만든 세 개의 워드 열쇠는 수천 년 동안 세상에서 숨겨진 끝에 기억에서 잊혔다. 하지만 페이 요정족의 메이브 여왕. 지상의 흙보다 더 오래 존재해온 메이브 여왕이라면 모두 알고 있을 것이다.

셀레이나가 세운 어리석고 바보 같은 계획의 1단계는 단순하기 짝이 없었다. 메이브 여왕을 찾아가 워드 열쇠를 파괴하는 방법에 관해 답을 듣고 아달렌으로 돌아가는 것이었다.

최소한 해내야 하는 일이 그 정도였다. 네히미아를 위해…… 그 외에 수많은 사람을 위해. 셀레이나의 내면에는 아무것도 남아 있지 않았다. 오직 재와 심연, 그녀의 진정한 실체를 아는 친구를 위해 몸에 새긴 불굴의 맹세가 있을 뿐이었다.

배가 웬들린의 항구에 들어서는 동안 셀레이나는 해변을 향해 신중하게 나아가는 배의 움직임을 바라보았다. 배는 달 없는 밤을 기다리다가 셀레이나를 비롯한 아달렌 난민 여성들을 배 안쪽에 들인 뒤 보초 사이로 뻗은 비밀스러운 수로를 따라 소리 없이 나아갔다. 그 보초는 아달렌의 군대가 해변에 상륙하지 못하게 막는 방어 수단인 만큼, 그 사이를 지나가려면 신중을 기해야 했다. 보초 사이로 나가는 길을 파악하는 것 또한 셀레이나가 해야 할 일이었다.

셀레이나는 머릿속으로 다른 일도 염두에 두고 있었다. 케이올이나 네히미아의 가족이 아달렌 왕에게 처형당하지 않도록 막을 방법을 생각해둬야 했다. 만약 셀레이나가 웬들린의 해군 방어 전략을 빼돌리는 일에 실패하거나 하지 무도회 때 왕과 왕세자를 암살하지 못하면, 아달렌 왕은 케이올과 네히미아의 가족을 죽이고 말 것이다. 배가 입항하고 난민 여성들이 항구 관리들의 인도를 받기 위해 해변으로 내려가기 시작하자 셀레이나도 상념을 잠시 접어두었다.

여자들 대부분은 안팎으로 상처가 많았다. 아달렌에서 겪은 끔찍한 일들이 그녀들의 눈빛에 여전히 남아 있었다. 혼란스러운 틈을 타 배에서 슬그머니 먼저 내린 셀레이나는 여자들이 어느 건물로 안내받아 들어가는 모습을 근처 다른 건물의 지붕 위에서 내려다보았다. 여자들은 집과 일자리를 얻으려 하겠지만, 웬들린의 항구 관리들은 그녀들을 이 도시의 어느 조용하고 구석진 곳으로 데려가 자기네들 뜻대로 처리할 수도 있었다. 여자들을 어딘가로 팔아넘기고 상처를 줄 수도 있을 것이다. 난민이니까. 이곳에서 딱히 원하는 이도 없고 아무 권리도 없으니까. 목소리도 낼 수 없는 처지니까.

셀레이나가 지붕에서 그녀들을 지켜본 것은 단순히 피해망상 때문만은 아니었다. 네히미아가 이 자리에 있었으면 저 여인들의 안전을 끝까지 확인했을 것이다. 여인들이 무사한 것을 확인한 셀레이나는 그제야 웬들린의 수도를 향해 출발했다. 그때부터는 계획의 첫 단계를 실행할 방법을 결정하고 성에 침투할 방법을 모색하는 일에 집중했다. 네히미아에 대한 생각도 일단 접어두려 애썼다.

지금까지는 괜찮았다. 별다른 문제도 없었다. 작은 숲이나 지나는 길에 있는 헛간에 몸을 숨긴 채 그림자처럼 시골 지역을 이동했다.

웬들린. 신화와 괴물의 땅. 전설과 악몽이 실재하는 곳.

이 왕국은 따스한 기후와 바위 섞인 모래, 무성한 숲으로 이루어졌다. 내륙으로 갈수록 언덕은 더욱 푸르러지고 탑처럼 높은 봉우리가 곳곳에 솟아 있었다. 해안과 도시 주변의 땅은 바짝 메말랐다. 무성한 초목 이외의 곳은 태양이 모조리 바짝 구워버린 듯했다. 셀레이나가 떠나온 습하고 얼어붙은 아달렌 왕국과는 무척 달랐다.

이곳은 기회의 땅이기도 했다. 이곳 사람들은 원하는 게 있다고 해서 무작정 달려들어 빼앗지 않았다. 평상시 문을 잠그지도 않았고, 행인에게도 편안하게 미소 지었다. 하지만 셀레이나는 그런 것에는 관심이 없었다. 이곳에 머무는 시간이 길어질수록 무언가에 관심을 두기 힘들어졌다. 아달렌을 떠날 때 마음에 품었던 투지와 분노는 그녀의 내면을 갉아먹는 허무감에 떠밀려 사그라지는 중이었다.

나흘이 지나자 여러 개의 작은 언덕에 걸쳐 만들어진 거대한 수도가 눈에 들어오기 시작했다. 셀레이나의 어머니가 태어난 곳이며 웬들린 왕국의 활기찬 심장부인 배러스였다.

배러스는 리프트홀드에 비하면 깨끗한 편이었고, 상류층과 하류층 사이에 부가 적절히 분배된 느낌이었다. 그래도 수도인지라 빈민가와 뒷골목, 창녀, 노름꾼은 존재했다. 셀레이나는 얼마 지나지 않아 이 도시의 어둑한 밑바닥을 찾아냈다.

그리고 지금 두 손으로 턱을 받친 채 거리를 내려다보고 있었다. 경비병 세 명이 모여 서서 수다를 떠는 모습이 보였다. 이 왕국의 여느 경비병들처럼 그들도 경갑옷을 입었고 무기를 잔뜩 소지했다.

소문으로는 웬들린 군인들은 페이 요정족에게 훈련을 받아 무자비하고 교활하며 민첩하다고 했다. 여러 가지 이유로, 그게 사실인지는 굳이 알고 싶지 않았다. 저들은 리프트홀드의 보초들보다 관찰력은 확실히 좋아 보였다. 자기네들 한가운데에 자객이 있다는 사실을 아직 눈치를 채지 못한 것 같긴 하지만. 하긴 요즘 셀레이나의 몰골은 누가 봐도 위협적인 자객 같지는 않았다.

매일 햇볕을 잔뜩 쬐고, 이 도시에 수두룩한 분수 광장에서 틈틈이 씻는데도 피부와 머리카락에 스며든 아처 핀의 피는 씻겨나가질 않았다. 배러스의 끝없는 소음과 리듬 속에서도 유리성 지하의 터널에서 그녀의 칼을 맞고 내지르던 아처의 비명이 귓가에 맴돌았다. 아무리 와인을 마시고 늘어져도, 그녀가 페이족의 후손임을 알아챈 케이올의 공포로 일그러진 얼굴이 잊히지 않았다. 셀레이나는 자신마저 쉽사리 파괴해버릴 수 있을 만큼 괴물 같은 힘을 내보였고, 텅 비어버린 내면은 지독하게 암울했다.

케이올은 셀레이나가 리프트홀드의 부두에서 말해준 수수께끼를 풀었을까. 그가 진실을 알았다면……. 아니, 거기까지는 생각하지 말자. 지금은 케이올이든 진실이든, 영혼을 갉아먹는 것들에 대해서는 생각하고 싶지 않았다.

시장 경비병들을 바라보며 찢어진 입술을 손으로 살짝 누르다가 인상을 찌푸렸다. 입을 움직였더니 입술이 더 아팠다. 어젯밤 술집에서 싸움을 일으킨 바람에 얻은 상처이니 아파도 쌌다. 술집에서 셀레이나는 상대 남자의 급소를 있는 힘껏 걷어찼는데 남자는 잠시 굳은 채 숨을 돌리더니 분노에 찬 주먹을 마구 휘둘렀다. 입에서 손을 내린 셀레이나는 잠시 경비병들의 움직임을 살펴보았다. 그들은 상인들에게 뇌물을 받거나 벌금을 먹이겠다고 괴롭히거나 위협을 가하지 않았다. 리프트홀드의 경비병과 관리들과는 다른 모습이었다. 지금까지 본 이곳 관리와 군인은 대체로…… 멀쩡했다. 웬들린의 왕세자 갤런 애쉬리버처럼.

짜증이 솟구쳐 혀를 비쭉 내밀었다. 경비병들, 시장, 굴뚝에 올라앉은 매, 성, 그리고 그 성에 사는 왕세자를 향한 짜증이었다. 일찌감치 와인을 다 마셔버린 것이 새삼 아쉬웠다.

성에 침투할 방법을 찾아낸 지 일주일이 지났다. 배러스에 도착한 지 사흘 만이었고, 그간 세워둔 계획이 모조리 무너진 지는 일주일째였다.

시원한 바람이 스치고 지나갔다. 근처 거리에 도열한 노점들이 파는 향신료 냄새가 바람에 실려 왔다. 육두구, 백리향, 쿠민, 레몬 버베나 향을 깊이 들이마셨다. 근처 산마을에서 울려 퍼진 종소리가 흘러왔다. 도시의 광장에서 이름 모를 악단이 한낮의 경쾌한 선율을 연주하고 있었다. 네히미아는 아마 이곳을 무척 좋아했을 것이다.

눈앞에서 빠르게 흘러간 세상은 셀레이나의 내적 심연으로 빨려 들어갔다. 네히미아는 웬들린을 영영 볼 수 없었다. 향신료 시장을 거닐거나 산마을의 종소리를 들을 일도 없을 것이다. 죽음 같은 무게가 셀레이나의 가슴을 짓눌렀다.

배러스에 도착했을 때 셀레이나는 이만하면 완벽한 계획이라고 여겼다. 몇 시간 동안 왕궁의 방어 상태를 살펴보면서, 열쇠에 관해 알아보려면 메이브를 만나야 하는데 어떻게 해야 만날 수 있을지 고민했다. 모든 과정이 매끄러웠고 별문제 없었다. 하지만……

매일 오후 2시에 남쪽 성벽을 지키는 경비병들의 방어 태세에 구멍이 생긴다는 것을 알게 되고 성문의 작동 방식을 파악하게 된 날부터 모든 게 달라졌다. 어느 귀족의 집 지붕에 앉은 셀레이나는 그 성문으로 갤런 애쉬리버가 말을 타고 나오는 모습을 보았다.

셀레이나가 멈칫한 것은 황갈색 피부에 검은 머리카락의 왕세자 때문만은 아니었다. 멀리서도 그의 눈이 청록색임을 알아챘기 때문도 아니었다. 그의 눈은 셀레이나의 눈과 같은 색깔이었다. 셀레이나는 특이한 눈 색깔 때문에 거리에서 늘 두건으로 가리고 다녀야 했다.

셀레이나가 멈칫한 이유는 왕세자에게 환호하는 사람들 때문이었다.

백성들이 왕세자에게 환호성을 보내고 있었다. 영원한 태양 아래 반짝이는 경갑옷을 입고 늠름한 미소를 짓는 왕세자에게. 왕세자는 봉쇄 돌파를 위해 군인들을 이끌고 북쪽 해안으로 가고 있었다. 봉쇄 돌파라니. 셀레이나의 암살 대상인 왕세자는 아달렌 왕국에 저항해 봉쇄 돌파를 시도하러 나섰고 백성들은 그런 왕세자를 사랑하고 아꼈다.

셀레이나는 왕세자와 그의 부하들을 따라 이 지붕에서 저 지붕으로 건너뛰면서 도시를 통과했다. 지금이라도 왕세자의 청록색 눈을 향해 화살 한 대만 날리면 목숨을 빼앗을 수 있을 것이다. 하지만 화살을 쏘는 대신 왕세자의 뒤를 밟아 도시 성벽까지 따라갔다. 사람들은 왕세자에게 꽃을 던졌고 환호성은 점점 커져갔다. 모두가 완벽하기 그지없는 왕세자를 자랑스러워하며 환한 미소를 짓고 있었다.

이윽고 도시 성문이 열리고 왕세자 일행은 문을 통과했다. 갤런 애쉬리버가 일몰의 빛을 향해, 전장과 영광을 향해, 선의와 자유를 위해 싸우러 나설 때 셀레이나는 그가 저 멀리 점으로 멀어질 때까지 지붕에서 쳐다보고 있을 뿐이었다.

그날 셀레이나는 근처 술집에 들어가 지금까지 해본 중 제일 피가 많이 튀고 지독한 싸움판을 벌였다. 결국 도시 경비병까지 호출됐는데 술집 안에 있던 사람들이 죄다 끌려가기 몇 분 전에 셀레이나는 재빨리 술집을 빠져나갔다. 셔츠 앞쪽에 코피를 묻힌 채 입안에 고인 피를 자갈길에 뱉으며 결심했다. 그냥 여기서 *아무것도 안 하기*로.

계획대로 해야 할 이유가 없었다. 네히미아와 갤런은 세상을 해방시키는 일을 했다. 네히미아는 죽지 말았어야 했다. 살아 있었으면 갤런과 힘을 모아 아달렌 왕을 물리칠 수 있었을 것이다. 하지만 네히미아는 죽었다. 백성들의 사랑을 한 몸에 받으며 큰일을 하러 나선 갤런 같은 후계자가 있는 한, 셀레이나의 어리석고 한심한 맹세는 아무 가치도 없었다. 그런 맹세를 한 것 자체가 바보짓이었다.

함대를 거느린 갤런조차 아달렌 왕국에는 큰 위협이 되지 못했다. 그런 갤런에 비하면 셀레이나는 그저 개인일 뿐이었고 그나마도 인생을 한심하게 낭비하고 있었다. 네히미아가 아달렌 왕을 저지하지 못했는데 메이브 여왕을 만나려는 계획을 세워봤자 무슨 소용이 있을까.

다행히 아직 페이족을 만나지 못했다. 페이족이 쓰는 마법의 흔적조차 본 적 없었다. 사실 셀레이나는 마법을 보지 않기 위해 최대한 시선을 피하고 있었다. 갤런을 보기 전에도 치료약, 장신구, 묘약 등이 놓인 시장 가판대 쪽으로 눈길도 돌리지 않으려 신중을 기했다.

시장에는 늘 거리 공연자들이나 생계를 위해 자신이 가진 재능을 내다 파는 용병으로 가득했다. 셀레이나는 마법을 쓰는 자들이 자주 찾는 술집이 어디인지 파악하고 그쪽으로는 가까이 가지 않았다. 마법이 조금이라도 느껴지면 예전에 터져 나왔던 힘이 속에서 조금씩 꿈틀대곤 했기 때문이었다.

계획을 포기하고 아예 그쪽으로 신경을 끊은 지 일주일째였다. 앞으로 몇 주는 더 있어야 이놈의 테그야에도 진절머리가 나고, 살아 있다는 느낌을 받으려고 밤마다 벌이는 싸움판도 지겨워지고, 종일 남의 집 지붕에 올라앉아 시큼한 와인을 마시는 것도 지긋지긋해지겠지.

목이 바짝 마르고 뱃속이 꾸르륵거려 지붕 가장자리에서 지상으로 천천히 내려갔다. 바짝 기합이 들어가 있는 경비병들의 시선 때문만은 아니었다. 머릿속이 핑 돌고 어지러웠다. 자칫 발을 잘못 내딛으면 저 아래로 굴러 떨어질 것이다. 휘청대며 홈통을 타고 내려가 시장 거리를 걷던 셀레이나는 골목으로 들어서면서 손바닥에 그어진 가느다란 상처 자국을 내려다보았다. 한 달쯤 전에 네히미아의 반쯤 얼어붙은 무덤 앞에서 한심한 약속을 하느라 새긴 상처였다. 자신이 어느 것에도, 아무에게도 제대로 도움이 되지 못했음을 일깨우는 상처이기도 했다. 밤마다 도박판에서 잃었다가 해 뜨기 전에 되찾아오는 자수정 반지도 마찬가지였다.

그동안 일어난 온갖 일에도 불구하고, 네히미아의 죽음 이후 케이올과의 관계를 끊어버리긴 했지만, 차마 그가 준 반지까지 버릴 수는 없었다. 카드 도박판에서 세 번 그 반지를 잃었지만 악착같이 되찾았다. 반지를 가져간 상대방의 갈비뼈 사이에 단검을 가져다 대면 말로 위협하는 것보다 훨씬 설득력이 있었다.

골목으로 들어간 것 자체가 기적일 정도로 셀레이나는 몸 상태가 좋지 않았다. 어두컴컴한 골목의 그림자가 그녀를 외부의 시선으로부터 막아주었다. 셀레이나는 서늘한 돌벽을 한 손으로 짚고 어둑한 골목에 눈을 적응시키려 애썼다. 머릿속이 제발 그만 빙빙 돌기를 바랐다. 아주 개판이었다. 언제쯤 이 상태에서 벗어날 수 있을지 알 수 없었다.

별안간 코를 찌르는 악취에 눈을 들자 눈앞에 어떤 여자가 보였다. 여자는 누런 흰자위를 크게 드러내며 마르고 갈라진 입술로 위협했다.

"쌍년아! 내 집 문 앞에 얼씬대지 마!"

노숙하는 여자였다. 셀레이나는 눈을 껌벅이며 물러섰다. 여자가 문이라 일컫은 곳은 벽 안쪽의 움푹 팬 벽감이었다. 그곳에는 쓰레기처럼 보이는 여자의 소지품 자루들이 잔뜩 쌓여 있었다. 여자는 자세가 구부정했고 감지 않은 머리카락은 뭉쳤으며 치아는 뿌리만 남아 있었다. 셀레이나는 다시 눈을 껌벅이면서 여자의 얼굴에 초점을 맞췄다. 여자는 분노에 차 있었고 반쯤 미친 것 같았으며 몹시 지저분했다.

셀레이나는 두 손을 들어 올리며 뒤로 한 걸음, 또 한 걸음 물러섰다.

"미안합니다."

여자는 셀레이나의 흙 묻은 장화 바로 앞의 자갈 바닥에 가래침을 탁 뱉었다. 하지만 셀레이나는 넌더리를 내거나 화를 낼 기운도 없었다. 여자가 뱉은 탁한 가래침에서 시선을 들고 자신의 모습을 내려다보지 않았다면 셀레이나는 그 자리에서 바로 벗어났을 것이다.

얼룩지고 때에 절고 찢어진 남루한 옷. 몸에서 풍기는 끔찍한 악

*취*는 말할 것도 없었다. 이 여자가 셀레이나를 거리에서 쉴 곳을 두고 다퉈야 하는 같은 노숙자로 착각할 만도 했다.

그다지 놀라운 일도 아니었다. 이 정도면 셀레이나 인생의 바닥이라 할 만했다. 나중에는 웃기는 시기였다고 회고할 수도 있겠지만. 마지막으로 웃어본 게 언제인지 기억도 나지 않았다.

더 추락할 곳도 없다는 생각에 그나마 마음에 위로를 받았다.

그때 그림자 속에서 남자의 굵은 목소리가 낄낄 웃었다.

2

골목 저쪽에 서 있는 그 남자는 페이 요정족이었다.

10년 전의 숱한 처형과 화재를 뚫고 살아남은 페이족 남자는 셀레이나에게 조용히 다가왔다. 순수한 페이족이 분명했다. 얼마 떨어지지 않은 그림자 속에서 나타난 이 남자를 피해 달아나는 것은 불가능했다. 벽감의 여자를 비롯한 골목의 노숙자들이 일제히 입을 다물자 저 멀리 산마을에서 울려 퍼지는 종소리가 다시 셀레이나의 귀에 들려왔다.

큰 키에 떡 벌어진 어깨, 온몸이 근육질인 그는 강력한 힘을 타고난 듯 보였다. 남자의 은발이 먼지 낀 햇살 아래 반짝거렸다.

섬세한 뾰족 귀와 가늘고 긴 송곳니가 눈에 들어왔다 남자의 햇볕에 그을린 냉혹한 얼굴에는 왼쪽부터 그 아래로 검은 소용돌이 문양의 문신이 새겨져 있었다. 셀레이나의 뒤쪽에서 노숙자 여자가 겁에 질려 훌쩍이는 소리가 들려왔다.

모르는 사람에게는 남자의 문신이 단순한 장식으로 보이겠지만, 페이족의 언어를 아는 셀레이나는 그 문신이 예술적으로 표현된 단어임을 알아보았다. 관자놀이에서 시작된 문신은 턱과 목을 지나 겉옷과 망토 속으로 사라졌다. 그 아래로 쭉 이어져 있을 것이다. 옷 속에는 무기가 최소한 여섯 개 이상 있겠지. 셀레이나는 숨겨둔 단검을 꺼내려 망토 속으로 손을 집어넣었다. 문득 남자의 초록색 눈동자에 폭력적인 기운만 없다면 잘생긴 편이라는 생각이 들었다.

그 남자를 젊다고 말하는 건 어폐가 있을 것이다. 남자가 등에 장검을 찼고 옆구리에 날카로운 칼 여러 자루를 소지하고 있다고 해서 전사라고 부르는 게 잘못인 것처럼. 남자는 마치 살육 현장에 발을 들여놓은 듯 골목 안을 훑어보며, 무서울 정도로 우아하고 확실하게 움직였다.

단검의 칼자루를 손에 쥔 셀레이나는 자세를 바꿔 섰다. 놀랍게도 두려움이 느껴졌다. 지난 몇 주 동안 감각을 무디게 했던 짙은 안개가 걷히는 기분이었다.

남자는 조용히 골목을 걸어왔다. 무릎까지 올라오는 가죽 장화를 신은 덕에 자갈 바닥임에도 발소리가 들리지 않았다. 노숙자 몇 명은 공포로 뒷걸음질 쳤고, 몇 명은 햇빛이 환한 거리로 뛰쳐나가 아무 문간으로나 달려 들어갔다. 페이족 남자의 도전적인 눈빛을 피할 수 있는 곳이라면 어디로든 숨어 들어갔다.

셀레이나는 남자의 날카로운 눈빛을 본 순간 그가 자신을 만나러 왔음을 알 수 있었다. 누구의 명으로 왔는지도 알 것 같았다.

셀레이나는 눈 모양 부적 목걸이로 손을 뻗었다가, 그 자리에 더 이상 목걸이가 없음을 알고 흠칫했다. 아달렌을 떠나면서 케이올에게 주었다. 케이올은 셀레이나에 관한 진실을 알자마자 그 목걸이를 벗어던졌을 것이다. 그리고 셀레이나의 적이 되기로 결심했겠지. 어쩌면 도리언에게 말했을 수도 있었다. 그래야 도리언도 안전할 테니까.

당장 이곳을 벗어나 홈통을 타고 지붕으로 올라가야 한다는 본능에 굴복하기 전에 셀레이나는 포기해버린 계획을 다시 떠올렸다. 그녀가 아직 지상에 살아 있음을 기억한 어떤 신이 뼈다귀라도 던져주기로 마음먹은 것일까? 메이브 여왕을 만나야겠다는 생각이 들었다.

그녀를 찾아온 이 남자는 메이브 여왕의 최정예 전사 중 하나일 것이다. 남자는 그녀를 데려가려고 기다리고 있었다. 남자한테서 풍기는 분노의 기운으로 보건대, 맡은 일이 그다지 달갑지는 않은 듯했다.

페이족 전사가 셀레이나를 살펴보는 동안 골목은 묘지처럼 고요했다. 남자의 콧구멍이 미세하게 벌름거렸다. 마치 그녀의 체취를 들이마시는 듯했다. 지금 자신의 몸에서 풍기는 체취가 얼마나 고약한지 알기에 셀레이나는 어디 한번 맡아보라며 흡족해했다. 그런데 그는 단순히 체취를 들이마시는 게 아니었다. 셀레이나가 가진 고유한 냄새, 그녀의 혈통에서 비롯된 냄새로 *그녀의 정체성을* 확인하고 있었다. 이 사람들 앞에서 남자가 그녀의 이름을 입에 올린 순간 갤런 애쉬리버는 곧장 말을 돌려 이곳으로 달려올 것이다. 경비병들은 경계태세에 돌입하겠지. 그것은 셀레이나가 계획한 바가 아니었.

저놈은 자신의 상관이 누구인지를 보여주기 위해서라도 충분히 그런 짓을 할 것이다. 셀레이나는 온 힘을 끌어모아 남자에게 다가갔다. 세상이 지옥으로 변하기 전, 수개월 전에 하려고 했던 일을 떠올리려 안간힘을 쓰며 남자에게 말했다.

"잘 만났네요. 마침 잘 만났어."

주변 노숙자들을 무시한 채 오직 남자에게 초점을 맞췄다. 남자는 불멸의 존재답게 동요가 없었다. 셀레이나는 심장 박동과 호흡이 차분해지도록 마음을 가라앉혔다. 저 남자가 들을 것이다. 저 남자는 셀레이나의 내면을 관통하는 모든 감정의 냄새를 맡을 수 있다. 허세를 부려 속이기는 불가능했다. 그 정도는 쉽게 알아챌 만큼 오래 살았을 테니까. 그렇다고 싸워서 이길 수도 없는 상대였다. 그녀가 아무리 셀레이나 사르도시엔이라도, 저 남자는 페이족 전사이니 오랫동안 싸움으로 단련된 삶을 살아왔을 것이다.

셀레이나는 남자를 몇 걸음 앞에 두고 멈춰 섰다. 맙소사. 남자는 몸집이 거대했다.

"정말 놀랐어요." 셀레이나는 주변 사람들이 다 듣도록 목청을 높였다. 이렇게 명랑한 목소리로 말을 한 게 언제였더라? 문장을 완전히 끝맺음한 때가 언제였는지 기억도 나지 않았다. "원래 도시 성벽 앞에서 만나기로 했잖아요."

남자는 고개 숙여 인사하지 않았다. 그의 차가운 얼굴은 움찔하는 기색도 없었다. 멋대로 생각하라지. 지금 셀레이나의 모습은 어차피 그가 들은 바와는 전혀 다를 것이다. 그래서 노숙자 여자가 셀레이나를 같은 노숙자로 착각하는 걸 보고 낄낄거렸겠지.

"가자."

남자가 골목 어귀로 들어서며 말했다. 지루해하는 기색이 묻어나는 남자의 굵은 목소리가 주변의 돌벽에 메아리쳤다. 남자는 팔뚝에 찬 가죽 완갑 안쪽에 단검 몇 자루를 숨기고 있을 것이다.

남자의 속을 떠보기 위해 좀더 기분 나쁘게 대답할 수도 있었지만 주변에 보는 눈이 많았다. 남자는 노숙자들이 쳐다보든 말든 아랑곳 않고 편안하게 서성대고 있었다. 그 모습이 인상 깊다고 해야 할지 기분 나쁘다고 해야 할지 판단이 서지 않았다.

셀레이나는 남자를 따라 환한 거리로, 부산한 도시로 걸어나갔다.

주변 사람들이 하던 일을 멈추고 얼쩡대며 쳐다봤지만 남자는 무심했다. 셀레이나가 잘 따라오든 말든 신경도 쓰지 않고 성큼성큼 걸어가더니, 광장의 구유에 줄로 매놓은 평범한 암말 두 마리에게 다가갔다. 셀레이나가 제대로 기억하고 있다면, 페이족은 원래 훨씬 품질 좋은 말을 소유했다. 아마 이 남자는 다른 동물의 형상으로 여기까지 왔다가 이곳에서 저 말들을 구입해 묶어두었을 것이다.

페이족이라면 누구나 동물의 형상으로 변신할 수 있었다. 어떤 동물이든 가능했다. 지금 셀레이나는 동물의 한 종류인 인간의 모습으로 변신해 있는 상태였다. 저 남자는 어떤 동물 형상을 취할 수 있을까? 길이가 허벅지 중간까지 내려오는 생가죽 소재의 층 진 겉옷과 고요한 발소리로 판단컨대 늑대일 수도 있었다. 포식 동물처럼 우아한 걸음걸이를 보면 퓨마일 것 같기도 했다.

남자는 말 없이 덩치 큰 암말에 올라탔다. 셀레이나에게는 그 옆의 얼룩무늬 암말을 타라는 뜻이었다. 얼룩무늬 암말은 곧 있을 먼 여행보다는 당장 눈앞의 먹이에 더 관심이 많아 보였다. 다른 일행은 없었다. 지금까지 그랬듯이 남자는 아무 설명이 없었다.

셀레이나는 짐이 담긴 자루를 안장주머니에 쑤셔 넣으면서 손목에 난 가느다란 상처들을 소매로 가렸다. 그 가늘고 긴 상처들은 예전에 수갑을 찼던 자국이자, *셀레이나가* 어디 있었는지를 알려주는 단서였다. 저 남자에게는 굳이 알려줄 필요 없는 과거였다. 메이브 여왕에게도 마찬가지였다. 저들이 그녀에 대해 아는 게 적을수록 그녀를 이용해먹을 수단도 적어질 것이다.

"우울한 얼굴을 한 전사들을 몇 명 아는데, 당신이 그중에서도 제일 우울해 보이네요." 셀레이나의 말에 남자는 그녀를 돌아보았다. 셀레이나는 느릿하게 말을 이었다. "아, 이제야 날 좀 쳐다보네. 내가 누구인지는 알 테니 소개는 생략할게요. 나를 어디로 데려가는지 모르겠지만 그전에 당신이 누구인지부터 말해요."
남자는 입을 꾹 다문 채 광장을 둘러보았다. 그들을 쳐다보고 있던 사람들은 그제야 발을 옮기며 이리저리 흩어졌다.
"지금 나에 대해 파악한 정도면 충분해."
남자는 공용어를 썼다. 특이한 억양이 약간 섞여 있었는데…… 너그러운 기분이었다면 귀엽다고 생각했을 것이다. 부드럽고 완만하게 가르랑거리는 듯한 억양이었다.
"좋아요. 그럼 난 당신을 뭐라고 불러요?"
셀레이나는 안장을 잡기만 하고 올라타지는 않았다.
"로완."
남자의 진한 문신이 햇빛을 빨아들이는 듯했다.
"쳇, 로완이라니……."
그는 그녀의 말투가 마음에 들지 않는지 경고하듯 눈을 가늘게 떴다. 하지만 셀레이나는 아랑곳 않고 떠들었다.
"어디로 가는지 물어봐도 되죠?"
아마 취해서일 것이다. 여전히 취기가 남아 있거나, 무감각의 새로운 단계로 끌려가고 있거나 둘 중 하나일 테지. 신들이 작당했는지 아니면 워드나 운명의 장난인지 몰라도 원래의 계획으로 돌아가는 것 같아 셀레이나는 입을 다물고 있을 수가 없었다.
"당신을 찾는 분이 계신 곳으로 데려갈 거야."
거기 가서 메이브 여왕을 만나 질문을 할 수 있다면 도라넬(메이브 여왕이 통치하는 페이 요정족의 도시. 별칭은 '강들의 도시'이며 웬들린 동쪽에 위치해 있다)까지 어떤 방법으로 가게 되든, 누구와 함께 가게 되든 상관없었다.

가서 해야 할 일을 해, 라고 엘레나 여왕은 셀레이나에게 말했다. 언제나 그랬듯이 엘레나 여왕은 웬들린에 도착해서 정확히 무슨 일을 해야 한다고 셀레이나에게 구체적으로 일러주지 않았다. 도라넬에 가서 뭘 하게 될지 모르겠지만 여기서 노숙자 취급을 받으면서 납작빵에 와인으로 연명하는 것보다는 낫지 않을까. 모든 의문에 대한 답을 듣고 3주 안에 아달렌으로 돌아가는 배에 타게 될지도 모를 일이었다.

이런 생각을 하다 보면 기운이 나야 마땅할 텐데 그렇지도 않았다. 셀레이나는 조용히 말에 올라탔다. 하고 싶은 말도 없고 말을 하고 싶지도 않았다. 남자와 몇 분 얘기를 나눴을 뿐인데 기운이 쭉 빠졌다.

셀레이나를 데리고 배러스를 빠져나가면서 로완 역시 말할 기분이 아닌 듯했다. 셀레이나 입장에서는 차라리 다행이었다. 경비병들은 성문을 나서는 그들에게 말없이 손을 흔들거나 뒤로 물러섰다.

말을 타고 가는 동안 로완은 셀레이나에게 여기는 왜 왔는지, 세상이 지옥으로 변한 지난 10년 동안 뭘 하며 지냈는지 묻지 않았다. 옅은 색 두건을 쓴 채 조용히 앞으로 나아갈 뿐이었다. 하지만 전사이자 법 그 자체인 그는 다른 이들과는 너무나도 달라 쉽게 눈에 띄었다.

셀레이나의 짐작대로라면 그는 나이가 어마어마하게 많을 것이다. 오랜 세월 불멸의 삶을 살아온 그에게 셀레이나는 먼지 한 톨, 생명의 불꽃 하나 정도의 의미일 것이다. 그는 두 번 생각할 필요도 없이 그녀를 죽이고, 아무 거리낌 없이 다음 일을 수행할 수 있을 것이다.

그러니 셀레이나는 당연히 긴장할 수밖에 없었다.

3

케이올은 한 달째 같은 꿈을 꾸고 있었다. 밤마다 같은 꿈을 되풀이하다 보니 깨어 있는 시간에도 눈앞에 꿈속 풍경이 보일 지경이었다.

셀레이나가 갈비뼈 사이로 단검을 찔러 넣어 심장까지 꿰뚫자 아처 핀이 신음을 흘리는 꿈이었다. 셀레이나는 그 잘생긴 남창을 마치 연인처럼 껴안고 있었지만 아처의 어깨너머를 바라보는 그녀의 눈은 죽은 사람처럼 텅 비어 있었다.

꿈의 내용이 달라졌다. 금발 섞인 갈색 머리가 검은 머리로 변하면서 고통에 찬 아처의 얼굴이 도리언의 얼굴로 바뀌었다. 케이올은 여전히 어떤 말도, 어떤 행동도 할 수 없었다.

셀레이나는 부르르 떠는 도리언을 껴안고 단검을 비틀었다. 도리언은 돌바닥에 축 늘어졌다. 도리언의 피가 바닥에 흥건히 고였다. 하지만 케이올은 여전히 움직일 수 없었다. 친구인 왕세자에게도, 한때 사랑했던 여인 셀레이나에게도 다가갈 수 없었다.

도리언의 몸에 생긴 무수한 상처에서 너무나 많은 피가 흘렀다.

케이올은 그 상처를 알아보았다. 셀레이나가 골목에서 그레이브라는 자객에게 한 일에 관한 상세한 보고서를 읽었다. 그녀는 네히미아를 죽인 그레이브를 참혹하기 그지없는 방법으로 끝장냈다.

셀레이나가 단검을 아래로 내렸다. 번뜩이는 단검에서 떨어지는 핏방울이 그녀 주변의 피 웅덩이에 잔물결을 일으켰다. 고개를 젖힌 셀레이나가 깊게 숨을 들이마셨다. 바로 앞의 죽음을 영혼으로 빨아들였다. 적을 참살한 그녀의 영혼은 복수심과 황홀감이 뒤섞여 있었다. 셀레이나의 진정한 적은 바로 하빌리아드 가문의 아달렌 제국이었다.

꿈속의 광경이 또다시 바뀌었다. 케이올은 몸에 올라탄 셀레이나에게 짓눌려 옴짝달싹하지 못했다. 셀레이나는 여전히 고개를 뒤로 젖힌 채 그의 몸 위에서 몸부림치고 있었다. 피로 얼룩진 그녀의 얼굴은 황홀감에 젖어 있었다.

그녀는 그의 적이며 연인, 그리고 여왕이었다.

도리언을 쳐다보며 눈을 껌벅이는 동안 케이올의 머릿속에서 꿈의 기억이 흩어져갔다. 도리언은 대연회장의 오래된 식탁 앞에 나란히 앉아 케이올의 대답을 기다리고 있었다. 하지만 케이올은 무슨 질문을 받았는지 몰라 미안하다는 뜻으로 슬며시 웃었다.

도리언은 케이올에게 마주 웃어 보이는 대신 조용히 말했다.

"그 여자 생각을 하고 있군."

케이올은 양고기 스튜를 한 입 떠먹었지만 아무 맛도 느낄 수 없었다. 도리언은 관찰력이 너무 좋아 탈이었다. 지금 케이올은 셀레이나 얘기를 하고 싶은 기분이 아니었다. 도리언은 물론이고 누구와도 마찬가지였다. 그녀에 대해 알게 된 진실을 떠벌렸다간 셀레이나뿐만 아니라 여러 사람의 목숨이 위험해질 것이다.

"아버지 생각을 하고 있었습니다." 케이올은 거짓말로 넘기려 했다. "몇 주 후에 아버지가 아니엘로 가시는데 저도 따라가기로 해서요."

셀레이나를 웬들린까지 안전하게 보내준 것에 대한 대가였다. 아버지는 그 일을 돕는 대신 케이올에게 은빛 호수로 와 아니엘의 후계자로 살라고 요구했다. 케이올은 기꺼이 희생할 생각이었다. 셀레이나와 그녀의 비밀을 안전하게 지킬 수만 있다면 더한 희생도 할 각오가 되어 있었다. 지금은 그녀의 정체를 알게 됐고, 셀레이나가 왕과 워드 열쇠에 대한 이야기도 들려줬지만, 달라질 것은 없었다. 대가를 치러야 한다면 기꺼이 치를 것이다.

도리언은 왕과 케이올의 아버지가 식사 중인 주빈석을 흘끗 보았다. 왕세자로서 도리언은 그들과 함께 식사를 해야 마땅했지만 케이올과 한자리에 앉았다. 이렇게 함께 식사를 하기는 꽤 오랜만이었다. 케이올이 셀레이나를 웬들린으로 보내기로 한 직후 두 사람은 긴장된 분위기 속에서 얘기를 나눴고, 그때부터 지금까지 대화가 끊겼었다.

도리언에게 진실을 말해주면 이해할 것이다. 하지만 도리언은 셀레이나의 정체와 왕의 진짜 계획을 알아서는 안 되었다. 도리언이 알게 될 경우 지독한 재앙이 닥쳐올 수 있었다. 도리언 본인에 관한 비밀만으로도 이미 치명타가 될 수 있는 수준이었다.

도리언이 조심스럽게 입을 열었다.

"자네가 아니엘로 돌아간다는 소문은 들었어. 설마 했는데."

케이올은 친구인 왕세자에게 할 말을 찾으려 고민하며 고개를 끄덕였다.

속에는 아직 하지 못한 말들이 남아 있었다. 그날 밤 지하 터널에서 드러난 진실, 도리언이 마법의 힘을 가지고 있다는 사실도 그중 하나였다. 케이올은 그 부분에 대해 자세히 알고 싶지 않았다. 몰라야 좋을 것 같았다. 그래서 도리언에게 그 부분에 대해서는 아예 묻지도 않았다. 왕은 고문보다 더 끔찍한 방법으로 그에게서 정보를 뽑아낼 수 있었다. 몰라야 대답을 못 할 것이다. 도리언도 그 얘기를 꺼내지 않기는 마찬가지였다.

케이올은 도리언의 눈을 마주 보았다. 다정한 눈빛은 아니었다. 도리언이 말했다.

"이해하려고 애쓰고 있어, 케이올."

케이올이 도리언에게 상의도 없이 셀레이나를 아달렌 밖으로 내보낸 것은 신의를 저버린 짓이라는 뜻이었다. 도리언이 앞으로도 알 일은 없겠지만 케이올은 참담한 기분이었다.

"압니다."

"무슨 일이 일어났든 우리가 적이 아니라는 것만은 분명히 알아 둬."

도리언이 한쪽 입꼬리를 비쭉 올렸다.

당신은 언제까지고 내 적이야, 라고 네히미아가 죽던 날 밤 셀레이나는 케이올에게 악을 썼다. 그녀의 울부짖음에는 10년간 쌓아온 신념과 증오가 담겨 있었다. 10년 동안 세상에서 가장 큰 비밀을 꽁꽁 감춰둔 탓에 그녀는 완전히 다른 사람이 되어버린 듯했다.

셀레이나는 에일린 애쉬리버 갈라시니어스이고 테라센 왕국의 적법한 후계자이며 여왕이었다.

셀레이나는 케이올이 반드시 물리쳐야 할 적이며 도리언의 적이기도 했다. 케이올은 무엇을 어떻게 해야 할지, 이 관계를 어떤 의미로 받아들여야 할지, 이 관계가 그가 상상해온 삶에 어떤 영향을 미칠지 여전히 알 수 없었다. 그가 꿈꿔온 미래는 완전히 끝나버린 듯했다.

그날 밤 지하에서 본 셀레이나의 눈에는 분노와 슬픔뿐 생기라곤 없었다. 네히미아가 죽었을 때 셀레이나는 이성의 끈을 놓아버렸다. 그는 그녀가 그레이브를 어떤 식으로 응징했는지도 알고 있었다. 셀레이나는 언제든 다시 그렇게 변할 수 있었다. 그녀의 내면에는 끝없는 균열이 있었고 그 균열은 지독하게 어두웠다.

네히미아의 죽음으로 셀레이나의 내면은 박살이 났다. 케이올이 한 짓, 네히미아의 죽음에 케이올이 일조한 사실 때문에 그녀는 부서져버렸다. 케이올도 잘 알고 있었다. 그저 그녀가 스스로 잘 추스르길 기도할 뿐이었다. 자객으로서 내면이 망가지고 행동을 예측할 수 없게 된 것도 문제지만, 그녀는 여왕이었다……

도리언은 팔뚝을 식탁 위에 올려놓으며 말했다.

"토할 것 같은 얼굴이네. 무슨 일인지 말해봐."

케이올은 다시 멍하게 앞을 응시했다. 온갖 진실의 무게가 속을 짓눌러 하마터면 입을 열 뻔했다. 하지만 복도에서 보초병이 칼로 방패를 치며 경례를 하는 소리에 정신을 차렸다. 아달렌 왕의 악명 높은 북부 지역 장군이자 에일린 갈라시니어스의 외사촌 에이디언 애쉬리버가 대연회장으로 성큼성큼 걸어 들어왔다.

대연회장에 정적이 흘렀다. 주빈석에 앉은 케이올의 아버지와 왕도 입을 다물었다. 에이디언이 홀을 절반쯤 가로질렀을 때쯤 케이올은 신속히 움직여 주빈석 바로 아래에 가서 섰다.

젊은 장군 에이디언이 왕에게 위협을 가할 것 같아서가 아니었다. 에이디언은 왕 앞으로 걸어가며 주빈석에 앉은 이들을 향해 얄궂은 웃음을 흘렸다. 어깨 길이의 금발이 횃불의 빛을 받아 반짝거렸다.

에이디언의 외모는 단순히 잘생겼다는 말로 표현할 수 있는 수준이 아니었다. 압도적인 위용이 있다고 해야 그나마 근접한 표현이었다. 큰 키에 두툼한 근육질인 그는 소문대로 전사 그 자체였다. 에이디언의 경갑옷이 고급스러운 소재를 정교하게 다듬어 만든 것임을 케이올은 한눈에 알아보았다. 흰 늑대 가죽을 어깨에 걸쳐 맸고 등에는 둥근 방패와 고대의 물건처럼 보이는 칼을 착용했다.

그리고 그의 얼굴과 눈동자는…… 맙소사.

케이올은 아무 감정 없고 크게 관심도 없는 표정을 유지하려 애쓰며 한 손을 슬며시 칼자루에 갖다 댔다. 북부의 늑대 에이디언이 그를 단박에 도륙할 수 있을 만큼 가까이 다가왔다.

에이디언의 눈은 셀레이나의 눈과 똑같았다. 애쉬리버 가문 특유의 눈동자였다. 선명한 청록색 눈동자 한가운데에 환한 금색이 박혀 있었다. 에이디언은 머리카락 색깔까지도 셀레이나와 똑같은 금발이었다. 에이디언이 스물네 살이 아니고 테라센의 눈 쌓인 산악 지대에서 지내며 피부가 그을리지 않았다면 두 사람은 쌍둥이처럼 보였을 것이다.

왜 왕은 10년 전에 에이디언을 죽이지 않고 살려뒀을까? 왜 굳이 에이디언을 험지로 보내 그가 거느리고 있는 가장 사나운 장군들 중 하나로 만들었을까? 에이디언은 애쉬리버 왕실의 왕자였고, 갈라시니어스 가문에서 자랐다. 그런데 지금 아달렌 왕을 모시고 있는 것이다.

주빈석 앞에 선 에이디언은 웃음 띤 얼굴로 고개를 살짝 숙여 왕에게 인사했다. 케이올은 그 무례함에 놀라 어안이 벙벙했다. 에이디언은 눈을 빛내며 말했다.

"폐하."

케이올은 왕이 에이디언과 셀레이나의 닮은 점을 알아챘는지 보려고 주빈석으로 눈을 돌렸다. 만약 왕이 알게 되면 에이디언뿐만 아니라 케이올과 도리언, 그 외에 모든 관련자의 목숨이 위험해질 수 있었다. 아버지는 에이디언을 바라보며 슬쩍 만족스러운 미소를 지었다.

하지만 왕은 찌푸린 얼굴로 입을 열었다.

"한 달 전에 왔어야 하지 않느냐."

에이디언은 배짱 좋게도 어깨를 으쓱했다.

"죄송합니다. 스태그호른 산에 마지막 겨울 폭풍이 몰아쳐서 늦었습니다. 가능할 때 바로 출발한 겁니다."

대연회장 안의 모든 이들이 숨을 죽였다. 에이디언의 포악한 성질과 오만한 태도는 거의 전설처럼 회자되고 있었다. 왕이 에이디언을 북부의 끝자락에 주둔시킨 것도 그래서였다. 케이올은 에이디언을 리프트홀드에서 최대한 멀리 보낸 것은 현명한 결정이라고 늘 생각해왔다. 워낙 음흉한 데다가, 그가 거느린 '베인' 부대가 살상 기술과 잔혹함으로 유명하니 든 생각이었다. 그런데 지금 왕은 무슨 이유로 에이디언을 수도 리프트홀드로 불러들였을까?

왕은 와인이 담긴 잔을 집어 들고 빙글빙글 돌리며 입을 열었다.

"자네 부대가 여기 와 있다는 소식은 안 들리던데."

"안 왔으니까요."

케이올은 에이디언을 처형하라는 명령이 떨어질 것에 대비하면서도, 그 일을 해야 할 사람이 자신은 아니길 바랐다.

"부대를 데려오라고 명했을 텐데, 장군."

"저와 얘기를 나누고 싶으신 것 같아서요." 왕이 미간을 찌푸리자 에이디언이 덧붙였다. "부대는 일주일 안에 올 거고, 전 재미를 놓치고 싶지 않아 먼저 왔습니다." 에이디언은 널찍한 어깨를 으쓱했다. "그렇다고 빈손으로 온 건 아닙니다." 그가 딱 소리가 나게 손가락을 튕기자 시종이 큼직한 자루를 들고 서둘러 들어왔다. "북부에서 드리는 선물입니다. 마지막 반란군 막사를 털었죠. 재미있게 보시기 바랍니다."

왕이 눈을 위로 굴리며 시종에게 손짓을 했다.

"내 방에 갖다 놔. 자네 선물은 점잖은 손님들의 비위를 거스르곤 해."

이 말에 에이디언을 비롯해 주빈석에 앉은 몇몇 이들이 나지막하게 웃었다. 아, 케이올이 보기에 에이디언은 그야말로 위험한 줄타기를 하고 있었다. 셀레이나는 왕 주변에서 입을 닫는 분별력이라도 있었는데.

왕이 그동안 셀레이나를 통해 거둬들인 기념품들을 생각하면 저 자루에 담긴 선물도 금이나 보석이 아닐 가능성이 높았다. 아마도 에이디언의 사람들, 셀레이나의 백성들의 머리와 팔다리일 것이다.

"내일 평의회 회의가 있다. 참석해라, 장군."

에이디언은 가슴에 한 손을 얹으며 대답했다.

"분부 받들겠습니다, 폐하."

에이디언의 손가락에서 반짝이는 물건을 본 케이올은 치솟는 두려움을 애써 찍어 눌렀다. 왕과 페링턴을 비롯한 그쪽 패거리들이 끼고 있는 것과 같은 검은 반지였다. 왕이 에이디언의 건방진 태도를 용납하는 이유가 짐작됐다. 왕의 의지가 바로 에이디언의 의지인 셈이었다.

왕은 그만 자리로 돌아가라는 뜻으로 케이올에게 짧게 고갯짓을 했고 케이올은 무표정을 유지하며 말없이 고개를 숙였다. 케이올도 자리로 어서 돌아가고 싶었다. 피 묻은 손으로 세상의 운명을 쥐고 흔드는 저 왕한테서 멀어지고 싶었다. 여기서 온갖 꼴을 다 본 아버지한테서도, 대연회장을 한 바퀴 돌면서 남자들의 어깨를 두드리고 여자들에게는 윙크를 해대는 저 장군한테서도.

케이올은 속에서 치받아 오르는 공포를 억누르며 자리로 돌아와 앉았다. 도리언이 인상을 쓰며 투덜거렸다.

"선물이라니. 젠장, 진짜 역겨운 놈이야."

케이올도 같은 생각이었다. 왕과 같은 검은 반지를 손가락에 끼고는 있지만 에이디언은 다른 뜻을 품고 있는 것처럼 보였다. 전장을 막 떠나온 사람 특유의 사나운 기운도 물씬 풍겼다. 에이디언과 비교하면 도리언은 순결한 독신주의자처럼 보일 지경이었다. 케이올은 에이디언과 오랜 시간을 함께 보낸 적도 없었고 그러고 싶지도 않았지만 도리언은 에이디언과 한동안 같이 지낸 적이 있었다. 어린 시절에……

도리언과 에이디언은 어렸을 때 처음 만났다. 테라센 왕실이 도륙 당하기 전, 도리언은 부친과 함께 테라센을 방문했고 그곳에서 에이디언과 셀레이나를 만났다.

에이디언이 어떤 모습이 되었는지 셀레이나가 여기서 보지 않아도 되니 다행이라고 해야 하나. 반지 때문만은 아니었다. 자기 백성이었던 사람들을 팔아넘기는 꼴이라니…….

에이디언은 씨익 웃으며 케이올 맞은편 긴 의자에 와 앉았다. 먹이의 상태를 관찰하는 포식자 같은 모습이었다.

"지난번에 봤을 때도 둘이 같은 식탁에 앉아 있더니, 변하지 않는 게 있어 좋네요."

맙소사. 에이디언의 얼굴은 셀레이나와 너무나도 닮았다. 마치 동전의 양면처럼. 억제할 수 없는 분노를 품은 오만한 얼굴. 셀레이나의 분노가 탁탁 소리를 내며 타오르고 있다면 에이디언의 분노는…… 묵직하게 맥박 치는 정도였다. 그리고 에이디언의 얼굴에는 훨씬 위험하고 격한 분위기가 담겨 있었다.

도리언은 두 팔을 식탁 위에 올려놓고 느긋하게 미소 지었다.

"잘 지냈어, 에이디언?"

에이디언은 들은 척도 않고 구운 양고기 다리로 손을 뻗었다. 손가락에 낀 검은 반지가 빛을 받아 반짝였다.

"얼굴에 새로 생긴 상처, 마음에 드는군, 근위대장." 에이디언은 케이올의 뺨을 가로지르는 가늘고 긴 상처를 턱 끝으로 가리켰다. 네히미아가 죽은 날 밤, 셀레이나가 만들어놓은 상처였다. 그 상처는 케이올이 잃은 모든 것을 영원히 떠올리게 하는 표식이었다. 에이디언이 계속해서 말했다. "보아하니 저들이 아직 자네를 씹어 먹지는 않았나 봐. 제대로 된 칼까지 내준 걸 보면."

도리언이 말했다.

"폭풍에 시달렸을 텐데 기세가 꺾이지 않은 걸 보니 기쁘군."

"훈련하고 여자들이랑 자는 것 말고는 딱히 할 일도 없이 몇 주를 보내서 그런 걸까요? 산에서 이렇게 내려온 것도 기적일 정도니까요."

"자네는 이득이 없으면 아무것도 안 하는 사람이잖아."

도리언의 말에 에이디언은 나지막하게 웃었다.

"하빌리아드 가문다운 말씀이시네요."

에이디언은 앞에 놓인 음식을 먹기 시작했다. 케이올은 에이디언에게 왜 굳이 여기 같이 앉느냐고 따져 묻고 싶었다. 도리언은 조용히 에이디언을 쳐다보았다.

도리언은 에이디언의 몸집이나 갑옷이 아니라 그의 얼굴을, 눈동자를 바라보고 있었다.

케이올이 에이디언에게 물었다.

"다른 파티에는 참석 안 하십니까? 평소처럼 시내에서 재미를 보지 않으시고 왜 굳이 여기서 머무르시는지."

"내일 열리는 내 파티에 초대해달라는 말을 그렇게 돌려서 하는 건가, 근위대장? 놀랍군. 자네는 파티에는 참석 안 하는 사람처럼 굴잖아." 에이디언은 청록색 눈을 가늘게 뜨며 도리언에게 장난스레 웃음 지었다. "왕세자님은 지난번에 제가 연 파티에서 꽤 재미를 보셨죠. 제 기억이 맞다면, 빨간 머리 쌍둥이랑 함께요."

"실망스럽겠지만, 이제는 그런 데서 재미를 찾는 생활을 그만뒀어."

도리언의 대답에 에이디언은 다시 음식을 입에 퍼 넣으며 말했다.

"이만저만 실망이 아니군요."

케이올은 식탁 밑에서 양손을 부르쥐었다. 셀레이나는 지난 10년 동안 고결한 삶을 살지는 않았지만 적어도 테라센의 시민을 죽인 적은 없었다. 죽이라는 명령을 받고도 실제로는 이행하지 않았다. 저자는 자기 손에 끼워진 반지가 무슨 의미인지 알기는 할까? 아무리 잘난 척을 하며 오만과 건방을 떨어도 왕이 언제든 그의 의지를 꺾을 수 있다는 걸 알까? 케이올은 에이디언에게 경고를 해줄 수는 없었다. 에이디언이 왕에게 진심으로 충성하고 있을 경우, 케이올 본인은 물론이고 그가 아끼는 모든 사람이 위험해질 수 있으니까.

도리언이 다시 에이디언을 빤히 쳐다보자 케이올이 물었.

"테라센 상황은 어떻습니까?"

"뭐라고 대답하길 바라지? 혹독한 겨울을 보내고 나서 우리가 잘 먹고 잘산다고? 수많은 이들을 병으로 잃지 않았다고?" 에이디언은 콧방귀를 뀌며 말을 이었다. "반란군 사냥은, 그런 일이 취향이라면 재미가 있을 수도 있겠지. 다행히 폐하께서 베인 부대를 남쪽으로 소환하셨어. 이제 제대로 일할 기회를 주시겠다는 거겠지." 에이디언이 컵으로 손으로 뻗는 순간 케이올은 에이디언의 칼자루를 흘끗 쳐다보았다. 탁한 색깔의 금속 칼자루는 여기저기 패이고 긁힌 자국 투성이였다. 칼자루 끝은 일부 갈라진 둥그런 뿔이었다. 에렐리아 최고의 전사 중 한 사람인 그가 차고 다니기에는 소박하고 평범해 보이는 칼이었다.

에이디언이 설명했다.

"이건 오린스의 칼이야. 내가 첫 승리를 거뒀을 때 폐하께서 하사하신 선물이지."

그 칼에 대해서라면 다들 알고 있었다. 왕에서 왕으로 이어져온 테라센 왕실의 가보였다. 본래라면 셀레이나가 갖고 있어야 할 칼이었다. 셀레이나의 아버지가 소유했던 칼이니까. 에이디언이 그 칼을 가지고 있다는 것은, 셀레이나와 그녀의 가문에 대한 모욕이었다.

도리언이 말했다.

"장군이 그런 감성을 갖고 있다니 놀랍군."

"상징에는 힘이 있습니다, 왕세자 저하." 에이디언은 이렇게 말하며 도리언을 빤히 쳐다보았다. 굽힐 줄 모르는 도전적인 눈빛. 셀레이나와 같은 눈빛이었다. "북부에서 이 칼이 여전히 힘을 발휘한다는 걸 아시면 놀라실 겁니다. 무모한 반란 계획을 포기하도록 설득하는 힘이 있죠."

셀레이나의 기술과 간계는 집안 내력일 수도 있었다. 하지만 에이디언의 성은 갈라시니어스가 아니라 애쉬리버였다. 이는 에이디언의 조상 할머니 중 하나가 세 명의 페이 여왕 중 하나인 마브 여왕이라는 의미였다. 마브는 최근에 여신의 반열에 올라 사냥의 여신 디에나가 되었다. 케이올은 힘겹게 숨을 삼켰다.

잠시 활시위처럼 팽팽한 침묵이 흘렀다. 에이디언은 입에 고기를 넣고 씹으며 물었다.

"두 사람 사이에 무슨 문제라도? 추측해보죠. 여자 때문이겠군요. 왕의 전사 때문입니까? 소문으로는 상당히…… 흥미로운 여자라던데. 그래서 두 사람 다 내가 즐기는 재밋거리에서 멀어졌군요, 왕세자님?" 에이디언은 대연회장 안을 둘러보며 덧붙였다. "저도 그 여자를 한번 만나보고 싶네요."

케이올은 칼자루로 손이 가려는 것을 참으며 말했다.

"그 여자는 이곳을 떠났습니다."

에이디언은 케이올 쪽은 쳐다보지도 않고 도리언에게 싸늘한 미소를 지으며 말했다.

"안됐네요. 저도 다른 쪽으로 재미를 보려고 했더니만."

"말조심하시죠." 케이올이 날카롭게 말했다. 당장이라도 저 장군의 목을 졸라버리고 싶었다. 도리언은 식탁 위에 대고 손가락을 타닥타닥 두드릴 뿐이었다. "왕의 전사에 대한 예의를 지키세요."

에이디언은 양고기를 마저 먹고는 킬킬대며 웃었다.

"나야 뭐 언제나 그랬듯이 폐하의 충실한 종입니다." 애쉬리버는 다시 한번 도리언의 얼굴을 바라보며 덧붙였다. "언젠가는 제가 직접 왕세자님의 밤 상대가 되어 드리죠."

"그때까지 자네가 살아 있다면."

도리언은 가볍게 받아쳤다.

에이디언은 식사를 계속했지만 케이올은 에이디언의 날카로운 시선이 그들에게서 떠나지 않고 있음을 느꼈다. 에이디언은 태연하게 새로운 화제를 꺼냈다.

"소문으로는 얼마 전에 마녀 하나가 이 궁전에서 죽었다던데. 머물던 곳에는 격한 싸움의 흔적이 남아 있고, 그 마녀는 사라졌다더군요."

도리언이 날카롭게 물었다.

"그 일에는 왜 관심을 갖지?"

"이 왕국의 막후 실세들이 언제 죽음을 맞이하는지 아는 것이 제일이기도 하니까요."

그 말에 케이올의 등줄기에 소름이 돋았다. 마녀에 관해서는 별로 아는 게 없었다. 셀레이나에게 몇 가지 얘기를 듣기는 했지만 과장된 것이길 바랄 뿐이었다. 하지만 지금 도리언의 얼굴에 두려움이 스쳤다.

케이올이 몸을 앞으로 기울이며 한마디했다.

"장군께서 신경 쓰실 일이 아닙니다."

에이디언은 또다시 케이올의 말을 무시하고 왕세자에게 한쪽 눈을 찡긋했다. 도리언의 콧구멍이 벌름거렸다. 속에서 분노가 차오르고 있다는 신호였다. 그 순간 대연회장 안의 공기가 가볍게 흔들렸다. 마법의 기운이었다.

케이올은 도리언의 어깨에 손을 얹으며 말했다.

"이러다 늦겠습니다."

거짓말이었으나 도리언은 바로 눈치를 챘다. 도리언을 어서 데리고 나가야 했다. 에이디언한테서 떨어뜨려, 그들 사이에 흐르는 감정의 폭풍을 차단해야 했다.

"그럼 잘 쉬어, 에이디언."

이 말을 하는 도리언의 눈동자는 차갑게 얼어붙어 있었다.

에이디언은 히죽 웃었다.

"내일 리프트홀드에서 파티가 열립니다. 예전처럼 즐거운 시간을 보내고 싶으시면 오세요, 왕세자님."

아, 에이디언 장군은 정확히 어떤 부분을 자극해야 하는지 잘 알고 있었다. 그로 인해 야기될 사태에는 눈곱만큼도 관심이 없을 터였다. 이대로 도리언 옆에 두기에는 위험한 자였다.

특히 도리언과 그의 마법과 관련해서는 더욱 조심해야 했다. 케이올은 최대한 태연하고 자연스러운 표정으로 도리언과 함께 대연회장을 빠져나갔다. 에이디언 애쉬리버는 오래전 헤어진 사촌 셀레이나와 며칠 차이로 리프트홀드에서 맞닥뜨리지 않았다.

만약 에이디언이 에일린이 아직 살아 있다는 것을 안다면, 그녀가 지금 어떤 상태이고 왕의 비밀스러운 힘에 대한 정보를 얻어냈다는 것까지 안다면, 과연 에일린의 편에 설까, 아니면 그녀를 죽이려 할까? 지금까지의 행동, 손가락에 낀 반지를 감안하면 저 장군은 셀레이나 가까이에 있으면 안 된다. 테라센 근처에도 있으면 안 된다.

셀레이나가 사촌 에이디언이 한 짓을 알게 되면 얼마나 많은 피가 흩뿌려질지는 짐작조차 할 수 없었다.

케이올과 도리언은 말없이 걸음을 재촉해 왕세자의 탑에 이르렀다. 아무도 없는 복도로 들어선 도리언은 주변에 듣는 귀가 없음을 확인하고 입을 열었다.

"굳이 자네가 개입할 필요는 없었어."

"에이디언은 몹쓸 작자입니다. 제어하지 못하실까 봐 걱정이 됐습니다. 예전에 지하 통로에서처럼요." 케이올은 긴장된 숨을 내쉬었다. "지금은…… 안정되신 상태입니까?"

"제어가 잘되는 날이 있어. 화가 나거나 겁을 먹으면 그 힘이 나오는 것 같아."

그들은 끄트머리에 아치형 나무문이 있는 복도로 들어갔다. 케이올은 도리언의 어깨에 팔을 얹었다. 그리고 도리언의 방문 앞에 서 있는 보초들이 듣지 못하도록 나지막하게 입을 열었다.

"자세히는 말씀 안 해주셔도 됩니다. 나중에 왕세자님께 불리하게 이용될 정보는 주지 마세요. 제가 실수를 했다는 걸 알지만, 저를 믿어주시면 좋겠습니다. 예전에도 그랬고 지금도 저는 왕세자님을 안전하게 보호하는 것을 제일 중요하게 생각합니다."

도리언은 고개를 옆으로 약간 기울이며 그를 한참 바라보았다. 케이올의 모습이 안타까웠는지 도리언은 부드러운 목소리로 물었.

"대체 왜 그녀를 웬들린으로 보낸 거야?"

날카로운 아픔이 케이올의 가슴을 울렸다. 그는 셀레이나에 대해 도리언에게 털어놓고 싶었다. 속의 구멍이 메워질 때까지 그가 가진 비밀을 전부 들려주고 싶었다. 하지만 그럴 수는 없었다.

"해야 할 일을 하라고 보냈습니다."

케이올은 그 자리에서 왔던 길을 돌아갔다. 도리언은 그를 불러 세우지 않았다.

4

 피처럼 붉은 선홍색 망토로 몸을 감싼 마논은 그림자 진 벽장 속에 몸을 감추고 오두막에 쳐들어온 세 남자가 내는 소리에 귀를 기울였다.
 종일 바람을 타고 전해져온 두려움과 분노의 맛이 혀끝에서 느껴져 오후 내내 준비를 해두었다. 허옇게 바랜 오두막의 억새 지붕에 올라앉아 기다리고 있는데 들판의 높은 풀 위로 그들이 치켜든 횃불들이 일렁거렸다. 마을 사람 중 그 세 남자를 막아서려 한 이도, 합류한 이도 없었다.
 마을 사람들은 그녀가 펜헤로우 북부의 이 자그마한 푸른 골짜기에 찾아든 크로컨 마녀라고 말했다. 그녀는 마을 사람들 사이에서 몇 주나 본성을 감추고 비참한 생활을 견디며 오늘 밤을 기다렸다. 지금까지 살아온 혹은 방문한 모든 마을에서 한 것과 같은 일을 하기 위해서였다.
 마논이 사슴처럼 숨을 죽인 채 꼼짝 없이 숨어 있는 동안 침입자 중 하나가 그녀의 침실로 들어왔다. 손이 접시만 하고 키가 크며 턱

수염을 기른 농부였다. 벽장 속에서도 남자의 숨결에 섞인 에일 맥주 냄새와 피에 굶주린 살기가 느껴졌다. 아, 이 마을 남자들은 그동안 뒷문으로 물약과 부적을 팔고, 태어나지도 않은 아기의 성별을 맞춰준 마녀 마논을 어떻게 처리할지 정확히 알고 있는 눈치였다. 마논은 이 사람들이 이곳으로 쳐들어오려고 용기를 내기까지 시간이 너무 오래 걸려서 솔직히 놀랐다. 그동안 자기네를 겁에 질리게 만든 대상을 후딱 붙잡아 고문하고 죽이고 싶었을 텐데.

농부는 방 한가운데에 우뚝 서서 그녀를 구슬렸다.

"네가 여기 있는 거 다 알아." 농부는 침대 쪽으로 발을 옮기며 방 안을 훑어보았다. "우린 그냥 얘기나 하려고 온 거야. 마을 사람들이 겁을 먹었거든. 네가 마을 사람들을 두려워하는 것보다 마을 사람들이 널 두려워하는 마음이 더 클걸."

침대 밑을 들여다보는 농부의 등에서 단검이 번뜩였다. 저런 자의 말을 믿는 건 미친 짓임을 마논은 잘 알고 있었다. 산간벽지 마을에서도, 앞뒤 꽉 막힌 외딴 마을에서도 다 경험해본 일이었다.

남자가 허리를 편 순간 마논은 벽장에서 소리 없이 나와 침실 문 뒤의 어둠 속으로 숨어들었다.

조그맣게 달그락 쿵쿵대는 소리가 들려왔다. 나머지 두 남자가 무슨 짓을 하고 있는지 짐작이 갔다. 그들은 그녀를 찾고 있을 뿐 아니라, 물건도 훔치고 있었다. 가져갈 만한 물건은 별로 없을 것이다. 마논이 처음 이 오두막에 왔을 때부터 살림살이가 갖춰져 있었다. 그녀의 물건들은 그동안의 훈련과 본능에 따라, 방금까지 숨어 있던 벽장 구석의 자루에 담아 두었다. 아무것도 가져가지 말고 아무것도 남기지 말라는 원칙에 따른 것이었다.

"얘기나 좀 하려고 왔다니까, 마녀 아가씨."

침대 앞에서 돌아선 남자는 그제야 벽장이 눈에 들어왔는지 의기양양하게 미소 지었다. 어디 있는지 짐작이 간다는 표정이었다.

마논은 손가락으로 침실 문을 슬쩍 밀어 소리 없이 닫았다. 남자는 벽장 쪽으로 다가가면서 등 뒤로 침실 문이 닫히는 것도 알아채지 못했다. 마논은 모든 문의 경첩에 미리 기름칠을 해두었다.

남자는 큼직한 손으로 벽장 손잡이를 잡고 다른 손으로는 단검을 쥐고 칼날을 위로 세웠다.

"나오라니까, 크로컨 마녀 아가씨."

남자가 노래하듯 그녀를 불렀다.

마논은 죽음처럼 소리 없이 남자의 등 뒤로 가 섰다. 이 멍청이는 마논이 귓가에 입술을 가져다 대고 속삭일 때까지 그녀의 존재를 알아채지 못했다.

"잘못 짚었어."

놀란 남자가 홱 돌아서다 벽장 문에 몸을 부딪쳤다. 가슴을 들썩이면서 단검을 위로 치켜들었다. 마논은 웃음이 났다. 그녀의 은백색 머리카락이 달빛에 반짝였다.

남자는 침실 문이 닫혀 있는 것을 알아채고 고함을 지르려 숨을 들이마셨다. 하지만 마논은 더 크게 미소 지었다. 잇몸 위쪽 구멍에서 단검처럼 날카로운 쇠 이빨이 쑥 내려와 원래의 치아를 갑옷처럼 내리 덮었다. 방문에 등을 붙이고 선 남자의 눈은 휘둥그레져 온통 흰자위가 드러났다. 남자의 단검이 바닥에 쩔그럭 떨어졌다.

마논이 허공에 대고 손목을 흔들자 남자는 바지에 오줌을 지리고 말았다. 눈이 아리도록 번쩍이는 쇠 손톱이 그녀의 원래 손톱 위를 덮은 것이다.

남자는 마음 약한 신들에게 제발 살려달라며 조그맣게 빌었다. 마논은 그를 창문 쪽으로 몰고 갔다. 뒷걸음질 치는 저 남자가 여기서 살아나갈 가능성이 있다고 믿게끔 하려는 심산이었다. 그리고 미소 띤 얼굴로 남자에게 다가가 목을 잡아 찢었다. 남자는 비명조차 지르지 못했다.

남자를 처리한 마논은 침실 문을 약간 열고 거실로 나갔다. 두 남자는 이 집의 물건들이 그녀의 것인 줄 알고 아직도 도둑질을 하고 있었다. 이 집은 버려진 집이었다. 전 주인들은 이미 죽었거나 아니면 어느 정도 분별력이 있어서 이 썩어빠진 마을을 떠났을 것이다.

마논이 쇠 손톱을 두 번 휘두르자 두 번째 남자는 비명 한 번 못 지른 채 목숨이 끊어졌다. 그때 세 번째 농부가 동료들을 찾으러 왔다. 농부는 마논이 친구의 내장을 한 손에 움켜쥐고, 친구의 목을 쇠 이빨로 물어뜯는 모습을 보고는 줄행랑을 놓았다.

남자의 피는 대체로 묽은 맛이 났고 폭력과 두려움의 맛이 약간 섞여 있었다. 마논은 입에 물고 있던 피를 나무 바닥에 퉤 뱉었다.

그녀는 세 번째 농부가 들판을 가로질러 도망치는 모습을 바라보았다. 일부러 도망치게 둔 것이었다. 그녀는 턱을 타고 흘러내리는 피를 굳이 닦지도 않았다.

열까지 셌다. 사냥을 하고 싶었다. 어머니의 자궁 밖으로 나오며 이 세상에 고함과 피를 쏟아놓았을 때부터 그녀는 늘 이랬다.

그녀는 마논 블랙비크이며 블랙비크 마녀 가문의 후계자였다. 크로컨 마녀인 척하며 이 마을에서 몇 주 동안 지냈다. 그렇게 하면 진짜 크로컨 마녀들을 가까이 오지 못하게 막을 수 있을 테니까.

독선적이고 남의 속을 잘도 뒤집는 크로컨 마녀들은 치료사와 산파의 가면을 쓰고 숨어 살았다. 마논의 영광스러운 첫 살인의 대상은 열여섯 살도 채 안 된 크로컨 마녀로, 당시 마논과 같은 나이였다. 짙은 색 머리칼의 그 어린 마녀는 당시 크로컨들이 첫 생리 때 선물로 받는 선홍색 망토를 입고 있었는데, 덕분에 마논의 눈에 띄어 먹이가 되었다.

마논은 크로컨 마녀의 시체를 눈 내린 산길에 버려두고 떠나면서 그 마녀의 망토를 기념품으로 챙겼다. 그리고 100여 년이 흐른 지금도 여전히 그 망토를 입고 다녔다. 다른 아이언티스 마녀 같으면 감히 할 수 없는 짓이다. 영원한 적의 상징색인 선홍색 망토를 입고 다니다가 세 마녀 가문장들의 분노를 사게 될까 두려워 몸을 사리는 게 보통이었다. 하지만 그 망토를 입고, 크로컨의 심장이 담긴 상자—할머니에게 받은 선물—를 들고 블랙비크 요새로 몰래 들어간 마논은 크로컨 마녀들을 한 명씩 사냥하면서 세상에서 그들의 씨를 말리는 것을 자신만의 신성한 의무로 삼았다.

지금 마논은 순환 근무 중이었다. 마녀단 소속의 다른 마녀들이 멜리산드와 이일웨이 북부에 흩어져 비슷한 명령을 수행하는 동안, 마논은 펜헤로우에 여섯 달 동안 머물렀다. 그동안 이 마을에서 저 마을로 돌아다니면서 눈에 불을 켜고 찾아봤지만 크로컨 마녀는 한 명도 없었다. 이 농부들은 그저 몇 주 만에 굴러 들어온 놀잇감일 뿐이었다. 하지만 이들을 죽이면서 재미를 못 느꼈다면 거짓말일 것이다.

마논은 손톱에 묻은 피를 혀로 핥으며 들판으로 걸어갔다. 그림자와 안개로 뒤덮인 풀숲으로 발을 들였다.

얼마 후 들판 한가운데서 두려움에 떨며 소리 죽여 울고 있는 마지막 농부를 찾아냈다. 피와 쇠 이빨, 지독하게 사악한 마논의 미소를 본 농부는 오줌을 지렸다. 마논은 그 농부가 실컷 비명을 지르도록 내버려두었다.

5

 셀레이나와 로완은 말을 타고 먼지투성이 길을 나아갔다. 듬성듬성 바위들이 자리한 초원 사이로 구불구불 뻗어나간 그 길은 남쪽의 작은 언덕들 사이로 이어졌다. 셀레이나는 웬들린 지도를 외우고 있던 터라 지금 그들이 어디쯤을 지나고 있는지 알 수 있었다. 얼마 후 인간들이 다스리는 웬들린과 불멸의 메이브 여왕이 다스리는 땅의 경계선인 우뚝 솟은 캠브리언 산으로 향했다.

 작은 언덕을 넘어가는데 해가 뉘엿뉘엿 넘어가기 시작했다. 황량한 산골짜기를 끼고 뻗어 있는 길은 점점 더 험준해졌다. 뼛속 깊이, 피와 숨결과 영혼에 피곤함이 잔뜩 스며들었다. 누구한테 말을 걸기도 힘들었다. 그런 면에서 로완은 완벽한 길동무였다. 그녀에게 한 마디도 걸지 않았으니까.

 빽빽한 숲으로 들어가는데 황혼마저 저물었다. 주변의 사이프러스나무들이 오크나무로 바뀌고, 가느다란 가지들이 하늘 높이 당당하게 치솟은 굵은 가지로 바뀌었다. 무성한 덤불 사이에 이끼 낀 바위들이 여기저기 보였다. 짙어가는 어둠 속에서 숲은 마치 숨을 쉬는 듯했다. 따스한 공기가 윙윙대며 셀레이나의 혀로 금속성의 맛을 흘러보냈다. 저 뒤에서 천둥이 우르릉거렸다.

대단하네. 로완은 야영을 하기 위해 드디어 말에서 내렸다. 안장 주머니 크기를 보니 천막도 없는 듯했다. 침낭이나 담요는 당연히 기대할 수 없었다. 셀레이나가 메이브 여왕을 알현하는 일이 그에게는 달가운 일이 아닌 모양이었다.

그들은 말없이 말들을 숲 쪽으로 끌고 갔다. 지나가는 여행자들의 눈에 띄지 않도록 길에서 멀리 끌고 가야 했다. 로완은 야영지로 고른 곳에 짐을 던져놓고 자기가 타고 온 암말을 근처 개울로 데려갔다. 저 뾰족한 귀로 물 흐르는 소리를 들은 모양이었다. 셀레이나는 돌 몇 개와 나무뿌리에 발가락을 몇 번이나 부딪쳤지만 그는 짙어가는 어둠 속에서도 걸음 한 번 삐끗하지 않았다. 어둠 속에서도 환히 볼 수 있는 뛰어난 시력은 페이족의 또 다른 특징이었다. 셀레이나도 변신을 하면…….

아니, 그래서는 안 되었다. 피로 그린 아치문 너머에서 일어난 일을 생각하면 변신은 생각도 말아야 했다. 변신했을 때의 기분이 너무나 끔찍해서 다시 하고 싶지가 않았다.

말들에게 물을 먹인 로완은 셀레이나를 기다리지도 않고 말들을 끌고 야영지로 먼저 돌아갔다. 셀레이나는 혼자만 있게 되자 볼일을 본 다음 풀로 뒤덮인 개울가에 무릎을 꿇고 개울물을 마셨다. 물맛은 신선하고 예스러우면서도 강력하고 달콤했다.

뱃속의 구멍이 허기로 인한 것임을 깨달은 셀레이나는 그제야 물을 그만 마시고 비틀거리며 야영지로 돌아갔다. 야영지의 위치는 어슴푸레하게 빛나는 로완의 은발 덕분에 쉽게 찾을 수 있었다. 로완은 말없이 약간의 빵과 치즈를 건네준 뒤 말들을 돌보러 갔다. 셀레이나는 웅얼거리며 고맙다고 말했을 뿐, 도움이 필요하냐고는 묻지 않았다. 그녀는 우뚝 솟은 오크나무에 등을 기대고 바닥에 털썩 주저앉았다.

허기가 어느 정도 가라앉자 셀레이나는 그에게서 받은 사과를 자신이 와작와작 요란하게 먹고 있음을 깨달았다. 로완이 말들에게 먹이를 주면서 던져준 사과였다. 셀레이나는 겨우 힘을 내서 말했다.

"웬들린에 위험한 게 많아서 불도 못 피우는 건가요?"

로완은 나무에 기대어 앉아 다리를 뻗고 발목을 꼬았다.

"인간들 때문에 위험할 일은 없어."

도시를 떠나온 후 그가 처음 한 말이었다.

겁을 주려고 한 말일 수도 있지만 셀레이나는 몸에 소지한 무기들을 머릿속으로 전부 확인해둔 터였다. 인간들 때문이 아니면 무엇 때문에 위험하냐고 셀레이나는 묻지 않았다. 모닥불로 슬금슬금 다가올지도 모를 그 무언가의 정체를 알고 싶지가 않았다.

나무와 이끼, 돌이 한데 뒤엉켜 시커멓게 덩어리를 이루었다. 사방에서 묵직한 잎사귀들이 바스락거리는 소리, 불어난 개울물이 흐르는 소리, 깃털 달린 것들이 파닥파닥 날아다니는 소리가 들려왔다. 근처 바위 가장자리 너머에 조그맣게 빛나는 눈 세 쌍이 보였다.

셀레이나는 곧장 손에 단검의 칼자루를 쥐었다. 하지만 그것들은 별다른 행동을 하지 않고 조용히 그녀를 바라보고 있을 뿐이었다. 로완은 그것들의 존재를 알아채지도 못한 듯 오크나무 줄기에 머리를 기대고 조용히 앉아 있었다.

페어리 요정들은 늘 셀레이나를 지켜봐왔다. 아달렌 왕국의 그림자가 온 대륙을 뒤덮었을 때도 저것들은 셀레이나의 정체를 알아채고는 야영지에 신선한 물고기, 잎사귀에 가득 담긴 블랙베리, 꽃다

발 같은 소소한 선물들을 가져다놓곤 했다. 셀레이나는 그들이 준 선물을 외면하면서, 오크월드 숲으로는 가급적 들어가지 않으려 했다.

페어리 요정들은 눈 한 번 깜박이지 않고 그녀를 지켜보았다. 음식을 먹느라 정신을 놓지 않았다면 셀레이나는 방어 자세를 취할 만반의 태세를 갖추고 그들을 마주 노려보았을 것이다. 로완은 앉은 자리에서 꼼짝도 하지 않았다.

페어리 요정들이 테라센에서 받들어 모신 고대 서약은 이곳에서는 아무런 효력도 없었다. 그런 생각을 하고 있는데 나무 사이에서 더 많은 눈이 반짝였다. 셀레이나의 도착을 말없이 지켜보는 눈들이었다. 셀레이나가 페이 요정족이라서, 아니 페이 요정족과의 혼혈이라서일까. 셀레이나의 증조할머니는 메이브 여왕의 자매인 마브였다. 마브는 죽은 뒤에 여신으로 추앙받고 있었다. 웃기는 일이었다. 지독하게 사랑했던 인간 왕자에게 자신의 목숨마저 걸었던 마브는 그런 면에서 인간과 무척 닮아 있었다.

이 작은 요정들은 그녀의 땅을 파괴한 전쟁에 대해, 사냥당한 페이와 페어리에 대해, 불타버린 고대 숲과 도살당한 테라센의 신성한 수사슴들에 대해 얼마나 알고 있을까. 서부 지역의 형제들에게 무슨 일이 일어났는지는 알까.

이제 와서 무슨 상관이냐 싶기도 했지만, 저들은 무척 궁금히 여기는 것 같았다. 셀레이나는 윙윙 소리가 들려오는 밤을 향해 자신도 모르게 속삭였다.

"그들은 아직 살아 있어."

그제야 눈들이 사라졌다. 로완을 흘끗 쳐다보았다. 그는 계속 눈을 감고 있었지만 어쩐지 전부 지켜보고 있었던 것 같기도 했다.

6

 도리언 하빌리아드는 아침 식사 중인 아버지 앞에 뒷짐을 지고 서 있었다. 몇 분 전 식탁 앞에 앉은 아버지는 도리언을 보고도 아무 말이 없었다. 예전 같으면 도리언은 그 부분에 대해 따졌겠지만 지금은 상황이 달라졌다. 그는 마법의 힘을 갖게 됐고, 셀레이나와 연관된 혼란스러운 상황에 발을 담그고 있으며, 비밀 통로에서 또 다른 세상을 목격했다. 모든 게 달라졌다. 그래서 요즘은 가급적 누구도 그를 주목하지 않도록 몸을 바짝 낮추고 지내는 중이었다.

 닭구이를 다 먹은 아달렌의 왕은 잔에 담긴 피처럼 붉은 액체를 마시며 입을 열었다.

 "오늘 아침에는 말이 없구나, 왕세자."

 에렐리아 대륙의 정복자인 아버지는 접시에 담긴 훈제 생선 요리로 손을 뻗었다.

 "말씀하시길 기다리고 있었습니다, 아버지."

 밤처럼 검은 눈이 그를 바라보았다.

 "평소와 다르네."

도리언은 긴장했다. 그가 마법의 힘을 가지고 있다는 사실을 아는 이는 셀레이나와 케이올밖에 없었다. 케이올은 그 부분에 대해서는 아예 말도 못 꺼내게 해서 도리언은 그에게 굳이 이런저런 설명을 하지 않았다. 하지만 이 유리성은 첩자와 아첨꾼들이 사방에 있었다. 그들이 바라는 것은 오직 최대한 정보를 팔아넘겨 높은 지위를 차지하는 것이었다. 왕세자의 비밀을 팔아넘겨서라도 말이다. 복도나 도서관에서 누가 그를 목격하지 않았을까? 그가 셀레이나의 방에 숨겨둔 책들을 누군가 찾아내지 않았을까? 도리언은 그 책들을 지하 무덤에 옮겨다 놓고 매일 밤 그곳을 찾았다. 그의 머릿속을 괴롭게 만드는 질문에 대한 답을 찾기 위해서이기도 하지만 순수한 정적의 시간이 좋아서이기도 했다.

아버지는 다시 식사를 했다. 도리언이 아버지의 개인실에 들어온 것은 평생에 몇 번 되지 않았다. 개인실이라고는 하지만 서재와 식당, 회의실이 갖춰져 있어 그 자체가 어지간한 저택만 했다. 유리성의 한 동 전체가 아버지의 개인실이고, 도리언의 어머니가 쓰고 있는 동 맞은편에 있었다. 그의 부모는 한 침대를 쓰지 않았다. 도리언은 그 이상은 알고 싶지도 않았다.

도리언은 그를 찬찬히 살펴보는 아버지의 시선을 느꼈다. 곡선형 유리벽을 통과해 들어온 아침 햇살이 아버지의 얼굴을 비추자 찢기고 베인 상처들이 섬뜩하게 드러났다.

"오늘 에이디언 애쉬리버와 함께 시간을 보내라."

도리언은 최대한 무표정을 유지했다.

"제가 왜 그래야 합니까?"

"애쉬리버 장군이 부하들을 아직 못 데려왔으니, 베인 부대가 도착할 때까지 시간이 남아돌 거다. 둘이 잘 사귀어두면 서로 도움이 될 거야. 요즘 네가 고른 친구들이 죄다 너무 평범하니 하는 말이다."

마법의 힘이 깃든 서늘한 분노가 도리언의 척추를 타고 올라왔다.

"송구하지만, 회의 두 건을 준비해야 해서 이만 나가보겠습니다."

아버지는 우물우물 음식을 씹으며 말했다.

"네 의견을 구한 게 아니야. 애쉬리버 장군에게는 말해뒀으니 정오에 네 방으로 찾아갈 거다."

도리언은 결국 참지 못하고 물었다.

"왜 에이디언이 하는 짓을 두고만 보십니까? 왜 그자를 살려두시죠? 장군까지 만들어주시면서요."

에이디언이 유리성에 도착한 이후로 도리언의 머릿속에는 의문이 떠나지 않았다. 아버지는 다 안다는 듯 슬쩍 미소를 지었다.

"에이디언의 분노가 쓸 만한 칼날 구실을 하니 그렇다. 그는 사람들을 따르게 만드는 능력이 있어. 이미 제 사람들을 많이 잃었으니 더 죽게 만들고 싶지 않을 거다. 북부 지역에서 반란이 일어날 것 같은 기미가 보이면 그는 제 사람들이 다칠까 두려워서 최대한 진압해왔어. 반란이 일어났을 때 제일 먼저 고통받는 게 제 사람들, 일반 백성들이라는 걸 알고 있기 때문이지."

도리언은 아버지의 잔인한 피를 이어 받았지만 생각은 달랐다.

"아버지가 장군을 포로로, 노예나 다름없는 상태로 붙잡아두고 계시는 게 아무리 봐도 놀라워서요. 그자를 두려움이라는 방법으로 제압하는 건 잠재적으로 위험하지 않을까 싶은데요."

아버지가 에이디언에게 셀레이나를 웬들린으로 보낸 일에 대해 말하지 않았을까 하는 생각이 들었다. 웬들린은 에이디언이 속했던 왕실 가문의 땅이었다. 에이디언의 친척인 애쉬리버 가문이 여전히 다스리는 곳이기도 했다. 에이디언은 반란군을 수차례 진압한 이력이 있고 실질적으로 이 나라의 절반을 소유한 것처럼 행세하고 있지만…… 바다 건너 친척들에 대해 얼마나 기억하고 있을까?

"필요하다면 에이디언을 제어할 방법은 많아. 지금은 그자의 뻔뻔하고 불손한 언행을 재미있게 지켜보고 있다." 아버지는 턱 끝으로 문을 가리켰다. "네가 오늘 에이디언과 만나서 시간을 보내지 않는다면 더 이상 재미가 없을 것 같구나."

아버지는 도리언을 늑대에게 먹이로 내준 것이나 다름없었다.

도리언이 야생동물들과 개사육장, 마구간, 심지어 저주받은 도서관을 보여주겠다고 제안했지만 에이디언이 원하는 것은 단 하나, 정원 산책이었다. 에이디언은 전날 과식을 했더니 속이 편치 않고 몸도 늘어진다고 핑계를 댔지만 미소 띤 얼굴을 보니 다른 뜻이 있어 보였다.

에이디언은 도리언과 대화를 하기보다는 야한 노래를 부르면서 이 여자 저 여자 살피느라 여념이 없었다. 장미 덤불이 있는 좁은 길을 지나가면서는 그나마 교양 있는 척 굴던 겉치레를 벗어던졌다. 장미 덤불은 여름이면 더없이 아름답지만 겨울에는 위험할 수 있었다. 에이디언은 경비병들이 뒤돌아 서 있는 틈을 타, 외설적인 노래를 흥얼거리면서 도리언을 가시덤불 벽 쪽으로 슬쩍 밀었다.

재빨리 몸을 돌린 덕분에 도리언은 얼굴이 가시덤불에 처박히는 일은 면할 수 있었다. 하지만 망토가 찢어지고 손을 가시에 찔리고 말았다. 그는 비명을 지르고 상처 부위를 살피는 짓을 해서 에이디언을 즐겁게 만들어주고 싶지 않았다. 경비병들이 모퉁이를 돌아가는 동안, 도리언은 가시에 찔려 따끔거리고 추위에 곱아 들어가는 손가락을 주머니에 집어넣었다.

분수 앞에서 상처투성이 두 손으로 엉덩이를 짚으며 멈춰선 에이디언은 분수 뒤쪽에 몰래 숨어 있는 근위병 여섯 명을 향해 눈을 번뜩이며 히죽 웃었다. 그 번뜩이는 눈을 보면서 도리언이 묘하게 익숙한 눈이라는 생각을 하고 있는데 에이디언이 말했다.

"왕세자라서 본인 궁전 안에서도 호위가 필요하신가요? 저들이 저한테서 왕세자님을 보호하겠다고 더 많은 근위병을 보내지 않아서 모욕당한 기분이네요."

"여섯 명 정도는 혼자 거뜬히 감당할 수 있다고?"

늑대 같은 에이디언은 조용히 싱긋 웃으며 어깨를 으쓱했다. 오린스의 칼의 상처투성이 손잡이가 햇빛을 받아 눈부시게 빛났다.

"굳이 말씀드릴 필요는 없을 것 같은데요. 왕세자님의 부친께서 제 괴팍한 성질보다 제 쓸모를 더 높이 평가하지 않으실 수도 있어서요."

그들 뒤에서 근위병들 몇 명이 수군거렸다.

"아닐 수도 있어."

그게 전부였다. 내키지도 않은 산책을 하면서 에이디언은 별로 말을 건네지도 않았다. 잠시 후 에이디언이 피식 웃으며 말했다.

"손을 치료하러 들어가 보세요."

그제야 도리언은 오른손에서 여전히 피가 흐르고 있음을 알아챘다. 에이디언은 돌아서며 덧붙였다.

"같이 산책을 나와 주셔서 감사합니다, 저하."

어깨너머로 내뱉는 장군의 말이 어쩐지 위협처럼 느껴졌다.

에이디언이 아무 이유 없이 행동을 할 리가 없었다. 어쩌면 장군은 아버지를 설득해 도리언을 이 산책에 끌어낸 것일 수도 있었다. 하지만 무슨 목적인지 간파할 수가 없었다. 그저 도리언이 어떤 남자로 성장했는지, 게임을 어떻게 풀어내는 인간인지 간을 보려고 한 것일 수도 있었다. 그가 잠재적인 동맹이 될지 위협이 될지를 가늠해보려는 수작일 수도 있었다. 에이디언은 오만하고 교활한 자였다. 궁정 생활을 또 다른 전쟁터로 보고 있을 것이다.

도리언은 근위병들을 대동하고 성안으로 들어갔다. 그리고 고개를 끄덕여 근위병들에게 해산을 명했다. 케이올이 오늘 산책에 따라오지 않아 다행이었다. 마법의 힘에 관해 대화를 나눈 이후로, 케이올이 셀레이나를 입에 올리지 않게 된 이후로, 도리언은 케이올과 딱히 무슨 얘기를 주고받아야 할지 알 수 없었다. 케이올은 친구든 적이든 무고한 이들의 죽음을 용납할 사람이 아니었다. 케이올은 셀레이나가 애쉬리버 왕족들을 암살하지 않을 것임을 알 것이다. 비밀을 지킬 게 분명하기에 굳이 케이올에게 물어볼 필요도 없었다.

도리언은 케이올의 애매한 말을 곱씹으며 치료사들이 지내는 지하 묘지로 내려갔다. 로즈마리와 민트향이 공기 중에 퍼져 있었다. 이곳에는 지상의 유리성에 사는 이들의 호기심 어린 눈길을 피해 토끼 사육장과 검사실이 자리하고 있었다. 이 아래까지 내려오고 싶어 하지 않는 이들을 위해 유리성 위쪽에도 치료사들의 숙소가 마련돼 있었지만, 아달렌 최고의 치료사들은 천년 동안 이 지하에서 기술을 갈고 닦아 왔다. 희미한 돌들이 수백 년에 걸쳐 말린 약초들의 정수를 빨아들인 덕분에 이 지하의 홀에서는 기분 좋은 개방감이 느껴졌다.

도리언은 작은 작업실로 들어갔다. 젊은 여자가 커다란 오크나무 탁자 앞에 몸을 수그리고 앉아 있었다. 탁자 위에는 액체가 담긴 유리병들, 널어놓은 약초들, 조그맣게 피워놓은 불 위에서 부글부글 끓고 있는 냄비들 외에 다양한 유리 항아리와 저울, 막자사발과 막자가 놓여 있었다. 10년 전 마법을 불법화될 때 치료술만은 예외였다. 그전에는 치료술이 훨씬 강력했다고 도리언은 들어 알고 있었다. 예전에는 치료사들이 마법을 이용해 사람을 치료하고 목숨을 구하기도 했는데, 지금은 자연이 제공하는 재료만을 사용하고 있었다.

도리언이 방으로 들어가자 젊은 여자가 읽고 있던 책의 페이지를 손가락으로 짚으며 눈을 들었다. 아름답다고는 할 수 없지만 예쁘장한 모습이었다. 깔끔하고 우아한 윤곽, 곱게 땋은 밤색 머리카락, 조상 중에 이일웨이 사람이 있음을 나타내는 황갈색 피부.

"누구신지……" 여자는 그를 자세히 보고는 얼른 고개를 숙였다. "왕세자 저하."

여자의 부드러운 목까지 홍조가 확 피어났다.

도리언은 피가 흐르는 손을 내밀며 말했다.

"가시덤불에 찔려서."

장미 덤불이라고 하면 한심하게 들릴 것 같았다.

여자는 시선을 옆으로 돌리고 도톰한 아랫입술을 꽉 깨물었다.

"그렇군요."

여자는 가느다란 손으로 탁자 앞에 놓인 나무 의자를 가리켰다.

"저 의자에 앉으세요. 아니면 검사실로 모실까요?"

도리언은 누가 그의 앞에서 말을 더듬고 허둥지둥하는 걸 싫어하는 편이지만 이 젊은 여자는 얼굴이 붉게 달아오른 채 부드러운 목소리로 말하고 있어서 참을 만했다.

"괜찮아."

그는 의자로 가 앉았다.

그가 어색하게 침묵하고 있는 동안, 서둘러 작업실 한쪽 구석으로 걸어간 여자는 지저분한 흰색 앞치마를 갈아입고 한참 손을 씻은 뒤 붕대와 연고 통, 뜨거운 물이 담긴 그릇, 깨끗한 수건 등을 챙겨 왔다. 그리고 탁자 앞에 놓인 다른 의자 하나를 끌고 와 그를 마주 보고 앉았다.

여자가 그의 손을 씻어주고 상처 부위를 살펴보는 동안 그들은 별말이 없었다. 그러다 그는 그녀의 녹갈색 눈과 안정감 있는 손놀림, 여전히 목과 얼굴에 남아 있는 홍조를 바라보았다. 여자는 상처를 살펴보며 마침내 중얼거렸다.

"손은…… 완벽하게 괜찮아요. 다른 곳이 상하지는 않았는지, 안쪽에 가시가 박혀 있지 않은지 살펴본 거예요." 여자는 이렇게 말하고는 얼른 덧붙였다. "저하."

"별로 큰 상처도 아닌데 보기에 좋지가 않아서."

여자는 깃털처럼 가벼운 손놀림으로 그의 손에 탁한 색깔의 연고를 발랐다. 그는 바보처럼 움찔했다.

"죄송합니다. 상처 부위를 소독해야 해서요. 혹시 몰라서."

여자는 그가 그녀를 교수형에 처하기라도 할 것처럼 잔뜩 움츠러든 모습이었다. 그는 속으로 무슨 말을 해야 할지 궁리하다가 말했다.

"더한 상처도 입어봤어."

막상 입 밖에 내니 멍청이 같았다. 여자는 잠시 머뭇거리다가 붕대로 손을 뻗었다.

"알아요."

여자는 이렇게 말하며 그를 힐끗 올려다봤다.

"아, 이런. 눈이 참 아름답구나. 여자는 얼른 시선을 내리깔고 그의 손에 천천히 붕대를 감았다.

"저는 성의 남쪽 건물 담당이에요. 종종 야간 근무도 하고요."

도리언은 이 여자가 낯설지 않은 이유를 그제야 깨달았다. 한 달 전 그날 밤, 이 여자는 도리언뿐만 아니라 셀레이나와 케이올, 플릿풋까지 치료했다. 지난 일곱 달 동안 그들의 온갖 부상을 치료해준 바로 그 치료사였다.

"미안한데, 이름이 기억이 안 나서······"

"소르샤라고 합니다."

기분 나쁠 만도 한데 여자는 전혀 화난 목소리가 아니었다. 제멋대로인 왕세자와 그의 잘난 친구들은 제 목숨만 소중했을 뿐, 그들을 몇 번이나 치료해준 치료사의 이름조차 알려고 하지 않았는데 말이다.

소르샤가 붕대를 다 감자 도리언이 말했다.

"전에 우리가 이 말을 자주 안 한 것 같아서 할게. 고마워."

초록색 점이 박힌 갈색 눈이 다시 그를 올려다보았다. 그녀는 조심스레 미소 지었다.

"영광입니다, 왕세자 저하."

그녀는 치료 도구들을 주섬주섬 챙겼다. 이제 그만 나가보라는 신호인 것 같아 그는 일어서서 손가락을 움직여보았다.

"괜찮네."

"경미한 상처지만 잘 지켜보셔야 합니다." 소르샤는 작업실 뒤쪽의 개수대에 피 섞인 물을 쏟아부으며 말했다. "다음에는 여기까지 내려오실 필요 없이 올라오라고 명령하시면 됩니다, 저하. 저희가 언제든 올라가서 치료해드리겠습니다."

여자는 긴 팔다리를 무희처럼 우아하게 뻗으며 허리 숙여 절을 했다.

"지금까지 쭉 남쪽 건물을 담당해온 건가?"

이 질문의 뜻은 명확했다. 지금까지 일어난 일을 다 보았는지, 괴상한 상처들을 다 본 것인지 묻는 것이었다.

소르샤는 열린 문간 너머로 지나가는 이의 귀에 들리지 않도록 목소리를 낮춰 대답했다.

"저희는 환자들을 치료하고 기록을 하고 있습니다만, 깜박 잊고 기록을 안 할 때도 있습니다."

자신이 본 것들, 앞뒤가 맞지 않는 괴이한 상처들에 대해 다른 이에게 말하지 않았다는 뜻이었다. 도리언은 그녀에게 고개를 살짝 숙여 감사를 표한 뒤 방을 나섰다. 그들이 한 일을 목격한 자가 얼마나 더 있을까? 알고 싶지도 않았.

왕세자가 떠나고 난 후에야 소르샤의 손가락은 드디어 떨림을 멈췄다. 치료사들의 여신이자 평화와 온화한 죽음을 가져오는 여신 실바의 은총 덕분에 소르샤는 손을 떨지 않고 왕세자의 손을 무사히 치료할 수 있었다. 작업대에 기대어 선 소르샤는 길게 숨을 내쉬었다.

왕세자의 상처는 굳이 붕대로 싸맬 정도는 아니었다. 하지만 소르샤는 이기적이고 어리석은 마음에, 왕세자를 눈앞에 최대한 오래 앉혀 놓고 싶어서 그렇게 한 것이다. 왕세자는 그녀의 이름조차 모르는데.

소르샤는 한 해 전 정식 치료사로 임명되어 왕세자와 근위대장 그리고 그들의 친구를 수차례 치료했다. 그런데 왕세자는 그녀가 누구인지도 바로 알아보지 못했다.

환자들에 대한 기록을 빼놓기도 한다는 말은 거짓말이 아니었다. 하지만 머릿속에는 모든 기억이 들어 있었다. 한 달 전 그날 밤, 그들 세 명이 피투성이에 지저분한 몰골이던 그날 밤 일 역시 똑똑히 기억했다. 그날은 그 여자의 개도 부상을 입었다. 그들은 어쩌다 다쳤는지 설명해주지 않았고, 특별히 소란을 피우지도 않았다. 그리고 그들의 친구인 그 여자는……

왕의 전사였다. 그게 그 여자의 정체였다.

왕세자와 근위대장의 연인이기도 했다. 소르샤는 스승인 애머시를 도와 그 여자를 치료했다. 종종 그 여자를 돌보러 갔을 때 한 침대에 누워 있는 왕세자를 보기도 했다.

소르샤는 담담하게 모르는 척했다. 왕세자는 이 여자 저 여자를 만나는 것으로 워낙 유명했다. 하지만…… 가슴이 아픈 건 어쩔 수 없었다. 그러다 상황이 변했고 그 여자는 글로리엘라에 중독됐다. 그때 그 여자의 곁을 지킨 건 근위대장이었다. 근위대장은 마치 우리에 갇힌 짐승처럼 안절부절못하며 방을 서성였다. 치료하러 들어온 소르샤의 신경까지 곤두설 정도로. 그리고 몇 주 뒤 그 여자의 하녀 필리파가 피임약을 얻으러 소르샤를 찾아왔다. 필리파는 누구를 위한 약인지 말하지 않았지만 소르샤는 바보가 아니었다.

그리고 일주일 뒤 소르샤는 근위대장을 치료하러 갔다. 근위대장의 뺨에는 네 줄로 그어진 잔혹한 상처가 나 있었고 눈빛에는 생기가 하나도 없었다. 소르샤는 어떻게 된 상황인지 단박에 이해했다. 지난번 왕세자와 근위대장, 왕의 전사, 그리고 개까지 전부 피투성이가 되었을 때 그들 세 사람 사이가 박살났음을 짐작할 수 있었다.

특히 *셀레이나*라는 여자. 그들은 치료사가 방 밖으로 나갔다고 여기고 무심코 그 이름을 내뱉었고, 소르샤는 분명히 기억했다. 셀레이나 사르도시엔. 세계 최강의 자객이며 지금은 왕의 전사인 여자. 소르샤는 그 사실 또한 그들 모르게 비밀로 간직하고 있었다.

소르샤는 투명인간이나 다름없었다. 그래서 좋았다.

치료 도구들이 놓인 탁자를 바라보며 소르샤는 인상을 찌푸렸다. 저녁 식사 전까지 강장제와 찜질제를 여섯 개 만들어둬야 했다. 하나같이 복잡한 과정이었다. 귀찮은 일은 전부 떠맡겨버리는 애머시가 소르샤에게 던져놓은 일감이었다. 그리고 일주일에 한 번 친구에게 보내는 편지도 써야 했다. 그 친구는 이 궁전에서 일어나는 일을 사소한 것까지 전부 알고 싶어 했다. 그 일을 생각하니 골부터 아팠다.

왕세자가 아니고 다른 사람이 찾아왔다면 소르샤는 다른 치료사에게 가보라고 말했을 것이다.

소르샤는 하던 일로 돌아갔다. 왕세자는 방을 나가면서 곧 그녀의 이름을 잊을 것이다. 도리언은 제국의 후계자이고, 소르샤는 펜헤로우의 어느 작은 마을에 살던 이민자 부부의 딸이었다. 아무도 기억하지 못할 그 작은 마을은 불타버렸고 부모도 세상을 떠났다. 그래도 소르샤는 왕세자에 대한 연모를 멈출 수 없었다. 6년 전 그를 처음 본 순간부터 지금까지, 그녀는 투명인간처럼 아무도 모르게 그를 마음에 품었다.

7

첫날 밤 이후 셀레이나와 로완에게 접근해오는 것은 없었다. 로완은 그들에게 다가온 존재에 대해 셀레이나에게 언질을 주지도, 추위를 피할 수 있도록 망토를 내주지도 않았다. 셀레이나는 옆으로 웅크리고 누워 잠을 청했지만, 나무뿌리와 자갈이 등을 짓눌러 뒤척이거나 올빼미 혹은 더 지독한 어떤 존재가 짖어대는 날카로운 소리에 잠을 설쳤다.

하늘이 밝아오고 나무 사이로 아침 안개가 떠다닐 때쯤 셀레이나는 전날 밤보다 더 심한 피로감을 느꼈다. 말없이 빵과 치즈, 사과로 아침을 때운 뒤 말을 타고 숲으로 뒤덮인 작은 언덕길을 오르며 셀레이나는 앉은 채로 졸았다.

그들 옆으로 몇몇 사람들이 지나갔다. 대부분은 짐마차를 타고 시장으로 향하는 이들이었다. 다들 로완을 힐금 쳐다보고는 그들에게 길을 내주었다. 몇몇은 자비를 비는 기도를 중얼거리기도 했다.

웬들린 사람들이 페이 요정들과 평화롭게 공존했다는 얘기는 오래전에 들은 적이 있었다. 그러니 저들이 로완 때문에 공포를 느끼는 것은 아닐 것이다. 몸의 문신이 위협적이지 않다고는 말할 수 없겠지만 말이다. 문신으로 새겨진 단어가 무슨 뜻인지 묻고 싶었지만 그러려면 그와 말을 섞어야 했다. 말을 섞는다는 건 일종의…… 관계를 맺어야 함을 뜻했다. 친구는 이미 충분했다. 충분히 죽어나갔다.

셀레이나는 캠브리언 산으로 이어지는 숲을 지나는 낮 동안 아무 말도 하지 않았다. 숲은 점점 무성하고 빽빽해졌다. 고도가 높아질수록 안개도 짙어져, 거대한 베일 같은 안개가 떠다니며 그녀의 얼굴과 목, 등뼈를 어루만졌다.

길가에서 야영을 하며 또다시 춥고 비참한 밤을 보낸 뒤 새벽이 밝기 전에 다시 말을 타고 출발했다. 그 무렵 안개가 옷과 피부 속으로 스며들었고 얼마 후에는 뼛속까지 시리게 만들었다.

세 번째 날 저녁, 셀레이나는 모닥불이라도 피우고 싶다는 생각을 포기했다. 추위, 비위에 거슬리는 나무뿌리, 아무리 빵과 치즈를 먹어도 달랠 수 없는 허기를 받아들이기로 했다. 아픔과 고통이 그녀의 속을 달래주었다.

위로가 될 정도는 아니었지만 신경을 다른 곳으로 분산시켜주었다. 그만하면 됐다.

지금 이 상황이 자신에게 어떤 의미인지는 알고 싶지도 않았다. 그렇게 멀리까지 내다볼 생각도 없었다. 갤런 왕세자를 만날 수 있는 날이 가까워졌으니 그것으로 충분했다.

늦은 오후 그들은 길에서 벗어나 이끼가 잔뜩 끼어 말발굽이 움푹움푹 들어가는 지대를 가로질렀다. 며칠째 근처에 마을이라곤 보이지 않았다. 소용돌이무늬를 비롯한 이런저런 문양이 새겨진 화강암 바위들이 주변에 보였다. 인간들에게 가까이 오지 말라는 경고의 뜻을 담은 표지일 것이다.

도라넬을 떠나온 지 일주일이 다 되어갔다. 로완은 산을 넘어가는 게 아니라 계속 산을 끼고 나아갈 뿐이었다. 고도는 계속 높아져갔다. 종종 야생화가 피어 있는 고원과 들판이 보였지만 여기가 어디쯤이며 높이가 어느 정도인지를 가늠할 수 없었다. 그저 끝없는 숲과 언덕, 안개가 있을 뿐이었다.

연기 냄새가 나더니 얼마 후 빛이 보였다. 모닥불이 아니라 산비탈의 숲 한가운데에 서 있는 어느 건물에서 흘러나오는 불빛이었다. 돌벽이 어둡고 오래되어 보였다. 그 지역에 풍부한 화강암 때문이 아니라 다른 무언가로 인해 그렇게 변색된 듯했다. 눈에 힘을 주고 주변을 둘러보았다. 요새를 한가운데 두고 나무 사이사이에 둥글게 원을 그리며 배치된 높은 바위들이 눈에 띄었다. 거대한 짐승의 뿔처럼 그들을 향해 굽어진 두 개의 거석 사이를 지나고 있으니 그 바위들을 주목할 수밖에 없었다. 그때 높고 날카로운 소리의 흐름이 셀레이나의 피부를 스쳤다.

그랬다. 이곳은 마법 요새였다. 셀레이나는 속이 뒤틀렸다. 이 요새가 단순히 적의 접근을 막기 위한 용도가 아니라면 지금쯤 경계 태세에 들어갔을 것이다. 적어도 세 개의 탑 앞에서 순찰을 돌고 있는 세 명, 옹벽 위에 서 있는 여섯 명, 나무로 된 대문 앞에 있는 세 명은 셀레이나와 로완이 접근하고 있는 것을 안다는 뜻이었다. 가죽으로 된 경갑옷을 입고 장검과 단검, 활을 든 남자와 여자들은 요새로 다가가는 셀레이나와 로완을 지켜보고 있었다.

"나는 그냥 숲에 있는 게 좋겠는데요."

셀레이나가 며칠 만에 입을 열었다. 로완은 들은 척도 하지 않았다.

로완은 보초들에게 알은체도 하지 않았다. 굳이 인사조차 안 하는 걸 보면 익숙한 곳인 듯했다. 고대의 요새로 다가가는 동안 셀레이나는 머릿속으로 계산을 했다. 이곳은 큰 건물 하나에 감시탑 여러 개가 연결되었고 외벽에는 온통 이끼가 덮여 있었다. 보아하니 인간들이 사는 영역과 페이 요정족의 도시 도라넬 사이에 위치한 경계 지역 기지인 듯했다. 어쩌면 오늘 밤에는 따뜻한 곳에서 잠을 잘 수 있을지도 몰랐다.

경비병들이 로완에게 경례를 했으나 로완은 그들에게 눈길 한번 주지 않았다. 다들 두건을 내려쓰고 있어서 얼굴이 보이지 않았다. 페이 요정들인가? 로완은 여기까지 오는 내내 셀레이나에게 거의 말을 하지 않았다. 로완은 셀레이나에게 길가의 똥만큼도 관심이 없는 듯했지만, 그녀가 여기 머문다면 저들은 그녀에게 묻고 싶은 게 많을 것이다.

담장 너머 너른 안뜰로 들어가면서 셀레이나는 그 안을 세세하게 살펴보았다. 출입구를 확인하고 약점도 파악했다. 인간처럼 보이는 마부 두 명이 달려와 그들을 말에서 내려주었다. 내부는 무척 조용했다. 마치 이 안의 모든 것들이, 돌벽조차도 숨죽이고 지켜보는 듯했다. 그들을 기다려온 것도 같았다. 로완은 그녀를 본관의 어둑한 내부로 말없이 안내했다. 셀레이나는 신경이 점점 곤두섰다. 그들은 좁은 돌계단을 지나 작은 서재처럼 보이는 방으로 들어갔다.

셀레이나를 우뚝 멈춰 서게 만든 것은 조각이 새겨진 오크나무 가구나 색 바랜 초록색 커튼, 벽난로의 온기가 아니었다. 책상 뒤에 앉아 있는 검은 머리 여자, 페이 요정들의 여왕 메이브였다.

셀레이나의 중조이모할머니이기도 했다.

10년 만에 정말이지 듣고 싶지 않았던 이름이 메이브의 입에서 흘러나왔다.

"어서 와라, 에일린 갈라시니어스."

8

 셀레이나는 뒤로 주춤주춤 물러섰다. 정확히 몇 걸음을 물러서야 복도로 나갈 수 있는지 알고 있었지만 그녀의 등 뒤로 문이 닫히고 말았다. 셀레이나의 등은 꿈쩍도 하지 않는 단단한 몸뚱이에 부딪혔다. 두 손이 떨려 본인의 칼이든 로완의 칼이든 잡아 뽑을 엄두도 낼 수 없었다. 메이브 여왕이 명령을 내리자 로완의 칼등이 셀레이나를 내리쳤다.
 셀레이나의 머리에서 피가 흘러내렸다. 셀레이나는 힘겹게 숨을 한 번, 두 번 들이마신 뒤 들릴 듯 말 듯한 목소리로 말했다.
 "에일린 갈라시니어스는 죽었습니다."
 그렇게 자신의 이름을 소리 내어 말하고 말았다. 너무나 두렵고 증오해서 잊고 싶었던, 저주받은 이름이었다.
 메이브는 작고 날카로운 송곳니를 드러내며 미소 지었다.
 "쓸데없는 거짓말로 시간 낭비하지 말자."
 거짓말이 아니었다. 에일린 갈라시니어스라는 이름의 여자, 아니 공주는 10년 전 강에서 죽었다. 셀레이나는 이제 더 이상 에일린 갈라시니어스가 아니었다.

방 안이 너무 더웠다. 뒤에 있는 로완 때문에 방이 비좁게 느껴졌다.

마음을 다잡고 절반의 진실이라도 섞어 핑곗거리를 지어내고 싶었지만 그럴 여유가 없었다. 지난 며칠 동안 침묵과 안개 낀 한기 속으로 침잠할 게 아니라 그럴듯한 핑계를 생각해뒀어야 했다. 페이 요정족의 여왕 메이브를 알현하게 될 것임을 짐작하고 있었으니 더 신경을 썼어야 했다. 이 깊고 깊은 요새에서 검고 윤기 나는 머리카락을 가진 아름다운 여왕은 속을 알 수 없는 검은 눈으로 셀레이나를 바라보았다.

신이시여. *제발.*

메이브는 무서울 정도로 완벽한 모습이었다. 아무런 움직임 없이 영원히 차분한 자태를 유지하며 고대의 우아함을 뿜어냈다.

셀레이나는 이 일을 쉽게 해낼 거라고 착각했다. 지금 그녀는 벽처럼 꿈쩍도 하지 않는 로완에게 등을 붙이고 가만히 서 있었다. 로완은 이 요새를 둘러싼 벽만큼이나 오래되고 견고한 벽이었다. 로완은 육식동물처럼 강력하고 느긋하게 뒤로 물러나 문에 기대어 섰다. 메이브가 허락할 때까지 셀레이나는 여기서 나갈 수 없게 된 것이다.

보라색 가운을 입은 페이 요정족의 여왕 메이브는 길고 새하얀 손가락을 무릎에 포개 올리고 말없이 앉아 있었다. 여왕의 의자 등받이에 하얀 올빼미가 앉아 있었다. 이 땅에 사는 생물이라면 아무리 눈이 멀고 귀가 들리지 않아도 저 여왕이 누구이며 어떤 존재인지 알 것이다. 메이브는 천 년의 전설이자…… 악몽의 얼굴이었다. 그녀에 관한 서사시와 시, 노래가 수도 없이 만들어진 탓에 그녀가 신화에 불과하다고 믿는 이들도 있었다. 하지만 꿈 아니, 악몽의 존재인 그녀는 여기 이렇게 생생히 살아 있었다.

이 상황을 유리한 쪽으로 끌고 가자. 바로 지금 이 자리에서 필요로 하는 답을 얻을 수도 있어. 그럼 며칠 안으로 아달렌으로 돌아가는 거야. 일단 숨부터 쉬자.

재미로 남자들을 미치게 만든다는 요정 여왕이 일거수일투족을 주시하고 있으니 숨 쉬는 것조차 쉽지 않았다. 메이브의 의자에 앉은 올빼미도 셀레이나를 가만히 지켜보았다. 저 올빼미는 변신한 페이 요정일까, 아니면 진짜 새일까? 등받이를 움켜쥔 올빼미의 발톱이 나무 의자를 살짝 파고 들어갔다.

이 풍경이 어딘지 모르게 터무니없게 느껴졌다. 반쯤 썩은 서재에서, 무엇 때문에 얼룩졌는지 모를 책상 앞에 앉아 있는 요정 여왕이라니. 메이브가 책상 앞에 앉아 있다는 사실 자체가 어울리지 않아 보였다. 천상의 협곡 같은 곳에서 깐닥거리는 도깨비불, 류트와 하프 소리에 맞춰 춤추는 처녀들에게 둘러싸여 마치 시를 읽듯 하늘의 별을 읽어내야 어울릴 존재 아닌가. 이런 서재가 아니라.

셀레이나는 허리를 굽혀 인사를 했다. 무릎이라도 꿇어야 하나 싶었지만 정식으로 인사를 올리기에는 몸에서 풍기는 악취가 엄청났고, 배러스 시에서 수차례 싸움에 휘말린 탓에 얼굴 여기저기가 찢어지고 멍든 상태였다. 셀레이나는 허리를 펴고 여왕을 바라보았다. 메이브는 여전히 옅은 미소를 짓고 있었다. 거미줄에 걸려든 파리를 바라보는 거미 같은 시선이었다.

"제대로 목욕을 하면 네 엄마와 많이 닮은 모습이겠구나."

기분 좋게 인사를 주고받을 상황은 아니었다. 메이브는 곧장 하고 싶은 말을 뱉어냈다. 셀레이나는 이 상황을 잘 이끌어가고 싶었다.

원하는 것을 얻기 위해서라면 고통과 두려움 따위는 무시해야 했다.

"알현하게 될 줄 미리 알았다면 저를 호위해서 데려온 분에게 씻을 수 있는 시간을 달라고 요청했을 겁니다."

로완을 핑계로 삼았지만 미안하다는 생각은 전혀 들지 않았다.

메이브의 흑요석 같은 눈이 로완에게로 옮겨갔다. 로완은 여전히 문에 기대어 서 있었다. 셀레이나는 요정 여왕이 만족스러운 미소를 짓고 있다고 느꼈다. 여기까지 고된 여행을 하게 만든 것도 계획의 일부라는 듯이. 하지만 왜지? 어째서 셀레이나의 기운을 쭉 빼놓으려 한 걸까?

"널 빨리 데려오라고 재촉했으니 다 내 탓이다. 오는 길에 로완이 물웅덩이에서라도 씻게 해줄 거라고 생각했는데." 메이브는 우아하게 한 손을 들어 전사 로완을 가리키며 말했다. "로완 왕자는……"

왕자라니. 셀레이나는 고개를 돌려 그를 힐끗 쳐다보고 싶었지만 꾹 참았다.

"…… 내 자매인 모라의 후손이다. 내게는 조카인 셈이고, 우리 가문의 일원이지. 너와도 아주 먼 친척이다. 아주 먼 조상에서 갈라져 나온 후손들이니까."

셀레이나는 다시 발밑이 휘청하는 느낌이었다.

메이브가 생각에 잠긴 목소리로 말했다.

"내가 로완 왕자를 시켜 널 여기로 데려온 이유가 궁금하겠지."

셀레이나는 네히미아를 위해 이 게임에 기꺼이 참여하기로 마음먹었다. 그러려면 빌어먹을 혀가 제멋대로 건방진 소리를 내뱉지 않도록 단속부터 해야 했다.

메이브는 하얀 두 손을 책상 위에 올리며 말했다.

"너를 만나려고 아주 오래 기다렸어. 하지만 난 이 땅을 떠날 수가 없었지, 내 눈으로 직접 보지는 못했다는 뜻이다."

여왕의 긴 손톱이 빛을 받아 번뜩였다.

사람들은 모닥불 앞에서 메이브의 다른 껍데기에 관한 전설을 이야기하곤 했다. 메이브는 영혼을 집어삼키는 그림자와 손톱, 어둠의 존재인 탓에 그녀의 실체를 보더라도 살아서 누군가에게 말을 전한 사람은 아무도 없었다.

"네 부모는 내 법을 깨뜨렸다. 헤어지라는 내 명령을 따르지 않고 둘이 눈이 맞아 달아났지. 두 집안의 혈통은 섞이기에는 적합하지 않았어. 게다가 네 어미는 네가 태어나면 보여주기로 약속을 해놓고는……." 메이브는 고개를 옆으로 살짝 기울였다. 뒤에 홰를 타고 앉은 올빼미와 희한하게 닮은 모습이었다. "…… 네가 태어나고 8년 동안 늘 바쁘다며 약속을 지키지 않았어."

어머니가 약속을 지키지 않았다면…… 메이브에게 셀레이나를 일부러 보여주지 않은 거라면, 그럴 만한 이유가 있었을 것이다. 셀레이나의 흐릿한 기억 속에서 그 이유가 떠오를 듯 말 듯했다.

"그런데 네가 이렇게 나를 만나러 왔구나." 메이브는 움직이지 않았는데도 어쩐지 가까이 다가온 느낌이었다. "어른이 다 되어서. 내 정보원들이 바다 건너에서 너에 관한 괴상하고 끔찍한 얘기들을 물어 왔다. 네가 입은 상처와 네가 쥔 칼을 보니, 그 얘기들이 사실이었는지 의구심이 생기는구나. 1년 전에 애쉬리버 가문 특유의 눈을 가진 자객이 북부의 왕 눈에 띄어 띄었다는 얘기도 들었지……."

"그만하세요."

셀레이나는 집중해서 귀를 기울이는 로완을 흘끗 쳐다보며 여왕의 말허리를 잘랐다. 엔도비어 소금 광산 시절에 대한 얘기를 로완이 듣게 하고 싶지 않았다. 그에게 동정을 받고 싶지 않았다.

"제가 어떻게 살아왔는지는 읊지 않으셔도 제가 제일 잘 압니다."

셀레이나는 남의 일에 신경 끄라는 뜻으로 로완을 쏘아보았다. 로완은 지루하다는 듯 시선을 다른 곳으로 돌렸다. 불멸의 존재 특유의 오만한 태도였다. 셀레이나는 두 손을 주머니에 찔러 넣고 메이브를 마주보며 말했다.

"그래요, 저 자객 맞습니다."

뒤에서 피식 웃음소리가 들렸지만 셀레이나는 메이브한테서 시선을 떼지 않았다.

메이브는 냄새를 맡는 듯 콧구멍을 벌름거리며 물었다.

"네 다른 재능들은? 그 재능들은 어떻게 됐지?"

"제가 살던 땅의 다른 이들과 마찬가지로 저도 더는 그 재능들을 사용하지 못합니다."

메이브는 눈을 반짝였다. 셀레이나의 말에 섞인 절반의 진실을 냄새로 알아챈 듯했다. 메이브는 부드러운 목소리로 말했다.

"너는 이제 그 땅을 떠나왔지 않느냐."

도망쳐. 셀레이나의 본능이 이렇게 외쳤다. 엘레나의 눈이 있어봤자 별 소용 없었으리라는 느낌은 들었지만 막상 목에 없으니 아쉬웠다. 오래전에 죽은 엘레나 여왕의 영혼이라도 이 자리에 있으면 얼마나 좋을까. 로완은 여전히 문 앞에 서 있었다. 하지만 로완보다 한 수 앞서서 움직인다면 도망칠 수 있지 않을까…….

문득 떠오르는 기억이 있었다. 걷잡을 수 없을 정도로 환한 빛에 눈이 멀 것만 같았다. 본능은 셀레이나에게 도망치라고 애원하고 있었다. 어머니는 페이 요정족 혈통이었지만 다른 페이 요정을 집에 잘 들이려 하지 않았다. 믿을 수 있는 몇 명만이 그들 가족과 함께 지낼 수 있었다. 어쩌다 페이 요정족 손님이 찾아와 머물면 면밀하게 감시하면서, 셀레이나에게는 가족의 개인실에서 따로 지내게 했다. 셀레이나는 과보호라고 늘 생각했지만 지금은 생각이 바뀌었다……. 메이브는 거미처럼 우월한 미소를 지으며 속삭였다.

"어디 보여줘 봐라."

도망쳐. 도망쳐야 해.

악귀의 땅에 있는 동안 셀레이나는 자신의 몸에서 터져 나오는 파란 불길을 느꼈다. 그때 본 케이올의 얼굴이 아직도 눈앞에 선했다. 한 번만 잘못 움직였어도, 한 번만 호흡을 잘못했어도 셀레이나는 케이올과 플릿풋을 죽일 수 있었다.

올빼미가 날개를 버스럭거렸다. 올빼미의 발톱 아래 나무 등받이가 신음하듯 소리를 냈다. 메이브의 눈 속에 담긴 어둠이 점차 퍼져 나가며 가까이 다가왔다. 공기 중에 희미한 맥박이 느껴졌다. 셀레이나의 피를 들끓게 하는 진동이었다. 무언가 의식을 두드리고, 예리한 칼날이 셀레이나의 정신을 가르며 들어오는 느낌이었다. 마치 메이브가 셀레이나의 두개골을 열고 그 안을 들여다보려는 것 같았다. 그녀의 머리를 열고 껍질을 벗기고 맛보려 하고 있었다…….

셀레이나는 호흡을 일정하게 유지하려 애쓰면서 머릿속을 파고드는 손톱에 저항해 언제든 칼을 뽑을 수 있는 위치에 두 손을 놓았다. 메이브는 나지막하게 웃었고 셀레이나의 머릿속에 가해지던 압박이 멈췄다.

"네 어미는 수년 동안 나한테서 널 감췄지. 불꽃을 소환하고 조종하는 능력은 참 드문 재능이거든. 잉걸불 이상의 힘을 가진 자는 몇 없고, 불의 난폭한 힘을 자유자재로 쓸 수 있는 자는 더 드물지. 난 네가 그 힘을 마음껏 휘두르길 바랐는데, 네 어미는 그걸 알면서도 네 힘을 억누르려 하더구나."

셀레이나의 목 안에서 뜨겁게 숨이 달아올랐다. 불을 만드는 게 아니라 불을 끄는 방법을 배운 과거의 기억이 또다시 어렴풋이 떠올랐다.

"네 부모가 그리한 결과가 지금 내 눈앞에 있구나."

셀레이나는 피가 얼어붙는 느낌이었다. 자기 보호 본능도 잊은 채 말을 내뱉고 말았다.

"10년 전에 여왕님은 어디 계셨죠?"

상처받은 영혼 깊숙한 곳에서 마치 으르렁대듯이 나지막하게 흘러나온 말이었다.

메이브는 고개를 비딱하게 기울였다.

"나는 거짓말을 좋게 받아들이지 않아."

사납게 일그러진 셀레이나의 표정이 흔들렸다. 10년 전 페이 요정족은 테라센을 도우러 오지 않았다. 그들은 웬들린으로부터 어떤 도움도 받을 수 없었다. 그 이유는…… 전부…….

"더는 너와 노닥거릴 시간이 없구나. 간단히 말하도록 하지. 보아하니 묻고 싶은 게 있는 모양인데, 필멸의 존재 따위가 감히 물을 수 있는 질문은 아니야. 열쇠에 관한 질문일 테니까."

전설에 따르면 메이브는 영혼의 세계와 소통할 수 있다고 했다. 그렇다면 엘레나나 네히미아가 메이브를 통해 말을 전해줄 수 있을까? 셀레이나가 입을 벌리려 하자 메이브는 손을 들어 막았다.

"답은 해줄 거다. 답을 들으려면 도라넬에 있는 나를 만나러 와라."

"그러지 말고 지금……."

여왕의 말을 막아서자 로완이 사납게 으르렁거렸다.

메이브는 단어 하나하나를 맛보듯 천천히 말을 이어갔다.

"시간이 필요한 질문이고, 아직 넌 그 답을 들을 자격이 되질 않아."

"답을 들으려면 뭘 해야 하는지 말해주세요. 꼭 해낼 테니까."

누가 들어도 바보 같은 대답이었다.

"자격이 되지 않는 자에게 내주기에는 너무 위험한 답이다."

"마법을 보여주길 바라세요? 그럼 보여드릴게요. 하지만 여기서는…… 아니고…….."

"네가 내 발치에 곡물 자루 던지듯 마법을 던지는 꼴은 보고 싶지는 않구나. 네가 마법의 힘을 가지고 무얼 할 수 있는지부터 알아야겠다. 에일린 갈라시니어스……. 지금은 별로 할 수 있는 게 없어 보여." 그 저주받은 이름을 듣는 순간 셀레이나는 뱃속이 조여드는 느낌이었다. "제대로 된 환경에서 네가 어디까지 될 수 있는지 궁금하구나."

"저는……."

"나는 일반인이나 혼혈인이 도라넬에 들어오는 걸 허락하지 않아. 혼혈인이 내 왕국에 들어오려면 그만한 재능과 가치를 가졌음을 증명해야 돼. '미스트워드'라는 이름의 이 요새는……." 여왕은 한 손으로 방 안을 쭉 가리키며 말을 이었다. "능력 시험장 중 하나다. 시험을 통과하지 못한 자들이 세월을 보내는 곳이지."

셀레이나는 두려움 속에서도 혐오감이 치밀어 올랐다. 조금 전 메이브는 혼혈인이라는 단어를 경멸조로 내뱉었다.

"제가 가치 있다는 걸 증명하려면 어떤 시험을 통과해야 하죠?"

메이브는 문에 기대어 선 채 꼼짝도 하지 않는 로완을 가리켰다.

"네가 재능을 마음껏 쓸 수 있게 됐다고 로완 왕자가 판단하면 그때 나를 찾아오면 된다. 왕자가 널 여기서 훈련시킬 거다. 네 훈련이 끝났다고 왕자가 결정하기 전까지 넌 도라넬에 발을 들여놓을 수 없어."

유리성에서 악귀와 마녀, 아달렌 왕 같은 온갖 끔찍한 것들을 상대해온 터라 아무리 마법의 힘을 쓰더라도 로완과의 훈련은 그다지 어려울 것 같지 않았다.

하지만, 몇 주가 걸릴지도 모를 일이었다. 어쩌면 몇 달, 몇 년이 될 수도 있었다. 허송세월만 할 수도 있다는 익숙한 불안감이 밀려들면서 숨통이 막히는 기분이었다. 그 기분을 최대한 밀어내고 입을 열었다.

"제가 원하는 답은 그렇게 어려운 게 아니라서······."

"열쇠에 대한 답을 원하지 않나, 테라센의 후계자? 시험을 통과하고 도라넬로 오면 답을 얻을 수 있어. 어떻게 할지는 너에게 달려 있다."

"열쇠에 대한 제 질문에 정말로, 진짜로 대답해주셔야 됩니다."

메이브는 미소 지었지만, 따뜻하고 아름다운 미소는 아니었다.

"우리 방식을 전부 잊은 건 아니겠지." 셀레이나가 반응을 보이지 않자 메이브는 덧붙여 말했다. "네 질문에 *진실하게* 다 대답해주마."

이대로 걸어나가는 게 더 쉬울 수도 있었다. 다른 고대의 존재를 찾아내서 진실을 알려달라고 들들 볶는 편이 낫지 않을까. 셀레이나는 천천히 숨을 들이쉬고 내쉬기를 반복했다. 하지만 메이브는 태초의 볼그 전쟁 당시 현장에 있었다. 워드 열쇠들을 갖고 있던 적도 있었다. 그 열쇠들이 어떻게 생겼는지 어떤 느낌인지도 알았다. 어쩌면 브래넌 왕이 열쇠를 어디 감췄는지 알고 있을 수도 있었다. 특히 마지막 무명의 열쇠. 만약 셀레이나가 아달렌 왕한테서 열쇠를 훔쳐내 파괴하고 왕의 군대를 막아 세운 뒤 이일웨이를 해방시킬 방법을 찾아낸다면, 워드 열쇠 *하나만* 찾아내더라도 승산이 있지 않을까…….

"어떤 훈련을 받으라는 거죠……?"

"자세한 내용은 로완 왕자가 설명해줄 거다. 왕자의 안내를 받아 방으로 가서 쉬어라."

셀레이나는 깊이를 알 수 없는 메이브의 눈을 똑바로 쳐다보았다.

"제 질문에 답을 주시겠다고 약속하시는 거죠?"

"나는 약속을 어기지 않아. 그 점에서는 네 어미와 다를 것 같구나."

못된 년. 죽일 년. 셀레이나는 이렇게 내뱉고 싶었다. 하지만 그때 메이브의 눈이 셀레이나의 왼쪽 손바닥을 쳐다보았다. 여왕은 다 알고 있었다. 첩자를 두어서인지 어떤 능력을 발휘해서인지 단순히 추측을 해서인지는 몰라도 메이브는 셀레이나에 관한 모든 것을 알고 있었다. 셀레이나가 네히미아의 무덤 앞에서 한 맹세까지도 아는 듯했다.

"훈련의 목적은 뭡니까?"

셀레이나는 나지막하게 물었다. 분노와 두려움으로 인해 몸의 기운이 쭉 빠지는 기분이었다.

"겨우 제 재능이나 펼쳐 보이라는 훈련은 아니겠죠?"

메이브는 달처럼 새하얀 손가락으로 올빼미의 머리를 쓰다듬었다.

"네가 태어날 때부터 되었어야 할 존재가 되길 바랄 뿐이다. 여왕이 되어라."

◆◆◆

여왕이 되어라.

이 말이 머릿속을 밤새 어지럽혀 셀레이나는 좀처럼 잠을 이룰 수가 없었다. 몹시 지쳐서 제발 고통을 잊고 잠들게 해달라고 검은 눈의 여신 실바에게 눈물로 호소라도 하고픈 심정이었다. 여왕. 안 그래도 입술의 상처 때문에 누워서도 편하지가 않은데 여왕이라는 단어가 찢어진 입술에 자꾸만 통증을 더했다.

로완에게 어떻게 이 고마움을 돌려줘야 할까.

메이브가 명령을 내리자 셀레이나는 그대로 말없이 돌아서서 문밖을 나섰다. 메이브가 고갯짓을 하자 문을 가로막고 서 있던 로완은 옆으로 물러선 뒤 셀레이나를 따라왔다. 셀레이나는 구운 고기와 마늘 냄새가 풍기는 좁은 복도를 지나갔다. 뱃속에서 꼬르륵 소리가 났지만 지금 뭘 먹었다가는 곧장 토해버릴 것 같았다. 셀레이나는 뒤에 로완을 달고 통로를 지나 계단을 내려갔다. 한 발 한 발 내디딜 때마다 강철 같은 자제력과 치밀어 오르는 분노가 번갈아 마음을 사로잡았다.

어느새 저 앞에서 시커먼 돌로 된 복도를 걸어가는 로완의 발소리가 조그맣게 들려왔다. 아직 횃불을 밝히지 않은 상태라 실내가 어두워서 로완이 어디쯤 있는지 알 수가 없었다. 다만 그에게서 뿜어져 나오는 분노의 감정을 느낄 수 있었다. 잘됐다. 셀레이나 외에도 한 명쯤은 이 거래가 마음에 들지 같으니 말이다.

훈련. 훈련이라.

태어난 순간부터 셀레이나의 인생은 훈련의 연속이었다. 로완은 진이 다 빠질 때까지 셀레이나를 훈련시키겠지만, 워드 열쇠에 관한 답을 얻을 수 있다면 뭐든 할 것이다. 그렇다고 해서, 때가 되어도 넋 놓고 있겠다는 뜻은 아니었다. 여왕 자리에 오를 일은 더더욱 없을 것이다.

셀레이나는 왕좌나 왕관, 궁전을 가져본 적이 없었다. 갖고 싶지도 않았다. 셀레이나 사르도시엔으로서도 아달렌의 왕의 쓰러뜨릴 자신이 있었다. 두 주먹을 부르쥐었다.

그들은 아무하고도 마주치지 않고 나선 계단을 내려가 또 다른 복도로 들어섰다. 메이브가 '미스트워드'라고 부른 이 요새에 사는 자들은 위층 서재에 지금 누가 있는지 알까? 메이브는 재미 삼아 그들을 겁에 질리게 할 텐데. 어쩌면 이런저런 거래를 해서 여기 사는 모든 자, 특히 혼혈인들을 노예로 만들었는지도 모를 일이었다. 본인 잘못으로 혼혈인이 된 것도 아닌데, 그런 이유로 이 요새에 붙잡혀 있게 된다면 정말 욕지기 나는 일일 것이다.

마침내 셀레이나가 입을 열었다.

"불멸의 여왕 폐하께서 당신한테 보모 노릇을 시킨 걸 보면 당신이 여왕에게 꽤나 중요한 존재인가 보네요."

"당신이 살아온 이력을 아시니, 최고 실력자에게 당신을 맡겨야 된다고 판단하신 거겠지."

"숲에서 전사 흉내를 낸다고 해서 대단한 재능을 발휘할 수 있을 것 같지는 않은데요."

"당신과 당신 부모, 당신 종조부가 태어나기 한참 전에 나는 대량 학살 현장에서 싸웠어."

그 말에 셀레이나는 발끈했다. 로완이 바라던 바였다.

"여기서 새나 동물하고 싸우란 거예요?"

잠시 침묵이 흘렀다.

"세상은 당신이 상상하는 것보다 훨씬 넓고 위험해. 훈련을 받게 된 것도 그렇고, 본인을 증명할 기회를 가져보는 것도 축복인 줄 알아."

"나도 이 넓고 위험한 세상을 이미 충분히 경험했거든요, 왕자님."

그는 부드럽고 메마르게 웃었다.

"두고 봐, 에일린."

기분이 상한 셀레이나가 발끈하며 말했다.

"나를 그 이름으로 부르지 말아요."

"당신 이름이잖아. 다른 이름으로 부를 생각 없어."

그의 앞을 막은 셀레이나는 날카로운 그의 송곳니 바로 앞에 서서 말했다.

"여기 사는 자들에게 내가 누구인지 알려지면 안 된다고요. 이유를 알겠어요?"

어둠 속에서 그의 초록색 눈이 마치 들짐승처럼 번뜩였다.

"내 이모님이 생각보다 힘든 과제를 내주신 것 같네."

그는 내 이모라고 했다. 우리 이모가 아니라.

셀레이나는 순전한 증오를 담아 지금까지 해본 중 제일 더러운 욕을 내뱉으며 말했다.

"그러게요. 당신 같은 페이족을 보면 아달렌 왕의 행동이 좀더 잘 이해가 돼요."

셀레이나가 감지할 새도 없이, 세상 무엇보다 빠르게 그가 주먹을 휘둘렀다.

겨우 피해 코가 깨지는 건 면했지만 주먹에 입을 맞고 말았다. 셀레이나는 벽에 머리를 부딪쳤다. 입에서 피 맛이 났다. 그래, 해보자 이거지.

로완은 또다시 엄청난 속도로 주먹을 뻗었다. 하지만 주먹을 뻗을 때와 마찬가지로 어이없을 정도로 빠르게 셀레이나의 깨진 턱 바로 앞에서 주먹을 멈추더니, 낮고 사나운 목소리로 으르렁거렸다.

호흡이 거칠어진 셀레이나가 말했다.

"쳐."

그는 대꾸하는 것보다는 당장 그녀의 목을 잡아 찢고 싶어 하는 표정이었지만 자제하며 주먹을 거둬들였다. 그리고 물었다.

"내가 왜 당신이 원하는 대로 해줘야 하지?"

"당신네 종족들처럼 당신도 아무짝에도 쓸모없으니까."

그는 나지막하고 소름 끼치게 웃었다. 그 소리에 셀레이나는 신경이 곤두섰다.

"죽고 싶어 환장했네. 다음 주먹은 제대로 꽂힐 줄 알아."

셀레이나는 이 정도에서 그쳐야 한다는 것을 알았지만 핏속에서 들끓는 분노 때문에 상황을 똑바로 보지도, 제대로 생각할 수도 없었다. 그녀는 결과를 생각하지 않고 주먹을 내질렀다.

하지만 그녀의 주먹은 허공을 갈랐다. 로완은 효과적인 동작으로 그녀의 발을 잡아채 그녀가 또다시 벽에 부딪치게 만들었다. 초심자 대하듯 아주 쉽게 그녀를 넘어뜨린 것이다. 믿을 수가 없었다.

그는 팔짱을 낀 채로 한 걸음 앞에 서 있었다. 셀레이나는 피 섞인 침을 뱉으며 욕을 했다. 그는 히죽 웃었다. 이대로 돌진해 그를 밀고 주먹질을 하고 목을 조를 수 있을지 셀레이나는 판단이 서지 않았다.

로완이 왼쪽으로 몸이 치우치는 거짓 동작을 보이자 셀레이나는 오른쪽으로 공격해 들어갔다. 하지만 평생 싸움 기술을 연마해온 셀레이나의 기준으로도 그는 동작이 엄청 빨라서 셀레이나는 그의 뒤쪽 있는 시커먼 화로에 부딪히고 말았다. 달그락거리는 요란한 소리가 고요한 복도에 울려 퍼지고 셀레이나는 돌바닥에 고꾸라졌다. 바닥에 부딪힌 이가 얼얼했다.

로완은 그녀를 내려다보며 비웃었다.

"아까도 말했듯이 당신은 배울 게 아주 많아. 모든 걸 다 배워야 돼."

셀레이나는 찢어진 입술이 부어오르기 시작했다. 입에서 거한 욕이 절로 나왔다.

로완은 느긋하게 복도를 걸어가며 뒤도 돌아보지 않고 말했다.

"다음번에 또 그따위 욕질을 하면 한 달 동안 장작을 패는 벌을 받을 줄 알아."

셀레이나는 분노와 수치심 때문에 벌겋게 달아오른 얼굴로 씩씩대며 일어섰다. 로완은 비좁고 추운 방으로 안내했다. 감방보다 나을 게 없는 수준이었다. 계단 두 개만 올라가면 방이었다.

"무기 다 내놔."

"왜요? 싫은데."

그에게 단검을 다 내주는 일은 절대 없을 것이다.

그는 문 옆에 놓인 양동이를 신속하게 집어 들고 내용물을 바닥에 쏟아버린 뒤 그녀에게 내밀었다.

"무기를 여기 담아."

이런 자와 같이 훈련을 해야 한다니 앞날이 무지갯빛이구나.

"이유를 말해요."

"설명까지 하고 싶지 않아."

"그럼 한 번 더 싸우든가요."

어둑한 복도에서 그의 문신이 더 시커멓게 보였다. 그는 '아까 그

걸 싸움이라고 부를 수 있나?'라고 말하는 듯 인상을 찌푸리며 그녀를 바라보았다. 그러다가 나지막하게 대답했다.

"새벽에 일어나서 주방 일을 돕고 그날그날의 음식을 받아먹도록 해. 이 요새에 있으면서 누굴 죽일 작정이 아니면 무기를 소지하고 있을 필요는 없겠지. 훈련 중일 때도 마찬가지고. 보관하고 있다가 돌려줄 테니 소지한 단검을 여기 담아."

어쩐지 익숙한 상황이었다.

"주방 일이요?"

그는 이를 드러내며 심술궂은 미소를 지었다.

"여기서는 누구나 제 할 일을 하며 살아. 공주도 마찬가지야. 힘든 일을 안 하고 사는 자는 없어. 그러니 당신도 해야 돼."

힘들게 살아온 건 그녀의 얼굴에 난 상처만 봐도 충분히 짐작할 수 있을 것이다. 물론 셀레이나는 그에게 과거 얘기를 늘어놓을 이유가 없었다. 만약 로완이 엔도비어에서의 일에 대해 알게 돼서 조롱거리로 삼거나 동정을 한다면 어떻게 처신해야 할지 아직 판단이 서지 않았다.

"내가 받게 된다는 훈련에 주방 하녀 노릇도 포함이에요?"

"훈련 과정의 일부지."

셀레이나는 그의 눈빛에서 속내를 읽어낼 수 있었다. '당신이 겪는 비참한 순간들을 나는 옆에서 보고 즐길 거야'라는 의미였다.

"나이도 많으신 분이 예의는 못 배우셨나 봐요?"

로완의 외모는 이십대 후반으로 보였지만 상관없었다.

"자기밖에 모르는 어린애의 비위를 내가 왜 맞춰줘야 하지?"

"우린 친척이잖아요."

"당신보다는 이 성의 돼지와 더 가까운 혈연관계일 것 같은데."

화가 치밀어 콧구멍을 벌름거리는 셀레이나에게 그는 양동이를 들이밀었다. 셀레이나는 양동이를 그에게 걷어차 버리고 싶었지만 어차피 단검을 빼앗기게 될 텐데 코까지 깨지고 싶지 않았다.

로완은 그녀가 무기를 얼마나 소지하고 있는지, 어떤 무기를 숨겨 두었는지 이미 아는 듯 그가 양동이에 담기는 무기를 하나하나 헤아렸다. 그리고 양동이를 팔 아래에 끼고 방을 나섰다. 그는 "새벽에 일어날 준비나 해"라는 말을 남기고는 인사도 없이 방문을 닫았다.

"개새끼. 늙어빠진 재수탱이."

셀레이나는 욕을 하며 방 안을 둘러보았다.

방 안에 있는 물건이라고는 침대와 실내용 변기, 얼음처럼 차가운 물이 담긴 대야가 전부였다. 몸을 씻을까 말까 고민하던 셀레이나는 대야의 물로 입안을 헹구고 찢어진 입술을 닦아냈다. 배가 고파 죽을 지경이었지만 음식을 찾으러 주방으로 내려갔다간 다른 이를 맞닥뜨리게 될 터였다. 자루에 담긴 약으로 최대한 입술의 상처를 치료한 뒤 침대로 올라가 누웠다. 냄새나는 누더기를 입은 채로 그대로 몇 시간을 가만히 누워 상념에 잠겼다.

방 안에는 커튼이 없는 작은 창문이 하나 있었다. 옆으로 돌아눕자 창문 너머로 성 주변의 숲 위에 떠 있는 별들이 보였다.

로완에게 욕을 퍼부으며 싸우려고 덤벼들었으니…… 맞을 만했다. 단순히 맞는 것으로 안 끝났을 수도 있었다. 요즘 셀레이나는 거의 인간 같지도 않은 삶을 살고 있었다. 손가락으로 찢어진 입술을 만져보던 그녀는 움찔했다.

밤하늘을 바라보다가 북부의 왕 수사슴 자리를 발견해냈다. 영원의 왕관처럼 수사슴의 머리 위쪽에 늘 자리하고 있는 별은 테라센 방향을 가리켰다. 예전에 들은 얘기로, 테라센의 위대한 통치자들은 죽어서도 백성들을 굽어살피기 위해 하늘에 빛나는 별이 되었다고 한다. 백성들이 외롭지 않도록, 그리고 언제나 집으로 가는 방향을 알 수 있도록 말이다. 셀레이나는 지난 10년 동안 테라센에는 한 발도 들여놓지 않았다. 스승이었던 에로밴은 셀레이나가 테라센으로 가지 못하게 했고, 그 후 셀레이나는 혼자서도 감히 가볼 엄두를 내지 못했다.

그날 셀레이나는 네히미아의 무덤 앞에서 나지막하게 진실을 말했다. 너무 오랫동안 앞만 보고 달려온 탓에 무엇과 맞서 싸워야 하는지조차 잊고 말았다. 셀레이나는 큰 숨을 내쉬며 손으로 눈을 비볐다.

테라센의 어린 공주가 10년 전 그들을 얼마나 지독하게 저주했는지 메이브 여왕은 알지 못했다. 아마 앞으로도 알 수 없을 것이다. 셀레이나는 그들 모두를 저주했고 세상이 불에 타 재가 되도록 내버려두었다.

셀레이나는 별을 외면하고 돌아누웠다. 지독하게 추운 날씨임에도 낡아빠진 담요 한 장만 덮은 채 눈을 감았다. 다른 세상의 꿈을 꾸고 싶었다.

그녀가 아무것도 아닌 세상에 대한 꿈이었다.

9

　마논 블랙비크는 하얀 눈으로 뒤덮인 강 옆의 절벽 위에 서서 눈을 감았다. 축축한 바람이 살을 에듯 불어왔다. 죽어가는 인간들의 입에서 흘러나오는 신음보다 더 마음에 드는 소리는 몇 가지 없는데, 바로 이 바람 소리가 그중 하나였다.
　눈을 감고 바람에 몸을 기대자 하늘을 나는 기분이었다. 가끔은 예전처럼 쇠나무 빗자루를 타고 구름 사이로 하늘을 나는 꿈을 꾸었다. 지금 마논이 갖고 있는 것은 나무로 만든 허접한 빗자루뿐인데, 그나마도 블랙비크 요새에 있는 그녀의 방 벽장 안에 처박혀 있었다.
　바람을 타고 날아올라 안개와 구름 맛을 본 지 10년이 지났다. 오늘은 바람도 세고 빠르니 하늘을 날면 더없이 좋았을 것이다.
　등 뒤에서 마더 블랙비크가 포장마차를 타고 온 몸집 큰 남자와 얘기 중이었다. 그 남자는 공작이라고 했다. 마논이 펜헤로우의 피에 젖은 들판을 떠나자마자 마더 블랙비크의 호출을 받은 것이 단순한 우연은 아닐 듯했다. 여기가 아달렌 국경선 바로 옆의 만남 장소에서 65킬로미터 떨어진 지점이라는 것도.

블랙비크 마녀 가문의 가문장이자 대마녀이며 할머니인 마더 블랙비크가 물살이 거센 아칸서스 강 옆에서 공작과 대화를 나누는 동안 마논은 옆에서 보초를 섰다. 마녀단의 나머지 마녀 열두 명도 소규모 야영지 주변에서 각자 자리를 잡고 보초 임무를 수행 중이었다. 열두 명의 마녀들은 전부 마논과 비슷한 나이로 함께 자라며 훈련을 받았다. 마논처럼 그들 역시 무기를 소지하지 않았다. 블랙비크 마녀들은 별도의 무기가 필요 없다는 사실을 공작 역시 잘 알고 있었다. 몸 자체가 무기인 존재로 태어나면 무기가 필요 없었다.

그들은 '마논의 열세 마녀단'의 일원이었다. 지난 100년 동안 마논과 함께 싸우고 비행한 마녀들. 그 마녀단의 일원이라는 소리만 들어도 적들은 줄행랑을 치게 마련이었다. 열세 마녀들은 무자비하고 절대 실수를 하지 않는 것으로 유명했다.

마논은 야영지 주변에 배치된 갑옷 입은 경비병들을 둘러보았다. 그중 절반은 블랙비크 마녀들을 주시했고, 나머지 절반은 공작과 대마녀를 쳐다보고 있었다. 다른 마녀단은 부름을 받지도 못했는데 열세 마녀단이 대마녀의 호위대로 선택된 것은 영광스러운 일이었다. 열세 마녀가 있으면 다른 마녀들은 굳이 필요 없었다.

마논은 제일 가까이에 있는 경비병을 보았다. 그의 몸에서 풍기는 땀 냄새, 공포감에서 비롯된 옅게 톡 쏘는 냄새, 지친 몸에서 흘러나오는 묵직한 사향 냄새가 마논의 코에 닿았다. 몇 주 동안 이동해온 모양이었다. 그들은 죄수 호송용 마차도 두 대 끌고 왔다. 그중 한 대에서는 남자 냄새와 약간의 향수 냄새가 풍겼다. 다른 한 대에서는 여자 냄새가 풍겼는데 양쪽 다 냄새는 좋지 않았다.

할머니는 마논을 영혼 없이 태어난 존재라 했다. 블랙비크 마녀라면 응당 그래야 하듯 마논은 영혼도 마음도 없었다. 뼛속까지 사악했다. 이 죄수 호송용 마차에 탄 자들, 공작한테서 뭔가 괴상한 냄새가 풍겼다. 이질적이고 낯선 냄새였다.

가까이에 선 경비병이 초조해하며 자세를 바꿨다. 마논이 미소를 지어 보이자 그는 칼자루를 쥔 손에 힘을 주었다.

지루해진 마논은 턱을 살짝 움직여 쇠 이빨을 아래로 내리덮었다. 그것을 본 경비병은 한 걸음 뒤로 물러섰다. 경비병의 호흡이 빨라지면서 두려움에서 비롯된 매캐한 체취가 더욱 강해졌다.

달처럼 흰 머리카락, 설화석고처럼 새하얀 피부, 불에 탄 금 같은 눈동자 때문에 남자들은 마논을 페이 요정족 여왕처럼 아름답다고 칭송했다. 그 남자들은 하나같이 불행한 최후를 맞이했는데, 그녀의 미모가 타고난 무기임을 너무 늦게 깨달은 탓이었다. 덕분에 마논은 그들을 죽이며 재미를 봤다.

눈 더미와 죽은 풀들을 밟고 걸어오는 소리에 마논은 부들부들 떠는 경비병과 세차게 흐르는 아칸서스 강에서 시선을 뗐다. 할머니가 다가오고 있었다.

마법이 사라지고 10년 동안 마녀들은 예전과 다른 노화 과정을 겪고 있었다. 마논의 나이는 100세가 넘었는데 10년 전까지만 해도 겉보기에는 열여섯 살 정도로 보였다. 그런데 지금은 이십 대 중반 같은 외모였다. 마녀들도 인간들과 같은 속도로 나이를 먹고 있었다. 그걸 알게 된 마녀들은 적잖게 충격을 받았다. 할머니도······.

마더 블랙비크는 폭넓고 풍성한 가운을 바람에 물결처럼 펄럭이며 걸어왔다. 할머니의 얼굴에는 주름이 확연히 잡혔다. 흑단 같던 머리카락도 군데군데 은빛으로 물들었다. 블랙비크 마녀 가문의 대마녀인 할머니는 아름다운 정도가 아니라 대단히 매혹적이었다. 새하얀 피부도 이제 인간들처럼 세월의 흔적이 묻어나고 있기는 하지만 넋을 잃게 만드는 미모는 여전했다.

마더 블랙비크는 강을 따라 북쪽으로 걸어가며 말했다.

"가자."

그들 뒤에서 공작의 부하들이 모여 섰다. 열세 마녀단이 옆에 있을 때…… 특히 그녀들이 슬슬 지루해할 때 긴장하고 조심하는 걸 보니 인간들치고는 제법이었다.

마논이 턱을 약간 움직여 신호를 하자 열세 마녀단은 일사불란하게 움직이기 시작했다. 보초를 서고 있던 열두 명의 마녀들은 마논과 그녀의 할머니 뒤에서 일정한 거리를 두고 따라갔다. 겨울 풀밭이라 발소리가 거의 나지 않았다. 최근 몇 달 동안 마을마다 샅샅이 뒤졌지만 크로컨 마녀는 한 명도 눈에 띄지 않았다. 그로 인한 대가는 아마도 나중에 치르게 될 것이다. 채찍질일 수도 있고 손가락 몇 개를 부러뜨리는 벌로 끝날 수도 있다. 영구적인 손상을 입히지는 않지만 여럿 앞에서 창피를 주는 벌이겠지. 할머니는 그런 식의 처벌을 선호했다. 방법과 관계없이 굴욕감을 느끼게 만드는 처벌.

할머니의 금색 얼룩이 섞인 검은 눈동자는 블랙비크 마녀 가문의 순수 혈통임을 나타내는 특징이었다. 할머니는 그 눈동자로 북쪽 지평선을 바라보며 화이트팽 산을 향해 가고 있었다. 금색 얼룩이 박힌 눈이 블랙비크 가문이 가장 중요하게 여기는 순혈의 특징인 만큼 할머니는 마논의 눈이 진한 금색임을 알고는 아직 몸이 다 식지도 않은 딸의 시체를 버려두고 마논만 데려와 후계자로 삼았다.

할머니는 계속 걸어갔다. 마논은 입을 열 엄두가 나지 않았다. 자칫 말을 잘못 했다가는 혀를 잡아 뜯기고 말 것이다.

작은 언덕 너머로 야영지가 사라지자 할머니가 비로소 입을 열었다.

"북쪽으로 가자. 열세 마녀단 마녀들 중 세 명을 각각 남쪽, 서쪽, 동쪽으로 보내. 우리 친족들을 찾아내서 우리 모두 페리언 협곡에서 모이기로 했다고 말을 전해. 블랙비크 마녀는 한 명도 빠짐없이, 누구 하나 파수병으로 남지도 말고 전부 집합해야 한다."

요즘은 마녀와 파수병의 차이가 없었다. 마녀단 소속의 마녀들은 파수병 역할도 수행했다. 서부 왕국이 몰락한 후 마녀들은 살아남기 위해 온 힘을 다했다. 블랙비크, 엘로레그스, 블루블러드 소속 마녀들은 싸울 준비가 되어 있었다. 언제라도 왕국을 되찾기 위해, 동족을 위해 죽을 준비가 되어 있었다. 마논은 예전 마녀 왕국에 발을 들여놓은 적이 없었다. 마녀 왕국의 폐허도, 서쪽 바다까지 뻗어나간 푸르른 평원도 본 적이 없었다. 열세 마녀단에 속한 다른 마녀들도 마찬가지였다. 마지막 크로컨 여왕이 전설의 전장에서 피를 흘리며 내뱉은 저주로 인해, 다들 마녀 왕국에서 쫓겨나 방랑 생활을 해온 탓이었다.

할머니는 걸으며 말했다.

"파수병들이 다른 마녀 가문을 만나면 페리언 협곡에서 모이기로 했다는 말을 꼭 전하게 해. 서로 싸우지 말고, 싸움을 유발하는 짓도 하지 말고, 그저 집합 명령만 퍼뜨려."

할머니의 쇠 이빨이 햇빛을 받아 번뜩였다. 다른 고대 마녀들—마녀 왕국에서 태어나 크로컨 여왕들의 속박을 깨부수기 위해 아이언티스 동맹의 일원이 된 마녀들—과 마찬가지로 마더 블랙비크는 쇠 이빨을 늘 보란 듯이 꺼내놓고 있었다. 마논도 마더 블랙비크의 쇠 이빨이 위로 올라가 숨겨진 걸 본 적이 없었다.

마논은 쇠 이빨에 대해 묻고 싶었지만 참았다. 페리언 협곡은 화이트팽 산과 룬 산지 사이에 위치한 끔찍하고 위험천만한 곳이었다.

동쪽의 비옥한 땅과 서쪽의 불모지 사이로 뻗어나간 산길 중 하나이기도 했다.

마논은 동굴들로 이루어진 눈 덮인 미로와 산골짜기를 걸어서 지날 때 이 산길을 통과한 적이 있었다. 딱 한 번이었고, 열세 마녀단을 비롯한 다른 마녀단 소속 마녀 두 명과 함께였다. 당시는 마법이 사라진 직후여서 그 충격과 고통으로 다들 눈멀고, 귀먹고, 말도 못하는 상태였다. 마녀들 중 절반은 페리언 협곡을 통과하지 못했다. 열세 마녀단은 가까스로 살아남았지만 마논은 얼음 동굴이 붕괴되면서 한쪽 팔을 잃을 뻔했다. 제2지휘관 애스터린의 빠른 대처와 제3지휘관 소렐의 무지막지한 힘 덕분에 겨우 팔을 지킬 수 있었다. 그 후 마논은 페리언 협곡을 다시는 찾지 않았다. 무엇보다 지난 몇 달 동안 그곳에 마녀보다 더 사악한 존재들이 살고 있다는 소문이 돌았다.

마논은 옅은 웃음을 짓고 있는 할머니 쪽으로 고개를 돌리며 말했다.

"바바 옐로레그스가 죽었어요. 리프트홀드에서 당했습니다. 공작이 소식을 들었다는데, 누가 무슨 이유로 죽였는지는 아무도 모릅니다."

"크로컨 마녀들의 짓이냐?"

"아마도요." 마더 블랙비크의 입가에 미소가 번지며 군데군데 녹이 슨 쇠 이빨이 드러났다. "아달렌의 왕이 우리를 페리언 협곡에 모이라고 초대했다. 우리에게 줄 선물이 있다고 하더구나."

마논은 세계 정복에 열중해 있는 잔인하고 지독한 아달렌 왕에 대해 알고 있는 바를 곱씹었다. 마녀단 단장이자 블랙비크 가문의 후계자인 마논은 할머니의 목숨을 지켜야 할 책임이 있었다. 온갖 함정과 잠재적 위험도 본능적으로 예견해야 했다.

"덫을 놓은 것일 수 있습니다. 우리를 한곳에 모아놓고 죽이려는 수작일지도 모르죠. 아달렌 왕이 크로컨 마녀족과 한편이 됐으면 어쩌실 겁니까? 아니면 블루블러드 마녀 가문일 수도 있고요. 그들은 아이언티스 마녀 동맹 내에서 제일 높은 대마녀의 지위를 얻고 싶어 했습니다."

"내 생각은 달라." 마더 블랙비크의 깊이를 헤아릴 수 없는 검은 눈가에 잔주름이 잡혔다. "아달렌 왕은 우리에게 제안을 했어. 모든 아이언티스 동맹 소속 마녀 가문에게 제안을 했다는구나."

마논은 피 마르게 초조한 감정을 해소하기 위해 아무나 붙잡고 배를 갈라버리고 싶은 충동이 일었다.

마더 블랙비크는 지평선을 바라보며 말했다.

"아달렌 왕은 기수를 필요로 해. 와이번을 타고 다닐 기수. 공중부대를 키우겠다는 거지. 지난 수년 동안 왕은 페리언 협곡에서 와이번들을 길러왔어."

꽤 오랜 시간이 흘렀지만 마논은 그들 주변에서 운명의 실이 뒤엉키고 바짝 조여 오는 것을 느꼈다.

"우리가 그를 위해 일을 해주면 와이번을 내주겠다고 하더구나. 지금 그곳에 살고 있는 돼지 같은 것들한테서 불모지를 빼앗아 왕에게 돌려주는 대가로 말이지."

사납고 격한 설렘이 마논의 가슴을 예리한 칼처럼 찔렀다. 할머니의 시선을 따라 마논은 지평선을 바라보았다. 할머니는 겨우내 내린 눈으로 하얗게 뒤덮인 산을 바라보고 있었다. 다시 날아올라, 산길을 타 넘어 본능대로 먹잇감을 사냥할 수 있다면…….

쇠나무 빗자루만 고집할 필요는 없었다.

와이번을 타고 다니는 것도 괜찮을 것이다.

10

 종일 지치도록 신참들을 훈련시키는 것으로 모자라, 도리언을 최대한 마주치지 않으려 조심하면서 왕의 감시까지 피해야 했다. 그렇게 하루를 보낸 케이올은 어서 방으로 돌아가 잠을 자고 싶은 생각뿐이었다. 그런데 대연회장 바깥에서 보초를 서고 있어야 할 부하 네 명 중 두 명이 보이지 않았다. 그 자리를 지키던 보초 두 명은 케이올이 다가가 서자 움찔했다.
 근위병들이 교대 근무를 빼먹는 건 드문 일은 아니었다. 몸이 아프다든가, 가족에게 안 좋은 일이 생기면 케이올은 언제든 다른 근위병을 불러 그 자리를 채웠다. 그런데 보초 두 명이 자리를 대신 채워줄 사람도 없이 무단으로 이탈한 것이다. 케이올이 나지막하게 말했다.
 "어떻게 된 일인지 설명해."
 보초 한 명이 헛기침부터 했다. 석 달 전 훈련을 마치고 근무를 시작한 지 얼마 안 되는 신참이었다. 그 옆의 다른 한 명도 마찬가지였다. 둘 다 신참이라 케이올은 텅 빈 대연회장 밖에서 야간 근무를 하도록 배치했다. 그리고 수년 차 선임인 다른 두 경비병에게 이 두 신참을 책임지고 지켜보도록 지시했다.

헛기침을 한 보초는 얼굴이 달아올랐다.

"그…… 그게…… 아, 근위대장님, 그게, 선임들이 지금 대연회장이 비어 있으니, 자리를 비워도 아무도 모를 거라고 하셔서……."

"똑바로 말해."

멋대로 자리를 비운 두 명을 당장 죽여 *버리고* 싶은 심정이었다.

옆에 있던 다른 보초가 설명했다.

"선임들은 장군님의 파티에 갔습니다. 애쉬리버 장군님이 리프트홀드로 가시면서 선임들을 데려가셨습니다. 근위대장님이 이해해주실 거라고 하자 선임들이 장군님을 따라갔습니다."

케이올의 턱에 힘이 들어갔다. 에이디언 애쉬리버라면 충분히 하고도 남을 짓이었다.

케이올은 낮게 으르렁거리듯 말했다.

"너희 둘은 그런 일이 있으면 보고를 해야 한다고 생각하지 않았나?"

"죄송합니다. 선임들이…… 저희를 밀고자로 취급할까 봐 보고할 수가 없었습니다. 대연회장이 비어 있기도 해서……."

"너희는 부적절한 처신을 했다. 둘 다 한 달 동안 정원에서 이중 근무를 하도록." 날씨가 얼어붙게 추워지고 있으니 그 정도면 적절한 벌이 될 것이다. "휴식 시간은 없다. 멋대로 자리를 이탈한 근위병에 대해 *또다시* 보고를 누락하면 둘 다 모가지야. 알겠어?"

신참들이 우물거리며 대답을 하자 케이올은 성의 앞문을 향해 걸어갔다. 잠을 자기는 다 틀렸다. 자리를 벗어난 부하들을 잡으러 리프트홀드에 가야 했다. 가서 장군과도 얘기를 나눠야 할 것이다.

◆◆◆

 에이디언은 술집을 통째로 빌려 파티를 열었다. 문 앞에서 하층민들의 출입을 막기 위해 서 있던 보초들은 케이올의 사나운 눈빛과 칼자루 끝의 독수리 모양 장식을 흘끗 보고는 얼른 옆으로 물러섰다. 술집 안은 귀족들과 신분을 알 수 없는 여자들, 그리고 술에 취해 시끌벅적하게 떠드는 남자들로 가득했다. 카드 게임, 주사위 게임, 악단의 연주에 맞춰 음란한 노래를 불러대는 사람들, 무료로 제공되는 에일 맥주, 스파클링 와인……. 이 파티에 들어간 비용은 에이디언의 피 묻은 돈으로 감당하는 걸까, 아니면 왕이 대신 내주는 걸까?
 케이올은 부하 두 명이 여섯 명쯤 되는 남자들과 더불어 카드 게임을 하는 모습을 포착했다. 그들은 여자들을 무릎에 앉히고 악귀처럼 웃으며 놀고 있었다. 그러다 케이올을 본 순간 표정이 굳었다.
 케이올이 당장 성으로 돌아가라고, 어떤 처벌을 할지는 내일 결정하겠다고 하자, 그들은 설설 기며 술집을 나갔다. 에이디언이 거짓말로 꼬여낸 것이니 케이올은 그들의 근위대 퇴출 여부를 당장 결정할 수가 없었다. 잠을 자고 나서 결정해도 될 것이다. 부하들은 얼어붙게 추운 밤거리로 나가고, 케이올은 애쉬리버 장군을 찾아보기 시작했다.
 하지만 장군이 어디 있는지 아는 사람이 없었다. 위층 방에 있을 거라고 누군가 알려주었다. 올라가서 문을 열어보니 에이디언과 함께 사라졌다는 두 여자가 안에 있기는 했지만 그녀들과 함께 있는 남자는 에이디언이 아니었다. 여자들은 장군이 가면을 쓴 고위급 귀족들과 함께 지하에서 주사위 게임을 하는 걸 봤다고 했다. 케이올은 곧장 지하로 내려갔다. 그녀들의 말대로 지하실에는 가면을 쓴 고위급 귀족들이 있었다. 그들은 에이디언이 술집 1층의 홀에서 바이올린을 연주하는 걸 보기는 했는데 그 후로는 못 봤다고 했다.

케이올은 다시 1층으로 올라가 살펴보았다. 에이디언은 바이올린을 연주하고 있지 않았다. 드럼을 치거나 류트를 튕기거나 피리를 불고 있지도 않았다. 에이디언 애쉬리버는 본인이 주최한 파티에 있지도 않았다.

창녀 하나가 케이올에게 다가왔다. 케이올이 장군에 대한 정보를 달라며 은화를 내밀었다. 창녀는 장군이 한 시간쯤 전에 다른 창녀를 데리고 술집에서 나갔다고 했다. 좀더 사적인 장소로 나간 것 같기는 한데 어디로 갔는지는 모른다고 했다.

그때 케이올의 귀에 정보가 흘러들어왔다. 베인 부대가 곧 이곳에 도착할 것이며, 리프트홀드에 도착해 완전히 새로운 차원의 방탕함을 보여주는 파티를 열 계획이라는 정보였다.

케이올은 그런 파티에 엮이고 싶지 않았다. 살인 무기나 다름없는 베인 부대의 전사들이 흥청망청 놀면서 리프트홀드를 아수라장으로 만들고, 근위병들의 정신까지 산란하게 만드는 것은 있어서는 안 되는 일이었다. 만약 그렇게 되었다가는 왕은 부정적인 눈으로 케이올을 좀더 면밀히 살피면서, 한 번씩 없어진다던데 대체 무슨 볼일을 보고 오는 거냐고 꼬치꼬치 물을 수도 있었다.

그런 사태를 방지하려면 에이디언과 얘기를 나눠봐야 했다. 에이디언이 음탕한 파티를 열지 못하게 하고, 베인 부대원들을 제어할 치명적인 약점이라도 잡아야 할 것이다. 그러기 위해서는 내일 밤 에이디언이 연다는 파티에 참석해야 했다.

에이디언의 목을 어떻게 쥐고 흔들지 알아내야 했다.

11

 밤새 추위에 떠느라 몸이 쑤실 지경이었다. 비좁은 방에서 잠을 자던 셀레이나는 새벽이 밝아오기 전에 눈을 떴다. 방문 앞에 상아로 만든 작은 통 하나가 놓여 있었다. 뚜껑을 열어보니 박하와 로즈메리 향기가 풍기는 연고가 담겼고, 통 아래에 짧은 편지가 놓여 있었다.
 '당신은 이걸 쓸 자격이 있어. 메이브께서 빠른 회복을 바란다고 전해달라 하셨어.'
 로완이 메이브 여왕에게 어떤 잔소리를 들었을지 상상이 된 셀레이나는 콧방귀를 뀌었다. 로완은 이 선물을 가져다주면서 아마 있는 대로 짜증이 났을 것이다. 셀레이나는 퉁퉁 부은 입술에 연고를 발랐다. 거울을 들여다보니 꼴이 말이 아니었다. 이제 싸구려 와인이나 테그야를 입에 댈 일은 없지 않을까. 목욕도 매일 하게 될 것이다.
 로완도 여왕의 뜻에 동의했는지 방문 앞에 물 몇 주전자와 비누, 옷 여러 벌을 가져다 놓았다. 흰 속옷과 헐렁한 셔츠, 연회색 겉옷,

어제 로완이 입었던 것과 비슷한 망토. 소박한 옷이지만 천이 두툼하고 품질이 좋아 보였다.

셀레이나는 안개 낀 숲에서 흘러 들어오는 차가운 공기 때문에 몸을 떨면서도 최대한 깨끗이 몸을 씻었다. 문득 유리성에서 몸을 담갔던 커다란 욕조가 생각나 울컥했다. 서둘러 물기를 닦고 옷을 입었다. 여러 겹 껴입을 수 있어서 다행이었다.

이가 계속 딱딱 부딪쳤다. 밤새 그랬다. 머리를 감고 다시 땋아 내리긴 했지만 머리카락이 젖어 있으니 더 추웠다. 무릎길이의 가죽 장화를 신고 허리에는 넓은 붉은색 허리띠를 둘러 최대한 꽉 묶었다. 그렇게 해야 자세가 그나마 흐트러지지 않고 움직일 수 있을 것 같았다.

셀레이나는 거울에 비친 자신의 모습을 노려보았다. 두 뺨이 움푹 꺼져 있었다. 연고를 바른 덕분에 입술의 부기는 어느 정도 가라앉았지만 색까지 원래대로 돌아오지는 않았다. 몸이 깨끗해지기는 했지만 뼛속까지 한기가 들었다. 생각해보니 주방 일을 하러 가면서 너무 과하게 차려입은 듯했다. 한숨을 쉬며 허리띠를 풀고 외투도 벗어서 침대에 던져두었다. 손이 얼어서 손가락에 낀 반지가 자꾸만 미끄러져 빠질 지경이었다. 이 반지를 받은 건 실수였다. 이른 아침 햇살을 받은 반지는 한층 더 암울하게 보였다.

케이올은 지금의 상황을 어떻게 받아들이고 있을까? 셀레이나가 이곳에 온 건 케이올 때문이었다. 몸도 마음도 바닥을 칠 정도로 소진됐고 가슴은 끝없이 아팠다. 네히미아가 모든 상황을 뒤에서 조종한 만큼, 네히미아의 죽음은 케이올의 잘못도 아니었다. 하지만 케이올은 셀레이나에게 모든 사실을 털어놓지 않았다. 케이올은 아달렌의 왕을 선택했다. 그는 셀레이나를 사랑한다고 말하면서도 아달렌 왕을 충실히 섬겼다. 애초에 케이올을 연인으로 받아들인 게 실수였는지도 모른다. 케이올은 그녀의 삶을 박살낸 자를 섬기는 근위대장이었다. 셀레이나는 그 사실을 무시하고 살아도 되는 세상을 감히 꿈꾸었다.

가슴이 찢어질 듯 아파서 숨 쉬는 것조차 힘들었다. 잠시 가만히 서서 밀려오는 고통을 찍어 눌렀다. 영혼의 숨통을 조이는 안개 속으로 고통을 밀어 넣었다. 그리고 문을 열고 밖으로 나갔다. 주방 일의 장점 중 하나는 일하는 곳이 따뜻하다는 점이었다. 따뜻하다 못해 더울 지경이었다. 커다란 벽돌 화덕과 벽난로 안에 피워진 불이 창문으로 흘러 들어온 숲의 아침 안개를 내쫓았다. 주방에는 셀레이나 외에 두 사람이 더 있었다. 벽난로 안에서 부글부글 끓는 냄비를 들여다보느라 구부정하게 서 있는 노인 한 명, 그리고 주방 한가운데 놓인 나무 작업대 앞에서 양파를 써는 동시에 빵 냄새를 풍기는 무언가를 연신 살피고 있는 소년 한 명. 맙소사, 셀레이나는 배가 지독하게 고팠다. 빵 냄새는 천상의 향기 같았다. 저 냄비 안에서 끓고 있는 건 무슨 음식일까?

이른 아침인데도 소년은 신나게 수다를 떨었다. 그 소리가 계단통의 돌벽을 타고 울려퍼졌다. 하지만 로완이 계단을 밟고 주방으로 내려오자 소년은 하던 일을 멈추고 입을 다물었다. 페이족 왕자 로완은 셀레이나가 주방으로 내려올 때까지 지루한 표정으로 팔짱을 끼고 계단통에 서서 기다렸다. 짐승처럼 번뜩이는 눈이 셀레이나를 노려보며 살짝 가늘어졌다. 셀레이나가 늦잠을 잤으면 그 핑계로 벌을 줄 수 있는데 그렇게 되지 않아 아쉽다는 표정이었다. 불멸의 존재인 만큼, 비참한 처벌 방법을 생각해내는 일에도 대단한 인내심과 독창성을 발휘하지 않을까.

"아침 근무에 투입될 새 주방 하녀야. 아침 식사를 마치고 나면 하루가 저물 때까지 내가 훈련을 시킬 거야."

로완은 벽난로 앞에 선 노인에게 말했다. 미동도 없이 서서 말하는 로완을 바라보며 셀레이나는 그가 그런 자세를 배웠는지 아니면 태어날 때부터 그랬는지 궁금해졌다.

로완은 아침 인사도 생략하고 곧장 본론부터 말했는데 노인과 친한 사이라 그런 것 같지는 않았다. 로완은 한쪽 눈썹을 치켜올리며 셀레이나를 쳐다보았다. 셀레이나는 그의 눈빛에서 속내를 읽어냈다. '정체를 계속 숨기고 싶은 모양인데, 어디 해봐, 공주. 어디 무슨 이름으로 자기소개를 하는지 지켜볼게'라고 말하는 듯한 눈빛이었다.

어젯밤 셀레이나가 한 말을 귀담아듣기는 한 모양이었다. 셀레이나는 간신히 말했다.

"엘렌티야. 엘렌티야라고 합니다."

숨이 막히고 몸이 굳어버릴 것만 같았다.

그녀가 입 밖에 낸 이름을 듣고 다행히 로완은 콧방귀를 뀌지는 않았다. 네히미아가 지어준 그 이름을 만약 로완이 조롱했으면 셀레이나는 당장 로완의 배를 가르고 내장을 끄집어냈을 것이다.

노인은 절뚝거리며 걸어와 쭈글쭈글한 손을 빳빳한 흰색 앞치마에 문질러 닦았다. 노인이 입은 소박한 갈색 양모 옷은 군데군데 올이 다 드러날 정도로 낡았다. 걸음걸이를 보니 왼쪽 무릎에 문제가 있어 보였다. 백발을 뒤로 깔끔하게 모아 묶어 갈색으로 그은 얼굴을 훤히 드러낸 노인은 허리를 굽히며 말했다.

"일을 도와줄 인원을 투입해주시니 감사할 따름입니다, 왕자님."

노인은 밤색 눈으로 다시 한번 셀레이나를 짧게 훑어보며 물었다.

"주방에서 일해본 적 있나?"

온갖 장소에서 온갖 사람들과 온갖 일을 다 해본 셀레이나였지만 그 질문에는 '없다'고 대답할 수밖에 없었다.

"그럼 일을 빠르게 배우고 걸음이 빠르길 바라는 수밖에 없겠구먼."

"최선을 다하겠습니다."

그 말을 들은 것으로 충분했는지 로완은 돌아서서 주방을 떠났다. 발소리는 내지 않았지만 움직임이 부드럽고 힘이 있었다. 셀레이나는 어젯밤 그가 그녀를 가격할 때 힘을 상당히 아꼈음을 알 수 있었다. 제대로 쳤으면 셀레이나의 턱을 박살내고도 남았을 것이다.

"나는 엠리스다."

이렇게 말하며 재빨리 화덕 앞으로 간 노인은 벽에 걸린 길고 납작한 나무 삽을 집어 들고 화덕에서 갈색 빵을 끄집어냈다. 소개는 그걸로 끝이었다. 간단해서 좋았다. 잡소리를 늘어놓고 미소를 주고받는 일 따위는 없었다. 그런데 노인의 귀 모양이 눈에 띄었다…….

혼혈이구나.

엠리스의 백발 아래로 페이족의 피가 섞였음을 드러내는 특유의 귀가 보였다.

"이쪽은 루카."

엠리스는 작업대에서 일하고 있는 소년을 가리키며 말했다. 천장에 매달아놓은 쇠솥과 팬 사이로 모습이 일부 가려져 있었지만 소년은 셀레이나에게 환한 미소를 지어 보였다. 솥과 팬 사이로 소년의 황갈색 터벅머리가 보였다. 셀레이나보다 나이가 몇 살 어려 보였는데, 키가 덜 자란 듯했고 어깨도 아직 벌어지지 않았다. 맞는 옷이 없는지 평범한 갈색 튜닉 소매가 팔보다 짧았다.

"둘이 주방 일을 분담하면 되겠어."

루카는 양파 탓에 콧물을 훌쩍이며 셀레이나에게 말했다.

"아, 일이 힘들기는 한데 적응될 거예요. 날이 밝기도 전에 일어나는 건 쉽지 않지요." 엠리스가 쏘아보자 루카가 얼른 고쳐 말했다. "그래도 같이 일하는 사람들은 괜찮아요."

셀레이나는 교양 있게 고개를 끄덕이면서 주방 안을 다시 한번 둘러보았다. 루카 뒤에 있는 두 번째 돌계단이 나선형으로 위로 뻗어 올라갔다. 그 위쪽은 보이지도 않았다. 주방 양옆에 탑처럼 높이 서 있는 찬장 두 개에는 금이 가지는 않았지만 오랫동안 사용한 흔적이 보이는 접시와 날붙이 등이 가득 들어 있었다. 창문 옆 나무문의 위쪽 절반은 열려 있었고, 자그마한 풀밭이 있는 공터 너머로 벽처럼 서 있는 나무들과 그 사이에서 빙글빙글 도는 안개가 내다보였다. 그 뒤로 거석들이 불멸의 수호자들처럼 둥글게 늘어서 있었다.

엠리스가 셀레이나의 손을 눈여겨보았다. 셀레이나는 상처투성이인 손을 펼쳐 보였다.

"이미 짓이겨지고 망가진 손이니, 손톱 부러질까 봐 울면서 게으름 떨 일은 없어요."

"아이고. 대체 무슨 일을 겪었길래 손이 그 모양이야?"

노인의 눈빛은 이미 셀레이나에 관한 이런저런 단서들을 종합해 추측하고 있음을 드러냈다. 그는 셀레이나의 억양, 부어오른 입술과 눈 밑의 다크서클 등을 주시했다.

"아달렌에서 살다보면 이렇게 돼요." 루카의 칼이 작업대를 탕 내리쳤지만 셀레이나는 노인한테서 눈을 떼지 않고 덧붙였다. "뭐든 시켜주세요. 다 할 테니까."

로완은 그녀를 제멋대로에 이기적이라고 생각하는 듯했다. 상관

없었다. 그저 근육통이 생기도록, 두 손에 물집이 잡히도록 온갖 일을 하다가 기진맥진한 상태로 침대에 눕고 싶었다. 그러면 꿈도 꾸지 않고, 잡생각도 없이, 아무 감정도 없이 잠들 수 있을 테니까.

엠리스는 혀를 찼다. 노인의 눈에 담긴 연민을 포착한 셀레이나는 노인의 머리를 잡아 뜯어버리고 싶은 충동이 일었다. 엠리스가 말했다.

"양파나 썰어. 루카, 넌 빵을 살펴봐. 난 캐서롤을 만들어야겠다."

셀레이나는 고대의 돌로 만들어진 거대한 벽난로 앞을 지나, 루카가 비운 작업대 끝자리로 가 섰다. 벽난로에는 온갖 상징과 기묘한 얼굴들이 조각으로 새겨져 있었다. 벽난로 기둥은 곧게 서 있는 어떤 형상을 본떴고, 폭 좁은 벽난로 위 선반 위에는 쇠로 만들어진 아홉 개의 조각상이 놓여 있었다. 자세히 보니 남신과 여신의 조각상이었다.

셀레이나는 가운데에 놓인 두 여신 조각상한테서 얼른 시선을 뗐다. 하나는 머리에 별 모양 왕관을 쓰고 활과 화살통을 손에 들었고, 다른 하나는 위로 뻗은 두 손에 반들거리는 청동 원반을 들었다. 그 두 조각상의 시선이 서늘하게 느껴졌다.

아침식사를 준비하느라 주방은 정신이 하나도 없었다. 새벽의 황금색 빛이 창문으로 흘러들어오자 주방은 혼란의 도가니가 되고 사람들이 수시로 드나들었다. 일반적인 하인들이 아니라 햇볕에 그을린 주방 작업자들이 기꺼이 주방의 잡일을 해가면서 이런저런 일을 거들었다. 그들이 큼직한 통에 계란과 감자, 채소 등을 담아 작업대 위에 올려놓으면 작업자들이 들고 계단을 올라가 식당으로 가져갔다. 그들은 물과 우유, 그밖에 알 수 없는 내용물이 담긴 온갖 주전자도 위층으로 가지고 올라갔다. 셀레이나는 작업자들 중 몇 명과 통성명을 했지만 대부분 셀레이나 쪽은 쳐다보지도 않았다.

지난 10년 동안 셀레이나 주변에는 빤히 노려보거나 두려움에 찬 눈빛으로 쑥덕거리는 사람들이 대부분이었는데 이만하면 꽤 긍정적인 변화였다. 로완은 셀레이나 못지않게 남들과 말 섞는 걸 싫어하는 것 같으니 셀레이나의 정체에 대해 떠들어대지는 않을 듯했다. 주방에서 채소를 썰고 팬을 닦는 지금, 셀레이나는 고맙게도 철저히 일반인 취급을 받았다.

칼이 너무 무뎌서 버섯과 봄양파, 산처럼 쌓인 감자를 썰기가 상당히 고역이었지만 셀레이나는 완벽한 굵기로 채소들을 썰었다. 엠리스 외에는 수상하게 보는 이도 없었다. 작업자들은 썰어놓은 채소들을 가져다가 솥에 넣고 셀레이나에게 다른 채소를 더 썰라고 지시할 뿐이었다.

그게 전부였다. 셀레이나와 엠리스, 루카를 제외하고 나머지 작업자들은 전부 위층으로 올라갔다. 계단통을 타고 나른한 웃음소리, 한가롭게 넋두리하는 소리, 은식기 부딪치는 소리가 주방으로 흘러내려왔다. 셀레이나는 몹시 배가 고파서 작업대에 남은 음식을 간절한 눈빛으로 바라보았다. 그런 그녀를 본 루카가 말했다.

"먹어요." 루카는 싱긋 웃으며 엠리스가 커다란 쇠솥을 싱크대로 옮기는 일을 도우러 갔다. 지난 한 시간 동안 미친 듯이 바쁘게 일을 하면서도 루카는 주방에 발을 들여놓는 모든 이들과 한마디씩이라도 얘기를 나눴다. 댕그랑거리는 솥과 거친 명령 사이에서 루카의 명랑한 목소리와 웃음소리가 퍼져 나갔다. "조금 있으면 설거지를 엄청나게 해야 하니까 지금 먹어두는 게 좋을 거예요."

루카의 말대로 벌써 접시와 솥이 싱크대 옆에 탑처럼 쌓이고 있었다. 쇠솥을 닦는 일만 해도 시간이 엄청 걸릴 듯했다. 셀레이나는 작업대에 놓인 계란이며 감자를 집어 접시에 담은 뒤 컵에 담긴 차와 함께 먹기 시작했다.

먹는다기보다는 입에 쑤셔 넣는다는 표현이 더 어울릴 것이다. 몇 분 만에 셀레이나는 계란을 넣은 토스트 두 조각을 먹어치우고 감자튀김을 입에 넣었다. 토스트도 계란만큼이나 맛이 좋았다. 컵에 담긴 차를 버리고 그 컵에 지금까지 마셔본 중 제일 맛이 진한 우유를 담아 마셨다. 리프트홀드에서 이국적인 재료로 만든 주스를 먹어보긴 했지만 우유를 마신 건 처음이었다. 접시에서 눈을 든 셀레이나는 벽난로 앞에 서서 입을 딱 벌린 채 쳐다보는 엠리스, 루카를 마주보았다. 엠리스는 작업대 앞으로 와 앉으며 물었다.

"맙소사, 마지막으로 음식을 먹은 게 언제야?"

이렇게 좋은 음식을 말하는 건가? 먹어본 지 꽤 됐다. 로완이 다시 주방으로 돌아왔을 때 셀레이나는 허기가 져 휘청대는 꼴을 보이고 싶지 않았다. 훈련을 받으려면 기운을 회복해야 했다. 다른 훈련도 아닌 마법 훈련이니까. 호되고 힘들겠지만 해낼 것이다. 메이브와의 거래를 이행하고 네히미아에게 했던 맹세를 지키기 위해서라도. 얼추 허기가 가신 셀레이나는 포크를 내려놓았다.

"죄송합니다."

엠리스는 우스갯소리 하듯 다정하게 말했다.

"아, 괜찮으니까 어서 먹어. 누가 자기 음식을 잘 먹어주는 것보다 요리사를 더 뿌듯하게 하는 것도 없지."

셀레이나가 해온 짓을 알면 이들은 어떤 반응을 보일까? 셀레이나가 흘리게 한 피에 대해, 그레이브의 몸을 갈기갈기 찢고 하수관에서 아처의 내장을 뽑아낸 일에 대해 이들이 안다면? 친구를 실망시킨 것은 또 어떤가. 그녀는 그동안 수많은 사람을 실망시켰다.

그들은 조용히 앉아 지켜보기만 했다. 셀레이나에게 어떤 질문도 하지 않았다. 셀레이나는 그들의 침묵이 마음에 들었다. 어차피 여기 오래 있지 않을 것이다. 엠리스와 루카는 자기네끼리 이런저런 얘기를 나눴다. 루카가 그날 보초들과 함께 받기로 한 훈련, 엠리스가 점심 식사로 만들 고기 파이, 작년처럼 벨테인 축제를 망칠지 모를 봄비 등 일상적이고 소소한 근심들이었다. 엠리스와 루카는 마치 가족 같았다.

사악한 제국에서 수년 동안 잔인하게 노예 취급을 당하며 피를 흘리지 않아서 영혼이 오염되지 않았기 때문일까. 지금 주방에 있는 그들 세 사람의 모습이 눈앞에 그려졌다. 엠리스와 루카의 빛은 밝고 또렷한 반면, 셀레이나의 빛은 금방이라도 꺼질 듯 약하고 어두웠다.

그 빛을 꺼뜨리지 말아요. 그날 밤 터널에서 네히미아가 셀레이나에게 한 마지막 말이었다. 셀레이나는 먹던 음식을 접시에 내려놓았다. 아달렌 치하에서 죽지 못해 사는 사람들만 보다가 그렇지 않은 이들을 여기서 처음 보니 기분이 묘했다. 대륙이 아달렌의 발밑에 놓이기 전, 테라센이 아직 자유로웠던 시절을 셀레이나는 거의 기억하지 못했다.

자유로운 삶에 대한 기억도 없었다. 발밑에서 구덩이가 아가리를 쩍 벌리는 기분이었다. 그 구덩이는 너무나 깊어서 굴러떨어지지 않으려면 몸을 피하는 수밖에 없었다.

더 못 먹겠기에 그만 설거지를 시작하려는데 작업대 아래쪽에서 루카가 말했다.

"도라넬로 들어가기 위해 로완한테 훈련을 받게 생겼는데도, 당신은 대단히 중요한 인물도 아니고 운 나쁜 사람도 아니라는 거네요."

운이 나쁘다기보다는 *저주받은 팔자*라는 말이 더 어울리겠지만 셀레이나는 굳이 그 말은 하지 않았다. 엠리스는 조심스럽게 흥미를 보이며 그들을 지켜보았다. 루카가 물었다. "도라넬로 들어가려고 훈련을 받는 거죠?"

"다들 그러려고 여기 머무는 거 아닌가?"

생각보다 담담하게 입에서 말이 나왔다.

"그렇죠. 그런데 저는 저들의 자격 조건에 맞는지 아는 데까지만 몇 년이 걸렸어요."

몇 년이라고? 여기서 그렇게 오래 메이브에게 붙잡혀 있을 생각은 없었다. 셀레이나는 엠리스를 돌아보며 물었다.

"할아버지는 여기서 훈련 받은 지 얼마나 됐어요?"

엠리스 노인은 코웃음을 치며 대답했다.

"아, 열다섯 살 때 여기 처음 왔어. 그때부터 10년 동안 저들을 위해 일을 했지. 하지만 난 너무 평범해서 도라넬로 들어갈 만한 자격이 되질 못했어. 그래서 그냥 여기를 집 삼아 살기로 마음먹었어. 도라넬에 들어가서 평생 무시 받고 사느니 이 주방에서 마음 편히 사는 게 낫겠다 싶어서. 내 짝도 같은 생각이라 마음고생도 하지 않았어. 곧 그가 올 테니 자네도 만나 봐. 자기와 자기 부하들이 먹을 음식을 훔치러 주방에 쓱 들어오곤 하거든."

엠리스가 킬킬 웃자 루카도 싱긋 웃었다.

남편이 아니라…… *짝*이라고 했다. 페이들은 결혼보다 더 깊고 끊을 수 없는 관계, 죽음을 넘어서는 유대 관계를 맺은 상대를 짝이라고 불렀다.
셀레이나가 물었다.
"둘 다 혼혈이에요?"
루카는 표정이 굳었다가 곧 미소를 지으며 대답했다.
"우리를 혼혈이라고 부르는 건 순혈 페이들뿐이에요. 우린 혼혈 대신 '반半 페이'라고 부르죠. 맞아요. 우리 대부분은 인간 어머니한 테서 태어났어요. 아버지는 누구인지 모르고요. 저들은 재능 있는 아이들을 골라 일찌감치 도라넬로 데려가고 우리 같은 평범한 아이들은 버려둬요. 인간들이 우리랑 같이 사는 걸 여전히 불편해하니까. 결국 우리는 여기로, 미스트워드로 온 거예요. 다른 경계 지역 전초 기지로 가는 경우도 있어요. 곧바로 도라넬에 입장 허가를 받는 경우는 거의 없지만, 같은 반페이들끼리 모여 살려고 여기로 오는 거예요." 루카는 셀레이나의 귀를 눈여겨보며 말했다. "당신은 페이보다 인간의 피를 더 많이 물려받은 것 같네요."
"난 반페이는 아니야."
셀레이나는 더 자세히는 말하고 싶지 않았다.
"변신할 수 있어요?"
루카가 물었다. 엠리스는 왜 그런 걸 묻느냐는 듯 루카를 날카롭게 쏘아보았다.
셀레이나가 루카에게 되물었다.
"너는?"
"아, 못해요. 우리 둘 다 변신은 못 해요. 할 수 있었으면 다른 '재능 있는' 아이들처럼 도라넬에 들어가 살겠죠. 메이브 여왕은 재능 있는 아이들만 수집하거든요."
엠리스가 나지막하게 경고했다.

"말조심해, 루카."

"메이브 여왕님도 부정하지 않는데 왜 내가 아닌 척해야 돼요? 배스도 그렇고 몇몇 분들이 그렇게 말해요. 엠리스의 짝인 맬라카이도 그렇고 이곳에는 두 번째 형상으로 변신할 수 있는 보초들이 몇 명 있어요. 그런 이들은 본인들이 원해서 여기 사는 거예요."

메이브가 재능 있는 자들에게 관심을 보이는 것, 그렇지 않은 이들을 쓸모없는 취급하며 도라넬에 들이지 않는 것은 그리 놀라운 얘기도 아니었다.

"두 사람은…… 재능이 있어요?"

"마법을 말하는 거죠? 아뇨. 우린 그런 재능은 전혀 없어요. 당신이 살았던 대륙에는 여기보다 마법을 행하는 자들이 많았고 종류도 다양했다고 들었어요. 그런 자들이 정말 싹 다 사라진 거예요?"

셀레이나는 고개를 끄덕였다. 루카는 나지막하게 휘파람을 불었다. 루카가 질문을 더 하고 싶어서 입을 열었지만 셀레이나는 더 길게 얘기하고 싶지 않아 말했다.

"이 요새에 마법력을 가진 자가 있어?"

미리 알아두면 로완과…… 메이브 여왕을 상대할 때 도움이 되지 않을까 싶었다.

루카는 어깨를 으쓱했다.

"몇 명 있기는 해요. 식물이 잘 자라게 하거나 물을 찾거나 비를 내리게 하는 것 같은 별로 재미없는 마법이지만요. 여기서는 별로 필요한 마법도 아니에요."

그런 마법이라면 로완이나 메이브에게도 별로 도움이 되지 않을 것이다.

루카가 계속해서 조잘거렸다.

"여기는 대단하거나 진귀한 능력을 가진 사람은 별로 없어요. 뭐든 원하는 형태로 변신할 수 있는 능력이나 불을 제어하는 능력" 이 부분에서 셀레이나는 가슴이 철렁했다. "…… 예지력 같은 능력은 드물거든요. 2년 전에 정제되지 않은 마법력을 가진 여자가 여기 온 적이 있어요. 그 여자는 원하는 대로 뭐든 할 수 있었어요. 자연의 모든 요소를 뜻대로 불러낼 수도 있었죠. 그 여자는 여기 온 지 일주일째 되던 날 메이브 여왕의 호출을 받아 도라넬로 들어갔는데, 그 후로는 소식을 못 들었어요. 안타깝죠. 엄청 예뻤는데. 여기도 다른 곳들과 마찬가지예요. 농부들이나 좋아할 만한 그저 그런 기본적인 능력을 가진 이들이 몇몇 있을 뿐이죠."

엠리스는 혀를 찼다.

"그런 불경한 말을 하다니. 신들이 노하셔서 너를 번개로 내려칠 수도 있어. 벌을 내리지 말아달라고 신들께 기도나 해." 루카는 어이없다는 듯 눈알을 굴렸다. 엠리스는 찻잔으로 루카를 가리키며 잔소리를 이어갔다. "오래전에 신들이 우리에게 내려주신 귀중한 능력이야. 우리가 살아남으려면 꼭 필요한 능력이라고. 그 능력은 대를 이어 지금까지 이어져오고 있어. 자연의 요소들을 조정하고 오래도록 가문 땅에 비를 내리게 하는 재능은 꼭 필요해."

셀레이나는 벽난로 선반에 놓인 쇠 조각상들을 흘끗 바라보았다. 어떤 이들은 신들이 고대 인간들과 관계를 맺어 자손에게 마법력을 내려주었다고 믿었다. 셀레이나는 그 얘기를 할까 말까 하다가 그만두었다. 얘기를 꺼냈다가는 필요 이상으로 길게 말을 하게 될 것 같아서였다. 셀레이나는 고개를 약간 기울이며 엠리스에게 물었다.

"로완에 대해 아는 거 있어요? 나이는 몇 살이에요?"

로완에 대해 아는 게 많을수록 나중에 유리해질 수도 있었다.

엠리스는 주름진 두 손으로 찻잔을 감싸 쥐며 대답했다.

"우리가 미스트워드 근방에서 보는 몇 안 되는 페이족들 중 하나야. 메이브 여왕에게 보고를 하러 한 번씩 여기 들르는데, 말수가 워낙 적어. 여기서 밤을 보낸 적도 없어. 자기 같은 페이족들과 함께 올 때도 있는데, 전투 지휘관이나 첩자로 일하면서 여왕님을 가까이에서 보필하는 여섯 명의 페이족이 있거든. 그들은 우리와 말을 섞지 않아. 우리가 듣는 얘기는 죄다 그들이 어디로 가서 무얼 했다더라 하는 소문에 불과하지. 여기 처음 왔을 때부터 로완을 봤어. 그렇다고 로완과 잘 아는 사이라는 뜻은 아니야. 로완은 여왕님의 명령을 수행하기 위해 몇 년씩 여길 떠나 있기도 해. 로완의 나이를 정확히 아는 자는 아무도 없을걸. 내가 열다섯 살 때 여기 살던 제일 나이 많은 분에게 얘기를 들었는데, 그분은 젊었을 때부터 로완을 봤다고 했어. 그러니…… 나이는 엄청 많겠지."

루카가 투덜거렸다.

"뱀처럼 교활하기도 하죠."

엠리스가 루카에게 경고의 눈빛을 보냈다.

"입조심 하라니까." 그러고는 마치 로완이 숨어 듣고 있기라도 하는 듯이 문 쪽을 얼른 살폈다. 다시 셀레이나를 돌아보는 엠리스의 눈빛은 긴장돼 있었다. "당신도 앞으로 힘든 일을 많이 겪게 될 거야."

루카가 옆에서 말했다.

"로완은 냉정한 살인자에 가학 성애자예요. 메이브 여왕이 거느린 전사들 중에 최고로 비열하다던데요."

경악할 만한 얘기도 아니었다. 하지만 로완 같은 전사가 다섯 명이나 있다는 건, 그다지 기분 좋은 소식은 아니었다. 셀레이나가 조용히 말했다.

"감당해야지."

"우린 도라넬에 들어가기 전까지 고대 언어를 배울 수가 없어서 정확히는 모르겠지만, 로완의 몸에 새겨진 문신이 그가 죽인 자들의 이름이라는 얘기가 있어요."

"쉿."

엠리스가 입단속을 시켰다.

"보란 듯이 내놓고 다니잖아요." 루카는 미간을 찌푸리며 다시 셀레이나에게 말했다. "그렇게까지 고생을 해가면서 도라넬에 꼭 들어가야 하는지, 생각 잘해요. 여기서 사는 것도 나쁘지 않거든요."

셀레이나는 이만하면 충분히 대화를 나눴다는 생각이 들었다.

"알아서 할게."

메이브는 셀레이나를 이곳에 수년 동안 잡아둘 수는 없을 것이다. 그런 기미가 보이면 곧바로 떠나버릴 테니까. 아달렌 왕을 저지할 다른 방법을 찾아보면 될 것이다.

루카가 입을 열려는데 엠리스가 다시 그를 저지했다. 엠리스는 셀레이나의 상처투성이 손을 바라보며 루카에게 말했다.

"알아서 한다잖아."

루카는 날씨에 대한 얘기로 넘어가 수다를 떨기 시작했고 셀레이나는 산처럼 쌓인 접시들을 설거지하러 갔다. 배에서 무기를 닦을 때처럼, 리듬을 타며 나름 흥겹게 설거지를 했.

끔찍한 현실을 몇 번이고 곱씹으며 깊은 상념에 빠져들기 시작하자 주방 소음이 귓가에서 멀어져갔다. 자유로웠던 시절에 대한 기억 따위는 머릿속에 남아 있지 않았다.

12

 블랙비크 마녀 가문은 페리언 협곡에 마지막으로 합류했다.
 그 결과 집합지인 오메가의 제일 비좁고 끄트머리에 있는 방들을 배정받게 됐다. 오메가는 룬 산지의 끝자락에 위치한, 눈 덮인 산길을 끼고 있는 봉우리들 중 제일 북쪽에 있는 봉우리 이름이었다.
 협곡 건너편에는 화이트팽 산의 마지막 봉우리인 노던팽이 있었다. 노던팽은 아달렌 왕의 군인들이 차지했다. 몸집 큰 군인들은 사방에서 모여드는 마녀들을 어떻게 상대해야 할지 모르겠다는 표정들이었다.
 여기 온 지 하루가 지났는데 마논은 아직 왕이 약속했다는 와이번 은코빼기도 보지 못했다. 노던팽의 산길 너머에서 야영하는 동안 와이번이 내지르는 소리는 간간이 들렸다. 오메가의 복도 안쪽 깊숙한 곳으로 들어가도 와이번들이 내지르는 날카로운 울음과 고함이 돌에 진동을 일으켰다. 가죽 날개 퍼덕이는 소리가 공기를 흔들고 여기저기서 날카로운 발톱으로 바위를 긁어대는 소리가 들렸다.
 세 마녀 가문이 한자리에 모인 것은 500년 만이었다. 한때 세 마녀 가문의 머릿수는 2만 명이 넘었는데 지금은 3천 명에 불과했다. 그나마도 넉넉하게 계산한 수였다. 그들은 한때 강력했던 마녀 왕국의 잔재였다.

오메가 동굴의 복도에는 위험천만한 기운이 감돌았다. 애스터린과 엘로레그스 소속 마녀가 벌써 한 판 붙어서 마논이 그 둘을 떼어놔야 했다. 애스터린에게 감히 덤벼든 걸 보면 엘로레그스 소속 마녀는 블랙비크 파수병, 특히 열세 마녀단의 명성을 아직 들어보지 못한 모양이었다.

두 마녀의 얼굴에는 푸른 피가 튀어 있었다. 아름답고 자신만만한 애스터린이 상대에게 더 많은 상처를 준 걸 보고 마논은 뿌듯했지만 제2지휘관 애스터린을 벌할 수밖에 없는 상황이었다.

벌은 총 세 대를 때리는 것이었다. 애스터린이 스스로 무력감을 느낄 수 있도록 배에 한 대, 숨을 들이마실 때마다 자신이 한 행동을 반성할 수 있도록 옆구리에 한 대, 그리고 더 심한 처벌을 받을 수도 있었음을 일깨우기 위해 얼굴에 한 대. 애스터린은 얼굴에 주먹을 맞고 코가 부러졌다. 하지만 비명을 지르거나 불평을 하거나 애원하지 않고, 열세 마녀단 회원답게 조용히 처벌을 받았다.

그리고 오늘 아침 코가 퉁퉁 붓고 콧날에 멍이 든 모습으로 나타나 맛없는 귀리죽으로 아침을 때우며 마논에게 씨익 웃어보였다. 다른 마녀가 그랬으면 마논은 그 마녀의 목을 잡고 방 앞으로 끌고 가 건방진 행동을 후회하게 만들었을 것이다. 하지만 애스터린이니…….

애스터린은 사촌이지만 친구는 아니었다. 마논은 친구가 없었다. 마녀들, 특히 열세 마녀단 소속 마녀들은 누구와도 친구 관계를 맺지 않았다. 하지만 애스터린은 지난 100년 동안 마논의 뒤를 지켜주었고 조금 전의 그 웃음은 다시 함께 전투에 임했을 때 마논의 등에 칼을 꽂지 않겠다는 의미였다.

애스터린은 부러진 코를 명예로운 훈장처럼 여길 터였다. 아마도 맞서서 비딱해진 코를 불멸이 아닌 필멸의 여생 동안 사랑할 것이다.

옐로레그스 마녀 가문의 후계자인 오만한 마녀 이스크라는 쓸데없이 싸움질을 한 자기네 파수병에게 입 다물고 산허리의 치료소로 가라는 명령을 내렸을 뿐이었다.

마녀단 단장들은 파수병들을 잘 단속해 다른 마녀 가문과 싸움이 벌어지지 않도록 하라는 지시를 받았다. 만약 싸움이 날 경우 세 마녀 가문장들이 벼락같이 호통을 칠 것이다. 지금 바로 벌을 주지 않는다면, 이스크라가 말썽을 피운 파수병을 본보기 삼아 혼을 내지 않는다면 그 파수병은 옐로레그스 가문의 신임 대마녀에게 발가락을 끈으로 묶어 거꾸로 매달리는 벌을 받게 될 공산이 컸다.

어젯밤 그들은 동굴 안 식당에서 바바 옐로레그스를 위한 추도식을 했다. 전통에 따르면 검은 초를 켜야 하지만 오래된 초에 불을 켜고 모자 달린 망토를 걸친 뒤 요리법을 읊듯이 세 얼굴의 여신에게 신성한 기도를 웅얼거렸다.

마논은 바바 옐로레그스를 만나본 적도 없었고 그 할망구의 죽음에 딱히 관심도 없었다. 다만 누가 바바를 죽였는지, 이유가 뭔지는 궁금했다. 다른 마녀들도 마찬가지였다. 뻔한 상실과 애도 사이에 마녀들은 서로 그런 질문을 주고받았다. 애스터린과 베스타가 평소처럼 다른 마녀들과 얘기를 나누는 동안 마논은 근처에서 귀를 쫑긋 세웠다. 하지만 그 일에 대해 제대로 아는 이는 없었다. 훈련받은 대로 식당 안쪽의 구석진 곳에 몸을 숨긴 두 그림자도 주워들은 정보가 없었다.

마논은 마녀 가문장들을 비롯해 다른 마녀단 단장들이 모여 있는 곳으로 향했다. 블랙비크와 옐로레그스 마녀들은 마논이 문을 통과해 들어올 수 있도록 옆으로 물러섰다. 유용한 정보를 알아내지 못한 마논은 속이 끓었다. 제대로 된 정보만 있었어도 열세 마녀단과 블랙비크 가문이 우위를 점할 수 있을 것이다. 블루블러드 가문은 코빼기도 보이지 않았다. 은둔형인 블루블러드 가문은 제일 먼저 여기 도착해 오메가의 맨 위쪽 방들을 차지했다. 매일 의식을 행하려면 산바람이 필요하다는 이유에서였다.

마더 블랙비크는 블루블러드 마녀들을 '광신도'라고 불렀는데, 그 광신도들은 늘 바람에 촉각을 곤두세웠다. 그들은 세 얼굴의 여신에게 미친 듯이 헌신했다. 500년 전 그들은 아이언티스 동맹이던 마녀왕국의 환영을 보았다면서 모든 마녀를 한자리로 불러모았다. 그리고 전투에 서 승리를 거둔 것은 블랙비크 가문의 파수병들이었다.

마논은 자신의 몸을 무기 다루듯 했다. 언제든 방어와 공격에 나설 수 있도록 늘 정갈하게 유지하고 연마했다. 하지만 오메가와 노던팽을 잇는 검은 다리를 건너 안마당으로 달려 들어간 순간 숨이 가빠오는 것은 어쩔 수 없었다. 손을 대지 않고도 노던팽을 이루는 암석의 기분 나쁜 불길함이 느껴졌다. 고약한 냄새가 났다.

공작과 함께 있던 두 죄수한테서 나던 냄새와 비슷했다. 사실 이곳 전체가 그런 냄새를 풍기기는 했다. 자연에서 비롯된 냄새가 아니었다. 이 세계의 냄새도 아니었다.

50명가량의 마녀—각 마녀 부족에 소속된 최고위급 마녀단 단장—가산등성이의 거대한 동굴 안에 모여 있었다. 마논은 다리 입구에서 블루블러드 대마녀, 옐로레그스 대마녀와 함께 있는 할머니를 즉각 알아보았다.

신임 옐로레그스 대마녀는 바바 옐로레그스의 이부 자매라 외모도 비슷했다. 특히 갈색 예복 아래로 슬쩍 드러난 누런 발목, 백발을 뒤로 땋아 내려 확연히 드러낸 주름 자글자글하고 저승꽃이 피었으며 잔인한 인상을 풍기는 얼굴이 그랬다. 규칙에 따라 모든 옐로레그스 마녀들은 쇠 이빨과 쇠 손톱을 늘 꺼내놓고 살았다. 신임 옐로레그스 대마녀의 쇠 이빨과 쇠 손톱도 흐릿한 달빛을 받아 빛나고 있었다.

블루블러드 대마녀는 키가 크고 호리호리해서 전사라기보다는 사제에 가까워 보였다. 블루블러드 가문의 전통 색깔인 진청색 예복을 입었고 이마에는 금속으로 된 별 모양 머리띠를 둘렀다. 마논이 마녀들 쪽으로 다가가면서 보니 블루블러드 가문장이 머리에 쓴 별 모양 머리띠에는 가시가 돋쳐 있었다. 그것도 그다지 놀라운 일은 아니었다.

전설에 따르면 모든 마녀는 세 얼굴의 여신으로부터 쇠 이빨과 쇠 손톱을 선물 받았다. 쇠 이빨과 쇠 손톱은 마법이 마녀를 이 세상에서 멀리 떼어놓으려 할 때 마녀가 이 세상에 닻을 내리게 도와주는 장치였다. 블루블러드 혈통의 마법이 너무나 강력해서 그들의 지도자인 가문장은 이 세상에 머물기 위해 쇠 왕관을 써서 일부러 더 많은 쇠와 고통을 짊어지려 한다는 의미이기도 했다.

말도 안 되는 얘기였다. 지난 10년 동안 이 세상에 마법은 존재하지 않았다. 블루블러드 마녀들이 숲과 동굴에서 행하는 의식에 대한 소문은 마논도 익히 들었다. 그들은 의식의 고통을 이용해 마법으로 통하는 문, 그들의 감각을 일깨우는 문을 열고자 했다. 신탁과 주문, 열정을 얻어내려 한 것이다.

마논은 한자리에 모여 있는 블랙비크 마녀단 단장들 사이를 지나갔다. 총 20명으로 꽤 머릿수가 많았다. 마논은 열세 마녀단의 수장으로서 그 단장들을 휘하에 두고 있었다. 마논을 본 단장들은 두 손가락을 이마에 갖다 대고 경의를 표했다. 마논은 본 척도 않고 무리 앞쪽으로 가 섰다. 그쪽에 서 있던 할머니가 마논을 보더니 인정해 주는 눈빛으로 바라보았다.

일개 마녀로서 대마녀의 인정을 받는다는 건 명예로운 일이었다. 마논도 손가락 두 개를 이마에 붙이고 고개를 숙이며 절을 했다. 블랙비크 가문이 우선시하는 가치가 바로 복종과 규율, 잔혹성이었다. 그 외의 것들은 두 번 생각할 필요도 없이 무시했다.

두 손을 등 뒤로 모아 잡고 턱을 치켜든 마논은 자신을 바라보는 다른 두 후계자들을 눈여겨보았다.

블루블러드 가문의 후계자 페트라는 무리 한가운데에 자신의 부하들을 거느리고 대마녀들에게 제일 가까운 곳에 서 있었다. 마논은 긴장했지만 시선을 피하지 않았다.

페트라의 주근깨투성이 피부는 마논처럼 희었고 땋은 머리는 애스터린과 같은 금발이었다. 지금은 회색빛을 받아 황동색을 띠었다. 다른 여러 마녀들과 마찬가지로 페트라도 아름다웠고, 거기다 위엄까지 갖췄다. 파란 눈동자 위로 이마에는 쇠로 된 별 모양 왕관 대신 낡은 가죽 머리띠를 둘렀다. 나이는 가늠할 수 없었지만 마법이 사라진 후 이 정도 외모로 보인다면 마논보다 나이가 훨씬 많을 것 같지는 않았다. 공격적인 인상은 아니지만 입가에 미소는 걸려 있지 않았다. 사냥 중이거나 도륙 현장에 나가 있을 때가 아니면 마녀가 웃는 것은 드문 일이기는 했다.

옐로레그스 가문의 후계자인 이스크라는 마논을 향해 싱긋 웃음을 지었다. 그 도발적인 웃음에 마논은 맞붙어 싸우고 싶은 충동을 느꼈다. 이스크라는 어제 복도에서 있었던 파수들 간의 싸움을 여태 잊지 않고 있는 모양이었다. 이스크라의 갈색 눈동자에 담긴 의미를 읽어보자면 파수들 간의 싸움은 본격적인 싸움으로의 초대였을 공산이 컸다. 마논이 지금 당장 저 옐로레그스 후계자의 목을 찢어버린다면 상황이 얼마나 곤란해질까. 일단 파수들끼리 싸우는 일은 없게 될 것이다.

다만 정당한 이유 없이 공격을 한 것이니 마논의 목숨도 끝장이 날 것이다. 마녀들은 즉시 법을 집행했다. 주도권 다툼은 누군가 목숨을 잃어야 끝이 나는데, 반드시 공식적으로 싸움 신청을 해야 했다. 따라서 이스크라의 공식적인 도발이 없는 이상 마논이 먼저 손을 댈 수 없었다.

블루블러드 대마녀 크리시다가 말했다.

"다들 모였으니, 우리가 여기로 소환된 이유를 보여줘야겠지?"

마더 블랙비크는 손을 들어 다리를 가리켰다. 검은 옷자락이 얼음처럼 차가운 바람에 펄럭였다. 마더 블랙비크가 말했다.

"날아오르자, 마녀들아."

인정하고 싶지 않았지만 검은 다리를 가로지르는 일 자체가 괴로웠다. 우선, 다리의 끔찍한 돌바닥이 발바닥을 욱신거리게 만들고 마논의 코에만 맡아지는 악취를 풍겨댔다. 그리고 칼바람이 불어와 조각이 새겨진 난간 너머로 그들을 밀어버리려는 듯 몸을 휘청거리게 만들었다.

다리 아래에 안개가 자욱하게 끼어 페리언 협곡의 바닥은 보이지도 않았다. 그들이 여기 머무는 동안, 그리고 협곡을 따라 올라가는 며칠 내내 안개는 걷힐 기미를 보이지 않았다. 아마 그것도 왕의 술책 중 하나일 것이다. 생각할수록 더 많은 의문으로 이어졌다. 그 의문을 소리 내어 말할 수도 없었지만 굳이 신경 쓰고 싶지도 않았다.

마침내 그들은 노던팽의 동굴처럼 깊은 안마당에 다다랐다. 마논은 추위에 귀가 얼어붙고 얼굴이 아렸다. 다양한 날씨를 겪으며 높은 고도로 비행을 했지만 장거리 이동을 한 것은 아니었다. 이렇듯 고기로 배를 든든하게 채우고 체온을 유지하며 날아본 것도 처음이었다. 붉은 망토의 어깨 부분에 콧물을 쓱 문질러 닦았다. 다른 마녀단 단장들이 마논의 선홍색 망토를 눈여겨보았다. 예전부터 그랬지만 그녀들의 눈빛에는 갈망과 멸시, 부러움이 뒤섞여 있었다. 이스크라는 한참을 비웃으며 마논을 쏘아보았다. 저 건방진 옐로레그스 마녀의 얼굴 가죽을 벗겨내면 기분이 끝내주게 좋을 듯했다.

그들은 노던팽 봉우리의 위쪽에 패여 있는 거대한 아가리 같은 동굴에 이르렀다. 그곳 바위는 여기저기 긁히고 패인 자국이 나 있었으며 정체 모를 얼룩이 묻어 있었다. 싸한 냄새가 나는 것으로 미루어 보아 피인 듯했다. 그것도 인간의 피.

군인 다섯이 마치 돌로 만든 조각상처럼 잔뜩 굳은 얼굴로 세 대마녀를 바라보았다. 마논은 할머니의 뒤에 서서 한눈으로는 그 남자들을, 다른 눈으로는 주변 환경을 바라보며 경계했다. 다른 두 후계자들도 마찬가지로 처신하고 있었다. 적어도 그 임무에 관해서만큼은 서로 합의를 이룬 셈이었다.

후계자의 가장 중요한 의무는 제 목숨을 버리는 한이 있더라도 대마녀를 보호하는 것이었다. 마논은 옐로레그스 대마녀를 흘긋 바라보았다. 다른 두 대마녀들과 마찬가지로 꼿꼿한 자세로 위풍당당하게 산 그림자 속으로 걸어 들어가고 있었다. 마논은 혹시 모를 상황에 대비해 한순간도 '바람칼'의 칼자루에서 손을 떼지 않았다.

여기서는 울부짖는 소리, 날갯짓 소리, 금속이 철커덕거리는 소리가 훨씬 크게 들렸다.

그들이 동굴 홀로 걸어 들어가는 동안 군인 하나가 옆으로 보이는 수많은 동굴 입구를 가리키며 설명했다.

"우리는 와이번들이 오메가로 건너갈 수 있을 때까지 키우고 훈련을 시킵니다. 부화장은 산허리에 있습니다. 무기를 제작하는 대장간 바로 위층이죠. 알들을 따뜻하게 유지해야 해서 그렇게 하고 있습니다. 와이번들이 사는 굴은 그 위층입니다. 그것들을 성과 크기에 따라 분리해서 관리하고 있습니다. 수컷들은 번식 때가 아니면 개별 우리에 넣어두고요. 우리 안에 다른 개체가 들어가면 무조건 죽이거든요. 꽤 고생한 끝에 터득한 사실이죠."

군인들은 킬킬댔으나 마녀들은 웃지 않았다. 그 군인은 와이번들의 종류에 대해 설명했다. 수컷이 최고지만 암컷도 못지않게 사납고 두 배는 더 영리하다고 했다. 작은 와이번은 정찰 임무에 쓰기 좋은데 새까만 와이번은 밤하늘에 완벽히 몸이 가려져 야간 순찰에 쓰고, 연푸른색 와이번은 주간 순찰에 쓰기 좋다고 했다. 그 외에 일반적인 와이번은 몸 색깔이 어떻든 크게 상관이 없는데, 와이번이 등장하기만 해도 적들은 공포로 넋이 나가게 될 것이기 때문이었다.

그들은 암석을 파서 만든 계단을 밟고 내려갔다. 피와 쓰레기 냄새가 풍기기는 했지만 감각이 마비될 정도는 아니었다. 다만 와이번들이 내지르는 고함과 괴성, 요란한 날갯짓 소리, 바위에 몸 부딪치는 소리가 굉장히 커서 누가 무슨 말을 해도 잘 들리지 않았다. 그

와중에도 마논은 할머니의 위치와 주변인들의 위치를 면밀히 파악하며 걸음을 옮겼다. 바로 뒤에서 따라오고 있는 애스터린도 마논의 위치를 파악하며 주변 경계를 하고 있을 것이다.

안내를 맡은 군인은 거대한 동굴 안의 전망대로 마녀들을 데려갔다. 바닥의 깊이는 12미터 정도였다. 그 방의 한쪽 끝은 절벽 면을 향해 완전히 열려 있었고, 다른 쪽 끝은 쇠창살로 된 문으로 막혀 있었다.

군인이 설명했다.

"이 구덩이는 훈련장 중 하나입니다. 살인에 타고난 와이번을 가려내는 건 쉬운 일입니다만, 이런 구덩이에 넣어주면 패기를 잘 보여주더군요. 숙녀분들께……" 그는 숙녀라는 말을 해놓고 움찔했으나 아무렇지 않은 척 말을 이었다. "선을 보이기 전에 여기로 불러와 싸우는 모습을 보여드리겠습니다."

마더 블랙비크는 그 군인을 바라보며 물었다.

"우리는 언제 와이번을 선택할 수 있지?"

그는 숨을 삼키며 대답했다.

"여러분에게 기본적인 비행 기술을 가르쳐드리기 위해 성질이 비교적 온순한 녀석들을 훈련시켜뒀습니다."

이스크라가 으르렁거렸다. 마논도 군인의 모욕적인 말에 분개해 한마디 하려 했으나 블루블러드 대마녀가 나섰다.

"무턱대고 군마에 올라타서 배우는 건 아니라는 뜻인가?"

안도한 군인은 긴장을 약간 풀었다.

"여러분은 비행에 익숙하시니까……."

뒤쪽에서 마녀단 단장들 중 하나가 내뱉었다.

"우린 바람의 등에서 태어난 존재들이야."

그 말에 몇몇이 거칠게 동의를 표했다. 하지만 마논은 다른 블랙비크 마녀단 단장들과 마찬가지로 침묵을 지켰다. 복종, 규율, 잔혹성은 마녀의 덕목이었다. 머저리처럼 과시할 필요 없었다.

초조하게 움찔거리던 군인이 블루블러드 대마녀 크리시다를 바라보았다. 가시 돋친 별 왕관을 쓴 크리시다가 이 방 안에서 유일하게 안전한 마녀라는 듯이. 멍청이. 마논이 알기로 블루블러드 가문은 마녀들 중 제일 잔인했다.

"여러분이 준비되시면 와이번 선택을 시작할 겁니다. 와이번을 타고 훈련을 시작해야 하니까요."

마논은 위험을 무릅쓰고 할머니한테서 시선을 떼고 구덩이를 살펴보았다. 구덩이 한쪽 벽에 큼직한 사슬이 박혀 있고 돌로 된 벽에는 시커먼 피 얼룩이 잔뜩 묻어 있었다. 와이번들이 벽에 부딪히며 피를 흘린 모양이었다. 벽 중앙에 거미줄처럼 크게 금이 가 있었다. 그리로 날아가 세게 부딪친 흔적일 것이다.

"저 사슬은 뭐지?"

마논은 자신도 모르게 질문을 던졌다. 할머니가 경고의 눈빛을 보냈지만 마논은 군인에게서 시선을 떼지 않았다. 예상대로 군인은 마논의 미모에 놀라 눈이 휘둥그레졌다. 그녀의 눈빛에 담긴 죽음의 기운을 감지했는지 군인은 눈을 크게 뜬 채로 설명했다.

"미끼로 쓰는 짐승을 묶어놓는 용도입니다. 싸우는 방법을 선보일 때 쓰는 와이번인데, 공격적인 성향이 있다 보니까 싸움 상대로 쓰는 거죠. 우리는 아무리 작고 약한 와이번이라도, 심지어 어디가 부러진 녀석이라도 바로 죽이지 말라는 명령을 받아서, 이런 용도로 씁니다."

투견 같은 방식이었다. 마논은 벽의 피 얼룩과 갈라진 자국을 다시 바라보았다. 미끼로 나온 짐승을 몸집이 훨씬 큰 상대 짐승이 붙잡아 던진 자국일 것이다. 와이번들이 저런 식으로 서로를 던져가며 싸운다면 인간에게는 얼마나 더 지독한 짓을 할 수 있을까. 마논은 기대감으로 가슴이 벅차올랐다. 특히 군인이 다음 말을 했을 때 가슴이 두근거리기까지 했다.

"수컷부터 보실까요?"

크리시다가 계속하라며 우아하게 손짓을 했다. 그녀의 쇠 손톱이 빛을 받아 번뜩였다. 군인은 날카롭게 휘파람을 불었다. 모두 말이 없는 가운데 쇠사슬 덜그럭거리는 소리, 채찍을 내리치는 소리, 구덩이와 연결된 쇠창살 문이 삐걱거리며 올라가는 소리가 연달아 들려왔다. 이윽고 채찍과 창을 든 남자들에게 떠밀려 와이번이 모습을 드러냈다.

마논을 비롯해 다 같이 숨을 들이마셨다.

"타이투스는 최고의 와이번들 중 하나입니다."

이 말을 하는 군인의 목소리에 자긍심이 담겨 있었다.

마논은 그 멋진 짐승한테서 눈을 뗄 수 없었다. 회색 점이 박힌 가죽, 굵은 뒷다리, 마논의 팔뚝만 한 크기의 발톱이 달린 뒷발, 그리고 끄트머리에 발톱이 달린 거대한 날개. 날개 끝의 발톱은 마치 앞발처럼 이 와이번이 앞으로 달려나갈 때 유용할 듯했다. 와이번은 삼각형의 머리를 이리저리 움직이며 주변을 둘러보았다. 와이번의 주둥이에서 침이 뚝뚝 떨어졌고 누렇고 휘어진 송곳니가 드러났다.

"꼬리에 독가시가 있습니다."

군인이 이렇게 말한 순간, 와이번은 구덩이에서 완전히 모습을 드러내고 자기를 내려다보는 자들을 향해 으르렁거렸다. 그 소리의 잔향이 돌벽을 울리더니, 마논의 장화와 다리를 지나 심장까지 올라왔다.

 그 짐승의 뒷다리에 감아놓은 쇠사슬은 그 짐승이 구덩이에서 날아오르지 못하도록 잡아두는 역할을 하고 있었다. 몸과 비슷한 길이의 꼬리 끝에 휘어진 돌기 두 개가 박혀 있었다. 와이번은 꼬리를 고양이처럼 앞뒤로 살랑살랑 흔들었다.
 "와이번은 하루에 수백 킬로미터를 비행할 수 있고 목적지에 도착하자마자 바로 전투에 투입이 가능합니다."
 군인의 설명에 마녀들은 다들 감탄해 숨을 들이켰다. 그 정도면 대단한 속도와 참을성이었다…….
 "어떤 먹이를 먹지?"
 페트라가 물었다. 그녀의 주근깨 박힌 얼굴은 침착함과 엄숙함을 유지하고 있었다.
 군인이 목을 긁적이며 대답했다.
 "가리는 거 없이 다 먹는데, 날것을 좋아합니다."
 "그건 우리랑 같네."
 이스크라가 이렇게 말하며 싱긋 웃었다. 옐로레그스 후계자 이스크라가 아닌 다른 마녀가 한 말이었으면 마논도 주변의 다른 마녀들처럼 웃었을 것이다.
 타이투스는 제일 가까이에 있던 남자를 향해 달려들더니 기다란 꼬리로 그 남자 뒤에 쭉 세워져 있던 창들을 부러뜨렸다. 타이투스를 진정시키기 위해 채찍을 휘둘렀지만 이미 늦고 말았다.
 피가 튀고 비명이 터져 나오더니 뼈 부러지는 소리로 이어졌다. 그 남자의 두 다리와 머리가 땅바닥에 내리꽂혔다. 타이투스는 그 남자의 몸통을 한입에 꿀꺽 삼켰다. 피 냄새가 진동하자 아이언티스 동맹 마녀들은 모두 깊게 숨을 들이마셨다. 그들 앞에 서서 안내를 하던 군인이 지나칠 정도로 조심스럽게 뒤로 쓰윽 물러섰다.
 구덩이 안에 있던 수컷 와이번 타이투스가 꼬리로 바닥을 이리저리 쓸면서 그들을 올려다보았다.
 이 세상에서 마법은 사라졌지만 이토록 장엄한 짐승을 만들어내는 일은 여전히 가능했다. 마법은 사라졌지만, 마논은 지금 이 순간 뼛속까지 확신할 수 있었다. 자신은 여기 올 수밖에 없는 운명이었다고. 저 타이투스를 차지하고야 말겠다고.
 저 최고로 사납고 거친 짐승이 아닌 다른 와이번은 필요 없었다. 끝없이 컴컴한 타이투스의 눈을 마주 보며 마논은 미소를 지었다.
 타이투스도 그녀에게 미소를 지어주는 듯했다.

13

 주변이 갑자기 조용해지자 셀레이나는 자신이 얼마나 지친 상태인지 깨달았다. 엠리스가 작업대 앞에서 나지막하게 노래를 부르며 반죽을 치대는 소리, 루카가 칼로 재료를 썰며 끝없이 재잘대는 소리가 별안간 뚝 그쳤다. 이대로 계단통 쪽으로 고개를 돌리면 뭐가 있을지 충분히 짐작이 갔다. 쉴 새 없이 물을 만지며 일을 한 탓에 셀레이나의 손은 쪼글쪼글해졌고 손가락이 아팠으며 등과 목까지 뻐근했다……. 로완은 팔짱을 끼고 계단통 아래 아치문에 기대어 서 있었다. 그의 생기 없이 어두운 눈동자에 격한 기운이 엿보였다.
 "따라와."
 로완의 얼굴은 차갑고 무표정했지만 셀레이나는 그가 성질이 난 상태임을 감지했다. 셀레이나가 일하느라 손톱이 망가졌다고 한탄하면서 주방 한쪽 구석에 부루퉁하게 앉아 있을 줄 알았는데 그게 아니라서 기분이 상한 게 분명했다. 셀레이나가 로완을 따라 주방을 나가려는데 루카가 손가락으로 자기 목을 긋는 시늉을 하며 입 모양으로 '행운을 빌어요'라고 말했다.

로완은 셀레이나를 데리고 작은 안마당을 지나 숲으로 향했다. 안마당에 서 있던 보초들은 그들의 일거수일투족을 주시하면서도 무심한 척하느라 애썼다. 거석 앞을 지나는데 그곳에 깃든 워드 마법의 기운이 피부에 들러붙어 속까지 울렁거렸다. 뜨끈한 주방을 나와 이끼로 뒤덮인 나무들 사이를 지나가는 동안 몸이 벌써 반쯤 얼어붙은 느낌이었다.

로완은 바위로 이루어진 산등성이를 지나, 안개로 뒤덮인 숲 꼭대기로 올라갔다. 셀레이나는 숨 가쁘게 그를 따라가면서 저 아래 산기슭의 풍경과 전방의 평지를 힐끗힐끗 살폈다. 온통 초록색에 생기로 가득한 그곳은 아달렌의 지배를 받지 않는 안전한 곳이었다. 로완은 비바람에 닳고 닳은 어느 사원 폐허에 다다를 때까지 말 한마디 하지 않았다.

폐허에는 평평한 돌과 기둥이 전부였다. 오랜 세월 비바람을 맞은 기둥의 조각들은 윤곽마저 흐릿해졌다. 왼편에는 산기슭과 평지로 이루어진 평화로운 땅 웬들린이 펼쳐졌고, 오른편에는 벽처럼 높이 솟은 캠브리언 산이 그 너머 불멸의 땅을 가로막았다. 저 뒤 아래쪽으로는 산의 등줄기를 따라 요새가 구불구불하게 뻗어나갔다.

로완은 차갑고 축축한 바람에 은발을 휘날리며, 금이 쩍쩍 가 있는 바위들을 건너갔다. 셀레이나는 만일의 경우 즉각 대응할 수 있도록 두 팔을 느슨하게 늘어뜨린 채 따라 걸었다. 완전 무장을 한 로완은 단호하고 무자비한 가면을 쓴 것처럼 느껴졌다.

셀레이나는 고분고분하게 따르겠다는 뜻을 내비치며 살짝 미소를 지었다.

"너무 애쓰지는 말아요."

로완은 그녀를 머리부터 발끝까지 훑어보았다. 안개의 습기를 머금어 축 늘어진 셔츠, 주방 일을 하면서 물을 계속 만진 바람에 쪼글쪼글해진 피부, 얼룩지고 여기저기 물기에 젖은 바지, 그리고 발의 위치에 이르기까지 샅샅이 보는 눈빛이었다······.

"유순한 척은 집어치워."

그의 목소리도 눈빛만큼이나 생기라고는 없었지만 칼로 베는 듯한 예리함이 있었다.

셀레이나는 여전히 유순하고 가식적인 미소를 띤 채 대꾸했다.

"무슨 말을 하는지 모르겠네요."

그가 송곳니를 드러내고 셀레이나에게 다가왔다.

"첫 번째 교훈을 줄 테니까 잘 들어. 허튼소리 함부로 지껄이지 마. 난 그런 소리 받아줄 생각 없어. 당신 내면에 얼마나 큰 분노가 있는지, 얼마나 잔인하고 끔찍한 생각이 담겨 있는지 알고 싶지도 않아."

"내 속에 얼마나 대단한 분노와 잔인함과 끔찍함이 들어 있는지는 진짜 알면 좋지 않을 거예요."

"계속 그렇게 비딱하게 굴어봐, 공주님. 난 당신보다 열 배는 더 오래 살아서 열 배는 더 고약하게 굴 수 있어."

로완이 자극했지만 셀레이나는 끝내 변신으로 본모습을 드러내지 않았다. 그녀의 피부 아래, 내면을 발톱으로 긁어대는 존재에 대해 이 남자는 아무것도 알지 못했다. 물론 셀레이나는 표정까지 제어할 생각은 없기에 분노를 표출하며 이빨을 드러냈다. 로완이 말했다.

"좋아. 이제 변신해."

셀레이나는 굳이 듣기 좋은 목소리를 내고 싶지도 않았다.

"제어 못 해요."

"핑계 따윈 듣고 싶지 않아. 변신이나 해."

하지만 셀레이나는 방법을 몰랐다. 어렸을 때 변신술을 완전히 몸에 익히지도 않았고 지난 10년 동안 변신술을 연마할 기회도 없었다.

"변신을 해야 오늘 수업이 끝날 모양이네요. 시간이 꽤 오래 걸릴 텐데, 간식이라도 가져오지 그랬어요?"

"앞으로 당신을 훈련시키는 게 꽤 재미있어지겠어."

'훈련시키는 게'라는 말을 '산 채로 잡아먹는 게'라고 바꿔도 딱 맞을 것 같은 말투였다.

"지금까지 최고급 훈련 과정을 열두 개는 더 거쳤어요. 허튼짓은 그만하는 게 어때요?"

그는 더욱 싸늘하고 독한 미소를 지었다.

"개소리 집어치우고 변신이나 해."

그 순간 심연에서 번개가 치며 몸서리가 쳐졌다.

"안 한다니까요."

로완이 공격을 시작했다.

오전 내내 셀레이나는 그의 주먹질, 움직이는 방식, 신속함, 각도를 복기하며 생각을 거듭했다. 덕분에 그가 내지른 첫 번째 주먹을 피할 수 있었다. 그의 주먹이 머리카락을 스쳤다.

두 번째 주먹을 피하기 위해 반대편으로 몸을 트는데 로완이 엄청난 속도로 공격을 해왔다. 셀레이나는 그의 움직임을 미처 파악하지 못했다. 공격을 피하거나 막거나 예상할 겨를조차 없었다. 어젯밤과 마찬가지로 얼굴은 물론 다리로도 공격이 들어왔다.

그의 발길질에 쓰러지던 셀레이나는 몸을 틀어 간신히 균형을 잡았다. 하지만 바위에 이마를 부딪치지 않도록 확실히 피할 만큼 동작이 빠르질 못했다. 옆으로 몸을 굴리는데 회색 하늘이 부옇게 보였다. 바위에 부딪힌 이마의 충격이 두개골 안쪽까지 울려대자 숨 쉬는 방법마저 잊을 정도였다. 로완은 우아하게 내리 덮쳐 셀레이나의 몸에 올라타고 강력한 허벅지로 그녀의 옆구리를 찍었다. 숨도 못 쉬겠고 머리가 빙빙 돌았다. 아침 내내 주방에서 일하고 몇 주 동안 제대로 먹지도 못한 탓에 근육에 힘이 없었다. 몸을 뒤틀어 그를 밀쳐내려 했지만 꼼짝도 할 수 없었다. 체중에서도, 근육의 힘에서도 완전히 밀리고 있었다. 이렇게 상대에게 완전해 압도당한 건 살면서 처음이었다.

"변신해."

그가 날카롭게 명령했다.

셀레이나는 비웃었다. 비참하고 기운 빠진 소리가 입 밖으로 나왔다.

"재미있네." 제기랄. 머리가 욱신거렸다. 뜨끈한 핏방울이 이마 오른쪽에서 흘러내렸다. 로완은 이제 그녀의 가슴을 타고 올라앉았다. 셀레이나는 그의 무게에 눌려 숨이 막히는 와중에도 다시 웃었다. "나를 열 받게 만들어서 변신시키려고요?"

그가 이를 드러내며 위협했다. 머리가 핑 돌며 눈앞에 별이 둥둥 떠다녔다. 눈을 깜박일 때마다 찌르는 듯한 통증이 밀려들었다. 이번에 드는 멍이 지금껏 살면서 제일 심하게 든 멍이 아닐까 싶었다.

"좋은 생각이 있어요. 내가 더럽게 부자거든." 셀레이나는 두통을 참으며 말을 이어갔다. "우리가 일주일 정도 훈련하는 척만 하는 거예요. 그리고 당신이 메이브 여왕에게 가서 내가 이제 도라넬에 들어갈 준비가 됐다고 말하는 거죠. 그렇게만 해주면 원하는 대로 얼마든지 금을 줄게요."

로완은 당장 목을 물어뜯을 듯한 기세로 그녀의 목에 송곳니를 바짝 가까이 들이댔다.

"내 생각을 말해주지. 지난 10년 동안 까불고 돌아다니면서 자객 행세를 한 것 말고 또 뭘 하면서 살았는지 모르겠지만, 엉망으로 사는 게 익숙해졌나 봐. 자신을 전혀 제어하지 못하는 걸 보니. 제어도 못 하고 마음속 깊은 곳에서 우러나오는 절제력도 없어. 당신은 어린애일 뿐이야. 그것도 버르장머리 없는 어린애." 로완의 초록빛 눈동자에는 경멸이 담겨 있었다. "게다가 겁쟁이야."

그가 양팔을 잡아 누르고 있지 않았다면 셀레이나는 그의 얼굴을 잡아 뜯어버렸을 것이다. 로완한테서 벗어나려고 안간힘을 썼다. 그동안 배운 기술을 다 동원해봤지만 그는 꿈쩍도 하지 않았다.

그는 나지막하고 모욕적으로 웃으며 물었다.

"왜, 겁쟁이란 말이 마음에 안 들어?" 로완이 그녀에게 몸을 가까이 기울였다. 그의 문신이 흐릿해진 셀레이나의 시야 안에서 일렁거렸다. "겁쟁이. 무고한 사람들이 불에 타 죽고 도륙당한 지난 10년 동안 도망이나 쳤으니 겁쟁이가 맞지……."

그의 말이 더 이상 셀레이나의 귀에 들어오지 않았다.

그저 딱 멈춰버렸다.

마치 갑자기 물속에 잠긴 듯 멍했다. 처참한 몰골로 침대에 널브러진 아름다운 네히미아의 시신을 발견했을 때처럼. 백성들의 환호를 받으며 해 질 녘 풍경 속으로 말을 타고 달려가는 사랑스럽고 용감한 갤런 애쉬리버를 보았을 때처럼.

셀레이나는 가만히 누워 머리 위에서 휘도는 구름을 바라보았다. 귀에 들어오지도 않는 말을 로완이 그만 끝내기를, 아무런 느낌도 없을 주먹질이 또 날아오기를 기다리면서.

"일어나." 로완이 갑자기 명령했다. 그가 일어서자 세상이 환하게 밝아졌다. "일어나라고."

일어나. 고통과 두려움, 슬픔이 한계치를 넘어버린 날 케이올도 셀레이나에게 이렇게 말했다. 네히미아가 죽던 밤, 손수 아처의 목숨을 거둬들인 밤, 케이올에게 끔찍한 진실을 덜어놓은 날에 셀레이나의 감정은 한계를 넘어버렸다……. 케이올도 셀레이나가 그렇게 되는 데 크게 한몫했다. 그 후로 지금까지 셀레이나는 계속 추락하고 있었다. 바닥이 없으니 무언가를 밟고 일어설 수조차 없었.

강하고 거친 두 손이 셀레이나의 어깻죽지를 잡고 들어 올렸다. 세상이 기울어지며 핑 돌았다. 문신이 새겨진 위협적인 얼굴이 셀레이나의 시야에 들어왔다. 로완의 커다란 두 손이 머리를 잡고 목을 꺾어주면 좋겠다고 셀레이나는 생각했다.

"한심하네." 로완은 그녀를 놓아주며 내뱉었다. "무기력하고 한심하기 짝이 없어."

네히미아를 위해 셀레이나는 뭐든 해야 했다. 뭐든……

하지만 괴물이 살고 있는 가슴 속에는 거미줄과 재뿐인 듯했다.

머리가 빙빙 돌았다. 피가 말라붙은 뺨이 근질거렸다. 셀레이나는 굳이 피를 닦아내고 싶지 않았다. 사원이 있던 폐허에서부터 숲이 우거진 산기슭까지 수 킬로미터를 걸어가는 동안 눈에 멍이 한층 더 시커멓게 피어났겠지만 아무래도 상관없었다. 이쪽은 미스트워드로 가는 길이 아니었다.

휘청휘청 따라가는데 로완이 별안간 장검과 단검을 꺼내 들더니 풀이 무성한 공터 가장자리에 우뚝 섰다. 그곳에는 작은 흙무더기들이 점점이 흩어져 있었다. 아니, 단순한 흙무더기가 아니라 봉분들이었다. 오래전에 세상을 떠난 고대 왕과 왕자들의 무덤들이 주변의 나무들을 따라 자리하고 있었다. 눈앞이 흐릿하고 머리가 울렸다. 목 뒷덜미의 털이 곤두섰다.

풀로 뒤덮인 무덤들은 마치…… 숨을 쉬고 있는 듯했다. 잠이 든 것 같기도 했다. 저 쇠문들은 무덤 주인이 훔친 보석과 함께 와이트 유령들을 안에 가둬두었을 것이다. 와이트 유령들은 무덤 안에 숨겨진 금을 훔치려고 달려드는 생각 없는 멍청이들을 먹이로 삼아가며, 오랜 세월 무덤들을 지켜왔을 게 분명했다.

로완은 무덤들 쪽으로 고개를 끄덕거리며 설명했다.

"원래는 당신이 힘을 좀더 쓸 수 있을 때까지 기다리려고 했어. 무덤 유령들이 *제대로* 볼 만한 때가 밤이라서 밤에 여기로 데려올 생각이었지. 지금은 낮이니 운 좋은 줄 알아. 낮에는 밖으로 기어 나오는 유령들이 별로 없거든. 와이트들을 대면해가면서 무덤 사이를 지나 들판 너머로 와. 그렇게만 하면 원하는 대로 도라넬로 데려가 주지."

함정이었다. 로완은 무한한 시간을 가진 존재이니 이런 게임을 수백 년 동안 해도 상관없을 것이다. 셀레이나는 남은 시간이 별로 없는 필멸의 존재였다. 심장이 한 번 뛸 때마다 죽음에 가까워지는 존재였다. 그러니 이건 그녀에게 불리한 게임이었다. 게다가 와이트 유령들을 맞닥뜨린다면…….

로완의 무기가 번뜩였다. 손을 뻗으면 그의 무기를 빼앗아 줄 수도 있을 것이다. 로완은 강력한 어깨를 으쓱하며 말했다.

"무기를 가지러 돌아갔다가 밤에 다시 오든지 아니면 지금 하든지 알아서 해."

그 말에 화가 치민 셀레이나는 정신이 번쩍 들었다.

"맨손으로도 충분해요."

로완은 피식 웃으며 미로처럼 복잡한 무덤들 사이로 느긋하게 걸어갔다.

셀레이나는 그의 뒤에 바짝 붙어 무덤 사이사이로 따라갔다. 뒤로 쳐지면 그대로 그녀를 버리고 갈 것 같아서였다.

쇠문 너머의 것들이 꾸준히 숨을 들이쉬고 내쉬며 아가리를 쫙 벌리고 하품을 해댔다. 돌로 된 상인방에 아무 무늬 없는 쇠문들이 못으로 박혀 있었다. 그 문은 웬들린보다도 더 오래된 것 같았다.

그는 풀을 저벅저벅 밟으며 걸어갔다. 새와 곤충들조차 숨을 죽였다. 무덤들 사이를 지나자 제일 오래된 무덤 주변에 둥그렇게 풀들이 죽어 있었다. 다른 무덤들은 윗부분이 봉긋한데 이 무덤은 어느 고대의 신이 발로 밟아놓은 듯 편편했고, 그 편편한 윗부분은 덤불의 옹이진 뿌리로 뒤덮였다. 문지방을 이루는 세 개의 거대한 돌들은 무언가에 밟힌 듯 얼룩지고 비딱한 상태였다. 무덤 입구의 쇠문도 사라지고 없었다.

무덤 안은 온전한 어둠이었다. 그 안에 영원한 어둠이 숨 쉬고 있었다.

어둠이 손을 뻗어오자 셀레이나의 귓속에서 심장이 방망이질 치는 소리가 쿵쾅쿵쾅 들려왔다.

"이만 가볼게." 로완은 무덤 주변의 죽은 풀 안쪽으로는 발을 들이지 않았다. 죽은 풀을 발 앞에 두고 서서 그는 잔인한 미소를 지으며 말했다. "들판 건너편에서 기다리고 있을 테니까 올 수 있으면 와 보든지."

그는 셀레이나가 놀란 토끼처럼 도망칠 줄 안 모양이었다. 사실 셀레이나도 속으로는 그러고 싶었다. 90미터 정도 떨어진 곳에 있는 저 음산한 무덤을 보고 있자니 당장이라도 도망치고 싶어졌다. 밤낮으로 햇빛이 쏟아지는 환한 곳에 다다를 때까지 쉼 없이 달아나고 싶었다. 하지만 지금 이 과제를 해낸다면 내일 바로 도라넬에 들어갈 수 있다. 생각해보면 저 무덤 너머에서 기다리고 있는 와이트들이 지금까지 셀레이나가 만나고 싸워온 것들, 그녀의 세상과 그녀 내면에 살고 있는 괴물보다 더 끔찍할 것 같지도 않았다.

셀레이나는 로완에게 고개를 꾸벅 숙이고는 죽은 풀로 뒤덮인 들판으로 걸어 나갔다.

14

 중앙의 무덤을 향해 한 발 한 발 나아갈수록 셀레이나의 피가 끓어올랐다. 얼룩진 고대 무덤들 사이에 도사린 어둠은 점점 크게 휘몰아쳤다. 한기도 한층 강해졌다. 춥고 바짝 건조했다.
 로완이 지켜보고 있는 지금, 걸음을 멈출 수는 없었다. 해야 할 일이 산더미이니 더더욱 멈춰선 안 되었다. 뻥 뚫린 무덤의 문 속을, 그 너머에 도사린 존재를 오래도록 쳐다볼 엄두는 나지 않았다. 필멸의 존재로서 어리석은 자존심 한 가닥 때문에 들판을 후다닥 뛰어 가로지르고 싶지는 않았다. 게다가 함부로 뛰었다가는 알 수 없는 포식자들의 관심을 끌게 될 것이다. 와이트 유령이 문지방 쪽으로 살그머니 다가오는 동안 셀레이나는 지금까지 받은 훈련 내용을 되새기며 천천히 걸음을 옮겼다. 와이트한테서 극심한 허기의 기운이 느껴졌다.
 손을 뻗으면 잡을 수 있을 만큼 가까이 다가갔는데도 와이트는 마치…… 망설이는 듯 무덤 안에 잠자코 머물렀다.
 무덤 앞을 지나가는데 고동치는 퀴퀴한 공기가 귓가에 훅 끼쳤다.

이대로 뛰는 게 좋을까. 와이트에 대항할 수 있는 유일한 무기가 마법이라면 지금 두 손은 아무 쓸모도 없을 것이다. 와이트는 여전히 문지방 안쪽에서 뭉그적대고 있었다.

묘하게 죽음의 기운을 품은 공기가 또다시 셀레이나의 귓가에 와 닿았다. 높은 울림소리가 머릿속을 파고들었다. 셀레이나는 풀을 밟으며 서둘러 걸음을 옮겼다. 근처에 도사리고 있는 것이 무엇이든 싸워 이기려면 사소한 부분 하나하나까지 파악해야 했다. 들판 저쪽에서 불어오는 안개 낀 부연 바람에 우듬지가 흔들거렸다.

중앙의 무덤을 지나가는데 발걸음을 옮길 때마다 점점 더 심하게 울리는 소리가 귀를 때렸다. 셀레이나는 이를 악물었다. 와이트도 뒤로 움츠러드는 듯했다. 와이트가 지금까지 망설이고 있었던 건 셀레이나나 로완 때문이 아니었다.

죽은 풀들이 둥글게 깔린 곳은 몇 걸음만 더 가면 끝이었다. 와이트를 공포에 떨게 만드는 게 무엇이든 간에, 그 몇 걸음을 채운 뒤에는 뛰어도 될 것이다.

그때 셀레이나는 그자를 보았다. 무덤 뒤에 서 있는 남자.

와이트가 아니었다. 허연 피부, 밤처럼 까만 머리카락, 무어라 표현할 수 없는 아름다움, 기둥처럼 튼튼한 목에 두른 오닉스 목걸이. 그리고……

어둠. 어둠이 파도처럼 셀레이나의 몸을 치고 내려갔다.

막연한 개념이 아닌 형체가 있는 어둠이었다. 그자가 어둠이라는 담요를 셀레이나와 로완에게 던져 덮으려는 듯했다.

바닥의 풀이 느껴졌지만 보이지 않았다. 아무것도 볼 수 없었다. 저 앞은 물론이고 옆도 뒤도 온통 암흑천지였다. 어둠은 주변을 온통 소용돌이치며 휘감았다.

어둠을 바라보던 셀레이나는 욕이 나오려는 걸 참고 엎드렸다. 정체가 무엇인지 몰라도 유한한 존재는 아니었다. 완벽한 외모, 깊이를 알 수 없는 눈 속에 담긴 기운만 봐도 인간이 아님을 알 수 있었다.

윗입술로 피가 흘러내렸다. 코피였다. 귓속을 쿵쿵 울려대는 진동 때문에 머릿속의 생각이며 계획이 갈피를 못 잡고 흘러내려 갔다. 저 존재에 온몸이 거부 반응을 나타냈다. 저 칠흑 같은 어둠은 영원한 존재였다.

'그만. 숨 쉬어.'

하지만 다른 누군가가 그녀의 뒤에서 숨을 쉬고 있었다. 방금 본 괴상한 자일까, 아니면 또 다른 존재?

숨소리가 점점 더 크고 가까이에서 들려왔다. 싸늘한 공기가 피부를 훑으며 코끝과 입술로 올라왔다. 달아나야 했다. 멍하니 기다리는 것보다 달아나는 게 상책이었다. 들판 저 끝으로 도망치기 위해 몇 걸음 뗐다. 하지만······

아무것도 없었다. 끝없는 암흑, 괴상한 숨소리를 내는 존재가 바로 가까이까지 다가왔다. 그것한테서 먼지와 썩은 고기, 그리고 생전 처음이지만 한번 맡으면 절대 잊을 수 없는 냄새가 났다. 그 공간을 꽉 채우는 냄새였다.

아, 젠장. 그것은 그녀의 목에 숨을 내쉬며 귓속으로 파고들었다.

셀레이나는 뒤로 몸을 휙 돌리며 마지막일지 모를 숨을 들이마셨다. 순식간에 세상이 훤해졌다. 시커먼 구름이나 죽은 풀들은 온데간데없었다. 근처에서 기다리고 있는 로완도 보이지 않았다. 이 방은······

이 방은······.

하녀가 비명을 질렀다. 물 끓는 찻주전자처럼 삐액 하고 내지르는 비명이었다. 닫힌 창문 안쪽에 물웅덩이 같은 게 보였다. 전날 밤 바람이 급작스럽게 불어와 창문이 덜컹거리자 셀레이나가 직접 닫아 놓은 창문이었다.

침대가 비에 젖었다고 생각했다. 폭풍우 때문에 끔찍한 소리가 들리는 건가. 그래서 뭔가 잘못된 것 같은 느낌을 받는 건가. 방 한쪽 구석에 누군가 서 있는 것 같기도 한데. 시골 저택의 우아하게 꾸며진 방. 그 방에 놓인 침대를 흠뻑 적신 건 빗물이 아니었다.

그녀의 몸과 두 손, 피부, 잠옷을 적셨다가 말라붙은 것도 비가 아니었다. 그리고 피 냄새 외에 무언가가 섞여 있는 괴상한 냄새가 났다…….

유령처럼 서 있던 셀레이나는 침대에서 뒷걸음질 치며 큰 소리로 말했다.

"이건 현실이 아니야. 현실이 아니란 말이야."

이쪽 귀에서 저쪽 귀까지 목이 썰린 부모님의 시신이 침대에 널브러져 있었다.

떡 벌어진 어깨에 잘생겼던 아버지의 피부는 이미 회색으로 변해 있었다.

어머니의 금발은 피에 젖었고 얼굴은…… 얼굴은……

마구 도륙된 상태였다. 깊고 크게 베어진 상처가 너무나도 처참했다.

구역질이 올라왔다. 목구멍으로 먹은 게 죄다 올라왔다.

"이건 현실이 아니야. 현실이 아니야."

숨을 헐떡였다. 뜨끈한 액체가 바지를 적셨다. 숨을 쉴 수 없었다. 불가능했다. 도저히…….

간신히 일어선 셀레이나는 그 방에서 도망치기 시작했다. 나무 판자를 댄 벽을 통과했다. 유령처럼 벽을 뚫고 나간 것이다…….

그다음 공간도 침실이었다. 또 다른 시신이 보였다.

네히미아. 유린당하고 짓밟히고 칼로 마구 난자당한 모습이었다.

괴이한 존재가 셀레이나의 뒤에 가만히 서서 손으로 허리를 휘감았다. 그것의 손이 셀레이나의 배를 훑더니 마치 연인처럼 부드럽게 그녀를 품에 안고 등을 끌어당겼다. 공포가 밀려왔다. 셀레이나는 팔꿈치를 뒤로 쳐올렸다. 살과 뼈 같은 무언가에 거칠게 닿았다. 그것은 카악 소리를 내며 셀레이나를 놓아주었다. 바로 그 순간 셀레이나는 달음박질쳤다. 친구의 피와 쏟아진 장기로 이루어진 환영을 뚫고 달려갔다. 다음 순간……

희미한 햇빛과 죽은 풀들, 중무장한 은발의 전사 로완이 눈에 들어왔다. 그녀는 옷에 묻은 토사물, 더러워진 바지에도 아랑곳 않고 숨을 헐떡이며 비명을 내질렀다. 로완이 있는 곳으로 달려간 셀레이나는 초록빛 풀이 있는 곳에 다다르자 고꾸라지듯 쓰러지며 풀을 움켜잡았다. 풀을 잡아 뜯으면서 구역질을 했다. 이미 한차례 뱃속을 비운 터라 담즙 밖에 나오지 않았다. 자신이 지금 악을 쓰고 있는지, 흐느껴 울고 있는지, 아니면 아무 소리도 내지 않는지 알 수 없었다.

문득 속에서 변화가 느껴졌다. 괴상한 기운이 솟구치며 뱃속 아래에 우물이 열리더니 불길이 무자비하게 타올랐다.

'안 돼. 안 돼.'

고통이 파동처럼 밀려왔다. 시야가 맑았다가 흐려지고, 송곳니가 나왔다가 들어갔다 하면서 이 전체가 아팠다. 벌새의 날갯짓처럼 빠르게 인간 상태와 비인간 상태를 오갔다. 변신이 반복되자 뱃속 아래의 우물은 점점 커지고 불길은 들불이 되어 점점 더 높이 치솟았다…….

 목구멍이 불에 타는 듯 고통이 밀려와 비명이 터져 나왔다. 마법이 몸 밖으로 쏟아져 나온 탓일 수도 있었다.

 마법이 맞는 것 같았다…….

◆◆◆

 셀레이나는 지붕처럼 우거진 숲의 우듬지 아래서 눈을 떴다. 아직 낮이었다. 셔츠와 바지, 장화에 흙이 묻어 있는 걸 보니 로완이 무덤 사이에서 셀레이나를 여기까지 질질 끌고온 듯했다.

 셔츠와 바지에 토사물이 묻어 있었다. 그리고 사타구니에…… 오줌을 지린 흔적이 역력했다. 얼굴이 확 달아올랐다. 오줌을 지리게 만든 원인, 구토를 한 이유에 대한 생각을 얼른 옆으로 치워버렸다. 그리고 마법에 관한 생각은……

 "훈련도 안 돼 있고, 자제도 안 되고, 용기도 없고."

 옆에서 으르렁거리는 듯한 거친 목소리가 말했다.

 골이 지끈거렸다. 로완이 바위에 앉아 있었다. 왼손에는 단검을 달랑달랑 들고 있었다. 셀레이나가 오물을 묻힌 채 기절해 있는 동안 저 망할 칼을 한가롭게 허공으로 던져 올렸다가 손으로 받는 짓거리를 하고 있었던 게 분명했다.

 로완이 단호하게 말했다.

 "당신은 실패했어. 무덤을 지나 들판 너머로 오기는 했지만, 나는 와이트들을 대면하라고 했지 마법의 힘을 끄집어내라고는 하지 않았어."

 "죽여버리겠어. 감히……."

목에서 씩씩대며 거친 소리가 튀어나왔다.

"아까 그건 와이트가 아니었어, 공주."

로완은 셀레이나의 뒤쪽에 펼쳐진 숲을 흘끗 쳐다보았다. 만약 그가 도라넬에 들여 보내주는 것과 관련해 또 다른 조건을 제시하면 셀레이나는 욕을 퍼부어줄 작정이었다. 그런데 다시 그녀의 눈을 바라본 로완의 눈빛은 이렇게 말하는 듯했다. '아까 그것은 거기 있으면 안 되는 존재였어.'

셀레이나는 속으로 받아쳤다.

'그럼 그게 뭔데, 이 멍청한 새끼야?'

로완은 이를 악물더니 소리 내어 말했다.

"나도 몰라. 몇 주 전부터 스킨워커가 인간의 생가죽을 찾아 이 언덕 저 언덕 돌아다니고 있기는 한데…… 그놈은 스킨워커와는 달랐어. 이 땅에서도 다른 어디에서도 본 적이 없어. 당신을 서둘러 끌고 나오느라 정신이 없었어. 조만간 추가로 정보를 얻을 수 있을 것 같지도 않아." 로완은 엉망이 된 셀레이나의 몰골을 쏘아보고는 덧붙였다. "다시 돌아가 보니까 놈은 이미 사라진 뒤였어. 어떻게 된 일인지 말해봐. 내가 본 건 어둠뿐이야. 어둠에서 나온 당신은 달라져 있었어."

셀레이나는 자신의 모습을 다시 내려다보았다. 배러스의 지붕에 누워 시간을 보내느라 햇빛에 보기 좋게 그을렸던 피부는 색소가 싹 빠진 것처럼 새하얗게 되어 있었다. 공포나 울렁거림 때문이 아니었다.

"몰라. 지옥으로 꺼지든가."

"여럿의 목숨이 달린 일일 수도 있어."

"요새로 돌아가고 싶어요." 숨이 찼다. 괴물이나 스킨워커 따위에 대해서는 알고 싶지도 않았다. 말하는 것도 쉽지 않았다. "당장이요."

"훈련은 내가 끝났다고 해야 끝나는 거야."

"날 죽이든 고문을 하든 절벽에서 밀어버리든 마음대로 해요. 오늘 더는 훈련 못 받아. 어둠 속에서 아무도 본 적 없는 것들을 봤어요. 그 존재가 나를 내 기억 속으로 끌고 들어갔다고요. 그다지 좋은 기억은 아니었어요. 이만하면 됐어요?"

그는 한숨을 쉬며 일어나 걷기 시작했다. 셀레이나는 비틀거리며 그의 뒤를 따라갔다. 무릎이 와들와들 떨렸다. 미스트워드의 홀을 지나가면서 셀레이나는 지나가는 보초나 일꾼들이 더러워진 바지와 토사물 흔적을 보지 못하도록 몸을 옆으로 틀었다. 얼굴은 가리지 않았다. 로완의 뒤통수를 줄곧 주시하며 따라갔다. 마침내 로완이 나무문을 열어젖히자 뜨끈한 수증기가 쏟아져 나왔다.

"여자 목욕탕이야. 당신 방은 바로 위층에 있어. 내일 새벽까지 주방으로 내려와."

그는 이렇게 말하고는 가버렸다.

셀레이나는 수증기가 모락모락 피어나는 방으로 터덜터덜 들어갔다. 그 안에 누가 있든 상관없었다. 옷을 벗고 아래로 움푹 꺼진 돌 욕조 중 한 곳으로 들어가 앉았다. 욕조에 몸을 담근 채 한참을 꼼짝도 하지 않았다.

15

만나기로 한 시간에 아버지가 20분 늦게 왔지만 케이올은 놀라지 않았다. 아무렇지 않게 케이올의 사무실로 들어와 책상 맞은편 의자에 앉은 아버지가 늦게 온 이유를 말하지 않아도 그러려니 했다. 아버지는 차갑고 경멸적인 시선으로 사무실을 둘러보았다. 그 시선도 미리 계산된 게 분명했다. 창문 하나 없는 사무실에는 낡아빠진 깔개가 깔려 있었고 뚜껑을 열어둔 큼지막한 상자에는 미처 윤기를 내거나 수리를 보낼 시간이 없어 내버려 둔 무기들이 담겨 있었다.

너저분하지만 나름의 체계는 있었다. 책상 위에 놓인 서류들은 위로 쭉 쌓여 있었고 유리 펜들은 필통에 담겼다. 입을 일이 거의 없는 갑옷은 방 한쪽 구석의 마네킹에 걸린 채 희미한 빛을 발했다.

마침내 아버지가 입을 열었다.

"위대한 왕께서 근위대장에게 겨우 이런 방을 주신 거냐?"

케이올은 어깨를 으쓱했다. 아버지는 묵직한 오크나무 책상을 바라보았다. 그 책상에서 케이올은 셀레이나와……

피가 확 끓어오르기 전에 케이올은 얼른 그 기억을 한옆으로 밀쳐놓았다. 그리고 미소 띤 얼굴로 대답했다.
"부속 건물에 더 큰 사무실이 있는데 부하들 옆에 있고 싶어서요."
사실이었다. 궁정인들이나 의원들과 복도에서 마주칠 일이 많은 유리성의 행정동 근처에 가까이 있고 싶지 않기도 했다.
"현명한 결정이구나. 대장의 본능이겠지."
아버지는 오래된 나무 의자에 등을 기대고 앉았다.
케이올은 아버지를 가만히 쳐다보았다.
"어차피 저는 아버지와 아니엘로 돌아갈 겁니다. 굳이 칭찬까지 해주시니 놀랍네요."
"그래? 내가 보기에 너는 아니엘로 돌아갈 채비를 전혀 안 한 것 같은데. 후임자를 찾고 있지도 않은 것 같고."
"아버지는 제가 하는 일을 우습게 보시지만, 저는 진지하게 이 일을 하고 있습니다. 아무한테나 일을 맡길 수는 없어요."
"폐하께 여길 떠나기로 했다는 말도 안 꺼냈잖아." 아버지는 재미있어 하면서도 싸늘하기 이를 데 없는 미소를 지었다. "다음 주에 떠나겠다고 폐하께 말씀드렸다. 그런데 네가 아니엘로 돌아가는 것에 대해 일언반구도 없으시더라. 네가 곤란해질까 봐 길게 얘기는 안 했다."
케이올은 표정으로 감정을 드러내지 않으려 말했다.
"다시 한번 말씀드리지만 제대로 된 후임자를 찾고 나서 떠날 겁니다. 그래서 뵙자고 했어요. 시간이 좀더 필요해서."
부분적으로는 사실이었다. 며칠 전 케이올은 에이디언이 주최한 파티에 찾아갔다. 또 다른 술집에서 더 호화판으로 벌어진 그 파티에는 참석자들도 전보다 훨씬 많았다. 에이디언은 그 파티장에도 모습을 드러내지 않았지만 다들 에이디언이 그 파티장에 있다고 여겼다. 첫날 밤 에이디언과 함께 파티장을 나섰던 창녀도 에이디언이 서비스를 이용하지 않고도 금화를 줬다고 자랑하면서 와인을 더 가지러 갔다.

케이올은 그 창녀가 에이디언과 헤어졌다고 한 길모퉁이에 가보았지만 그곳에는 아무런 흔적도 남아 있지 않았다. 베인 부대가 언제 여기 도착하는지, 지금 어디서 야영 중인지 아는 이가 아무도 없는 것도 흥미로웠다. 다들 아는 거라고는 베인 부대가 여기로 오고 있다는 것뿐이었다. 케이올은 낮 동안 이런저런 할 일이 많아 에이디언의 뒤를 밟을 수가 없었다. 왕이 수차례 개최한 회의와 점심식사 모임에서 에이디언에게 정면으로 맞서는 것도 불가능했다. 오늘 밤 케이올은 파티 장소에 일찌감치 가서, 에이디언이 이곳에 나타나기는 하는지 몰래 어디로 빠져나가는지 알아볼 작정이었다. 에이디언에 관한 단서를 빨리 포착할수록 이 말도 안 되는 상황을 신속하게 정리하고, 폐하께서 에이디언을 지나치게 의지하지 않도록 할 수 있을 것이다.

아버지께 뵙자고 말한 것도 어젯밤 문득 떠오른 생각 때문이었다. 살짝 미친 생각일 수도 있었다. 너무 위험한 계획이라 어쩌면 성과를 내기도 전에 목숨을 잃을 수도 있었다. 셀레이나가 찾아놓은 마법에 관한 책들을 전부 훑어보았지만 마법을 자유로이 풀어놓는다고 해서 도리언과 셀레이나를 도울 수 있을 것 같지는 않았다. 셀레이나는 아처와 네히미아가 규합한 반란 세력에 관한 두 가지 사실을 알려주었다. 첫째, 그들이 에일린 갈라시니어스의 소재를 알고 있다는 것. 둘째, 이 대륙을 지배하는 아달렌 왕의 신비로운 힘을 무너뜨릴 방법을 곧 찾을 수 있다는 것. 전자는 거짓임이 드러났다. 하지만 후자에 관해서는 가능성을 배제할 수 없었다. 만약 반란 세력이 세상에 마법을 풀어놓는 방법을 알고 있다면 확실히 알아봐야 하지 않을까. 케이올은 에이디언의 뒤를 캐고 있었다. 반란 세력의 은신처에 관해 셀레이나가 써놓은 메모를 챙겨 본 덕분에 그들이 어디 숨어 있는지 정도는 알고 있었다. 이런 일은 신중하게 처리해야 한다. 그러려면 최대한 시간을 벌어야 했다.

아버지의 얼굴에서 예리한 눈빛이 드러났다.

"네가 신의를 중요시하는 사람이라고 소문이 났더구나. 그런데 나와 한 약속을 지키려 하지 않으니 어떤 인간인지 모르겠다······" 아버지는 아랫입술을 잘근잘근 씹으며 말을 이었다. "네 여자를 웬들린으로 보낸 이유도 짐작을 못 하겠어." 그 말에 케이올은 표정이 굳을 뻔했지만 간신히 버텼다. "고상한 웨스트폴 근위대장의 입장에서 보자면, 왕의 전사를 웬들린으로 보내 그곳의 적들을 해치우게 만드는 게 문제될 건 없겠지. 하지만 만약 네가 약속을 우습게 아는 거짓말쟁이라면······"

"약속을 어길 생각 없습니다." 이 말은 진심이었다. "어쨌든 저는 아니엘로 돌아갈 겁니다. 어떤 신을 모시는 사원에서든 맹세할 수 있습니다. 다만 적당한 후임자를 찾아야 하니 시간이 필요합니다."

"한 달이면 된다면서."

"어차피 제 남은 평생을 쥐고 흔드실 텐데 한 달이든 두 달이든 무슨 차이가 있습니까?"

아버지는 콧구멍을 벌름거렸다. 아버지는 대체 왜 이렇게 서둘러 그를 아니엘로 데려가려는 걸까? 케이올이 물어보려는데 아버지는 벌컥 화를 내며 그의 책상에 봉투를 탁 내려놓았다.

고향을 떠나온 지 수년이 되었지만, 어머니의 필체를 잊은 적이 없었다. 편지에 그의 이름을 적은 고상한 필체를 그는 곧장 알아보왔다.
"네 어머니가 편지를 전해달라고 했다. 네가 돌아올 날을 고대하고 있겠지." 케이올은 편지 봉투에 손도 대지 않았다. "안 읽어볼 거냐?"
"당장은 어머니께 드릴 말씀이 없습니다. 어머니가 제게 어떤 말씀을 하려고 하시는지 지금으로선 알고 싶지 않고요."
거짓말이었다. 이 편지는 그의 마음을 흔들어놓으려는 덫에 지나지 않았다. 케이올은 여기서 해야 할 일이 많았다. 알아내야 할 게 한두 가지가 아니었다. 그리고 아버지에게 한 맹세는 곧 지킬 생각이었다.
아버지는 편지를 홱 집어서 튜닉 안에 쑤셔 넣었다.
"네 어머니가 들으면 무척 슬퍼하겠구나."
케이올은 아버지의 속이 훤히 들여다보였다. 아버지는 케이올이 거짓말을 했다는 것을 간파했을 테고, 케이올이 한 말을 고스란히 아내에게 전할 것이다. 일순간 케이올은 피가 끓어오르는 걸 느꼈다. 어머니를 비하하고 질책하고 무시하던 아버지의 모습을 봤을 때처럼.
케이올은 호흡을 가라앉혔다.
"넉 달 후에 돌아가겠습니다. 그렇게 정하고 반드시 지키겠습니다."
"두 달."
"석 달이요."
아버지가 천천히 미소를 지었다.
"석 달을 기다리느니 당장 폐하께 가서 너를 근위대장 자리에서 내치라고 요청할 수도 있어."
케이올은 이를 악물었다.
"제가 뭘 걸면 믿으시겠어요?"

"아, 그런 건 필요 없다. 네가 나한테 빚을 졌다는 것만 알면 돼."
아버지는 다시 싸늘하게 미소 지었다. "그 정도로 만족하마. 시간은 두 달 줄 테니 지켜." 그들은 작별 인사도 없이 그대로 헤어졌다.

과로로 몸이 상한 주방 하녀를 위해 진정제를 달이고 있던 소르샤는 왕세자의 방으로 올라가라는 전갈을 받았다. 흥분해 한심한 꼴을 보이고 싶지 않았지만 전갈을 받자마자 하급 견습생에게 하던 일을 곧장 떠맡기고는 왕세자의 탑으로 향했다.

탑에 와본 적은 없지만 왕세자 방의 위치는 알고 있었다. 만일의 경우에 대비해 모든 치료사들이 알고 있는 정보였다. 경비병은 고개를 살짝 끄덕이고는 그녀를 통과시켜주었다. 나선형 계단을 올라가서 보니 왕세자 방의 문이 이미 열려 있었다.

방은 무척 너저분했다. 여기저기 책과 종이, 무기가 놓여 있었고 도리언은 좁디좁은 탁자 앞에 앉아 있었다. 그는 방안 꼴이 엉망이어서인지 아니면 터진 입술 때문인지 다소 당황한 모습이었다.

소르샤는 또다시 얼굴이 확 달아오르고 목까지 붉어졌지만 최대한 침착하게 고개를 숙여 인사했다.

"부르셨습니까, 저하?"

도리언은 헛기침을 했다.

"어, 그래. 어디를 치료해야 하는지는 보면 알겠지."

그는 또 손을 다쳤다. 대련 중에 다친 상처 같았다. 그리고 입술은…… 입술 부위의 상처를 살펴보려면 가까이 다가가야 하니 상당한 의지력이 필요할 듯했다. 손부터 치료하기로 했다. 손을 치료하면서 마음을 진정시키면 될 것이다.

소르샤는 치료 도구가 담긴 바구니를 내려놓고 연고와 붕대를 준비했다. 도리언한테서 비누 냄새가 풍겼다. 방금 목욕을 한 모양이었다. 환자가 앉아 있는 의자 바로 옆에 서서 그가 벗고 목욕하는 모습을 상상하다니, 전문 치료사가 해서는 안 되는 생각이었다.

도리언이 그녀를 올려다보았다.

"무슨 일이 있었는지 안 물어봐?"

"그런 걸 여쭤볼 입장은 아니니까요. 알 자격도 없고요."

의도와 달리 차갑고 사무적으로 들렸다. 하지만 사실이었다.

소르샤는 도리언의 상처를 효율적으로 치료했다. 방 안의 침묵 때문에 마음이 흔들리지는 않았다. 지하에서 아무하고도 말을 섞지 않고 며칠을 보낼 때도 있으니까. 부모님이 돌아가시기 전에도 소르샤는 말수가 적었는데 도시 광장의 대학살 이후로는 더더욱 말을 줄였다. 이 성에 들어오기 전까지는 친구도 없었고, 얘기 나누는 걸 그다지 좋아하지도 않았다. 하지만 왕세자와 함께 있는 지금은…… 달랐다. 왕세자는 침묵을 좋아하지 않는 듯했다. 그는 다시 그녀를 올려다보며 물었다.

"어디 출신이야?"

대답하기 곤란한 질문이었다. 소르샤가 이 성으로 들어오게 된 경위와 과정은 도리언의 아버지가 한 일과 무관하지 않았다.

"펜헤로우요."

소르샤는 대화가 거기서 끝나길 바랐다.

"펜헤로우 어디?"

소르샤는 움찔할 뻔했지만 지난 5년 동안 온갖 끔찍한 상처들을 돌보면서 자제심을 키워온 터였다. 치료사가 상처를 보고 역겨워하거나 겁을 먹으면 그 표정을 보고 환자가 불안해할 수 있었다.

"남부에 있는 작은 마을이요. 사람들은 잘 모르는 곳이에요."

"펜헤로우는 참 아름답지. 탁 트인 평지가 끝도 없이 펼쳐져 있잖아."

소르샤는 서쪽에는 산, 동쪽에는 바다가 있는 펜헤로우의 평야를 사랑했는지 기억이 잘 나지 않았다.

"늘 치료사가 되고 싶었어?"

"예." 이 나라의 왕세자를 치료하는 일을 맡았으니 치료사가 되는 게 꿈이었다고 자신 있게 말할 수밖에 없었다.

도리언이 싱긋 웃었다.

"거짓말."

소르샤는 저도 모르게 그의 눈을 마주 보았다. 조그마한 창문으로 흘러드는 늦은 오후의 햇살에 그의 사파이어색 눈동자가 환하게 빛났다.

"기분 나쁘게 생각하지는 말아주세요, 저하."

"그냥 물어본 거야." 그는 붕대를 손으로 만져보았다. "정신을 다른 데로 돌리려고."

소르샤는 고개를 끄덕였다. 딱히 할 말도 없고 얘기를 나눌 만한 소재도 떠오르지 않았다. 소독용 연고가 담긴 주석 통을 꺼내며 말했다.

"입술의 상처를 치료하려면 상처 부위가 깨끗해야 해서요……"

"소르샤." 그가 이름을 기억하고 있었다. 그에게 이름이 불리자 소르샤는 가슴이 뛰었지만 티를 내서는 안 되었다. "필요한 게 있으면 설명하지 말고 그냥 해."

입술을 좀더 잘 살펴보기 위해 도리언의 턱을 위로 치켜들게 하면서 소르샤는 입술을 깨물었다. 초조할 때마다 나오는 멍청한 버릇이었다. 그의 피부는 무척 따뜻했다. 소르샤가 상처 부위에 손을 대자 그가 아파하며 숨을 내뱉었다. 그의 숨결이 그녀의 손가락에 닿았다. 그는 다른 궁정인들과 달리 몸을 뒤로 빼거나 그녀를 나무라지 않았다.

소르샤는 최대한 서둘러 그의 입술에 연고를 발랐다. 맙소사. 입술이 정말 부드러웠다.

처음 그를 본 날 소르샤는 그가 왕세자인 줄 몰랐다. 그날 그는 근위대장과 함께 정원을 성큼성큼 걸어가고 있었다. 두 사람 모두 막 청소년이 되었을 무렵이었다. 도리언은 낡아빠진 옷을 입은 견습생인 그녀에게 미소를 지어주었다. 수년 동안 아무도 눈여겨보지 않았던 소르샤를 보아준 것이다. 소르샤는 그를 더 만나고 싶어서 이런저런 구실을 만들어 위층으로 올라가곤 했다. 하지만 그다음 달에 멀리서 다시 그를 훔쳐보다가 다른 두 견습생이 소곤거리는 말을 듣고 눈물을 흘리고 말았다. 견습생들은 왕세자가 정말 잘생겼다는 얘기를 하고 있었다. 그제야 소르샤는 그가 이 나라를 물려받을 왕세자임을 알았다.

왕세자를 남몰래 마음에 담아둔 것은 어리석은 짓이었다. 수년 뒤, 소르샤는 애머시 스승이 환자들을 치료하는 일을 보조하다가 다시 그를 만났다. 하지만 그는 소르샤 쪽은 쳐다보지도 않았다. 다른 수많은 치료사처럼 왕세자에게 소르샤는 눈에 띄지 않는 존재였다. 아무도 쳐다보지 않는 존재. 소르샤가 지금까지 바라던 바이기도 했다.

"소르샤?"

손가락을 연고통에 넣은 채 그의 입술을 멍하니 보고 있던 소르샤는 한층 더 겁이 났다.

지금 탑에서 뛰어내려야 이 창피함을 떨쳐낼 수 있지 않을까.

"죄송합니다. 긴 하루여서 피곤했나 봐요."

소르샤는 바보처럼 굴고 있었다. 남자를 사귀어본 적이 없지는 않았다. 딱 한 번 경비병을 만난 적이 있었는데 자신은 다른 이의 손길을 받아들일 마음이 없음을 곧 깨달았다. 하지만 지금, 그의 다리가 소박한 갈색 치맛자락에 닿을 정도로 그의 곁에 바짝 가까이 서 있으니…….

도리언이 조용히 물었.

"나와 내 친구들에 대해 왜 아무한테도 말하지 않았지?"

소르샤는 한 걸음 뒤로 물러섰다. 지금까지 받은 훈련과 본능은 그의 눈을 피하라고 말해주고 있었지만 소르샤는 시선을 돌리지 않았다.

"왕세자님은 치료사들뿐만 아니라 어느 누구에게도 잔인하게 군 적이 없으시니까요. 세상에는 그런 사람이 있어야 한다고 생각해요."

지나친 말일 수도 있었다. 이 세상은 그의 아버지 발밑에 있으니까.

"세상은 더 나은 사람들을 필요로 한다는 뜻이군." 그는 일어서며 덧붙였다. "우리가 어디를 드나드는지…… 아버지가 알면 우리한테 불리해질 것 같았나 보네."

도리언은 애머시가 그에 관한 특이 사항을 왕에게 보고한다는 것을 알고 있는 듯했다. 애머시는 소르샤에게도 같은 짓을 하도록 지시했다. 뭐든 아는 게 있으면 털어놓으라고 말이다.

"폐하에 대해 안 좋게 말하려던 건 아니었어요……."

"예전에 살던 마을은 아직도 있어? 부모님은 살아계시고?"

수년이 지났지만 소르샤는 그 얘기를 할 때면 여전히 고통으로 목소리가 흔들렸다.
 "아뇨. 불에 타 없어졌어요. 부모님은 저를 리프트홀드로 데려오셨는데, 리프트홀드의 이민자 숙청 때 돌아가셨어요."
 도리언의 눈에 슬픔과 공포의 그림자가 어렸다.
 "그런데 넌 어째서…… 이 유리성에 일하러 올 생각을 했지?"
 소르샤는 치료 도구를 챙겼다.
 "갈 데가 없었어요." 그 말에 도리언은 괴로워하는 표정이었다. "저하, 제가 말실수를……."
 그는 이해한다는 얼굴로 소르샤를 바라보았다.
 "미안해."
 "왕세자님이 결정하신 일도 아니잖아요. 저희 부모님을 잡아간 군인들이 결정한 일도 아니었고요."
 그는 그녀를 한참 바라보다가 치료해줘서 고맙다고 말하고는 그만 나가보라고 했다. 어수선한 탑을 나서면서 소르샤는 후회했다. 괜한 얘기를 했다가 분위기가 어색해졌으니 앞으로 다시는 그녀를 찾지 않을 수도 있었다. 물론 소르샤는 지금의 지위를 잃지는 않을 것이다. 왕세자가 그 정도로 잔인한 사람은 아니니까. 하지만 그가 앞으로 소르샤에게 치료를 받지 않기로 한다면 그것 자체가 문제가 될 수 있었다. 그날 밤 비좁은 침대에 누운 소르샤는 왕세자에게 사과해야겠다고, 왕세자가 그녀를 다시 찾게 만들 방법을 궁리해야겠다고 결심했다. 내일은 어떻게든 방법이 떠오르지 않을까.
 다음날, 예상치 못한 일이 벌어졌다. 아침 식사 후에 전령이 찾아와 예전에 살았던 마을 이름을 물은 것이다. 소르샤가 대답을 못 하고 망설이자 전령은 왕세자가 알아오라고 했다고 전했다.
 알아오라고 했다니. 머릿속에 담아놓을 생각인 걸까.

16

오메가 내부의 여러 공간 중 제일 위험한 곳은 아마도 식당일 것이다.

아이언티스 동맹에 속한 세 마녀 가문은 번갈아가며 일을 진행하기로 했다. 서로 최대한 겹치지 않도록 하기 위해서였다. 즉 와이번과의 훈련, 무기 훈련, 필멸의 전쟁에 관한 훈련으로 범위를 나눠 진행한 것이다. 마녀들 사이에 긴장이 팽배해 있으니 각 마녀 가문이 각각 다른 일을 하게 한 것은 현명한 조치라고 마논도 생각했다. 와이번 선택 시점까지 긴장된 분위기는 계속될 듯했다. 다들 강한 수컷 와이번을 갖고 싶어 했다. 마논은 당연히 수컷 와이번을 차지할 수 있으리라 예상했다. 잘하면 타이투스를 손에 넣을 수 있지 않을까. 혹시라도 그녀가 찜해놓은 수컷 와이번을 탐내는 마녀가 있으면 주먹으로 쳐서 이빨을 털어버릴 작정이었.

세 시간 기준으로 번갈아가며 훈련을 진행했지만 몇 분씩 겹치는 시간이 있었다. 각 마녀단 단장들은 단원들이 서로 충돌하지 않도록 최선을 다해 지켜보았다. 적어도 마논은 그렇게 처신하고 있었다. 하지만 이미 신경이 바짝 곤두선 탓에 옐로레그스 후계자가 한 번만 더 비웃음을 흘리면 피를 볼 수도 있을 듯했다. 마논이 거느린 열세 마녀단의 단원들도 마찬가지였다. 그중 마녀보다는 악마에 가까운 초록색 눈의 쌍둥이 페일린과 팰런은 이미 옐로레그스 멍청이들과 한바탕 싸움을 벌였다. 놀라운 일도 아니었다. 마논은 애스터린과 마찬가지로 그 두 마녀에게도 적절한 벌을 주었다. 다른 마녀들이 지켜보는 앞에서 창피함을 느끼도록 세 대씩 때린 것이다. 하지만 마녀단들이 가까이 붙어 있을 때면 언제나 그렇듯 싸움은 계속 일어나고 있었다.

그러니 식당은 제일 위험한 곳일 수밖에 없었다. 모든 마녀가 한자리에 모이는 유일한 때가 바로 하루에 두 번 있는 식사 시간이니까. 식탁 앞에 앉아서도 마녀들 사이에는 손에 닿을 듯한 팽팽한 긴장이 흘렀다.

마논은 개밥 같은 음식을 받기 위해 줄을 섰다. 이 식당에서 내주는 물컹한 죽은 아무리 좋게 보려 해도 영락없는 개밥이었다. 옆에는 애스터린이 있었고 바로 앞에는 먼저 줄을 선 블루블러드 마녀들 중 맨 끄트머리의 마녀가 있었다. 블루블러드 마녀들은 뭐든 먼저였다. 음식 받는 줄을 설 때도 제일 먼저, 와이번을 타는 것도 제일 먼저. 아마 와이번을 고르는 일도 제일 먼저일 것이다. 속에서 으르렁거리는 소리가 깊게 울릴 정도로 화가 치밀었지만 마논은 조용히 배식대에 쟁반을 올려놓았다. 낯빛이 창백한 배식 담당자가 마논 앞에 선 블루블러드 마녀의 그릇에 희끄무레한 음식 덩어리를 퍼 담았다.

배식 담당자 남자의 목에 불거진 굵은 핏줄이 팔딱이자 마논의 눈에는 그의 세세한 생김은 들어오지도 않았다. 인간이 살기 위해 꼭 와인을 마실 필요는 없듯이, 마녀들도 살기 위해 반드시 피를 마실 필요는 없었다. 특히 블루블러드 마녀들은 아무 피나 마시지 않았는데 처녀나 젊은 남자, 예쁜 여자들의 피만 골라 마셨다. 하지만 블랙비크 마녀들은 특별히 까다로운 취향은 아니었다.

위협을 느낀 배식 담당자는 손에 든 국자를 달달 떨었다. 국자가 솥에 부딪혀 달그락거렸다.

"규칙은 지켜야지." 마논의 왼쪽에서 누군가 말했다. 그러자 애스터린이 경고의 뜻으로 으르렁댔다. 마논은 방금 규칙 운운한 것이 옐로레그스 후계자 이스크라임을 굳이 고개를 돌리지 않아도 알 수 있었다. 흑발의 마녀 이스크라는 새치기를 하더니 배식 담당자 앞에 그릇을 내밀며 덧붙였다. "일반인을 잡아먹는 건 금지돼 있어."

마논은 이스크라의 쇠 손톱과 쇠 이빨, 우월한 척 나대는 손을 바라보며 받아쳤다.

"아. 왜 지금까지 아무도 널 안 잡아먹었는지 궁금하던 참이었는데."

이스크라는 마논을 밀치고 앞으로 걸어갔다. 마논은 식당 안에 있는 이들의 시선이 이쪽으로 쏠리는 것을 느꼈지만 일단은 모욕을 참고 화를 눌렀다. 식당 안에서 잘난 척을 해봐야 소용없었다. 마논이 조용히 음식을 받는데 이스크라가 다시 말을 걸었다.

"열세 마녀단이 오늘 비행에 나선다며."

"상관할 일 아니잖아?"

이스크라는 탄탄한 어깨를 으쓱했다.

"세 마녀 가문 중에서 너희가 비행을 최고로 잘한다고 하니까. 그게 헛소문이었다고 하면 창피할 테니 한 말이야."

사실이었다. 열세 마녀단 단장이 된 이래로 마논은 그 자리에 걸맞은 명성을 확고하게 지켜왔다.

"오늘 전설적인 열세 마녀단의 비행을 10년 만에 보게 됐으니 다들 훈련을 건너뛰고 구경하러 가자고들 하네."

마논은 혀를 쯧 찼다.

"내가 듣기로는 옐로레그스 마녀들이 대련실에서 도움을 받아야 할 형편이라던데. 어떤 군대든 보급품 운송자들이 필요하니 우리 쪽에서 도움을 줘야지 어쩌겠어."

그 말에 애스터린이 나지막하게 웃었다. 이스크라는 갈색 눈을 번뜩였다. 어느새 그들은 배식대 끝에 다다랐다. 이스크라는 마논을 쏘아보았지만 둘 다 손에 쟁반을 들었으니 옆구리에 찬 칼을 빼들 수도 없는 상황이었다. 식당 안에 침묵이 감돌았다. 세 대마녀들이 있는 자리도 마찬가지였다.

치아 사이에서 쇠 이빨이 튀어나와 아래로 내리덮은 탓에 잇몸이 쓰라렸다. 마논은 조용히, 하지만 모두가 들을 수 있게 말했다.

"전투로 교훈을 얻고 싶으면 언제든 말해, 이스크라. 기꺼이 가르침을 줄 테니까."

이스크라의 대답을 듣지도 않고 마논은 식당을 가로질러 걸어갔다. 애스터린은 조롱하듯 고개를 숙여 이스크라에게 인사를 했고 나머지 열세 마녀단의 단원들도 마찬가지 동작을 취했다. 이스크라는 분해서 어쩔 줄 몰라 하며 눈이 빠지게 마논을 노려보았다.

식탁 앞에 와 앉은 마논은 할머니의 입가에 희미하게 걸린 미소를 보았다. 마논이 거느린 열두 명의 파수병들이 식탁에 함께 둘러앉았다. 어둠에 휩싸여 소멸되는 그날까지 영원히 함께할 단원들에게 마논도 조용히 미소를 지었다. 오늘 그들은 하늘로 날아오를 것이다.

블랙비크 가문에 소속된 두 개의 마녀단이 탁 트인 절벽 끄트머리에 모였다. 초조하게 서 있는 마녀들 옆에는 끈으로 묶어 좁은 간격으로 세워둔 스물여섯 마리의 와이번들이 자리하고 있었다. 고분고분한 구석이라고는 전혀 없는 듯한 와이번들을 보며 마논도 신경이 곤두섰다.

한가운데에 자리한 와이번을 향해 다가가면서 마논은 두려운 기색을 내비치지 않았다. 사슬에 묶인 채 열세 마리씩 두 줄로 늘어선 와이번들은 도약할 준비가 되어 있었다. 열세 마녀단이 앞줄의 와이번들을 한 마리씩 차지했다. 다른 마녀단은 그 뒤쪽의 와이번들에 올라탔다. 마논의 새 비행복은 무겁고 불편했다. 가죽과 모피로 된 비행복인데 강철로 된 어깨보호대와 가죽으로 된 손목 보호대가 붙어 있었다. 익숙하지도 않고, 붉은 망토와 함께 입기에는 어울리지도 않는 복장이었다.

지난 이틀 동안 와이번에게 안장을 얹는 연습을 해두었다. 평소에는 조련사들이 해줬을 일이지만 이번에는 마녀들이 직접 해야 했다. 오늘 마논이 타게 될 와이번은 몸집이 작은 암컷이었다. 마논은 몸을 끌어 올려 와이번의 긴 목과 거대한 어깨가 만나는 지점의 안장에 자리를 잡았다. 안장 양쪽의 등자를 조정해주려고 한 남자가 다가왔지만 마논은 몸을 기울여 직접 등자를 맞췄다. 아침을 부실하게 먹어서인지, 남자의 목이 가까이에서 보이자 물어뜯고 싶은 갈망이 솟구쳤다.

와이번이 몸을 움직거렸다. 와이번의 따뜻한 몸뚱이가 마논의 차가운 다리에 닿았다. 마논은 장갑 낀 손으로 고삐를 단단히 쥐었다. 옆을 돌아보니 파수병들이 전부 각자의 와이번에 탑승한 상태였다. 금발을 뒤로 땋아 내린 사촌 애스터린도 비행 준비를 마쳤다. 절벽에서부터 불어 올라오는 칼바람에 애스터린의 모피로 된 목깃이 구겨져 있었다. 애스터린이 금색 점이 있는 검은 눈을 반짝이며 마논에게 싱긋 웃어 보였다. 두려워하는 기색은 전혀 없었다. 오히려 신이 난 모습이었다.

조련사들에게 듣기로 짐승들은 어떻게 날아야 하는지 이미 안다고 했다. 그러니 와이번들도 이 협곡을 어떻게 날아서 건너갈지 본능적으로 알 것이다. 그들 앞에 펼쳐진 두 산봉우리 사이의 깊은 낭떠러지가 기수와 와이번이 함께 통과해야 할 마지막 시험대였다. 와이번이 협곡을 날아서 건너지 못하면 저 아래 바위 지대로 추락하는 수밖에 없었다. 와이번에 탑승한 기수도 함께 끝장이 나는 것이다.

한쪽 전망대에서 움직임이 느껴져 돌아보니 옐로레그스 후계자의 마녀단이 으스대며 걸어오고 있었다. 다들 신나게 웃고 있었는데 그중 이스크라가 제일 환하게 웃었다.

"저 쌍년이."

그 꼴을 보며 애스터린이 중얼거렸다. 맞은편 전망대에서 두 대마녀들 사이에 서 있는 마더 블랙비크 때문에 안 그래도 신경이 쓰이는데 옐로레그스 후계자는 한술 더 보태고 있었다. 마논은 고개를 들어 절벽 아래 펼쳐진 협곡을 바라보았다. 한쪽이 열린 구덩이에서 대마녀들이 서 있는 전망대로 올라온 감독관이 말했다.

"연습한 대로 하면 됩니다. 옆구리를 세게 걷어차면 와이번들이 이륙할 겁니다. 알아서 협곡을 가로지르게 하세요. 여러분은 죽을힘을 다해 고삐를 꽉 붙잡고 비행을 즐기면 됩니다."

뒷줄의 마녀 몇몇이 초조하게 웃었지만 열세 마녀단은 조용히 기다렸다. 전투를 앞두고 적의 군대와 마주 보고 섰을 때처럼.

마논이 눈을 깜박이자 황금색 눈동자 안쪽 근육에서 투명한 막이 내려와 안구를 내리덮었다. 거센 바람 속에서도 시야를 확보할 수 있게 해주는 막이었다. 이 막이 없으면 비행할 때마다 인간들처럼 눈을 가늘게 뜨면서 눈물을 줄줄 흘려야 할 것이다.

감독관이 마논에게 말했다.

"명령을 내리십시오."

마논은 깊게 팬 협곡을 내다보았다. 저 위쪽에서 가로지르는 다리가 보일 듯 말 듯했다. 잿빛 하늘 아래 안개가 펼쳐졌다. 마논은 여섯 명씩 좌측과 우측에 자리한 단원들의 얼굴을 찬찬히 바라보았다. 그러고는 절벽과 그 너머에서 기다리고 있는 세상을 향해 시선을 돌렸다.

"지금부터 어둠에 휩싸여 소멸되는 그날까지, 우리는 열세 마녀단이다." 마논은 나지막하게 말했지만 모두 귀 기울여 듣고 있음을 알았다. "우리가 열세 마녀단인 이유를 저들에게 보여주자."

마논은 와이번의 옆구리를 걷어차 출발시켰다. 와이번은 천둥 같은 소리를 내며 전속력으로 세 걸음을 달려나갔다. 얼어붙게 차가운 공기와 구름, 다리, 사방의 눈, 그리고 절벽 아래 협곡을 향해.

와이번이 호를 그리며 날개를 바짝 접고 아래로 내리꽂았다. 위장이 목구멍으로 치받아 올라오는 느낌이었다. 마논은 지침을 받은 대로 와이번의 목을 잡고 몸을 웅크렸다. 와이번의 가죽에 얼굴을 바짝 붙였다. 바람이 비명을 지르며 얼굴을 스쳤다.

공기가 뒤로 물결치듯 흘러갔다. 단원들과의 거리는 불과 몇 미터밖에 되지 않았다. 다들 바위와 눈을 지나 땅을 향해 내리꽂히고 있었다.

마논은 이를 악물었다. 부옇게 흐려진 바위면, 축축한 안개, 뒤로 땋아 내렸으나 바람에 헝클어져버린 머리카락이 흰 깃발처럼 나부졌다.

안개가 갈라지고 어둠이 집어삼킬 듯 다가왔다. 협곡 바닥이 너무나도 가까이에 있었다…….

안장과 고삐를 단단히 붙들었다. 이윽고 와이번이 거대한 날개를 펼치자 세상이 기울어졌다. 와이번이 힘차게 날개를 치며 기류를 타고 노던팽의 측면을 따라 가파르게 날아올랐다.

저 아래서, 그리고 위에서 의기양양한 환호성이 울려 퍼졌다. 와이번은 꾸준히 고도를 높여 다리를 지나 열린 하늘로 솟구쳤다. 마논은 빗자루를 타고 이 정도로 빠르게 날아본 적이 없었다.

어느새 그들은 하늘을 날고 있었다.

구름 한 점 없이 탁 트인 하늘이었다. 애스터린과 소렐, 베스타가 측면으로 다가왔고 나머지 단원들도 뒤따랐다. 마논은 차분하게 무표정을 유지하며 승리를 만끽했다.

오른쪽에서 날고 있는 애스터린은 쇠 이빨을 은처럼 반짝이며 신나게 웃고 있었다. 왼쪽에는 붉은 머리카락의 베스타가 믿을 수 없다는 듯 고개를 저으면서 입을 딱 벌린 채 저 아래 펼쳐진 산을 내려다보았다. 소렐은 마논처럼 굳은 표정이었지만 검은 눈동자는 춤을 추고 있었다. 열세 마녀단이 다시 하늘을 나는 감격스러운 순간이었다.

세상이 그들 발밑에 펼쳐졌다. 저 앞, 서쪽 저 멀리에 언젠가 되찾아야 할 고향이 있었다. 하지만 지금은…….

바람이 위로하듯 노래를 불러주며 마논에게 공기의 흐름을 알려주었다. 기류를 느끼는 것은 마법적 재능이라기보다는 본능이었다. 덕분에 마논은 세 마녀 가문을 통틀어 최고의 비행사가 될 수 있었다.

"이제 어떻게 하면 됩니까?"

애스터린이 물었다. 울음소리는 들린 적이 없는데 사촌 애스터린의 눈가에 눈물이 맺혀 있었다.
"시험을 해봐야지."
마논은 들뜬 기분을 가슴 속에 꾹 눌러 담고 고삐를 제어해 첫 번째 협곡으로 날아갔다. 기류를 타고 신나게 날아가는 단원들의 함성과 웃음소리가 어떤 음악 소리보다 듣기 좋았다.

◆◆◆

할머니의 작은 방 안에 들어간 마논은 돌벽을 바라보며 차렷 자세로 서서 대기했다. 마더 블랙비크는 서류인지 편지인지 모를 종이를 들여다보며 마논에게 등을 돌린 채 나무 책상 앞에 앉아 있었다. 그러다 마침내 입을 열었다.
"오늘 잘했다, 마논."
할머니는 종이에서 눈을 떼지 않고 있었지만 마논은 손가락 두 개를 이마에 붙이며 감사 인사를 했다.
감독관은 열세 마녀단의 비행이 지금까지 보아온 중 최고의 비행이었다고 했다. 마논은 굳이 그런 말을 듣지 않아도 자신들이 최고임을 알고 있었다. 비행 중에 얼핏 보니 옐로레그스 마녀단이 있던 전망대 자리가 비어 있었다. 마논 일행이 협곡 바닥으로 추락하지 않고 날아오른 것을 확인하고는 자리를 떠나버린 것이다.
할머니가 계속해서 말했다.
"너희 열세 마녀단을 포함해 모든 블랙비크 마녀단들이 참 잘해줬어. 지난 몇 년간 네가 그들을 잘 훈련시킨 덕분이겠지."
마논은 뿌듯했지만 감정을 드러내지 않고 차분하게 말했다.
"모실 수 있어 영광입니다, 할머니."

할머니는 종이에 무어라 휘갈겨 쓰며 말했다.

"너의 열세 마녀단을 비행 지도팀으로 삼아야겠다. 너희가 세 마녀 가문에 속한 모든 마녀를 이끌도록 해." 할머니는 고개를 돌려 마논을 바라보았다. 속내를 짐작할 수 없었다. "몇 달 후에 모의 전쟁을 통해 계급을 정하게 될 거다. 무슨 수를 쓰든 승리자가 되어야 할 거야."

굳이 이유를 물어볼 필요도 없었다.

할머니는 마논의 붉은 망토를 바라보며 희미하게 미소 지었다.

"누가 우리의 적이 될지 모르지만 왕의 전쟁을 끝내고 황무지를 되찾았을 때 아이언티스 왕좌에 앉는 자가 블루블러드나 옐로레그스 마녀가 되어서는 안 돼. 무슨 뜻인지 알겠지?"

대마녀들의 사이가 틀어졌을 때 비행 지도자로서 아이언티스 군대를 지휘하고 제어하라는 뜻이었다.

"다른 대마녀들도 자기네 후계자들에게 비슷한 명령을 내리겠지. 제2지휘관을 늘 가까이에 두도록 해라."

애스터린은 지금도 문 앞에서 대기하며 경호 중이었다.

할머니가 날카롭게 말했다.

"바바 옐로레그스는 칠백 살이었어. 맨손으로 크로컨 수도의 성벽을 무너뜨릴 수 있는 능력을 가진 마녀였지. 그런데 누군가 바바의 마차에 들어가 목숨 줄을 끊어놨다. 네가 천 년을 산다고 해도 바바의 절반만큼이라도 되면 다행일 정도야." 마논은 기죽지 않고 턱을 꼿꼿이 들었다. 할머니가 덧붙였다. "늘 뒤를 경계하도록 해. 다른 후계자를 찾을 일이 없으면 좋겠구나."

마논은 고개를 숙이며 대답했다.

"그럴 일은 없으실 겁니다, 할머니."

17

 눈을 뜨자 몸이 얼어붙게 춥고 무자비한 두통이 밀려왔다. 신음이 절로 나왔다. 무덤의 돌에 머리를 부딪친 게 생각났다. 셀레이나는 일어나 앉으며 신음부터 내뱉었다. 머리 끝부터 발 끝까지 온몸 구석구석이 통증으로 터져 나갈 것만 같았다. 천 개의 쇠주먹으로 얻어맞고 추운 곳에 버려져 썩어가는 기분이었다. 어제 변신을 제어하지 못한 탓이었다. 이 형태에서 저 형태로 몇 번이나 모습을 바꾸었는지 헤아릴 수조차 없었다. 근육까지 흐물흐물해진 걸 보면 수십 번은 됐을 것이다.
 하지만 마법력을 완전히 제어하지 못하게 된 것은 아니었다고, 일부 깨져나간 침대 기둥을 붙잡고 몸을 일으키며 셀레이나는 생각했다. 가운을 당겨 여미고 화장대와 대야가 있는 쪽으로 발을 끌며 걸어갔다. 어제 입었던 냄새 나는 옷은 문 옆에 던져두었다. 어제 방까지 겨우 와서 침대에 쓰러지듯 누워 이불을 끌어당겨 덮고 잠들었던 기억이 났다. 얼마나 잤을까. 아무하고도 얘기를 나누고 싶은 기분이 아니었다. 다행히 아무도 그녀를 부르러 오지 않았다.

두 손으로 화장대를 짚고 서서 거울에 비친 모습을 바라보며 인상을 찌푸렸다. 꼴이 말이 아니었다. 어제보다 더 어둡고 수척해 보였다. 로완이 주고 간 연고를 바르려다가 문득, 로완에게 그가 무슨 짓을 했는지 똑똑히 보여줘야겠다는 생각이 들었다. 2년 전 지시를 따르지 않았다고 에로밴에게 피떡이 되게 두들겨 맞은 적이 있었다. 그때의 몰골에 비하면 아무것도 아니었다.

방문을 열자 어제처럼 문 앞에 옷이 놓여 있었다. 깨끗한 옷이었다. 장화에 묻어 있던 흙도 누군가 깔끔하게 닦아냈다. 로완이 가져다 둔 옷이 아니라면, 다른 누군가가 그녀의 더러워진 옷을 봤다는 얘기다. 맙소사. 셀레이나는 로완 앞에서 바지에 오줌을 지렸다.

하지만 수치심에 어쩔 줄 몰라 할 상황은 아니었다. 깨끗한 옷을 입고 주방으로 갔다. 동이 트기 전이라 복도가 어두웠다. 주방에 들어가서 보니 루카가 훈련 때 쓰라고 보초병이 빌려준 전투용 칼에 대해 조잘대고 있었다. 셀레이나를 돌아본 루카가 말을 멈추고 쳐다보았다. 엠리스도 고개를 돌려 셀레이나를 보고는 놀라서 그릇을 떨어뜨리고 말았다.

"아이고 이런."

셀레이나는 작업대에 놓인 마늘 다발 앞에 서서 칼을 집어 들었다.

"보기보다는 괜찮아요."

거짓말이었다. 찢어진 이마 부위가 여전히 욱신거리고 눈에는 깊숙이 멍이 들었다.

"내 방에 연고가 있어요……."

루카가 설거지를 하다 말고 자리를 뜨려고 하자 셀레이나는 눈빛으로 만류했다.

말없이 지켜보는 루카와 엠리스에게 담담하게 말했다.

"신경 쓰지 마세요."

엠리스는 깨진 그릇 파편을 화덕의 재받이돌에 올려놓은 뒤 절뚝거리며 걸어갔다. 그의 눈동자에 분노가 담겨 있었다.

"자네가 내 주방에 들어온 이상 내가 신경 써야 하는 문제인 거야."

"더 심한 일도 겪어봤어요."

그러자 루카가 물었다.

"무슨 뜻이에요?"

루카는 셀레이나의 다친 손과 시커멓게 멍든 눈, 목에 둥글게 새겨진 상처를 눈여겨보았다. 목의 상처는 예전에 바바 옐로레그스와 싸우다가 생긴 것이다. 셀레이나는 루카가 속으로 계산을 해보도록 조용히 내버려두었다. 루카의 얼굴에서 핏기가 가셨다.

한참 후 엠리스는 "그냥 둬라, 루카"라고 말하며 허리를 굽히고 깨진 그릇 조각들을 집어 들었다.

셀레이나는 마늘을 까기 시작했다. 루카는 말수가 확연히 줄어든 채로 설거지를 했다. 그들은 아침 요리를 만들었고, 어제처럼 정신없이 혼란스러운 분위기 속에서 위층으로 올려 보냈다. 오늘은 어제보다 많은 반페이들이 셀레이나를 힐끗거렸다. 셀레이나는 그들의 시선을 무시했다. 상당수가 뾰족 귀를 갖고 있었지만 대체로 인간과 다를 바 없는 외모였다. 몇 명은 일반 시민처럼 튜닉과 단순한 가운 차림이었다. 반면에 보초들은 가벼운 가죽 갑옷에 묵직한 회색 망토를 걸쳤고 이런저런 무기를 소지했다. 전사들은 남자 여자를 막론하고 경계심과 호기심이 섞인 눈빛으로 셀레이나를 쳐다보았다.

셀레이나가 구리 솥을 닦느라 여념이 없는데 누군가 그녀를 향해 나지막하게 휘파람을 불면서 말했다.
"이렇게 멋지게 멍든 눈은 오랜만에 보는구만."
키 큰 노인이었다. 엠리스와 비슷한 연배로 보였는데 꽤 잘생긴 외모였다. 낯선 노인은 빈 접시를 손에 들고 주방으로 성큼성큼 들어왔다.
"가만둬, 맬라카이."
화덕 앞에서 엠리스가 말렸다. 노인은 엠리스의 남편, 즉 짝이었다. 맬라카이는 셀레이나 옆의 조리대에 빈 접시를 내려놓았다.
"로완의 주먹이 꽤 맵지?" 노인은 잿빛 머리를 짧게 친 상태라 뾰족 귀가 확연히 드러났다. 얼굴만 보면 투박한 인간 노인의 모습이었다. "보아하니 연고도 바르지 않았구먼." 셀레이나는 그를 쳐다보았을 뿐 대꾸도 하지 않았다. 맬라카이가 미소를 거두며 말했다. "내 짝이 안 그래도 일이 많아 걱정인데 더 보태지는 마. 알겠지?"
엠리스가 나지막하게 맬라카이를 부르며 만류했다. 셀레이나는 어깨를 으쓱하며 말했다.
"두 분을 성가시게 할 생각 없어요."
맬라카이는 그녀의 말에 담긴 '당신도 나를 성가시게 하지 말라'는 무언의 경고를 알아듣고는 짧게 고개를 끄덕였다. 셀레이나는 맬라카이가 엠리스 쪽으로 걸어가 입을 맞추는 소리를 들었다. 두 노인은 낮은 목소리로 두런두런 얘기를 나눴는데 엄하게 나무라는 말도 간간이 섞여 있었다. 잠시 후 맬라카이는 힘찬 걸음걸이로 주방을 나섰다.
엠리스는 애써 대수롭지 않게 말했다.
"반페이 전사 수컷들은 제 식구를 과보호하려는 경향이 있어."
그러자 루카가 턱을 들며 말했다.

"우리 핏속에 담긴 특징이잖아요. 가족을 지키고 돌보는 게 우리 의무이자 일생의 사명이죠. 짝에 대해서는 특히 더 그렇고요."

엠리스는 혀를 찼다.

"지나쳐서 거슬릴 때가 있어. 제 세력권이라는 주장을 펼치면서 소유하려 들잖아." 엠리스는 싱크대로 걸어가 차갑게 식은 주전자를 셀레이나 옆에 내려놓았다. 설거지를 하라는 뜻이었다. "내 짝은 좋은 뜻으로 한 말이야. 자네는 낯선 존재고, 아달렌에서 왔으니까 경계하는 거겠지. 게다가 우리가 이해할 수 없는 자와 훈련을 하고 있잖아."

셀레이나는 주전자를 싱크대에 집어넣으며 말했다.

"신경 안 써요."

진심이었다.

그날 훈련은 정말이지 혹독했다. 로완이 셀레이나에게 또 구토를 하거나 오줌을 지리고 싶냐고 놀려서가 아니라, 산등성이의 사원 폐허 한가운데에서 안개 섞인 바람을 맞으며 수 시간을 앉아 있게 했기 때문이었다. 그렇게 괴롭히면서 하는 명령은 오직 한 가지, 어서 제대로 변신을 하라는 것이었다.

셀레이나는 변신 말고 다른 마법부터 가르쳐주면 안 되느냐고 따져 물었지만 로완의 대답은 늘 같았다. 변신을 못하면 다른 마법도 가르쳐줄 수 없다는 것이었다. 어제 묘지에서 괴상한 일을 겪었는데도 로완은 어서 변신이나 하라며 닦달할 뿐이었다. 로완이 볼일을 보러 잠시 숲으로 들어간 동안 셀레이나는 한번 시도를 해보았다.

내면 깊숙한 곳에 잠든 힘을 끄집어내려 안간힘을 썼지만 소용없었다. 빛이 번쩍이거나 타는 듯한 고통도 느껴지지 않았다.

그렇게 산비탈에 오랫동안 앉아 있다 보니 뼈까지 얼어붙을 지경이었다. 로완이 아무리 악을 쓰거나 잔인한 말로 괴롭히며 모욕을 가해도 셀레이나는 자제력을 잃지 않았다. 그 와중에 와이트들이 출몰하는 들판에서 목격한 그 괴상한 존재를 어째서 찾지 않느냐고 물었다. 로완은 조사 중이니 신경끄라고 했다.

늦은 오후부터 먹구름이 몰려들기 시작했다. 로완은 폭풍우가 치는 내내 셀레이나를 산비탈에 앉혀두었다. 추위로 몸이 얼어 이가 딱딱 부딪치고 피까지 굳을 지경이었다. 그 고생을 시키고서야 그는 셀레이나를 요새로 데리고 돌아가 목욕탕으로 들여보냈다. 그러고는 내일은 더 지독한 훈련을 받게 해주겠다는 듯 눈을 번뜩였다.

목욕을 하고 나와 방으로 가보니 마른 옷이 놓여 있었다. 보이지 않는 하인이 조용히 시중을 드는 건가 하는 생각이 들기 시작했다. 로완 같은 불멸의 존재가 인간 따위를 이렇게 세심하게 챙겨줄 리 없었다.

내내 방 안에 머물러야 할지 잠시 고민했다. 빗줄기가 유리창을 때리고 창밖의 나무들이 번개 빛을 받아 번쩍였다. 뱃속에서 꼬르륵 소리가 나고 현기증이 일었다. 제대로 먹지 못한 탓이었다. 눈에 시커멓게 멍까지 들었으니 잘 먹기라도 해야 했다. 주방으로 내려가기로 했다.

주방에 있던 사람들이 전부 위층으로 올라가 있을 시간까지 기다리기로 했다. 아침 식사가 끝나고 나면 주방에는 늘 남은 음식이 있었으니, 저녁 식사 후에도 마찬가지일 것이다. 뼛속까지 피로가 쌓인 상태라 아침보다 몸이 더 심하게 아팠다.

주방으로 들어가려는데 두런두런 떠드는 소리가 들렸다. 방으로 돌아가려다가 생각해보니, 지금까지 아침 식사 때 맬라카이 외에 다른 작업자가 셀레이나에게 말을 건 적이 없었다. 그러니 지금 주방으로 들어가도 다들 본체만체할 것이다.

주방에 예상 밖으로 많은 사람이 있어서 다소 놀랐다. 의자와 쿠션을 전부 주방 화덕 앞에 끌어다 놓고 여럿이 모여 앉아 있었다. 엠리스와 맬라카이도 화덕 앞에 앉아 다른 사람들과 얘기를 나누고 있었다. 저녁 식사를 여기서 했는지 탁자마다 음식이 놓여 있었다. 셀레이나는 계단 위쪽에 몸을 숨긴 채 그들을 살펴보았다. 넓은 식당을 놔두고 왜 다들 주방 화덕 앞에 모여 있을까?

크게 신경이 쓰이는 건 아니었다. 음식이 보이니 어쩔 수 없이 그들 쪽으로 다가갈 수밖에 없었다. 숙련된 자세로 눈에 띄지 않고 자연스럽게 사람들 사이로 섞여 들어가 닭구이와 감자, 뜨끈한 빵을 접시에 담았다. 다들 얘기를 나누느라 여념이 없는 모습이었다. 자리에 앉지 못한 이들은 조리대나 벽에 기대어 서서 웃고 떠들며 맥주를 마셨다.

열린 주방 문틈으로 열기가 빠져나갔다. 바깥의 빗소리가 북소리처럼 주방 안을 채웠다. 주방 밖에 무언가 움직이는 게 얼핏 눈에 띄었는데 자세히 보니 아무것도 없었다.

조용히 계단을 도로 올라가려는데 맬라카이가 손뼉을 치며 사람들에게 조용히 해달라고 요구했다. 셀레이나는 계단통의 그림자 속에 숨어 걸음을 멈췄다. 다들 미소 띤 얼굴로 입을 닫았다. 엠리스의 의자 앞쪽 바닥에는 루카와 예쁘장한 젊은 여자가 나란히 앉아 있었다. 루카는 여자의 어깨에 자연스럽게 팔을 둘렀다. 이 안에 모인 다른 수컷들에게 자기 여자라고 선언하는 듯한 자세였다.

루카가 여자를 바라보는 눈빛에는 장난기와 애정이 담겨 있었다. 예전에 셀레이나도 케이올을 저런 눈빛으로 바라봤다. 하지만 그들의 관계는 늘 무거웠다. 셀레이나가 관계를 끝내지 않았더라도 그들은 늘 그 무게를 견뎌야 했을 것이다. 반지마저도 무겁게 느껴졌으니까.

번개가 번쩍하자 창문 너머 풀밭과 숲이 일순간 훤하게 드러났다. 잠시 후 천둥이 바위를 흔들고 주방에서는 비명과 함께 웃음소리가 터져 나왔다.

엠리스가 헛기침을 하자 모두의 시선이 그의 주름진 얼굴로 향했다. 오래된 화덕의 불빛이 여러 사람의 그림자를 길게 드리웠다.

"오래전……" 창문을 두드리는 빗소리와 우르릉거리는 천둥소리, 불꽃이 탁탁 튀는 소리 사이로 엠리스의 목소리가 어우러졌다. "인간 왕이 웬들린의 왕좌를 차지하기 전, 페어리 요정들이 우리와 더불어 살아가던 시절의 이야기입니다. 선하고 공정한 요정도 있고 소소한 장난을 좋아하는 요정도 있고 어두운 밤보다 더 검고 못된 요정도 있었죠."

셀레이나는 숨을 삼켰다. 수천 년 동안 이런 주방의 화덕 앞에서 구전으로 전해 내려오는 이야기였다.

엠리스의 입에서 나오는 단어들이 주방 곳곳에 부딪혀 울렸다.

"바람이 신음하듯 여러분의 이름을 부르는 이런 밤에 오래된 도로와 숲을 지날 때는 사악한 요정을 만날 수 있으니 늘 조심해야 했습니다."

"아, 너무 무서운데." 루카는 짐짓 무서운 척을 했지만, 진심으로 두려워하는 것 같지는 않았다. 몇몇 사람들은 초조하게 웃었고 몇몇은 "일주일은 못 자겠네"라며 투덜거렸다.

엠리스가 이야기를 하는 동안 셀레이나는 돌벽에 기대어 서서 음식을 먹었다. 이야기를 듣는 동안 목 뒷덜미의 털이 곤두섰다. 어찌나 실감이 나는지 실제로 그런 같은 삶을 살아본 것 같은 기분이었다.

엠리스가 이야기를 마치자 천둥이 콰쾅 울려댔다. 셀레이나는 움찔하다가 빈 접시를 떨어뜨릴 뻔했다. 청중은 조심스럽게 웃음을 터뜨렸고 몇몇은 서로를 놀리며 슬쩍 밀치기도 했다. 셀레이나는 미간을 찌푸렸다. 남의 피부를 벗겨 바느질을 하고 뼈를 와작와작 씹어 먹으며 번개로 지져대는 끔찍한 짐승에 대한 얘기를 듣게 될 줄 알았으면, 로완과 함께 여기로 오기 전에 미리 그런 얘기를 들었으면 아예 여기 오지도 않았을 것이다. 절대로.

로완은 이곳까지 오는 동안 모닥불을 한 번도 피우지 않았다. 괴상한 짐승들의 시선을 끌지 않으려 했던 걸까? 로완도 그날 묘지에서 본 그것의 정체를 알지 못했다. 불멸의 존재가 모르는 괴물이라면…… 셀레이나는 호흡을 가다듬으며 쿵쾅대는 심장을 진정시켰다. 오늘 밤에 잠을 자기는 다 틀린 듯했다.

다들 다음 이야기를 기다리는 눈치였다. 셀레이나는 돌아서면서 반쯤 열린 주방 문을 다시 흘끗 쳐다보았다. 문 너머에 무언가 숨어 있는지 확인하기 위해서였다. 빗속에서 기다리고 있는 것은 타락한 짐승이 아니었다. 그림자 속에 홰를 타고 앉은, 흰 꼬리를 가진 거대한 매였다.

매는 가만히 앉아 있었다. 그런데 매의 눈이…… 어딘지 모르게 묘했다. 전에 본 적 있는 매였다. 셀레이나가 배러스의 건물 지붕에서 느긋하게 하루하루를 보내고 있을 때 저 매는 셀레이나가 술을 마시고 빵을 훔치고 싸움질을 하는 모습을 지켜보곤 했다.

로완의 동물 형상이 무엇인지 이제 알았다. 그런데 굳이 변신까지 해서 이런 얘기를 들으러 온 이유는 짐작이 되지 않았다.

화덕 앞에 앉은 엠리스는 한 손을 뻗으며 말했다.

"엘렌티야. 자네의 고향에 관한 이야기를 들려주겠나?"

셀레이나가 엠리스를 쳐다보자 모두의 시선이 셀레이나가 서 있는 그림자 쪽으로 쏠렸다. 루카 말고는 어서 와서 얘기하라고 재촉하는 사람은 하나도 없었다.

"얘기를 들려줘요!"

하지만 셀레이나는 자신의 이야기인 양 천연덕스럽게 고향 이야기를 들려줄 권리가 없었다. 잠자리에서 편안하게 들은 이야기가 아닌 탓에 제대로 기억하지도 못했다. 셀레이나는 그 생각을 최대한 단단히 붙잡아 뒤로 밀어 치운 뒤 차분하게 말했다.

"아뇨, 고맙지만 할 얘기가 없습니다."

돌아서는 셀레이나를 붙잡는 사람은 없었다. 이 상황을 로완이 어떻게 생각하든 알 바 아니었다.

그녀의 걸음이 멀어지자 웅성거리던 소리도 잦아들었다. 얼어붙게 추운 방으로 돌아온 셀레이나는 방문을 닫고 침대에 누워 긴 한숨을 내쉬었다. 어느새 비는 그치고 세찬 바람에 구름도 떠밀려갔다. 창밖을 내다보니 늘어선 나무들 위쪽에 별들이 반짝이고 있었다.

그들에게 들려줄 이야기 따위는 없었다. 테라센의 모든 전설은 이미 잊혔다. 그 편린만이 셀레이나의 기억 속에서 돌무더기처럼 여기저기 흩어져 있을 뿐이었다.

담요를 끌어 올려 덮은 뒤 눈 위로 팔을 걸쳤다. 언제까지나 내려다보는 별들의 시선을 외면하고 싶었다.

18

도리언은 에이디언을 즐겁게 해주기 위해 더 이상 억지로 애쓸 필요가 없게 됐다. 다행이었다. 공식 만찬과 회의가 아니면 자주 볼 일도 없었고, 에이디언은 그런 자리에 참석해서도 존재감을 드러내지 않았다. 케이올도 자주 볼 수 없었는데 최근에 어색하게 대화를 나눈 걸 생각하면 차라리 잘됐다 싶었다. 요즘 도리언은 아침마다 경비병들과 대련을 하며 훈련을 하고 있었다. 힘들었지만 밤낮으로 그를 괴롭히는 초조하고 불안한 에너지를 발산할 수 있는 시간이기도 했다.

덕분에 여기저기 베이고 긁히고 삐게 되어 치료사들이 머무는 지하로 내려갈 핑계로 삼을 수 있었다. 소르샤는 그의 훈련 일정을 이미 파악했는지 그가 올 때쯤이면 늘 방문을 열어두었다.

전에 그의 방에서 소르샤가 했던 말이 쉬이 잊히지 않았다. 모든 것을 잃은 여자가 어째서 그녀의 삶을 송두리째 앗아간 자의 가족을 돕는 일에 헌신하고 있는지도 의문이었다. 소르샤가 "갈 데가 없었어요"라고 말했을 때…… 슬픔과 상실감, 분노로 마음이 부서져 의지할 사람 하나 없이 그의 방으로 찾아온 셀레이나가 생각났다. 그는 그 정도로 지독한 상실감은 느껴본 적이 없었다. 그런 처지이면서도 한없이 다정하게 대해주는 소르샤의 마음이 충격으로 다가왔다. 그녀의 친절에 자신은 지금까지 형편없이 답해왔다.

도리언이 작업실로 들어가자 작업대 앞에 있던 소르샤가 눈을 들어 미소를 지었다. 도리언이 매일 이곳을 찾는 이유가 꼭 저 미소 때문은 아닐 것이다. 그는 뻣뻣하고 욱신거리는 손목을 들어 보이며 인사 대신 말했다.

"착지를 잘못했어."

소르샤가 작업대를 돌아서 다가왔다. 그는 소박한 옷을 입은 그녀의 날씬한 몸을 바라보았다. 소르샤는 물처럼 유연하게 움직였다. 그녀가 손을 사용하는 모습도 경이로웠다. 손목을 살펴본 소르샤가 말했다.

"딱히 해드릴 게 없겠어요. 통증을 줄여줄 물약은 드릴 수 있어요. 부목을 하시면."

"그건 안 돼. 부목은 곤란해. 경비병들이 계속 놀려댈 거야."

잠깐이지만 소르샤의 눈이 반짝였다. 재미있다고 생각되지만 웃지 않으려 애쓸 때 보이는 표정이었다. 하지만 부목을 하지 않는다면 여기 머물 핑계는 없는 셈이었다. 한 시간 후에는 무의미한 평의회 회의가 있으니 목욕도 해야 했다. 그는 일어서며 물었다.

"무슨 작업을 하고 있었지?"

소르샤는 조심스럽게 한발 물러섰다. 그녀는 늘 그렇게 벽을 세우는 느낌이었다.

"하인들과 경비병들이 쓸 몇 가지 물약과 연고를 만드는 중이었어요. 비축 분을 채워놓아야 해서요."

그러면 안 된다는 걸 알면서도 도리언은 작업대 앞에 선 그녀의 가녀린 어깨너머로 그릇과 유리병, 비커를 내려다보았다. 소르샤는 조그맣게 헛기침을 했다. 도리언은 미소를 삼키며 조금 더 다가갔다.

"원래 견습생들이 하는 일인데 오늘 다들 너무 바빠서 제가 좀 도와주고 있어요."

소르샤는 초조해지면 늘 이런 식으로 말했다. 특히 그가 가까이 있을 때면 그랬다. 도리언은 재미있다고 생각했다. 소르샤가 진심으로 그를 불편해했으면 그 역시 거리를 뒀을 것이다. 그녀가 허둥지둥하는 모습이…… 그는 좋았다. 만족스러웠다.

소르샤는 옆으로 살짝 물러서며 말했다.

"먼저 물약을 만들어드릴게요, 저하."

도리언이 공간을 내주자 소르샤는 서둘러 작업대 앞에서 우아하고 효율적으로 물약을 만들기 시작했다. 꾸준하고 확신에 찬 손놀림으로 가루를 측정하고 말린 잎을 으깼다. 그녀가 다시 입을 열 때까지 그는 멍하니 그 모습을 바라보았다.

"친구…… 분이요. 왕의 전사이신 분. 잘 계시죠?"

셀레이나가 웬들린으로 떠난 것은 비밀이지만 이 정도는 대답해 줄 수 있었다.

"아버지가 지시한 일을 하러 몇 달 동안 가 있을 거야. 잘 지내겠지. 워낙 알아서 잘하는 사람이니까."

"그분의 개는…… 잘 있나요?"

"플릿풋? 아, 잘 있어. 다리도 잘 나았고."

플릿풋은 지금 도리언의 침대에서 자고 있었다. 걸핏하면 먹을 걸 달라고 괴롭히기는 했지만…… 셀레이나가 떠난 지금 친구의 일부라도 곁에 두고 있으니 좋았다.
"네 덕분이지."
소르샤는 고개를 끄덕이고는 조용히 재료를 측정한 뒤 초록색을 띤 액체를 부었다. 도리언은 진심으로 저 액체를 입에 넣고 싶지가 않았다.
소르샤는 아름다운 눈을 내리깐 채 말했다.
"들리는 소문에…… 몇 달 전에 들짐승 같은 것이 성을 돌아다녔다고……. 그 짐승이 율레마스 전에 사람들을 죽였다고 하던데요. 그 짐승이 붙잡혔다는 얘기는 없었거든요. 그런데, 친구분의 개가 입은 상처를 보니 무언가에 공격을 당한 것처럼 보였어요."
도리언은 놀란 티를 내지 않으려 애썼다. 소르샤는 그간 있었던 일로 나름의 결론을 유추한 듯했다. 그리고 아직 아무한테도 말하지 않았다.
"궁금한 게 있으면 물어봐, 소르샤."
그녀는 목으로 숨을 삼켰다. 두 손이 살짝 떨리고 있었다. 팔을 뻗어 그 손을 잡아주고 싶었지만 함부로 그럴 수는 없었다.
"그 짐승의 정체는 뭐죠?"
"밤에 잠을 잘 수 있게 해주는 대답을 원해, 아니면 다시는 잠들지 못하게 될 대답을 원해?"
소르샤는 눈을 들어 그를 바라보았다. 진실을 듣고 싶어 하는 눈빛이었다. 도리언은 숨을 내쉬며 대답했다.
"짐승은…… 두 마리였어. 첫 번째 짐승은 왕의 전사가 해치웠지. 우리가 두 번째 짐승을 맞닥뜨리기 전까지 그녀는 나와 근위대장에게 그 얘기를 해주지도 않았어." 터널에서 울부짖던 짐승의 소리가 여전히 귓가에 들리는 듯했다. 케이올에게 덤벼들던 짐승의 모습도 눈에 선했다. 아직도 도리언은 그 짐승이 나오는 악몽을 꿨다. "어떻게 된 일인지는 아직 몰라."

거짓말은 아니었다. 그가 모르는 부분이 여전히 많았다. 하지만 알고 싶지 않았다.

"폐하께서 아시면 저하께 벌을 주실까요?"

소르샤는 조용히 위험한 질문을 던졌다.

"그러겠지."

그 생각을 하면 피가 얼어붙는 듯했다. 셀레이나가 다른 세상으로 통하는 문을 열었다는 사실을 아버지가 알게 된다면…… 도리언은 몸 안에서 퍼져나가는 얼음 같은 냉기를 막을 수가 없었다.

소르샤는 팔을 문지르며 벽난로의 불을 힐끗 바라보았다. 불이 활활 타고 있는데도 공기가 너무 싸늘해졌다.

"폐하께서 아시면 그분을 죽이시겠죠? 그래서 저하께서 아무 말도 안 하신 거고요."

도리언은 몸 안에서 날뛰듯 치받아 올라오는 그것을 내리 누르려 안간힘을 썼다. 그는 뒤로 천천히 물러섰다. 솟구쳐 오르는 냉기를 막을 수가 없었다. 그 기운이 어디에서 비롯되었는지는 알 수 없었다. 터널 안의 짐승, 플릿풋이 고통스럽게 짖어대는 소리, 그들이 달아날 수 있게 희생하려고 나선 케이올의 모습이 머릿속을 어지럽혔다.

소르샤는 길게 땋아 내린 검은 머리카락을 쓸어내리며 말했다.

"근위대장님도 죽이시겠네요."

그 순간 도리언의 마법이 터져 나왔다.

소르샤는 20분 동안 비좁은 방에서 꼼짝없이 스승이 오기를 기다렸다. 마침내 애머시가 사무실로 들어왔다. 안 그래도 차가운 인상인데 머리를 뒤로 바짝 끌어모아 올린 터라 더 엄격해 보였다. 책상 앞에 앉은 애머시는 인상을 쓰며 말했다.

"널 어떻게 하면 좋을까? 이래 가지고 견습생들에게 무슨 본보기가 되겠어?"

소르샤는 고개를 푹 숙였다. 잘못을 반성하라며 앉혀두었던 것을 소르샤는 모르지 않았다. 그녀가 작업대를 뒤엎은 바람에 수 시간 아니 몇 날 며칠 공들여 만들어온 약제는 물론이고 값비싼 도구와 용기들까지 못 쓰게 되어버렸다.

"기름을 엎질렀는데 깜박 잊고 닦지를 않아서 미끄러졌어요."

애머시는 혀를 찼다.

"청결은 치료사에게 제일 중요한 덕목 중 하나야, 소르샤. 작업실을 청결하게 유지하지 못하면 어떻게 너에게 환자 치료를 맡기겠어? 왕세자 저하께서 전문가답지 못한 네 행동을 오늘 다 보셨다면서? 내가 직접 사죄를 드리고 앞으로 치료 과정을 감독하겠다고 말씀드렸는데……." 애머시는 눈을 가늘게 뜨며 말을 이었다. "저하께서 직접 수리비를 지급해주시겠다고, 앞으로도 너에게 치료를 받고 싶다고 하시는구나."

소르샤의 잔뜩 굳었던 얼굴이 비로소 풀렸다.

순식간에 벌어진 일이었다. 얼음 섞인 강풍이 갑작스레 밀려오자 소르샤는 비명을 내질렀다. 문이 곧바로 쾅 닫힌 덕분에 살았구나 싶었지만 일단 위험을 피하는 게 상책이라 얼른 작업대 밑으로 기어 들어갔다. 두 손을 머리 위로 올리고 기도를 드렸다.

바람과 냉기가 불어닥친 순간 왕세자의 눈이 빛나지 않았다면 소르샤는 그게 다 밖에서 갑자기 들어온 바람 탓이라 여겼을 것이다. 정신을 차리고 보니 작업대 위의 유리들이 죄다 박살 나고, 바닥까지 하얗게 얼어붙었다. 그런데 왕세자는 아무런 해도 입지 않았다.

말도 안 되는 일이었다. 왕세자는…… 목이 졸리는 듯 컥컥 소리를 내더니 바닥에 무릎을 꿇고 작업대 밑을 들여다보았다.

"소르샤. 소르샤."

소르샤는 아무 말도 못하고 입을 벌린 채 그를 쳐다보기만 했다.

애머시는 길고 앙상한 손가락으로 나무 책상을 두드리며 말했다.

"점잖지 못한 태도를 보인 것에 대해서는 사과하마." 말은 이렇게 했지만 소르샤가 알기로 애머시는 예의를 중요시하는 사람이 아니었다. "치료 목적 외에 환자와 교류하는 것은 금지돼 있다는 걸 다시 한번 명심해라."

애머시의 입장에서는 왕세자가 스승인 자기가 아니라 소르샤에게 굳이 치료를 받고 싶다고 하는 이유를 달리 생각할 수 없을 것이다. 소르샤는 두 손을 꽉 모아 쥐고 눈을 내리깔았다. 자잘한 유리 파편들이 튀면서 손에 얕은 상처들이 나 있었다.

"걱정하지 않으셔도 됩니다, 스승님."

"그래. 나도 네 자리에 다른 사람을 앉히고 싶진 않아. 왕세자 저하께서 워낙 여자 관계가 복잡하시니 한 말이야." 애머시는 우쭐해하는 미소를 지었다. "하지만 이 궁전에는 아름다운 숙녀들이 많으니 문제없겠지." *너는 아름다운 숙녀들 중 하나가 아니니까.*

언제나 그래왔듯이 소르샤는 모욕적인 말을 듣고도 고개만 끄덕였다. 그런 처신 덕분에 지금까지 남들 눈에 띄지 않을 수 있었다.

왕세자가 마법의 힘을 터트린 뒤 소르샤가 약속한 것도 그것이었다. 소르샤는 왕세자를 바라보면서 침묵하겠다고 약속했다. 왕세자의 눈에 담긴 것은 마법이 아니라 공포였다. 두려움과 고통이었다. 그는 금지된 힘을 사용해 해를 끼치는 적이 아니라, 도움을 필요로 하는 젊은 남자일 뿐이었다. 그는 그녀의 도움을 필요로 하고 있었다.

그를 외면할 수 없었다. 자신이 본 것을 누구에게도 말할 수 없었다. 왕세자가 아니라 다른 사람이었어도 소르샤는 그렇게 했을 것이다.

지독한 상처를 입은 환자들을 대할 때처럼 태연하고 차분한 목소리로 소르샤는 왕세자에게 말했다.

"지금 본 걸 아무한테도 말 안 할게요. 우선은 이 작업대를 쓰러뜨려야 하니 도와주세요. 그리고 작업실 청소를 도와주시면 돼요."

그는 멍하니 그녀를 바라보았다. 바닥에서 일어선 소르샤는 두 손에 머리카락처럼 얇게 베인 상처가 생겼음을 알아챘다. 상처 부위가 따끔거렸다.

"아무한테도 말 안 해요."

소르샤는 작업대 한쪽 끝을 잡고 다시 한번 말했다. 왕세자는 조용히 작업대의 다른 쪽 끄트머리로 걸어가 그곳을 붙잡았고 소르샤를 도와 작업대를 쓰러뜨렸다. 작업대 위에 남아 있던 유리 도구와 도자기 단지들이 바닥으로 와르르 쏟아졌다. 무슨 사고라도 난 것처럼 보였다. 소르샤는 한쪽 구석으로 걸어가 그곳에 놓인 빗자루를 손에 쥐었다.

그녀는 몹시 떨렸지만 조용하고 차분하게 말했다.

"제가 이 문을 열면 사고가 있었던 것처럼 보이셔야 해요. 하지만 오늘 이런 일이 있었으니……."

도리언은 한 대 맞기를 기다리는 사람처럼 굳은 표정으로 일어섰다. 소르샤가 계속해서 말했다.

"이런 일이 있었으니, 왕세자님만 괜찮으시면 이런 일이 되풀이되지 않도록 같이 방법을 찾아보는 게 어떨까요. 힘을 억제할 수 있는 물약이 있을 거예요."

도리언은 여전히 낯빛이 창백했다.

"미안해."

소르샤는 그의 사과가 진심임을 느꼈다. 그녀는 문 쪽으로 걸어가며 그에게 애써 미소를 지어 보였다.

"오늘 밤부터 제가 연구를 시작해볼게요. 뭐든 찾으면 알려드리겠습니다. 어쩌면…… 지금 바로는 아니더라도 나중에…… 이 일과 관련해서 혹시 떠오르는 바가 있으시면 알려주세요. 연구에 도움이 될 수도 있으니까요."

소르샤는 그가 대답을 하기도 전에 문을 열고는 엉망이 된 방 안으로 돌아왔다. 그리고 평소보다 목청을 높여 말했다.

"정말 죄송합니다. 왕세자 저하…… 바닥에 기름이 있는 줄 모르고 제가 미끄러진 바람에 이렇게 되었어요."

그때부터는 수월하게 진행됐다. 몇몇 치료사들이 무슨 일인가 하고 기웃거렸고 그중 하나가 부리나케 애머시에게 보고를 하러 갔다. 왕세자기 위층으로 돌아간 뒤, 소르샤는 대기하라는 명령을 받았다.

책상 앞에 앉은 애머시는 팔짱을 낀 채 말했다.

"왕세자 저하는 정말 너그러운 분이야, 소르샤. 이번 일을 통해 배우는 게 있길 바랄게. 크게 다치지 않은 것도 다행인 줄 알아."

"감사의 뜻으로 오늘 실바 여신께 공양을 드리겠습니다."

소르샤는 소소한 거짓말을 하고는 사무실을 나섰다.

케이올은 건물의 움푹 들어간 곳에 몸을 바짝 붙이고 숨을 죽였다. 골목에서 에이디언이 망토를 입은 자에게 다가가고 있었다. 술집에서 벌어진 파티를 뒤로 한 채 슬그머니 빠져나간 에이디언은 하고 많은 곳 중 전혀 뜻밖의 장소인 이 빈민가로 발을 들여놓았다.

지금까지 에이디언은 진탕 노는 파티 주최자 행세를 해왔다. 술을 사고 손님들에게 인사를 건네면서 모두에게 파티를 즐기는 모습을 보여주었다. 그러다 아무도 보지 않을 때 술에 취한 걸음으로 비틀거리며 앞문으로 나갔다. 거만하고 부주의하고 무례한 모습으로.

케이올도 속아 넘어갈 뻔했다. 거의. 그런데 한 블록쯤 걸어간 에이디언은 머리에 두건을 덮어 쓰더니 완전히 멀쩡해진 걸음걸이로 밤거리를 걸었다.

케이올은 그림자 속에 몸을 숨긴 채 부지런히 뒤를 밟았다. 에이디언은 부자들이 사는 구역을 떠나 구불구불한 뒷골목을 통해 빈민가로 향했다. 얼핏 색다른 종류의 여자를 찾는 부자 남자처럼 보이기도 했다. 그런데 에이디언이 어느 건물 앞에서 걸음을 멈추자 쌍검을 소지하고 망토를 걸친 남자가 그에게 다가갔다.

에이디언과 낯선 남자가 주고받는 얘기는 들리지 않았지만 두 사람 모두 긴장한 상태임은 알 수 있었다. 잠시 후 에이디언은 골목과 건물 그림자 속을 일일이 살피더니 낯선 남자를 따라 걸어가기 시작했다.

케이올은 거리를 두고 뒤를 밟았다. 불법적인 약물을 구매하는 현장을 덮치기만 해도 에이디언의 약점을 잡을 수 있었다. 그러면 파티를 최소한으로 줄이고 베인 부대를 제어하도록 만들 수 있을 것이다.

케이올은 주변에 포진한 수정뱅이와 고아, 거지들을 경계하며 두 남자의 뒤를 따라갔다. 에이버리 부두의 어느 이름 모를 거리에서 에이디언과 망토를 걸친 남자는 곧 무너질 듯한 건물로 들어갔다. 모퉁이와 문 앞, 지붕 위에 보초들이 지키고 섰고 심지어 일반 시민인 척 거리를 돌아다니는 걸 보니 평범한 건물은 아니었다. 게다가 그 보초들은 왕실 근위병이나 군인들도 아니었다.

아편이나 성을 사고파는 곳이 아니라는 의미였다. 케이올은 셀레이나가 반란 세력에 관해 모아둔 정보를 전부 외워두었다. 그리고 에이디언의 뒤를 밟은 것처럼 그들의 뒤도 밟았지만 아직 소득은 별로 없었다. 셀레이나는 반란 세력이 아달렌 왕의 힘을 무너뜨릴 방법을 찾고 있다고 했다. 함축적인 의미는 차치하고라도, 아니엘로 돌아가기 전에 왕이 마법을 없앤 방법, 마법을 다시 해방시킬 방법을 찾아낼 수 있다면 도리언에게 도움이 될 것이다. 케이올은 친구이자 왕세자인 도리언에게 언제나 도움이 되고 싶었다.

엘레나의 눈을 손으로 부여잡고 있는데도 등줄기를 따라 떨림이 멈추지 않았다. 보초들이 지키고 있는 저 버려진 건물은 반란 세력의 은신처임이 분명했다. 에이디언이 여기로 온 것도 순전히 우연은 아닐 것이다.

쿵쾅대는 심장 소리에 귀를 기울이고 있던 케이올의 옆구리에 어느새 단검 끝이 와 닿았다.

19

 케이올은 싸움을 벌이고 싶지 않았다. 어쩌면 이대로 죽음을 맞이할 수도 있었다. 닳은 무기와 물 흐르듯 자연스럽고 정확한 움직임을 보니 이들이 뭐 하는 자들인지 알 수 있었다. 저들에게 붙잡혀 창고에 하루 동안 갇힌 적이 있으니 사소한 부분까지 모두 기억났다. 창고에서 그는 셀레이나가 저들을 밀 줄기처럼 베어버리는 모습을 보았다. 저들은 자기네를 베러 온 자가 그들이 잃어버린 여왕인 줄도 몰랐다.
 보초들은 오래된 건초 냄새가 나는 빈방으로 케이올을 끌고 들어가 무릎을 꿇렸다. 에이디언과 노인이 그를 내려다보고 있었다. 창고에서 사달이 났던 그날 밤 셀레이나에게 제발 그만하라고 애원했던 바로 그 노인이었다. 특별히 눈에 띄는 면은 없었다. 노인은 평범한 낡은 옷을 입었고, 말랐지만 시들어 빠지지는 않았다. 노인 옆에는 부드러우면서도 잔인한 웃음을 짓는 젊은 남자가 서 있었다. 케이올이 아는 얼굴이었다. 예전에 창고에 포로로 붙잡혀 있던 케이올을 비웃은 남자였다. 어깨까지 내려오는 검은 머리카락, 잘생기긴 했지만 잔인한 면이 두드러진 얼굴, 눈썹에서 뺨까지 심하게 베인 상처. 그 젊은 남자는 턱 끝으로 신호를 해 보초들을 물러나게 했다.

에이디언이 케이올 주변을 한 바퀴 돌며 말했다.

"이런, 이런."

에이디언이 빼든 칼날이 희미한 빛을 받아 반짝였다.

"아니엘의 후계자이시며 근위대장인 분이 이제 첩자 노릇도 하시는 건가? 아니면 애인이 거래 방법이라도 전수해줬나?"

"파티를 열고 내 부하들을 초대해 근무지를 이탈하게 만들어놓고는 파티장에 머무르지도 않고 거리로 몰래 빠져나가시더군요. 그 이유를 알아내는 게 내 의무라서요."

얼굴에 상처가 있는 젊은 남자가 쌍검을 손에 든 채 가까이 다가와 에이디언과 함께 케이올 주변을 맴돌았다. 먹이를 살펴보는 포식자들처럼. 이러다가는 케이올의 시신을 놓고 싸움이라도 벌일 분위기였다.

얼굴에 상처가 난 남자가 조용히 말했다.

"이번에는 전사가 당신을 구하러 오지 못할 테니 안됐네."

"당신이야말로 아처 핀을 구하지 못했으니 안됐지."

케이올이 대꾸하자 남자는 콧구멍을 벌름거렸다. 교활한 갈색 눈에 분노가 담겨 번뜩였다. 하지만 노인이 한 손을 들어 올리자 남자는 입을 다물었다. 노인이 물었다.

"왕이 보낸 건가?"

"나는 저 남자 때문에 온 거다." 케이올이 턱 끝으로 에이디언을 가리켰다. "하지만 당신네 세력을 찾고 있기도 했지. 당신들은 지금 위험한 상황이야. 에이디언이 뭘 원하든, 당신들한테 뭘 주겠다고 제안했든, 에이디언은 왕의 손아귀에서 못 벗어나."

사실대로 말하면 저들한테서 믿음을 얻어내고 정보를 캐낼 수 있을 거라고 케이올은 생각했다.

하지만 에이디언은 큰 소리로 웃었다.

"무슨 헛소리야?"

동행들이 눈썹을 치켜뜨며 에이디언을 돌아보았다. 케이올은 에이디언의 손가락에 끼워진 반지를 쳐다보았다. 틀림없었다. 왕과 페링턴 공작을 비롯한 패거리들이 끼고 있는 것과 같은 반지였다.

케이올의 시선을 눈치챈 에이디언은 우뚝 걸음을 멈췄다. 에이디언의 햇볕에 잘 그을린 얼굴에 놀라움과 즐거움이 스쳤다.

"생각보다 훨씬 재미있는 사람이구만, 근위대장."

그러자 노인이 부드럽지만 나약하지 않은 목소리로 요구했다.

"어떻게 된 일인지 설명하십시오, 에이디언."

에이디언은 환한 미소를 지으며 손가락에서 검은 반지를 뺐다.

"왕은 내게 오린스의 칼을 하사하면서 반지도 같이 줬어. 내 안에 깃든 혈통 덕분에 나는 감각이…… 상당히 예민한 편이라 반지에서 괴상한 냄새가 난다는 걸 알아챘지. 이 반지를 받아 끼는 건 바보짓이라는 것도 알았어. 그래서 똑같이 생긴 가짜 반지를 만들어 끼고 진짜 반지는 바다에 던져 버렸어. 그 반지가 어떤 힘을 갖고 있는지 늘 궁금하기는 했지." 그는 한 손으로 반지를 위로 던져 올렸다가 낚아채 잡으며 덧붙였다. "근위대장은 아는군. 반지가 마음에 안 드는 눈치야."

쌍검을 든 남자가 맴돌기를 멈추더니 케이올을 향해 사납게 미소 지었다. 그는 케이올에게서 시선을 떼지 않고 말했다.

"맞습니다, 에이디언. 보기보다 흥미로운 자예요."

에이디언은 가짜 반지가 맞다는 듯 아무렇지 않게 반지를 주머니에 집어넣었다. 케이올이 의도했던 것보다 더 큰 진실을 드러낸 것이다.

에이디언은 다시 케이올 주변을 천천히 돌기 시작했다. 얼굴에 상처가 있는 젊은 남자도 느긋하게 따라 돌았다. 에이디언은 생각에 잠긴 얼굴로 말했다.

"마법이 세상에 남아 있지 않은 지금, 마법의 힘으로 속박하는 기능을 하는 반지겠군. 자네는 내가 왕의 마법에 휘둘리고 있다고 믿으면서도 내 뒤를 밟았어. 나를 이용해서 반란 세력의 믿음을 사려고? 재미있네."

케이올은 대꾸하지 않았다. 이미 너무 많은 얘기를 했다.

에이디언이 계속해서 말했다.

"이 두 사람 얘기로는 자네의 자객 친구가 반란 세력에게 협조적이었다던데. 아처 핀에게 망설임 없이 정보를 넘겨줬고, 암살 대상이었던 반란 세력 인사들이 몰래 도시 밖으로 빠져나가게 해줬다고 들었어. 자네한테 왕의 반지에 대한 얘기를 해준 게 그 여자야? 아니면 자네가 직접 알아낸 건가? 왕이 감시하지 않을 때 유리성에서는 대체 무슨 일이 일어나고 있는 거지?"

케이올은 받아치고 싶었지만 꾹 참았다. 케이올이 아무 말도 하지 않자 에이디언은 고개를 절레절레 흔들며 말했다.

"이 일의 끝이 어떻게 될지는 잘 알고 있겠지." 조롱의 의미는 담겨 있지 않았다. 그저 냉철하게 계산해서 뱉은 말이었다. 이게 바로 북부의 늑대 에이디언의 진짜 얼굴이었다. "내 뒤를 밟을 땐 죽음을 각오했을 거야. 자네는 너무 많은 걸 알고 있어. 두 가지 선택지를 줄게, 근위대장. 우리한테 실컷 고문을 당하고 죽든가, 아니면 아는 걸 순순히 털어놓고 편하고 빠르게 죽든가. 최대한 고통 없이 죽여주겠다고 내 명예를 걸고 약속하지."
 지난 몇 달 동안 케이올은 몇 번이나 죽을 고비를 넘겼다. 죽음 바로 앞까지 갔다가 겨우 돌아왔다. 여기서 이렇게 죽으면, 셀레이나와 도리언, 어머니는 그에게 무슨 일이 일어났는지 알지도 못할 것이다. 그 생각을 하니 속이 울렁거리고 분노가 치밀었다.
 에이디언은 무릎 꿇은 케이올에게 가까이 다가왔다.
 케이올은 얼굴에 상처가 있는 남자와 맞붙어 싸워볼 계산을 했다. 그 남자를 해치우고 나서 에이디언을 상대할 수 있을까……. 적어도 달아날 수는 있지 않을까. 어찌 됐든 *싸울 것이다*. 어차피 죽어야 한다면 싸우다 죽는 게 나았다.
 에이디언은 이미 칼을 빼들 준비를 한 모습이었다. 저 칼은 혈통적으로 따지면 셀레이나의 것이어야 마땅했다. 케이올이 아는 에이디언은 두 얼굴의 살인자이며 *반역자*였다. 하지만 테라센 사람들에게는 아닐 것이다. 에이디언은 이곳에 온 이후로, 10년 전 그의 왕국이 무너진 이래로 대단히 위험한 게임을 하고 있었다. 왕을 속여 진짜 반지를 늘 손가락에 끼우고 있는 척했다. 케이올이 그 사실을 안다는 것만으로도 에이디언은 비밀 유지를 위해 케이올을 기꺼이 제거하려 할 것이다. 하지만 살기 위해 케이올이 내보일 수 있는 정보가 하나 있었다.
 이곳을 떠날 무렵 셀레이나는 심신이 무너진 상태였지만, 적어도 지금은 아달렌에서 멀리 떠나 있으니 안전하다고 볼 수 있었다. 하지만 마법의 힘을 숨기고 있는 도리언은 안전한 상태가 아니었다. 에이디언은 케이올을 죽이기 위해 숨을 들이마셨다. 지금 케이올이 해야 하는 일은 도리언을 지키는 것이었다. 반란 세력이 정말 마법에 관해 아는 게 있다면…… 마법을 해방시키는 방법에 대해 조금이라도 안다면 에이디언을 통해 그 정보를 얻어낼 수도 있을 것이다……. 도박이었다. 지금까지 해본 중 가장 큰 도박. 에이디언은 칼을 치켜들었다.

용서해달라고 속으로 기도하며 케이올은 에이디언을 똑바로 올려다보고 말했다.

"에일린이 살아 있습니다."

에이디언 애쉬리버는 늑대라는 별명으로 통했다. 그는 장군이자 왕자이며 배신자이고 살인자였다. 어쩌면 그 이상의 존재일 수도 있었다. 거짓말에 사기, 속임수에도 능한 자니까. 에이디언의 최측근들만이 알고 있는 비밀이긴 하지만.

아달렌의 노리개. 에이디언을 잘 모르는 이들은 그를 그렇게도 불렀다. 여러 면에서 사실이기도 했으나 에이디언은 신경 쓰지 않았다. 그렇게 알려진 덕분에 그는 북부를 제어하고 유혈 사태를 최소화하며 거짓을 숨길 수 있었다. 베인 부대의 절반은 반란 세력이고 나머지 절반은 동조자들이었다. 그들이 북부에서 치른 대부분의 '전투'는 가짜로 꾸민 것이고 사망자 수도 거짓으로 부풀린 것이었다. 한바탕 전투를 치른 뒤 시체인 척 누워 있던 사람들은 밤의 어둠을 틈타 조용히 일어나서 집으로 돌아갔다. 아달렌의 노리개. 아무래도 좋았다. 지금까지는.

사촌. 에이디언이 제일 좋아하는 호칭이었다. 사촌, 친족, 보호자. 그는 마음속 깊은 곳에 그 이름들을 담아 두었다. 스태그호른 산에 매서운 북풍이 불어 닥칠 때도 그는 그 이름들을 조용히 읊조리며 버텼다. 때로는 북풍이 살육장으로 끌려가던 백성들의 비명처럼 들릴 때가 있었다. 때로는 에일린의 비명처럼 들리기도 했다. 그가 사랑한 사람, 그의 여왕이어야 하는 사람, 언젠가 피로서 충성의 맹세를 하려고 했던 사람, 에일린.

빈민가의 고적한 부두에서 다 썩어가는 널빤지를 밟고 선 에이디언은 에이버리의 바다를 바라보았다. 렌 앨스브룩에게 흠씬 두들겨 맞은 근위대장은 옆에서 피 섞인 침을 바다에 뱉어내고 있었다. 렌은 에이디언의 새로운 협력자이자 그가 무덤에서 살려낸 자였다.

앨스브룩의 후계자이며 영주인 렌은 어린 시절 에이디언과 함께 훈련을 받았고 한때 경쟁자였다. 10년 전 렌과 그의 할아버지 머터프는 렌의 부모가 목숨 걸고 주의를 다른 데로 돌린 덕분에 겨우 살육장을 탈출했다. 렌은 탈출하다가 얼굴에 깊은 상처를 입었다. 그들이 죽은 줄 알고 있던 에이디언은 리프트홀드에 도착해 반란 세력을 추적하던 중 렌의 가족이 반란 세력의 일원으로 살고 있다는 걸 알고 크게 놀랐다. 에이디언은 에일린이 살아 있다고 주장하며 군대를 모집하는 세력이 있다는 소문을 듣고 거짓말쟁이들을 찾아내 갈기갈기 찢어 죽이기 위해 북부에서 여기까지 내려온 것이었다.

왕의 부름에 응했다는 것은 편리한 핑계일 뿐이었다. 렌과 머터프는 반란 세력의 일원이 퍼뜨린 소문이라고 즉시 인정했다. 실제로는 죽은 여왕과 접촉한 적도, 누군가 접촉했다는 소문을 들은 적도 없다고 했다. 렌과 머터프를 만난 후부터 에이디언은 죽었다고 알려진 이들 중 살아남은 자가 또 있을 수도 있다는 생각이 들기 시작했다. 에일린이 살아 있다는 희망은 감히 품지도 못했다…….

에이디언은 나무 난간에 칼을 얹고 상처투성이 손가락으로 날을 쓰다듬었다. 날에 찍힌 자국과 선 하나하나가 오래전에 세상을 떠난

위대한 왕들이 치른 전설적인 전투의 흔적이었다. 이 칼은 한때 북부에 강력한 왕국이 존재했음을 알리는 마지막 증거였다.

이 칼은 그의 것이 아니었다. 피와 정복의 시기 초기에 아달렌 왕은 로에 갈라시니어스의 시신이 지닌 이 칼을 빼앗아 리프트홀드로 가져왔다. 칼은 한동안 리프트홀드에 머물렀다. 원래대로라면 에일린의 것이어야 마땅한 칼이었다.

에이디언은 전투 야영지와 전장에서 여러 해 동안 뒹굴며 싸웠다. 가치 있는 존재임을 아달렌 왕에게 증명하기 위해 싸움을 했고 전투에 나가는 족족 승리를 거뒀다. 에이디언이 베인 부대를 이끌고 나가 싸운 첫 번째 전투에서 승리했을 때 아달렌 왕은 그를 북부의 늑대라 칭하며 원하는 상을 주겠다고 제안했다. 그는 오린스의 칼을 달라고 요구했다.

왕은 그 요구를 열여덟 살 청년의 낭만 정도로 치부했다. 에이디언은 모두가 그를 피에 굶주린 배신자이자 개새끼로 믿게끔 승전을 자랑하고 떠벌렸다. 에이디언이 오린스의 칼에 손을 댄 것만으로도 칼을 모욕한 것이라 믿게끔 만들었다. 오린스의 칼을 되찾은 후에도 에이디언은 패배감을 지울 수 없었다.

에일린이 테라센의 수도 오린스에서 죽임을 당했을 때 에이디언은 열세 살이었고 오린스에서 64킬로미터 떨어진 곳에 있었다. 그는 그녀의 죽음을 막지 못한 게 천추의 한이 됐다. 원래 그는 어머니가 돌아가신 뒤 에일린의 땅으로 가기로 되어 있었다. 에일린이 다스리게 될 왕궁에서 에일린의 칼과 방패로 일하기 위해서였다. 그러니 올론 갈라시니어스가 암살당했다는 소식을 들었을 때 곧장 오린스의 성으로 갔어야 했다. 로에와 에벌린, 에일린이 죽었을 때도 마찬가지였다.

오린스의 칼은 그가 짊어져야 할 기억이었다. 그 칼이 원래 누구의 것이었는지, 누구에게 전해주었어야 했는지를 늘 상기했다. 마지막 숨을 내쉬고 저세상으로 넘어갈 때까지 잊어서는 안 되었다.

하지만 오랫동안 품어온 칼의 무게는 세월이 갈수록 가벼워졌다. 한층 더 예리해지고 부서질 듯 위태로워졌다. 칼의 가치는 이루 말로 할 수도 없었다. 하지만 그의 발밑에서 세상이 무너져가고 있었다.

에일린이 살아 있다는 근위대장의 말에 그들은 잠시 아무 말도 하지 못했다. 그러자 근위대장은 더 자세한 얘기는 에이디언하고만 하겠다고 말했다.

고문을 하겠다는 말이 허풍이 아님을 보여주기 위해 렌은 정확히 그만큼 주먹질을 해 근위대장을 피투성이로 만들었다. 어찌나 정확한지 에이디언도 감탄할 정도였다. 근위대장은 주먹을 고스란히 맞으면서도 고집을 꺾지 않았다. 렌이 주먹질을 멈출 때마다 머터프는 마땅찮은 표정이었고, 근위대장은 똑같은 요구를 할 뿐이었다. 근위대장이 에이디언과 단독 면담을 하든지 아니면 죽겠다는 뜻을 명확히 하자 에이디언은 렌에게 물러가 있으라고 지시했다. 앨스브룩의 후계자 렌은 발끈했지만 에이디언은 전투 야영지에서 렌 같은 젊은이들을 숱하게 다뤄왔다. 명령에 따르게 만드는 일은 그리 어렵지 않았다. 에이디언이 엄격한 눈빛으로 한참 바라보자 렌은 알아서 물러갔다.

그렇게 해서 에이디언과 케이올은 이 자리에 오게 됐다. 케이올은 셔츠로 얼굴에 묻은 피를 닦아냈다. 몇 분 동안 에이디언은 근위대장에게 도저히 믿기지 않는 얘기를 들었다. 악명 높은 자객 셀레이나 사르도시엔에 관한 얘기였다. 셀레이나는 에로밴 헤멜에게 자객 훈련을 받았고, 엔도비어에서 노예 생활을 했으며, 터무니없는 시합에서 승리를 거둬 왕의 전사가 되었다. 죽음의 수용소에서 살아남은 그의 여왕 에일린은 적의 궁전에서 그렇게 삶을 이어온 것이다.

에이디언은 난간을 꽉 부여잡았다. 믿기지 않았다. 10년이 지났다. 그녀가 살아 있다는 희망이나 증거도 없이 10년을 흘려보냈다.

"그녀는 당신과 똑같은 눈을 가졌습니다."

케이올이 턱을 움직여보며 말했다. 그 자객이 정말 에일린이라고 해도 그녀는 아달렌 왕의 전사였다. 또한 근위대장의 연인이었다…….

"자네는 그녀를 웬들린으로 보냈어."

에이디언이 갈라진 목소리로 말했다. 눈물은 나중에 흘릴 것이다. 지금은 머릿속이 텅 비어버렸다. 아무 생각도 나지 않았다. 그동안 해온 온갖 거짓말, 소문, 행동, 그가 주최한 파티들, 그가 치러온 무수한 전투, 그가 빼앗은 수많은 목숨……. 그 모든 것을 그녀에게 어떻게 설명할 수 있을까? 아달렌의 노리개로 살아온 자신에 대해.

"그동안은 그녀의 정체를 몰랐습니다. 정체를 알게 된 후로는 그녀를 그리로 보내는 게 안전하겠다고 판단했고요."

"더더욱 자네를 죽일 수밖에 없겠어." 에이디언은 이를 악물었다. "나한테 그런 얘기를 털어놓은 게 얼마나 위험한지 알기나 해? 나는 아달렌 왕 밑에서 일하고 있어……. 자네도 나를 그의 명령에 복종하는 자라고 줄곧 *생각했잖아*. 그게 아니라고 판단한 근거는 미약하기 짝이 없지. 자칫 판단을 잘못했으면 그녀를 죽게 만들 수도 있었어."

어리석은 놈. 모자라고 경솔한 멍청이. 하지만 지금은 근위대장이 유리한 입장이었다. 왕에게 충성을 다했던 케이올은 이제 반역의 길로 들어섰다. 왕의 전사가 반역 세력을 도왔다는 얘기를 렌에게 들었을 때 에이디언은 근위대장이 진심으로 왕에게 충성하는 자가 맞는지 의심했다. 젠장. 에일린. 에일린은 왕의 전사이면서도 반역 세력을 도왔고, 아처 핀을 죽였다. 무릎에 힘이 빠질 지경이었지만 에이디언은 충격을 속으로 삼켰다. 경악과 공포에 사로잡혔으나 한편으로는 기쁘기도 했다.

근위대장이 말했다.

"위험 부담이 없지는 않았습니다. 그 반지를 가진 자들은 눈빛이 달라졌어요. 눈에 어둠이 깃들었는데 한 번씩 그 기운이 겉으로 드러났죠. 장군이 여기로 온 뒤로 쭉 살펴봤습니다. 눈빛에서 어두운 기운이 보이지 않더군요. 수많은 파티를 열어놓고 단 몇 분밖에 파티장에 머무르지 않는 사람도 처음 봤습니다. 장군이 왕에게 예속된 상태였으면 반역 세력과의 만남을 이렇게까지 숨길 필요도 없었겠죠. 장군은 베인 부대가 곧 여기 올 거라고 말했지만 베인 부대는 아직까지 당도하지 않았습니다. 생각해보면 앞뒤가 맞지 않아요." 근위대장은 에이디언의 눈을 마주 보았다. "에일린이라면 당신이 사실을 알기를 바랄 것 같았습니다."

근위대장은 바다로 이어지는 강줄기를 바라보았다. 악취가 풍겼다. 에이디언은 전투 야영지에서 온갖 지독한 악취를 맡고 무수히 끔찍한 것들을 보았지만, 리프트홀드의 빈민가에서 풍기는 악취도 만만치 않았다. 테라센의 수도 오린스의 빛나던 탑은 이제 허연 돌로 된 초라한 구조물로 남았다. 그마저도 빈곤과 절망으로 무너져 내리고 있었다. 하지만 머지않은 미래에는 달라질 수 있지 않을까…….

에일린이 살아 있다. 에이디언과 마찬가지로 아달렌 왕의 밑에서 살인자로 살아가고 있었다.

"도리언 왕세자도 알고 있나?"

도리언과 대화를 나눌 때마다 에이디언은 테라센이 몰락하기 전을 떠올리곤 했다. 그래서 도리언에 대한 중오를 감추기가 쉽지 않았다.

"아뇨. 그분은 제가 그녀를 웬들린으로 보낸 이유를 모르십니다. 그녀가…… 장군처럼…… 페이 혈통이라는 것도요."

에이디언에게는 에일린의 핏속에 담겨 있는 힘이 전혀 없었다. 그 힘은 도서관을 불태우고 두루 근심을 불러일으키곤 했다. 세상이 지옥으로 변하기 전, 사람들은 에일린을 다른 곳으로 보내 그 힘을 제어하는 방법을 배우게 해야 할지를 놓고 논의하기도 했다. 머나먼 땅에 있는 여러 학교나 선생들에게 보내야 한다는 말도 있었다. 하지만 거미줄을 펼쳐놓은 거미처럼 후손의 성장을 조용히 지켜보고 있는 증조이모할머니 메이브에게 에일린을 보내자는 의견은 나온 적이 없었다. 그런데 지금 에일린은 바로 그 메이브의 거처가 있는 웬들린에 가 있는 것이다.

메이브는 에이디언이 물려받은 재능에 대해 알지도 못했고 그다지 신경을 쓰지도 않았다. 사실 그가 물려받은 것은 불멸의 혈통에서 비롯된 몇 가지 신체적 능력뿐이었다. 육체적인 힘과 민첩함, 예민한 청각과 후각. 이 능력 덕분에 그는 전장에서 가공할 만한 상대로 통했고, 몇 번이나 목숨을 건졌다. 근위대장이 반지에 대해 한 말이 맞다면 그는 그 능력 덕분에 영혼을 지킨 것이었다.

"에일린은 이곳으로 돌아오는 건가?"

에이디언이 나지막하게 물었다. 묻고 싶은 게 한두 가지가 아니었지만 그의 첫 질문은 바로 이것이었다. 근위대장이 아달렌 왕을 진심으로 섬기는 자가 아님을 보여줬으니 이 정도는 물어도 될 것이다.

근위대장의 눈빛에 담긴 고뇌를 본 에이디언은 근위대장이 에일린을 사랑하고 있음을 알아챘다. 근위대장이 에일린을 그만큼 잘 알고 있다는 뜻일 것이다. 질투심이 솟구쳤다.

"저도 모릅니다."

근위대장이 적이 아니라면 그녀를 위해 희생을 한 사람이니 존중해야 마땅할 것이다. 하지만 에일린은 이곳으로 돌아와야 했다. 반드시. 돌아오지 못한다면 죽음을 면치 못할 것이다.

복잡한 머릿속은 나중에 혼자 있을 때 정리하기로 했다. 에이디언은 더 묻고 싶은 충동을 짓누르느라 축축한 난간을 손으로 부여잡았다.

그때 근위대장이 가면 속을 꿰뚫어보는 듯 의미심장한 눈빛으로 에이디언을 바라보았다. 일순간 에이디언은 근위대장을 칼로 찔러 죽이고 에이버리 바다에 던져버릴까 생각했다. 근위대장이 갖고 있는 정보 따위는 포기해버리고 말이다. 근위대장은 칼날을 흘끗 내려다보았다. 아마 근위대장도 같은 생각을 했을 것이다. 어쩌면 에이디언을 믿기로 한 결정을 후회하고 있을지도 몰랐다. 분명 그럴 것이다. 멍청하게 굴었다며 자책하고 있겠지.

에이디언이 물었다.

"자네는 왜 반란 세력의 뒤를 쫓고 있지?"

"그들이 중요한 정보를 갖고 있을지 모른다고 생각했습니다."

왕을 배신했음을 드러내고라도 얻을 만큼 가치 있는 정보라는 건가.

에이디언은 근위대장을 고문하고 죽일 수도 있었다. 더 지독한 일도 해봤다. 하지만 여왕의 연인을 고문하고 죽였다가는 그녀가 돌아왔을 때 좋게 넘어갈 수 없을 것이다. 게다가 근위대장한테서 얻어낼 정보가 꽤 많을 수도 있었다. 에이디언은 에일린에 대해, 에일린의 계획에 대해, 지금 그녀가 어떤 상황이고 어떻게 해야 그녀를 찾을 수 있는지에 대해 알고 싶었다. 특히 근위대장이 게임 판에서 어느 자리에 서 있는지, 왕에 대해 무엇을 알고 있는지 알아내는 게 중요했다.

"반지에 대해 좀더 말해봐."

하지만 근위대장은 고개를 저었다.

"우선 거래 조건부터 정하죠."

20

 눈가의 멍은 여전히 심했다. 그래도 일주일 동안 주방에서 일하면서 상처는 꽤 나아졌다. 그 사이 셀레이나는 로완과 변신 훈련을 계속했지만 줄곧 실패했고, 다른 사람들을 거의 피해서 지내다시피 했다. 봄비가 계속 내렸다. 밤마다 주방은 사람들로 들어찼다. 셀레이나는 이야기꾼이 이야기를 시작하기 전에 주방으로 들어와 한쪽 구석의 그림자 진 계단에 앉아 저녁을 먹곤 했다.
 이야기꾼. 엠리스는 웬들린의 페이족과 인간족 사이에서 두루 명예로운 지위로 통하는 이야기꾼이었다. 이야기꾼이 이야기를 시작하면 다른 이들은 조용히 입을 닫고 앉아 들었다. 엠리스는 왕국의 전설과 신화를 모두 머릿속에 담고 있는 살아 있는 도서관이었다.
 그 무렵 셀레이나는 요새 거주민 대부분의 얼굴과 이름을 알게 됐다. 본능적으로 주변 환경과 잠재적인 적, 위협 요소도 파악해나갔다. 그들 또한 그녀를 관찰했다. 셀레이나는 그들에게 다가가 친분을 쌓지 않은 걸 후회하지는 않았다. 거리를 두고 지내야 아무도 성가시게 굴지 않을 테니까.

셀레이나를 귀찮게 하는 유일한 사람은 루카였다. 일을 하다가 셀레이나에게 이런저런 질문을 던지거나 자기가 받고 있는 훈련, 요새에서 도는 소문, 날씨에 관한 얘기를 재잘거리곤 했다. 어느 날 아침, 셀레이나는 침대에서 가까스로 일어섰다. 훈련 중에 생긴 상처 때문에 손바닥이 얼얼했다. 온몸이 무거워서 차가운 바닥에서 발을 떼기조차 힘겨웠다. 뼈까지 무거워진 몸으로 설거지를 하며 멍하니 창밖을 내다보고 있는데 루카가 싱크대에 냄비를 집어넣으면서 조용히 말했다.

"여기 오기 전에 내가 겪은 일에 대해 한동안 얘기를 안 했어요. 며칠은 아예 아무 말도 할 수가 없었죠. 침대에서 일어나기도 힘들었고요. 그래서 말인데…… 하고 싶은 얘기가 있으면……."

셀레이나가 빤히 쳐다보자 루카는 더 이상 수다를 떨지 않았다.

다행히 엠리스는 셀레이나가 숨 쉴 공간을 마련해주었다. 아침 식사 시간에 맬라카이가 주방에 내려오면 특히 더 그랬다. 맬라카이는 셀레이나가 주방에서 말썽을 일으키지 않는지 확인하러 내려오는 것이기도 했다. 셀레이나는 요새에서 커플들을 피해 다녔는데 비좁은 주방에서는 달리 피해 있을 곳도 없었다. 맬라카이와 엠리스가 붙어 있는 모습을 보는 게 싫었다. 엠리스를 볼 때마다 맬라카이가 눈을 빛내는 것도 마음에 들지 않았다. 너무 싫어서 숨이 막힐 지경이었다.

로완에게는 왜 저녁 때 엠리스의 이야기를 들으러 오는지 아직 물어보지 못했다. 사실 그들은 훈련 시간 외에는 서로를 거의 보지 않았다.

말이 좋아 훈련이지 셀레이나는 로완과 함께 있으면서 아무것도 이뤄낸 게 없었다. 아직까지 변신도 제대로 하지 못했다. 로완이 아무리 으르렁거리고 비웃고 윽박질러도 되지 않았다. 훈련 중에 로완이 잠시 자리를 비울 때면 혼자 시도해보기도 했지만 되질 않았다. 로완은 계속 이런 식이면 자극을 주기 위해서라도 묘지로 끌고 가겠다고 위협했다. 하지만 셀레이나가 그곳에 다시 발을 들여놓느니 제 목을 칼로 그어서 죽겠다고 하자 그는 놀랍게도 더 이상 그런 위협은 하지 않았다. 그래서 요즘 그들은 서로에게 욕을 퍼붓고 사원 폐허에 앉아 조용히 기 싸움이나 하고 있었다. 셀레이나가 잔뜩 독이 오르면 그는 장작을 패게 했다. 더 이상 도끼를 들어 올릴 힘도 없고 손바닥에 물집이 잡힐 때까지. 빌어먹을 세상에 화만 내고 있을 거면, 변신도 안 하고 그의 시간만 낭비하게 할 거면 장작이라도 패라는 얘기였다.

하지만 그는 결국 그녀를…… 기다려주고 있었다. 셀레이나가 생각만으로도 진저리치는 변신을 하게 만들기 위해서.

이곳에 온 지 여드레째 되는 날, 셀레이나는 등골이 쑤실 때까지 냄비와 솥을 박박 문질러 닦은 후 이제는 익숙해진 산등성이를 올라가다가 중간쯤에 멈춰 섰다.

"요청할 게 있어요." 셀레이나는 그에게 꼭 필요할 때를 제외하고는 말을 걸지 않았다. "당신이 변신하는 걸 보고 싶어요."

그는 눈을 껌벅였다.

"나한테 명령할 위치는 아니잖아."

"어떻게 하는지 보여 달라고요."

테라센의 페이족에 대한 셀레이나의 기억은 마치 누군가 기름으로 문지른 것처럼 흐릿했다. 그들 중 누군가 변신을 하는 모습을 보았던 것 같지가 않았다. 변신 중에 옷은 어디로 가는지, 그 과정이 얼마나 빠른지도 기억에 없었다. 로완은 '이번 한 번 뿐이야'라고 말하는 듯 단호한 눈빛으로 그녀를 바라보았다. 다음 순간……

부드러운 빛이 번쩍이고 다채로운 색깔이 물결치더니 매 한 마리가 허공에서 퍼덕였다. 제일 가까이에 있는 나뭇가지로 날아간 매는 홰를 타고 앉아 부리를 달각거렸다. 셀레이나는 이끼 낀 땅바닥을 둘러보았다. 그가 입고 있던 옷, 무기의 흔적이 보이지 않았다. 변신 과정은 겨우 몇 초에 불과했다.

로완은 소리를 지르며 날아와 셀레이나의 눈을 향해 발톱을 세웠다. 셀레이나가 매를 피해 나무 뒤로 달려가는 동안 또다시 빛이 번쩍이고 색깔이 물결쳤다. 옷을 입고 무기를 소지한 모습으로 돌아온 로완이 셀레이나에게 조용히 명령했다.

"이제 당신 차례야."

덜덜 떠는 모습을 보여 그를 즐겁게 만들어주고 싶지 않았다. 그의 변신은 정말 대단했다.

"변신한 동안 옷은 어디로 가는 거죠?"

"그 사이 중간쯤에. 신경 안 써."

생기라고는 없는 무심한 눈빛이었다. 셀레이나는 자신의 눈빛도 요즘 저렇다는 느낌을 받았다. 터널에서 아처 핀을 죽인 밤, 케이올이 본 그녀의 눈빛도 저랬을 것이다. 로완은 어쩌다 저렇게 삭막해졌을까?

로완이 위협적으로 이를 드러냈지만 셀레이나는 굴복하지 않았다. 반페이 전사 수컷들은 걸핏하면 으르렁대면서 아무 *때나* 이를 드러냈다. 셀레이나는 테라센에 살았을 때 들은 얘기를 희미하게 기억하고 있었다. 페이 요정족은 전설 속 천상의 존재처럼 온화하지 않았다. 머리에 꽃을 꽂은 채 서로 손 잡고 기둥을 빙글빙글 돌며 춤추는 짓 따위는 하지 않았다. 그들 대다수는 포식자였다. 우월한 여성 페이족 중 일부도 남성 페이족 못지않게 공격적인데 도전을 받거나 분노하거나 심지어 배가 고플 때면 냅다 고함부터 질러댔다. 사실 기질상 셀레이나와 잘 어울려 지낼 것 같기는 했다.

셀레이나는 로완의 시선을 받으며 호흡을 가라앉혔다. 가상의 손가락을 아래로 내려 내면의 페이 형상을 끄집어내는 상상을 했다. 색과 빛의 물결을 머릿속에 그렸다. 본질적 자아가 인간의 육체를 밀어내도록. 하지만…… 원하는 대로 되지 않았다.

셀레이나는 씩씩대며 말했다.

"나랑 이러고 있는 게 당신한테 벌일 수도 있다는 생각이 드네요. 불멸의 여왕에게 무슨 짓을 했는데 이런 벌을 받고 있는 거죠?"

"그분에 대해 함부로 말하지 마."

"아, 어떤 식으로 말하든 내 마음이죠. 종일 나를 비웃고 호통을 치고 장작을 패라고 시키잖아요. 내 혀를 잡아 뽑을 거 아니면—"

번개보다 빠르게 다가온 로완이 손을 뻗어 두 손가락으로 셀레이나의 혀를 움켜잡았다. 숨이 막혀 컥컥대던 셀레이나는 그의 손가락을 힘껏 물었다. 하지만 그는 끝까지 혀를 놓지 않았다.

"다시 한번 말해봐."

혀를 잡힌 셀레이나는 숨이 쉬어지지 않았다. 그에게서 단검을 빼앗아 쥐려고 손을 뻗는 동시에 그의 사타구니 사이를 무릎으로 차올렸다. 그는 물러서기는커녕 오히려 셀레이나에게 몸을 바짝 붙였다. 수백 년 동안 치명적인 훈련으로 다져온 탄탄한 근육이 셀레이나를 나무에 대고 벽처럼 밀어붙였다. 이쯤 되면 셀레이나는 파리 목숨이나 다름없었다. 게다가 혀까지 잡혔으니…….

마침내 로완이 혀를 놓아주자 셀레이나는 헐떡이며 숨을 들이마셨다. 셀레이나는 그에게 온갖 더러운 욕을 퍼부으며 그의 발에 침을 뱉었다. 그 순간 로완이 그녀의 목을 물었다.

날카로운 송곳니가 목과 어깨 사이를 파고 들었다. 원시적인 공격에 놀란 셀레이나가 비명을 질렀다. 너무나 단단하고 집요하게 물려 있어서 옴짝달싹할 수가 없었다. 그는 그대로 셀레이나를 나무에 밀어붙이며 짓눌렀다. 송곳니가 깊게 파고들면서 셀레이나의 셔츠로 피가 흘러내렸다. 속절없이 붙잡히고 말았다. 로완 앞에서 셀레이나는 약골이었다. 한심하고 처량한 약골.

셀레이나는 짐승처럼 으르렁대며 그를 밀쳐냈다.

가슴을 들이받힌 로완은 그녀의 살점을 뜯고 비틀거리며 한 걸음 물러섰다. 셀레이나는 아무런 고통도 느끼지 못했다. 피가 흐르든 말든 빛이 번쩍이든 말든 상관없었다.

그의 목을 물어뜯고 싶을 뿐이었다. 변신을 마친 셀레이나는 가늘고 긴 송곳니를 드러내고 고함을 지르며 그에게 달려들었다.

21

로완은 싱긋 웃었다.
"드디어 됐군."
그의 이빨과 입가, 턱에 피가…… 셀레이나의 피가 묻어 있었다. 침이 섞인 피를 땅바닥에 뱉으며, 그는 생기 없는 눈을 번뜩였다. 피에서 하수관 맛이 나서 그런 모양이라고 셀레이나는 생각했다.
귓속에서 날카롭게 악쓰는 소리가 들렸다. 셀레이나의 입에서 터져 나온 소리였다. 로완에게 달려든 셀레이나는 놀랍도록 명확하게 세상을 인지하고 냄새를 맡았다. 최고급 와인 같은 맛과 향이 났다. 맙소사. 이곳은, 이 왕국은 신성한 향기를 풍겼다. 이건……
변신을 했기 때문에 가능한 일이었다.
더 이상 숨이 차지도 않고 많은 호흡을 필요로 하지도 않는 몸이 되었지만 셀레이나는 숨을 몰아쉬었다. 목덜미가 간질거렸다. 피부의 상처가 서서히 아물고 있었다. 이 몸으로 있으면 인간의 몸일 때보다 치료가 빨랐다. 마법 때문이었다.
'숨 쉬어. 숨 쉬어.'

핏속에서, 손가락 끝에서 솟구치는 들불이 느껴졌다. 주변의 숲은 불쏘시개였다.

셀레이나는 그 힘을 내면으로 밀어 넣으려 안간힘을 썼다. 두려움을 망치로 삼아 그 힘을 아래로 아래로 내리눌렀다.

로완이 조용히 다가오며 말했다.

"발산해. 짓누르려 하지 말고."

심장이 펄떡펄떡 뛰고 눈과 소나무 향이 코끝에 와 닿았다. 로완의 힘이 그녀를 비웃듯 강하게 눌러대고 있었다. 그는 얼음과 바람의 힘을 지녔고, 그녀가 가진 불의 힘과는 속성이 달랐다. 얼어붙게 차가운 힘에 팔꿈치를 공격당한 셀레이나는 나무에 등을 부딪치며 쓰러졌다. 마법의 힘이 그녀의 뺨을 물어뜯었다. 마법이 그녀를 공격하고 있었다.

거센 불길이 푸른 불꽃을 뿜어내며 로완에게 달려들었다. 불길은 나무와 세상, 셀레이나까지도 집어삼켰다. 다음 순간……

불길이 사라졌다. 그녀가 들이마시고 내쉬는 공기처럼 허공으로 자취를 감췄다.

셀레이나는 무릎을 꿇고 주저앉았다. 손톱으로 후벼 파 숨통을 열려는 듯 목을 부여잡는 셀레이나의 눈앞에 로완의 장화 신은 발이 다가왔다. 그의 발길질에 폐 안의 공기가 쭉 빠져나갔다. 숨이 막히면서 드디어 불길이 잡혔다. 어마어마한 힘으로 그녀를 제압한 것이다. 메이브 여왕은 셀레이나에게 그보다 더 대단한 능력을 가진 선생을 붙여줄 수 없었을 것이다. 셀레이나의 불을 꺼뜨릴 수 있는 자, 위협이 된다 싶으면 거침없이 발길질할 수 있는 자는 또 없을 테니까.

잠시 후 공기가 목 안으로 쭉 빨려 들어갔다. 셀레이나는 공기를 거세게 들이마셨다. 다시 인간의 몸으로 돌아가면서도 그녀는 고통을 인식하지 못했다. 세상은 다시 조용하고 칙칙해졌다.

그가 냉랭하게 물었다.

"애인이 당신 정체를 알고 있나?"

셀레이나는 고개를 들었다. 로완이 그걸 어떻게 알아냈는지는 알고 싶지도 않았다.

"그는 다 알아요."

전적으로 진실은 아니었다.

로완이 눈을 실룩거렸다. 어떤 감정인지 셀레이나는 알 수 없었다.

"당신을 다시 물 일은 없을 거야."

셀레이나는 으르렁댔지만 아까처럼 거센 소리가 나오지는 않았다. 송곳니가 없어서일까.

"나를 물어야만 변신을 시킬 수 있어도요?"

그는 산등성이를 향해 올라가며 대답했다.

"다른 수컷의 애인은 물지 않아."

셀레이나는 기운 빠진 목소리로 말했다.

"헤어졌어요. 더 이상 애인은 아니에요."

로완이 어깨너머로 흘끗 돌아보았다.

"이유는?"

담담하고 지루해하면서도 호기심이 담긴 목소리였다. 로완이 진실을 알든 말든 무슨 상관일까? 셀레이나는 손가락 관절이 하얗게 질리도록, 무릎 위로 주먹을 꽉 쥐었다. 반지를 볼 때마다, 이 반지를 문지르고 반짝이는 걸 볼 때마다 심장에 구멍이 뚫리는 기분이었다.

이 망할 반지를 손가락에서 뺐어야 했다. 하지만 이 반지를 끼고 있으면서 꾸준히 고통을 받아야 마땅하다는 생각도 들었다.

"당신처럼 그 사람도 나한테 넌더리를 내게 만들어야 그 사람이 안전해질 것 같아서요."

"한 가지 교훈은 제대로 배웠군." 셀레이나가 무슨 뜻이냐며 고개를 갸웃하자 그가 말했다. "당신이 사랑하는 사람들은 당신을 무너 뜨릴 무기로 쓰이기도 해."

네히미아가 어떤 식으로 쓰였는지 굳이 떠올릴 필요도 없었다. 그들은 셀레이나가 행동에 나서도록 만들기 위해 네히미아를 이용했다. 네히미아의 생김이 점차 잊혀가고 있었지만 아닌 척하고 싶었다.

로완은 턱 끝으로 지시했다.

"다시 변신해봐. 이번에는……"

셀레이나는 네히미아의 모습을 잊어가고 있었다. 그녀의 눈 색깔, 입술, 체취. 웃음소리. 머릿속을 뒤흔들던 고함이 익숙한 허무감으로 잦아든 탓이었다.

그 빛을 꺼뜨리지 말아요.

어떻게 해야 빛이 꺼지지 않도록 막을 수 있는지 알 수 없었다. 속 내를 털어놓을 수 있었던 사람, 그녀를 이해해주던 사람은…… 지금 아무 장식도 없는 무덤 속에 묻혀 있었다. 생전에 사랑했던 햇빛 찬란한 땅이 아니라 어둑하고 그늘진 곳에.

로완이 그녀의 어깨를 잡으며 물었다.

"듣고 있어?"

그의 손가락이 피부를 짓누르고 있었지만 셀레이나는 권태로운 눈빛으로 그를 쳐다보았다.

"또 물지 그래요?"

"채찍으로 맞는 건 어때?"

채찍질을 하고 싶어 안달이 난 표정이라 셀레이나는 눈을 껌벅이며 받아쳤다.

"내 몸에 채찍을 댔다가는 산 채로 껍질을 벗겨놓을 줄 알아요."

그는 셀레이나를 놓아주고는 공터 주변을 천천히 돌았다. 먹이를 찬찬히 바라보는 포식자처럼.

"지금 다시 변신을 하지 않으면 다음 주에는 주방 일이 두 배는 더 늘어날 거야."

"그러든지."

적어도 주방에서 일을 하면 결과라도 눈에 보였다. 주방에서는 돌아가는 상황을 보면 뭘 해야 할지 정도는 알 수 있었다. 하지만 지금 이 훈련은…… 메이브 여왕과 한 약속과 거래는…… 한마디로 멍청한 짓거리였다.

로완은 걸음을 멈췄다.

"당신은 아무 쓸모도 없어."

"내가 모르는 얘길 해주지 그래요."

"10년 전에 죽었으면 세상에 더 보탬이 됐을 거야."

셀레이나는 그를 똑바로 바라보며 말했다.

"그만둘게요."

로완은 그녀를 붙잡지 않았다. 셀레이나는 요새로 돌아가 짐을 쌌다. 애초에 짐을 풀지도 않았고 무기를 찾아서 가져갈 마음도 들지 않았다. 로완이 무기를 보관해둔 곳을 찾으려고 마음만 먹으면 이 요새를 다 뒤집어놓을 수도 있을 것이다. 반페이들이 가진 무기를 훔칠 수도 있었다. 하지만 그러려면 시간이 걸렸고 쓸데없이 관심만 끌게 될 것이다. 셀레이나는 아무하고도 말을 섞지 않고 밖으로 걸어 나갔다.

다른 방법을 통해 워드 열쇠에 관한 정보를 얻고 아달렌 왕을 무너뜨린 뒤 이일웨이를 해방시킬 것이다. 여기서 이따위 훈련을 계속하다가는 싸울 의지마저 잃어버릴 듯했다.

길을 거꾸로 되짚으면 나갈 수 있을 것이다. 나무들이 빽빽한 산비탈로 접어든 셀레이나는 구름으로 뒤덮인 태양의 위치를 보며 방향을 짐작했다. 가다 보면 도중에 먹을 것도 구하고 필요한 것을 얻을 수 있겠지. 처음부터 바보짓을 했다. 시간이 너무 오래 지체됐다. 이제부터라도 원하는 답을 찾기 위해 박차를 가해야 한다. 그러려면······

"늘 이렇게 살아왔나? 힘들어지면 도망치면서?"

로완이 두 나무 사이에 서서 이죽거렸다. 매로 변신해 날아온 게 분명했다.

셀레이나는 그의 옆을 조용히 지나갔다. 비탈을 내려가자니 다리가 뻐근했다.

"당신이 더 이상 내 훈련 교관이 아니니 나도 할 말이 없네요. 당신도 나한테 딱히 할 말이 없을 테고. 우리 모두에게 잘된 일이네요. 지옥으로나 꺼져요."

그가 그르렁거렸다.

"살면서 뭔가를 위해 제대로 싸워본 적은 있어?"

셀레이나는 나지막하고 쓸쓸하게 웃으며 서쪽을 향해 걸음을 재촉했다. 어느 방향이든 상관없었다. 이 남자한테서 멀리 갈 수만 있으면. 하지만 그는 이끼 낀 바닥을 짓이겨가며 쉽게 따라붙었다.

"내 예상을 한 치도 벗어나지 않는군."

"상관없어요."

"메이브 여왕께 어떤 답을 얻어내고 싶었는지 모르겠지만."

"내가 어떤 답을 얻고 싶어 했는지 모른다고요?" 질문이라기보다는 고함에 가까웠다. "아달렌의 왕한테서 세상을 구하는 방법에 대한 거라면요?"

"굳이 왜? 세상은 구할 만한 가치가 없을 수도 있어."

셀레이나는 그 말의 의미를 알았다. 생기라고는 없는 그의 눈빛이 무엇을 말하는지도 잘 알았다.

"약속을 했어요. 친구의 왕국을 해방시켜주겠다고." 셀레이나는 상처가 난 손바닥을 그의 얼굴에 들이밀었다. "절대 깰 수 없는 맹세를 했다고요. 당신과 메이브 여왕은…… 제기랄, 그 약속을 지키는 일을 방해하고 있어요."

셀레이나는 다시 비탈을 내려갔다. 그는 쫓아오며 물었다.

"당신 백성들은? 당신 왕국은?"

"당신 말대로, 내가 없는 편이 그들에게는 더 나아요."

"자신의 왕국은 나 몰라라 하고 남의 왕국을 구하겠다는 거로군. 당신 친구는 왜 자신의 왕국을 스스로 구하지 못하지?"

그가 날카롭게 따지고 들자 그의 몸에서 문신이 이리저리 뭉쳤다.

"죽었으니까요!" 악을 썼더니 목 안이 타는 듯했다. "그 친구는 죽었어요. 난 쓸모도 없는 주제에 이렇게 살아 있고요!"

그는 조용히 그녀를 바라보았다. 셀레이나는 저 아래로 멀어져갔고 그는 더 이상 따라오지 않았다.

얼마나 걸었을까. 어느 방향으로 가고 있는지 알 수 없지만 상관없었다. 네히미아가 세상을 떠난 날 이후로 네히미아에 대해 '죽었다'고 표현한 건 처음이었다. 하지만 네히미아가 죽은 건 사실이었다.

하늘을 뒤덮은 구름 때문에 날이 일찍 저물었다. 멀리서 천둥이 우르릉거리고 기온이 빠르게 떨어졌다. 걸어가면서 날카로운 돌을 주운 뒤 나뭇가지를 다듬어 창 여러 개를 만들었다. 그중 길쭉한 창은 지팡이로 썼다. 나머지는 말뚝 정도의 길이였는데 짧은 것 두 개는 단검으로 쓸 만했다. 이나마도 없는 것보다는 나았다.

걸음을 떼기가 점점 힘겨워졌다. 아직 자기 보호 본능은 남아 있어서 밤을 보낼 만한 곳을 찾아보기 시작했다. 그럭저럭 괜찮은 곳을 찾았을 무렵에는 이미 사방이 어두워져 있었다. 화강암 절벽 면에 있는 야트막한 동굴에서 밤을 보내기로 했다.

불을 피우기 위해 신속하게 나뭇가지를 모았다. 역설적인 상황이지만 깊게 생각하지 않으려 애썼다. 마법을 제대로 제어할 수만 있었으면 이런 고생은 안 해도 되었을 것이다. 하지만 그 생각이 꼬리에 꼬리를 물기 전에 마음 뒤쪽으로 치웠다. 불을 피워본 게 몇 년 만이라 몇 번 시도를 한 끝에 겨우 불을 피울 수 있었다. 이윽고 자그마한 동굴 위쪽에서 천둥 치는 소리가 들리더니 하늘이 열리고 비가 내리기 시작했다.

배가 고팠다. 다행히 자루 아래쪽에 사과 몇 개가 남아 있었고 배러스에서 먹던 테그야도 있었다. 테그야는 오래돼서 씹기가 고역스러웠지만 그럭저럭 먹을 만했다. 음식을 먹고 기력이 좀 생기자 일어서서 망토를 여미고는 동굴 안쪽으로 기어 들어갔다.

작고 빛나는 눈들이 검은 딸기나무 덤불이나 바위, 주변 나무들 사이에서 이쪽을 바라보고 있었다. 처음 이곳에 왔던 날부터 보아왔지만 그것들은 특별히 그녀를 성가시게 하지 않았다. 가까이 온 적도 없었다. 지난 몇 주 동안 고생을 하느라 뒤틀린 본능이지만 위험 신호는 감지되지 않았다. 셀레이나는 그것들에게 굳이 꺼지라고 소리치지 않았다. 별로 신경 쓰고 싶지도 않았다.

불을 피워놓고 빗소리를 듣고 있으니 아늑한 기분이 들었다. 요새의 방보다 나았다. 기운은 없지만 머리는 맑았다. 나뭇가지로 만든 무기도 갖고 있으니 다시 원래의 자신으로 돌아온 기분이었다. 요새를 떠나기로 한 것은 잘한 선택이었다. 해야 할 일을 해. 엘레나는 말했다. 그래. 로완에게 시달려 영혼이 갈기갈기 찢기고 원래의 자신으로 영영 돌아오지 못하는 상태가 되기 전에 떠나기를 잘했다.

내일 새로 시작하면 된다. 부서져가는, 오래전에 잊힌 길을 눈여겨 봐두었다. 그 길을 따라 산을 내려가면 될 것이다. 평지 쪽으로 계속 가면 해안으로 돌아갈 수 있겠지. 가면서 새로운 계획을 떠올리면 된다.

요새를 떠나기로 한 것은 잘한 결정이었다.

기진맥진해진 셀레이나는 한 손에 창을 쥐고 모닥불 옆에 누웠다. 몇 분도 안 되어 잠에 빠져들었다. 갑작스레 사방이 고요해지지 않았다면 그대로 동이 틀 때까지 잤을 것이다.

22

모닥불은 여전히 타닥타닥 소리를 내며 타고 있었고 여전히 비가 내리고 있었다. 하지만 숲이 온통 고요해지면서 그녀를 지켜보던 작은 눈들도 사라졌다. 셀레이나는 한 손에 창을, 다른 손에 말뚝을 들고 웅크렸던 다리를 펴며 일어서 동굴 입구로 조심스레 걸어갔다. 비와 모닥불 때문에 바깥 상황은 잘 분간이 가지 않았다. 온몸의 털이 곤두섰고 숲 저편에서 괴상한 악취가 느껴졌다. 가죽과 썩은 고기 냄새 비슷했다. 묘지에서 맡았던 것과는 또 다른 냄새였다. 좀더 오래되고 흙에 가깝고 진한 허기가 느껴지는 냄새.

문득 모닥불을 피운 게 몹시 어리석은 짓이었음을 깨달았다.

불을 피우지 말 것. 요새까지 이동하는 동안 로완이 지켜온 유일한 규칙이었다. 그들은 길에서 멀리 떨어진 채로, 잊히고 오래된 길 쪽으로는 가까이 가지 않고 이동했다. 지금 셀레이나가 가까이서 보고 있는 길 같은 것은 늘 피했다. 정적이 깊어졌다.

빗물에 흠뻑 젖은 숲으로 조심스레 나아갔다. 돌과 나무뿌리에 발가락을 찧어가면서 어둠에 눈을 적응시켰다. 오래된 길에서 최대한 멀리 빙 돌아서 계속 이동했다. 머물던 동굴이 비탈 저 위쪽에서 빛나는 점처럼 보일 정도로 거리를 상당히 띄웠다. 깜박이는 모닥불 빛이 주변 나무들을 비추고 있었다. 모닥불이 봉화 역할을 하고 있었다. 말뚝과 창을 비스듬히 잡고 번개가 칠 때마다 조금씩 앞으로 나아갔다.

키 크고 흐느적거리는 형체 셋이 동굴 앞쪽에 숨어 있는 게 보였다.

겉모습은 인간과 비슷했지만, 인간이 아님을 뼛속 깊이 느낄 수 있었다. 페이 요정족도 아니었다. 전문가답게 조용히 한 걸음 또 한 걸음을 옮겼다. 그것들은 동굴 입구 주변에 숨어 있었다. 인간보다 키가 훨씬 컸으며 남자도 여자도 아니었다.

스킨워커들이 인간의 생가죽을 수집해 동굴로 가져가려고 돌아다니고 있다고, 훈련 첫날 로완은 경고한 바 있었다. 당시 셀레이나는 너무 지쳐 멍한 상태라 자세히 물어보거나 신경을 쓰지 않았다. 그때 무심코 넘겼던 게 지금 그녀를 죽일 수도 있는 상황이 되고 말았다. 자칫 잘못하면 스킨워커들에게 붙잡혀 가죽이 벗겨질 판이었다.

웬들린. 악몽이 살아 숨 쉬고, 전설 속 존재들이 배회하는 땅. 수년간 잠행 훈련을 받았는데도 발을 디딜 때마다 자꾸만 무언가를 잘못 밟아 딱 소리가 났다. 숨소리도 점점 커지고 있었다.

천둥이 우르르 울렸다. 셀레이나는 그 소리를 틈타 몇 걸음씩 빠르게 이동했다. 또 다른 나무 뒤에서 걸음을 멈추고 최대한 조용히 숨을 들이마셨다. 그 나무에 몸을 숨긴 채 비탈 쪽을 다시 돌아보았다. 그 순간 번개가 번쩍였다. 동굴 앞에 있던 세 형체는 사라졌는데 주변에서는 여전히 가죽 냄새와 고기 썩은 냄새가 진동했다.

'인간의 살가죽 냄새구나.'

셀레이나는 몸을 숨기고 있던 나무를 눈여겨보았다. 줄기에 이끼가 잔뜩 낀 데다 빗물에 젖어 있기까지 해서 기어 올라가기에는 무리가 있었고 가지의 위치도 너무 높았다. 다른 나무들도 별반 다르지 않았다. 벼락이 치는 폭우 속에서 나무를 붙잡고 있는 것도 위험한 일이었다.

잔가지나 낙엽을 밟지 않으려고 조심하면서 그 옆의 나무로 옮겨 갔다. 이동 속도가 너무 느려 속으로 욕이 나왔다. 결국 에라 모르겠다 하고 달리기 시작했다. 발밑의 흙에 이끼가 끼어 있어 상당히 미끄러웠다. 나무들, 큼직한 바위들을 분간할 수는 있었지만 경사가 가팔랐다. 미끄러지지 않으려고 안간힘을 쓰며 내려가는데 등 뒤에서 덤불을 밟고 따라 내려오는 발소리가 들렸다.

평평한 곳을 찾아 비탈을 달려가다 보니 나무와 바위에서 시선을 뗄 여력이 없었다. 놈들의 사냥 구역이 이 부근 어딘가에서 끝난다면, 동트기 전에 놈들을 따돌릴 수도 있을 것이다. 동쪽으로 방향을 틀어서 계속 아래로 내려가다가 나무줄기를 붙잡으면서 몸이 옆으로 홱 돌았다. 휘청하고 넘어질 뻔하다 단단하고 굳건한 무언가에 부딪혔다.

깜짝 놀라 말뚝을 휘둘렀다. 그 순간 커다란 두 손이 그녀의 팔목을 붙잡았다. 상대의 손가락이 파고들면서 손목에 통증이 느껴졌다. 이 상태에서 말뚝으로 찌르는 것은 도저히 불가능했다. 몸을 뒤틀어 발로 걷어차려는데 송곳니가 보였다. 아니, 자세히 보니 송곳니가 아니라 그냥 치아였다. 번득이는 생가죽을 몸에 뒤집어쓴 것도 아니었다. 빗물에 젖어 빛나는 은발이었다. 그녀를 끌어당겨 속이 빈 나무에 몸을 붙이도록 한 것은 바로 로완이었다.

셀레이나는 숨소리를 내지 않으려 애썼지만 쉽지 않았다. 로완은 그녀의 어깨를 잡고 입술을 귀 가까이 갖다 댔다. 쫓아오던 요란한 발소리도 덩달아 멈췄다. 로완은 빗소리보다 더 조용히 속삭였다.

"내 말 똑똑히 듣지 않으면 오늘 밤에 당신은 죽어. 알겠어?" 셀레이나는 고개를 끄덕였다. 로완은 그녀를 품에서 놓아준 뒤 칼과 날카로운 손도끼를 손에 들었다. "여기서 살아남을 수 있을지는 당신하기에 달렸어." 악취가 다시 심해지고 있었다. "당장 변신해. 인간인 채로 있으면 속도가 느려서 죽어."

셀레이나는 긴장해서 몸이 굳어졌지만, 이내 실낱같은 힘이나마 끄집어내려고 안간힘을 썼다. 하지만 내면에는 아무것도 없었다. 변신을 위한 계기가 있어야 하지 않을까. 내면에 담긴 무언가를 자극해 명령을 해야 가능할 것이다. 금속을 돌에 천천히 날카롭게 갈아대는 소리가 비 사이로 울려 퍼졌다. 한 번. 또 한 번. 놈들은 바위에 대고 칼을 갈고 있었다.

"당신 마법으로……"

"저것들은 공기를 호흡하지 않아. 그러니 숨통을 끊어서 죽일 수도 없어. 얼음 마법으로 저것들의 속도는 늦출 수 있지만 완전히 막지는 못해. 바람을 일으켜서 우리 냄새를 멀리 실어 보낼 수는 있지만 잠시뿐이야. 그러니 *변신해*, 에일린."

이건 시험도 아니고 정교한 속임수도 아니었다. 스킨워커가 공기로 숨을 쉬지 않는 것도 사실이었다. 번개가 그들이 숨어 있는 작은 은신처를 드러낸 순간, 로완의 문신도 빛을 냈다.

"잠시 후에 다시 뛰어야 돼. 우리가 달리기 시작할 때 당신이 어떤 형상으로 있는지가 우리 운명을 결정하게 될 거야. 자, 숨 쉬고 변신해."

본능이 악을 쓰며 반대했지만 셀레이나는 눈을 감고 숨을 들이마셨다. 한 번, 다시 또 한 번. 폐를 열어 시원하고 편안하게 공기를 들이마셨다. 로완이 호흡을 돕고 있는 걸까.

그는 셀레이나를 살리기 위해 끔찍한 죽음을 각오하고 있었다. 그는 그녀를 혼자 내버려두지 않았다. 셀레이나는 혼자가 아니었다.

로완은 나지막하게 욕을 내뱉으며 셀레이나를 몸으로 밀어붙였다. 그녀를 보호하려는 듯이. 아니, 보호가 아니었다. 번갯불에 노출되지 않도록 그녀를 숨긴 것이다.

통증을 느낄 새도 없었다. 페이족의 감각이 자리를 잡자 셀레이나는 구역질이 치밀어 올라 손으로 입부터 막았다. 아, 맙소사. 끔찍한 썩은 내. 지금까지 다뤄온 어떤 시체보다 더 심한 악취였다.

섬세한 뾰족 귀 덕분에 이제 그것들의 발소리를 잘 들을 수 있게 됐다. 스킨워커 세 명은 체계적으로 움직이며 비탈을 내려오고 있었다. 나지막하고 괴상한, 허기에 찬 목소리로 저희끼리 말을 주고받았다. 남성도 여성도 아닌, 그 두 가지가 섞인 목소리였다.

스킨워커 하나가 날카롭게 내뱉었다.

"두 명이야. 페이족 수컷이 암컷한테 붙었어. 난 수컷을 가질래. 수컷한테서 폭풍과 강철 냄새가 나." 셀레이나는 목구멍을 타고 넘어오는 악취에 욕지기가 났다. "암컷은 데려가자. 조금 있으면 새벽이야. 데려가서 천천히 가죽을 벗기자."

셀레이나를 두고 앞으로 걸어간 로완은 주변 숲을 둘러보며 나지막하게 말했다. 바로 옆에 있지 않았지만 그의 목소리가 명확히 들렸다.

"동쪽으로 500미터쯤 떨어진 곳에 유속이 빠른 강이 있어. 큰 절벽 면 아래쪽이야." 그는 셀레이나 쪽을 보지도 않고 길쭉한 칼 두 자루를 내밀었다. 셀레이나는 고맙다는 인사도 없이 조용히 말뚝을 버리고 그가 내민 칼의 상아 칼자루를 받아 쥐었다. "내가 뛰라고 하면 죽어라고 뛰어. 내가 밟는 자리를 따라 밟아. 무슨 일이 있어도 다른 데로 새지 마. 나와 거리가 벌어지면 직선 방향으로 뛰어. 강물이 흐르는 소리가 들릴 거야." 그는 전장에 나선 지휘관처럼 명확하고 위험한 명령을 내렸다. 그가 나무 너머를 내다보았다. 이제 사방에서 압도적인 악취가 밀려들고 있었다. "놈들에게 잡혀도 어차피 인간의 무기로는 놈들을 못 죽여. 놈들한테서 풀려날 때까지 싸우다가 다시 도망치는 수밖에 없어."

셀레이나는 고개를 끄덕였다. 숨쉬기가 다시 힘들어졌다. 비가 억수같이 쏟아졌다.

"신호할 테니 기다려." 셀레이나가 예민해진 감각을 동원해도 맡거나 들을 수 없는 것들을 그는 맡고 들으며 말했다. "서두르지 마……."

셀레이나는 로완을 따라서 바닥에 웅크렸다.

"이리 나와. 이리 나오라니까."

스킨워커들 중 하나가 쌕쌕거리는 목소리로 그들을 불렀다. 거리가 가까워서 마치 나무 안에서 그 소리가 들려오는 듯했다. 서쪽 덤불에서 갑자기 바스락 소리가 들렸다. 두 사람이 달려가는 듯한 소리였다. 스킨워커들이 바스락거리는 나뭇가지와 잎사귀 소리를 쫓아가자 악취도 옅어졌다. 로완이 바람을 일으켜 소리를 내 그들을 반대 방향으로 유인한 것이다.

"지금이야."

로완이 나지막하게 말하고는 나무 뒤에서 달려나갔다.

셀레이나도 뛰었다. 아니, 뛰려고 애썼다. 덤불과 바위, 나무가 계속 앞을 가로막았다. 로완은 봄비로 불어나 점점 거세지는 강물을 향해 달려가고 있었다. 그는 셀레이나의 예상보다 느렸는데 그녀를 위해 느리게 가고 있는 모양이었다. 페이족 몸으로 변신한 셀레이나가 달라진 몸에 적응하느라 제대로 달리지 못하는 탓이었다.

발이 미끄러지며 휘청한 순간 그의 손이 그녀의 팔꿈치를 잡아 바로 세워주었다.

"더 빨리 뛰어."

그가 말했다. 셀레이나가 균형을 잡고 서자 그는 다시 퓨마처럼 나무 사이를 쏜살같이 달려갔다.

1분도 채 안 돼서 강력한 악취가 다시 발끝에 와 닿고 덤불을 헤치고 오느라 버스럭거리는 소리가 가까워졌다. 하지만 셀레이나는 로완에게서, 점점 환해지는 머리 위쪽, 나무들의 경계선에서 시선을 뗄 수가 없었다. 이제 조금만 더 가면 강이었다…….

그 순간 난데없이 네 번째 스킨워커가 뛰어나왔다. 덤불 속에 숨어 있던 그것은 로완에게 곧장 달려들었다. 스킨워커의 긴 팔다리를 뒤덮은 가죽에 무수한 상처가 새겨져 있었다. 아니, 그것은 상처가 아니라…… 꿰맨 자국이었다. 여러 개의 가죽을 이어 붙이고 바느질한 자국이었다.

스킨워커가 달려든 순간 셀레이나가 비명을 질렀으나 로완은 흐트러짐 없이 몸을 숙였다가 말도 안 되게 빠른 속도로 돌아섰다. 로완은 칼로 놈을 베고 손도끼로 내려찍었다.

스킨워커의 팔이 몸에서 분리되고 머리가 목에서 잘려나갔다.

로완의 움직임과 처단 방식에 놀랄 새도 없이 셀레이나는 멈추지 않고 뛰는 로완의 뒤를 따라갔다. 그녀는 로완이 잘라낸 스킨워커의 몸뚱이를 힐끗 돌아보았다.

가죽 일부가 마치 벗어놓은 옷처럼 힘없이 떨어져 있었다. 하지만 그 가죽은 누군가 다시 바느질로 이어 붙여주길 기다리는 듯 움찔거리며 버스럭버스럭 소리를 냈다. 로완은 여전히 저만치 앞서가고 있었지만 셀레이나도 점점 달리는 속도가 빨라졌다.

스킨워커들은 분노에 찬 함성을 내지르며 뒤에 바짝 따라붙었다. 그러다 갑자기 조용해지면서 그것들 중 하나가 헐떡이며 말했다.

"강으로 가면 살 수 있을 것 같아?" 그것의 웃음소리가 셀레이나의 뼈까지 뒤흔들었다. "우리가 물에 젖으면 형태를 유지하지 못할 줄 알고? 인간 가죽을 구하기 어려워서 생선 껍질을 기워 넣었으니 걱정마라, 이 암컷아."

강에서 벌어질 혼란스러운 상황이 셀레이나의 머릿속에 그려졌다. 몸이 젖혀지고 물속에서 숨이 막히면서 머리가 빙빙 도는 장면이 떠올랐다. 무언가가 그녀를 끝도 없는 강바닥으로 끌고 내려가지 않을까.

"로완." 셀레이나는 숨찬 소리로 그를 불렀다. 하지만 로완의 커다란 몸은 이미 절벽 끝을 밟고 도약하고 있었다.

추격자들은 속도를 늦추지 않았다. 놈들은 곧 달려들 것이다. 저것들을 죽일 방법은 없었다. 인간의 무기로는 상대가 되지 않았다. 내면의 우물이 찢기듯 열렸다. 거대하고 굳건하며 무시무시한 힘이 그 속에 도사리고 있었다. 인간의 무기로는 스킨워커들을 죽일 수 없다고 로완이 말했다. 그렇다면 불멸의 무기로는?

셀레이나는 앞으로 튀어나간 절벽 끝을 향해 나무 사이로 달려나갔다. 화강암 바닥을 밟고 다리와 폐, 팔에 온 힘을 주며 뛰었다.

추락하면서 몸을 돌려 절벽 위를 올려다보았다. 비 내리는 어두운 밤공기 속으로 비쩍 마른 세 개의 형체들이 의기양양하고 기대에 찬 원초적인 환호성을 내지르며 뛰어내리고 있었다.

"*변신해요!*"

셀레이나는 로완에게 경고했다. 불이 번쩍인 것으로 보아 로완이 변신한 듯했다.

그녀는 내면의 우물에서 모든 것을 끄집어냈다. 분노로 들끓는 절망적인 마음으로 내면의 힘을 이끌어냈다.

머리카락이 얼굴을 후려쳤다. 스킨워커들을 향해 두 손을 뻗었다.

"이거나 처먹어."

셀레이나는 나지막하게 말했다. 세상이 푸른 불길에 휩싸였다.

강변에 주저앉은 셀레이나는 몸을 덜덜 떨었다. 춥고 기진맥진하고 겁이 났다. 스킨워커들 때문에, 그리고 자신이 한 일 때문에 두려웠다.

로완의 옷은 변신 과정에서 다 말랐다. 그는 몇 걸음 떨어진 곳에 서서 강 위쪽의 시커멓게 거슬린 절벽을 살펴보고 있었다. 셀레이나가 스킨워커들을 불로 소각한 흔적이었다. 그것들은 비명을 내지를 새도 없이 불에 타버렸다.

셀레이나는 두 팔로 몸을 감싼 채 무릎을 꿇고 웅크리고 앉아 있었다. 숲이 불에 활활 타고 있었다. 범위가 어느 정도인지 짐작도 되지 않았다. 그녀의 무기, 그녀가 가진 힘으로 한 일이었다. 칼이나 화살, 손 같은 무기와는 차원이 달랐다. 이건 저주였다.

몇 번 입을 열었다가 닫은 셀레이나는 마침내 소리 내어 물었다.

"당신이 불을 끌 수 있죠?"

"당신도 마음만 먹으면 할 수 있어." 그가 말을 이었다. "거의 다 껐어." 잠시 후 절벽 가까운 곳의 불이 다 꺼졌다. 로완은 얼마 동안이나 불을 끄고 있었던 걸까? "다른 무언가가 불을 보고 달려들면 곤란하니까."

받아칠 수도 있었지만 너무 지치고 추워서 입이 떨어지지 않았다. 한동안 침묵이 흘렀다. 마침내 셀레이나가 다시 입을 뗐다.

"왜 내게 변신을 요구하는 거죠?"

"변신 때문에 당신이 겁을 먹으니까. 능수능란하게 변신할 수 있어야 힘을 제어하는 법을 배울 수 있어. 힘을 제어하지 못하는 상태에서 아까처럼 힘을 폭발시켰다가는 제 몸을 태워버리기 십상이거든."

"무슨 뜻이에요?"

그는 매섭게 쳐다보며 되물었다.

"변신할 때 어디서 힘을 이끌어내는 느낌이었지?"

셀레이나는 생각 끝에 대답했다.

"우물이요. 우물에서 마법을 퍼내는 것 같았어요."

"우물 바닥이 느껴졌어?"

"바닥이 있어요?"

제발 바닥이 있기를 바랐다.

"모든 마법에는 바닥이 있어. 그걸 한계점이라고도 해. 약한 마법력인 경우 쉽게 고갈되고 쉽게 다시 채워져. 즉각적으로 힘을 끌어다 쓸 수 있지. 하지만 강력한 마법력의 경우에는 바닥에 닿을 때까지 최대한으로 힘을 끄집어내서 수 시간 동안 쓸 수가 있어."

"당신은 몇 시간이나 쓸 수 있어요?"

"하루." 그의 대답에 셀레이나는 움찔했다. "전투를 시작하기 전에 우리는 시간을 두고 차츰 힘을 끌어올려. 걸어서 전장에 도착했을 때 제일 강력한 힘을 발휘할 수 있는 상태로 만드는 거지. 그동안 다른 일도 볼 수 있어. 몸의 일부는 우물의 바닥에 다다를 때까지 마법력을 위로 계속 끌어올리는 거야."

"힘을 끌어 올려서 거대한 파도처럼 내보내는 거예요?"

"원하는 대로 하는 거지. 조금씩 오래 내보낼 수도 있어. 제어하기 쉽지는 않지만. 그럴 땐 적과 친구가 구분이 잘 안 되기도 해."

몇 달 전 문 너머 또 다른 세상을 향해 힘을 쏟아부었을 때 셀레이나는 그 힘을 제어하지 못했다. 악귀를 치려다가 케이올을 다치게 할 수도 있겠다는 생각을 했다.

"그렇게 마법력을 쓰고 나면 기운을 회복하는 데 얼마나 걸려요?"

"며칠. 힘을 어떻게 얼마나 썼느냐에 따라 일주일이 걸리기도 해. 재충전이 되기 전에 힘을 끌어내 쓰다가 혹은 너무 오래 힘을 억누르다가 정신이 이상해지거나 제 몸이 타버리기도 하지. 당신이 지금 몸을 떨고 있는 건 강물에 빠졌기 때문만은 아니야. 지금은 마법력을 다시 끌어다 쓸 수 없는 상태라고 몸이 알려주는 거야."

"우리 핏속의 철분이 마법력을 억누르는 구실을 해요?"

"마법력이 없는 적들은 우리와 맞서 싸울 때 종종 그런 방법을 사용하기도 해. 사방을 철로 두르지." 셀레이나가 자세한 설명을 요구하며 눈썹을 치켜뜨자 그가 덧붙였다. "전에 한 번 포로가 된 적이 있어. 동쪽에서 전투를 치르다가 그렇게 됐지. 지금은 존재하지 않는 왕국에서 겪은 일이야. 놈들은 내가 자기네 폐에서 공기를 모조리 빼버리지 못하게 하려고 내 머리부터 발끝까지 전부 쇠 족쇄를 채웠어."

셀레이나는 나지막하게 휘파람을 불었다.

"고문을 당했어요?"

"부하들이 구하러 올 때까지 놈들에게 두 주 동안 붙잡혀 있었어."

그는 완갑을 풀고 오른 소매를 걷어 올려 팔뚝과 팔꿈치 주변에 곡선형으로 굵게 새겨진 참혹한 상처를 보여주었다. "내 살을 갈가리 찢고 이쪽 뼈를 끄집어냈어……"

"무슨 일을 당했는지, 어떤 상황이었는지 충분히 알겠어요."

셀레이나는 속이 울렁거렸다. 그의 팔에 새겨진 상처가 끔찍해서가 아니었다. 샘 때문이었다. 샘은 셀레이나가 아는 가장 가학적인 살인자에게 붙잡혀 꼼짝없이 묶인 채 온몸을 난자당했다.

로완은 조용하지만 거칠게 물었다.

"당신도 당했나? 아니면 아는 사람?"

"내가 갔을 땐 너무 늦었어요. 그 친구는 살아남지 못했어요." 또다시 침묵이 흘렀다. 괜한 얘기를 했다 싶어 셀레이나는 후회가 됐다. 그녀는 쉰 소리로 말했다. "구해줘서 고마워요."

그는 살짝 어깨를 으쓱하는 것으로 대답을 대신했다. 그녀의 감사 인사가 그녀의 증오나 침묵보다 견디기 힘들다는 듯이.

"나는 여왕께 결코 깰 수 없는 피의 충성 맹세를 했어. 그래서 당신이 죽게 둘 수 없었던 것뿐이야." 예전처럼 묵직한 감정이 셀레이나의 혈관 속에 들어찼다. "당신이 아니라 다른 사람이었어도 스킨워커들에게 당하게 두진 않았어."

"미리 경고를 해줬으면 좋았을 텐데요."

"몇 주 전에 그것들이 돌아다닌다고 말했잖아. 오늘 경고를 해줬어도 당신은 듣지 않았을걸."

그건 사실이었다. 셀레이나는 다시 몸이 떨렸다. 인간의 몸으로 돌아와서인지 이번에는 몹시 심하게 떨렸다. 페이족의 몸일 때도 춥기는 했지만 인간의 몸으로 돌아와서 느끼는 추위와는 비교도 되지 않았다.

"조금 전 변신할 때 어떤 자극 요소에 반응한 거지?"

지금이 기회라는 듯한 말투였다. 셀레이나는 어떻게든 온기를 얻으려 두 팔을 문지르며 대답했다.

"그런 거 없어요." 그는 침묵으로 자세한 정보를 요구했다. 그게 공정한 거래라는 듯이. 셀레이나는 한숨을 쉬며 덧붙였다. "두려움과 필요성, 뿌리 깊은 생존 본능이 변신을 자극했다고 해두죠."

"변신한 직후에 통제 불능이 되지는 않더군. 마법력을 사용하면서 옷이나 머리카락을 다 태우지도 않았어. 갖고 있던 칼도 녹지 않았고."

자기가 준 칼이 셀레이나에게 있다는 게 기억난 듯 그는 곧바로 칼 두 자루를 가져갔다.

그의 말이 옳았다. 변신을 한 순간 마법은 그녀를 집어삼키지 않았다. 사방으로 폭발적인 불길이 뻗어나갔지만 셀레이나는 자신의 몸을 온전히 지킬 수 있을 만큼 힘을 제어해냈다. 머리카락 한 올 타지 않았다.

"이번에는 뭐가 달랐지?"

"당신이 나를 구하려다가 죽지 않길 바랐어요."

"자기 목숨을 구하려고 변신한 건 아니고?"

"나에 대해 그렇게 잘 알면서 무슨 대답을 바라요?"

그는 그녀가 한 말을 이리저리 곱씹는지 한참을 말이 없었다. 그러다 팔짱을 끼며 다시 입을 열었다.

"떠나지 마. 주방에서 두 배로 일하는 건 그대로겠지만, 떠나지 말고 여기 있어."

"왜요?"

그는 몸에 두르고 있던 망토를 풀었다.

"그냥 내 말에 따르면 돼."

로완이 물기 없고 따뜻한 망토를 던져주지 않았다면 셀레이나는 그런 엉터리 같은 이유는 들어본 적도 없다고, 거만 떨지 말라고 받아쳤을 것이다. 그는 재킷도 벗어서 셀레이나의 무릎에 던져주었다. 그리고 돌아서서 요새를 향해 걷기 시작했고, 셀레이나가 그 뒤를 따라갔다.

23

 지난 일주일 동안 블랙비크 마녀들은 큰 변화 없는 생활을 이어갔다. 와이번을 타는 데 익숙해지기 위해 매일 비행을 나갔고, 하루에 두 번씩 식당에서 다른 가문의 마녀와 마주쳐도 요령껏 피했다. 엘로레그스 후계자가 틈만 나면 마논에게 시비를 걸었지만 마논은 머리 주변을 성가시게 날아다니는 각다귀 정도로 취급했다.
 드디어 각 마녀 가문에 속한 마녀 단원들이 전용 와이번을 선택하는 날이 됐다.
 노던팽의 훈련장 주변에 세 대마녀와 세 마녀단이 모여들었다. 총 42명의 마녀들이었다. 전망대 아래쪽에서 조련사들이 부지런히 준비를 하고 있었다. 잠시 후 와이번들이 한 마리씩 훈련장으로 입장할 예정이었다. 미끼로 쓰이는 쭉정이 와이번을 이용해 정식 와이번의 자질을 살펴볼 시간이었다. 다른 마녀들과 마찬가지로 마논도 매일 와이번 우리를 몰래 찾아가곤 했다. 마논은 여전히 타이투스를 원했다.
 단순히 원하는 정도가 아니었다. 타이투스는 내 것이라고 찜해두었다. 다른 마녀가 타이투스를 차지하려고 나서면 배를 찢고 내장을 뜯어놓을 작정이었다. 오늘 아침 만약의 사태에 대비해 손톱을 날카롭게 갈아두었다. 마논을 보좌할 열세 마녀단의 단원들도 마찬가지였다.

하지만 분위기를 보아 하니 와이번 선택은 교양 있는 방식으로 이루어질 듯했다. 세 대마녀들은 두 명 이상이 한 와이번을 갖고 싶어 할 경우 제비를 뽑아 주인을 정하기로 했다. 마논은 누가 타이투스를 갖고 싶어 할지 짐작이 갔다. 옐로레그스의 후계자 이스크라와 블루블러드의 후계자 페트라일 것이다. 마논은 그들이 타이투스를 탐내는 눈빛으로 바라보는 것을 목격했다. 마논이 타이투스를 갖겠다고 나서면 그들은 대련이라도 하자고 할 것이다. 마논이 예상을 털어놓자 할머니는 제비뽑기로 정할 것이니 쓸데없이 다툴 필요 없다고 일축했다.

마논은 그런 식으로 결정되는 게 마뜩잖았지만, 어쩔 수 없이 애스터린과 함께 앞쪽이 탁 트인 전망대에 가 섰다. 구덩이 뒤쪽에서 묵직한 격자문이 위로 올라가자 신경이 곤두섰다. 미끼 와이번은 피로 얼룩진 벽에 사슬로 묶여 있었다. 다른 와이번 수컷의 절반 밖에 안 되는 그 쭉정이 와이번은 여기저기 깨지고 상처투성이인 채로 양 날개를 접고 움츠린 모습이었다. 전망대에서 내려다보니 다른 귀한 와이번들에게 함부로 대들지 못하도록 독을 뿜는 꼬리의 돌기까지 잘라낸 상태였다.

미끼 와이번이 고개를 푹 숙이고 있는데 격자문이 열리고 첫 번째 와이번이 위풍당당하게 구덩이로 걸어 나왔다. 첫 번째 와이번에게 연결된 사슬을 단단히 붙잡고 있던 창백한 얼굴의 군인들은 와이번이 격자문을 통과하자마자 무시무시한 꼬리를 피해 얼른 뒷걸음질

쳤다. 격자문이 곧바로 닫혔다.

그제야 마논은 숨을 내쉬었다. 타이투스가 아니라 몸집이 중간 정도 되는 수컷 와이번이었다.

그 와이번을 차지하고 싶어 하는 파수병 셋이 앞으로 나서자 블루블러드 대마녀 크리시다는 손을 들어 올리며 말했다.

"저 와이번의 행동을 보고 결정해라."

군인 한 명이 날카롭게 호각을 불자 그 와이번이 미끼에게 다가갔다.

수컷 와이번은 마논조차 긴장해 숨을 죽일 만큼 빠르고 잔인하게 이빨과 비늘, 발톱으로 미끼를 공격했다. 사슬에 매인 미끼 와이번은 저항도 제대로 못 하고 제압당했다. 그리고 이내 수컷 와이번의 커다란 주둥이에 목을 물리고 말았다. 끝을 내도 좋다는 명령과 함께 호각 소리가 들렸으면 수컷 와이번은 미끼의 목을 부러뜨리고도 남았을 것이다.

하지만 군인은 낮은 소리로 호각을 불어 수컷 와이번을 물러서게 했다. 한 번 더 호각을 불자 수컷 와이번은 바닥에 웅크리고 앉았다. 그 모습을 본 파수병 두 명이 더 앞으로 나섰다. 총 다섯 명이 경쟁자로 나선 것이다. 크리시다는 잔가지 한 줌을 경쟁자들에게 내밀었다.

제비를 잘 뽑아 수컷 와이번의 주인이 된 파수병은 다른 파수병들에게 싱긋 웃어 보이고는, 터널 안쪽으로 돌아가는 자신의 와이번을 내려다보았다. 미끼 와이번은 옆구리에서 피를 흘리며 벽 쪽 그림자 속으로 들어가 웅크렸다.

그 후 와이번들이 차례로 나와 빠르고 잔혹하게 미끼를 공격했고 파수병들이 나서서 와이번을 선택했다. 아직까지 타이투스는 나오지 않았다. 대마녀들은 와이번 선택을 일종의 시험으로 여기고 있는 듯했다. 후계자들이 최상의 와이번이 등장할 때까지 자제하며 기다릴 수 있는지, 누가 제일 마지막까지 버티는지를 보려는 것일까. 마논은 차례로 등장하는 와이번들과 다른 후계자들을 눈여겨보았다. 와이번들이 한 마리씩 나올 때마다 다른 후계자들도 마논의 눈치를 살폈다.

뜻밖에도 블루블러드의 후계자 페트라는 거대한 몸집의 암컷 와이번을 차지하겠다고 나섰다. 몸집은 타이투스와 비슷했는데, 조련사들이 저지하기 전에 미끼의 옆구리를 콱 물었다. 거칠고 예측 불가능하며 치명적인, 굉장한 와이번이었다.

블루블러드 후계자에게 도전하겠다고 나선 마녀는 없었다. 블루블러드 대마녀는 알겠다는 듯 페트라에게 짧게 고개를 끄덕여 보였다. 페트라가 어떤 와이번을 고르려 했는지 이미 알고 있었던 듯했다.

애스터린은 정찰에 쓰기 좋은 몸 색깔을 지닌 교활한 눈빛의 사나운 암컷 와이번을 선택했다. 애스터린은 정찰 임무에 관해서는 타의 추종을 불허했는데, 밤늦게까지 마논과 다른 파수병들과 논의한 끝에 향후에도 계속 정찰을 담당하기로 했다.

그래서 연푸른색 암컷 와이번이 구덩이로 나오자 애스터린이 그 와이번을 갖겠다고 나선 것이었다. 애스터린이 사납기 그지없는 눈빛으로 주위를 돌아보자 아무도 감히 도전하지 못했다.

마논은 계속해서 터널 입구를 주시했다. 블루블러드의 후계자 페트라가 몰약과 로즈메리 향을 풍기며 옆으로 다가왔다. 애스터린이 경고의 뜻으로 나지막하게 으르렁거렸다.

페트라는 터널을 바라보며 낮은 목소리로 마논에게 물었다.

"타이투스를 기다리나 봐?"

"그렇다면?"

"이스크라보다는 네가 타이투스를 갖는 편이 좋겠어."

페트라의 평온한 얼굴은 속내를 읽기 어려웠다.

"나야 그러고 싶지."

확실하지는 않지만 뭔가 다른 꿍꿍이가 있는 듯했다.

둘이 소곤거리는 모습을 본 다른 이들도 그렇게 생각할 것이다. 이스크라가 마논의 다른 쪽 옆으로 어슬렁거리며 다가와 물었다.

"벌써 계략을 꾸미고 있어?"

페트라는 턱을 치켜들었다.

"타이투스가 마논에게 잘 맞는 와이번이라는 생각이 들어서 말이야."

줄을 서겠다는 건가, 라고 마논은 생각했다. 블루블러드 대마녀는 페트라에게 마논에 대해 무슨 말을 했을까? 대체 무슨 음모를 꾸미고 있는 거지? 이스크라는 입꼬리를 살짝 올려 희미하게 웃으며 말했다.

"세 얼굴의 여신이 뭐라고 말씀하실지 두고 보면 알겠지."

마논이 받아치려는데 타이투스가 천둥처럼 요란하게 등장했다.

타이투스의 덩치와 흉포한 생김새는 볼수록 감탄이 나왔다. 타이투스를 사슬로 묶어 격자문 너머로 데리고 나온 군인들은 타이투스가 돌아서서 으르렁대기 전에 부리나케 격자문 뒤로 도망쳐 들어갔다. 소문으로는 저렇게 잘 도망친 경우가 몇 번 없다고 했다. 하지만 기수를 잘 만나면 타이투스도 무릎 꿇고 명령을 따르지 않을까.

타이투스는 호각 소리를 기다리지도 않고 미끼 와이번에게 달려들어 가시 돋친 꼬리로 후려쳤다. 사슬에 묶인 미끼는 타이투스의 공격을 예상한 듯 놀라울 정도로 빠르게 몸을 숙여 피했다. 타이투스의 꼬리는 바위에 가서 박혔다.

돌 파편이 미끼에게 우수수 떨어졌다. 미끼는 뒤로 움찔거리며 물러섰고 타이투스는 다시 꼬리를 휘둘렀다.

벽에 사슬로 묶여 있는 상태라 미끼는 자유로이 반격할 수도 없었다. 그만하라는 뜻으로 호각이 울렸지만 타이투스는 멈추지 않았다. 길들지 않은 야생의 유연한 몸짓으로 사납게 달려들었다.

미끼가 비명을 내질렀다. 마논은 페트라가 그 소리에 움찔하는 것을 보았다. 와이번이 내지르는 고통에 찬 비명은 처음 들어봤다. 타이투스는 궁둥이를 바닥에 대고 앉았다. 그제야 마논은 타이투스가 미끼의 어느 부분을 공격했는지 볼 수 있었다. 바로 다른 와이번에게 공격받아 생긴 상처 부위였다.

어디를 쳐야 상대가 제일 심한 통증을 느끼는지 아는 것이다. 와이번이 지능적인 생물이라는 건 알고 있었지만 대체 어느 정도인 걸까? 다시 호각 소리와 함께 채찍 소리가 들렸다. 타이투스는 어떻게 또 공격할지를 생각하는 듯 미끼 앞에서 천천히 서성였다. 이 순간을 즐기면서 갖고 놀려는 것이다. 마논은 등줄기를 타고 소름이 쫙 끼칠 만큼 기분이 좋았다. 타이투스 같은 와이번을 타고 적들을 갈기갈기 찢어놓을 수 있다면······.

"그렇게 저 녀석이 탐나면······." 옆에서 이스크라의 나지막한 목소리가 들려왔다. 이스크라는 마논과 겨우 한 발자국 떨어진 곳에 서 있었다. "갖지 그래?"

마논이 움직일 새도 없이, 다들 대단한 와이번의 등장에 눈이 팔린 틈을 타, 이스크라의 쇠 손톱이 마논의 등을 떠밀었다.

애스터린이 고함을 내지르고 마논은 12미터 아래 돌 구덩이로 추락했다. 떨어지면서 벽에서 약간 튀어나온 곳에 부딪친 바람에 방향이 약간 틀어졌고, 덕분에 추락 속도가 줄면서 즉사는 면했다. 하지만 계속 떨어진 끝에 구덩이 바닥에 몸이 닿으며 발목을 접질리고 말았다. 위에서 고함이 터져 나왔다. 마논은 위를 올려다보지 않았다. 만약 올려다봤으면 애스터린이 손톱을 세우고 이를 드러내며 이스크라에게 덤벼드는 모습을 보았을 것이다. 그리고 구덩이로 뛰어내리지 말라고 모두에게 명령하는 할머니의 모습도 보았을 것이다.

하지만 마논은 그들을 볼 새가 없었다. 타이투스가 마논에게 고개를 돌린 것이다. 타이투스는 마논과 격자문 사이를 가로막듯 자리했다. 격자문 뒤에서 군인들은 목숨 걸고 마논을 구해야 할지, 아니면 마논이 시체가 될 때까지 기다려야 할지를 놓고 의견이 분분한 채로 서성였다.

타이투스가 꼬리를 앞뒤로 흔들며 검은 눈으로 마논을 주시했다. 마논은 바람칼을 빼들었다. 장검이지만 타이투스의 거대한 몸집 때문에 단검처럼 왜소해보였다. 목숨을 부지하려면 어떻게든 격자문 쪽으로 이동해야 했다.

마논은 타이투스를 쏘아보았다. 타이투스는 공격 준비를 하며 뒤로 웅크렸다. 타이투스는 격자문이 어디에 있고, 그 문이 마논에게 어떤 의미인지 아는 듯했다. 타이투스에게 마논은 그저 먹이였다.

웅성대던 마녀들이 입을 닫았다. 격자문 뒤와 전망대 위의 군인들도 침묵했다. 마논은 허공에 대고 칼을 휘둘렀다. 타이투스가 돌진해왔다.

타이투스에게 잡아먹히지 않으려면 옆으로 몸을 굴려 피한 뒤 곧장 일어나 격자문을 향해 죽기 살기로 달리는 수밖에 없었다. 발목이 욱신거렸다. 통증 때문에 비명이 터져 나오려는 걸 꾹 참고 절뚝

절뚝 걸었다. 타이투스가 봄철에 산비탈을 타고 흘러내리는 개울물처럼 빠르게 고개를 돌렸다. 마논이 격자문을 향해 달려가는데 타이투스가 마논 쪽으로 꼬리를 휘둘렀다.

때마침 뒤돌아본 덕분에 마논은 무시무시한 돌기를 피했지만 꼬리 윗부분에 옆구리를 맞고 붕 떠올랐다. 그 충격에 바람칼을 놓치고 말았다. 맞은편 벽 근처 흙무더기에 떨어졌다가 미끄러지면서 바위에 얼굴이 긁혔다. 옆구리가 몹시 아팠지만 정신을 차리고 일어나 앉았다. 지금의 위치와 칼이 떨어진 자리, 타이투스의 위치를 가늠해보았다.

타이투스는 곧장 공격해 들어오는 게 아니라 망설이는 기색이었다. 타이투스의 시선이 마논의 등 뒤, 위쪽으로 향했다…….

어두운 그림자가 마논을 감싸 안았다. 마논은 미끼 와이번에 대해 잊고 있었다. 마논의 등 뒤쪽, 벽에 고정된 사슬에 묶여 있는 쭉정이 와이번 수컷. 바로 가까이라 그 짐승의 입에서 풍겨 나오는 썩은 내를 맡을 수 있을 정도였다.

타이투스의 눈빛은 미끼 와이번에게 물러나라고 명령하고 있었다. 마논을 잡아먹을 것이니 방해하지 말라는 듯이었다.

마논은 얼른 고개를 돌려 그림자 속에 떨어진 칼의 위치를 확인했다. 미끼 와이번을 사슬로 묶어놓은 곳 바로 옆이었다. 미끼만 없었어도 얼른 가서 칼을 집을 수 있었을 것이다. 미끼는 마논을 노려보았다. 그런데 그 눈빛은……

먹이를 보는 눈빛이 아니었다.

타이투스가 제 영역임을 다시 한번 나지막하게 알렸다. 요란하게 그르릉대는 소리의 진동이 마논의 뼈 구석구석으로 전해졌다. 미끼는 체구가 자그마했지만 분노와 투지가 담긴 눈빛으로 마논을 바라보았다. 어떤 감정이 느껴졌다. 싸움에 대한 갈망. 하지만 싸우고자 하는 대상은 마논이 아니었다. 미끼가 검은 눈을 들어 타이투스를 향해 낮은 소리로 으르렁대자 마논은 그 짐승이 누구와 싸우려는지 깨달았다. 복종할 뜻이 전혀 없는 소리였다. 가만히 두지 않겠다는 의지이며 위협이었다. 미끼는 타이투스를 공격하려는 것이다. 그렇다면 지금 이 순간만이라도 마논과 미끼는 동맹이 될 수 있었다.

또다시 보이지 않는 기운의 흐름이 눈앞에서 일렁거렸다. 운명이라고도 하고 세 얼굴의 여신의 아지랑이라고도 불리는 징조였다. 타이투스가 마지막으로 위협적으로 고함을 질렀다.

마논은 돌아서서 달리기 시작했다. 한 발 한 발 내디딜 때마다 눈앞에 별이 번쩍이고 바닥이 흔들거렸다. 타이투스가 쫓아왔다. 타이투스는 마논을 잡아 죽이는 데 방해가 된다면 미끼 와이번도 갈가리 찢어버릴 태세였다.

칼을 집어 들고 돌아선 마논은 굵고 녹슨 사슬을 온 힘을 다해 칼로 내리쳤다. 바람을 가르는 칼이라는 의미로 바람칼이라 불리던 이 칼은 이제 쇠를 자르는 칼이라 불려야 할 것이다. 사슬이 끊어지고 타이투스는 마논을 향해 훌쩍 뛰었다.

그 순간 미끼 와이번이 타이투스에게 달려들었다. 두 와이번은 서로 부딪치며 옆으로 굴렀다. 상대의 공격을 보지도, 예상하지도 못한 타이투스는 충격받은 표정이었다.

미끼 와이번보다 몸집이 두 배나 크니 타이투스는 큰 타격을 받지는 않았을 것이다. 마논은 공격의 결과를 지켜볼 새도 없이 곧장 터널 쪽으로 달려갔다. 군인들이 격자문을 미친 듯이 들어올렸다.

그때 쿵 소리와 함께 놀라 웅성대는 소리들이 퍼져나갔다. 구덩이 쪽을 돌아본 마논은 와이번들이 서로에게서 떨어지는 모습, 미끼 와이번이 다시 공격을 감행하는 모습을 보았다.

미끼 와이번은 돌기가 잘려나가 꼬리의 독을 쓸 수 없었지만 타격력이 무척 좋았다. 그 꼬리에 맞은 타이투스는 바닥에 머리를 찧었다.

타이투스는 벌떡 일어섰다. 미끼가 꼬리로 방향을 속이면서 들쭉날쭉한 발톱으로 후려치자 타이투스는 고통스러워하며 악을 썼다.

격자문을 5미터 앞에 두고 마논은 우뚝 섰다.

와이번들은 서로 노려보면서 맴을 돌았다. 이게 말이 되는 상황일까. 미끼는 다리를 절뚝거리면서도, 온몸에 상처를 입고 피를 흘리면서도 전혀 물러서려 하지 않았다.

타이투스는 경고를 위한 으르렁 소리도 내지 않고 곧바로 미끼의 목을 향해 달려들었다. 하지만 미끼의 꼬리가 타이투스의 머리를 먼저 후려쳤다. 타이투스는 잠시 뒤로 밀렸다가 주둥이를 딱 벌리고 꼬리를 휘저으며 다시 돌진했다. 미늘 같은 돌기로 미끼의 몸을 강타하면 그걸로 끝일 것이다. 미끼는 타이투스의 꼬리를 제 꼬리로 내리쳐 일격을 피했지만 목으로 달려든 주둥이는 피하지 못했다.

끝이었다. 거기까지였다.

미끼는 몸부림을 쳤지만 타이투스의 꽉 문 주둥이에서 벗어날 수 없었다. 마논은 지금이 도망칠 기회임을 알았다. 위에서 요란한 함성을 질러댔다. 마논은 원래 동정심이나 자비심, 다정함 따위는 없었다. 저 둘 중에 누가 살고 누가 죽든 자신이 탈출할 수만 있으면 아무 상관도 없었다. 하지만 아지랑이 같은 괴상한 흐름이 두 와이번이 싸우는 곳을 향해 계속해서 흘러갔다. 게다가 마논은 저 미끼에게 목숨을 한 번 빚진 상태였다. 마논은 오랜 기간 사악하게 살아오면서 해온 일들 중 가장 어리석은 짓을 하고 말았다.

타이투스에게 달려가 바람칼로 꼬리를 내려친 것이다. 살에서 뼈까지 깔끔하게 잘렸다. 타이투스는 비명을 지르며 주둥이로 물고 있던 미끼 와이번의 목을 놓았다. 뭉텅 잘리고 남은 타이투스의 꼬리에 배를 정통으로 맞은 마논은 폐에서 숨이 모조리 빠져나간 채 바닥으로 떨어졌다. 잠시 후 고개를 든 마논은 자신을 끝장내려 달려오는 타이투스를 보았다.

하지만 고통스러워하며 악을 쓰느라 목이 노출된 타이투스는 미끼에게 공격을 허용하고 말았다. 미끼는 타이투스에게 달려들어 강력한 목을 주둥이로 거세게 물었다.

타이투스는 미끼한테서 놓여나려 몸부림을 쳤다. 하지만 몇 년 동안 이 순간을 기다려왔을 미끼는 더욱 단단히 목을 물었다. 그리고 그 상태로 고개를 옆으로 세게 틀어 타이투스의 목을 찢어냈다.

적막이 감돌았다. 타이투스가 검은 피를 쏟아내며 바닥에 쿵 쓰러졌다. 세상이 멈췄다.

마논도 멍하니 서 있었다. 미끼가 주둥이에서 타이투스의 피를 뚝뚝 흘리며 천천히 고개를 들었다. 마논과 미끼는 서로 마주 보았다.

격자문 뒤에서 사람들이 마논에게 어서 도망치라고 소리쳤다. 격자문이 삐걱거리며 열렸다. 하지만 마논은 미끼의 검은 눈에 시선을 붙박은 채였다. 미끼의 한쪽 눈은 심하게 다친 상태였지만 안구는 무사해 보였다. 미끼가 마논에게 한 걸음, 또 한 걸음 다가왔다.

마논은 그 자리를 지켰다. 이건 말도 안 되는 일이었다. 도저히 불가능한 일이었다. 타이투스는 이 미끼에 비해 몸집과 체중이 두 배이고 수년 동안 훈련도 받았다. 그런 타이투스를 상대로 미끼는 완승을 거뒀다. 몸집이 더 크거나 힘이 더 좋아서가 아니라 승리에 대한 갈망이 더 절실하기 때문이었다. 타이투스가 잔혹한 살인마라면

이 쭉정이 와이번은…… 전사였다.

사람들이 창과 칼, 채찍을 들고 구덩이로 달려 들어오자 미끼가 으르렁거렸다. 마논이 한 손을 들어 올렸다. 또다시 세상이 멈춘 듯했다. 마논은 미끼 와이번을 바라보며 선언했다.

"저는 이 와이번을 선택하겠습니다."

이 녀석은 그녀의 목숨을 살렸다. 우연이 아니라 선택이었다. 이 와이번도 둘 사이에 흐르는 인연의 흐름을 느꼈을 수도 있었다. 위쪽 전망대에서 할머니가 고함을 쳤다.

"무슨 소리냐?"

마논은 미끼에게 걸어가 다섯 걸음을 사이에 두고 멈춰 섰다. 미끼의 몸에 난 상처, 절뚝거리는 다리, 생명력으로 활활 타오르는 눈빛을 바라보았다.

마논과 와이번은 잠시 서로를 응시했다. 짧지만 영원처럼 느껴진 시간이었다. 마논이 그 와이번에게 말했다.

"너는 내 거야."

와이번이 마논에게 눈을 끔벅였다. 깨지고 부서진 이빨에서 타이투스의 피가 뚝뚝 떨어졌다. 마논은 이 와이번도 같은 결정을 내렸다는 느낌을 받았다. 타이투스와의 싸움이 단순히 생존의 문제가 아니라 마논을 차지하기 위한 도전임을 어쩌면 이 녀석이 미리 알았을 수도 있겠다는 생각이 들었다. 미끼 와이번은 마논을 그의 기수로, 주인으로, 그의 것으로 받아들였다.

마논은 미끼 와이번의 이름을 아브락소스라고 지었다. 세 얼굴의 여신의 지시를 받아 세상을 몸으로 휘감은 고대 뱀의 이름을 딴 것이다. 아브락소스와의 만남은 그날 밤 일어난 일들 중 유일하게 기분 좋은 일이기도 했다.

마논이 전망대로 돌아가자, 군인들은 아브락소스의 몸을 씻기고 상처를 치료하기 위해 데려갔다. 타이투스의 시체는 군인 30명이 끌고 가 치웠다. 마논은 자신을 바라보는 마녀들 하나하나와 눈을 맞추며 당당하게 걸었다.

옐로레그스의 후계자 이스크라는 애스터린에게 붙잡혀 세 대마녀 앞에 끌려와 있었다. 마논은 이스크라를 한참 바라보다가 말했다.

"제가 발을 헛디뎌 떨어졌습니다."

이스크라는 약이 올라 어쩔 줄 몰라 했다. 마논은 얼굴에 묻은 흙과 피를 쓰윽 닦은 뒤 어깨를 으쓱하고는 절뚝거리며 오메가로 향했다.

마논이 기습을 당했든 발을 헛디뎠든 상관없이, 그날 밤 애스터린은 후계자가 구덩이에 떨어지도록 둔 죄로 마더 블랙비크에게 벌을 받았다. 마논이 애스터린에게 직접 채찍질을 하겠다고 나섰지만 할머니는 들은 체도 하지 않았다. 할머니는 이스크라에게 채찍을 들게 했다. 애스터린은 블랙비크 후계자인 마논을 지키지 못한 벌을 세 대마녀 및 다른 후계자들 앞에서 받게 됐다.

마논은 식당에서 애스터린이 잔혹하게 채찍질 당하는 모습을 지켜보았다. 이스크라는 애스터린에게 맞아서 생긴 입가의 멍 자국을 보란 듯이 내놓고 온 힘을 다해 채찍 열 대를 후려쳤다.

애스터린은 언제나처럼 비명조차 지르지 않았다. 단 한 번도. 마논은 당장 달려가 채찍을 빼앗아서 이스크라의 목을 조르고 싶었다.

애스터린에 대한 처벌이 끝난 후 마논은 할머니와 대화를 나눴다.

사실 대화라기보다는 뺨부터 맞고 이튿날까지 귀가 쨍쨍 울릴 만큼
호된 질책을 받았다.
　마논이 '왜소하기 짝이 없는 쭉정이 와이번'을 고른 것은 할머니는
물론이고 역대 모든 블랙비크 마녀를 욕보인 처신이 됐다. 아브락소
스가 타이투스를 죽인 것은 운이 좋았을 뿐이라고 할머니는 고함쳤
다. 아브락소스는 와이번들 중 체격이 제일 작았고 그 때문에 평생
날아본 적이 없었다. 조련사들은 이 와이번을 사육장 밖으로 내보낸
적도 없었다.
　장기간 날개 부위에 폭행을 당한 탓에 과연 비행이 가능할지 알
수 없었는데, 조련사들은 만약 아브락소스를 타고 협곡을 날아서 건
너려 한다면 아브락소스뿐만 아니라 마논도 협곡 바닥에 추락할 것
이라 단언했다. 마논이 아브락소스를 타고 진두지휘에 나설 경우 다
른 와이번들이 아브락소스를 대장으로 받아들이지 못할 거라는 예
측도 있었다. 마논이 할머니의 계획을 죄다 망쳐놓은 셈이었다.
　할머니는 그런 점을 조목조목 말하며 마논에게 고함을 쳐댔다. 지
금 와서 마논이 다른 와이번으로 바꾸겠다고 해도 할머니는 잘못된
결정을 한 마논이 두고두고 창피를 당하도록 절대 못 바꾸게 할 것
이다. 그 와중에 마논이 죽는다고 해도 말이다.
　하지만 할머니는 구덩이로 내려와 본 적이 없었다. 할머니는 아브
락소스의 눈을 마주 보며 그 녀석 안에 전사의 심장이 뛰고 있는 것
을 보지 못했다. 다른 어떤 와이번들보다 교활하고 흉포하게 싸움을
했다는 점도 알아채지 못했다. 그래서 마논은 뺨을 맞고 훈계를 듣
고 또 뺨을 맞아 얼굴이 얼얼했지만 고집을 꺾지 않았다.
　마논은 얼굴이 아린 상태로 아브락소스의 새 거처가 된 우리로 내
려갔다. 다른 와이번들은 대부분 서성이거나 악을 쓰거나 그르렁거

리고 있는데 아브락소스는 벽에 몸을 붙인 채 조용히 웅크리고 있었다.

이곳까지 안내를 해준 감독관은 창살 너머 우리 안을 들여다보았다. 애스터린은 그들 뒤의 그림자 속에 조용히 서 있었다. 어젯밤 채찍형을 받은 후 애스터린은 마논을 줄곧 시야 안에 두었다.

마논은 애스터린이 채찍질을 받게 된 것에 대해 사과하지 않았다. 규칙은 규칙이고, 애스터린은 임무를 제대로 수행하지 못했다. 마논이 뺨을 맞아 싼 것처럼 애스터린도 채찍질을 당해 싼 것이다.

마논이 감독관에게 물었다.

"왜 저렇게 구석에 웅크리고 있지?"

"혼자서 우리를 써본 적이 없어서 저럴 겁니다. 이렇게 큰 우리는 써본 적이 없어요."

마논은 우리들이 들어찬 동굴 안을 둘러보았다.

"전에는 저 와이번을 어디에다 뒀는데?"

감독관은 바닥을 가리켰다.

"미끼로 쓰는 다른 와이번들과 마찬가지로 저 돼지우리 같은 곳에 두었죠. 저 와이번은 미끼 와이번들 중에 나이가 제일 많아요. 그동안 구덩이와 돼지우리에서 잘 살아남았죠. 그렇다고 마녀님께 적합한 와이번이라는 뜻은 아닙니다."

"저 와이번이 나한테 적합한지 궁금했으면 내가 진즉에 물었겠지." 마논은 아브락소스를 바라보며 창살 쪽으로 다가갔다. "비행은 언제쯤 하게 되겠어?"

감독관은 머리를 긁적였다.

"며칠이나 몇 주, 몇 달이 걸릴 수도 있습니다. 아예 불가능할 수도 있고요."

"우리는 오늘 오후부터 각자 와이번을 타고 훈련을 시작해."

"저 와이번은 그게 안 될 겁니다. 단독 훈련부터 받아야 해서요. 최고의 조련사들을 붙여서 훈련을 시킬 테니까 그동안은 다른 와이번을 타시고……."

"첫째, 나한테 이래라저래라 하지 마, 인간." 마논이 쇠 이빨을 드러내자 감독관이 움찔했다. "둘째, 다른 와이번은 안 타. 저 와이번을 타고 훈련할 거야."

감독관은 얼굴에 핏기가 가셨다.

"무작정 타고 나가시면 마녀님의 부하들이 탄 와이번들이 저 와이번을 공격할 겁니다. 첫 비행부터 겁을 먹고 말을 안 들을 수도 있어요. 와이번들이 서로 싸움이 붙어 난장판이 되길 바라지 않으신다면 단독 훈련을 하실 것을 권해드립니다." 그는 떨면서 덧붙였다. "마녀님."

와이번이 그들을 조용히 지켜보았다. 기다리고 있는 게 느껴졌다.

"와이번들이 우리가 하는 말을 알아듣나?"

"아뇨. 명령과 호각 소리에 따르기는 하지만 개와 비슷한 수준이죠."

마논은 그 말이 믿기지 않았다. 거짓말을 하고 있거나, 그 이상 아는 게 없을 것이다. 어쩌면 아브락소스가 별종일 수도 있었다.

모의 전쟁 이전까지 한 시도 빈틈없이 아브락소스를 훈련시켜야 했다. 열세 마녀단과 함께 승자가 되었을 때 할머니를 비롯해 그녀의 판단을 의심한 모든 마녀의 어리석음을 똑똑히 일깨워줘야 했다. 마논 블랙비크니까. 어떤 일에도 실패한 적 없으니까. 전장에서 아브락소스가 이스크라의 머리를 물어뜯는 꼴을 보고야 말 것이다.

24

성으로 돌아온 케이올은 얼굴에 난 멍 자국과 베인 자국에 대해 부하들에게 거짓말을 해야 했다. 리프트홀드에서 어느 술 취한 부랑자를 만나 우연히 시비가 붙었다고 하니 다들 그러려니 했다. 사실이 드러나 죽는 것보다는 거짓말과 상처를 견디는 편이 나았다. 에이디언 및 반역 세력과의 거래 조건은 간단했다. 서로 정보를 교환하는 것이었다.

케이올은 저들의 여왕에 대해, 아달렌 왕의 검은 반지들에 대해 더 자세한 정보를 제공하는 대신, 저들이 알고 있는 아달렌 왕의 힘에 관한 정보를 받기로 했다. 거래 덕분에 케이올은 그날 밤 목숨을 건졌다. 그 후 밤마다 그는 에이디언과 반란 세력이 마음을 바꾸기를 기다렸지만 그런 일은 일어나지 않았다. 오늘 밤, 케이올과 에이디언은 자정이 넘기를 기다렸다가 셀레이나가 성에서 썼던 방으로 몰래 들어갔다.

케이올이 다시 이곳을 찾은 것은 셀레이나, 도리언과 함께 지하 무덤으로 내려갔던 날 이후 처음이었다. 해골 모양의 청동 노커 모트는 눈을 뜨지도 입을 열지도 않았다. 케이올이 엘레나의 눈을 목에 걸고 있었지만 노커는 여전히 굳은 채였다. 브래넌 갈라시니어스의 피를 이어받은 자에게만 반응하는 모양이었다.

케이올과 에이디언은 첩자가 숨어 있을 만한 흔적이 있는지 확인하기 위해 지하 무덤의 먼지투성이 통로를 구석구석 살폈다. 엿듣는 자가 아무도 없자 안심한 에이디언이 입을 열었다.

"나를 여기로 왜 데리고 내려왔는지 말해봐, 근위대장."

케이올이 엘레나 왕비와 개빈 왕의 안식처를 보여줬는데도 에이디언 장군은 특별히 경외감이나 놀라움을 내비치지 않았다. 다마리스를 보고 약간 눈이 커지기는 했지만 별다른 언급이 없으니 그 칼에 대해 아는지도 파악할 수 없었다. 케이올은 에이디언이 경박하고 오만하지만 무수한 비밀을 간직한 사람, 비밀을 감추는데 능한 사람이라는 느낌을 받았다.

케이올이 에이디언과 그의 동지들에게 거래를 제안한 여러 이유 중 하나이기도 했다. 마법 능력에 관한 비밀이 들통 날 경우 도리언은 도망칠 곳이 필요할 것이다. 케이올이 왕에게 붙들려 옴짝달싹할 수 없는 처지가 될 수 있으니 그럴 때 왕세자를 안전하게 지켜줄 사람이 필요했다. 케이올이 물었다.

"동맹들에게 얻은 정보를 뭐든 저와 공유할 준비는 되셨습니까?"

에이디언이 느긋하게 웃으며 케이올을 바라보았다.

"자네가 공유한다면 나도 그렇게 하지."

케이올은 지금 자신이 잘못된 수를 놓는 것이 아니기를 신께 기도하며, 튜닉 안쪽에 걸고 있던 엘레나의 눈 목걸이를 꺼내 보여주었다.

"당신의 여왕이 웬들린으로 떠나면서 이 목걸이를 저에게 줬습니다. 그녀가 조상에게 물려받은 목걸이입니다. 조상이 그녀를 여기로 불러 이 목걸이를 줬습니다."

에이디언이 눈을 가늘게 뜨고 부적 목걸이를 바라보았다. 달빛을 받은 푸른 보석이 희미하게 빛났다. 케이올이 말했다.

"지금 제 입에서 나오는 얘기가 모든 것을 바꿀 수도 있습니다."

도리언은 계단통의 그림자 진 곳에 서서 귀를 기울였다. 케이올이 에이디언 애쉬리버와 이 지하 무덤에 함께 있다는 사실이 믿기지 않았다.

하지만 충격은 그것으로 끝이 아니었다. 도리언은 소르샤 앞에서 마법을 내보인 후 답을 찾기 위해 지난 일주일 동안 이 지하 무덤에 몰래 내려오곤 했다. 소르샤는 그의 비밀을 지켜주기 위해 스승에게 거짓으로 둘러대며 위험을 감수한 터였다. 그녀는 도리언이 마법을 제어할 방법을 찾아주려 애쓰고 있었다.

그런데 오늘 밤 비밀 문이 약간 열려 있는 것을 보고 도리언은 놀랐다. 여기 오지 말았어야 했나 싶었다. 하지만 어차피 왔으니 마주치고 싶지 않은 얼굴을 보게 된다면 둘러댈 핑계부터 생각해둬야 했다. 그런데 두 남자가 두런두런 나누는 얘기 소리가 들려왔다. 도망치려던 도리언은…… 그 둘의 목소리를 알아듣고 걸음을 멈췄다.

서로를 증오하다시피 하는 두 남자가 은밀히 얘기를 나누고 있다니 믿기지 않았다. 하지만 그 둘은 분명히 엘레나의 무덤에 내려와 있었고 대화 내용을 들어보니 동맹이 된 듯했다. 그것만으로도 큰 충격인데, 도리언은 케이올이 들릴 듯 말 듯 목소리를 낮추고 에이디언 장군에게 하는 말을 들었다. "당신의 여왕이 웬들린으로 떠나면서 이 목걸이를 저에게 줬습니다."

잘못 들은 건가. 그럴 것이다. 말이 안 되니까…… 도리언은 가슴이 콱 조여드는 기분이었다.

당신은 언제까지고 내 적이야. 네히미아가 죽던 날 밤 셀레이나는 케이올에게 이렇게 악을 썼다. 그리고 셀레이나는 10년 전에 사람들을 죽음으로 떠나보냈다고 말했다. 하지만…….

케이올이 또 다른 진실을 털어놓자 도리언은 그 자리에서 굳어버렸다. 도리언의 아버지 아달렌 왕에 관한 얘기. 왕이 휘두르는 힘에 대한 얘기였다. 셀레이나가 그 힘에 대해 알아냈다고 했으며, 그 힘을 없앨 방법을 찾고 있다고 했다.

도서관 지하의 무덤에서 그들이 맞서 싸운 괴물은 도리언의 아버지가 만든 것이었다. 인간과 흡사해 보이는 괴상한 존재. 워드 열쇠. 워드 대문. 워드 돌.

셀레이나와 케이올은 도리언에게 거짓말을 했다. 도리언을 믿을 수 없는 자라고 판단한 것일까. 도리언을 적으로 돌린 건가. 케이올은 셀레이나의 정체를 알면서도 도리언에게 말하지 않았다.

그리고 셀레이나를 웬들린으로 보냈다. 셀레이나의 정체를 알고 이 유리성 밖으로 내보낸 것일 테지. 도리언이 계단에 멍하니 서 있는데 에이디언이 무덤에서 계단 쪽으로 살그머니 다가오며 칼을 빼 들었다. 숨어 있는 적이 누구든 칼로 베어버릴 작정인 듯했다.

계단에 서 있는 도리언을 보더니 에이디언은 나지막하고 사납게 욕을 내뱉었다. 에이디언의 눈이 횃불의 불빛에 번뜩였다. 셀레이나의 눈. 에일린 애쉬리버 갈라시니어스의 눈이었다. 애쉬리버 혈통 특유의 눈. 에이디언은 에일린의 친척이며, 여전히 에일린에게 충성하는 자였다. 그동안 아달렌의 왕에게 거짓으로 충성하는 척해온 것이다.

케이올이 통로를 달려와 애원하듯 한 손을 들어 올리며 도리언을 불렀다.

"저하."

도리언은 친구이자 근위대장인 케이올을 물끄러미 바라보다가 간신히 입을 뗐다.

"대체 왜?"

케이올이 착잡해 하며 숨을 내쉬었다.

"셀레이나의 정체에 대해 아는 사람이 적을수록 셀레이나도 그렇고 모두에게 안전할 거라고 생각했습니다. 특히 왕세자 저하의 안전을 위해서요. 반역 세력이 저하에게 도움이 될 만한 정보를 갖고 있습니다."

"내가 아버지에게 고자질을 할까 봐 그동안 숨긴 거야?"

도리언은 목이 졸린 듯 간신히 소리를 냈다. 지하의 공기가 급격하게 싸늘해졌다.

한걸음 앞으로 나선 케이올은 에이디언을 뒤에 두고 도리언을 마주 보고 섰다. 그는 두 손을 펼치며 도리언을 달래려 했다.

"다른 생각은 할 틈이 없었습니다. 숨길 수밖에 없었어요."

"대체 얼마나 오랫동안 숨긴 거지?"

냉기가 올라와 도리언의 이와 혀에 얼음이 끼기 시작했다.

"셀레이나가 웬들린으로 떠나기 전에 폐하에 관한 얘기를 해줬습니다. 셀레이나의 정체는 그녀가 떠나고 얼마 안 되어서 추측해냈고요."

"그래서 지금 에이디언과 협력을 하고 있단 말이지."

케이올이 허공에 하얗게 입김을 뿜으며 말했다.

"마법을 세상에 자유로이 풀어놓을 방법을 알아내면 저하도 안전해지실 겁니다. 저하에게 그런 힘이 생겨난 이유, 되돌릴 방법에 대해 저들이 알고 있는 것 같습니다. 에이디언과 동맹들, 셀레이나가 체포되면…… 그들은 아마 죽음을 면치 못하겠죠. 폐하께서는 셀레이나를 비롯해 저들을 싸그리 죽이실 겁니다. 방법을 찾으려면 저들의 도움이 필요합니다."

도리언은 에이디언을 돌아보며 물었다.

"내 아버지를 죽일 생각인가?"

"죽어 마땅한 분 아닙니까?"

도리언은 케이올이 움찔하는 것을 보았다. 에이디언 장군이 내뱉은 말 때문이 아니라 통로를 채운 한기 때문이었다. 도리언이 쉰 목소리로 물었다

"에이디언에게…… 내 얘기를 했어?"

에이디언이 케이올 대신 대답했다.

"아뇨. 하지만 저하께서 힘을 제어하는 방법을 익히지 못하시면 조만간 이 왕국에서 저하의 마법 능력에 대해 모르는 자가 없겠어요." 에이디언은 애쉬리버 혈통 특유의 눈으로 케이올을 흘끗 쳐다보며 말을 이었다. "이래서 비밀을 교환하자고 달려든 것이군. 왕세자를 구할 정보를 얻고 싶어서." 케이올이 고개를 끄덕였다. 에이디언은 도리언을 보며 히죽 웃었다. 얼음이 계단통을 얇게 뒤덮었다. "저하의 마법은 얼음과 눈을 부리는 것인가 보네요?"

"더 가까이 와서 확인해보든가."

도리언이 희미하게 미소 지으며 받아쳤다. 지금이라면 괴물을 공격했을 때 썼던 방법 그대로 에이디언을 통로 저편으로 날려버릴 수

있을 것이다.

케이올이 나섰다.

"에이디언 장군은 믿을 만한 사람입니다, 저하."

"앞뒤가 다른 자야. 대의를 위해서라면 우리를 팔아넘기고도 남아."

"그러지 않을 겁니다."

케이올의 입술은 냉기 때문에 시퍼렇게 얼고 있었다.

도리언은 자신의 힘 때문에 케이올이 고통받고 있음을 알면서도 개의치 않았다.

"에이디언이 모시는 왕이 되고 싶은 건가, 케이올?"

케이올의 얼굴에서 핏기가 가셨다. 추위 때문인지 두려움 때문인지는 알 수 없었다. 에이디언이 웃음을 터뜨리며 말했다.

"제 여왕은 아달렌 왕 밑에서 일한 근위대장과 결혼하느니 자손 없이 죽는 편을 택할 겁니다."

케이올은 표정을 숨기려 했지만 완전히 감추지는 못했다. 적어도 도리언은 친구의 마음을 눈치챘다. 도리언은 셀레이나가 에이디언의 주장을 어떻게 생각할지 잠시 고민해보았다. 그동안 거짓말을 해온 셀레이나. 그녀의 본명은 에일린이었다. 10년 전 도리언은 에일린을 만났고 그녀의 아름다운 성에서 함께 놀기도 했다. 그리고 엔도비어 광산에서 다시 만난 그날, 그 첫날에 도리언은 그녀에게 뭔가 익숙한 느낌을 받았다…… 아, 맙소사.

셀레이나는 에일린 갈라시니어스였다. 도리언이 함께 춤추고 입을 맞추고 동침했던 그녀는 적국의 여왕이었다. 왕세자님을 위해 돌아올게요, 라고 셀레이나는 여기 머무는 마지막 날에 말했다. 도리언은 말 속에 감춰진 의미가 있음을 알아챘다. 그녀는 여기로 돌아오겠지만 셀레이나로서 돌아오겠다는 뜻은 아닐 것이다. 그를 도우러 온다는 것일까, 아니면 죽이러 온다는 것일까? 에일린 갈라시니어스는 그가 마법의 힘을 갖고 있음을 알았다. 그리고 그의 부친과 아달렌 왕국을 끝장내고 싶어 했다. 그동안 셀레이나가 해온 말과 행동은…… 왕의 전사로서 인정받기 위한 위장이라고 그는 생각했다. 하지만 그녀가 테라센의 후계자이기 때문이었다면? 그래서 그녀가 네히미아와 친구가 된 거라면? 엔도비어에서 1년 동안 죽을 고생을 했으니…….

에일린 갈라시니어스는 엔도비어 노동수용소에서 1년을 살았다. 대륙의 여왕은 노예 생활을 했고 그 상처가 몸에 영원히 새겨졌다. 그러니 에일린과 에이디언, 그녀를 사랑하는 케이올은 아달렌 왕을 속이고 배신할 자격이 있을 것이다.

케이올이 애원했다.

"저하, 제발. 이건 저하를 위한 일입니다. 맹세합니다."

"상관없어." 도리언은 그들을 내려다보았다. "자네들의 비밀은 무덤까지 가져갈게. 하지만 한패는 되고 싶지 않아."

도리언은 냉기를 품은 마법을 공기 중에서 거둬들여 가슴 속으로 빨아들였다.

에이디언은 지하의 비밀 출입구를 통해 유리성을 빠져나갔다. 방으로 돌아가는 동안 의심의 눈초리를 피하고 미행이 붙지 않게 하기 위해서였다. 케이올의 표정을 보니 어디로 가는지 정확히 아는 눈치였다.

에이디언은 근위대장에게 들은 얘기를 다시금 곱씹어 보았다. 다른 사람 같으면 두려움에 떨어야 할 입장이겠지만 에이디언은 전혀 겁나지 않았다. 심지어 놀라지도 않았다. 수년 전 왕이 검은 반지를 하사했을 때 에이디언은 왕이 치명적인 힘을 사용하고 있는 것 같다는 느낌을 받았다. 오래전부터 첩자들을 통해 수집해온 정보와도 일치했다.

옐로레그스 대마녀가 이곳에 왔던 것도 이유가 있었을 것이다. 아달렌 왕이 어떤 괴물이나 무기를 만들고 있는지 모르겠지만 조만간 왕이 마녀들과 합작해 만든 괴물이며 무기를 볼 수 있게 될 듯했다. 사용할 계획도 없으면서 군대를 모으고 무기를 만들 리 없었다. 정신을 조종하는 반지를 측근들에게 나눠준 것도 남의 정신을 지배하려는 생각이 있기 때문일 테지. 에이디언은 온갖 시련을 겪으며 살아왔다. 조만간 또다시 대단한 시련이 찾아오리라는 예감이 들었다. 정확하고 끈질기게, 능률적으로 시련을 이겨내야 했다.

두 사람이 부둣가의 허름한 건물 그림자 속에 숨어 기다리고 있었다. 안개 덕분에 그들의 모습은 한 조각 어둠처럼 보였다.

"어떻게 됐어요?"

축축한 벽돌 벽에 기대어 서 있는 에이디언에게 렌이 물었다. 렌은 쌍검을 꺼내든 채였다. 질 좋은 아달렌 강철 검인데 여기저기 긁힌 자국이 있었다. 한눈에 봐도 평소에 사용하는 검이었다. 기름칠도 잘되어 있는 것을 보면 렌이 관리를 잘하는 모양이었다. 렌이 살면서 신경 쓰는 것은 칼뿐인 듯했다. 머리는 텁수룩하고 옷도 너저분했다.

"말했잖아. 그 근위대장은 믿어도 된다고." 에이디언은 머터프를 돌아보며 인사했다. "오셨습니까, 머터프."

머리에 내려쓴 두건의 그림자 때문에 머터프의 얼굴은 보이지 않았지만 부드러운 목소리로 정체를 파악할 수 있었다.

"자네가 위험을 감수할 만큼 가치 있는 정보였길 바라네."

에이디언은 기분이 썩 좋지 않았다. 이들에게는 에일린에 관한 진실을 말해주지 않을 작정이었다. 에일린이 그의 곁으로 돌아와 직접 말을 하게 할 것이다.

렌이 한 걸음 가까이 다가왔다. 싸움에 익숙하고 늘 승리를 거둬 온 사람 특유의 자신 있는 걸음걸이였다. 하지만 에이디언은 렌보다 키가 8센티미터 크고 몸에 근육도 9킬로그램쯤 더 많이 붙어 있었다. 렌의 섣부른 공격쯤은 단숨에 제압할 수 있었다. 렌이 말했다.

"어떤 게임을 하시는지 모르겠지만 에일린의 소재를 알려주지 않으시면 우리가 어떻게 장군을 믿겠습니까? 근위대장은 에일린의 소재를 어떻게 알죠? 아달렌 왕이 에일린을 데리고 있는 거 아닙니까?"

"그렇지는 않아." 거짓말은 아니지만 꼭 거짓말처럼 느껴졌다. 셀레이나가 아달렌 왕을 모시고 있는 것은 사실이니까. "자네와 자네 할아버지는 나와 에일린에게 제공할 만한 게 별로 없어. 자네는 군대를 보유한 것도 아니고 땅도 안 갖고 있잖아. 자네와 그 똥 덩어리 같은 아처 핀과의 관계에 대해 근위대장에게 들었어. 자네가 지켜보기로 했던 네히미아에게 무슨 일이 생겼는지 내가 꼭 상기시켜줘야겠어? 지금은 자네에게 해줄 얘기가 없어. 필요하다고 판단되면 정보를 줄 테니 기다려."

렌이 발끈하자 머터프가 중재에 나섰다.

"만약의 경우에 대비해서 우리가 모르는 게 나을 수도 있어."

하지만 렌이 계속 고집을 부리자 에이디언은 기분이 좋지 않았다.

렌이 물었다.

"그럼 우리가 조신들에게 뭐라고 얘기를 하냐고요? 에일린이 거짓으로 꾸며낸 게 아니라 정말 살아 있기는 한데, 우리한테는 어디 있는지 말해줄 수 없다는 겁니까?"

"그래."

에이디언은 머터프를 다치게 하지 않고 지금 이 자리에서 렌을 피범벅이 되도록 패줄 방법이 없을까 고민했다. "가서 그렇게 전해. 조신을 찾을 수 있을지 모르겠지만."

침묵이 흘렀다. 잠시 후 머터프가 말했다.

"라비와 솔은 아직 살아 있고, 지금 수리아에 있다고 하더군."

에이디언도 알고 있는 얘기였다. 그쪽 가문이 맡고 있는 무역 거래는 무척 중요해서 아달렌 왕도 라비와 솔의 부모를 둘 다 처형할 수 없었다. 그래서 부친이 처형되고 모친은 수리아의 주요 무역항에서 거래를 계속하기로 정해졌다. 당시 어렸던 두 수리아 소년은 각각 스무 살과 스물두 살 청년으로 성장했다. 모친이 세상을 떠나자 형인 솔이 수리아의 영주가 됐다. 에이디언은 베인 부대를 이끄는 동안 수리아의 해안 도시에 발을 들여놓지 않았다. 그들이 얼마나 지독한 저주의 말을 퍼부어댈 것인지 굳이 확인하고 싶지 않았다. 그들에게 에이디언은 아달렌의 노리개니까.

에이디언이 물었다.

"그들이 싸울 생각이 있답니까? 무역으로 벌어들이는 금을 더 중요시하는 거 아닌가요?"

머터프는 한숨을 푹 쉬었다.

"듣기로는 동생인 라비가 더 거칠다더군. 설득하면 넘어올 것 같아."

"설득까지 해서 우리 편으로 만들고 싶진 않습니다."

"에일린 님이나…… 자네를 두려워하지 않는 자들을 곁에 두는 편이 좋아. 어려운 질문도 주저 없이 할 수 있는 분별 있는 자들이 필요해. 주군에 대한 충성은 거저 주어지는 게 아니라 노력해서 얻는 거야."

"에일린이 우리의 충성을 힘들게 얻을 필요는 없다고 보는데요."

머터프가 고개를 젓자 머리에 내려쓴 두건이 좌우로 흔들거렸다.

"우리 중 일부는 그렇지. 하지만 쉽게 설득되지 않는 자들도 있어. 에일린 님은 지난 10년, 그리고 무너진 왕국에 대해 해명하셔야 될 거야."

"당시 에일린은 *어린아이*였습니다."

"지금은 성인이지. 성인이 된 지 몇 년 됐잖아. 그러니 과거를 해명해야지. 그때까지는 다른 자들이 자네처럼 열정적으로 이 일을 하지 않는다고 해도 *이해해야 돼*. 그래야 그들도 자네에 대해 납득을 하겠지. 자네가 진심으로 누구에게 충성을 하는지, 지난 세월 동안 어떤 식으로 충심을 증명해왔는지도 이해할 테고."

에이디언은 머터프의 이빨을 목구멍 안쪽으로 쑤셔 넣어버리고 싶었지만, 그의 말은 일리가 있었다. 에이디언이 물었다.

"올론 왕의 측근들 중 아직 살아 있는 자들이 있습니까?"

머터프는 네 명의 이름을 댔고 렌이 재빨리 덧붙였다.

"수년째 정체를 숨기고 우리처럼 떠돌며 살고 있답니다. 찾기가 쉽지 않을 거예요."

네 명이라. 에이디언은 가슴이 철렁했다.

"네 명뿐이야?"

그는 테라센에 있었지만 정확한 사망자 수를 확인한 적은 없었다.

피비린내 나는 학살 현장에서 살아남은 자들이 누구인지, 누가 아이와 친구, 가족을 탈출시키느라 모든 것을 희생했는지 알고 싶지 않았다. 마음속 깊은 곳에서는 사실을 짐작하고 있었지만 대부분 살아 있을 거라고, 고향으로 돌아갈 날을 기다리고 있을 거라고 바보처럼 믿어왔다.

머터프가 부드러운 목소리로 설명했다.

"유감이야, 장군. 일부 하급 영주들은 탈출했고, 자기네 땅을 지키면서 잘살고 있어." 에이디언도 알고 있었다. 대부분 혐오스러운 자들이었다. 자기 잇속만 챙기는 돼지들. 머터프가 계속해서 말했다. "버논 로컨은 아달렌 왕의 꼭두각시 노릇을 한 덕분에 살아남았어. 퍼렌스의 영주 칼 로컨이 처형당한 후 버논은 형인 칼의 지위를 물려받았지. 매리언 귀부인에게 어떤 일이 일어났는지는 알 테고. 엘리드가 어떻게 됐는지는 우리도 아직 파악하지 못했어." 칼 로컨 경과 매리언 귀부인의 딸이자 후계자인 엘리드는 에일린보다 한 살 어렸다. 살아 있다면 지금 열일곱 살일 것이다. "처음 몇 주 동안 많은 아이들이 사라졌어."

에이디언은 아이들의 무덤에 대해서는 생각하고 싶지 않았다. 그는 마음이 좋지 않아 잠시 옆으로 시선을 돌렸고 렌도 침묵을 지켰다. 마침내 에이디언이 지시했다.

"라비와 솔에게 염탐꾼을 보내서 동향을 살피게 하시죠. 다른 자들에 대해서는 접어 두고요. 하급 영주들에 대해서도 신경 쓰지 마세요. 조금씩 살펴봅시다."

놀랍게도 렌이 동의했다.

"저도 같은 생각입니다."

잠시 렌과 눈을 마주친 에이디언은 렌도 그와 같은 감정임을 알아챘다. 에이디언이 가슴속에 쭉 묻어둔 감정이었다. 그들은 수많은 이들이 죽어가던 곳에서 겨우 살아남았다. 무수한 목숨을 잃어본 사람이 아니면 그게 어떤 느낌인지 이해하기 어려울 것이다.

렌은 부모가 목숨을 바친 덕분에 탈출할 수 있었다. 그 와중에 집도 지위도 친구도 왕국도 잃었다. 지금까지 그는 속내를 감추고 훈련을 해오면서도 이 일을 해야 하는 대의를 잊은 적이 없었다.

과거와는 달리 이제 그들은 친구였다. 렌의 아버지는 렌이 아니라 에이디언이 에일린에게 피의 맹세를 할 적임자로 평가받자 마뜩잖아했다. 그것은 순전한 복종의 맹세였다. 맹세를 통해 에이디언은 에일린의 평생 보호자가 되고, 에일린이 절대적으로 신뢰할 수 있는 사람이 되는 거였다. 에이디언이 소유한 모든 것, 에이디언의 존재 자체가 에일린에게 속하게 된다는 의미이기도 했다.

이제 중요한 것은 피의 맹세만이 아니었다. 왕국을 되찾아야 했다. 복수를 하고 그들의 세상을 다시 구축해야 했다. 에이디언은 그 자리를 떠나 걸어가다가 뒤를 돌아보았다. 망토를 입은 두 사람이 그를 지켜보고 서 있었다. 구부정한 노인, 무기를 소지한 키 큰 젊은이. 그들은 에일린의 첫 번째 조신이었다. 에일린이 아달렌 왕이 묶어놓은 사슬을 부술 수 있도록 에이디언이 키우고 있는 조신들. 에이디언은 이 게임을 좀더 해볼 생각이었다. 그는 나지막하게 말했다.

"에일린이 돌아오면 10년 전 대학살은 자비롭게 보일 만큼 무자비하게 아달렌 왕을 끝장낼 거야."

에이디언은 부디 그 말대로 이루어지길 기원했다.

25

 로완과의 훈련은 별다른 진척이 없었지만, 산 채로 가죽이 벗겨지는 일 없이 일주일을 무사히 보냈으니 그것만으로도 성공적이라고 셀레이나는 자평했다. 로완은 주방 일을 두 배 늘려주겠다고 한 말을 지켰는데, 덕분에 셀레이나는 하루를 마치고 나면 몹시 지쳐서 침대에 쓰러졌고 꿈 내용도 기억 못 할 만큼 깊게 잤다. 저녁 식사 후에 나오는 그릇들을 설거지하면서 엠리스의 이야기를 들을 수 있는 것도 좋았다. 루카는 비가 오든 말든 밤마다 엠리스에게 이야기를 해달라고 졸랐다.
 스킨워커들과의 일이 있은 후에도 셀레이나는 변신 마법을 능숙하게 해내지 못했다. 그날 밤 강변에서 로완이 망토를 빌려주기는 했지만 이튿날 아침 분위기는 그전과 다름이 없었다. 둘은 여전히 서로를 싫어하고 으르렁댔다. 로완에 대한 감정을 증오라고 말할 수는 없을 것이다. 목숨을 구해준 사람을 증오할 수는 없으니까. 혐오 정도로 정리할 수 있었다. 자신에 대한 로완의 감정이 혐오인지 증오인지 따위는 신경 쓰고 싶지도 않았다. 다만 이대로라면 로완에게 도라넬 입장을 허락받는 일이 요원하겠구나 싶었다.
　로완은 셀레이나를 매일 사원 폐허로 데려갔다. 요새에서 멀리 떨어진 곳이라 셀레이나가 변신을 하다가 마법을 제어하지 못하게 되더라도 누군가를 불에 태울 염려는 없었다. 그야말로 모든 것이 '변신' 여부에 달려 있었다. 속에서 뜨겁게 솟구쳐 올라 자신과 온 세상을 집어삼키려 했던 마법이 자나 깨나 자꾸 생각이 나서 셀레이나는 마음이 편치 않았다. 끝없이 앉아 있는 훈련만큼이나 괴로웠다.
　두 시간 동안 앉아 있기만 하는 한심한 훈련을 마친 셀레이나는 일어서서 폐허 주변을 걸어 다녔다. 웬일로 날이 화창해서 주변의 돌들이 빛나는 듯 보였다. 오래전에 사라진 숭배자들의 나지막한 기도 소리가 돌 속에 스며들어 있는 것처럼 느껴졌다. 셀레이나의 마법이 그 울림에 묘하게 응답했다. 지금 셀레이나는 인간의 몸이라 마법이 몸 안에 봉인되어 있는데도 이런 느낌을 받다니 묘했다.
　두 손을 허리춤에 짚고 서서 폐허를 둘러보았다. 머리라도 잡아 뜯고 싶은 초조한 마음을 가라앉히기 위해서였다.
　"여긴 뭐하는 곳이에요?"
　부서진 돌판들이 널브러져 있는 걸 보면 사원 터라는 것 정도는 알 수 있었다. 마치 거대한 손이 흩어놓은 것처럼 길쭉한 기둥 몇 개도 쓰러져 있었다. 군데군데 모여 있는 돌멩이들은 한때 길이 있던 자리임을 표시해주었다.
　"태양 여신의 사원."
　로완은 뒤따라오며 말했다. 하얀 돌들을 살펴보는 셀레이나를 향해 먹구름이 모여들고 있었다. 이곳은 태양의 여신이자 빛과 배움, 불의 여신이기도 한 '말라'의 사원이었다.
　"변신도 자유자재로 하고 힘도 잘 조절할 것 같아서 나를 여기로 데려온 거예요?"

그는 고개를 약간 끄덕였다. 셀레이나는 거대한 돌에 한 손을 얹었다. 오래전 이곳에 깃들었던 힘의 울림이 느껴졌다. 달콤한 열기가 그녀의 목에서부터 등줄기를 타고 내려갔다. 여신의 힘이 사원 모퉁이 옆에 여전히 남아 있는 듯했다. 오늘처럼 해가 쨍하게 뜬 날, 사원 분위기가 다르게 느껴지는 것도 그래서일까. 셀레이나의 마법이 속에서 요동치는 듯했다. 태양의 여신이자 빛을 가져오는 자 말라는 사냥의 여신이자 달을 지키는 디에나의 자매이면서 영원한 경쟁자였다.

셀레이나는 삐죽빼죽한 돌덩어리를 손으로 쓸어내리며 혼잣말처럼 말했다.

"마브는 메이브 덕에 여신이자 불멸의 존재가 됐죠. 500년 전 얘기지만요. 마브가 여신이 되기 전, 달에는 말라의 자매가 있었어요."

"그 자매의 이름이 바로 디에나였어. 너희 인간들이 디에나에게 마브의 특징을 덧붙였지. 사냥과 사냥개 같은 특징들."

"디에나와 말라가 늘 경쟁 관계에 있던 건 아니었나 보죠."

"왜 그렇게 생각하지?"

셀레이나는 어깨를 으쓱하고는 두 손으로 돌을 쓸어내렸다. 돌에서 흘러나오는 기운을 느끼고 숨 쉬고 코로 들이마셨다.

"마브에 대해 잘 알아요?"

로완은 한동안 말이 없었다. 대답을 했을 때 자기한테 얼마만큼 이득이 되는지 계산하는 게 분명했다.

"아니. 내가 나이가 많긴 하지만 그 정도로 많지는 않아."

그가 정확한 나이를 말해주려 하지 않으니…… 다른 방법을 시도해볼 수밖에 없었다.

"늙은이가 된 기분이에요?"

그는 먼 곳을 응시했다.

"내 종족을 기준으로 말하자면 아직 젊은 편이야."

셀레이나가 원하는 대답이 아니었다.

"지금은 더 이상 존재하지 않는 왕국에서 벌어진 전투에 출전했다고 전에 말한 적 있잖아요. 전쟁에도 몇 번 나갔으니 세상도 두루 봤겠네요. 그런 티는 남게 마련이니 속은 나이를 먹었겠어요."

"너도 늙었다는 기분이 드나?"

그의 눈빛은 흔들림이 없었다. 그가 보기에 셀레이나는 어린아이…… 소녀 수준이었다.

그럴 것이다. 셀레이나가 나이를 더 먹는다고 해도 그를 기준으로 하면 어린아이에 불과할 테니까. 그에게 어른다운 면이 있음을 보여야 이번 일에 성공할 수 있을 것이다.

"요즘은 유한한 존재라서 다행이다 싶어요. 이런 삶을 한 번만 겪으면 되니까. 당신이 전혀 부럽지 않네요."

"예전에는 다르게 생각했어?"

이번에는 셀레이나가 지평선을 멍하니 바라보며 대답했다.

"세상을 다 볼 기회가 있으면 좋겠다고 생각했어요. 그러지 못한 게 한스러웠고요."

그가 궁금해하는 게 느껴졌지만 셀레이나는 다시 돌을 살펴보며 걸음을 옮겼다. 먼지를 손으로 쓸어내자 가지가 뻗은 뿔 사이에 빛나는 별을 달고 있는 수사슴 조각이 나타났다. 테라센에서 본 것과 비슷했다. 엠리스가 해준 태양 수사슴에 관한 이야기가 떠올랐다. 거대한 가지가 뻗은 뿔 사이에 영원히 꺼지지 않는 불을 품은 수사슴. 수사슴은 이 땅의 사원에서 도적질당했다……

"사원이 파괴되기 전에 여기서 수사슴을 길렀어요?"

"모르겠어. 이 사원은 파괴된 게 아니야. 페이들이 도라넬로 옮겨 가면서 버려졌는데, 세월이 흐르고 비바람에 휩쓸려 폐허가 된 것이지."

"엠리스에게 들은 얘기로는 버려진 게 아니라 파괴됐다던데요."

"그래서 무슨 말이 하고 싶은 건데?"

아직은 알 수가 없어서 셀레이나는 고개를 저으며 말했다.

"내가 살았던…… 테라센의 페이들은 당신 같지 않았어요. 내가 기억하기로는 그래요. 숫자는 많지 않았지만……" 셀레이나는 힘겹게 숨을 삼키며 말을 이었다. "아달렌의 왕은 너무도 쉽게 그들을 사냥해서 죽였어요. 그런데 당신을 보면 어떻게 아달렌 왕이 그렇게 할 수 있었는지 이해가 안 돼요."

아달렌 왕이 아무리 워드 열쇠를 갖고 있다고 해도 페이는 인간보다 훨씬 강하고 빨랐다. 마법이 사라진 순간 몇몇이 동물의 몸 안에 갇혔을 수도 있지만, 더 많은 수의 페이들이 살아남았어야 마땅했다.

셀레이나는 한 손으로 따뜻한 돌 조각을 짚은 채 어깨너머로 그를 힐끗 돌아보았다. 로완은 턱 근육을 움직이며 입을 열었다.

"당신이 살았던 대륙에 가본 적은 없지만 그곳 페이들이 좀더 온순하고 덜 공격적이라는 소문은 들었어. 전투 훈련을 받은 페이도 몇 명 없다더군. 마법에 대한 의존도가 너무 높아서. 그 땅에서 마법이 사라지니 대다수 페이들은 훈련받은 군인들을 상대로 어떻게 싸워야 할지도 알 수 없었겠지."

"그런데도 메이브 여왕은 지원군을 보내지 않았어요."

"너희 땅의 페이들은 오래전에 메이브 여왕과 절연했어." 그는 잠시 뜸을 들이더니 덧붙였다. "그래도 도라넬에서는 테라센의 페이들을 도와야 한다고 주장하는 자들도 있었지. 결국 여왕께서는 여기로 도망쳐오는 테라센 페이들에게 피난처를 제공하기로 하셨어."

더 깊게는 알고 싶지 않았다. 몇 명이나 탈출에 성공했는지, 서쪽에 사는 동족을 구하러 가야 한다고 주장했던 몇 안 되는 자들 중에 로완도 있었는지 굳이 확인하고 싶지 않았다. 수사슴 조각에서 손을 떼고 돌아섰다. 돌에서 느껴지던 기분 좋은 열기는 그녀가 손을 떼자마자 차갑게 식었다. 돌에 깃든 고대의 괴이한 힘이 그녀를 보내기 아쉬워한다는 것을 셀레이나는 어렴풋이 느낄 수 있었다.

다음날, 주방에서 아침 근무를 마친 셀레이나는 여느 때처럼 몸이 쑤시고 기운이 쭉 빠져 있었다. 일을 도와줄 루카도 없이 오전 내내 재료를 썰고 씻고 위층으로 음식을 나르느라 정신이 하나도 없었다.

통로를 지나가는데 루카의 친구이며 엠리스의 이야기를 자주 들으러 오는 마른 근육질의 젊은 보초가 눈에 띄었다. 페이족 특유의 귀도, 우아한 분위기도 없는 그 청년은 요새 정찰팀의 대장 바스였다. 루카는 바스에 대해 끝도 없이 수다를 떨곤 했다. 셀레이나는 바스에게 약간 미소를 지어 보이며 고개를 끄덕여 인사했다. 바스는 화들짝 놀라며 몇 번 눈을 껌벅이더니 어색하게 미소를 짓고는 근무지인 성벽 쪽으로 걸어갔다. 셀레이나는 인상을 구겼다. 요즘 그녀는 주변 사람들에게 나름 교양 있게 인사를 건네는 편이었다. 방에 도착해 재킷을 벗으면서도 바스의 괴상한 반응이 머릿속을 떠나지 않았다.

"늦었네."

문간에서 로완이 말했다.

"오늘 아침엔 설거지할 게 더 많아서요." 셀레이나는 헝클어진 머리카락을 다시 땋으며 로완이 서 있는 문간 쪽으로 돌아섰다. "오늘은 유익한 훈련을 좀 하게 되나요? 아니면 또 가만히 앉아 으르렁대고 눈을 부라리기만 하나요? 그것도 아니면 끝도 없이 장작이나 팰까요?"

그는 대꾸도 없이 복도로 나섰다. 셀레이나는 머리를 마저 땋으며 뒤따라갔다. 그들은 두 보초병 앞을 지나갔다. 셀레이나는 그들의 눈을 똑바로 쳐다보면서 미소 지으며 확실하게 인사했다. 보초병들은 또다시 놀라 눈을 껌벅이면서 서로 이상하게 눈짓을 하고는 어색하게 미소로 화답했다. 미소 띤 얼굴로 인사를 건네는 것조차 상대를 놀라게 할 만큼 불쾌한 존재가 된 건가? 누군가에게 마지막으로 미소를 지었던 게 언제였더라?

그들은 요새를 한참 뒤에 두고 남쪽의 산비탈로 올라갔다.

"그들이 거리를 두는 건 당신이 풍기는 냄새 때문이야."

"뭐요?"

그가 생각을 어떻게 읽어냈는지 셀레이나는 알고 싶지 않았다.

로완은 숨찬 기색 하나 없이 나무 사이로 성큼성큼 걸어 올라갔다.

"이곳에는 여자보다 남자가 많고 세상으로부터 거의 고립돼 살고 있어. 여기 남자들이 당신한테 접근하지 않는 이유가 궁금하지 않아?"

"나한테서 냄새가 나서 가까이 안 온 거라고요?"

당황스러울 것까진 없다고 생각했지만 얼굴은 달아오르고 있었다.

"당신은 가까이 오지 말라는 의미가 담긴 냄새를 풍기고 있어. 남자는 여자보다 그런 냄새를 더 잘 맡아. 그래서 저들이 당신과 거리를 두는 거야. 여자에게 손톱으로 얼굴이 찢기고 싶지 않으니까."

페이족의 원초적인 감각이 얼마나 강한지 지금껏 잊고 있었다. 그들은 후각과 짝짓기 본능, 영역 방어 습성이 대단히 강했다. 산 너머의 교양 있는 세상과는 묘하게 대비되는 점이었다.

"그렇군요." 감정을 쉽게 포착당하는 게 편치 않았지만 셀레이나는 애써 태연하게 대답했다. 여기서는 거짓말이나 허세가 거의 통하질 않았다. "난 인간이든…… 페이든 남자든 관심 없어요."

"여왕이 되면 어쩔 생각이지? 결혼을 통해 잠재적 동맹을 맺는 것도 거절할 건가?"

보이지 않는 손이 목을 감아쥐는 느낌이었다. 왕관과 왕좌의 무게만으로도 관 속에 갇힌 기분이라 결혼 동맹에 관해서는 생각도 해보지 않았다. 그런 식의 결혼, 케이올이 아닌 다른 자와 몸을 섞는 것은…… 셀레이나는 얼른 그 생각을 머릿속에서 몰아냈다.

로완은 언제나 그랬듯 미끼를 던졌다. 셀레이나는 큰할아버지 올론 왕의 뒤를 이어 왕좌를 물려받을 생각이 없었다. 네히미아에게 했던 약속을 지키려는 것뿐이었다.

"시도는 좋았어요."

로완이 송곳니를 번뜩이며 히죽 웃었다.

"눈치챘군."

"당신도 내가 던진 미끼를 한 번씩 물잖아요."

로완의 표정은 마치 이렇게 말하는 듯했다. 눈치 못 챘나 본데 일부러 미끼를 물어준 거야. 난 멍청한 인간이 아니라고.

이유를 묻고 싶었지만 그와 화기애애한 대화를 나누는 건, 다른 누구와도 마찬가지겠지만 괴상하게 느껴졌다.

"오늘은 무슨 훈련을 해요? 서쪽으로는 와본 적 없잖아요."

그의 입가에서 웃음기가 사라졌다.
"유익한 걸 해보고 싶다며. 기회를 줄게."

셀레이나가 인간의 몸으로 이동한 터라 그들이 소나무 숲에 도착했을 무렵 근처 마을에서 벌써 오후 3시를 알리는 종소리가 들려오기 시작했다.

셀레이나는 왜 여기로 데려왔냐고 굳이 묻지 않았다. 때가 되면 그가 말해줄 테니까. 로완은 나무와 돌에 남겨진 표시들을 따라 조심스럽게 이동했다. 셀레이나는 조용히 그의 뒤를 따라갔다. 목이 마르고 배도 고픈 데다가 약간 어지러웠다.

어느새 지형이 달라졌다. 장화 발에 솔잎이 밟히고 머리 위에는 갈매기들이 울어댔다. 바다가 가까운 모양이었다. 시원한 바람이 땀에 젖은 얼굴을 스치자 입에서 절로 신음이 나왔다. 소금과 생선, 태양에 뜨끈하게 데워진 바위 냄새가 바람에 스며 있었다. 로완은 어느 개울 앞에서 걸음을 멈췄다. 셀레이나의 코에 악취가 와 닿았다. 침묵이 흘렀다.

개울 주변의 덤불은 부러지고 마구 짓밟혀 엉망이었다. 로완은 개울의 바위 사이에 끼어 있는 무언가를 바라보았다.

셀레이나의 입에서 욕이 나왔다. 시체였다. 남은 부위의 형태로 짐작건대 여자 시체인 듯했다.

그런데 거의 껍질만 남아 있었다. 생기, 즉 알맹이가 쭉 빨려 나간 듯한 모습이었다. 코와 귀에서 흘러나오다 말라붙은 핏자국을 제외하면, 잘리거나 찢긴 상처는 보이지 않았다. 시든 것처럼 메마른 피부는 창백했고 퀭한 얼굴에는 공포와…… 슬픔이 새겨져 있었다. 냄새가 났다. 썩어가는 시체 때문만은 아니었다. 주변에서 괴상한 냄새가 풍겼다.

"이게 뭐죠?" 셀레이나는 개울 주변의 훼손된 숲을 살펴보며 물었다. 로완은 무릎을 굽힌 채 시신을 들여다보았다. "왜 시체를 바다에 던져 넣지 않았을까요? 시체를 개울 옆에 버려두는 건 멍청한 짓인데. 흔적이 다 남잖아요. 이 시체를 발견하고 지나간 자들의 흔적일지도 모르겠지만요."

"오늘 아침에 맬라카이가 보고를 올렸어. 맬라카이와 부하들은 훈련이 되어 있어서 이런 흔적을 남기지 않아. 이 냄새는…… 확실히 뭔가 달라." 로완은 개울로 걸어 들어갔다. 셀레이나는 말리려다가 말았다. 그는 시체를 위아래로 살피고 주변을 한 바퀴 돌았다. 그러더니 분노에 찬 눈으로 셀레이나를 쳐다보았다. "이제 말해봐, 자객. 유익한 일을 해보고 싶다며."

셀레이나는 발끈했지만 그럴 상황이 아니었다. 망가진 인형 같은 여자의 시신이 있었다.

시체 냄새를 맡는 건 정말이지 취향이 아니지만 어쩔 수 없었다. 냄새를 통해 끔찍한 기억이 떠올랐다. 태어나서 딱 두 번 맡아본 냄새였다. 한 번은 10년 전 피투성이 방에서. 그리고 최근에 다시 한 번……. 그녀는 간신히 입을 열었다.

"당신은 묘지에서 본 그 존재의 정체를 모른다고 했었잖아요." 시신의 입은 비명을 지르던 상태 그대로 벌어져 있었고, 말라붙은 코피 아래로 갈색을 띤 깨진 치아가 보였다. 셀레이나는 자신의 코에 손을 대며 움찔했다. "그 존재가 한 짓 같아요."

개울에 들어가 있던 로완은 두 손을 허리춤에 댄 채 돌아서서 코를 다시 쿵쿵거렸다. 그는 셀레이나한테서 시신으로 시선을 옮겼다.

"당신도 어둠 속에서 빠져나왔을 때 꼭 누군가에게 생기를 빨아먹힌 것 같았어. 주근깨까지 안 보일 정도로 피부도 창백해졌고."

"그 존재가 내 머릿속에…… 떠올리기 싫은 최악의 기억을 펼쳐냈거든요." 공포에 절은 시신의 애달픈 얼굴이 우듬지를 향해 있었다. "그런 기억을 먹이로 삼는 괴물에 대한 얘기 들어봤어요? 얼핏 봤을 땐 사람인 줄 알았어요. 창백한 피부에 검은 머리카락, 흰자 없이 검은자만 있는 눈을 가진 아름다운 남자처럼 보였거든요. 하지만 인간이 아니었어요. 인간처럼 보였지만 눈이…… 그런 눈을 가진 게 인간일 리 없죠."

부모님은 암살당했다. 셀레이나는 부모님의 몸에 난 상처를 똑똑히 봤다. 당시 그 방에서 풍기던 냄새와 너무도 비슷했다……. 그 기억을 씻어내고, 척추를 따라 스멀스멀 올라오는 오싹한 기분을 털어버리려는 듯 셀레이나는 고개를 저었다.

"메이브 여왕님도 이 땅의 더러운 존재들을 전부 알지는 못해서. 스킨워커들이 산에서 내려올 수 있다면 다른 괴물들도 그럴 수 있겠지."

"마을 사람들이 아는 게 있을지도 몰라요. 뭔가를 봤거나 소문을 들었을 수도 있고요."

로완도 같은 생각인 듯했지만, 슬픈 표정으로 진저리치듯 고개를 저었다.

"시간이 없어. 당신이 인간의 몸으로 여기까지 오는 바람에 시간이 너무 지체됐어. 곧 해가 저물 거야." 그들은 야영에 필요한 물건들을 챙겨오지 않았다. "한 시간 안에 돌아가야 해. 서둘러."

길 끝은 절벽이었다. 해안 절벽 아래로 좁게 펼쳐진 해변이 내려다보였다. 근처에 누군가 살고 있는 흔적은 보이지 않았다. 절벽 끝에 선 로완은 팔짱을 낀 채 선명한 녹색 바다를 바라보았다. 그는 혼잣말처럼 말했다.
 "난 몇 주 동안 이런 시신이 몇 구 발견됐어. 이게 네 번째 시신이야. 그런데 실종 신고도 된 적이 없어." 그는 모랫바닥에 웅크리고 앉아 문신한 손가락으로 흙바닥에 선을 슥슥 그어 웬들린의 해안선을 그렸다. "시신들이 발견된 장소는 여기야." 그는 시신이 발견된 장소들을 점으로 찍었다. 전부 물에 가깝기는 한데 딱히 연관성은 없어 보였다. "지금 우리 위치는 여기고." 그는 이렇게 말하며 점을 하나 더 찍었다. 셀레이나가 흙바닥에 그려진 지도를 내려다보는 동안 그는 뒤로 물러나 무릎을 꿇고 앉았다. "우리가 괴물을 만난 묘지는 여기야." 그는 내륙 안쪽 깊숙한 곳을 X로 표시했다. "그 후에 확인을 해봤는데 괴물의 흔적은 묘지에 남아 있지 않았어. 와이트들은 평소처럼 묘지에 돌아와 있었고."
 "다른 시체들 상태도 이랬어요?"
 "전부 공포에 질린 표정이었고 이렇게 알맹이가 쭉 빨려 나간 것 같은 모습이었어. 코와 귀에 말라붙은 핏자국을 제외하면 겉에는 상처가 없었어." 문신이 새겨진 그의 황갈색 피부가 핏기가 가신 듯 창백했다. 이를 악문 걸 보니, 불멸의 존재인 자신이 괴물의 정체를 모른다는 게 꽤나 자존심이 상하는 모양이었다.
 "모든 시신이 바다가 아니라 숲에 버려져 있었어요?" 셀레이나의 물음에 그는 고개를 끄덕였다. "전부 물에서 가까운 곳이네요." 그는 다시 고개를 끄덕였다. "솜씨 좋고 지각 있는 살인자라면 시체를 더 잘 숨겼겠죠. 바다에 던져 넣었을 거란 얘기예요." 셀레이나는 눈부시게 반짝이는 바다를 바라보았다. 오후의 일몰이 시작되고 있었다. "어쩌면 상관 안 했을 수도 있겠어요. 자기가 하는 짓을 우리가 알기를 바랐을 수도 있고요. 나도 시신을 보란 듯이 놓아둘 때도 있었으니까. 메시지를 보내기 위해 그렇게 한 적도 있어요." 최근에도 그렇게 했다. "희생자들의 공통점은 뭐죠?"

"모르겠어. 이름도 출신도 파악을 못 했어." 그는 일어서서 손에 묻은 흙을 털어냈다. "일단 요새로 돌아가야 돼."

셀레이나는 그의 팔꿈치를 잡았다.

"잠깐만요. 시체를 충분히 살펴봤어요?"

그는 천천히 고개를 끄덕였다. 셀레이나도 충분히 살펴봤다. 냄새도 충분히 맡아봤고. 최대한 세세히 기억에 담아두었다.

"그럼 묻어주죠."

"이 부근은 땅이 너무 단단해."

셀레이나는 그를 뒤에 남겨두고 걸어가 숲 사이를 둘러보았다.

"그럼 옛날 방식으로 해요."

시신이 개울에서 썩어가게 두고 갈 수가 없었다. 물에 젖어 차가워진 시신을 이곳에 영원히 버려두는 건 못할 짓이었다.

알맹이가 없어 이상할 정도로 가벼운 시신을 개울 밖으로 끌어내 갈색 솔잎 더미 위에 눕혔다. 로완이 말없이 지켜보는 동안 셀레이나는 불쏘시개와 나뭇가지를 모았다. 그리고 공포로 얼어붙은 시신의 얼굴과 쪼글쪼글해진 피부를 바라보지 않으려 애쓰면서 그 앞에 무릎을 꿇었다.

셀레이나가 손으로 불을 피우려 몇 번 시도하는 동안 로완은 조롱하는 말을 내뱉지 않았다. 마침내 솔잎에 불이 붙고 오그라지면서 연기를 내뿜을 때도 그는 신랄하게 비꼬지 않았다. 솔잎은 장작더미에 오래된 향을 보탰다. 셀레이나는 타오르는 불길을 피해 한 걸음 뒤로 물러섰다. 뒤에서 내려다보는 그의 시선이 느껴졌다. 그의 단호하고 강한 기운이 마치 유령처럼 그녀를 감싸고 있었다. 따스한 바람이 셀레이나의 머리카락과 얼굴을 훑었다. 장작이 더 잘 타도록, 시체를 잘 태우도록 돕는 바람이었다.

셀레이나가 느끼는 혐오감은 그녀가 한 맹세나 네히미아와 아무 관계가 없었다. 내면의 영원한 구덩이 속으로 손을 넣었다. 그곳에 변신을 가능케 하는 계기가 있을까. 그럼 내면의 작고 구슬픈 모닥불을 좀 더 꾸준하고 당당하게 피울 수 있을 텐데.

인간의 몸이라서인지 기운도 없고 공허했다.

하지만 로완은 그런 그녀의 모습을 보고도 투덜거리지 않았다. 그가 쏟아낸 바람이 불을 더 잘 타오르게 했다. 시신은 평범한 장작에 놓고 태울 때보다 훨씬 빠르게 소각됐다. 시신이 다 타서 재가 될 때까지 그들은 말없이 지켜보았다. 마침내 재는 바람에 실려 저 멀리 나무 위로, 열린 바다로 날아갔다.

26

 지하무덤에서 마주친 그날 밤 이후 케이올은 에이디언 장군이나 도리언 왕세자를 보거나 그들에 관한 소식을 듣지 못했다. 부하들 얘기로 도리언은 치료사들이 머무는 지하에 툭하면 내려가 젊은 치료사 여성을 만나고 있다고 했다. 마음 한편으로 다행이다 싶었다. 그런 생각을 하는 자신이 싫었지만 어쩔 수 없었다. 도리언이 혼자 틀어박혀 있는 것보다 누구하고든 얘기를 나누는 편이 나았다.
 도리언과 사이가 틀어지긴 했지만 그만한 가치는 있었다. 그를 용서하지 못하게 됐더라도 도리언에게는 잘된 일이었다. 다시 못 돌아오게 된다고 해도 셀레이나에게 잘된 일인 것처럼. 케이올은 그녀가 에일린이 아니라 여전히 셀레이나이길 바랐지만 충분히 가치 있는 일이었다.
 일주일 후 그는 에이디언을 다시 만났다. 도리언의 방해로 받지 못한 정보를 얻어내기 위해서였다. 도리언이 그들의 대화를 쉽게 엿들을 수 있었으니 지하무덤은 최적의 장소라고는 할 수 없었다. 위험을 최소화할 수 있는 장소가 한 군데 더 있었다. 셀레이나가 케이올에게 남겨주겠다며 유언장에 주소와 함께 기재한 집이었다.

그곳은 창고 위쪽에 위치한 비밀 숙소였다. 안으로 들어가 보니 집 안의 호화로운 가구에 누군가 시트를 덮어두었다. 시트를 한 장씩 벗겨내자, 엔도비어로 끌려가기 전 셀레이나가 어떤 사람이었는지를 조금 더 짐작할 수 있었다. 그녀가 얼마나 화려한 취향을 가졌는지에 대한 증거이기도 했다. 셀레이나는 어린 시절을 보낸 자객들의 요새 말고 자기만의 집이 필요해서 이 숙소를 샀다고 케이올에게 털어놓은 적이 있었다. 그녀는 가진 돈을 탈탈 털어 이 집을 구매했는데, 이 집에서 소소하나마 자유를 누렸으니 돈값을 했다고 볼 수 있었다. 그는 가구를 덮은 시트를 그냥 둘까 생각했다. 응당 그래야 할 것이다……. 하지만 궁금증이 일었다.

욕실이 하나씩 딸린 방 두 개와 주방 하나, 큰 거실 하나로 구성된 집이었다. 거실에는 조각이 새겨진 대리석 벽난로가 있었고, 푹신하고 기다란 소파와 특대형 벨벳 안락의자가 벽난로 앞에 놓여 있었다. 거실의 나머지 절반에는 여덟 명까지 앉을 수 있는 오크나무 식탁이 자리했다. 식탁 위에 놓인 식기 세트, 자기 그릇과 은 그릇, 접시 등은 색이 바랜 지 오래였다. 에로밴 헤멜의 명령에 따라 봉인된 후 아무도 이 집에 발을 들여놓지 않은 게 분명했다.

자객들의 왕 에로밴 헤멜. 마지막 흰 시트를 벗겨내 복도의 벽장에 집어넣으며 케이올은 이를 갈았다. 지난 며칠 동안 그는 셀레이나의 옛 스승 에로밴에 대해 생각을 거듭했다. 애초에 테라센의 공주는 반쯤 얼어붙은 플로린 강에 빠져 사라진 것으로 알려져 있었다. 에로밴은 영리한 놈이니 테라센의 공주가 사라진 직후 기진맥진한 채로 발견된 고아의 정체를 눈치챘을 것이다.

에로밴이 셀레이나의 정체를 알고서도 그런 잔인한 짓을 한 거라면……. 셀레이나의 손목에 새겨진 상처 자국이 눈앞에 떠올랐다. 에로밴은 셀레이나의 손목을 부러뜨린 적도 있었다. 그 외에도 셀레이나가 굳이 말하지 않은 에로밴의 잔인한 짓거리는 무수히 많을 것이다. 그중에서도 최악은, 제일 지독한 짓은…….

왕의 전사가 되었을 때 제일 먼저 스승을 찾아내 도륙하지 않은 이유가 무엇인지 케이올은 셀레이나에게 묻지 않았다. 에로밴은 셀레이나의 연인 샘 코틀랜드를 고문해 죽이도록 명령한 장본인일 뿐 아니라, 셀레이나를 함정에 빠뜨린 뒤 엔도비어로 끌려가게 만들었다. 에로밴은 이 집에 손을 대지 않고 두면 언젠가 셀레이나를 다시 손에 넣을 수 있을 줄 알았을 것이다. 그녀를 엔도비어에 처박아두고 푹 썩게 두었다가 자유롭게 풀어주면 자기 밑으로 기어들어와 영원히 충성을 바칠 것이라 생각했겠지.

에로밴을 언제, 어떻게 죽일지를 정하는 건 셀레이나의 권리인 동시에 에이디언의 권리이기도 했다. 에로밴의 머리를 언제 잘라낼지는 케이올보다 테라센의 두 군주가 결정할 일이었다. 하지만 에로밴을 보게 되면 달려들어 죽이지 않고 참을 자신은 없었다.

곧 무너질 듯한 나무 계단이 삐걱거렸다. 케이올은 단숨에 칼을 빼들었다. 두 개의 음으로 된 낮은 휘파람 소리에 비로소 긴장을 약간 풀고는 휘파람으로 대답을 전했다. 칼을 빼든 채 기다리고 있는데, 마찬가지로 손에 칼을 든 에이디언이 앞문으로 성큼성큼 걸어 들어왔다.

"자네가 여기 혼자 올지, 아니면 부하들을 그림자 속에 대기시켜 놓았을지 궁금했어."

에이디언은 칼을 칼집에 넣으며 인사 대신 말했다.

케이올은 날카로운 눈초리로 그를 마주 보았다.

"저도 마찬가집니다."

에이디언은 집 안쪽으로 걸어 들어갔다. 사납게 굳어 있던 에이디언의 얼굴에 경계심과 놀라움, 슬픔이 차례로 스치고 지나갔다. 사라진 사촌의 흔적을 처음으로 보게 됐기 때문일까. 이 집에는 셀레이나의 물건들이 채워져 있었다. 벽난로 선반 위의 작은 조각상부터 초록색 냅킨, 주방의 오래된 식탁에 이르기까지 전부 손수 고른 물건들이었다. 식탁은 무수히 칼질이라도 당한 듯 얼룩지고 홈집이 나 있었다.

방 한가운데 선 에이디언이 한 바퀴 쭉 돌아보았다. 그림자 진 곳에 숨어 있는 자가 있는지 다시 한번 확인하겠다는 듯이. 하지만… 케이올은 화장실에 다녀오겠다고 중얼거리며 방을 나섰다. 에이디언에게 혼자 있을 시간이 필요할 것 같아서였다.

여기는 에일린의 집이었다. 그녀가 자신의 과거를 받아들였는지, 혐오하고 있는지 알 수 없지만, 그녀는 테라센 왕실을 상징하는 초록색과 은색으로 식탁을 꾸며놓았다. 식탁, 그리고 벽난로 선반 위에 놓인 수사슴 조각상은 어쩌면 그녀가 옛 시절을 기억하고 있다는 유일한 증거일 수도 있었다. 그 시절을 기억하고 신경을 쓰는지는 알 수 없지만.

느긋하게 벽난로 앞에서 밤을 보내려고 마련된 집인 것처럼 전체적으로 편안하고 고상한 분위기였다. 책장이며, 소파 옆 탁자 위, 그리고 창문 앞 커다란 안락의자 옆에도 책이 잔뜩 쌓였다. 바닥부터 천장까지 커튼이 드리워진 그 창문이 거실의 한쪽 벽면을 온통 차지했다.

작은 장식품들만 보더라도 똑똑하고 교육받은 사람. 교양 있는 사람의 방이었다. 여러 왕국에 걸쳐, 어디 갈 때마다 조금씩 사 모은 느낌이었다. 그녀가 해온 모험들, 여기저기서 만난 사람들의 흔적이 지도처럼 방 안에 펼쳐져 있었다. 에일린은 살아 있었다. 살아서 이런저런 것들을 보고 이런저런 일을 하고 있었다.

주방은 작지만 아늑했다. 그리고…… 맙소사. 아이스박스까지 있었다. 근위대장은 에일린이 악명 높은 자객이라고는 말했지만 부자라고는 말하지 않았다. 피로 벌어들인 돈일 것이다. 이 모든 것들은 그녀가 잃은 게 무엇인지를 보여주는 증거에 불과했다. 에이디언이 제대로 보필하지 못해 벌어진 결과였다.

에일린은 살인자가 됐다. 이 집의 상태로 보건대 무척 실력 있는 살인자였다. 침실은 더 대단했다. 큼직한 침대에는 구름처럼 푹신한 매트리스가 깔렸고, 침실에 딸린 대리석 타일 욕실에는 자체 배관이 설치돼 있었다.

옷장 안의 풍경은 예전과 달라지지 않았다. 에일린은 늘 예쁜 옷을 좋아했다. 에이디언은 진청색 튜닉을 옷장에서 꺼냈다. 옷깃 주변의 금실 자수와 단추가 돌출 촛대의 촛불 빛을 받아 반짝거렸다. 이 옷들은 여성의 것이었다. 집 전체에 스며 있는 냄새도 여성의 것이었다. 어린 시절 그가 맡았던 체취와 너무나도 비슷했지만 신비롭고 비밀스러운 웃음기가 섞여 있었다. 페이족 특유의 감각을 가진 에이디언은 그 냄새를 알아채고 반응할 수밖에 없었다.

옷방 벽에 기대어 선 에이디언은 하얗게 먼지가 앉은 가운이며 보석들을 바라보았다. 과거에 그가 겪은 일, 그가 죽인 사람들, 남의 피를 뒤집어쓰며 돌아다닌 전장 따위는 아무래도 좋았다. 에일린이 죽은 날 그는 모든 것을 잃었으니까. 그가 그녀를 보호하지 못해 받는 벌이니 달게 받아야 마땅했다. 하지만 에일린은…….

에이디언은 두 손으로 머리카락을 쓸어 넘기며 거실로 걸음을 옮겼다. 근위대장이 어떻게 생각하든 에일린은 웬들린에서 돌아올 것이다. 숨을 쉴 때마다 방 안에 남아 있는 그녀의 체취가 에이디언의 심장과 영혼을 감쌌다. 그녀가 돌아오면, 다시는 놓지 않을 것이다.

에이디언이 벽난로 앞 안락의자에 앉자 케이올이 입을 열었다.
"이만하면 오래 기다렸습니다. 이제 마법에 대해 말씀해주시죠. 그만한 가치는 했다고 생각합니다."
"마법을 자네의 주된 방어 계획이나 실행 계획으로 삼아서는 안 돼."
"장군의 여왕이 마법의 힘으로 땅을 가르는 광경을 제 눈으로 봤습니다. 그 정도의 힘이면 전장에서 전세를 뒤집고도 남겠죠. 장군도 그런 힘을 필요로 하지 않는다고 보장할 수 있겠습니까?"
"에일린은 전장 근처에도 가지 못하게 할 거야."
에이디언이 낮고 위협적인 목소리로 받아쳤다.
케이올은 그 말을 믿을 수 없었지만 부디 그렇게 되기를 바랐다. 에이디언이라면 셀레이나를 왕좌에 묶어둘 수 있지 않을까. 최전선에 나가 싸우지 못하게 막을 수 있지 않을까.
"말해주시죠."
에이디언은 한숨을 쉬며 벽난로 안에 피워둔 불을 바라보았다. 머나먼 지평선을 바라보는 듯한 눈빛이었다.

"마법이 사라진 시점부터 군인들이 돌아다니며 곳곳에 불을 지르고 사람들을 잡아다가 처형하기 시작했어. 그리고 그날 그 일도 일어났지. 처음엔 새들이 군인들을 피해서 혹은 썩은 고기를 먹으려고 날아가는 줄 알았어. 그날 나는 왕의 명령으로 탑 방에 갇혀 있었거든. 평소에는 탑 아래 도시에서 일어나는 일을 보고 싶지 않아서 창밖을 내다보질 않았는데, 그날은 새 소리가 하도 요란해서 바깥을 내다봤어. 그런데……" 에이디언은 고개를 저었다. "무언가가 새들을 이 방향, 저 방향으로 날려 보내고 있더라고. 그리고 비명이 들리기 시작했지. 마치 동맥이 잘린 것처럼 그 자리에서 죽은 사람들도 있었어."

에이디언은 케이올과의 사이에 놓인 야트막한 탁자에 지도 한 장을 펼쳐놓고 못 박인 손가락으로 오린스를 짚었다.

"새는 두 무리였어. 첫 번째 파동의 영향을 받은 새들이 북북서 방향으로 날아갔지." 그는 지도에 손가락으로 선을 그었다. "탑에서는 꽤 멀리까지 보였거든. 나는 그 새들 대부분이 남쪽에서 왔다는 걸 알 수 있었어. 그 근방의 새들은 원래 멀리 이동을 안 하는 편인데, 두 번째 파동이 치자 새들 대부분이 북동쪽으로 쏠려가더라고. 마치 땅의 중심에서 어떤 힘이 새들을 밀어붙이는 것처럼 보였어."

케이올은 테라셴에서 두 번째로 큰 도시인 퍼렌스를 가리켰다.

"여기서부터 퍼져나간 파동입니까?"

"훨씬 더 남쪽이야." 에이디언은 케이올의 손을 옆으로 밀치고 덧붙였다. "엔도비어나 더 아래쪽."

"그렇게 멀리까지 보였을 리가 없을 텐데요."

"맞아. 전사 겸 귀족들이 오크월드 숲에 사는 새들에 대해 가르쳐 줬거든. 듣고 외워뒀지. 사냥하고 싸우는 게 본능인 자들이니까. 어쨌든 아달렌에서만 볼 수 있는 새들이 우리 쪽으로 날아오고 있었어. 나는 불안감을 달래려고 새들의 숫자를 셌지…….”

다시 침묵이 흘렀다. 에이디언은 괜한 말을 꺼냈다 싶은지 멈칫하다가 말을 이었다. “새들이 남쪽의 세 왕국에서부터 그곳까지 올라왔다는 얘기는 들어본 적도 없었어.”

케이올은 리프트홀드에서부터 시작해 산들을 지나 페리언 협곡까지, 지도에 대략적으로 선을 그었다.

“이 방향에서 무슨 일이 일어난 거군요.”

“두 번째 파동이 있고 나서 마법이 멈췄어.” 에이디언은 눈썹을 치켜뜨며 물었다. “어떤 날인지 기억 안 나?”

“그때 저는 여기 있었습니다. 고통을 느낀 사람이 있을 수도 있지만 티를 내지 않으니 몰랐죠. 아달렌에서는 마법이 불법 취급을 받은 지가 수십 년은 됩니다. 대체 무슨 얘기를 하려는 겁니까, 장군?”

“음, 머터프와 렌도 비슷한 경험을 한 적 있어.” 그렇게 에이디언은 또 다른 얘기를 늘어놓았다. 에이디언처럼, 렌과 머터프도 마법이 사라진 날부터 그 지역 동물들이 광적으로 이동하는 모습을 봤다. 마법이 사라진 날, 정체를 알 수 없는 두 번째 파동이 쳤다. 그가 본 새들은 원래 서식지가 대륙의 남쪽인데 파동에 밀려 해골 만에 도착한 것이었다.

여섯 달 전, 에일린이 다시 나타났다는 아처 핀의 거짓말에 현혹돼 리프트홀드로 들어온 그들은 그때부터 마법에 대해 생각해보기 시작했다. 그들의 여왕을 위해 아달렌 왕의 힘을 깨부술 방법을 궁리했다. 리프트홀드의 다른 반역 세력과 정보를 교환한 그들은 다른 이들도 비슷한 현상을 겪었음을 알게 됐다. 자세한 설명을 듣기 위해 그들은 사막 반도에서 온 상인과 접촉했다. 잰드리아 출신인 그 상인은 밀수로 먹고살고는 있지만 꽤나 정직한 사람이었고 기꺼이 정보를 건네주었다.

 잰드리아의 영주한테서 아스테리온 암말을 훔쳤어요.

 셀레이나는 이렇게 말한 적이 있었다. 셀레이나는 사막 반도에 갔다가 거기서 암말을 훔쳤을 것이다. 케이올은 가슴이 아팠지만 셀레이나와 그런 얘기를 나눴던 기억을 떠올리며 미소 지었다. 에이디언은 머터프가 확보한 그 상인의 진술 내용을 케이올에게 들려주었다.

 사실을 파악해보니 사막에서 마법이 사라졌을 때 친 파동은 두 개가 아니라 세 개였다.

 첫 번째 파동은 북쪽에서부터 휩쓸고 내려왔다. 당시 상인은 잰드리아의 영주와 함께 도시 위쪽 높은 지대에 위치한 요새에 가 있었다. 덕분에 붉은 모래를 춤추게 만든 희미한 진동을 목격할 수 있었다. 두 번째 파동은 남서쪽에서부터 마치 모래 폭풍처럼 거칠게 다가왔다. 마지막 세 번째 파동은 에이디언이 기억하는 바로 그 내륙의 원천에서부터 시작됐다. 마법이 사라지고 얼마 후, 거리에서 사람들의 비명이 터져 나왔다. 일주일 뒤 잰드리아의 영주는 그 도시에서 이름을 떨치고 있는 마법사를 비롯해 모든 마법사를 처리하라는 명령을 받았다. 그때부터 도시에서 터져 나오는 비명은 더욱 끔찍해졌다.

 에이디언은 다 안다는 듯한 미소를 지으며 말을 맺었다.

 "머터프가 좀더 알아낸 사실이 있어. 사흘 후에 만날 거니까 머터프한테서 직접 들어."

 케이올은 의자에서 일어섰다.

 "그게 답니까? 그게 전부예요? 지난 몇 주 동안 굉장한 정보를 주실 것처럼 으스대더니?"

"자네도 나한테 해줄 얘기가 더 있잖아. 왜 나만 패를 전부 내보여야 하지?"

케이올은 이를 악물었다.

"저는 세상을 바꿀 만한 중요한 정보를 알려드렸습니다. 장군님은 가설을 들려주신 것뿐이고요."

에이디언이 위협적으로 눈을 번뜩였다.

"렌과 머터프가 무슨 얘기를 할지 자네도 궁금하잖아."

케이올은 그때까지 늘어지게 기다리고 싶지 않았지만 그전까지 두 번의 공식 오찬과 한 번의 공식 만찬이 있을 예정이었다. 케이올은 그 행사에 모두 참석해서, 왕에게 다양한 상황에 대비한 방어 계획을 설명할 예정이었다.

잠시 후 에이디언이 물었다.

"자네는 왜 그자 밑에서 일을 하지? 그 개자식이 무고한 사람들한테 한 짓, 자네가 사랑한다고 주장한 여자에게 한 짓을 어떻게 모른 척하면서 살아?"

"제 일을 할 뿐입니다."

무슨 말을 해도 에이디언은 이해하지 못할 것이다.

"아달렌의 귀족인 근위대장이 적을 돕고 있는 이유라도 들어보자고. 오늘 자네한테서 얻고 싶은 정보는 그게 다야."

케이올은 에이디언에게 받은 정보가 빈약해서 더 말해줄 게 없다고 답하고 싶었다. 하지만 그는 판단을 달리하기로 했다.

"저는 이 대륙에 평화와 문명을 가져오는 존재가 되어야 한다고 배우며 자랐습니다. 얼마 전 그 가르침이 거짓이었음을 깨닫게 됐고요."

"노동수용소에 대해서는 이미 알고 있었잖아. 대학살에 대해서도."

"피해자들에 대해 모를 때는 거짓말에 쉽게 속아 넘어가게 되니까요." 하지만 셀레이나는 몸에 상처가 있었고 네히미아의 백성들은 학살당했다⋯⋯. "엔도비어의 노예들은 무고한 아달렌 가문 사람들을 죽이려 한 범죄자이거나 반역 세력이라 그곳에 가둬둘 필요가 있다고 하니 왕의 말을 믿을 수밖에 없었죠."

"자네의 고향 사람들 중 진실을 알게 되면 아달렌 왕에게 저항할 사람들이 얼마나 될까? 노예가 되거나 죽임을 당한 사람들이 자기 가족이나 자기네 마을 사람들일 수도 있다는 생각을 할 수도 있을까? 자기네 왕세자가 마법의 힘을 가지고 있고⋯⋯ 자기네와 힘을 합해 왕에게 저항하려 한다는 사실을 안다면⋯⋯ 몇이나 동조할까?"

케이올은 답을 알 수 없었다. 답을 알고 싶은 마음인지도 확신이 서지 않았다. 도리언에 관해서는⋯⋯ 도리언에게 그런 질문은 할 수도 없었다. 그러니 예상도 불가능했다. 케이올의 목표는 오직 도리언을 안전하게 지키는 것이었다. 그로 인해 도리언과의 우정에 금이 간다고 해도 도리언을 이 일에 끌어들이고 싶지 않았다. 절대로.

도리언에게 지난 한 주는 끔찍하면서도 멋진 일의 연속이었다.

끔찍한 이유는 그의 비밀을 알게 된 사람이 두 명 더 늘었다는 것, 날이 갈수록 불안정해지는 마법을 제어하기가 쉽지 않아 살얼음판을 걷는 기분이라는 것 때문이었다.

하지만 멋진 일도 있었다. 오후마다 그는 소르샤가 지하무덤 아래층에서 발견한 아무도 찾지 않는 작업실을 방문하고 있었다. 소르샤는 어디서 가져오는지 몰라도 약초와 식물, 소금, 가루에 대한 책을 찾아 가져왔고 그들은 매일 머리를 맞대고 연구와 연습, 고민을 거듭했다.

도리언이 가진 마법력을 꺾는 방법에 관한 책은 많지 않았다. 소르샤에게 듣기로 그런 책들 대부분은 불태워졌다고 했다. 소르샤는 마법을 일종의 질병처럼 보고 있었다. 막을 방법을 찾기만 하면 내면에 잡아둘 수 있을 것이라 믿었다. 정 안 되면 평상심을 유지해 마법을 억제하도록 물약을 써보는 방법도 있다고 했다. 소르샤는 그런 방법은 쓰고 싶지 않았고 도리언도 마찬가지였지만, 그래도 그런 선택지라도 있다는 걸 알게 되니 마음이 놓였다.

두 사람이 만날 수 있는 시간은 매일 한 시간 정도였다. 그렇게 원칙을 어기고 만나 얘기를 나누는 한 시간 동안 도리언은 본래의 자신으로 돌아간 듯한 기분을 느꼈다. 어둠 속에서 뒤틀리고 휘청대며 갈팡질팡하는 게 아니라 안정적으로 서 있는 듯한 기분이었다. 도리언이 무슨 얘기를 해도 소르샤는 그를 비난하거나 배신하지 않았다. 한때는 케이올이 그런 존재였지만 이제는 달라졌다. 도리언의 마법에 관한 얘기가 나오면 케이올은 여전히 두렵고 역겨워하는 눈빛이었다.

작업대 너머에서 소르샤가 말했다.

"마법이 사라지기 전에 사람들은 죄수의 마법력을 억누르는 특별한 방법을 썼다는 거 아세요?"

책을 읽고 있던 도리언은 고개를 들었다. 약초 재배 요법에 관한 쓸모없는 책이었다. 그의 아버지가 워드 열쇠를 이용해…… 마법을 사라지게 만들기 전의 얘기인 모양이었다. 그는 속이 부글거렸다.

"죄수들이 마법을 이용해 탈옥을 해서 그런 건가?"

소르샤는 다시 책을 들여다보며 대답했다.

"옛 감옥들 대부분이 단단한 쇠를 사용했대요. 쇠는 마법이 통하지 않잖아요."

"그건 나도 알아." 소르샤가 한쪽 눈썹을 치켜떴다. 그녀의 미세한 표정 변화를 전보다 잘 읽어내게 된 도리언은 그녀가 자신과 함께 있으면 전보다 더 활기차다는 것을 알아챘다. "처음 이 힘이 나타났을 때 쇠문에 대고 써보려고 한 적이 있는데…… 잘 되지 않았어."

"흐흠." 소르샤는 입술을 깨물었다. 그 모습에 도리언은 놀랍게도 마음이 흔들렸다. "몸속에 철분이 있는데 어떻게 마법을 쓸 수 있는 거죠?"

"우리 힘이 지나치게 강해지지 않도록 신께서 막아둔 방법이겠지. 마법력을 계속 사용하거나 너무 오래 몸속에 그 힘이 흐르면 기절하고 말아. 더 안 좋은 결과가 빚어질 수도 있겠지."

"철분 섭취량을 늘리면 어떻게 될까요? 요리에 당밀을 많이 넣는다거나 하는 방법으로요. 빈혈 환자한테 쓰는 방법이거든요. 하지만 너무 고용량으로 섭취하면…… 음식 맛도 끔찍해지고 위험할 수도 있으니까……."

"몸 안에 철분 농도를 높이면 마법이 솟구칠 때……." 그는 얼굴을 찡그렸다. 쇠문을 봉쇄하려 했을 때 겪은 고통이 떠올라 더 이상 말을 하기가 꺼려졌다. 하지만 그 방법은 절대 안 된다고 말할 수가 없었다. "여기 당밀이 있어? 음료에 섞어보게."

그 작업실에는 없지만 약간 가지고 있다고 했다. 15분 뒤 도리언은 실바 여신에게 기도를 하고는 당밀을 꿀꺽 삼켰다. 지독하게 단맛에 미간이 찌푸려졌다. 하지만 효과는 딱히 없는 것 같았다.

그의 눈을 바라보던 소르샤는 손에 든 회중시계로 시선을 옮겼다. 시간을 재는 것이다. 부작용이 나타날지 지켜보는 것이다. 1분. 그리고 10분이 지났다. 조금 있으면 도리언은 위층으로 올라가야 했다. 소르샤도 마찬가지였다. 잠시 후 소르샤가 나지막하게 말했다.

"해보세요. 마법을 불러내 보세요. 지금 몸 안에 철분이 많이 들어가 있어요." 그가 눈을 감자 소르샤가 덧붙였다. "왕세자님이 당황하면 그 힘이 반응을 하잖아요. 화가 나거나 두렵거나 슬플 때요. 그런 감정이 느껴지게 만든 일을 떠올려 보세요."

소르샤는 그를 돕기 위해 자신의 직책뿐 아니라 목숨까지 걸었다. 그녀가 돕고 있는 도리언은 군대를 동원해 그녀의 마을을 짓밟고, 리프트홀드에 숨어 있던 다른 이민자들과 함께 그녀의 가족을 죽인 자의 아들이었다. 그는 그녀의 도움을 받을 자격도 없었다.

도리언은 숨을 천천히 들이마시고 내뱉었다. 소르샤는 그의 문제를 감당할 이유가 없었다. 매일 찾아오는 그를 작업실로 맞아들일 필요도 없었다. 도리언은 여자들이 자기에게 호감을 보이는 순간을 잘 포착해내는 편이었다. 처음 만났을 때부터 소르샤는 그에게 호감을 보였다. 그 감정이 안 좋게 변하지 않았기를 바랄 뿐이었다. 하지만 지금 그녀는…… *당황한 순간을 떠올려 보세요*, 라고 그에게 요구했다.

온통 당황스러운 일뿐이었다. 소르샤는 그로 인해 목숨이 위험해질 수 있었다. 하지만 그는 그녀를 위험에 노출시킬 수밖에 없는 입장이었다. 그는 소르샤와 끝까지 가고 싶었다. 그녀를 침대로 데려가고 싶어 안달이 날 지경이었다. 하지만 그는…… 왕세자였다. 한때 셀레이나는 이렇게 소리친 적이 있었다. *당신은 언제까지고 내 적이야.*

왕세자 자리를 팽개칠 수는 없었다. 소르샤가 도움을 줬다는 사실이 아버지의 귀에 들어간다면 아버지는 기어이 소르샤의 목을 베고 그녀의 몸을 불에 태워 그 재를 바람에 날릴 것이다. 그의 친구들이 무너뜨리려 애쓰고 있는 그의 아버지가 말이다. 친구들은 아버지를 무너뜨리기 위해 도리언에게 거짓말을 했고 무시했다. 그들과 소르샤에게 도리언은 위험한 존재일 테니까……

몸속 깊은 곳에서 목구멍으로 고통이 솟구쳐 올라와 욕지기가 날 지경이었다. 다시 한번 파동이 일면서 시원한 바람이 그의 얼굴로 다가왔다. 하지만 그가 고통으로 몸을 떠는 동안 시원한 바람은 태양 아래 안개처럼 녹아 사라졌다. 고통과 욕지기가 다시 몸을 관통하자 그는 눈을 질끈 감고 앞으로 몸을 기울였다. 그런 느낌은 한 번 더 되풀이됐다.

그러다 잠잠해졌다. 눈을 뜨자 바로 앞에 소르샤가 보였다. 영리하고 차분한 소르샤가 놀란 표정으로 입술을 깨물며 서 있었다. 그녀는 그에게 한 걸음 다가왔다.

"혹시 지금……"

도리언이 벌떡 일어선 바람에 의자가 쓰러질 듯 흔들거렸다. 그는 두 손으로 그녀의 얼굴을 감쌌다.

"맞아."

도리언은 그녀에게 입을 맞췄다. 갑작스러운 일이었다. 소르샤의 얼굴이 확 붉어지고 눈이 휘둥그레졌다. 그는 뒤로 물러섰다. 하지만 그의 엄지는 여전히 그녀의 부드러운 뺨을 문지르고 있었다. 그 정도로는 만족할 수 없기에 다시금 그녀에게 다가가고 싶었다.

소르샤는 이내 뒤로 물러나 하던 일로 돌아갔다. 마치 아무 일도 아닌 것처럼. 그저 약간 당황스러울 뿐이라는 듯이.

"내일도 오실 거죠?"

그녀가 나지막하게 물었다. 그녀는 그를 쳐다보지도 않았다.

그는 오겠다는 말을 간신히 내뱉고는 비틀거리며 작업실을 나섰다. 소르샤는 무척 놀란 듯했다. 그는 지금 나가지 않으면 그녀에게 다시 키스를 할 것 같은 기분이었다.

어쩌면 소르샤는 키스를 원치 않을 수도 있었다.

27

오메가의 전망대에 선 마논은 그날 첫 번째로 나선 옐로레그스 마녀단이 협곡을 날아서 건너가는 모습을 바라보았다. 바람을 타고 비행하는 게 옐로레그스 마녀들이긴 했지만, 빠르게 날아올랐다가 급격히 하강하는 모습이 장관이었다.

노던팽의 가파른 절벽 면을 따라 마녀단을 이끄는 자는 이스크라였다. 이스크라가 타고 있는 몸집 큰 수컷 와이번의 이름은 펜디어. 힘이 대단한 그 수컷은 타이투스보다는 작지만 성질은 두 배쯤 더러웠다.

"둘이 아주 잘 어울리네요."

애스터린이 옆에서 이죽거렸다. 열세 마녀단원들은 지금 대련실에서 다른 마녀단 소속 마녀들에게 백병전을 가르치고 있었다. 초록색 눈을 가진 악마족 혼혈 쌍둥이 페일린과 팰런은 새로 들어온 파수병들을 고문하다시피 괴롭히며 즐거워하고 있었다. 그런 면에서 타의 추종을 불허하는 쌍둥이였다.

이스크라와 펜디어는 노던팽 꼭대기를 휙 넘어가 구름 속으로 모습을 감췄다. 나머지 마녀들이 각자의 와이번을 타고 좁은 간격으로 그 뒤를 따랐다. 차가운 바람이 마논의 얼굴을 후려쳤다. 바람이 마논을 부르는 듯했다. 마논은 아브락소스를 보러 동굴로 가던 참이었다. 그전에 옐로레그스 마녀들의 협곡 횡단을 보려고 들른 것이다. 그 마녀들이 앞으로 세 시간 동안 비행에 몰두해 있을 예정인지 확인해야 했다.

협곡을 가로지른 다리 너머 노던팽과 거대한 입구를 바라보았다. 날카롭게 악을 쓰고 고함을 지르는 소리가 산 곳곳에 울려퍼지고 있었다. 마논이 애스터린에게 지시를 내렸다.

"오늘 하루가 끝날 때까지 열세 마녀단원들을 바쁘게 굴려."

제2지휘관 애스터린은 열세 마녀단원 중 유일하게 마논에게 질문할 자격이 있었다. 대단히 제한된 상황에서만 허락된 일이기는 하지만.

"아브락소스와 훈련을 하시려고요?" 애스터린의 질문에 마논은 고개를 끄덕였다. "할머님께서 단장님을 또다시 제 시야 밖에 두면 제 목숨을 거두겠다고 하셨습니다."

바람에 헝클어진 금발이 애스터린의 얼굴을 뒤덮었다. 맞아서 비뚤어진 코가 마논의 눈에 들어왔다. 애스터린은 곤두선 눈빛이었다.

마논은 굳이 쇠 이빨을 드러내고 싶지 않았다.

"알아서 결정해. 할머니의 첩자로 살 거야, 내 부관으로 살 거야?"

대답 여부에 따라 처벌을 하거나 배신으로 간주하겠다는 뜻은 비치지 않았다. 눈을 약간 가늘게 뜨는 것만으로도 충분했다.

"저는 단장님을 섬깁니다."

"할머니는 네가 모시는 대마녀이기도 해."

"그래도 제가 모시는 분은 단장님이십니다."

언제 이런 충성을 또 받아볼 일이 있을까. 마논과 애스터린은 인간들이 말하는 식의 친구는 아니었다. 모든 블랙비크 마녀는 후계자에게 충성을 바치고 복종했다. 하지만 이 정도 충성심은…….

마논은 앞으로 어떻게 할 거라는 계획이나 의도를 할머니를 제외하고는 어느 누구에게도 털어놓은 적이 없었다. 그런데 지금 제2지휘관 애스터린에게 설명해주고 있었다.

"비행 지도자가 될 거야."

애스터린이 미소를 지었다. 그녀의 쇠 이빨이 아침 햇살에 수은처럼 번뜩였다.

"저희도 알고 있습니다."

마논은 턱을 치켜들었다.

"열세 마녀단이 주도하는 이번 백병전 훈련에 공중제비 동작도 추가하도록 해. 네 와이번을 잘 다룰 수 있게 되면 옐로레그스 마녀들이 비행 중일 때 하늘에서 그것들을 지켜봐. 그녀들이 어디서 어떻게 비행을 하고 무슨 짓을 하는지 알아야겠어."

애스터린은 고개를 끄덕였다.

"이미 첩자들을 풀어서 복도에서부터 옐로레그스 마녀들을 지켜보게 하고 있습니다." 애스터린의 금색 섞인 검은 눈동자에 분노와 피에 대한 갈망이 번뜩였다. 마논이 한쪽 눈썹을 치켜뜨자 애스터린이 덧붙였다. "제가 이스크라를 쉽게 놓아줄 거라고 생각하진 않으시죠?"

마논은 그녀를 떠민 손가락의 감촉을 여전히 기억하고 있었다. 추락할 때의 충격으로 발목에는 아직 얼얼한 통증이 남아 있었다. 타이투스의 꼬리에 맞은 옆구리에도 멍이 든 상태였다.

"훈련 잘 시켜봐. 또 코가 부러지고 싶지 않으면."

애스터린이 히죽 웃었다.
"언제든 명령만 내리세요, 단장님."

마논은 우리에 감독관이 들어와 있는 게 마뜩잖았다. 감독관이 거느린 세 조련사가 창과 채찍을 들고 있는 것도 마음에 들지 않았다. 그들이 여기서 나가줬으면 하는 이유는 크게 세 가지였다.

첫째, 아브락소스와 단둘이 있고 싶었다. 지금 아브락소스는 뒷벽에 몸을 붙이고 그들을 주시하며 웅크린 모습이었다.

둘째, 그들한테서 풍기는 인간 냄새, 목에서 펄떡이는 피의 온기 때문에 집중이 잘 되지 않았다. 그들이 느끼는 두려움에서 비롯된 악취도 정신 사나웠다. 마논은 지금 당장 저들 중 하나를 절단 내서 나머지들이 어떻게 반응하는지 볼까 고민했다. 요즘 노던팽에서 인간들이 사라지고 있다는 소문이 돌았다. 다리를 건너 오메가로 건너간 남자들이 노던팽으로 돌아오지 않는다는 거였다. 마논은 아직 여기서 남자를 한 명도 죽이지 않았지만, 그들과 함께 있으면 죽여서 피를 보고 싶은 유혹에 시달렸다.

셋째, 아브락소스가 채찍과 창, 사슬을 들고 설치는 덩치 큰 인간 남자들을 너무 싫어해서 마논도 덩달아 싫었다. 아브락소스는 인간 군인들이 아무리 사납게 채찍을 내리쳐도 벽에 딱 붙어서 꼼짝하지 않으려 했다. 아브락소스는 채찍을 싫어했다. 단순히 두려워하는 게 아니라 혐오하는 눈치였다. 채찍 소리만 들어도 몸을 움츠리며 이빨을 드러냈다.

군인들은 10분 정도 우리 안에 있으면서 어떻게든 아브락소스에게 사슬을 채우고 안장을 얹으려 했다. 계속 이 상태가 이어진다면 마논은 옐로레그스 마녀들이 비행을 마치고 돌아오기 전에 오메가로 돌아가야 할 판이었다.

감독관이 마논에게 말했다.

"저 녀석은 안장을 차본 적이 없어요. 아마 안 될 것 같습니다."

하지만 마논의 귀에 그 말은 이렇게 들렸다. '저 와이번에게 안장을 얹으려고 내 부하들의 목숨까지 걸고 싶진 않아. 당신은 오만을 떨고 있을 뿐이야. 얌전히 다른 와이번을 고르지 그래.'

마논은 경고의 뜻으로 감독관에게 쇠 이빨을 드러냈다. 감독관은 채찍을 아래로 내리고 뒤로 한 걸음 물러섰다. 아브락소스는 돌기를 도려낸 꼬리로 바닥을 쓸면서도, 자기에게 복종을 강요하는 세 남자한테서 시선을 떼지 않았다. 그때 군인 하나가 가까이에서 채찍을 내리치자 아브락소스는 움찔했다. 한 번, 또 한 번 꼬리 가까이에 채찍이 떨어졌다. 그러자 아브락소스는 목을 앞으로 쭉 뻗으며 꼬리를 휘둘렀다. 세 조련사는 아브락소스의 이빨을 피해 허둥지둥 뒤로 물러났다. 마논은 더 이상 두고 볼 수가 없었다.

"당신 부하들은 겁쟁이의 심장을 가졌어."

마논은 경멸하는 눈빛으로 감독관을 쏘아보고는 흙바닥을 가로질러 성큼성큼 걸어갔다.

감독관이 말리려 붙잡았지만 마논은 쇠 손톱으로 그의 손을 확 그어버렸다. 감독관은 욕을 내뱉었다. 마논은 계속 걸어가며 손톱에 묻은 그의 피를 핥았다. 그런데 맛이 이상해서 거의 뱉을 뻔했다.

독인가. 피에서 썩은 맛이 났다. 며칠 동안 시체 안에서 굳어 썩은 것 같은 피 맛이었다. 마논은 손에 묻은 피를 흘끗 내려다보았다. 인간의 피라고 하기에는 색이 너무 짙었다. 마녀들이 이 인간 군인들을 죽이고 있다면 왜 이런 부분에 대해 아무도 보고를 하지 않았을까? 일단은 이 의문을 속에 묻어두기로 했다. 나중에 다시 생각해도 될 문제였다. 감독관을 눈에 띄지 않는 한쪽 구석으로 끌고 가서 배를 갈라 뱃속에서 뭐가 썩어가는지 확인해봐도 될 것이다.

지금은…… 군인들이 모두 조용히 지켜보고 있었다. 마논은 한 걸음 또 한 걸음 아브락소스에게 다가갔다. 흙바닥에는 안전선이 그어져 있었다. 아브락소스를 묶어놓은 사슬이 끌려올 수 있는 지점이었다. 마논은 안전선 안으로 세 걸음을 더 들어갔다. 한 걸음씩 나아갈 때마다 그들이 모시는 여신의 얼굴을 떠올렸다. 처녀, 어머니, 노파의 얼굴을 한 여신 말이다. 아브락소스는 당장이라도 튀어오를 준비가 된 자세로 웅크려 있었다. 강력한 근육이 바짝 긴장한 채였다.

"내가 누군지 알잖아." 마논은 끝없이 검은 눈동자를 바라보며 말을 걸었다. 두려움이나 의심 같은 감정은 전혀 내보이지 않았다. "나는 블랙비크 가문의 후계자 마논 블랙비크야. 넌 내 것이고. 알겠지?"

군인들 중 하나가 콧방귀를 뀌었다. 마논은 당장 돌아서서 그 군인의 혀를 잡아 뽑고 싶었지만 꾹 참았다. 아브락소스가…… 살짝 고개를 숙였다. 말귀를 알아들은 것처럼.

"넌 아브락소스야." 마논의 목을 타고 서늘한 소름이 끼쳤다. "아브락소스는 세상을 몸으로 휘감고 있다가 마지막 날 세 얼굴의 여신의 명으로 세상을 집어삼키는 위대한 뱀의 이름을 따서 지었어. 아브락소스가 바로 네 이름이야. 그리고 넌 내 거야."

아브락소스는 눈을 한 번, 두 번 깜박였다. 그리고 마논에게 한 걸음 다가왔다. 휘감아 쥔 채찍을 더 단단히 손에 잡는 소리가 들렸다. 하지만 마논은 물러서지 않고 그 자리에서 와이번에게 한 손을 뻗으며 조용히 이름을 불렀다.

"아브락소스."

짐승의 머리가 다가왔다. 밤의 물웅덩이 같은 까만 눈이 마논과 시선을 맞췄다. 마논은 피 묻은 쇠 손톱이 달린 손을 내뻗은 채였다. 아브락소스는 그녀의 손바닥에 주둥이를 갖다 대고 쌔액쌔액 숨을 내뱉었다.

회색 가죽은 따뜻했고 놀라울 정도로 부드러웠다. 마치 낡은 가죽처럼 두툼하지만 유연한 느낌이었다. 가까이서 보니 단순한 회색이 아니라 진초록, 갈색, 검은색이 섞여 있었다. 몸 곳곳에 진한 상처들이 잔뜩 있어서 살쾡이의 줄무늬를 보는 듯했다. 누런 빛깔의 깨진 이빨이 횃불의 빛을 받아 번뜩였다. 빠진 이빨도 있었다. 남은 이는 길이가 손가락만 하고 두께는 손가락 두 개를 합친 정도였다. 먹이 때문인지 썩은 이빨 때문인지 뜨끈한 숨결에서 악취가 풍겼다.

온몸의 상처, 깨진 이빨, 부러진 턱뼈, 훼손된 꼬리. 이건 희생자의 표식이 아니었다. 아, 절대 아니었다. 생존자의 트로피였다. 아브락소스는 온갖 불리한 예상을 깨고 살아남은 전사였다. 고통을 겪으며 배우고 승리한 와이번이었다.

마논은 굳이 고개를 돌려 쳐다보지도 않고 군인들에게 명령했다.

"나가." 그리고 아브락소스의 까만 눈을 바라보며 말을 이었다. "안장 내려놓고 나가. 다시 이곳에 채찍을 들고 들어오면 당신들을 내가 직접 채찍으로 내리칠 줄 알아."

"하지만……."

"당장 나가."

조련사들은 구시렁거리고 혀를 차며 우리 밖으로 나가 문을 닫았다. 드디어 둘만 남게 되자 마논은 아브락소스의 커다란 주둥이를 쓰다듬었다.

 왕이 이 와이번들을 어떤 식으로 만들었는지 몰라도 아브락소스는 남다르게 태어났다. 다른 와이번들에 비해 몸집은 작지만 영리했다. 어쩌면 다른 와이번들은 굳이 생각할 필요가 없었을 수도 있었다. 가만히 있어도 알아서 돌봐주고 훈련을 시켜주니 명령대로 하면 됐을 것이다. 하지만 아브락소스는 생존하기 위해 배워야 했고 덕분에 머리가 깨었다. 지금도 마논의 말을 알아듣고 표정을 읽는 듯했다.

 아브락소스가 그 정도로 인간을 이해할 수 있다면…… 열세 마녀단의 와이번들을 가르칠 수도 있을 것이다. 그렇게 되면 열세 마녀단은 다른 이들에 비해 유리한 입장에 서게 된다. 비행 지도팀이 될 수도 있을 것이고…… 왕의 적들을 상대하면서 천하무적이 될 수도 있겠지.

 "내가 이 안장을 너한테 입혀줄게." 마논은 아브락소스의 주둥이를 손으로 잡고 말했다. 아브락소스가 움찔했지만 마논은 주둥이를 단단히 붙잡고 시선을 잡아끌었다. "이 똥구덩이에서 벗어나고 싶지? 그럼 내가 하자는 대로 이 안장을 몸에 둘러. 잘 맞는지 확인해야 하니까. 그러고 나면 네 꼬리를 살펴보게 해줘. 망할 개새끼들이 네 꼬리의 돌기를 잘라내 버렸잖아. 내가 그 자리에 새 돌기를 심어줄게. 쇠로 된 돌기야. 내 손톱처럼." 마논은 쇠 손톱을 아브락소스에게 보여주었다. "송곳니도 심어줄게." 마논은 쇠 이빨을 드러내 보여주며 말을 이었다. "엄청 아플 거야. 수술해주는 사람들을 죽이고 싶을 수도 있어. 그래도 꾹 참고 수술을 받아. 안 그러면 넌 남은 평생 여기서 썩을 수밖에 없어. 무슨 말인지 알지?"

 아브락소스는 마논의 손바닥에 대고 뜨끈한 숨을 길게 내쉬었다.

마논은 와이번에게 희미하게 웃으며 말했다.
"수술을 다 받고 나면 나랑 같이 비행 방법을 익히러 가자. 그리고 이 왕국을 피로 물들이는 거야."

아브락소스는 마논이 요청한 대로 따랐다. 비록 그의 몸을 살펴보고 이리저리 치고 찌르는 조련사들에게 그르렁대고, 쇠 송곳니를 심기 위해 썩은 이빨을 뽑으려는 의사의 팔을 물어뜯을 뻔했지만 말이다. 준비를 갖추는 데 닷새가 걸렸다.

작업자들이 꼬리에 쇠 돌기를 박아 넣는 동안 아브락소스는 벽을 박살 낼 뻔했지만 잘 참았다. 마논은 그동안 내내 아브락소스 곁을 지키며 얘기를 해주었다. 주로 쇠나무 빗자루를 타고 열세 마녀단원들과 함께 날아다니다가 크로컨 마녀를 사냥하는 게 얼마나 재미있는지에 관한 얘기였다. 그런 얘기를 들려준 이유는 아브락소스의 주의를 돌리기 위해서이기도 했지만, 실수를 해서 아브락소스를 다치게 했다가는 오랫동안 피비린내 나는 응징을 당할 거라는 협박을 하기 위해서이기도 했다. 그래서인지 작업자들은 실수 한 번 하지 않았다.

그들은 꼬박 닷새 동안 아브락소스를 위한 작업에 매달렸다. 마논은 열세 마녀단과 함께하는 비행 수업에는 참석하지도 않았다. 하루하루 시간이 갈수록 아브락소스는 비행에서 점점 멀어지는 느낌이었다.

마논은 애스터린, 소렐과 함께 훈련장에서 그날의 대련 수업이 끝나가는 모습을 바라보았다. 소렐은 제일 나이 어린 블랙비크 마녀단을 훈련시키는 중이었다. 그 마녀단 소속 마녀들은 전부 70세 미만이고 경험도 일천했다. 마논은 팔짱을 끼며 물었다.

"실력들이 많이 안 좋아?"

몸집이 작고 흑발인 소렐도 팔짱을 낀 채 대답했다.

"걱정했던 것만큼은 아니지만, 다른 마녀단에 비해서는 실력이 확 떨어집니다. 그리고 단장이 좀……" 소렐은 하급자에게 밀려 바닥에 내동댕이쳐진 소심한 인상의 마녀를 보며 눈살을 찌푸렸다. "저 마녀를 계속 단장으로 둘 건지 아니면 새 단장을 뽑을 건지 결정하라고 저 마녀단에게 제안해야 될 것 같습니다. 약한 마녀단을 데리고 비행을 하다간 모의 전쟁에서 패배할 수 있으니까요."

단단한 돌바닥에 쓰러진 그 마녀단 단장은 파란 코피를 뚝뚝 흘리며 숨을 몰아쉬었다. 마논은 이를 갈며 말했다.

"이틀 시간을 줘. 저 마녀가 문제를 해결할지 두고보자고." 불안정한 마녀단을 곁에 둘 이유는 없었다. "베스타한테 오늘 밤 저 마녀를 따로 불러서 가르침을 주라고 해." 마논은 다른 마녀단에게 궁술을 가르치고 있는 붉은 머리의 미녀 베스타를 흘끗 쳐다보며 덧붙였다. "베스타가 노던팽에서 남자들을 데려가 고문하는 곳이 있을 거 아냐. 그리로 데려가서 가르치면 되겠네."

소렐은 무슨 말인지 모르겠다는 듯 짙은 눈썹을 치켜떴다.

"넌 베스타보다도 거짓말을 못 하는구나. 남자들이 종일 베스타 쪽을 쳐다보면서 히죽거리는 걸 내가 못 알아챘을 것 같아? 그 남자들 몸에 물린 자국이 있는데도? 너무 많이 죽이지 않도록 주의해. 안 그래도 걱정할 게 많은데, 인간들한테 반란을 일으킬 소지를 줄 필요는 없어."

애스터린은 어이없다는 듯 콧방귀를 뀌었다. 마논이 힐끗 쳐다보자 애스터린은 무슨 소린지 도통 모르겠다는 표정으로 앞만 바라보았다. 베스타가 남자들을 데리고 자면서 피를 먹고 있다면 애스터린도 분명 그 자리에 함께했을 것이다. 그런데도 그들은 남자들 피 맛이 이상하다는 보고를 아직까지 올리지 않고 있었다.

"알겠습니다, 단장님."

소렐의 황갈색 피부가 살짝 붉어졌다. 마논이 얼음이고 애스터린이 불이라면, 소렐은 바위였다. 마논의 할머니는 예전에 소렐을 제2지휘관으로 삼으라고 몇 번이나 말했었다. 얼음과 바위는 비슷한 성질이라는 이유에서였다. 하지만 애스터린의 불같은 성격이 아니었으면, 마논은 열세 마녀단을 이렇듯 성공적으로 이끌지 못했을 것이다. 두 마녀의 균형을 잘 맞춰주는 진중한 성격의 소렐은 완벽한 제3지휘관이었다.

애스터린이 말했다.

"지금 재미를 보고 있는 건 저 초록색 눈의 악마 쌍둥이뿐일 겁니다."

그랬다. 한밤중처럼 검은 머리카락을 가진 페일린과 팰린은 신나게 웃으며 세 개 마녀단에게 칼 던지기 연습을 시키고 있었다. 하급 마녀들을 표적으로 삼아 칼을 던지는 식이었다. 마논은 고개를 절레절레 흔들었다. 블랙비크 전사들의 몸에서 먼지를 털어낼 수만 있다면 어떤 방법이든 마다할 이유는 없었다.

"내 그림자들은? 요즘 어쩌고 있어?"

마논은 애스터린에게 물었다.

그림자는 에다와 브라이어를 칭하는 별명이었다. 에다와 브라이어는 마논의 친척이지만 자매처럼 가까운 사이였다. 그들은 유아 때부터 어두운 구석에 티 안 나게 숨어 들어가 남의 말을 엿듣는 훈련을 받아 왔다. 지금 이 훈련장 어디에도 에다와 브라이어의 모습은 보이지 않았다. 마논이 지시한 대로였다.

"오늘 밤에 단장님께 보고를 올릴 겁니다."

애스터린이 대답했다. 마논의 먼 친척인 두 그림자는 원래 달처럼 흰 머리카락을 갖고 있었다. 그런데 80년 전 그들은 은발이 시선을 끈다며 머리를 검은색으로 물들였다. 그들은 말수가 적고 전혀 웃지 않았다. 심지어 애스터린도 가끔은 그들이 바짝 가까이 다가와도 알아채지 못할 때가 있었다. 마논에게는 감히 그런 장난을 못 치지만. 다른 마녀들에게 몰래 다가가는 걸 에다와 브라이어는 무척 좋아라 했다. 두 그림자가 오닉스처럼 검은 와이번을 고른 것도 놀라운 일은 아니었다.

마논은 제2지휘관 애스터린과 제3지휘관 소렐을 바라보며 명령했다.

"이따 내 방에 와서 그들의 보고를 같이 들어."

애스터린이 대답했다.

"린과 베스타에게 보초를 서게 하겠습니다."

린과 베스타는 이런 경우 자리를 대신하는 보초병들이었다. 베스타는 상대방을 무장 해제시키는 매력적인 미소를 가졌고, 린은 누구든 자기를 '리니아'라고 부르면 가만히 두지 않았다. 리니아는 마음 여린 어머니가 지어준 이름으로, 린은 리니아의 약칭이었다. 린의 할머니는 딸인 린의 어머니의 심장을 찢어 죽였다. 그런 사연 때문에 누구든 린을 리니아라고 부른 자는 운 좋으면 이가 빠지게 맞았고 운 나쁘면 얼굴이 통째로 날아갈 수도 있었다.

돌아서려던 마논은 애스터린과 소렐이 계속 자신을 바라보고 있다는 걸 알아챘다. 그들은 궁금한 게 있지만 감히 묻지 못하는 눈치였다.
"일주일 내에 아브락소스를 타고 비행에 나설 테니까 그때 다 같이 비행을 하자고."

거짓말이지만 그들은 마논을 믿었다.

28

하루하루 시간이 흘러갔다. 매일 옛 같지는 않았다. 어느 날 로완은 뜬금없이 24킬로미터쯤 떨어진 곳에 위치한 치료사 공동체 토레 체스메·로 셀레이나를 데려갔다. 세계 최고의 치료사들이 공부하고 제자를 가르치고 일도 하는 건물이었다. 페이족 세상과 인간 세상 사이에 있어 양측 모두가 찾아갈 수 있는 곳이었다. 메이브 여왕이 한 몇 안 되는 좋은 일 중 하나였다.

어렸을 때 셀레이나는 남쪽 대륙에 있는 토레 체스메를 방문하는 어머니에게 같이 데려가 달라고 조르곤 했다. 하지만 어머니는 들어준 적이 없었다. 언젠가 토레 체스메에 갈 수도 있을 거라는 애매한 말을 약속처럼 흘렸을 뿐이었다. 토레 체스메는 다수의 선생이 페이 요정족에게 가르침을 받은 곳이었다. 어머니는 셀레이나를 최대한 메이브의 손이 닿지 않는 곳에 두려 했다. 결국 그 노력은 아무 소용 없게 됐지만.

---

* '새벽의 탑'이라는 뜻을 가진 고대 건물

로완은 바로 그 토레 체스메로 셀레이나를 데려갔다. 셀레이나는 수석 치료사의 영민하고 다정한 눈빛을 즐기며 그곳에서 온종일—어쩌면 한 달 내내—시간을 보내고 싶었다. 하지만 워낙 멀었고, 셀레이나가 변신을 할 수 없어서 시간이 오래 걸린 데다, 로완이 해 지기 전에 요새로 돌아가야 한다고 해서 더 오래 머물 수가 없었다. 셀레이나는 평화로운 강변에 위치한 이 건물이 무척 마음에 들었지만 로완이 다른 뜻이 있어 여기로 데려온 게 아닌가 하는 생각도 들었다. 지금의 삶에 회의를 느끼게 만들려는 의도가 언뜻 느껴졌다. 셀레이나는 먼 거리를 걸어 요새로 돌아가는 내내 말이 없었다.

로완은 셀레이나에게 잠시도 쉴 틈을 주지 않았다. 다음날 새벽 그들은 밤새워 어디를 다녀오기로 했다. 행선지는 몰랐다.

그날 먹을 빵을 만들고 있던 엠리스는 셀레이나가 헐레벌떡 들어와 입에 음식을 욱여넣고 차를 벌컥벌컥 마신 후 급하게 달려나가는 모습을 재미있어 하며 바라보았다.

로완은 손에 작은 가방을 하나 들고 셀레이나의 방 앞에서 기다리고 있었다. 그는 가방을 열어주며 말했다.

"여기 옷 담아."

셀레이나는 여분의 셔츠와 속옷을 대충 집어서 그 가방에 집어넣었다. 그는 그 가방을 어깨에 걸쳤다. 어디로 가는지 몰라도 가는 내내 노새처럼 짐을 들게 할 줄 알았는데 뜻밖이었다. 가방을 들어주기까지 하는 걸 보면 기분이 좋은 모양이었다. 안개 깔린 숲으로 들어설 때까지 로완은 말없이 걷기만 했다. 그들은 다시 서쪽을 향해 걸어갔다. 얼마 후 요새의 벽이 등 뒤로 사라졌다. 옆으로 지나갈 때 요새의 벽을 이루는 돌이 피부에 진동을 일으키는 느낌이었다. 로완은 잠시 걸음을 멈추고 재킷에 붙은 묵직한 모자를 내려 썼다. 셀레이나도 차가운 공기가 따뜻한 뺨을 물어뜯자 얼른 두건을 내려썼다.

"변신하고 가도록 하지."

로완이 말했다. 오늘 아침에 그가 셀레이나에게 두 번째로 입을 열어 한 말이었다.

"이제 우리가 친구가 된 것 같네요."

그는 눈썹을 치켜뜨면서 어서 변신하라고 손짓했다.

"32킬로미터를 더 가야 해." 그는 짓궂게 웃으며 재촉했다. "뛰어야 해. 갈 때 올 때 전부."

생각만으로도 무릎이 와들거릴 지경이었다. 그는 이제 본격적으로 고문을 해볼 작정인 모양이었다. 분명했다.

"어디로 가는 건데요?"

그가 이를 악물자 문신까지 당겨졌다.

"시신이 추가로 발견됐어. 근처 요새에 사는 반페이인데, 같은 지역에 같은 패턴으로 시신이 버려져 있었어. 근처 마을에 가서 사람들에게 탐문을 해볼 생각이야. 그런데……." 그는 무슨 생각을 하는지 입꼬리 한쪽을 올리고 고개를 저었다. "당신 도움이 필요해. 인간들이 나보다는 당신한테 더 편하게 말을 할 것 같거든."

어제 그가 치료사 공동체에 데려갔던 게 악의적으로 골탕 먹이려는 의도는 아닐 수도 있었다. 어쩌면 잘해주려고 했던 것일지도 몰랐다.

"변신해. 안 그러면 시간이 두 배는 더 걸려."

"못 해요. 하란다고 척척 되지 않는 걸 알잖아요."

"당신이 얼마나 빨리 달릴 수 있는지 확인해보고 싶지 않아?"

"아달렌에서는 다른 형태로 변신해 능력 발휘를 할 일이 없었거든요. 굳이 왜 확인해야 하죠?"

지금까지 셀레이나는 그런 식으로 능력을 시험해볼 생각을 해본 적이 없었다.
"당신은 지금 아달렌이 아니라 여기 와 있고, 자기 능력의 한계치를 시험해본 적이 없으니까." 그건 사실이었다. 본인이 어디까지 할 수 있는지 알지 못했다. "요지는 또 다른 시체가 발견됐다는 거야. 받아들일 수 없는 일이지."
그 괴물에게 당한 건가. 끔찍하고 비참한 죽음이었겠지. 받아들일 수 없는 일이기는 했다. 로완은 셀레이나의 땋은 머리를 아플 정도로 세게 확 잡아당기며 말했다.
"겁내지만 않는다면 가능할 것 같은데."
발끈한 셀레이나는 콧구멍을 벌름거렸다.
"당신 목을 너무 조르고 싶어서 겁이 날 뿐이에요."
그 괴물이 죽인 자들과 그 괴물로 인해 *자신이* 겪어온 일을 생각하면 셀레이나도 그 괴물을 찾아 없애고 싶었다. 찾아서 천천히 고통스럽게 죽일 것이다. 속에서 무시무시한 압박감과 열기가 솟구쳐 올랐다.
로완이 나지막하게 말했다.
"분노를 잘 끌어올려 봐."
시체 얘기를 한 게 그래서였나? 개자식. 어떻게든 자기 뜻대로 조종하려고. 주방에서의 일도 두 배로 늘려놓아 진을 빼놓지 않나. 그는 속내를 알 수 없는 표정으로 말했다.
"칼날처럼 조종해, 에일린. 평안을 찾을 수 없다면 분노를 이용해서 변신을 해. 분노를 포용하고 제어해야 해. 분노를 적대시하지 마."
에로밴은 온갖 수단을 써서 셀레이나가 타고난 유산을 증오하고 두려워하게 만들었다. 에로벤이 그녀에게 한 짓, 그리고 그로 인해 달라진 본인을 생각하면…….

"좋게 끝나지 않을 거예요."

셀레이나가 나지막하게 경고했지만 그는 물러서지 않았다.

"원하는 대로 해봐. 그대로 쭉 밀고 나가. 청하거나 바라지 말고. 그냥 붙잡아."

"평범한 마법 교사라면 그런 방법을 추천할 것 같진 않은데요."

"당신도 이 방법이 마음에 들 것 같은데. 어두운 감정이 명령이 떨어졌을 때 바로 변신할 수 있도록 도와준다면 그 감정을 쓰는 게 맞아. 언젠가 분노로는 더 이상 발동이 안 걸리는 날이 오거나 아니면 그 감정에 너무 의존하게 돼서 안 되겠다 싶을 때는 다른 방법을 써도 좋겠지만 일단은……" 그는 잠시 생각에 잠긴 표정이다가 덧붙였다. "당신은 늘 분노라는 감정을 이용해 변신에 성공했어. 여러 가지 종류의 분노겠지. 그 감정을 이용해."

그의 말이 옳았다. 셀레이나도 더 깊게 생각하고 싶지 않았다. 이미 너무 오랫동안 분노에 찬 삶을 살아왔기에 또 분노에 휩싸이고 싶지는 않았지만 지금은 방법이 없었다.

길게 숨을 들이마셨다. 한 번, 또 한 번. 분노로 닻을 내리고 평소의 망설임과 의심, 공허감을 칼날처럼 예리하게 내리그었다.

익숙한 내면의 벽에 가 닿는 느낌이었다. 아니, 벽이 아니라 부드러운 빛이 드리워진 반짝이는 베일이었다. 지금까지는 힘의 원천을 향해 아래로 손을 뻗는 느낌이었다면 지금은 안으로 쑥 들어가는 느낌이었다. 소망이 아니라 명령이었다. 이 땅을 배회하는 괴물이 있고, 그 괴물에게 대가를 치르게 해줘야 하니 셀레이나는 변신을 해야 했다. 조용히 그르렁거리며 베일을 뚫고 나아갔다. 변신을 하는 동안 온몸 구석구석에 통증이 번져나갔다.
 로완은 사납고 도발적으로 웃으며 움직이기 시작했다. 그 속도가 어찌나 빠른지 그가 반대편으로 자리를 옮겨 땋은 머리를 또 잡아당길 때까지 셀레이나는 알아채지도 못했다. 옆을 돌아본 순간 그는 이미 사라지고 없었다. 옆구리를 꼬집힌 셀레이나는 소리쳤다.
 "그만해요."
 이제 그는 바로 앞에 서 있었다. 어디 덤벼보라는 눈빛이었다. 셀레이나는 그의 움직임과 기술, 방식, 반응을 이끌어내는 수법을 이미 간파했다. 그가 기대하는 대로 성질이 난 척하기 위해 팔짱을 끼었다. 그리고 기다렸다…….
 그는 쏜살같이 왼쪽으로 이동해 셀레이나를 꼬집고 찌르고 때렸다. 셀레이나는 옆으로 몸을 휙 틀면서 팔꿈치로 그의 팔을 내리치고 다른 손으로 그의 머리를 후려쳐 올렸다. 그는 우뚝 멈춰 서서 몇 번 눈을 껌벅였다. 셀레이나는 히죽 웃었다. 그는 치명적이고 싸늘하게 웃으며 이빨을 드러냈다.
 "그래, 이제 좀 빨리 달리겠네."
 그가 다시 달려들자 셀레이나는 숲 사이로 뛰기 시작했다.

 처음에는 그가 일부러 몇 분 더 빨리 달리게 해준 거라고 생각했다. 셀레이나는 점점 속도가 빨라지기는 했지만 변신한 몸에 적응하느라 바빠서 바위며 쓰러진 나무를 뛰어넘어 달리는 게 쉽지 않았다. 로완은 남서쪽으로 가라고만 했다. 셀레이나는 나무 사이로 그저 달려갔다. 달리는 동안 분노는 가라앉고 몸은 완전히 다른 형상으로 변했다.

옆에서 때로는 뒤에서 달리는 로완은 은백색의 줄처럼 보였다. 그가 가까이 다가올 때마다 셀레이나는 방향을 틀어 그를 피했다. 눈으로 보지 않고서도 나무들의 위치를 감지해내는 능력을 시험해보고 싶었다. 오크나무와 이끼, 살아 있는 것들의 냄새, 탁 트인 시원한 안개가 그들 사이로 마치 길처럼 흘러갔다.

마침내 그들은 평원에 다다랐다. 발밑에서 땅이 편안하게 밟혔다. 달리는 속도는 더욱 빨라졌다. 셀레이나는 얼마나 더 빨리 뛸 수 있는지, 바람보다 더 빠를 수도 있는지 알고 싶었다.

로완이 왼쪽에서 모습을 드러냈다. 셀레이나는 팔다리를 더욱 빨리 움직였다. 폐 안으로 빨아들인 숨을 맛보았다. 이렇게 속도를 내는데도 숨은 부드럽고 편안하게 쉬어졌다. 어디까지 할 수 있을지 기대됐다. 몸은 더 빨리 달리고 싶어 했다.

태어나서 이렇게 빨리 움직여본 건 처음이었다. 주변의 나무들이 부옇게 흐려졌다. 리듬에 몸을 맡기자 불멸의 몸이 그에 맞춰 노래를 불렀다. 강력해진 폐는 안개 섞인 공기를 빨아들이며 세상의 냄새와 맛을 몸 안에 가득 채웠다. 오직 본능과 반사 작용에 의지했다. 이대로 비옥한 흙을 밟으며 더 빨리 달릴 수 있을 것 같았다.

이대로라면 날 수도 있을 것 같았다. 핏속에 황홀한 기운이 훅 퍼져나가는 듯했다. 새로 만들어진 경이로운 몸이 완전한 자유를 선사했다.

로완이 오른쪽에서 쏜살같이 다가왔다. 셀레이나는 아무렇지 않게 나무를 피하면서 환호성을 내질렀다. 길게 늘어진 나뭇가지 두 개 사이로 내달리다가 고양이처럼 가볍게 장애물을 뛰어넘었다.

로완이 다시 옆으로 다가왔다. 그는 이를 악물고 빠르게 속력을 냈다. 셀레이나는 몸을 휙 돌리고는 바위를 훌쩍 뛰어넘었다. 페이 족 몸으로 변신한 데 따른 본능, 그리고 그동안 자객으로 갈고 닦은 기민한 동작이 합쳐져 움직임이 상당히 재빨랐다.

이렇게 달리는 게 너무 좋아서 죽을 것 같았다. 뼛속 깊이 확신이 느껴졌다. 어째서 이 몸으로 변신하는 걸 그토록 오랫동안 두려워했을까? 영혼마저도 편안해진 느낌이었다. 그동안 내면 깊숙한 곳에 파묻혀 있던 영혼이 이제야 자유로워지기 시작했다. 단순한 기쁨이 아니었다. 슬픔으로 심신이 철저히 망가지기 전, 원래의 그녀가 간직했던 영혼의 빛을 비로소 세상에 내비친 것 같았다.

로완은 옆으로 달려왔지만 그녀를 붙잡으려는 시도는 하지 않았다. 그 역시…… 즐기고 있었다.

그는 힘껏 그러나 꾸준하게 호흡하며 셀레이나를 흘끗 돌아보았다. 그의 눈빛 역시 그녀와 마찬가지로 기쁨으로 빛나는 것 같았다. 그 감정은 야생의 만족감에 가까웠다. 그의 입도 미소를 짓고 있는 듯했다.

평생 이렇게 빨리 달려본 적이 없었다. 물론 지난 5년 동안의 세월이 느릿하게 흘러간 탓도 있을 것이다. 마침내 로완은 달리기를 멈추었다. 그들은 몸속 깊이 공기를 들이마셨다. 숲 사이에서 서로를 바라보면서 셀레이나는 문득 마법이 멋대로 터져 나오지 않았음을 깨달았다. 마법은 그녀의 내면에서 따뜻한 온기를 품고 차분하게 잠들어 있었다.

숨은 가빴지만 몇 킬로미터를 더 달릴 수 있을 것 같은 기분이었다. 네히미아가 죽은 날 밤 이렇게 빨리 달릴 수 있었다면 좋았을 걸…….

하지만 그렇게 해봤자 똑같았을 것이다. 네히미아는 이미 죽음을 세세하게 계획해놓았다. 그때 네히미아를 구했어도 네히미아는 또 다른 방법으로 죽음을 모색했겠지. 셀레이나가 도움을 거절했기 때문에…… 행동에 나서기를 거부했기 때문에 네히미아는 그런 일을 벌였다. 그러니 이 잘난 페이족의 몸으로 변신해 네히미아에게 달려갔어도 달라질 건 없었을 것이다.

셀레이나는 눈을 깜박이며 상념을 떨쳤다. 그녀는 로완을 멍하니 바라보고 있었다. 만족스러워하던 그의 얼굴은 다시 얼음처럼 차갑게 변해 있었다. 로완이 무언가를 휙 던졌다. 그가 가져온 셔츠였다.

"갈아입어."

그는 돌아서서 입고 있던 셔츠를 벗었다. 햇볕에 그을린 그의 등에는 몸의 다른 부분과 마찬가지로 상처가 나 있었다. 하지만 그의 상처를 보았다고 해서 자신의 망가진 등을 그에게 보여주고 싶지는 않았다. 셀레이나는 그의 시선이 닿지 않을 나무 사이로 들어가 셔츠를 갈아입었다. 잠시 후 셀레이나는 로완이 가방을 던져둔 곳으로 돌아왔다. 로완이 물이 담긴 가죽 주머니를 던졌다. 셀레이나는 물을 벌컥벌컥 마셨다. 물맛이 달았다. 물속의 광물은 물론이고 가죽 주머니의 사향 냄새까지 혀끝에서 세세하게 느껴졌다.

붉은 지붕을 덮어 쓴 작은 마을로 들어서자 셀레이나는 비로소 다시 편안하게 걸으며 호흡했다.

하지만 페이족 방문자 두 명에게 쉽게 입을 여는 사람을 찾는 것은 불가능에 가까웠다. 셀레이나는 다시 인간의 몸으로 돌아갈까 하는 생각을 해봤지만, 입에 붙은 억양도 그렇고 기분도 점점 나빠지고 있어서 굳이 그럴 필요가 없을 듯했다. 아달렌에서 온 여자가 페이족 여자보다 저들에게 더 편안하게 받아들여질 것 같지도 않았다. 그들이 지나가는 곳마다 사람들은 창문을 닫아버렸는데 죽음의 화신 같은 모습을 한 로완 때문이 아닐까 싶었다. 하지만 그는 마을 사람들에게 접근할 때 놀라울 정도로 차분한 모습이었다. 언성을 높이거나 으르렁거리거나 위협을 하지도 않았다. 미소까지 지은 건 아니었지만 로완 입장에서는 그만하면 꽤나 쾌활한 표정을 짓는 것이었다.

그런 것도 별 도움은 되지 않았다. 마을 사람들 입에서 실종된 반페이라든지 다른 시신들에 대한 얘기는 들을 수가 없었다. 마을 사람들은 주변에 이상한 자들이 숨어 있는 걸 본 적이 없다고 했다. 여기서 좀 떨어진 마을에서 닭을 도둑맞은 일이 있기는 했지만, 이 마을에서는 가축이 사라진 적도 없다고 주장했다. 웬들린에서 자기네는 완벽하게 안전하며 잘 보호받고 있다고 입을 모아 말했다. 그들은 자기네 마을을 쑤시고 다니는 페이나 반페이를 달가워하지 않는 눈치였다.

마을 여관에 들른 셀레이나는 얼굴에 천연두 자국이 있는 마구간지기 소년을 꾀어 얘기를 들어볼까 하다가 포기했다. 그 소년은 셀레이나의 뾰족 귀와 날카로운 송곳니를 겁에 질린 눈으로 바라보았다.

셀레이나는 쾌적한 마을 중심가를 따라 걸어갔다. 배도 고프고 피곤하고 화도 치밀었다. 여관 주인이 빈방이 없다고 하니 이대로라면 침낭을 펴고 노숙을 해야 할 판이었다. 옆에서 나란히 걸으며 여관 하녀와 나눈 대화를 들려주는 로완의 눈빛도 먹구름처럼 어두웠다.

셀레이나가 나지막하게 말했다.

"마을 사람 중에 누구든 실종자가 있다는 얘길 했으면 짐승의 짓이라고 생각했을 거예요. 그런데 이건 실종돼도 아무도 알아채지 못하는 자만 골라서 죽인 거잖아요? 살해 대상을 특정할 수 있을 만큼 지각이 있는 존재의 짓이라는 뜻이겠죠. 반페이를 죽인 것도 어떤 메시지를 전하기 위해서일 수도 있어요. 무슨 메시지일까요? 가까이 오지 말라는 뜻? 애초에 시신을 왜 보란 듯이 버려뒀을까요?"

셀레이나는 땋은 머리 끄트머리를 손으로 잡아당기며 어느 옷가게 진열장 창문 앞에 멈춰 섰다. 진열장 안에는 단순하지만 잘 재단된 드레스들이 진열돼 있었다. 리프트홀드에서 유행하는 우아하고 복잡한 옷과는 확연히 다른 분위기였다.

그때 눈을 휘둥그렇게 뜨고 얼굴이 창백해진 옷가게 주인이 나타나 얼른 진열장의 커튼을 닫아버렸다. 제기랄.

로완은 콧방귀를 뀌었다. 셀레이나는 그를 돌아보았다.

"이런 분위기에 익숙한가 봐요?"

"인간들 사는 곳에 발을 들인 페이족 대다수가 멋대로 약탈을 한 바람에 악명이 높아졌어. 오랫동안 페이족은 방종하게 살았지. 지금은 엄격한 법을 적용하고 있지만 아직도 두려움은 남아 있어."

메이브 여왕을 비판하는 건가?

"그 법을 누가 집행해요?"

그는 어두운 표정으로 미소 지었다.

"나. 전투가 없을 때는 범법자들을 잡아들이라고 여왕께서 명하셨어."

"잡아서 죽여요?"

그는 여전히 미소 띤 얼굴로 대답했다.

"상황에 따라서. 도라넬로 잡아가서 여왕께 처분을 맡기기도 해."

"나 같으면 메이브 여왕에게 죽임을 당하느니 당신 손에 끝장나는 편을 택하겠어요."

"처음으로 현명한 말을 하는군."

"반페이한테 들었는데 전사 친구들 다섯 명과 같이 다닌다면서요. 그들과 범법자 사냥도 같이해요? 그 친구들하고는 얼마나 자주 만나요?"

"필요해지면 만나. 여왕께서 그들을 불러 쓰시는 건 그게 적절하다고 판단하셨기 때문이야. 나에 대해서도 마찬가지시지만." 셀레이나는 그의 말을 전부 잘 기억해두었다. "전사로서 여왕님을 측근에서 모시는 건 명예로운 일이지."

셀레이나는 다르게 생각한다고 말하지 않았는데 왜 그는 굳이 다음 말을 덧붙였을까.

거리에는 오가는 이가 없었다. 음식을 파는 수레마저 주인 없이 버려진 채였다. 셀레이나는 코를 킁킁거렸다. 이거 초콜릿인가?

"돈 가져왔어요?"

그가 망설이며 한쪽 눈썹을 치켜떴다.

"어. 하지만 저들에게 뇌물은 안 통해."

"잘됐네요. 내가 쓰려고요." 셀레이나는 바닷바람에 흔들거리는 예쁜 간판을 가리켰다. "저들을 매력으로 사로잡을 수 없다면 돈으로 사로잡아야겠죠."

"방금 내가 한 말 못 들었나 본데……"

하지만 셀레이나는 이미 달콤한 냄새를 풍기는 가게로 향하고 있었다. 가게에는 초콜릿과 사탕, 심지어 헤이즐넛 트리플까지 갖춰져 있었다. 페이족 두 명이 가게로 들어오자 가게 여주인은 얼굴이 창백해졌지만 셀레이나는 여주인에게 최대한 상냥하게 미소를 지어

보였다.

　면전에 대고 커튼을 휙 닫아버리도록, 여기 약탈하러 왔다는 오해를 하도록 내버려두고 싶지 않았다. 리프트홀드에서 네히미아는 어떤 가게나 식당, 집에서든 편견에 젖어 우쭐대는 바보들이 그녀를 내쫓게 내버려두지 않았다.

　오늘 오후, 고개를 꼿꼿이 들고 이 가게 저 가게를 돌아다니며 겁에 질린 마을 사람들의 마음을 사로잡으려 노력하는 셀레이나의 모습을 네히미아가 봤으면 정말 자랑스러워했을 것이다.

　낯선 페이족 두 명이 마을을 돌아다니면서 초콜릿과 책 몇 권, 신선한 빵과 고기를 사고 은화를 내밀고 있다는 소문이 돌자 거리는 이내 다시 사람들로 북적이기 시작했다. 사과부터 향료, 회중시계 등을 파는 상인들이 셀레이나와 로완에게 다가와 뭐든 팔려고 말을 걸었다. 편지를 부치려는 척 비좁은 우편소에 들어간 셀레이나는 신참 배달원들에게 근래에 이상한 배달 일을 한 적이 있는지 물었다. 다들 없다고 대답했지만 셀레이나는 후하게 값을 쳐주었다.

　로완은 셀레이나가 사들인 물건이 담긴 가방과 상자를 순순히 들고 따라다녔다. 초콜릿은 예외였다. 셀레이나는 느긋하게 돌아다니면서 초콜릿을 하나씩 먹었다. 로완에게도 먹어보라고 권했지만 그는 단것을 먹지 않는다고 했다. 절대 안 먹는단다. 놀라운 일도 아니었다.

　두루 탐문을 해보니 마을 사람들은 정말 아는 게 없었다. 적어도 그들이 거짓말을 한 것은 아니라는 얘기였다. 다만 게 장수가 버려진 칼을 몇 자루 발견했다고 진술했다. 최근에 그물에 걸려 올라왔는데, 작지만 무척 날카로운 칼이라고 했다. 그는 바다 신에게 바치는 선물로, 다시 바다에 던져 넣었다고 했다. 지금까지 파악한 바에 따르면 괴물은 껍질만 남기고 속을 쏙 빨아먹는 식이지 칼로 난자한 게 아니었다. 그러니 게 장수가 발견한 칼은 웬들린 군인들이 폭풍우 때 잃어버린 칼 상자에서 나왔을 공산이 컸다.

해 질 무렵 여관 주인이 별안간 빈방이 생겼다며 로완과 셀레이나에게 다가왔다. 마을에서 제일 좋은 방이라고 했지만, 문득 셀레이나는 이러다가는 험한 일이 벌어질 수도 있겠다는 느낌이 들었다. 방에 은화를 훔치러 들어온 도둑을 로완이 붙잡아 내장을 꺼내는 일만큼은 안 보고 싶었다. 셀레이나는 여관 주인의 제안을 정중하게 거절했다. 저녁 해가 진한 황금색 빛을 뿌리는 동안 그들은 길을 따라 걷다가 다시 숲으로 들어갔다.

나무 아래 자리를 잡고 꾸벅 졸면서 셀레이나는 생각했다. 이만하면 나쁘지 않은 날이었다.

어머니는 그녀를 '불의 심장'이라고 불렀다. 하지만 궁인들과 백성들에게 그녀는 언젠가 여왕이 될 분이었다. 두 개의 강력한 혈통을 이어갈 후계자이자, 그들을 안전하게 지켜주고 왕국의 위상을 드높일 어마어마한 힘을 물려받을 존재였다. 그 힘은 선물이 될 수도 무기가 될 수도 있을 터였다.

그녀가 태어난 후 8년 동안 언제나 그 부분에 대한 논쟁이 있었다. 그녀가 나이를 먹어가면서 분명히 드러난 사실은 그녀가 어머니한테서 외모를, 아버지한테서 변덕스러운 기질과 거친 성격을 물려받았다는 점이었다. 주변 왕국의 군주들은 그런 그녀에 대해 빈번하게 의구심을 나타냈다. 요즘 같은 때는 좋든 나쁘든 모두가 사건에 대한 소문을 듣게 마련이었다.

이제 그녀는 잠을 자야 했다. 좋아하는 비단 잠옷도 입었고 부모님이 몇 분 전에 와서 이불도 여며주었다. 부모님이 말은 안 했지만 그녀는 부모님이 몹시 지치고 좌절해 있음을 알아챘다. 궁전 사람들이 어떻게 행동하는지 보았고, 특히 삼촌이 아버지의 어깨에 부드럽게 손을 올리며 딸을 데려가 재우라고 하는 말도 들었다.

하지만 잠이 오지 않았다. 방문이 살짝 열려 있는 데다 하얀 궁전에 위치한 큰 숙소를 함께 쓰고 있어서 부모님 방에서 두런두런 들려오는 목소리를 들을 수 있었다. 부모님은 소리가 새어나가지 않게 대화하는 줄 알았겠지만 페이족 특유의 청력을 가진 그녀는 어둠 속에서 그들의 대화를 또렷하게 듣고 있었다.

"나더러 어쩌라는 건지 모르겠어, 에벌린. 이미 벌어진 일이잖아."

아버지의 목소리였다. 커다란 침대 앞에서 서성이는 아버지의 발소리가 들렸다. 그녀가 태어난 침대이기도 했다. "과장된 거라고 사람들한테 말해요. 사서들이 별것 아닌 일로 소란을 떨어댄 거라고요. 에일린이 비난을 받게 만들려고 다른 사람이 벌인 짓이라고 소문을 내면……"

"이게 다 메이브 때문이야?"

"이대로라면 우리 딸은 사냥을 당하게 되어요, 로에. 평생 메이브를 비롯한 그 작자들은 이 힘을 노리고 에일린을 사냥할 거라고요……"

"이 개자식들이 우리 딸을 도서관에 출입하지 못하게 만들겠다는

데 그걸 허용하면 에일린을 지킬 수 있을 것 같아? 말해봐. 에일린이 책 읽는 걸 왜 그렇게 좋아하는데?"

"이 일과는 무관해요."

"말해보라고." 어머니가 대답을 하지 않자 아버지는 성질을 냈다. "그 애는 겨우 여덟 살이야. 제일 친한 친구들은 책에 나온 인물들이라고 했다고."

"에이디언도 그 애 친구예요."

"이 성에서 에일린을 무서워하지 않는 유일한 아이가 에이디언이기 때문이잖아. 우리가 에일린을 제대로 훈련시키지 못해서 그나마도 에이디언과 편하게 놀지 못하게 하고 있어. 에일린은 훈련을 받아야 해, 여보. 훈련을 받고 진짜 친구들을 만나게 해야 한다고. 지금 이대로라면 에일린은 정말로 저들이 두려워하는 존재로 자라나게 될 거야."

침묵이 흘렀다. 그때 침대 옆에서 씩씩대는 숨소리가 들렸다.

"난 아이가 아니야." 에이디언은 팔짱을 낀 자세로 의자에 앉아 있었다. 에일린의 부모님이 나간 뒤 에이디언은 몰래 이 방으로 들어왔다. 에일린이 화났을 때 종종 그랬듯이 조용히 얘기를 나누기 위해서였다. "그리고 내가 네 유일한 친구인 게 뭐가 어떻다는 건지 모르겠어."

"조용히 좀 해."

에이디언은 변신을 하지 않았지만 페이족 혼혈 혈통이라 괴상할 정도로 예민하고 정확한 청력을 갖고 있어서 에일린보다 훨씬 잘 들었다. 다섯 살 많은 에이디언은 에일린의 유일한 친구였다. 에일린은 이 궁전 사람들을 좋아했다. 다들 그녀를 애지중지하고 예뻐했다. 하지만 이 성에 사는 아이들은 부모님이 아무리 에일린과 함께 놀라고 해도 에일린과 거리를 두었다. 마치 개 같다고 에일린은 생각했다. 다른 아이들은 에일린이 자기네와 다른 존재라는 것을 냄새로 알아차린 듯했다.

아버지가 계속해서 말했다.

"제 나이 또래 친구가 있어야 해. 학교로 보내는 게 나을 수도 있어. 칼과 매리언도 내년에 엘리드를 학교에 보내겠다고 하던데……"

"학교는 안 돼요. 특히 국경선 가까이에 있는 마법 학교는 더더욱 안 되고요. 아달렌이 어떤 계획을 세우고 있는지 알 수 없잖아요."

에이디언은 매트리스에 두 다리를 올린 채 숨을 내쉬었다. 그의 황갈색 얼굴은 열린 문틈을 향해 있었고 빛을 받아 금발이 희미하게 반짝였다. 에이디언은 미간을 찌푸린 모습이었다. 에이디언은 에일린과 좀처럼 떨어져 있으려 하지 않았다. 그래서 지난번에 성에 사는 소년 중 하나가 그걸로 에이디언을 놀렸다가 두들겨 맞기도 했다. 에이디언은 그 소년을 때린 벌로 한 달 동안 말똥을 치우는 일을 해야 했다.

아버지가 한숨을 쉬었다.

"여보. 이 문제로 나 좀 그만 괴롭혀. 당신이 그럴수록 문제가 꼬이게 돼. 우리한테나 우리 딸한테나 좋지 않아."

어머니는 한참 말이 없었다. 그러다 옷자락이 바스락거리는 소리와 함께 어머니가 나지막하게 내뱉는 말이 들렸다.

"알아요. 나도 알아요."

그때부터 부모님의 목소리가 작아져서 에일린도 잘 들을 수 없었다.

에이디언은 어둠 속에서 눈을 빛내며 다시 으르렁거렸다. 에일린과 꼭 닮은 눈이었다.

"왜들 저렇게 난리인지 모르겠네. 네가 책 몇 권을 불태운 게 뭐 어때서. 그 사서 놈들은 그런 일을 당해도 싸. 우리가 좀더 나이가 들면 그놈의 도서관을 싹 태워버리자."

에일린은 에이디언이 진심으로 한 말임을 알았다. 그는 에일린이 해달라고 말만 하면 도서관은 물론이고 이 도시와 세상마저도 불태우고도 남았다. 그만큼 둘 사이는 돈독했다. 같은 피를 이어받은 터라 체취도 비슷했다. 그것 말고도 딱히 무어라 말할 수 없는 유대감이 있었다. 부모님과의 사이처럼 탄탄한 끈으로 연결된 기분이었다. 어떤 면에서는 더욱 강한 끈이기도 했다.

에일린은 그의 말에 대꾸하지 않았다. 그때 방문이 삐걱 열리는 소리가 들렸기 때문이었다. 에이디언이 미처 몸을 숨기기도 전에 에일린의 방이 밖에서 흘러들어온 빛으로 가득 찼다.

어머니가 팔짱을 끼고 문간에 섰다. 아버지는 부드럽게 웃고 있었다. 복도의 조명이 아버지의 갈색 머리카락을 비췄고 얼굴은 그림자에 가려져 있었다.

"내 이럴 줄 알았지." 아버지는 에이디언이 방을 나갈 수 있도록 옆으로 약간 물러서며 말했다. "퀸 근위대장과 훈련하려면 새벽에 일어나야 하잖니, 에이디언? 오늘 아침에 5분이나 지각했다며. 이틀 연속 지각이면 또 일주일 동안 마구간 청소를 하게 될 거다."

에이디언은 얼른 일어나 방을 나갔다. 부모님만 방에 남게 되자 에일린은 자는 척하려다가 결국 입을 열었다.

"저 학교 가기 싫어요."

아버지가 침대로 다가왔다. 아버지는 에이디언이 되고자 하는 이상적인 전사의 모습 그 자체였다. 사람들은 아버지를 전사 겸 왕자라고 불렀다. 언젠가 강력한 군주가 될 인물이라고 했다. 에일린이 보기에 아버지는 왕이 되는 일에는 별로 관심이 없는 것 같았다. 특히 에일린을 데리고 스태그호른 산에 올라, 에일린이 숲의 왕을 찾아 오크월드 숲을 마음껏 돌아다니게 둘 때는 더욱 그랬다. 산에서 시간을 보낼 때면 아버지는 더 없이 행복해 보였다. 그래서인지 오린스의 성으로 돌아가야 할 때는 표정이 다소 슬퍼 보이기도 했다.

"넌 학교에 가지 않을 거다." 아버지는 너른 어깨너머로 어머니를 돌아보았다. 문간에 서 있는 어머니의 얼굴은 그림자에 가려져 있었다. "오늘 사서들이 왜 그렇게 행동했는지 이해는 하고 있니?"

물론이다. 책을 불태운 일에 대해 에일린도 마음이 몹시 좋지 않았다. 그건 사고였고 아버지가 믿어 주리라 생각했다. 에일린은 고개를 끄덕이며 말했다.

"잘못했어요."

아버지는 화를 꾹꾹 누르는 목소리로 말했다.

"네 잘못은 아니야."

"저도 다른 사람들과 같았으면 좋겠어요."

어머니는 꼼짝 않고 서서 아무 말도 하지 않았다. 아버지가 에일린의 손을 꼭 잡으며 말했다.

"알아. 네가 아무 재능이 없는 아이였어도 넌 여전히 우리 딸이야. 갈라시니어스 가문의 일원이고 언젠가 여왕이 될 사람이야."

"여왕 같은 건 되고 싶지 않아요."

아버지는 한숨을 쉬었다. 전에도 이 문제로 대화를 나눴었다. 아버지는 에일린의 머리를 쓰다듬었다.

"알아. 이제 자렴. 아침에 다시 얘기하자."

하지만 그들은 다시 이 얘기를 하지 않을 것이다. 에일린이 운명을 피할 수 없다는 걸 알기 때문이었다. 에일린은 제발 운명을 벗어날 수 있게 해달라고 신들에게 기도했지만 소용없었다. 에일린은 다시 침대에 누웠다. 아버지는 이마에 입을 맞추며 잘 자라고 말해주었다.

어머니는 여전히 말이 없었다. 아버지가 방을 나간 후에도 어머니는 한참 그 자리에 서서 딸을 지켜보았다. 에일린이 잠에 빠져들기 시작하자 어머니는 비로소 그 자리를 떠났다. 에일린은 돌아서는 어머니의 창백한 얼굴에서 흘러내린 눈물을 본 것 같았다.

셀레이나는 움찔하며 잠에서 깨어났다. 움직일 수도, 제대로 생각을 할 수도 없었다. 어제 맡았던 망할 시체 냄새 때문에 이런 꿈을 꾼 모양이었다. 꿈에서 부모님과 에이디언의 얼굴을 보고 나니 가슴이 아팠다. 자신이 더 이상 보석 상자 같은 아름다운 방에 있지 않다는 사실을 받아들일 때까지, 북풍을 타고 온 소나무와 눈 냄새가 사라지고 머리 위 우듬지 사이로 구불구불 퍼져나가는 아침 안개가 보일 때까지 호흡에 집중하며 눈을 깜박였다. 차갑고 축축한 이끼가 옷 구석구석에 스며들었다. 근처 바다의 소금기가 공기에 진하게 배어 있었다. 손을 들어 손바닥에 새겨진 길쭉한 상처 자국을 들여다보았다.

"아침 먹을 거지?" 불을 붙이지 않은 장작 앞에 웅크리고 앉은 로완이 물었다. 셀레이나는 그가 장작을 모아놓은 것을 처음 보았다. 셀레이나는 고개를 끄덕이며 손날로 눈을 비볐다. "그럼 불 피워."

"어이없네."

그는 대꾸도 하지 않았다. 셀레이나는 침낭을 말아 정리하고 장작

앞에 책상다리로 앉아 장작을 향해 손을 뻗었다.

"손으로 방향을 가리키지 마. 정신력으로 불꽃의 방향을 조정해."

"내가 극적인 모양새를 좋아해서요."

그는 '불이나 피워. 당장'이라고 말하는 듯한 눈빛으로 그녀를 쳐다보았다.

셀레이나는 다시 한번 눈을 비비고 장작에 시선을 집중했다.

마침내 장작에서 연기가 나기 시작했다.

"쉽게 하네." 로완이 말했다. 셀레이나는 혹시 인정해주는 건가 싶었다. "칼을 쓰듯이 하면 돼. 잘 제어하고 있어."

이 정도는 충분히 할 수 있었다. 불 피우는 것쯤이야 쉬웠다.

몸이 묵직했다. 꿈인지 기억인지 때문에 오늘 하루는 힘들 듯했다.

그 순간 내면의 우물이 입을 쩍 벌렸다. 셀레이나가 경고의 말을 내뱉기도 전에 마법이 터져 나왔다.

불이 그들 주변을 확 태워버리고 말았다.

로완이 바람을 쏟아낸 덕분에 불이 꺼지고 연기도 쓸려나갔다. 그는 한숨을 쉬며 말했다.

"그래도 당황해서 인간의 몸으로 돌아가지 않은 게 어디야."

셀레이나는 그 말을 칭찬으로 받아들이기로 했다. 마법을 쓰고 나니 막혀 있던 기운을 발산한 기분이었다. 피부의 압력도 줄어들었다.

셀레이나는 고개를 끄덕였다. 하지만 계속 이런 식이라면 변신이 문제가 아닐 듯했다.

29

 단순한 입맞춤일 뿐이었어, 라고 소르샤는 그 후 매일 되뇌었다. 짧은 입맞춤 한 번으로 세상이 온통 흔들렸다. 당밀에 함유된 철분이 효과가 있었다. 도리언은 조금씩 복용해보겠다고…… 눈에 띄지 않게 복용하는 방법을 생각해보겠다고 했다. 수시로 가루를 입에 털어 넣는 모습이 눈에 띄면 의심을 사고 말 테니까.
 그래서 매일 피임용 약을 먹는 것처럼 꾸미기로 했다. 왕세자가 평소 여자들과의 잠자리를 즐겨왔으니 누가 안다고 해도 경악할 일은 없을 터였다. 소르샤는 왕세자의 키스는 고맙다는 인사일 뿐이라고 계속 되뇌며 도리언이 머무는 탑의 방 앞까지 왔다. 그녀의 손에는 그가 오늘 먹을 약이 들려 있었다.
 문을 두드리자 왕세자는 안으로 들어오라고 했다. 왕세자는 낡은 소파에 느긋하게 앉아 있었다. 침대에는 왕의 전사가 기르던 사냥개가 누워 있었다. 왕세자는 그녀를 보고 일어서서 특유의 미소를 지었다.
 "좀더 나은 조합을 찾아낸 것 같아요. 세이지보다는 민트가 목 넘김이 좋겠더라고요."

소르샤는 불그스름한 액체가 담긴 컵을 들어 보였다.

도리언이 다가왔다. 그는 평소답지 않게 살금살금 걷는 걸음걸이였다. 긴장한 소르샤는 허리를 세웠다. 그는 컵을 내려놓은 뒤 소르샤를 한참 동안 바라보았다. 소르샤는 뒤로 한 걸음 물러섰다.

그가 소르샤의 손을 잡았다. 아플 정도가 아니라, 물러서려는 그녀를 붙잡을 만큼이었다.

"위험한 일인지 알면서도 계속 나를 돕는군. 이유가 뭐지?"

"옳은 일이니까요."

"아버지의 법에 따르면 그렇지가 않을 텐데."

소르샤는 얼굴이 달아올랐다.

"제가 무슨 말을 하길 바라시는지 모르겠어요."

그의 차가운 손이 그녀의 뺨을 어루만졌다. 못 박인 손이 부드럽게 피부를 긁는 느낌이었다.

"그냥 고맙다는 말을 하고 싶어." 그는 더듬거리며 덧붙였다. "나를 보러 와준 것도 그렇고, 도망치지 않은 것도."

"저는……."

속에서부터 차오르는 열 때문에 소르샤는 뒤로 손을 뺐다. 결국 그도 손을 놓았다. 애머시가 틀린 말을 하지는 않았다. 이 궁전에는 아름다운 여자들이 무수히 많았다. 왕세자와 가벼운 장난 이상의 관계를 맺게 되면 결과는 좋지 않을 것이다. 그는 이 나라의 왕세자이고 소르샤는 아무것도 아니었다. 소르샤는 컵으로 손을 뻗으며 말했다.

"성가시지 않으시다면 이 약이 효과가 있는지 나중에 알려주세요, 왕세자 저하."

그는 경칭까지 붙인 그녀의 말이 마땅찮은 표정이었다.

소르샤는 그럼 이만 물러가겠다는 말조차 할 수 없었다. 그런 말을 하면서 이 방에 조금이라도 더 머물러서는 안 되었다. 그녀는 서둘러 방을 나가 등 뒤로 문을 닫았고 그는 굳이 붙잡지 않았다.

좁은 층계참의 돌벽에 기대어 선 소르샤는 미친 듯이 뛰는 심장을 부여잡았다. 이렇게 하는 게 옳았다. 똑똑하게 처신했다. 지금까지처럼 눈에 띄지 않고 조용히 신뢰를 쌓으며 살면 앞으로도 살아남을 수 있을 것이다.

하지만 도리언에게만은 눈에 띄지 않는 존재가 되고 싶지 않았다. 도리언 덕분에 소르샤는 웃고 노래하고 싶어졌다. 세상을 향해 목소리를 내고 싶어졌다.

문이 벌컥 열렸다. 그는 주변을 경계하며 굳은 표정으로 문간에 서 있었다.

그와의 관계는 미래가 없을지도 몰랐다. 어떤 희망도 기대할 수 없었다. 하지만 지금 이 순간, 그를 바라보면서 소르샤는 이기적이고 어리석게 굴고 싶어졌다. 마음 가는 대로 하고 싶었.

내일은 지옥이 펼쳐질지도 몰랐다. 하지만 잠시라도 누군가의 애인이고 싶었다. 소중한 갈망의 대상이 되고 싶었다.

그는 움직이지 않았다. 그저 조용히 바라볼 뿐이었다. 소르샤도 그를 같은 눈빛으로 바라보았다. 마침내 소르샤는 그의 튜닉 옷깃을 와락 붙잡고 그의 얼굴을 아래로 당겨 격하게 입을 맞췄다.

케이올은 지난 며칠 동안 일에 거의 집중을 하지 못했다. 앞으로 몇 분 후에 만나기로 한 사람들 때문이었다. 렌과 머터프가 케이올을 만나겠다고 연락이 오기까지 생각보다 시일이 오래 걸렸다. 지난번 밤에 빈민가에서 만난 후 한참 만에 다시 만나는 것이었다. 케이올은 밤에 일을 쉬는 날 그들을 만날 예정이었다. 에이디언이 안전한 접선 장소를 찾아놓기로 했다. 이제 그 장소에서 테라센의 두 귀족과 만나면 되는 것이다. 케이올과 에이디언은 따로 성을 나섰다. 케이올은 행선지에 대해 부하들에게 거짓말을 해야 했기에 마음이 편치 않았다. 부하들은 그들의 적을 만나러 가는 상관에게 재미있게 놀다 오시라고 말했다. 부하들은 그를 신뢰하고 있었다.

상념을 떨치고 어둑한 골목으로 발을 옮겼다. 만나기로 한 장소인 다 쓰러져가는 하숙집에서 몇 블록 떨어진 골목이었다. 망토를 입고 묵직한 두건을 내려쓴 그는 평소보다 더 중무장을 했다. 얕은 숨을 쉬며 기다리는데 골목 저 아래에서 두 개의 음으로 된 휘파람 소리가 들려왔다. 케이올도 휘파람으로 답했다. 에이버리 부두에 낮게 깔린 안개 사이로 에이디언이 모습을 드러냈다. 에이디언 역시 망토의 두건으로 얼굴을 가린 채였다.

에이디언은 오린스의 칼 대신 잡다한 장검과 단검 여러 자루를 소지한 모습이었다. 그 정도 중무장이면 지옥에 걸어 들어갔다가도 웃으면서 나오지 않을까 싶었다.

"다른 사람들은요?"

케이올이 나지막하게 물었다. 오늘 밤 빈민가는 기분 나쁠 정도로 고요했다. 차림새 때문에 감히 가까이 다가오려는 놈들도 없을 것이다. 밤중에 구불구불하고 어두컴컴한 골목을 걷는 것 자체가 위험한 일이었다. 가난과 절망, 그로 인한 절박감이 느껴졌다. 이런 환경에서 살다 보면 사람들은 하루라도 더 살아내기 위해 위험한 짓도 서슴

없이 저지르기 마련이었다.
 에이디언은 곧 무너질 듯한 벽돌 벽에 기대어 섰다.
 "초조해할 거 없어. 곧 올 거야."
 "정보를 얻기 위해 기다릴 만큼 기다렸습니다."
 "왜 이렇게 서둘러?"
 에이디언은 느릿하게 말하며 골목을 둘러보았다.
 "앞으로 몇 주 후에는 리프트홀드를 떠나 아니엘로 돌아가야 합니다."
 케이올은 시커먼 두건 밑에서 그를 쏘아보는 에이디언의 시선을 느낄 수 있었다.
 "일이 많아서 좀 천천히 돌아가겠다고 말해."
 "약속을 해서요. 시간을 버느라 이미 거래를 했습니다. 떠나기 전에 왕세자님을 위해…… 이 일을 꼭 해놓고 싶어서요."
 에이디언이 그를 돌아보았다.
 "아버지와 소원하다고 들었는데, 왜 갑자기 돌아가기로 한 거지?"
 거짓말을 하는 게 더 편한 상황이었지만 케이올은 솔직하게 말하기로 했다.
 "아버지는 영향력이 대단한 분입니다. 궁전의 세력가들을 움직일 수 있을 만큼은 되시죠. 평의회 의원이기도 하시고요."
 에이디언은 조용히 웃었다.
 "군사 회의 때 자네 아버지를 내가 몇 번 들이받았지."
 케이올은 돈을 내고서라도 보고 싶은 장면이지만 웃음기 없이 대꾸했다.
 "에일린을 웬들린으로 보내려면 이 방법뿐이었습니다."
 케이올은 아버지와 한 거래에 대해 짧게 설명했다. 그의 말이 끝나사 에이디언은 길게 숨을 내쉬며 고개를 절레절레 흔들었다.
"제기랄. 아달렌에 이 정도로 고귀한 인물이 있을 줄이야."
케이올은 칭찬으로 받아들였다. 에이디언 입에서 이 정도 말이 나왔으면 대단한 칭찬일 것이다.
"장군님의 아버지는 어떤 분이십니까?" 케이올은 대화의 방향을 돌렸다. 그 얘기를 계속했다가는 가슴속에 뚫린 구멍이 더 헛헛하게 느껴질 것 같았다. "어머니가 에일린과 친척 관계라고 들었는데, 아버지는 어떤 가문이신지?"
에이디언은 심드렁하게 대답했다.
"어머니는 내 아버지가 누구인지 말해준 적이 없으셔. 병상에서 하루하루 쇠약해지면서도 절대 말을 안 하셨어. 창피해서 그러신 건지, 기억을 못 하시는 건지, 아니면 나를 보호하려고 그러신 건지는 아직도 몰라. 이쪽으로 넘어와 살면서부터는 잊고 살았어. 자네 아버지 같은 분을 아버지로 두느니 아버지가 없는 편이 낫겠지."
케이올은 조용히 웃었다. 다른 질문을 하려는데 골목 저 끝에서 장화를 돌바닥에 끌며 걸어오는 소리, 거친 숨소리가 들려왔다.
비틀대며 걸어오는 젊은 남자가 보이자 에이디언은 민첩하게 칼 두 자루를 손에 쥐었다. 케이올도 칼을 꺼내 들었다. 막사에서 몰래 가져온 아무 특징 없는 칼이었다.
남자는 한쪽 팔로 배를 감쌌고 다른 쪽 팔로는 방치된 건물의 벽돌 벽을 짚으며 힘겹게 걸어오고 있었다. 에이디언은 칼을 칼집에 넣고 즉시 그 남자에게 다가갔다. 케이올은 에이디언이 그 젊은 남자에게 "렌?"하고 부르는 소리를 듣고서야 그 남자 쪽으로 다가갔다.
달빛 아래 렌의 튜닉에서 배어나오는 피가 번들거렸다.
"머터프는 어디 있어?"

에이디언은 렌의 어깨를 부축하며 물었다.

"무사합니다." 렌은 백지장처럼 창백한 얼굴로 숨을 헐떡였다. 케이올은 골목 양 끝을 살펴보았다. "저희한테…… 미행이 붙어서 따돌리려고 했는데." 렌이 고통을 참느라 찡그리는 표정이 보이는 듯했다. "그들이 저를 공격했습니다."

"수는?"

에이디언이 나지막하게 물었다. 케이올은 에이디언의 목소리에서 강한 폭력의 기운을 느낄 수 있었다.

"여덟입니다." 렌은 통증 때문에 헐떡였다. "둘을 죽이고 도망쳤습니다. 놈들이 저를 따라오고 있을 겁니다."

여섯 명이 남았다. 부상을 입지 않았다면 바짝 가까이 따라붙었을 것이다. 케이올은 렌이 밟고 온 돌길을 살펴보았다. 흔적을 남기지 않기 위해 최대한 출혈을 막으며 여기까지 왔다면 배의 상처는 깊지 않을 공산이 높았다. 하지만 몹시 고통스러워하는 걸 보면 치명적인 부위를 찔려 목숨이 위험한 상황일 수도 있었다.

그때 에이디언의 몸이 굳었다. 케이올이 듣지 못한 어떤 소리를 들은 듯했다. 그는 렌을 조용히 조심스럽게 케이올의 품으로 넘겼다. 그리고 골목 입구를 바라보며 차분하게 지시했다.

"여기서 열 걸음 떨어진 곳에 큰 술통 세 개가 있어. 그 뒤로 가 숨어 있어. 아무 소리 내지 말고."

케이올은 즉시 렌을 끌다시피 부축해 큰 통들이 있는 곳으로 데려가 바닥에 앉혀놓았다. 렌은 고통스러워했지만 신음을 내지 않고 꾹 참았다. 케이올은 통들 사이의 틈새로 골목을 내다보았다. 여섯 남자가 거의 어깨를 맞대다시피 늘어서서 골목으로 들어서고 있었다. 그들이 짙은 색 튜닉과 망토를 걸쳤다는 것 말고는 더 자세히 보이지 않았다.

　남자들은 앞에 서 있는 에이디언을 보고 멈춰 섰다. 두건을 내려 쓴 에이디언은 전투용 칼을 꺼내들고 말했다.

　"이 골목에서 아무도 살아나가지 못할 거다."

　그랬다. 아무도 살아나가지 못했다.

　에이디언의 속도며 민첩성, 자신감은 말도 안 될 정도로 대단해서 잔인하고 무자비한 춤을 보는 듯했다.

　싸움이 제대로 시작되기도 전에 끝이 났다. 자객 여섯 명은 무기를 익숙하게 다루는 놈들인 것 같았지만 페이족의 피를 이어받은 군인을 상대하기에는 역부족이었다.

　에이디언이 단시일에 장군이라는 높은 지위까지 올라간 것도 놀라운 일이 아니었다. 케이올은 그렇게 잘 싸우는 사람을 본 적이 없었다. 셀레이나 정도는 되어야 비슷한 실력이라 할 수 있을 것이다. 에이디언과 셀레이나가 싸우면 누가 이길지 판단하기 어려웠다. 둘이 같은 편이 돼서 싸운다면…… 생각만으로도 심장이 얼어붙는 듯했다. 여섯이나 되는 남자들이 단 몇 분 만에 죄다 목숨이 끊어졌다.

　에이디언은 웃음기 가신 얼굴로 케이올 곁으로 돌아와 바닥에 천 조각을 던졌다. 이를 악물고 숨을 몰아쉬던 렌도 그 천 조각을 내려다보았다.

　묵직한 소재로 된 검은 천에는 검은 실로 문장이 새겨져 있었다. 달빛에 겨우 형태만 보였지만 와이번 무늬였다. 와이번은 왕실의 상징이었다.

"모르는 자들입니다. 한번도 본 적 없는 제복이고요."

케이올은 자신이 연루된 일이 아님을 항변한다기보다는 혼잣말처럼 내뱉었다.

에이디언은 케이올이 인간의 귀로는 듣지 못하는 어떤 소리를 향해 고개를 기울이며 여전히 분노에 찬 목소리로 말했다.

"발소리를 들어보니 놈들이 근처에 몇 놈 더 있어. 렌을 찾으려고 빈민가를 이 잡듯이 뒤지고 있는 모양이야. 숨을 곳이 필요해."

렌이 겨우 의식을 붙잡고 버티며 말했다.

"아는 곳이 있습니다."

30

 케이올은 에이디언과 함께 반쯤 정신을 놓은 렌을 부축하며 숨죽이며 걸었다. 비틀거리며 걸어가는 그들 셋의 모습은 누가 봐도 유흥가를 찾아 돌아다니는 술꾼들처럼 보였다. 늦은 시간이지만 거리에는 사람이 많았다. 한 여자가 구부정하게 다가와 에이디언의 튜닉을 붙잡고 늘어지며 음란한 말을 내뱉었다. 에이디언은 부드럽게 여자를 밀쳐내며 말했다.
 "공짜로 얻을 수 있는데 돈을 낼 이유는 없어."
 케이올에게는 거짓말처럼 들렸다. 지난 몇 주 동안 에이디언이 누구와 동침하는 모습을 봤다거나 들었다는 이는 없었다. 어쩌면 에일린이 살아 있다는 걸 알고 나서 인생의 우선순위가 바뀌었는지도 모를 일이었다.
 마침내 그들은 렌이 정신이 잠깐씩 돌아왔을 때 말한 아편굴에 다다랐다. 하숙집과 여관, 술집으로 우르르 몰려 들어가는 군인들의 외침이 거리 저쪽에서 들려왔다. 케이올은 어떤 놈들이 이러고 노는지 확인할 여력이 없었다. 조각이 새겨진 나무문을 밀고 아편굴로 들어갔다. 씻지 않은 몸 냄새, 쓰레기, 달짝지근한 연기 냄새가 케이올의 콧구멍 속으로 진하게 파고들었다. 에이디언도 기침을 하며 마땅찮은 눈초리로 렌을 쏘아보았다. 렌은 거의 죽은 듯이 묵직하게 그들의 팔에 매달려 있었다.

늙수그레한 마담이 기다란 튜닉과 가운을 펄럭거리며 그들을 맞이했다. 마담은 낡아빠진 알록달록한 깔개를 사뿐사뿐 밟으며 나무 패널을 덧댄 복도로 그들을 안내했다. 그녀는 가격이며 야간 특별 서비스에 대해 떠들어댔지만, 그녀의 약삭빠른 녹색 눈을 들여다본 케이올은 그녀가 렌과 잘 아는 사이임을 간파했다. 이 여자는 리프트홀드의 이곳에서 자기만의 제국을 세운 듯했다.

마담은 커튼이 드리워진 움푹 들어간 방으로 그들을 데려갔다. 방에 놓인 낡은 비단 쿠션에서 달콤한 연기와 땀 냄새가 풍겼다. 마담이 다음 단계를 재촉하듯 눈썹을 치켜뜨자 케이올은 그녀에게 금화 세 닢을 건넸다. 에이디언과 케이올의 부축으로 쿠션에 널브러진 렌이 신음을 흘렸다. 케이올이 별다른 말을 하지도 않았는데 마담은 잠시 후 꾸러미를 들고 돌아와 말했다.

"그들이 옆집에 와 있어요."

사랑스럽고 묘한 억양이었다.

마담이 가져온 것은 튜닉이었다. 에이디언은 서둘러 렌의 옷을 벗겼다. 렌의 얼굴은 죽은 사람처럼 창백했고 입술에도 핏기 하나 없었다. 렌의 상처 부위를 들여다본 에이디언은 욕을 내뱉었다. 복부에 얕게 베인 상처가 나 있었다.

"조금만 더 깊게 베였으면 내장이 튀어나왔겠어."

에이디언은 이렇게 말하며 마담에게 받은 깨끗한 천으로 젊은 귀족의 탄탄한 근육질 복부를 칭칭 감았다. 렌의 몸에는 상처가 잔뜩

나 있었다. 이번에 입은 상처가 지금까지 몸에 새겨진 제일 심한 상처는 아닌 듯했다.

마담은 케이올 앞에서 무릎을 굽히고는 가져온 상자를 열었다. 그리고 그들 앞에 있는 야트막한 탁자에 파이프 세 개를 꺼내놓았다.

"피우는 척해야 될 거예요."

마담은 나지막하게 말하고는 고개를 돌려 두툼한 검은 커튼 너머를 흘끗 바라보았다. 적들이 들이닥치기까지 시간이 얼마나 남았는지 계산하는 눈치였다.

마담은 케이올의 눈가에 립스틱을 문질러 불그레하게 물들이고 풀 반죽과 가루로 얼굴색을 창백하게 만들었다. 케이올은 저항하지 않고 그녀가 하는 대로 두었다. 마담은 그의 튜닉에서 단추 몇 개를 풀고 머리카락도 헝클어뜨렸다.

"이제 늘어지게 드러누워서 입에 파이프를 물어요. 긴장을 풀고 싶으면 파이프로 연기를 좀 빨아 마시든가요."

마담은 에이디언의 피부에도 칠을 하기 시작했다. 잠시 후 케이올과 에이디언, 렌은 냄새나는 쿠션에 기대어 누웠고 마담은 렌의 피 묻은 튜닉을 들고 서둘러 나갔다.

렌의 호흡은 힘겹고 불규칙적이었다. 케이올이 손 떨림을 멈추려 애쓰고 있는데 아편굴 현관문이 벌컥 열렸다. 손님들을 맞이하러 현관문 쪽으로 급히 달려가는 마담의 부드러운 발소리가 들려왔다. 케이올은 그들이 무슨 얘기를 나누는지 귀를 쫑긋 세웠다. 에이디언은 별로 힘들이지 않고 다 듣고 있는 듯했다.

마담은 안에서 들으라는 듯 큰 목소리로 말했다.

"다섯 분이신가요?"

사나운 대답이 돌아왔다.

"도망자를 찾고 있다. 비켜."

"오신 김에 쉬다 가세요. 여럿이서 즐길 수 있도록 따로 방을 마련해두고 있어요. 다들 몸집 참 좋으시다." 애교스럽고 관능적인 목소리였다. "장검과 단검을 가지고 들어가시려면 추가 요금을 내셔야 해요. 약 기운에 취해서 일을 벌리시면 책임도 지셔야 하고……."

"시끄러워."

남자가 윽박질렀다. 그들은 각 방에 드리워진 커튼을 젖히고 찢어가며 안을 들여다보았다. 케이올은 심장이 쿵쾅거렸지만 애써 늘어져 누운 자세를 유지했다. 손끝은 언제든 칼을 빼들 준비를 하고 있었다.

마담이 순순히 말했다.

"알아서들 보든가요."

렌은 의식을 거의 놓은 상태라 정말로 약에 절은 사람처럼 멍해 보였다. 마침내 그들은 케이올 일행이 있는 방의 커튼을 열어젖혔다. 케이올은 진짜 약에 취한 사람처럼 보이길 바랄 뿐이었다.

"그거 와인이야?" 에이디언이 혀 꼬부라진 소리로 물으며 눈을 가늘게 뜨고 남자들을 올려다보았다. 창백한 얼굴과 느슨하게 벌어진 입술에 스며든 웃음기. 장군 신분임을 알아보기 힘든 모습이었다. "20분째 기다렸어."

케이올 역시 몽롱한 눈빛으로 여섯 남자를 쳐다보며 웃음 지었다. 방 안을 들여다보는 그 남자들은 지금껏 본 적 없는 짙은 색 제복 차림이었다. 이들은 대체 누굴까? 왜 렌을 잡으려는 걸까?

"당장 와인 가져오라니까."

에이디언이 버르장머리 없는 상인 아들 흉내를 내며 다그쳤다.

남자들은 욕을 하며 다른 방으로 건너가 수색을 계속하더니 5분 뒤 가게를 나갔다.

한 시간 후 머터프까지 찾아온 걸 보면, 이 아편굴이 접선 장소인 모양이었다. 마담은 그들을 자신의 사무실로 데려갔다. 마담이 놀라울 만큼 능숙한 솜씨로 복부의 끔찍한 상처를 소독하고 꿰매고 붕대로 감는 동안 케이올과 에이디언은 렌이 버둥거리지 못하게 잡아 눌렀다. 마담은 렌이 목숨은 건지겠지만 출혈량이 워낙 많고 부상도 심해서 당분간은 돌아다니기 힘들 거라고 했다. 머터프는 내내 방안을 서성였다. 마침내 렌은 마담이 준 물약 덕분에 깊은 잠에 빠져들었다.

케이올과 에이디언은 작은 탁자 앞에 앉았다. 벽에 기대어 쌓아둔 아편 상자들 사이에 비좁게 놓인 탁자였다. 렌이 마신 약에 어떤 성분이 들어 있는지 케이올은 확인하기가 두려울 지경이었다.

에이디언은 고개를 약간 기울인 채 잠긴 문을 바라보았다. 아편굴 안에서 들려오는 여러 소리에 귀를 기울이는 듯했다. 그러더니 머터프에게 물었다.

"어쩌다가 미행을 당했습니까? 아까 그놈들은 누구죠?"

노인은 서성이며 대답했다.

"잘 몰라. 다만 놈들은 렌과 내가 어디 머물고 있는지 알고 있었어. 렌은 이 도시 곳곳에 정보원들을 두고 있는데, 그중 하나가 우리를 배신한 것 같아."

에이디언은 전투용 칼에 한 손을 얹은 채 계속해서 문을 주시했다.

"왕실 문장이 들어간 제복을 입고 있었습니다. 근위대장도 처음 보는 제복이라더군요. 당분간 몸 사리고 계세요."

머터프의 침묵이 지독히 무겁게 느껴졌다. 케이올이 조용히 물었다.

"렌을 옮길 수 있게 되면 어디로 데려가야 합니까?"

우뚝 멈춰선 머터프는 슬픔에 젖은 눈빛으로 대답했다.

"갈 곳은 없습니다. 우리는 집이 없어요."

에이디언이 날카로운 눈빛으로 머터프를 바라보았다.

"지금까지 대체 어디서 지내온 겁니까?"

"여기저기서. 버려진 건물에서 머물기도 하고. 일감이 있을 때는 돈을 벌어서 하숙집에서 지내기도 했는데 요즘은……."

케이올은 그들이 앨스브룩 가문의 재원을 이용하지 못한 채 살고 있음을 알아챘다. 오랜 세월 숨어 살았으니 그럴 만도 했다. 하지만 여태 노숙자처럼 살았다니…….

에이디언은 무심한 척 말했다.

"렌이 머물 만한 안전한 장소가 없다는 건가."

질문이 아닌데도 머터프는 고개를 끄덕거렸다. 에이디언은 저쪽 벽에 붙여둔 시커먼 소파에 널브러진 렌을 바라보았다. 목울대가 잠시 울컥하더니 에이디언이 머터프에게 말했다.

"마법에 관한 가설을 근위대장에게 말해주시죠."

그 후 렌은 움직일 수 있을 정도로 기운을 회복했고 그 한참의 시간 동안 머터프는 알고 있는 정보를 모두 털어놓았다. 때로는 목소리를 낮춰서 들릴 듯 말 듯할 때도 있었다. 그들을 도망치게 만든 무시무시한 일들, 렌의 몸에 온갖 상처들이 새겨지게 된 경위에 이르기까지 그의 이야기는 찬찬히 이어졌다. 케이올은 렌이 지금까지 늘 말수가 적었던 이유를 이해할 수 있게 됐다. 비밀을 중시한 덕분에 그들은 여태 목숨을 부지한 것이다.

머터프와 렌은 마법이 사라진 날 나타난 여러 파동이 대륙 전역에 걸쳐 대략 삼각형 모양을 형성했음을 알아냈다. 리프트홀드에서 시작해 얼어붙은 황무지로 이어진 첫 번째 직선. 얼어붙은 황무지에서 사막 반도 가장자리로 뻗어나간 두 번째 직선. 그리고 사막 반도 가장자리에서 다시 리프트홀드로 연결된 세 번째 직선. 그들은 마법이 사라진 원인이 주문 탓이라 여겼다.

에이디언은 지도를 꺼내놓고 서서 전투 전략을 짜듯 손으로 그 선들을 이리저리 짚었다.

"주문이 특정한 점에서 무슨 봉화처럼 시작됐다는 거네."

케이올은 손가락 관절로 탁자를 톡톡 두드리며 물었다.

"주문을 풀 방법이 있을까요?"

머터프가 한숨을 푹 쉬었다.

"아처와의 일 때문에 우리가 하는 일이 방해를 받았습니다. 정보원들도 목숨을 잃을까 봐 도시에서 자취를 감췄고요. 하지만 방법이 있을 겁니다."

에이디언이 물었다.

"어디서부터 찾아봐야 하지? 왕이 단서들을 아무렇게나 흘리고 다닐 리도 없는데 말이야."

머터프는 고개를 끄덕였다.

"의심 가는 부분을 확인하려면 증인이 필요해. 그런데 주문이 시작된 것으로 생각되는 장소들은 전부 왕의 군대가 주둔하고 있지. 그곳으로 들어갈 방법을 찾고 있는 중이야."

에이디언이 느긋하게 미소를 지어보였다.

"렌더러 저에게 잘해주라고 계속 말하는 이유가 있었군요."

대답이라도 하듯 렌이 신음을 흘렸다. 정신을 차리려 안간힘을 쓰는 듯했다. 지난 10년 동안 저 젊은 귀족은 안전하게 혹은 평화롭게 쉬어본 적이 있을까? 셀레이나를 비롯해 테라센의 젊은 중심 세력들의 가슴 속에 무모할 정도로 강한 분노가 담겨 있는 이유를 알 것도 같았다.

케이올이 말했다.

"빈민가에 있는 창고에 아무도 모르는 숙소가 하나 있습니다. 필요한 생활용품이 다 갖춰져 있고 안전한 곳입니다. 필요한 만큼 거기 머물도록 하시죠."

케이올은 신중하게 바라보는 에이디언의 시선을 느꼈다. 그런데 머터프가 인상을 찌푸리며 반대했다.

"말씀은 고맙지만 근위대장의 집에 머무르라는 제안은 받아들일 수 없습니다."

"내 집이 아닙니다. 집주인은 아무 상관 안 할 테니 편하게 지내도록 하세요."

31

마논은 양고기 다리를 아브락소스에게 내밀었다. 날고기였다.

"먹어."

해가 환하게 떴지만 눈 덮인 노던팽의 봉우리에서 불어오는 바람은 살을 에는 듯 차가웠다. 그들은 뒷문을 통해 산으로 이어지는 좁은 길로 나섰다. 아브락소스의 다리를 잠시라도 풀어주고 싶었다. 마논은 굵직한 사슬을 꼭 붙잡고 아브락소스를 이끌었다. 그 사슬을 붙잡고 있으면 아브락소스가 멋대로 날아오르는 것을 막을 수 있다는 듯이. 그들은 가파른 오르막을 지나 고원의 초원으로 향했다.

"먹으라니까." 마논은 차갑게 얼어붙은 고기를 아브락소스의 눈앞에 대고 흔들었다. 초원에 배를 깔고 엎드린 아브락소스는 녹아내린 얼음 사이로 비집고 올라온 풀과 꽃을 향해 코를 킁킁거렸다. 마논이 이를 악물고 말했다. "너한테 주는 상이야. 넌 먹을 자격 있어."

아브락소스는 한데 모여 피어 있는 보라색 꽃들의 향기를 맡다가 마논을 힐끗 쳐다보았다. 마치 '고기 안 먹어'라고 말하는 듯했다.

"네 몸에 좋은 거야."

마논이 말했지만 아브락소스는 다시 제비꽃인지 무슨 꽃인지 모를 보라색 꽃들의 향기를 맡아댔다. 독살이나 치료, 목숨 보존에 필요한 식물이 아니면 마논은 굳이 이름도 알고 싶지 않았다. 특히 야생화라면 관심도 없었다.

마논은 아브락소스의 커다란 주둥이 앞에 양고기 다리를 휙 던지고는 붉은 망토 안으로 두 손을 집어넣었다. 아브락소스는 양고기에 대고 코를 킁킁거렸다. 퍼져나가는 햇빛 아래, 새로 해넣은 아브락소스의 쇠 이빨이 번뜩였다. 아브락소스는 쇠 발톱을 박아 넣은 거대한 한쪽 날개를 쭉 뻗더니……

양고기를 옆으로 밀쳐냈다.

마논은 두 눈을 비비며 물었다.

"신선하지 않은 고기라 그래?"

아브락소스는 흰색과 노란색 꽃들 쪽으로 주둥이를 돌리고 냄새를 맡았다.

악몽이었다. 이건 진짜 악몽이었다.

"네가 꽃을 좋아할 리 없어."

녀석이 까만 눈으로 마논을 돌아보더니, 눈을 한 번 껌벅였다. '좋아하는데요'라고 말하는 듯한 눈빛이었다.

마논은 두 팔을 벌렸다.

"어제까지만 해도 넌 꽃향기를 맡아본 적도 없었어. 고기는 왜 안 먹으려고 하는데?"

아브락소스의 비쩍 마른 몸에 근육을 붙이려면 고기를 몇 톤은 먹어도 시원찮았다.

이 밉살스러운 녀석이 다시 섬세하게 꽃향기를 맡기 시작하자 마논은 성큼성큼 걸어가 양고기 다리를 집어 들었다. 두 손으로 양고기를 들어 올리고 쇠 이빨로 물어뜯으며 외쳤다.

"네가 안 먹으면 내가 먹으면 돼."

아브락소스는 차갑게 얼어붙은 생고기를 물어뜯는 마논을 재미있다는 듯이 바라보았다. 하지만 마논은 고기를 삼키지 못하고 퉤 뱉었다.

"고기 맛이 왜 이따위야." 마논은 고기에 코를 대고 냄새를 맡아보았다. 썩은 내가 나지는 않았지만 이곳 군인들과 마찬가지로 이상한 맛이 났다. 산에서 자란 양이니 물 때문에 맛이 이상해진 걸까. 돌아가면 열세 마녀단원들에게 이런 괴상한 맛과 냄새가 나는 이유를 알아낼 때까지 이곳 군인들에게 손대지 말라는 명령을 내려야 할 듯했다.

그건 그렇고 아브락소스에게 뭐든 먹여야 했다. 아브락소스의 체력을 만들어줘야 했다. 그래야 마논이 비행 지도관이 되어, 모의 전쟁에서 이스크라를 찢어발기고 그 얼굴을 고소하게 바라볼 수 있을 것이다. 저 벌레 같은 녀석에게 먹이를 먹게 할 수만 있다면……

"그래, 좋아." 마논은 양고기 다리를 휙 집어던지며 물었다. "신선한 고기를 먹겠다 이거지?" 마논은 탑처럼 우뚝 솟은 산을 훑어보았다. 회색 바위가 눈에 들어왔다. "그럼 어디 사냥을 해보자."

"네 몸에서 똥과 피 냄새가 진동을 하는구나."

할머니는 책상 앞에 앉아 고개도 들지 않고 말했다. 모욕적인 말이었지만 마논은 움찔하지 않았다. 똥과 피범벅인 게 사실이니까.

이게 다 꽃을 사랑하는 벌레 같은 녀석 아브락소스 때문이었다.

마논이 근처 절벽으로 기어 올라가 듣기 싫은 소리로 울어대는 산양을 붙잡아 끌고 내려올 때까지 아브락소스는 가만히 지켜보기만 했다. 실제로 일어난 일에 비하면 '끌고 내려왔다'는 것은 무척이나 우아한 표현이었다. 산양들이 위험천만한 길을 올라갈 때까지 기다리느라 마논은 얼어 죽을 뻔했다. 마침내 그중 한 마리를 기습하는 데 성공했지만 산양과 씨름을 하면서 그 산양이 싼 똥 위로 구르고 말았다. 그것도 모자라 산양은 마논한테서 놓여나 그 아래 바위로 떨어져 머리통이 깨지기 직전에 마논에게 새로 똥을 싸갈겼다.

마논도 산양과 함께 굴러떨어질 뻔했지만 고목 뿌리를 붙잡고 겨우 버텼다. 망토와 튜닉에 피가 얼어붙은 채로 죽은 산양을 들고 돌아와서 보니, 아브락소스는 여전히 엎드려 야생화 향기를 맡고 있었다.

아브락소스는 산양을 단 두 입 만에 먹어 치운 뒤 다시 야생화를 즐겼다. 어쨌든 먹기는 했으니 됐다. 하지만 아브락소스를 노던팽으로 다시 데려가는 일도 쉽지 않았다. 마논을 다치게 하거나 날아서 도망치지는 않았지만, 동굴의 뒷문에 가까워지고 다른 와이번들의 소리가 들려오기 시작하자 아브락소스는 제 몸을 결박한 사슬을 잡아당기며 머리를 좌우로 흔들어댔다. 조련사들이 다가오자 아브락소스는 이를 드러내고 으르렁대기는 했지만 크게 저항하지 않고 안으로 들어갔다. 어째서인지 마논은 마지못해 끌려 들어가는 아브락소스의 모습이 자꾸 생각났다. 애원하듯 조용히 마논을 바라보던 눈빛이 잊히지 않았다. 그렇다고 녀석을 동정하는 건 아니었다. 마논은 동정심 따윈 없었으니까. 하지만 계속 생각이 났다.

마논은 고개를 꼿꼿이 들고 할머니에게 말했다.

"부르셨다고 해서 왔습니다. 계속 기다리시게 하고 싶지 않아서 나름 조치를 취하던 중이었습니다."

"너 때문에 계속 기다렸어, 마논." 대마녀는 영원한 고통을 주고야 말겠다는 살벌한 눈빛으로 마논을 돌아보았다. "몇 주 동안 열세 마녀단과 함께 비행하지 않았더구나. 옐로레그스 마녀들은 사흘 동안 주도적으로 비행을 하고 있고. 사흘이야, 마논. 넌 그동안 네 와이번을 애지중지만 하고 있었어."

마논은 감정을 내비치지 않았다. 섣불리 사과했다가는 사태를 악화시킬 것이다. 변명도 마찬가지다.

"명령을 내려주시면 이행하겠습니다."

"내일 저녁에 비행해. 비행을 못하겠으면 돌아오지도 마."

"너 정말 싫다."

아브락소스와 함께 녹초가 돼서 산꼭대기로 돌아온 마논은 쇠 이빨 사이로 숨을 몰아쉬었다. 여기까지 오는 데 한나절이 걸렸다. 시간이 더 걸렸으면 저녁때나 오메가로 돌아갈 수 있었을 것이다. 일단 짐부터 챙겨야 했다.

아브락소스는 산꼭대기에 자리한 평평한 바위의 좁은 끄트머리에 고양이처럼 웅크리고 앉았다.

"고집 세고 게을러빠진 놈."

욕을 듣고도 아브락소스는 마논을 한번 쳐다보지도 않았다.

아브락소스에게 안장을 얹는 일을 도와주던 감독관이 동쪽 비탈로 가서 훈련을 하라고 알려주었다. 마논과 아브락소스는 동트기 전에 노던팽의 뒷문을 빠져나갔다. 군인들은 이쪽 봉우리에서 갓 부화한 유생 와이번들이나 비행을 주저하는 와이번들을 훈련시켰다. 마논은 방금 올라온 비탈의 절벽 너머를 내려다보았다. 그 아래는 높이 6미터 정도 되는 매끈한 내리막이었다. 이만하면 아브락소스가 활강 연습을 할 수 있을 듯했다. 날지 못하고 떨어진다고 해도 겨우 6미터밖에 되지 않고 바위 면을 따라 미끄러져 내려갈 수 있으니 다칠 일은 없을 것이다. 한마디로 죽을 가능성은 거의 없었다.

죽을 가능성은 서쪽 비탈이 높았다. 마논은 새로 해넣은 쇠 발톱을 혀로 핥고 있는 아브락소스를 노려보았다. 고원을 가로질러 걸어가던 마논은 솟구쳐 올라오는 맹렬한 바람에 눈을 찡그렸다.

서쪽 비탈의 높디높은 절벽 아래는 뾰족하고 험한 바위 지대였다. 그런 곳에서 추락했다가는 그녀의 시신을 긁어모으느라 군인들 여럿이 투입되어야 할 것이다. 답은 동쪽 비탈이었다.

마논은 머리를 바짝 땋아 묶은 뒤 투명한 안쪽 눈꺼풀을 내려 쓰고 말했다.

"가자."

아브락소스는 마치 '방금 여기 왔잖아요'라고 말하듯 커다란 머리를 들었다.

마논은 동쪽 끄트머리를 가리켰다.

"날아. 당장."

아브락소스는 훅 하고 숨을 내쉬며 마논 쪽으로 등을 돌리고 웅크렸다. 가죽 안장이 햇빛을 받아 반짝거렸다.

"아, 그렇게는 안 되지." 마논은 날카롭게 내뱉으며 앞으로 돌아가 아브락소스의 얼굴 앞에 섰다. 그리고 다시 절벽 끝을 가리키며 말했다. "당장 날아야 한다고, 이 멍청한 놈아."

아브락소스는 못 들은 척 머리를 배에 묻고 꼬리로 몸을 말았다.

자칫 잘못 했다간 목숨이 날아갈 줄 알면서도 마논은 대담하게 아브락소스의 코를 세게 움켜잡았다. 아브락소스가 눈을 번쩍 떴다.

"네 날개 기능은 멀쩡해. 인간들이 확인해줬어. 그러니까 넌 날 수 있어. 내가 날라고 명령하잖아. 그러니까 날아야 돼. 너한테 먹이려고 망할 산양까지 죽여서 갖다 바쳤잖아. 계속 이런 식으로 나를 창피하게 만들면 네 가죽을 뜯어서 새 외투를 만들어 입을 거야." 마논은 지금 입고 있는 낡고 얼룩진 진홍색 망토를 만지작거리며 덧붙였다. "너한테 산양을 잡아다 바치느라 망토가 망가졌거든."

아브락소스는 고개를 다른 쪽으로 휙 돌렸다. 적어도 마논을 저만치 휙 집어던지지는 않은 것이다. 아브락소스는 다시 고개를 숙이고 눈을 감았다.

벌을 받는 걸까. 무슨 죄를 저질러서인지는 알 수 없었다. 미끼로 쓰이는 와이번을 고른 어리석음을 탓해야 할지도 몰랐다.

마논은 조용히 욕을 내뱉으며 아브락소스의 등에 얹어놓은 안장을 바라보았다. 이대로 달려가 뛰어오른다고 해도 안장에 무사히 안착할 수 있을지는 장담할 수 없었다. 하지만 어떻게든 저 안장에 올라타 날아올라야 했다. 안 그랬다간…… 할머니가 열세 마녀단을 박살내버리고 말 것이다.

아브락소스는 고양이처럼 허영을 떨며 제멋대로 햇볕 아래 드러누워 있었다.

"깡 좋네. 전사의 심장을 갖고 있기는 하구나."

마논은 동쪽 비탈 끄트머리와 안장, 아래로 늘어져 있는 고삐를 눈여겨보았다. 처음 입에 강제로 고삐를 물렸을 때 아브락소스는 몸부림을 치며 날뛰었지만 지금은 고삐에 익숙해진 모습이었다. 오늘도 조련사 한 명의 머리를 잡아 뜯어놓을 뻔했지만 말이다. 아직은 해가 높이 떠 있었지만 곧 지기 시작할 것이다. 이대로라면 마논은 끝장이었다. 완전히 망하는 것이다.

"네가 자초한 거야."

경고 한마디를 뱉고 그대로 달려가 아브락소스의 엉덩이로 훌쩍 뛰어올랐다. 민첩하게 달려 올라가, 아브락소스가 고개를 들기도 전에 비늘로 뒤덮인 등을 가로질러 안장에 올라탔다.

마논이 장화 신은 발을 등자에 집어넣고 고삐를 쥐자 아브락소스는 널빤지처럼 뻣뻣하게 몸을 세우며 일어섰다.

"어디 한 번 날아보자."

마논은 발꿈치로 아브락소스의 옆구리를 찍었다.

등자에 찍혀 아파서인지 아니면 놀라서인지 몰라도 아브락소스는 날뛰며 고함을 내지르기 시작했다. 마논은 힘껏 고삐를 잡아당기며 소리쳤다.

"말 들어." 한쪽 팔로 고삐를 강하게 당기며 동쪽 비탈 끄트머리 쪽으로 방향을 잡았다. "그만하고 말 들어, 아브락소스."

아브락소스는 계속해서 발악을 했다. 마논은 안장에 버티고 앉아 아브락소스의 움직임에 맞춰 허벅지를 바짝 조였다. 날뛰어도 마논을 떨쳐내지 못하자 아브락소스는 이대로 마논을 던져버릴 듯 날개를 들어 올렸다.

"그러기만 해라."

마논이 위협적으로 경고했지만 아브락소스는 여전히 몸을 이리저리 틀고 악을 썼다.

"그만해."

두개골 안에서 뇌가 흔들거리고 이가 위아래로 마구 부딪쳤다. 쇠이빨이 피부를 뚫을까 봐 송곳니를 안으로 밀어 넣었다.

아브락소스는 계속해서 사납게 미친 듯이 날뛰었다. 게다가 동쪽 비탈 끄트머리가 아니라 반대 방향으로, 서쪽 절벽 쪽으로 가고 있었다.

"아브락소스, 멈춰."

이대로라면 절벽 아래로 떨어지고 말 것이다. 바위 지대에 떨어져 곤죽이 되겠지.

몹시 당황하고 화가 난 아브락소스에게 마논의 목소리는 바람에 나부끼는 나뭇잎 소리 정도로 들릴 터였다. 마구 퍼덕이는 점박이 무늬 날개 아래, 서쪽 절벽이 마논의 오른쪽에, 이어서 왼쪽에 와 있었다. 아브락소스는 커다란 발톱으로 바위를 마구 긁어 부서뜨리며 서쪽 절벽을 향해 다가갔다.

"아브락소스……."

절벽 너머로 아브락소스의 다리가 쭉 미끄러지면서 마논의 세상이 확 기울어졌다. 붙잡을 곳을 잃은 아브락소스가 추락하면서 그들 둘은 함께 허공으로 곤두박질쳤다.

32

다가올 죽음에 대해 생각할 여유 따윈 없었다.
마논은 안장을 허겁지겁 붙잡았다. 세상이 빙빙 돌고 바람이 소리 높여 비명을 질렀다. 절벽 면을 따라 추락하고 있는 아브락소스가 내지른 고함일 수도 있었다.
근육이 단단히 경직된 채 부르르 떨렸지만 마논은 두 팔로 고삐를 단단히 감아쥐었다. 아브락소스의 몸뚱이가 빙글빙글 돌 때마다 죽음이 성큼성큼 다가왔다. 지금으로서는 죽음을 면하게 해줄 유일한 물건이 바로 이 고삐였다.
저 아래 나무들의 형체가 보이기 시작했다. 바람에 갈려 뾰족해진 바위 지대도 눈에 들어왔다. 속도는 점점 빨라지고 절벽 면은 회색과 흰색이 뒤섞인 채 흐릿하게 스쳐 지나갔다.
어쩌면 아브락소스의 몸이 충격을 흡수해 마논은 걸어서 이곳을 떠날 수 있을지도 몰랐다.
저 바위 지대에 동시에 떨어질 가능성도 있었다.
아브락소스가 몸을 뒤집어 마논이 먼저 짓뭉개질 수도 있었다.

만약 그렇게 된다면 어떤 식으로 죽는지 깨닫기 전에, 몸의 어느 부분이 먼저 부서지는지 알기 전에 죽음이 닥쳐올 것이다. 그들은 계속해서 떨어졌다. 뾰족뾰족한 바위 지대 사이로 작은 강이 흐르고 있었다.

바람이 저 아래서 강하게 치고 올라와 아브락소스를 잠시 위로 밀어 올렸지만 그들은 여전히 회전과 추락을 계속하고 있었다.

"날개를 펴!"

바람 소리와 쿵쾅쿵쾅 뛰는 심장 소리 너머로 마논이 외쳤다. 아브락소스는 날개를 단단히 접은 채였다.

"날개를 펼치고 버텨!"

마논이 다시 소리쳤다. 저 아래서 빠르게 흐르는 물살이 보였다. 혐오스러운 어둠의 품에 안길 때가 온 것이다. 이 추락을, 이 죽음을 막을 수 있는 게 없었다.

나무에 매달린 솔방울들이 보였다.

"날개 펴!'

어둠을 향해 마논은 마지막으로 크게 고함을 질렀다.

고함에 답하듯 아브락소스가 날카롭게 악을 쓰더니 드디어 날개를 펼쳤다. 상승기류를 타면서 지상에서 훌쩍 멀어졌다.

마논의 위장이 목구멍에서 항문으로 쑥 내려가는 기분이었다. 그들은 허공으로 솟구쳐 올랐다. 아브락소스가 계속해서 날갯짓을 했다. 그 퍼덕이는 날갯짓은 오랫동안 비참하게 살아온 마논이 들어본 중 가장 아름다운 소리였다.

아브락소스는 다리를 모으고 더욱 높이 날아올랐다. 아브락소스가 근처 절벽을 따라 고도를 높이는 동안, 마논은 안장에 엎드려 아브락소스의 따뜻한 가죽을 붙잡고 매달렸다. 봉우리들이 마치 위로 들어 올린 손처럼 그들을 맞아주었다. 아브락소스는 흔들거리며 그 옆을 지나 힘차게 날개를 쳤다. 마논은 아브락소스와 함께 허공을 오르내렸다. 눈 덮인 봉우리 꼭대기를 완전히 벗어날 때까지 숨 한 번 들이마실 수 없었다. 아브락소스는 즐거워서인지 아니면 화가 나서인지 모르겠지만 두 발로 눈과 얼음을 한 줌 쥐었다가 뒤로 흩뿌렸다. 햇살에 눈가루가 마치 별처럼 반짝이며 흩날렸다.

열린 하늘로 날아오르자 강렬한 햇빛 때문에 눈이 부셨다. 그들 주변에는 저 아래 산과 성, 흰색과 보라색, 푸른색 사원들만큼 거대한 구름이 떠 있을 뿐이었다.

아브락소스가 환호성을 내질렀다. 수평으로 날던 아브락소스는 번개처럼 빠른 기류를 타고 구름 속으로 날아 들어갔다…….

평생을 지하에서 사슬에 묶인 채 불구가 될 때까지 폭행을 당해온 아브락소스의 삶을 마논은 온전히 이해하지 못했다. 하지만 지금 아무런 불순물이 섞이지 않은, 가슴 저리도록 기쁨에 찬 환호성을 듣고 나니 이해가 될 것 같았다.

마논도 주변의 구름을 향해 고개를 젖히고 함께 환호성을 내질렀다.

그들은 구름바다를 함께 날았다. 아브락소스는 구름에 살짝 발을 담갔다가 몸을 기울이면서 바람이 만들어놓은 구름 기둥을 타고 높이 더 높이 날아올랐다. 마침내 구름 기둥의 끄트머리에 가 닿은 아브락소스는 얼어붙게 춥고 공기가 희박한 하늘에서 날개를 활짝 폈다. 일순간 세상이 완전히 멈춘 듯했다.

아무도 보고 있지 않기에, 아무것도 상관할 필요 없기에 마논 역시 두 팔을 벌리고 급강하의 기쁨을 만끽했다. 귓속에서, 위축됐던 심장 속에서 바람이 노래가 되어 흘렀다.

◆◆◆

등 뒤로 해가 지평선을 넘어가면서 회색 하늘에 저녁 햇살이 채워지기 시작했다. 아브락소스의 등에 올라탄 마논은 붉은 망토로 몸을 감쌌다. 안쪽 눈꺼풀 때문에 시야가 흐릿했다. 그 상태로 마논은 열세 마녀단의 마녀들을 둘러보았다. 다들 협곡 입구에서 각자의 와이번에 탑승한 모습이었다.

그들은 여섯 명씩 두 줄로 도열했다. 마논은 맨 앞줄에 섰고 애스터린과 그녀의 연청색 와이번은 마논 바로 뒤에 자리했다. 소렐은 2열 중앙에 위치했다. 다들 약간 정신이 없었지만 바짝 긴장한 모습이었다. 아브락소스는 날개의 부상 때문에 좁은 협곡을 온전히 날아서 건널 준비가 돼 있지 않았다. 그래서 그들은 집합 장소를 뒷문 쪽으로 정했는데, 첫 번째 협곡 비탈면까지 와이번을 타고 3킬로미터 정도를 걸어야 닿을 수 있는 곳이었다. 그들은 조용히 일사불란하게 줄 맞춰 걸었다.

협곡 입구는 폭이 충분히 넓어서 아브락소스가 도약 후 쉽게 활강할 수 있는 구조였다. 아브락소스는 근육이 손상되고 날개 일부를 다친 상태라 이륙이 편치 않았다. 그동안 숱하게 폭행을 당하면서 다친 부위라 어쩌면 앞으로도 완전히 힘을 내지 못할 수도 있었다.

마논은 그런 사정에 대해 열세 마녀단에게 별도로 설명하지 않았다. 그들이 신경 쓸 일도 아니고, 그들에게 영향을 미칠 만한 일도 아니라는 판단에서였다.

마논은 협곡을 바라보며 입을 열었다. 곳곳에 미로처럼 펼쳐진 골짜기와 아치 길이 보였다.

"오늘부터 모의 전쟁 날까지 매일 아침 여기 모여서 훈련을 한다.

오후에는 다른 마녀단과 함께 훈련을 진행할 거다. 아직 아무한테도 말하지 마."

마논은 아브락소스와 함께 먼저 출발해야 했다. 그래야 단원들과 보조를 맞춰 협곡을 건널 수 있을 것이다.

"모두 가까이에서 비행하도록 해. 와이번들을 독립적으로 행동하게 두는 것에 대해 인간들은 말이 많지만 우린 상관없어. 우리 와이번들은 옥신각신하면서 누가 우위에 설 것인지 알아서 정하게 될 거다. 다만 비행시에는 갑옷처럼 탄탄하게 하나가 되어야 해. 일단 비행을 시작하면 일사불란하게 움직여야 하고 영역 다툼 따위는 허용되지 않아. 다 함께 이 협곡을 건너든 아니면 비행을 포기하든 둘 중 하나다."

마논은 마녀들과 와이번들의 눈을 하나하나 들여다보았다. 놀랍게도 아브락소스도 마논과 같은 행동을 하고 있었다. 아브락소스는 비록 몸집은 작지만 대신 의지력과 속도, 수완이 대단히 뛰어났다. 마논보다 먼저 기운의 흐름을 감지한 듯했다.

"협곡을 건너고 살아남으면 협곡 건너편에서 다시 집합해 비행을 재개한다. 완벽해질 때까지 훈련을 계속할 거다. 와이번들은 서로를 믿고 명령을 따르는 법을 배워야 해." 바람이 마논의 두 뺨을 부드럽게 스쳤다. "뒤처지지 말도록."

마침내 마논과 아브락소스는 협곡으로 달려 내려갔다.

33

일주일 동안은 시체는 물론이고, 피를 쭉 빨아먹는 괴물에 관한 단서조차 나오지 않았다. 셀레이나는 로완의 지시로 태양 여신의 사원 터에서 초에 불을 붙이는 연습을 하며 이런저런 상념에 잠겼다. 이제 명령이 떨어지면 바로 변신할 수 있게 되자 로완은 주변의 다른 것을 파괴하지 않고 초에 불을 붙이는 연습을 시켰다. 셀레이나는 망토를 그슬리거나 폐허에 금을 가게 만들거나 주변 나무를 시커멓게 태우는 등 마법을 쏟아낼 때마다 실패하고 있었다. 로완은 거의 무한정으로 초를 공급해주었다. 덕분에 셀레이나는 눈이 가운데로 몰릴 때까지 초를 보고 또 보며 몇 날 며칠을 보내는 중이었다. 몇 시간째 땀을 흘리며 분노를 비롯한 온갖 감정을 끌어모았지만 연기 한 줄기 피워내지 못했다. 대신 식욕만 끝없이 솟구쳤다. 마법이 몸의 에너지를 쭉쭉 빨아들이다 보니, 뭐든 눈에 보이는 대로 시도 때도 없이 먹어치웠다.

다시 비가 내렸다. 엠리스의 이야기도 다시 시작됐다. 셀레이나는 저녁 식사 후 쏟아져 나온 설거지를 하면서 엠리스의 이야기에 귀를 기울였다. 엠리스는 모여 앉은 이들에게 여전사, 마법에 걸린 동물들, 교활한 마법사들을 비롯해 웬들린의 온갖 전설을 들려주었다. 로완도 매의 모습으로 나타나 이야기를 들었다. 어느 날 밤에는 셀레이나가 뒷문에 기대어 앉아 있으면 로완이 옆걸음질로 가까이 다가오기도 했다.

엠리스가 영리한 늑대와 마법 불새의 이야기를 거의 마무리할 때쯤, 셀레이나는 싱크대 앞에 서서 마지막 구리 냄비를 박박 문지르고 있었다. 등도 욱신거리고 배가 쓰릴 만큼 허기가 졌다. 엠리스가 잠시 이야기를 멈추자 언제나 그렇듯 청중은 옛이야기를 더 해달라고 졸랐다. 싱크대 앞에 서 있던 셀레이나가 "메이브 여왕에 관한 이야기도 알아요?"라고 묻자 모여 앉은 이들이 전부 고개를 돌려 그녀를 쳐다보았다. 셀레이나는 그들의 시선 따위는 알 바 아니었다.

죽음처럼 싸늘한 정적이 감돌았다. 엠리스는 잠시 눈이 커졌다가 희미하게 미소 지으며 말했다.

"많이 알지. 어떤 이야기를 들려줄까?"

"제일 오래된 이야기요. 전부 다 듣고 싶어요."

메이브를 다시 대면하기 전에 그녀에 관해 최대한 많이 알아야겠다는 생각이었다. 어쩌면 셀레이나가 살던 곳까지 다다르지 못한 이야기들을 엠리스가 알고 있을지 모르니까. 스킨워커에 관한 이야기가 사실로 드러났으니, 불멸의 수사슴도 정말 존재한다면…… 여기서 중요한 정보를 얻을 수도 있을 것이다.

청중은 불안한 눈빛을 주고받았다. 마침내 엠리스가 입을 열었다.

"그럼 처음부터 이야기를 들려줘야겠군."

셀레이나는 고개를 끄덕이며 평소에 늘 앉던 자리로 향했다. 그녀는 날카로운 눈빛의 매 근처에 있는 뒷문에 기대어 앉았다. 로완이 부리로 딱딱 소리를 냈으나 셀레이나는 어깨너머로 로완 쪽을 쳐다보지도 않았다. 조용히 빵 한 덩어리를 씹어 먹으며 이야기에 귀를 기울였다.

"오래전, 인간 왕이 웬들린의 왕좌를 차지하기 전, 페어리 요정들이 우리와 더불어 살아가던 시절의 이야기입니다. 선하고 공정한 요정도 있고 소소한 장난을 좋아하는 요정도 있고 어두운 밤보다 더 검고 못된 요정도 있었죠. 하지만 다들 메이브와 모라, 마브 자매의 지배를 받았습니다. 거대한 매의 형상을 한 교활한 모라(바로 이분이 로완의 조상일 것이다), 백조의 형상을 한 아름다운 마브, 그리고 누구도 그 광포함을 제어할 수 없는 어둠의 메이브 자매였죠."

엠리스는 셀레이나가 대부분 알고 있는 역사를 읊었다. 모라와 마브는 인간 남자와 사랑에 빠져 불멸성을 포기했다. 메이브가 두 자매에게 인간과 사랑에 빠진 벌로 영생을 포기하도록 강요했다고 전하는 이들도 있고, 메이브한테서 도망치기 위해 자발적으로 영생을 포기한 것이라 주장하는 이들도 있었다.

셀레이나는 메이브도 누군가와 짝짓기를 한 적이 있느냐고 질문을 던졌다. 그 질문에 다시 죽음처럼 지독한 정적이 흘렀다. 엠리스는 그런 적 없다고 대답했다. 다만 초기에 거의 짝짓기를 할 뻔한 적은 있다고 했다. 영리한 머리와 순수한 영혼을 가진 한 전사가 메이브의 마음을 훔친 적이 있다는 소문이 있었다. 하지만 그 전사는 오래전 전장에서 목숨을 잃었고, 그가 메이브에게 끼워주려 했던 반지도 사라졌다고 했다. 그 후 메이브는 누구보다 직속 전사들을 사랑했다고 했다. 전사들은 메이브를 사랑했고, 누구도 감히 도전하지 못할 만큼 강력한 여왕으로 만들어주었다. 셀레이나는 그 말에 로완이 콧방귀를 뀔 줄 알았는데 뜻밖에도 횃대에 조용히 앉아 듣고 있기만 했다.

엠리스는 밤이 깊도록 페이 여왕에 관한 이런저런 이야기들을 들려주었다. 무자비하고 교활한 군주 메이브는 마음만 먹으면 세상을 지배할 수도 있었지만, 넓은 강가 한가운데에 돌로 된 도시를 짓고 도라넬의 숲 지대를 다스리며 사는 것으로 만족했다.

셀레이나는 이야기를 들으며 세세한 부분을 골라 기억에 담아두었다. 몇 발자국 떨어진 머리 위쪽에 홰를 타고 앉은 로완 왕자에 대해서는 생각하지 않으려 애썼다. 로완은 산 너머에 살고 있는 불멸의 괴물에게 기꺼이 피의 맹세를 한 자였다. 이야기를 하나 더 요청하려던 셀레이나는 나무 사이에서 다가오는 무언가를 포착했다.

셀레이나가 블랙베리 파이 한 조각을 입에 넣고 씹고 있는데, 커다란 퓨마 한 마리가 숲에서 터벅터벅 걸어 나와 비에 젖은 풀잎을 밟고 주방 문 쪽으로 다가왔다. 황금색 털은 빗물에 시커멓게 젖었고 햇불의 빛이 두 눈에 반사되었다. 경비들이 저걸 못 본 건가? 맬라카이는 짝이 들려주는 이야기에 완전히 몰입해 있는 모습이었다. 셀레이나는 고함을 쳐 경고하려다가 멈칫했다.

경비원들이 못 본 게 아니었다. 그들은 보고도 활을 쏘지 않았다. 왜냐하면 퓨마가 아니기 때문이었다…….

멀리서 번개가 친 찰나의 순간에 퓨마는 어깨가 떡 벌어진 키 큰 남자로 변했다. 남자는 열어둔 주방 문 쪽으로 걸어오고 있었다. 로완이 훌쩍 날아올라 페이족의 모습으로 변신하더니 바닥에 사뿐하게 내려서서 빗속으로 걸어 나갔다.

두 남자는 서로 팔뚝을 걸고 등을 두드리며 빠르고 효율적으로 인사를 나눴다. 셀레이나는 귀를 쫑긋 세웠지만 빗소리와 엠리스의 이야기 소리 때문에 그들이 무슨 얘기를 나누는지 잘 들리지 않았다.

지금 갖고 있는 인간의 귀를 탓하는 수밖에 없었다.

"여섯 주 동안 왕자님을 찾아다녔습니다." 금발의 낯선 남자가 말했다. 날카로우면서도 공허하게 들리는 목소리였다. 다급한 느낌도 아니었다. 그저 지치고 좌절한 듯했다. "본은 왕자님이 동쪽 국경 지대에 계실 거라고 했고, 로르칸은 왕자님이 해안 지역에서 함대를 점검하고 계실 거라고 하더군요. 쌍둥이는 여왕님께서 왕자님과 쭉 함께 계시다가 홀로 돌아오셨다고 해서, 혹시 몰라서 와봤는데……."

그는 탄탄한 근육, 몸에 지닌 살벌한 무기와 어울리지 않게 격한 감정이 담긴 목소리로 횡설수설했다. 로완과 같은 전사지만 로완의 엄격한 인상과는 사뭇 다르게 놀라울 정도로 사랑스러운 얼굴이었다.

로완은 그 남자의 어깨에 손을 얹으며 말했다.

"무슨 일이 있었는지 들었어, 개브리얼."

로완의 비밀스런 친구들 중 한 명인가? 엠리스가 이 낯선 남자의 정체에 대해 말해주면 좋을 텐데. 로완은 그의 다섯 친구들에 대해 셀레나에게 거의 말해준 게 없었다. 지금 분위기로 봐서는 로완과 개브리얼이 단순한 지인은 아닌 듯했다. 셀레나는 로완이 이 요새 너머에서 어떤 삶을 살고 있는지 생각하지 못했다. 전에는 별로 신경 쓰이지 않았는데, 지금은 새삼 가슴 속을 무겁게 짓누르는 기분이었다. 로완이 그녀의 존재를 인지하는지를 왜 별안간 확인하고 싶어진 걸까.

개브리얼은 손으로 얼굴을 움직였다. 개브리얼이 숨을 들이마시자 그의 두툼한 근육질 등이 확장되는 게 보였다.

"듣고 싶어 하지 않으실 수도 있겠지만……."

"하고 싶은 말 있으면 해."

개브리얼이 선뜻 말을 안 하려 하자 로완은 그를 다른 문 쪽으로 데려갔다. 그 둘은 괴상할 정도로 강력하고 우아한 분위기를 풍겼다. 빗물조차도 그들이 지나가는 길을 피해 내리는 듯 보일 정도였다. 로완은 셀레이나 쪽은 돌아보지도 않고 그대로 문 안으로 들어갔다.

그날 밤까지도 로완은 주방으로 돌아오지 않았다. 호기심 때문인지 별안간 다정한 마음이 들어서인지 몰라도 셀레이나는 로완의 친구가 저녁을 먹지 않았을 것 같다는 생각이 들었다. 적어도 주방에서 그를 위해 음식을 내간 이가 없는 것은 확실했다. 로완도 따로 음식을 요청하지 않았다. 그렇다면 직접 스튜와 빵을 쟁반에 담아 가지고 올라가는 건 어떨까?

셀레이나는 묵직한 쟁반을 들고 올라가 로완의 방문을 두드렸다. 안에서 두런두런 들려오던 대화가 뚝 그쳤다. 그 순간 어쩌면 개브리얼이라는 남자가 상당히 내밀하고 사적인 이유로 로완을 찾아왔을지도 모른다는 당황스러운 생각이 들었다. 안에서 목소리가 들렸다.

"뭐야?"

셀레이나는 문을 약간 열고 안을 힐끗 들여다보며 말했다.

"스튜라도 좀 드시라고 가져왔는데……."

개브리얼은 옷을 반쯤 벗고 로완의 작업대에 드러누워 있었다. 그 앞에 앉은 로완은 옷을 완전히 입은 상태였는데 얼굴을 보니 잔뜩 성질이 난 표정이었다. 셀레이나가 그들의 사적인 시간을 침범한 건 분명해 보였다.

잠시 후에야 납작한 바늘, 검은 안료가 담긴 작은 솥 모양의 통, 잉크와 피에 젖은 천 조각, 개브리얼의 왼쪽 흉근에서부터 옆구리를 지나 치골로 뱀처럼 이어지는 문신이 눈에 들어왔다.

"나가."

로완이 바늘을 내리며 단호하게 말했다. 개브리얼이 고개를 들자 환한 촛불이 그의 고통에 찬 황갈색 눈을 말갛게 비췄다. 가슴과 옆구리에 문신을 새겨 넣고 있는 탓에 괴로워하는 것 같지는 않았다. 그의 몸에도 로완과 마찬가지로 이미 고대 언어로 된 문신이 새겨져 있었다. 대부분 오래된 문신이었고 수많은 상처로 중간중간 끊어져 있었다.

"스튜 먹을래요?"

셀레이나는 그의 문신과 피, 쇠로 된 작은 잉크 통에서 눈을 떼지 못한 채 물었다. 로완은 무기를 다룰 때만큼이나 편하게 문신용 도구를 다루고 있는 듯 보였다. 본인 몸의 문신도 직접 새긴 걸까?

"거기 두고 나가."

로완이 말했다. 셀레이나의 머리를 물어뜯을 것 같은 사나운 말투였다. 애써 무표정을 유지하며 쟁반을 침대 위에 두고 문으로 돌아갔다.

"방해해서 미안해요."

저들이 무슨 목적으로 문신을 새기든, 둘이 얼마나 잘 아는 사이든, 셀레이나는 이 방에 같이 있을 권리가 없었다. 낯선 남자의 눈에 담긴 고통의 흔적이 그걸 충분히 말해주고 있었다. 거울 속 자신의 모습에서 숱하게 보아온 눈빛이었다. 개브리얼은 셀레이나와 로완을 번갈아 쳐다보며 콧구멍을 벌름거렸다. 셀레이나의 체취를 맡고 있는 것이다.

얼른 여기서 나가야 했다.

"죄송해요."

셀레이나는 다시 한번 말하고 얼른 방을 나가 등 뒤로 문을 닫았다.

계단을 두 칸씩 밟으며 내려가다가 돌벽에 기대어 서서 손으로 얼굴을 문질렀다. 어리석었다. 훈련 시간 외에 그가 뭘 하며 사는지 신경 쓰는 것도, 개인적인 정보를 그녀와 공유할지도 모른다고 착각했던 것도 어리석은 짓이었다. 그가 오늘 일찌감치 방으로 들어갔다고 해도 마찬가지였다. 인정하고 싶지 않지만 마음에 상처를 입었다.

정신 차리고 방으로 돌아가려는데 방문이 벌컥 열리고 로완이 분노에 차 씩씩대며 걸어 나왔다. 잔뜩 화가 난 그의 표정을 보니 셀레이나는 자신이 무모하고 멍청한 짓을 했음을 새삼 실감했다. 속에서 그녀를 끝없이 바닥으로 끌어내리려는 고요한 어둠에 침잠하는 것보다 분노라는 감정에 매달리는 게 더 쉬울 듯했다. 그가 고함을 치기 전에 셀레이나가 먼저 물었다.

"돈 받고 해주는 거예요?"

그는 이를 번뜩였다.

"첫째, 그건 당신이 상관할 바 아니야. 둘째, 난 그렇게 저급한 수준으로 내려가지 않아."

눈빛을 보니 그가 자신을 어떻게 생각하는지 분명히 알 것 같았다.

"대신 내 뺨을 후려치지 그래요."

"대신이라니?"

"내가 얼마나 쓸모없고 끔찍한 겁쟁이인지 계속 상기시키는 대신에요. 그런 걸 상기시키는 건 내가 더 잘하거든요. 모욕적인 말을 주고받는 것도 지겨우니까 그냥 한 대 쳐요. 그거 알아요? 당신은 방해하지 말라는 말도 미리 안 했어요. 그런 말을 해줬으면 난 당신 방에 안 찾아갔을 거예요. 방해해서 미안하게 됐네요. 하지만 아래층에 나를 내버려두고 *가버린 건 당신이에요*."

마지막 말을 내뱉은 순간 셀레이나는 당황하고 말았다. 목이 메어 목구멍 안쪽이 아플 정도였다.

"나를 내버려두고 가버렸잖아요." 주변에서 열리려 하는 심연에 대한 맹목적인 공포 때문일 수도 있었다. 셀레이나는 나지막하게 속삭였다. "이제 내 곁에 남은 사람은 없어요. 아무도 없어요."

그게 얼마나 큰 의미가 담긴 말인지, 그게 사실이 아니기를 얼마나 바랐는지 지금까지 셀레이나는 깨닫지 못했다.

그의 무표정하던 얼굴이 사납게 변했다.

"당신한테 줄 수 있는 건 아무것도 없어. 주고 싶은 것도 없어. 그러니 내가 훈련 시간이 아닐 때 뭘 하든 당신한테 설명해줄 이유도 없는 거야. 당신이 어떤 일을 겪었든, 앞으로 어떻게 살 작정이든 관심 없어. 징징대면서 자기 연민에 빠져 있는 것 같은데 난 하루라도 빨리 당신을 떨쳐내고 싶을 뿐이야. 당신은 나한테 아무것도 아니야. *상관하고 싶지도 않아*."

귓속에서 희미하게 울리던 소리가 고함으로 변했다. 그 아래에서 돌연 아득하고 멍한 기운이 파도처럼 밀려왔다. 눈도 보이지 않고 소리도 들리지 않고 아무것도 느낄 수 없는 익숙한 기분. 어째서 그렇게 된 건지 알 수 없었다. 그를 지독하게 증오해서일까……. 그런데 이런 것도 나쁘지 않았다. 그녀에 관한 진실을 알고 있으면서도,

그 이유로 그녀를 미워하지 않는 이가 한 명쯤 있는 것도 괜찮았다.
 꽤나 좋은 기분이었다.
 셀레이나는 말없이 돌아섰다. 방을 향해 천천히 돌아가는 동안 속에서 펄럭거리며 피어오르던 불꽃은 차츰 잦아들었다.

34

 언제 침대에 돌아와 누웠을까? 셀레이나는 장화를 신은 채 침대에 웅크리고 누워 있었다. 무슨 꿈을 꾸었는지도 기억나지 않았다. 눈을 떴을 때 날카로운 허기도 갈증도 느껴지지 않았다. 주방으로 터벅터벅 덜어 내려가 아침 식사 준비를 도우면서 누구의 말에도 거의 대꾸하지 않았다. 사방이 흐릿한 색깔과 희미한 소리로만 존재할 뿐이었다. 그래도 마음은 고요했다. 개울 속에 자리한 돌덩이처럼.
 아침 식사가 끝나고 주방이 한결 조용해졌다. 비로소 주변의 목소리가 귀에 들어왔다. 맬라카이의 웅얼대는 소리, 엠리스의 웃음소리.
 멍하니 들판을 내다보며 주방 싱크대 앞에 서 있는 셀레이나 곁으로 다가온 엠리스가 말했다.
 "이것 좀 봐. 맬라카이가 나 주려고 가져온 거야."
 엠리스가 새 칼을 내밀어 보여주기도 전에 셀레이나는 금색 칼자루를 언뜻 보았다. 맙소사. 신들이 장난을 치고 있는 게 분명했다. 아니면 진심으로 지독하게 그녀를 증오하고 있든지.

칼자루에는 연꽃 문양이 새겨졌고, 청금석으로 된 아래쪽 가장자리에는 강물의 흐름 같은 무늬가 보였다. 엠리스는 눈을 빛내며 미소 지었다. 하지만 금빛을 내는 그 칼은…….

"남쪽 대륙에서 온 상인한테서 샀어." 식탁 앞에 앉은 맬라카이가 말했다. 뿌듯해하는 목소리였다. "이일웨이에서 온 거라던데."

그 순간 셀레이나는 멍한 상태에서 깨어났다.

요란한 빠각 소리가 들린 것 같았다. 저들이 그 소리를 듣지 못한 게 놀라울 정도였다.

곧 높고 날카로운 비명이 들렸다. 찻주전자의 물 끓는 소리만큼, 폭풍만큼, 아침 무렵 셀레이나의 부모님 침실로 들어와 두 시체 사이에 누운 어린아이를 발견한 하녀의 입에서 터져 나온 소리만큼 찢어질 듯 예리한 비명이었다.

그 소리가 너무 커서 셀레이나는 자신의 목소리를 간신히 들을 수 있었다.

"내가 알 게 뭐야." 소리 없는 비명 외에는 어떤 소리도 들리지 않았다. 그래서 셀레이나는 가빠진 호흡 사이로 목청 높여 되풀이했다. "내가. 알 게. 뭐야."

정적이 흘렀다. 방 저쪽에서 루카가 조심스럽게 말했다.

"엘렌티야, 무례하게 굴지 말아요."

엘렌티야. 엘렌티야. *깨뜨릴 수 없는 영혼.*

거짓말, 거짓말, 거짓말. 네히미아가 한 말은 전부 거짓말이었다. 바보 같은 이름, 계획, 모든 것이 다 그랬다. 그래놓고는 *가버렸다.* 셀레이나에게 남겨진 건 네히미아를 떠올리게 하는 이런 물건들이 고작이었다. 네히미아 공주가 자랑스럽게 차고 다녔던 것과 비슷한 이런 칼. 네히미아는 죽었고 아무것도 남겨두지 않았다.

몸이 심하게 떨려 이대로라면 온몸의 솔기가 다 뜯어지고 말 것 같았다. 뒤돌아선 셀레이나는 엠리스와 맬라카이, 루카에게 중얼거렸다.

"관심 없어. 당신 칼이 어떻든 내가 알 게 뭐야. 당신 이야기도 당신의 작은 왕국도 내가 알 바 아니야." 그녀는 엠리스를 노려보았다. 루카와 맬라카이가 즉시 방을 가로질러와 엠리스 앞을 가로막으며 이를 드러냈다. 그래. 위협받는다고 생각하는 게 당연하겠지. "그러니까 날 내버려 둬. 빌어먹을 인생 알아서 잘들 챙기시고 난 *내버려 두라고.*"

고함을 내질렀지만 비명이 멈추지 않았다. 분노를 모아 다른 무언가로 만들 수도 없었다. 어디가 위이고 아래인지도 분간이 되지 않았다. 네히미아는 온통 거짓말을 했다. 죽지 않겠다고 맹세해놓고 그 맹세를 깨고 죽어버렸다. 스스로 죽음을 택하며 셀레이나의 심장을 갈기갈기 찢어놓았다.

엠리스의 눈에 눈물이 고였다. 슬픔인지 동정인지 분노인지, 알고 싶지도 않았다. 루카와 맬라카이는 여전히 그들 사이를 가로막고 서서 나지막하게 으르렁거렸다. 그들은 가족이고, 하나로 똘똘 뭉쳐 있었다. 셀레이나가 그들 중 하나를 해치면 그녀를 찢어놓을 것이다.

그들 셋을 바라보며 셀레이나는 웃음기 하나 없이 낮은 소리로 웃음을 터뜨렸다. 엠리스가 도움이 될 것 같은 말을 하고 싶은지 입을 열었다. 하지만 셀레이나는 죽음처럼 어두운 웃음을 내뱉으며 문밖으로 나가버렸다.

로완은 죽은 자들의 이름을 밤새 개브리얼의 몸에 문신으로 새기며 그가 잃은 부하들에 대한 얘기를 들어주었다. 개브리얼을 보낸 뒤 로완은 주방으로 내려갔다. 주방에는 빈 작업대 앞에 앉아 있는 노인 말고는 아무도 없었다. 노인은 컵을 두 손으로 감싸 쥔 모습이었다. 고개를 든 엠리스의 밝은 두 눈이…… 시름에 잠겨 있었다.

그 여자는 보이지 않았다. 일순간 로완은 그 여자가 다시 여길 떠나버렸길 바랐다. 어제 그가 내뱉은 말을 다시 떠올리고 싶지 않아서였다. 누군가 박차고 나간 듯, 밖으로 이어지는 문이 활짝 열려 있었다. 그 여자가 저 문으로 나간 걸까.

로완이 문 쪽으로 한 걸음 다가가며 고개를 끄덕여 인사를 건넸다. 노인은 그를 위아래로 쳐다보며 조용히 물었다.

"무슨 짓을 하셨습니까?"

"뭐라고?"

엠리스는 목소리를 높이지도 않았다.

"그 여자에게 말입니다. 무슨 짓을 하셨길래, 그 여자가 그렇게 공허한 눈을 하고 주방으로 온 겁니까?"

"자네가 관심 둘 일 아니야."

엠리스는 입을 꾹 다물었다가 다시 물었다.

"그 여자를 보고 있으면 뭐가 보이십니까, 왕자님?"

로완은 알지 못했다. 요즘 그는 아무것도 아는 게 없는 듯했다.

"그것도 자네가 관심 둘 일 아니야."

엠리스는 주름진 얼굴을 한 손으로 쓸어내렸다.

"그 여자는 누군가 자기를 일으켜 세워주기를 간절히 바라고 있는데 왕자님은 그 여자를 주방에 처박아 놓으셨죠. 제 눈에는 그 여자가 조금씩 무너지고 있는 게 보입니다."

"내가 딱히 도움이 될 것 같지도 않고……."

"에벌린 애쉬리버가 제 친구였던 건 아십니까? 에벌린도 예전에 이 주방에서 1년 가까이 일을 했습니다. 우리와 함께 여기서 살면서, 반페이도 당신들의 왕국에 설 자리가 있다고 여왕님을 설득했죠. 에벌린은 이 왕국을 떠나는 날까지…… 그리고 그 후 바다 건너 괴물들에게 살해당할 때까지 우리의 권리를 위해 줄곧 싸워줬습니다. 그래서 저는 알았습니다. 왕자님이 그 여자를 이 주방에 데리고 들어오신 순간, 에벌린의 딸이라는 걸 알았습니다. 25년 전 여기서 일했던 자들은 전부 그 여자의 정체를 알아봤습니다."

로완은 자주 놀라는 편이 아니었지만 지금은 놀라서 말을 잃었다.

"그 여자는 아무 희망도 품고 있질 않습니다, 왕자님. 가슴속에 희망이 남아 있질 않아요. 그 여자를 도와주십시오. 그 여자를 위해서가 아니라, 그 여자가 대표하는 것을 위해…… 그 여자가 왕자님을 비롯해 우리 모두에게 줄 수 있는 것을 위해서요."

"그게 뭐지?"

엠리스는 굴하지 않고 로완의 눈을 똑바로 보며 나지막하게 답했다.

"더 나은 세상이요."

걷고 또 걸은 셀레이나는 마침내 나무들이 늘어선 호숫가에 다다랐다. 한낮의 태양 빛에 호수는 눈부시게 빛났다. 이곳에서라면 시선에서 자유로울 것 같아 이끼 낀 제방에 무너지듯 주저앉았다. 두 팔로 몸을 감싸고 세운 무릎에 고개를 묻었다.

이제는 더 이상 자신을 고치기 위해 해볼 일이 남아 있지 않았다. 정말이지…… 그녀는…….

흐느낌이 입에서 새어나왔다. 입술이 심하게 떨려 소리를 속으로 삼키기 위해 입술을 꽉 깨물었다.

하지만 흐느낌은 이미 목까지 올라왔고 폐와 입안에도 가득 들어 찼다. 숨을 한번 들이마시자 울음이 터져 나오고 말았다. 울음소리 가 귀에 들리자 온몸이 아플 때까지 울음을 쏟아낼 수밖에 없었다.

호수의 빛이 일렁이는 듯했다. 한숨 같은 바람이 그녀의 젖은 두 뺨을 따뜻하게 스쳤다. 그리고 마치 꿈인 양 너무나도 부드러운 여 자의 목소리가 속삭였다.

왜 울고 있니, 불의 심장아?

어머니의 목소리였다. 10년 만이었다. 격한 울음을 쏟아내는 와중 에도 마치 어머니 옆에 무릎을 굽히고 앉아 있는 듯 또렷하게 들렸 다.

불의 심장아…… 왜 울고 있니?

셀레이나는 흙에 대고 속삭이듯 내뱉었다.

"길을 잃어서요. 어디로 가야 할지 모르겠어요."

네히미아에게도 한 번도 하지 못한 말이었다. 지난 10년 동안 셀 레이나는 어느 길로 가야 집으로 갈 수 있는지 확신하지 못했다. 돌 아갈 집이 없기 때문이었다.

폭풍 같은 바람과 싸늘한 한기가 피부에 와닿는가 싶더니 바로 옆 에 로완이 앞으로 다리를 쭉 뻗으며 앉았다. 셀레이나는 고개를 들 고 반짝이는 호수를 바라볼 뿐, 굳이 눈물을 닦아내려 하지도 않았 다.

"자세히 얘기를 하고 싶어?"

그가 물었다.
"아뇨."
몇 번 울음을 더 삼키고 주머니에서 손수건을 꺼내 코를 풀었다. 코를 풀어낼 때마다 머리가 맑아지는 느낌이었다.

그들은 침묵 속에 앉아 있었다. 이끼 낀 호숫가에 찰박찰박 와닿는 물결과 잎사귀를 흔드는 바람 소리 외에는 아무 소리도 들리지 않았다. 마침내 그가 말했다.

"좋아. 이제 그만 가지."

개새끼. 정말이지 개새끼라고 부를 수밖에 없는 놈이었다.

"어디를요?"

그는 굳은 표정으로 미소 지었다.

"당신에 대해 조금은 알게 된 것 같아, 에일린 갈라시니어스."

험준한 산기슭에 자리한 동굴 입구를 바라보며 셀레이나는 가쁜 숨을 몰아쉬었다.

"젠장, 여기서 뭘 어쩌자고요?"

그들은 8킬로미터를 걸어 올라왔다. 셀레이나는 아무것도 먹지 않은 빈속이었다.

비탈을 타고 올라간 나무들은 이끼로 뒤덮인 회색 바위에 바짝 붙어 자랐다. 그리고 웬들린과 그 너머 도라넬의 경계가 되는 눈 덮인 산봉우리 안쪽으로 이어졌다. 어떤 이유에서인지 거대하게 치솟은 산봉우리는 셀레이나의 뒷덜미 털을 곤두서게 했다. 얼어붙게 차가운 바람과는 무관한 소름이었다.

로완은 연회색 망토를 등 뒤로 펄럭이며 동굴 입구로 성큼성큼 걸어 들어갔다.

"빨리 와."

셀레이나는 망토를 여미며 휘청휘청 그의 뒤를 따라갔다. 좋지 않은 징조였다. 저 동굴 안에 뭐가 있는지 몰라도 끔찍한 느낌이 들었다.

로완의 은발에 드리워진 빛을 따라 어둑한 동굴 안으로 걸어 들어갔다. 어둠 속에 시야를 적응시켰다. 바닥은 바위로 되어 있었다. 매끈하게 닳고 닳은 돌들이 느껴졌다. 그리고 여기저기 녹슨 무기, 갑옷…… 옷이 널려 있었다. 해골은 보이지 않았다. 젠장. 너무 추워서 하얗게 입김이 뿜어 나왔다.

"내가 환각을 보는 거라고 말해줘요."

얼어붙은 채 어둠을 향해 뻗어나간 거대한 호수 가장자리에서 로완은 걸음을 멈췄다. 호수 한가운데에는 담요를 깔고 앉아 있는 루카가 보였다. 두 손목에 묶은 사슬을 얼어붙은 호수 아래로 드리운 모습이었다.

루카가 한 손을 들어 인사하자 손목에 채워진 사슬이 덜그럭거렸다.

"안 오시는 줄 알았어요. 얼어 죽을 뻔했네."

루카는 두 손을 겨드랑이 밑으로 집어넣었다. 사슬 덜그럭거리는 소리가 동굴 안에 울려 퍼졌다.

호수를 뒤덮은 두툼한 얼음은 너무나도 맑아서 그 아래 물이 들여다보였다. 바닥에는 연한 돌들이 깔려 있었고. 오래전 죽은 나무의 뿌리가 보였다. 생명의 흔적은 전혀 없었다. 돌들 사이에서 간간이 장갑이나 단검, 창 같은 것이 비쭉비쭉 솟아 있었다.

"여긴 뭐하는 곳이에요?"

셀레이나의 물음에 로완이 대답했다.

"가서 루카를 데려와."

"미쳤어요?"

로완은 대답 대신 미소를 지었다. 진짜 미친 것 같았다. 셀레이나가 얼음 쪽으로 다가가자 로완은 근육질 팔로 그녀의 앞을 가로막았다.

"다른 형상으로 변신해서 해."

루카는 그들의 대화를 들으려는 듯 고개를 이쪽으로 기울였다. 셀레이나는 목소리를 낮춰 말했다.

"쟤는 내가 누군지 모른다고요."

"당신은 반페이들과 함께 요새에서 살고 있어. 변신해도 저 녀석은 눈 하나 깜짝 안 해."

지금 셀레이나가 신경 쓰는 건 그런 게 아니었다.

"어떻게 쟤를 이 일에 끌어들여요?"

"당신은 저 녀석과 엠리스를 모욕했어. 당신이 루카를 이 일에 끌어들인 거야. 그러니 최소한 다시 데려오기라도 해."

로완은 호수를 향해 입김을 불어 날렸다. 녹아 있던 호숫가의 얼음이 다시 단단하게 얼어붙었다. 맙소사. 이 남자가 호수 전체를 얼린 거였다. 그 정도로 대단한 능력을 가졌단 말인가?

루카가 말했다.

"간식 가져왔어요? 배고파 죽겠는데. 빨리 좀 해요, 엘렌티야. 로완 님은 이게 당신이 받는 훈련의 일환이라고 하셨는데……."

루카는 계속 지껄였다.

"대체 이런 일을 왜 벌였어요? 바보처럼 행동한 것에 대한 벌을 주려는 건가요?"

"당신은 인간 모습으로 있을 때는 힘을 제어할 수 있어. 그것도 꽤 잘 제어하지. 하지만 변신을 하게 되면, 초조해지거나 화가 나거나 두려움을 느끼면, 본인의 마법력이 얼마나 무시무시한지를 떠올리면 스스로를 보호하기 위해 마법의 힘이 솟구쳐 오르더군. 그 힘은 두려움의 원천이 외부적 요인이 아니라 자신이라는 걸 이해하지 못해. 외부적인 위협 요인이 확실하게 존재하면 자신의 힘에 대한 두려움을 잊을 테니 제어할 수 있을 거야. 어느 정도는." 그는 셀레이나와 루카 사이에 펼쳐진 얼음 막을 다시 손으로 가리켰다. "가서 데려와."

힘을 제어하지 못하면, 불이 몸에서 터져 나오면 어쩌지……. 그래도 불과 얼음은 조화를 잘 이룰 수 있지 않을까?

"내가 실패하면 루카는 어떻게 되는데요?"

"몸이 젖고 추위에 떨겠지. 그러다 죽을 수도 있고."

미소 짓는 그의 얼굴이 어찌나 가학적으로 보이는지, 저 소년을 그녀와 함께 죽이고도 남을 듯했다.

"사슬까지 채워놓을 필요가 있었어요? 자칫하면 호수 바닥으로 떨어질 텐데."

말도 안 되는 어리석은 두려움이 혈관 속에 들어차기 시작했다.

루카의 손목에 채워진 사슬을 풀기 위해 열쇠를 달라고 손을 내밀자 로완은 고개를 저었다.

"힘을 제어해서 열쇠처럼 써야지. 집중해. 호수를 가로질러서, 둘 다 물에 빠지지 않고 루카를 얼음에서 풀어낼 방법을 찾아내."

"개소리 늘어놓지 말아요! 이렇게 말도 안 되는 짓거리는……"

"서둘러."

로완은 늑대처럼 교활하게 웃었다. 호수의 얼음이 깨지는 소리가 났다. 조금씩 녹고 있는 걸까. 머릿속에서는 로완이 루카를 물에 빠져 죽게 내버려둘 리 없다는 생각이 들었지만 어젯밤 이후로 로완에게 도저히 믿음이 가지 않았다.

얼음 쪽으로 한 걸음 다가갔다.

"나쁜 새끼."

루카를 안전하게 집으로 데리고 돌아가면 로완의 삶을 지옥으로 만들어줄 방법부터 찾아야 할 듯했다. 내면의 베일 속으로 신호를 보냈다. 고통을 거의 느끼지 못하는 상태로 변신을 했다.

"당신이 페이족으로 변신하면 어떤 모습일지 기대했는데! 우리가 다들 내기를 했거든요……."

루카는 또 계속 떠들어댔다.

셀레이나는 로완을 노려보았다. 페이족의 눈으로 보니 그의 몸에 새겨진 문신이 좀더 자세히 보였다.

"당신 같은 작자들을 위해 지옥에 특별한 자리가 마련되어 있으니 그 사실만으로도 위안이 되네요."

"내가 아직 모르는 걸 말해주면 좋겠군."

셀레이나는 그에게 손가락 욕을 하고 얼음으로 발을 내디뎠다.

처음에는 찔끔찔끔 조심스럽게 나아갔다. 호수 바닥이 점점 시커먼 어둠 속으로 기울어져 그 아래 떨어진 무기들을 집어삼키고 있었다. 루카가 마침내 입을 다물었다.

눈에 보이는 바위 끄트머리를 지나 깊고 시커먼 호수 밑바닥을 내려다보면서 셀레이나는 조용히 숨을 죽였다. 앞으로 살짝 내디디며 미끄러지자 얼음이 소리를 냈다.

쩌억 갈라지는 소리와 함께 발밑에 거미줄처럼 하얗게 금이 갔다.

셀레이나는 바보처럼 입을 딱 벌리고 그 자리에 굳어 섰다. 발밑의 금은 점점 크게 퍼져나갔고 셀레이나는 다시 움직이기 시작했다. 발을 내디딜 때마다 새로이 금이 생겨났다. 얼음도 움직이는 건가?

"그만 얼려요."

셀레이나는 뒤돌아볼 엄두도 내지 못하고 그 자리에서 로완에게 나지막하게 알렸다.

그녀의 속에서 마법이 부르르 떨며 깨어났다. 셀레이나는 그대로 숨이 굳는 기분이었다.

'안 돼.'

마법의 힘이 그녀의 속에서 점점 차올랐다.

얼음이 깊고 낮게 신음을 흘렸다. 곧 한기와 습기가 그녀를 덮칠 것만 같았다. 이대로 돌아갔다가는 얼음 표면이 산산 조각날 것 같아 앞으로 더 나아갈 수밖에 없었다. 식은땀이 났다. 속에서부터 스며 나온 불의 열기가 몸을 달구고 있었다.

"엘렌티야?"

루카가 불렀다. 셀레이나는 입 닥치고 있으라는 뜻으로 루카에게 한 손을 뻗었다. 눈을 감고 호흡을 가다듬었다. 주변의 차가운 공기가 폐를 채우고 있다고, 내면의 힘이 뭉쳐 있는 우물을 얼리고 있다고 상상했다. 그래…… 이게 바로 마법이었다. 아달렌에서 이런 마법을 썼으면 죽음을 면치 못했을 것이다.

두 손을 부르쥐었다. 여기서는 마법을 써도 죽지 않는다. 이 땅에서는 마법을 써도 되고 원하는 어떤 형태로든 변신할 수 있었다.

얼음에서 소리는 그쳤지만 주변 공기가 부옇게 흐려지면서 얇게 얼어붙었다. 셀레이나는 다시 조금씩 미끄러지며 나아갔다. 균형을 잘 잡고 유연하게. 조그맣게 멜로디를 흥얼거렸다. 불안을 가라앉혀

주곤 하던 교향곡의 일부분이었다.

숨을 쉴 때마다 마법이 조금씩 피어나기 시작했다. '나는 안전하다. 비교적 안전해'라고 속으로 말했다. 로완의 생각이 맞다면 마법의 분출은 그녀를 적으로부터 보호하려는 반사 작용이었다…….

여덟 살 때 셀레이나는 예의범절에 대해 잔소리하는 대학자에게 화가 나서 고대 문서들이 꽂혀 있는 책장 하나를 실수로 불태운 적이 있었다. 그 일로 오린스의 도서관에 출입 금지를 당했다. 그리고 몇 달 지나지 않은 어느 날, 마법이 사라진 걸 알게 된 어린 셀레이나는 겁이 나면서도 한편으로는 안심이 됐다. 이제 마음껏 책을 손에 쥐어도 되었다. 책은 셀레이나가 제일 좋아하는 것이었다. 속이 상하거나 피곤해지거나 흥분해서 책을 불태워버릴 걱정은 안 해도 되었다.

셀레이나 사르도시엔. 인간 셀레이나는 놀이 친구를 실수로 불길에 휩싸이게 만들거나 악몽을 꾸다가 침실에 불을 낼지 모른다는 걱정을 더는 할 필요가 없게 됐다. 오린스를 통째로 불바다로 만들 걱정도 안 해도 되었다. 셀레이나는 에일린과는 완전히 다른 사람이었다. 그동안 이뤄낸 거라곤 죽음과 고문, 고통이 전부였지만 그래도 셀레이나로서의 삶을 받아들였다.

"엘렌티야?"

셀레이나는 멍하니 얼음을 바라보고 있었다. 마법의 불길이 눈앞에서 깜박였다.

도시를 잿더미로 만들 수도 있다는 것. 멜리산드에서 온 사절은 부모님과 삼촌에게 나지막한 목소리로 그런 걱정을 토로하며 두려움을 내비쳤다. 사절은 동맹을 맺으러 왔다고 했지만 나중에 알고 보니 셀레이나에 대한 정보를 얻으러 온 것이었다. 멜리산드의 젊은 여왕은 훗날 테라셴의 후계자가 자신에게 위협이 될 것인지 알고 싶어 했다. 한마디로 에일린 갈라시니어스가 전쟁에서 무기로 사용될 만한 인물인지 캐내고자 했던 것이다.

허옇게 안개가 끼고 얼음 깨지는 소리가 허공을 갈랐다. 셀레이나의 몸에서 마법이 맥박치듯 흘러나왔다. 그녀가 숨을 들이마실 때마다 조금씩 반응하는 느낌이었다.

호숫가에서 로완이 조언했다.

"잘 제어하고 있네. 주도적으로 힘을 다루면 돼."

루카가 있는 곳까지 절반쯤 왔다. 한 발 더 내딛자 얼음이 또다시 갈라졌다. 루카의 손목에 채워진 사슬이 덜그럭거렸다. 조바심 때문일까 아니면 두려움 때문일까?

셀레이나는 한 번도 자신을 제어해본 적이 없었다. 셀레이나로 사는 동안 스스로를 제어한다는 건 환상에 가까웠다. 늘 다른 이들이 선생이 되어 그녀의 고삐를 잡아주었다.

그녀의 생각을 읽기라도 한 듯 로완이 호숫가에서 조용히 말했다.

"당신 운명은 당신이 지켜가는 거야."

셀레이나는 조금 더 콧노래를 불렀다. 기억에서 흘러나오는 리듬이었다. 속에서…… 불꽃이 잔잔하게 일었다. 한 걸음, 또 한 걸음 나아갔다. 혈관 속에서 피어오르는 힘은 이대로 사그라질 것 같지 않았다. 만약 이 힘을 제어하지 못하면 누군가를 다치게 만들 공산이 컸다.

고개를 돌려 어깨너머로 로완을 쏘아보았다. 로완은 버려진 칼들을 살펴보면서 호숫가를 따라 걷고 있었다. 언제나 공허하던 그의 눈이 묘하게 의기양양해 보였다. 그는 돌아서서 동굴 벽에 패인 작은 틈새 쪽으로 다가가더니 그 틈새 안으로 손을 집어넣었다. 셀레이나는 호수 바닥의 심연이 한층 더 깊어지는 것을 눈으로 보면서 계속해서 걸어갔다. 자객으로서 그녀는 인간인 자신의 몸을 자유자재로 쓸 수 있었다. 하지만 불멸의 힘을 제어하는 것은 또 다른 문제였다.

마침내 손을 뻗으면 닿을 수 있는 거리까지 다가가자 루카가 눈을 크게 뜨며 말했다.

"아무것도 숨길 필요 없어요. 우린 당신이 변신할 수 있다는 걸 알고 있었어요. 이 말을 하면 기분이 좋아질지 모르겠는데, 스텐의 동물 형상은 돼지예요. 그래서 스텐은 여간해서는 변신도 안 하려고 해요."

셀레이나는 웃음이 나올 뻔했다. 속이 꽉 조여들면서 수개월 동안 묻어두었던 웃음소리가 입 밖으로 나갈 뻔했지만, 그 순간 루카의 양 손목에 채워진 사슬이 떠올랐다. 마법력은 속에서 잘 가라앉아 있었지만 할 수 있을지 의문이었다……. 마법의 불길로 손목까지 태워버리거나 사슬이 닿아 있는 얼음을 녹여 루카가 사슬을 끌어 올리게 하거나 둘 중 하나가 아닐까? 얼음을 중점적으로 녹인다면 둘 다 이 고대 호수의 밑바닥으로 빠져버릴 것이다. 그렇다고 사슬을 녹여 끊으려 했다가는…… 자칫 제어를 못할 경우 둘 다 호수 밑바닥으로 떨어지는 것은 물론이고 루카의 몸까지 태워버릴 수도 있었다. 잘하면 사슬을 채운 자리에 화상을 입게 하는 정도로 끝날 것이고, 최악의 경우 뼈까지 녹여버리겠지. 얼음을 녹이는 위험을 무릅쓰는 편이 나을 듯했다.

루카가 말했다.

"저기. 지금 우리가 여길 떠나서 뭐든 먹을 수 있게 되면, 당신이 했던 못된 말을 다 용서해줄게요. 여긴 진짜 냄새가 고약해요."

루카는 셀레이나보다 감각이 예민한 듯했다. 동굴에서는 희미한 녹과 곰팡이, 썩은 내가 좀 나는 정도였는데.

"가만히 있어. 말 좀 그만하고."

셀레이나의 입에서 의도한 것보다 더 날카롭게 말이 나갔다.

셀레이나가 로완이 사슬을 얼려둔 곳까지 다가가자 루카는 비로소 입을 다물었다. 셀레이나는 체중을 고루 분산시키려 애쓰며 최대한 조심스럽게 무릎을 굽혔다.

물 밑에서 흔들리는 사슬을 내려다보며 한 손을 얼음에 가져다 댔다.

사슬이 흔들린다는 건 저 밑에 물이 흐르고 있다는 뜻이었다. 로완은 호수 표면을 꾸준히 얼리고 있었던 건가……. 한기 때문에 손바닥이 아렸다. 털 담요 위에 앉은 루카를 바라보다가 얼음 밑으로 길게 뻗은 사슬로 다시 눈길을 돌렸다. 얼음이 깨지면 루카부터 붙잡아야 할 것이다. 이런 짓을 한 걸 보면 로완은 제정신이 아닌 게 분명했다.

몇 번 길게 숨을 들이마셨다. 마법이 차분하게 흐름을 타기 시작했다. 손을 얼음에 다시 평평하게 갖다 대고 불붙은 가느다란 실 같은 마법의 힘을 내면의 손가락으로 끄집어냈다. 그 실은 그녀의 팔을 타고 손목으로 구불구불 내려가 손바닥에 이르렀다. 피부가 따뜻해졌다. 그리고 얼음이…… 새빨갛게 달아올랐다. 그들 발밑에서 얼음이 쪼개지자 루카가 놀라 비명을 질렀다.

"제어해."

호숫가에서 로완이 소리쳤다. 그는 동굴 돌벽의 틈새에 박혀 있던 칼을 잡아 뽑고 있었다. 칼자루가 금색으로 빛났다. 셀레이나는 마법력을 짓이길 듯 바짝 붙잡았다. 그녀의 손바닥이 닿았던 자리에 자그마한 구멍이 생기기는 했지만 그 아래로 쭉 녹이지는 못했다. 사슬을 얼음에서 풀어낼 정도로 큰 구멍이 아니었다.

이 힘을 숙달할 수 있었다. 다시금 자제력을 발휘할 수 있을 터였다. 내면의 우물이 채워지자 셀레이나는 힘을 안으로 밀어 넣었다. 실처럼 가느다란 마법의 힘만 쥐어 짜내서 얼음 속으로 밀어 넣었다. 마법력은 벌레처럼 얼음을 파고 들어가 냉기를 밀어냈다…… 금속이 쩔그럭거리는 소리, 쉬익 소리 그리고…….

"아, 다행이다."

루카는 사슬을 얼음에 뚫린 구멍 밖으로 올리며 조용히 말했다.

셀레이나는 실처럼 뻗어 나간 마법의 힘을 다시 내면으로, 우물 안으로 집어넣었다. 별안간 몸이 으슬으슬 추웠다.

루카가 말했다.

"음식을 가져왔다고 말해줘요."

"너 그래서 여기 온 거야? 로완이 간식을 줄 거라고 해서?"

"제가 성장기 소년이잖아요." 루카는 로완을 힐끗 쳐다보며 만상을 썼다. "게다가 저분한테는 싫다는 말 못 해요."

그럴 것이다. 로완한테 싫다는 말을 할 수 있는 자는 아무도 없겠지. 그러니 로완이 이따위 계획을 세워도 따라주었을 것이다. 셀레이나는 코로 한숨을 내쉬고는 자신이 만든 작은 구멍을 바라보았다. 이 정도면 꽤 괜찮은 솜씨 아닌가. 거의 기적이었다. 셀레이나는 일어서서 루카를 부축했다. 해변으로 돌아가야 했다. 셀레이나는 얼음을 돌아보았다. 아니, 얼음이 아니라 그 아래 호수에 시선이 갔다.

물 밑에서 커다란 붉은 눈이 셀레이나를 마주 올려다보았다.

35

 셀레이나의 입에서 튀어나온 욕이 어찌나 살벌한지 루카는 놀라 숨이 막힌다는 표정이었다. 붉은 눈과 그리 멀리 떨어지지 않은 곳에서 큼직하고 들쭉날쭉하며 허연 선이 어슴푸레하게 빛나는 것을 보고도 셀레이나는 곧장 달아나지 않았다. 그저 루카에게 조용히 말했다.
 "지금 당장 호수 밖으로 나가."
 들쭉날쭉한 허연 선은 이빨이었다. 팔을 한입에 물어뜯어 버릴 수도 있는 커다란 이빨. 그 이빨들이 물속 깊은 곳에서 셀레이나가 만든 구멍을 향해 올라오고 있었다. 이 부근에 해골이 보이지 않는 이유가 저 괴물 때문임을 알 수 있었다. 이 동굴을 찾아온 멍청이들이 괴물에게 당하고 남겨놓은 무기들만 주변에 보였다.
 셀레이나의 등 뒤에서 호수 아래를 들여다본 루카가 물었다.
 "맙소사. 저게 뭐예요?"
 "입 닥치고 얼른 나가라니까."
 호숫가에서 로완이 휘둥그레진 눈으로 쳐다보고 있었다. 문신이 새겨진 얼굴도 긴장해서 확 굳었다. 이 호수에 저런 괴물이 있는 줄 몰랐던 게 분명했다.

"얼른 나와, 루카."

로완이 칼을 빼들며 루카에게 말했다. 조금 전 동굴 벽의 틈새에서 끄집어낸 칼은 칼집째로 다른 손에 들었다.

괴물이 그들 쪽으로 느긋하게 헤엄쳐 오고 있었다. 괴물과의 거리가 가까워지자 호수 바닥의 돌처럼 허옇고 뱀처럼 기다란 몸뚱이가 셀레이나의 눈에 들어왔다. 이렇게 크고 오래된 괴물은 본 적이 없었다. 그 괴물과 셀레이나 사이를 막고 있는 건 얇은 얼음층뿐이었다.

루카는 황갈색 피부가 창백하게 질린 채 덜덜 떨었다. 셀레이나가 일어서자 얼음이 삐걱 소리를 냈다.

"아래를 내려다보지 마."

셀레이나는 루카의 팔꿈치를 잡았다. 그들 발밑에서 호숫가까지 얼음이 조금 더 단단해졌다.

"가."

셀레이나는 호숫가 쪽으로 루카를 살짝 밀었다. 루카는 미끄러지듯 발을 움직여 도망치기 시작했다. 루카를 먼저 보낸 셀레이나는 그의 뒤를 지키며 다시 한번 얼음 아래를 힐끗 내려다보았다.

비늘로 뒤덮인 거대한 머리가 그녀를 올려다보았다. 용이나 와이번은 아니었다. 뱀과 물고기 중간의 어떤 존재 같았다. 눈 하나가 없었는데 움푹 팬 눈두덩에 상처가 있었다. 누가 저렇게 해놓았을까? 산 중턱의 호수에 저 괴물보다 더 끔찍한 무언가가 있단 말인가? 무기들이 즐비하게 떨어진 호수 한가운데에 셀레이나는 무기도 없이 서 있었다.

"서둘러!"

로완이 소리쳤다. 루카는 호숫가까지 절반 정도 간 상태였다.

셀레이나는 루카가 달려간 길을 따라 움직이기 시작했다. 얼음 위를 넘어지지 않고 달릴 자신은 없었다. 세 번째 걸음을 떼는데 깊은 물속에서 뼈처럼 하얀 무언가가 독사처럼 튀어 올라왔다.

괴물의 꼬리였다. 긴 꼬리가 얼음을 내려치자 세상이 들썩였다.

얼음이 치받아 올라오면서 셀레이나는 바닥에 엎어졌다. 다리가 휘청하더니 몸이 위로 떴다. 그녀를 보호하기 위해 치솟는 마법의 힘을 애써 찍어 눌렀다. 비늘로 뒤덮이고 뿔이 솟은 머리가 얼음으로 돌진해왔다. 셀레이나는 허둥지둥 옆으로 몸을 피했다.

얼음 표면이 들썩였다. 괴물은 저 아래서 가까이 다가오고 있었다. 얼음이 박살났다. 로완은 셀레이나가 있는 곳에서 호숫가까지를 얇은 얼음층으로 만드는 데 온 힘을 집중하고 있는 듯했다. 그 얼음층을 다리로 삼아 건너오라는 뜻이었다. 괴물한테서 시선을 뗄 엄두도 내지 못하고 셀레이나가 숨을 몰아쉬며 말했다.

"무기를 줘요."

"서둘러!"

로완이 외쳤다. 셀레이나는 고개를 들었다. 로완은 동굴 벽에서 주은 칼을 셀레이나 쪽으로 던졌다. 가벼운 바람이 그 칼을 셀레이나가 있는 곳으로 빙글빙글 돌려보냈다. 루카는 담요를 버리고 허둥지둥 도망치고 있었다. 셀레이나는 루카 뒤를 따라가면서 황금 칼자루가 달린 칼을 집어 들었다. 계란 크기의 루비가 칼자루에 박혀 있었다. 칼집은 굉장히 오래돼 보였는데 그 안에서 빼든 칼은 마치 조금 전에 윤을 낸 듯 번뜩였다. 칼집 안에 있던 무언가가 얼음 표면으로 달그락 떨어졌다. 평범하게 생긴 금반지였다. 셀레이나는 그 반지를 집어 주머니에 집어넣고 더 빨리 달리기 시작했다.

얼음이 다시 위로 들썩였다. 들썩이는 얼음 표면 밑에서 강력한 꼬리로 얼음을 쿵 올려치는 소리가 소름끼치게 들려왔다. 셀레이나는 쓰러지지 않으려 칼을 쥐고 자세를 낮췄다. 마음 한편으로는 균형 잡힌 칼의 모양새와 아름다움에 감탄했다. 발을 헛디딘 루카는 얼음 아래쪽으로 쭉 미끄러졌다. 셀레이나는 얼른 팔을 뻗어 그의 튜닉 뒤쪽을 붙잡고 버텼다. 얼음은 다시 또다시 들썩였다.

그들의 발끝이 얼음 끄트머리에 닿았다. 발밑에 물이 아니라 연한 회색 돌이 보이자 안심한 셀레이나는 끄응 소리를 내뱉었다. 뒤에서 얼음이 폭발하듯 깨지며 그들 머리 위로 차가운 물이 쏟아져 내렸다.

그리고 콧구멍에서 숨을 뿜어대는 소리가 들려왔다. 이대로 멈출 수는 없었다. 셀레이나는 루카를 잡아 끌고 로완이 있는 곳으로 한 발 또 한 발 나아갔다. 땀에 젖어 번들거리는 로완의 이마가 보였다. 그때 거대한 발톱이 얼음에 선 네 개를 깊이 그리며 표면 위로 올라왔다.

셀레이나는 루카를 잡아 끌고 마지막 9미터, 5미터를 미끄러져가 호숫가에 다다랐다. 그들을 맞이한 로완이 몸서리를 치며 숨을 내쉬었다. 셀레이나는 뒤를 돌아보았다. 악몽에 나올 것 같은 괴물이 얼음 위로 기어 올라와 있었다. 하나뿐인 붉은 눈은 굶주림으로 사납게 빛났고, 거대한 이빨은 당장이라도 그들을 인정사정없이 찢어놓을 듯했다. 로완이 숨을 멈추자 얼음이 녹으면서 괴물은 물로 풍덩 빠졌다.

단단한 땅에 올라서고 보니 지금까지 얼음이 장벽 역할을 해주었음을 불현듯 깨달았다. 셀레이나는 다시 루카를 붙잡고 동굴에서 멀리 떨어진 곳으로 달리기 시작했다. 루카는 금방이라도 구역질을 할 것 같은 표정이었다. 얼음이 녹았으니 저 괴물을 호수 밖으로 나오지 못하게 막아줄 장치는 이제 없었다. 저 괴물을 상대로 칼을 써봤자 이쑤시개 정도의 효과밖에 못 낼 것이다. 저 괴물이 육상에서 얼마나 빠르게 움직일지 누가 알까?

루카는 온갖 신에게 끝없이 기도를 해댔다. 셀레이나는 루카를 잡아 끌고 돌투성이 길을 내려가 눈부신 오후의 햇살이 비치는 곳으로 향했다. 휘청대면서 무작정 달려간 그들은 어둑한 숲에 이르렀다. 순전히 운에 의지해 나무들을 피하면서 비탈 아래로 빨리 더 빨리 달렸다······.

요란하게 터져 나온 괴물의 소리에 바위가 온통 흔들리고 새들은 허공으로 날아올랐으며 나뭇잎이 바스락거렸다. 의기양양한 승리의 함성이 아니라 분노와 배고픔이 담긴 고함이었다. 시커먼 호수 속에 오랜 세월 잠겨 있다가 동굴 끄트머리까지 올라온 거라면 눈 부신 햇빛을 못 견딜 만도 했다. 그들은 사방으로 메아리치는 고함을 피해 계속 달렸다. 밤이었으면 어떤 일이 벌어졌을지 생각하고 싶지도 않았다.

얼마 후 뒤따라오는 로완이 느껴졌다. 하지만 지금 셀레이나가 챙겨야 하는 건 어린 루카였다. 루카는 요새로 돌아가는 내내 숨을 헐떡이며 욕을 뱉었다.

미스트워드 요새가 저 앞에 보이자 셀레이나는 한 가지 당부를 하고 루카를 먼저 요새로 보냈다. 동굴에서 있었던 일에 대해 함구하라는 당부였다. 루카가 요새 주변의 덤불을 지나가는 소리가 점차 잦아들자 셀레이나는 뒤로 돌아섰다.

로완이 숨을 몰아쉬며 서 있었다. 칼은 칼집에 넣어둔 채였다. 셀레이나는 그에게 받았던 칼을 흙바닥에 꽂았다. 칼자루의 루비가 햇살을 받아 반짝였다.

"죽어버리겠어."

셀레이나는 으르렁대며 내뱉고는 곧장 로완에게 달려들었다.

셀레이나가 페이족의 모습으로 변신해 있기는 했지만 그래도 로완은 그녀보다 훨씬 빠르고 강력했다. 그는 아무렇지 않게 셀레이나의 공격을 피했다. 셀레이나는 나무에 얼굴을 부딪쳤다. 세게 부딪친 건 아니었지만 이가 흔들릴 정도였다. 돌아서서 곧바로 로완에게 달려들었다. 바짝 다가가 서자 그는 이를 드러냈다. 셀레이나는 그의 재킷 앞쪽을 손으로 움켜잡고 주먹을 날렸다. 손가락 관절 부위가 찢어지고 욱신거리기는 했지만, 얼굴을 한 대 치고 나니 기분이 좋아졌다.

로완은 으르렁거리며 셀레이나를 바닥에 내던졌다. 셀레이나의 가슴 속에서 공기가 확 빠져나가고 콧속에서 터진 코피가 목구멍 안으로 쏟아졌다. 그를 두 다리로 붙잡고 불멸의 힘을 쥐어 짜냈다. 그는 그녀의 몸에 올라탔지만 셀레이나는 두 다리로 그를 바짝 껴안고 몸을 휘둘러 그를 내리깔았다. 그는 눈을 휘둥그렇게 떴다. 그의 눈빛에 분노와 경악이 담겨 있었다.

셀레이나는 그의 얼굴을 또다시 강하게 내리쳤다.

"한 번만 더 다른 사람을 이런 일에 끌어들이면……" 셀레이나는 문신, 빌어먹을 문신이 새겨진 그의 얼굴을 치고 또 쳤다. "오늘처럼 다른 사람을 위험에 처하게 만들면……" 그녀의 코피가 그의 얼굴에 튀고, 그녀의 주먹질에 터진 그의 코피와 뒤섞였다. 셀레이나는 그 모습에 약간이나마 마음이 풀리는 걸 느꼈다. "죽여버릴 거야." 손등으로 그의 얼굴을 한 번 더 내리친 순간, 그가 맞아주고 있다는 생각이 들었다. "모가지를 뜯어버릴 거라고." 셀레이나는 송곳니를 드러냈다. "알아들어?"

로완은 고개를 옆으로 돌리고 피를 뱉어냈다.

몸 안에서 피가 요동치며 흘렀다. 그 흐름이 너무나 격해서 도저히 자제가 되지 않았다. 그 힘을 자제하려 애쓰느라 잠시 집중이 흐트러지고 말았다. 로완이 결박을 풀고 그녀를 다시 몸 아래에 두었다. 셀레이나가 얼굴을 마주 후려치는데도 그는 아무렇지도 않은 듯 나지막하게 말했다.

"나는 내가 하고 싶은 대로 해."

"다른 사람들은 끌어들이지 말라고!" 셀레이나가 악을 썼다. 그 소리에 놀란 새들마저 지저귐을 멈췄다. "절대 안 돼!"

"이유를 말해, 에일린."

그놈의 에일린……. 셀레이나는 그의 손목에 손톱을 박아 넣었다. "지긋지긋하니까!" 셀레이나는 격하게 숨을 들이마셨다. 숨을 쉴 때마다 몸이 덜덜 떨렸다. 네히미아가 죽은 후 줄곧 외면해온 끔찍한 진실을 더는 피할 수 없었다. "내가 도울 수 없을 거라고 했더니 공주는 자기 목숨을 내놓으셨어. 그분은……" 끔찍하고 격한 웃음이 입에서 터져 나왔다. "그분은 자기가 죽으면 내가 비로소 움직일 거라고 생각하셨거든. 자기보다 내가 더 큰 일을 해낼 거라고 믿으셨어. 그러니 본인의 죽음은 그만한 값어치를 할 거라고 여기셨지. 그러면서 모든 것에 대해 거짓말을 하셨어. 내가 겁쟁이라서 거짓말을 하신 거야. 그래서 그분을 증오해. 나를 두고 떠나버린 그분이 미워."

로완은 여전히 그녀를 가만히 찍어 눌렀다. 로완의 코에서 뜨끈한 피가 셀레이나의 얼굴로 뚝뚝 떨어졌다.

마침내 셀레이나는 그 말을 했다. 몇 주 동안 속에 담아놓기만 했던 말을 내뱉었다. 호숫가로 밀려오는 물결처럼 셀레이나의 속에서 분노가 흘러나왔다. 셀레이나는 그의 손목을 놓았다. 그리고 숨을 헐떡이며 머릿속에 떠오르는 말을 내뱉었다.

"제발. 다른 사람은 끌어들이지 마. 뭐든 하라는 대로 할 테니. 내가 정한 선이 바로 그거야. 그 선만 넘지 마."

그는 눈을 감고 셀레이나의 팔을 놓았다. 셀레이나는 눈을 들어 우듬지를 바라보았다. 다시는 이 남자 앞에서 울 일은 없을 것이다.

그는 눈을 떴다. 둘 사이에 팽팽한 긴장이 흘렀다.

"공주가 어떻게 생을 마감했지?"

등을 통해 몸으로 흘러 들어온 축축한 기운에 뼈의 열기가 식었다.

"나와 서로 아는 남자에게 그분을 죽이면 그 남자가 생각하는 대로 일이 이루어질 것처럼 말을 하셨어. 그래서 그 남자는 자객을 고용하고, 그분 근처에 내가 없도록 조치를 취한 뒤 그분을 살해했어."

'아, 네히미아.'

네히미아가 바보 같은 희망에서 벌인 일이었다. 그게 쓸데없는 짓인 줄도 모르고. 차라리 네히미아가 갤런 애쉬리버와 동맹을 맺어 세상을 구했다면 좋았을 것이다. 갤런 애쉬리버야말로 진심으로 쓸모 있는 테라센 왕국의 후계자일 테니까.

"그 두 남자는 어떻게 됐지?"

로완이 싸늘하게 물었다.

"자객을 찾아내 골목에서 찢어 죽였어. 자객을 고용한 남자는……" 손과 옷, 머리카락에 온통 칠갑을 했던 피 그리고 케이올의 공포에 찬 눈빛이 떠올랐다. "그 남자의 배를 가르고 하수구에 시신을 던졌어."

순전한 증오와 복수심, 분노에 휩싸여 저지른 최악의 행동이었다. 나무랄 줄 알았는데 로완은 뜻밖의 말을 했다.

"잘했네."

셀레이나는 놀라서 그를 바라보았다. 그 순간 자신이 로완에게 무슨 짓을 했는지 똑똑히 보았다. 주먹으로 쳐 멍이 들고 피가 흐르는 얼굴, 찢어진 재킷과 더러워진 셔츠가 아니었다. 셀레이나가 잡고 있던 그의 팔뚝. 그 부위의 옷이 불에 탔고 그 안의 피부가 벌겋게 부풀어 있었다.

손으로 잡고 있던 자국이 선연했다. 셀레이나는 그의 왼팔, 문신이 있는 부위를 불로 지져놓은 것이다. 셀레이나는 벌떡 일어섰다. 이대로 엎드려 용서를 구해야 하나.

지독하게 아팠을 텐데 그는 고스란히 받아들였다. 셀레이나의 주먹질도 뜨거운 불길도. 오랫동안 가슴에 담아 두었던 말을 쏟아내면서 셀레이나는 로완을 이 지경으로 만들어놓았다.

"미…… 미안해요."

하지만 그는 그만하라는 뜻으로 한 손을 들어보였다.

"미안해할 필요 없어. 소중한 사람들을 지키려는 행동이니까."

그만하면 로완한테서 받아낼 수 있는 최대한의 사과일 듯했다. 셀레이나가 고개를 끄덕이자 그는 그것으로 만족한 듯했다.

"이 칼은 제가 가질게요."

셀레이나는 바닥에 꽂아둔 칼을 뽑아 들었다. 세상 어디에서도 이

보다 나은 칼을 찾기는 어려울 듯했다.

"노력해서 얻어낸 상은 아니지만, 그 정도는 호의를 베풀도록 하지. 훈련 시간에 들고 나오지 말고 당신 방에 둬."

셀레이나는 반박을 하려다가 그만두었다. 그 정도면 타협이 된 것이었다. 지난 세기 동안 로완이 타협이라는 걸 해본 적이 있기는 할까.

"어두워진 후에 그 괴물이 우리를 찾으러 오면 어떻게 하죠?"

"온다고 해도 요새 안으로는 못 들어와." 셀레이나가 무슨 뜻이냐는 듯 눈썹을 치켜뜨자 그가 설명을 했다. "이 요새 주변의 돌들에는 적들을 물리치는 주문이 걸려 있어. 마법으로도 뚫고 들어오지 못해."

이 요새의 이름이 '안개 요새'라는 뜻의 미스트워드인 이유였다. 유쾌하지는 않지만 차분한 침묵이 흐르는 가운데 그들은 그 자리를 떠나 걷기 시작했다. 셀레이나는 퉁명스럽게 말했다.

"덕분에 제 훈련은 또 엉망이 됐네요. 이번이 두 번째예요. 당신을 최악의 교관으로 꼽아도 되겠어요."

그는 셀레이나를 곁눈으로 힐끗 보았다.

"참 늦게도 알아챘군."

셀레이나는 콧방귀를 뀌었다. 그들이 요새를 향해 가고 있는데 마치 집에 온 걸 환영하는 듯 횃불과 초에 불이 커지기 시작했다.

"꼴이 참 지독하게 엉망이네요. 둘 다 피와 흙, 나뭇잎을 온통 뒤집어쓰고 있으니."

주방으로 터덜터덜 걸어 들어간 로완과 셀레이나에게 엠리스가 잔소리를 했다.

그의 말대로 두 사람은 몰골이 엉망이었다. 둘 다 얼굴이 여기저기 붓고 찢어졌으며 서로의 피를 뒤집어썼다. 머리카락도 마구 헝클어졌다. 셀레이나는 다리까지 살짝 절었고 손가락 두 개의 관절 부위가 찢어졌다. 언제 다쳤는지 무릎도 욱신거렸다.

"밤낮으로 싸워대는 길고양이들 같네요." 엠리스는 작업대에 스튜가 담긴 그릇 두 개를 탕 소리 나게 내려놓았다. "둘 다 이거 먹고 가서 씻어요. 엘렌티야, 자네는 오늘 밤부터 내일까지 주방 일 면제야." 셀레이나가 항의하려 하자 노인은 한 손을 들어 말을 막았다. "주방 여기저기에 피 묻히고 다니는 꼴 못 봐. 그 꼴로 주방에 들어와 돌아다니면 성가시기만 해." 셀레이나는 긴 의자에 털썩 앉으며 인상을 구겼다. 로완과 나란히 앉은 그녀는 다리와 얼굴, 팔의 통증 때문에 욕을 뱉어내면서 옆자리에 앉은 그를 탓했다.

"욕 그만하고 먹기나 해."

엠리스가 날카롭게 말했다.

로완은 이미 허리를 굽히고 스튜를 먹고 있었다. 셀레이나는 루카를 힐끗 돌아보았다. 루카가 자기 귀를 빠르게 톡톡 쳐보였다.

셀레이나는 아직 인간의 몸으로 돌아오지 않았다. 얼굴에 피와 흙, 나뭇잎까지 붙어 있어도 다들 알아챘을 것이다. 맬라카이가 쳐다보자 셀레이나는 피하지 않고 마주 보았다. 어디 하고 싶은 말이 있으면 얼마든지 해보라는 눈빛으로. 하지만 맬라카이는 어깨를 으쓱하고는 말없이 다시 음식에 얼굴을 파묻었다.

엠리스는 화덕 앞에서 그녀를 바라보았다. 셀레이나도 지지 않겠다는 듯 그를 마주 보았다. 그 상태에서 다시 인간의 몸으로 돌아오자 통증이 심하게 느껴졌다. 엠리스는 셀레이나와 로완에게 빵 한 덩어리를 내주며 말했다.

"자네의 귀가 뾰족하든 둥글든, 치아가 어떻게 생겼든 나한테는 특별할 거 없어. 하지만……" 엠리스는 로완을 쳐다보며 덧붙였다. "왕자님이 몇 대 맞으신 걸 보니 좀 고소하기는 하네요."

그릇을 내려다보고 있던 로완이 고개를 들었다. 엠리스는 스푼으로 그를 가리키며 말을 이어갔다.

"둘 다 서로를 실컷 팼으니 충분한 거 아닙니까?" 긴장한 맬라카이의 표정이 굳어졌지만 엠리스는 아랑곳 않고 계속 말했다. "설거지하녀 얼굴이 엉망이 돼서 우리 보초들을 기겁하게 한 것 말고는 대단한 효과를 본 것 같지도 않은데요? 오후마다 두 사람이 서로에게 욕을 하고 목청을 높이는 걸 우리라고 듣기 좋겠습니까? 두 사람이 쓰는 욕이 어찌나 지독한지 웬들린의 우유가 죄다 상해버릴 지경입니다."

로완은 고개를 숙이고는 스튜에 대고 무어라 웅얼거렸다.

기분이 좋아진 셀레이나는 오랜만에 입꼬리가 살짝 올라갔다.

셀레이나는 엠리스 앞으로 걸어가 무릎을 꿇었다. 그리고 진심을 담아 사과했다. 엠리스를 비롯해 루카와 맬라카이에게도 미안하다는 뜻을 밝혔다. 그들은 사과를 받을 자격이 있었고 다들 사과를 받아주었다. 다만 엠리스는 여전히 경계하는 눈빛이었다. 어쩌면 상처를 받아서일 수도 있었다. 셀레이나가 내뱉은 말로 인해 수치심을 느꼈을 테니 당분간은 그녀의 얼굴을 볼 때마다 그 감정이 생각날 것이다.

엠리스는 자신도 그렇고 맬라카이도 그녀의 정체를 알고 있었다고, 그녀의 어머니도 이 주방에서 그들을 도와 일한 적이 있다고 말해주었다. 셀레이나는 손바닥에 땀이 확 났지만 크게 놀라지는 않았다. 오히려 저녁을 다 먹은 로완이 싱크대 앞에 자리를 잡고 서서 설거지를 돕는 모습이 더 놀랍게 느껴졌다.

그들은 말없이 편안하게 설거지를 했다. 셀레이나는 아직 그들에게 모든 진실을 털어놓지 않았다. 그녀의 영혼을 오염시킨 얼룩은 함부로 들여다볼 수도 표출할 수도 없었다. 그래도 로완이라면 언젠가 셀레이나가 용기를 내 진실을 털어놓으려 할 때 외면하지는 않을 것 같았다.

식탁 앞에 앉은 루카는 기분 좋게 웃고 있었다. 오늘 일로 혼이 나갈 만큼 겁을 먹지는 않은 듯했다. 셀레이나는 엠리스를 보며 말했다.

"우리가 오늘 모험을 좀 했어요."

맬라카이가 스푼을 내려놓으며 말했다.

"내가 맞춰보지. 가축들이 크게 놀라 발작하게 만든 괴상한 고함과 연관이 있겠군."

셀레이나는 굳은 표정이지만 눈가에는 웃음 주름이 잡혀 있었다.

"호수 아래 살고 있는 존재에 대해 아는 게 있으면……."

셀레이나가 로완을 쳐다보자 로완이 그 말을 이어갔다.

"볼드 산이야. 엠리스도 그 산 이야기는 모를걸. 아는 자가 없어."

"저는 이야기꾼입니다." 엠리스는 벽난로 선반 위에 놓인 쇠 조각상 중 하나처럼 분노한 표정으로 로완을 내려다보았다. "페이나 인간들의 입에서 나온 이야기만 수집하는 게 아니라는 뜻이죠. 어쨌든 저는 관련된 이야기를 들었습니다." 엠리스는 두 손을 앞으로 모아 잡고 식탁에 걸터앉으며 말을 이었다. "몇 년 전 어떤 멍청한 남자에게 들은 이야기예요. 그 남자는 캠브리언 산을 넘어가면 초대를 받지 않아도 메이브 여왕의 왕국에 들어갈 수 있다고 생각했습니다. 하지만 산길에서 메이브 여왕의 야생 늑대들을 만난 바람에 겨우 목숨만 부지하고 돌아오게 됐죠. 우리는 그 남자를 여기로 데려오고 치료사를 불렀습니다."

맬라카이가 구시렁대며 말했다.

"다친 사람을 잠시 쉬게 두지도 않고 이야기를 청해 들었구만."

맬라카이가 눈을 빛내며 웃자 엠리스도 그에게 쓴웃음을 지으며 하던 얘기를 계속했다.

"그 남자는 상처 부위가 심하게 감염이 된 상태라 열이 많이 났어요. 저는 그가 열 때문에 악몽을 꾸었을 거라고 생각했습니다. 그 남자는 볼드 산의 기슭에 동굴이 하나 있다고 했습니다. 비가 오고 춥기도 해서 동이 트면 출발할 생각으로 밤에 그 동굴에서 야영을 했다고 했습니다. 그런데 호수 쪽에서 무언가가 자기를 지켜보는 느낌이 들더랍니다. 깜빡 졸다가 호숫가로 밀려오는 물결 소리에 잠이 깼다고 했습니다. 호수 한가운데서부터 밀려온 물결이었다더군요. 모닥불의 빛이 미치지 않는 곳, 저 깊은 물속에서 무언가 헤엄을 쳐 오더랍니다. 나무보다 큰 그것은 지금까지 살면서 본 어떤 짐승보다도 컸다고 했습니다."

루카가 끼어들었다.

"아, 진짜 무섭게 생겼다니까요."

"넌 오늘 정찰병들이랑 경계선 순찰을 나간다고 했잖아!"

엠리스는 호통을 치고는 로완을 노려보았다. 로완 입장에서는 다음 끼니때 엠리스가 음식에 독을 타지는 않았을지 염려해야 할 정도로 무척 화가 난 눈빛이었다. 엠리스는 헛기침을 하고는 다시 식탁을 내려다보며 생각에 잠겼다. 그리고 하던 얘기를 이어갔다.

"그 멍청한 남자가 그날 밤 알게 된 사실은 이러했습니다. 호수에서 나온 그 괴물은 볼드 산만큼이나 오래된 존재입니다. 다른 세계에서 태어났는데 신들이 딴 데 눈이 팔린 사이에 이쪽 세상으로 슬쩍 넘어왔다고 합니다. 괴물은 페이와 인간을 먹이로 삼아왔는데 어느 날 강력한 페이족 전사를 만나 싸우게 됩니다. 전사는 죽기 전에 괴물의 한쪽 눈을 도려내고 저주를 했습니다. 눈을 도려낸 이유가 악의에서인지 유희 삼아 그런 것인지는 알 수 없습니다만, 어쨌든 저주의 내용은 이러했습니다. 볼드 산이 서 있는 동안 괴물은 그 산기슭에서 계속 살아야 한다는 거였죠."

다른 세계에서 넘어온 괴물. 악마족이 다른 세계로 이어지는 문을 열고 닫았던 볼드 전쟁 중에 괴물이 이쪽 세계로 넘어온 걸까? 워드 열쇠를 차지하려는 오래전의 전쟁 때문에 이곳으로 넘어온 괴물의 수는 몇이나 될까?

"그렇게 해서 괴물은 볼드 산 아래쪽의 호수 속, 미로 같은 동굴 안에서 지금까지 살고 있습니다. 이름은 없어요. 오래전 자신이 무어라 불렸는지 괴물도 잊었다고 합니다. 그 괴물을 만난 자들 중 살아서 집으로 돌아온 자들도 없었고요."

팔을 문지르던 셀레이나는 손가락 관절의 상처 부위가 벌어지자 움찔했다. 로완은 고개를 옆으로 살짝 갸웃하며 엠리스를 똑바로 쳐다보았다. 그리고 제대로 듣고 있는지 확인이라도 하려는 듯 셀레이나 쪽을 힐끗 쳐다보더니 엠리스에게 물었다.

"괴물의 한쪽 눈을 도려낸 전사가 누구지?"

"그 멍청한 남자도 그렇고 그 괴물도 모른다고 했습니다. 그런데 그 괴물이 쓰는 언어는 페이족의 언어였어요. 고대 언어의 한 형태라 알아듣는 사람도 거의 없긴 하죠. 괴물은 전사가 끼고 있던 금반지는 기억했지만 그 전사의 생김은 기억하지 못했습니다."

셀레이나는 당장 주머니에 손을 넣어 반지를 꺼내보고 싶었다. 문 옆에 두고 온 칼도 자세히 들여다보고 싶었지만 꾹 참았다. 어쩌면 칼자루에 박힌 루비처럼 생긴 덩어리는 루비가 아닐 수도 있었다. 하지만 우연이 지나쳐서 개연성이 없는 듯 느껴졌다.

로완이 컵으로 손을 뻗지 않았다면 셀레이나는 참지 못하고 반지를 꺼내 들여다봤을 수도 있었다. 로완이 워낙 잘 숨겨서 다른 이들은 알아채지 못했겠지만 셀레이나는 그의 재킷 소매가 살짝 움직인 것을 보았다. 셀레이나가 불로 지져놓은 자리였다. 아까 그 자리에 수포가 생긴 걸 봤는데. 그 정도 상처면 지금 몹시 고통스러울 것이다.

엠리스는 로완을 똑바로 쳐다보며 말했다.

"더는 모험을 하지 마십시오."

"그러지."

로완이 대답하자 엠리스는 한마디 더 했다.

"싸움도 그만하시고요."

로완은 식탁 너머로 셀레이나의 눈을 보았다. 그의 표정에는 아무런 감정도 담겨 있지 않았다.

"우리 둘 다 노력해봐야지."

급작스럽게 피로감이 밀려들었지만 좀처럼 잠을 잘 수가 없었다. 괴물에 대한 생각, 한 시간 동안 들여다봤지만 아무것도 알아내지 못한 칼과 반지에 대한 생각, 그리고 불안정하긴 했지만 얼음 위에서 어느 정도 힘을 잘 제어한 일에 대한 생각이 계속 떠올랐다. 그리고 로완에게 한 짓, 그의 팔에 입힌 심한 화상이 줄곧 머릿속을 맴돌았다.

'통증을 견디는 능력이 엄청난가 보네.'

방 안에 깃든 추위 때문에 침대에 웅크려 누워 연고 통을 바라보았다.

'치료사한테 가서 화상 치료를 받아야 될 텐데.'

5분 정도 뒤척이던 셀레이나는 일어나 앉아 장화를 신었다. 연고 통을 집어 들고 방을 나섰다. 괜히 갔다가 머리통을 물어뜯기는 한이 있어도 이대로는 너무 미안해서 한숨도 잘 수가 없었다. 맙소사. 이렇게까지 죄책감을 느끼다니.

그의 방을 찾아가 가만히 방문을 두드렸다. 속으로는 그가 방에 없길 바라기도 했다. 그가 안에서 "뭐야?"라고 말하자 셀레이나는 움찔했지만 문을 열고 안으로 들어갔다.

그의 방은 낡고 너저분하기는 했지만 훈훈한 기운이 감돌았다. 낡아빠진 깔개 때문에 그런 분위기가 느껴지는 것일 수도 있었다. 커다란 침대가 방 안 대부분을 차지했다. 정돈된 침대는 비어 있었다. 로완은 조각이 새겨진 벽난로 앞에 있는 작업대에 앉아 있었다. 셔츠를 벗은 채, 시체들이 발견된 장소가 표시된 지도를 들여다보는 중이었다.

그가 짜증스럽게 눈을 번뜩였지만 셀레이나는 아랑곳 않고 그의 얼굴에서 목, 어깨, 왼팔 대부분을 지나 손가락 끝까지 이어진 커다란 문신을 바라보았다. 지금 보니 끝없이 이어진 문신의 선은 무척 아름다웠다. 문신이 끊어진 부분은 양 손목에 새겨진 화상뿐이었다.

"무슨 일로 왔지?"

그의 몸을 이렇게 자세히 보는 건 처음이었다.

황갈색으로 잘 그슬린 걸 보니 하루 중 대부분의 시간을 셔츠를 입지 않고 보내는 게 분명했다. 탄탄한 근육질 몸은 크고 작은 상처 투성이였다. 이런저런 싸움과 전투, 그 외에 어떤 일들로 인해 입은 상처일 것이다. 수백 년 동안 벼려온 전사의 몸다웠다.

셀레이나는 그에게 연고 통을 휙 던졌다.

"이게 필요할 것 같아서요."

그는 그녀에게 시선을 붙박은 채 한 손으로 연고 통을 붙잡았다.

"이거 뇌물이야?"

"기분 나쁜 소리 할 거면 도로 내놓든가요."

셀레이나는 손을 내밀었다.

그는 손가락을 오므려 연고 통을 쥐더니 작업대에 올려놓았다.

"당신은 스스로 치유할 수 있는 능력이 있어. 나도 치료할 수 있지. 큰 상처는 못 하겠지만 자잘한 상처 정도는 치료할 수 있을 거야."

셀레이나도 어느 정도 아는 사실이었다. 의식하지 않고도 몸에 난 상처 정도는 종종 치료하곤 했다.

"마브의 혈통이라 물에 대한 친화 능력이 있어서 그래요." 반면에 불은 아버지의 혈통에서 물려받은 능력이었다. "어머니는……" 그 단어를 입에 담는 순간 속이 좋지 않았지만 말을 이어가야 했다. "어머니는 제 마법에 물에 대한 친화 능력, 즉 친수성이 있다고 하셨어요. 제 목숨을 지키기 위한 능력이죠. 자기 보호 기제 같은 거예요."

그는 고개를 끄덕였다. "다른 치료사들처럼 이 능력을 사용하는 방법을 배우고 싶었어요. 오래전에는요. 하지만 부모님은 허락하지 않으셨어요. 그분들은…… 제가 가진 친수성이 충분치 않아서 크게 쓸모가 없을 거라고 하셨어요. 그리고 여왕은 치료사 역할을 해서는 안 된다고 하셨죠."

더는 말을 이어갈 수 없었다.

"가서 잠이나 자. 내일 주방 출입이 금지돼 있으니 새벽부터 훈련이나 해야지." 어째서인지 그의 싸늘한 말에 가슴이 철렁했다. 그에게 화상까지 입혔으니 이런 대접을 받아도 싸기는 했다. 돌아서는 셀레이나의 모습이 처량했는지 그가 별안간 말했다. "잠깐. 문 닫아."

셀레이나는 그가 시킨 대로 방문을 닫았다. 그가 어디 앉으라는 말을 하지 않아서 셀레이나는 문에 기대어 선 채 기다렸다. 그는 등을 보인 채 서서 깊은 숨을 한 번, 또 한 번 들이마시고 내뱉었다. 그럴 때마다 그의 근육질 등이 팽창했다가 움츠러들었다…….

"짝이 세상을 떠났을 때 나는 세상으로 다시 나오기까지 무척 오랜 시간이 걸렸어."

셀레이나는 한참 뒤에야 겨우 물었다.

"그 일이 언제 있었는데요?"

"203년 하고 27일 전." 그는 얼굴과 목, 팔에 새겨진 문신을 가리켰다. "이 문신에는 그 당시의 일이 기록돼 있어. 내 목숨이 끊어지는 날까지 짙어지고 살아야 할 수치스러운 일에 대한 기록이야."

그래서 요전 날 로완을 찾아왔던 전사도 그토록 공허한 눈빛을 하고 있었던 건가……

"자기만의 슬픔과 수치심을 가진 이들도 그 내용을 문신으로 새기려고 당신을 찾아오는 거군요."

"개브리얼은 남쪽 산에서 기습을 당해 부하 셋을 잃었어. 다들 목숨을 잃었는데 개브리얼은 살아남았지. 그는 전사니까 세상을 떠난 부하들의 이름을 자기 몸에 문신으로 새긴 거야. 내 잘못으로 그런 일이 벌어지면 아무리 몸에 문신을 새겨도 자책감이 덜어지지 않아."

"당신도 자책했어요?"

그는 천천히 그녀를 곁눈으로 쳐다볼 수 있을 만큼 돌아섰다.

"맞아. 나는 젊었어. 나와 내 집안의 이름을 드높이려고 맹렬하게 싸웠지. 메이브 여왕이 지시한 곳은 어디든 갔어. 그 와중에 나와 같은 페이족 여자를 만나 짝이 됐어. 리리아." 그는 경건하게 그 여자의 이름을 입에 올렸다. "도라넬의 시장에서 꽃을 팔던 여자였어. 메이브 여왕은 반대하셨지만, 내 짝이다 싶은 사람을 만나면 그 무엇도 그 마음을 바꿀 수 없어. 리리아는 내 짝이었고 아무도 방해할 순 없었어. 여왕님의 뜻을 어기고 리리아와 짝이 됐으니 나는 여왕님께 더더욱 내 능력을 증명해야 했어. 전쟁이 나자 여왕님은 다시 내 명예를 회복할 기회를 주셨고 나는 그 기회를 잡았어. 리리아는 가지 말라고 애원했지. 오만이 하늘을 찌르던 때라 제대로 판단을 못하고 나는 전장에 나갔어. 리리아를 산에 있는 집에 혼자 두고서. 그녀를 버려두고 떠난 거야."

그는 다시 한번 셀레이나를 바라보았다.

당신은 나를 두고 가버렸어요, 라고 셀레이나는 로완에게 말했었다. 그 말을 하자 로완이 움찔했던 게 떠올랐다. 수백 년 전에 받은 마음의 상처가 그를 다시금 괴롭게 만든 모양이었다. 셀레이나가 본인의 과거에서 벗어나지 못하는 것처럼.

"수개월 동안 전장에 나가서 명예를 드높일 궁리만 했어. 그러다 적들이 산길을 통해 도라넬로 들어가려 했다는 첩보가 들어왔어." 로완은 손으로 머리카락을 쓸어 넘기고는 얼굴을 문질렀다. "나는 곧장 집으로 날아갔어. 태어나서 그렇게 빨리 날아본 적이 없었지. 집이 도착해서 보니…… 리리아는 아이를 임신한 상태였고, 적들은 그런 그녀를 잔인하게 도살했어. 우리 집은 불에 타 재가 돼 있더군. 짝을 잃으면 누구나 그렇지만……" 그는 고개를 절레절레 흔들었다. "자아가 붕괴되고 말아. 시간과 장소 개념도 날아가 버리지. 나는 리리아를 그렇게 만든 놈들을 찾아냈어. 시일이 꽤 걸렸지만 죄다 죽였지. 리리아는 임신 중이었어. 내가 그녀를 떠날 당시 아이를 가진 상태였던 거야. 나는 어리석은 목표에 사로잡혀서 임신한 그녀의 체취를 제대로 맡지 못했어. 그래서 임신한 짝을 두고 곁을 떠난 거지."

셀레이나는 목소리가 갈라졌지만 애써 물었다.

"적들을 죽이고 나서 어떻게 했어요?"

그의 얼굴은 황량했고 눈은 어딘가 먼 곳을 바라보는 듯했다.

"10년 동안 아무것도 하지 않았어. 혼자 틀어박혀서 미쳐갔지. 미쳤다는 말로는 부족할 정도의 상태였어. 아무것도 느낄 수가 없었어. 그래서…… 도라넬을 떠났어. 변신을 거듭하면서 세상을 이리저리 돌아다녔어. 계절이 변화하는 줄도 모르고, 매로 변신했을 때 본능이 이끄는 대로, 목숨이 끊어지지 않으려고 뭔가를 먹기는 했지. 나는 그대로 죽고 싶었어…… 결국 죽지도 못했지만……" 그는 말끝을 흐리며 헛기침을 했다. "계속 그 상태로 세월을 보낼 수도 있었는데 메이브 여왕께서 나를 찾아내셨어. 여왕님은 그 정도면 충분히 애도했다고, 왕자이자 지휘관으로서 돌아와 자신을 섬기라고 명령하셨어. 리리아의 시신을 발견한 날 이후 처음으로 나는 말을 했어. 누군가 내 이름을 기억하고 부르는 소리도 처음 들었지."

"그래서 여왕님의 뜻을 따랐나요?"

"내 곁엔 아무것도, 아무도 없었어. 여왕님을 모시다가 죽임을 당하면 다시 리리아를 볼 수 있겠구나 하는 생각이었어. 그래서 도라넬로 돌아가 내 몸에 수치스러운 과거의 이야기를 문신으로 새겼지. 그리고 여왕님께 피로 충성 맹세를 하고 그 후로 쭉 섬기고 있어."

"그런 지독한 상실감을…… 어떻게 극복했어요?"

"극복하지 못 했어. 오랫동안 불가능했어. 지금도…… 예전 같지는 않아. 절대로 돌아갈 수 없겠지."

셀레이나는 입술을 꼭 깨물고 고개를 끄덕이다가 창밖을 내다보았다. 다시 그가 조용히 입을 열자 셀레이나는 그를 돌아보았다. 그는 굳은 얼굴이지만 눈빛으로 그녀에게 앞으로 어찌할 것인지 묻고 있었다.

"어쩌면, 어쩌면 우리가 함께 돌아갈 길을 찾을 수 있을지도 몰라."

그는 오늘이나 어제, 그 전의 어떤 일에 대해서도 사과하지 않을 것이다. 셀레이나도 그에게 사과를 요구하지 않을 생각이었다. 몇 주 동안 그를 지켜보면서 마치 거울 속 자신을 보는 듯한 느낌이었으니까. 그를 혐오한 것도 놀라운 일은 아니었다.

셀레이나는 속삭이듯 말을 뱉었다.

"그렇게 되면 좋겠네요."

그가 손을 내밀었다.

"같이 해보자."

셀레이나는 그의 상처투성이 손바닥을 내려다보았다. 그리고 문신이 새겨진 얼굴을 올려다보며 희망을 품었다. 그는 깊은 상처로 인해 내면이 망가진다는 게 어떤 것인지 아는 사람, 심연에서 아직도 조금씩 기어오르고 있는 사람이었다. 어쩌면 그들은 상처에서 영원히 벗어날 수 없을 수도 있었다. 다시는 온전해지지 못할 수도 있었다. 하지만 셀레이나는 "같이 해요"라고 말하며 그가 내민 손을 잡았다.

그녀의 내면 깊숙한 곳에서 작은 불이 살짝 타오르기 시작했다.

제2부
불의 후계자

36

"웨스트폴 근위대장과 오늘 밤에 만날 준비는 되셨습니까?"

에이디언이 듣기에 렌 앨스브룩은 근위대장의 이름을 내뱉으며 기분이 그다지 좋지 않은 듯했다.

창고 위쪽 숙소의 지붕 끄트머리에 렌과 나란히 걸터앉은 에이디언은 렌의 말투를 곱씹어 보았다. 매를 벌 만큼 건방진 투는 아닌 것 같아서 고개를 한 번 끄덕인 후 전투용 칼로 손톱을 마저 다듬었다.

근위대장이 이 숙소에 묶게 해준 덕분에 렌은 며칠 동안 여기서 상처를 회복하고 있었다. 머터프에게 큰 침실을 쓰라고 했지만 자기는 소파면 충분하다며 사양했다. 여기 도착해서 본 것에 대해 머터프는 어떻게 생각할까. 이 숙소의 주인이 누구인지—셀레이나든 에일린이든—의심했을 수도 있지만 머터프는 아무 말도 하지 않았다.

아편굴에서 헤어지고 나서 렌을 오늘 밤 처음 보았다. 에이디언은 굳이 왜 렌을 보러 왔는지 자신도 이유를 알 수가 없었다.

"자네는 여기서 하층민들과 관계를 잘 맺어둔 모양이군. 앨스브룩 성의 고귀한 성에서 누리던 삶과는 무척 달랐을 텐데."

렌은 이를 악물며 대답했다.

"장군님이야말로 오린스의 하얀 탑에서 누리던 것과 완전히 다른 삶을 살고 계시죠. 다들 그러니까요." 미풍이 불어와 렌의 텁수룩한 머리카락을 흐트러뜨렸다. "그날 밤에…… 도와주셔서 감사합니다."

"별거 아니야."

에이디언은 느긋하게 미소를 지어 보였다.

"저를 위해 사람을 죽이시고 저를 숨겨주셨잖습니까. 별거 아니지는 않죠. 빚을 졌습니다."

에이디언은 다른 이들에게, 특히 부하들에게 감사 인사를 받는 것에 익숙했다. 하지만 지금은 마음이 몹시 좋지 않았다……. 미소를 거둔 에이디언은 금색으로 반짝이는 도시를 바라보며 말했다.

"자네와 자네 할아버지가 집도 없이 산다는 걸 나한테 말했어야지."

그들은 돈 얘기라도 해야 했다. 렌의 옷이 그토록 초라한 것도 무리가 아니었다. 그날 밤 에이디언은 참담함에 어쩔 줄 몰랐다. 지난 며칠 동안 마음이 몹시 괴로워 신경이 곤두설 지경이었다. 유리성 경비병들과 대련을 하면서 마음을 가라앉히려 애썼지만 아달렌 왕을 지키는 자들과의 대련은 신경을 더욱 날카롭게 만들 뿐이었다.

"굳이 말해야 할 필요가 있었을까요."

렌은 주절주절 사정을 늘어놓지 않았다. 자존심 때문일 것이다. 렌은 자존심이 강한 사내였다. 렌의 입장에서 노숙자로 힘들게 살고 있음을 인정하는 것은 에이디언이 렌의 감사 인사를 받아들이는 것만큼이나 괴로울 것이다.

"마법에 걸린 주문을 푸는 방법을 알게 되면 실행하실 겁니까?"

"그래야지. 앞으로 치르게 될 전투의 양상이 달라질 수도 있으니까."

"10년 전에는 별로 차이를 만들어내지 못했을 겁니다."

렌의 얼굴은 얼음처럼 차가웠다. 그제야 에이디언은 기억해냈다. 렌은 마법의 힘을 가져본 적이 없었다. 하지만 렌의 두 누나는 달랐다. 그의 누나들은 테라센이 지옥이 되었을 당시 산에 위치한 마법학교에 다니고 있었다. 에이디언의 생각을 읽기라도 한 듯, 도시 풍경에서 시선을 돌리며 렌이 말했다.

"군인들은 우리를 잡아 죽이면서 우리 부모님을 조롱했습니다. 누나들이 다니던 학교는 마법의 힘을 갖고 있었지만 우리를 지켜주지 못했고요. 만 명이나 되는 군인들을 상대로 아무것도 하지 못했죠."

"유감이야."

에일린이 돌아올 때까지 에이디언이 할 수 있는 말은 이게 고작일 것이다. 렌은 에이디언을 똑바로 쳐다보았다.

"테라센으로 돌아가기가…… 쉽지 않을 겁니다. 저도 그렇고 제 할아버지도요."

렌은 힘들게 말을 꺼낸 듯했다. 어쩌면 누군가에게 자기 생각을 말하는 것 자체를 힘들어하는 것일 수도 있었다. 에이디언은 조용히 기다려주었다. 마침내 렌은 말을 이어갔다. "제가 이제는 교양이라곤 없는 놈이 된 것 같습니다. 다시 영주 노릇을 할 수 있을지도…… 솔직히 모르겠습니다. 누가 저를 영주로 모시고 싶어 할지도 의문이고요. 할아버지는 저보다는 교양이 있으시지만 결혼을 통해 앨스브룩 가문의 일원이 된 분인데다 통치에는 흥미가 없으십니다."

아. 에이디언은 곧장 대답을 못 하고 생각에 잠겼다. 자칫 말실수를 하거나 잘못된 반응을 보였다가는 렌이 영원히 입을 다물어버릴 수도 있었다. 별로 중요하지도 않은 얘기일 수도 있지만 조심해야

했다.

"지난 10년 동안 내 인생은 전쟁과 죽음뿐이었어. 앞으로 수십 년 더 그렇게 살아야 되겠지. 그래도 우리가 평화로울 수 있는 날이 있다면……" 맙소사. 평화라니. 정말 아름다운 단어였다. "우리 모두 낯선 변화를 겪게 될 거야. 평화를 누릴 수만 있다면 앨스브룩 사람들도 아달렌을 무너뜨리기 위해 수년을 애써온 영주, 그 꿈을 이루기 위해 수년 동안 빈곤을 견뎌온 영주를 받아들이지 않을 이유가 없어."

"저는…… 나쁜 짓을 했습니다."

렌이 은신처로 아편굴 주소를 댔을 때 에이디언도 그런 쪽으로 의심은 했다.

"다들 마찬가지야."

에일린도 그렇겠지, 라고 에이디언은 생각했다. 그 말을 할까 망설이다 그만두었다. 에일린에 관한 안 좋은 부분은 렌이나 머터프를 비롯해 그 누구도 아직은 알게 하고 싶지 않았다. 그런 얘기는 에일린이 나중에 직접 하는 게 좋을 것이다.

대화의 방향이 우울한 쪽으로 흘러갈 것 같은 분위기였다. 렌이 긴장한 목소리로 지나치게 목소리를 낮춰 물었다.

"웨스트폴 근위대장은 어떻게 하실 생각입니까?"

"지금은 나한테도 그렇고 우리 여왕께도 쓸모가 있어."

"그자가 쓸모를 다하게 되면……"

"때가 되면 내가 결정하지." 렌이 더 길게 말하려 하자 에이디언이 곧장 덧붙였다. "그렇게 해야 해. 그게 내 방식이니까."

근위대장이 렌의 목숨을 구하는 데 도움을 줬고 머물 곳도 마련해주기는 했지만 아직 섣불리 말할 수는 없었다.

"장군님의 방식을 여왕께서 어떻게 생각하실지 모르겠습니다."

에이디언은 날카로운 눈빛으로 렌을 돌아보았다. 어지간한 남자들 같으면 겁을 먹고 달아났을 것이다. 하지만 온갖 일을 겪은 렌은 에이디언을 두려워하지 않았다. 에이디언이 렌을 위해 사람을 죽인 것도 보았으니 더더욱 그를 두려워할 이유는 없었다.

"똑똑한 분이라면 내가 알아서 결정하게 두시겠지. 나를 무기로 쓰실 분이니까."

"여왕께서 장군님의 친구가 되고 싶어 하신다면요? 장군님은 거부하실 겁니까?"

"난 그분의 뜻을 거부하지 않아."

"그럼 여왕께서 장군님더러 함께 왕국을 다스리는 왕이 되어 달라고 하신다면요?"

에이디언은 이를 드러냈다.

"그만해."

"왕이 될 생각은 있으십니까?"

지붕으로 다리를 돌리고 일어선 에이디언은 날카롭게 대답했다.

"내가 바라는 건 내 백성들이 자유로워지고 여왕께서 왕좌를 되찾으시는 것뿐이야."

"적들이 테라센의 왕좌를 불살랐습니다, 에이디언. 여왕님을 위한 왕좌는 없어요."

"그럼 적들의 뼈로 다시 하나 만들어드려야지."

렌은 따라 일어서며 인상을 찌푸렸다. 다친 부위가 아픈 모양이었다. 렌은 에이디언과 거리를 두고 섰다. 에이디언을 두려워하지는 않지만 그렇다고 렌이 아주 멍청이는 아니었다.

"질문에 대답해주십시오. 왕이 되실 생각 있습니까?"

"여왕께서 청하시면 거부하지는 않을 거야."

그게 사실이었다.

"그건 대답이 될 수 없습니다."

에이디언은 렌이 질문한 의도를 간파했다. 에이디언도 자신이 왕이 될 수 있음을 알고 있었다. 따르는 군대가 있고 애쉬리버 가문의 왕자이기도 하니 조건은 갖추고 있었다. 전사 출신 왕이 있으면 적들도 쉽게 침공하지 못할 것이다. 테라센 왕국이 박살 나기 전 그도 그런 취지의 소문을 들은 적이 있었다…….

에이디언은 나직하게 으르렁대는 목소리로 말했다.

"신들이 허락한다면 단 한번이라도 좋으니 여왕을 다시 만나는 게 내 유일한 소원이야. 신들이 그 이상을 허락해주시면 남은 평생 매일 감사한 마음으로 살겠지. 지금으로서는 여왕을 만나기 위해 필요한 일을 해내야 해. 여왕이 살아 있는지, 살아남았는지부터 확인해야겠지. 나머지는 자네가 굳이 걱정할 필요 없어."

말을 마친 에이디언은 등에 꽂히는 렌의 시선을 느끼며 아래층 숙소로 이어지는 문으로 내려갔다.

술집은 군인들로 가득했다. 그들의 몸에서 뿜어 나오는 열기와 악취 때문에 케이올은 에이디언이 이 일을 혼자 했으면 좋았으리라 생각했다. 이제 어쩔 수 없이 케이올과 에이디언은 술친구로 알려졌다. 군인들이 환호하는 가운데 에이디언은 모두에게 들으라는 듯 쩌렁쩌렁한 목소리로 인사를 건넸다.

"차라리 대놓고 보여주는 게 비밀을 숨기기에 더 좋아."

에이디언이 케이올에게 나지막하게 말한다. 공짜 술이 또 한 잔 그들의 테이블에 탁 하고 놓인다. 에이디언에게 허리까지 굽히며 절을 한 군인이 보낸 술이다. 황갈색 피부에 상처 자국이 선연한 그 군인은 "늑대를 위해 건배"라고 말하고는 동료들이 모여 앉은 자기 테이블로 돌아갔다.

에이디언이 군인에게 술잔을 들어 보이자 환호성이 돌아왔다. 에이디언은 꾸밈없는 야생동물 같은 미소를 지었다. 에이디언은 머터프가 찾아서 물어봐야 한다고 했던 군인들, 주문의 원천 지역에서 주둔했던 군인들을 오래지 않아 찾아냈다. 에이디언이 물어볼 대상을 물색하는 동안 케이올은 앞으로 해야 할 일을 궁리했다. 자신의 자리를 대신할 후보자도 찾아야 하고 아니엘로 갈 짐도 꾸려야 했다. 오늘 그는 첫 번째 짐을 실어 보낼 배를 찾는다는 핑계를 대고 리프트홀드 시내로 왔고 그 일을 실제로 끝마쳤다. 아들 대신 책이 담긴 가방만 성에 도착한 걸 보면 어머니가 무슨 생각을 하실지 계산하고 싶지 않았다.

케이올은 탐탁잖은 표정으로 재촉했다.

"서두르시죠."

자리에서 일어선 에이디언은 잔을 들어올렸다. 모두 그를 지켜보고 있었던 것처럼 일순간 정적이 깔렸다.

"제군들." 에이디언의 목소리는 우렁차면서도 부드러웠고, 엄숙하면서도 겸허했다. 그는 잔을 들어 올린 채로 제 자리에서 한 바퀴 돌며 말을 이었다. "제군들의 피와 상처, 방패의 우그러진 자국, 칼날의 패인 자리를 위해, 모든 친구들과 앞서 죽은 이들을 위해 건배."

그는 잔을 더 높이 들어 올렸다. 금발 머리카락이 빛을 받아 반짝였다. "그리고 제군들이 내어준 것과 앞으로 내어줄 것에 경의를 표하는 바이다."

술집 안은 온통 환호성으로 가득 찼다. 케이올은 에이디언의 진실로 무서운 면을 보았다. 에이디언은 이 군인들에게 신이나 다름없었다. 이런 면모야말로 아달렌의 왕이 에이디언의 건방진 언행을 참아 줄 수밖에 없는 이유일 것이다.

에이디언은 성에서 와인이나 마시며 고상을 떠는 귀족이 아니라, 군인들과 함께 너저분한 술집에 앉아 에일 맥주를 마시는 강하고 땀내 나는 장군이었다. 진실이든 아니든 이 군인들은 에이디언이 그들을 진심으로 아끼며 그들의 말에 귀를 기울인다고 믿었다. 그들은 에이디언이 그들과 아내, 누이의 이름을 기억한다고 여기며 우쭐댔고, 에이디언이 그들을 형제로 여긴다고 믿으며 잠들었다. 에이디언은 그들을 위해 싸우고 죽을 것처럼 확신을 주었다. 그러니 그들도 에이디언을 위해 기꺼이 싸우다 죽으려는 것이다.

케이올은 두려웠다. 자신의 안위 때문이 아니었다.

에이디언과 에일린이 재회했을 때 벌어질 일 때문이었다. 에일린도 에이디언처럼 사람들의 시선과 귀를 잡아끄는 힘을 지녔다. 에일린이 그레이브의 머리통을 들고 평의회 회의실로 성큼성큼 들어와 아달렌의 왕에게 미소 지었을 때 그 방에 있던 모든 이들은 그녀의 영혼이 뿜어내는 검은 회오리바람에 매혹되고 겁에 질렸다. 치명적인 힘을 지닌 에이디언과 에일린이 힘을 합해 군대를 일으키고 사람들의 가슴에 불을 질러 이 왕국에 무슨 짓을 할지 생각만으로도 가슴이 섬뜩했다.

아직까지 아달렌은 그의 왕국이었다. 케이올은 에일린이나 에이디언이 아닌 도리언을 위해 일하고 있었다. 이 사태로 인해 향후 그의 입지가 어떻게 될지 가늠이 되지 않았다.

"이제 시합을 하도록 하지!"

에이디언이 긴 의자를 밟고 올라서서 외쳤다. 케이올은 에이디언이 술집 안에 들어찬 군인들 중 절반에게 경례와 건배를 받는 동안 조용히 앉아 있었다. 군인들은 차례로 일어서서 에이디언에게 건배를 했다.

실컷 찬양을 듣고 난 에이디언은 애쉬리버 가문 특유의 눈을 번뜩였다. 케이올이 보기에 그 눈빛은 에이디언이 이 군인들을 증오해 마지 않으며 그들을 뜻대로 가지고 놀고 있음을 의미했다. 에이디언 장군은 시합을 시작하겠다고 외쳤다. 몇몇 군인들이 술 마시기 시합을 하자고 목청 높여 제안했는데 에이디언이 다시 잔을 들어 올리자 곧 입을 다물었다.

"제일 멀리서 복무한 친구에게 술을 대접하기로 하지."

군인들은 여기저기서 밴잘리, 오린스, 멜리산드, 아니엘, 엔도비어를 외쳐댔다. 그중 머리가 희끗희끗한 늙은 군인이 일어서며 외쳤다.

"다들 조용히 해! 승자는 나다." 그는 에이디언 장군에게 술잔을 들어 보인 뒤 조끼에서 두루마리 종이를 꺼냈다. 이동 명령서였다. "저는 놀에서 5년간 복무했습니다."

우승자였다. 에이디언은 빈 옆자리를 손으로 탁 치며 그를 불렀다.

"그렇다면 우리와 함께 마셔야지, 친구."

군인들이 다시 한번 환호했다.

놀. 지도상에서 버림받은 땅, 즉 사막 반도의 끄트머리에 작은 점처럼 찍혀 있는 곳이었다.

남자가 그들 자리로 다가와 앉았다. 에이디언이 바텐더에게 손가락을 들어 보이며 술을 주문하기도 전에 그 남자의 앞에 1파인트 맥주가 새로 놓였다. 에이디언이 물었다.

"놀에서 복무했다고?"

"4군단의 젠슨 중령입니다, 장군님."

"병사를 몇 명 데리고 있지, 중령?"

"2천 명입니다. 지난달에 모두 이곳으로 돌아왔습니다." 젠슨은 길게 술을 들이켰다. "5년 동안 놀에 있다가 갑자기 소환된 겁니다."

젠슨은 상처가 새겨진 두툼한 손가락을 딱 소리 나게 튕겼다.

"폐하께서 사전에 아무 말씀도 없으시다가 갑자기 그리 하신 건가?"

"존경하는 장군님…… 폐하께서는 저희에게 사전에 일언반구도 없으셨습니다. 새로운 부대가 들어오기로 했고 우리는 더 이상 그곳에 있을 필요가 없으니 이동하라는 명령만 갑자기 받은 겁니다."

케이올은 에이디언이 지시한 대로 입을 다물고 듣기만 했다.

"이유가 뭐지? 다른 군단과 합류하라고 하신 건가?"

"아직 별다른 명령이 없습니다. 저희가 있던 자리를 누가 차지하게 될지에 대해서도 들은 바 없습니다."

에이디언은 싱긋 웃으며 말했다.

"더 이상 놀에 있지 않아도 되니 그것도 좋은 일 아닌가?"

젠슨은 술잔만 들여다보았다. 하지만 케이올은 그의 눈빛에 담긴 침울한 기색을 포착해냈다.

"놀은 어땠어? 비공식적으로 편하게 말해봐."

젠슨의 입가에 남아 있던 미소가 사라졌다. 다시 고개를 든 젠슨의 눈빛에 더는 생기가 보이지 않았다.

"활화산 때문에 늘 어둡습니다. 화산재가 사방을 뒤덮고 있죠. 화산에서 연기가 계속 뿜어 나와서 늘 두통을 달고 살았습니다. 두통 때문에 미쳐버린 놈들도 나왔고요. 종종 코피도 났습니다. 한 달에 한 번 식량을 보급받았는데, 계절에 따라서 혹은 보급선의 도착일에 따라서 지급 횟수가 줄어들기도 했습니다. 아무리 위협을 하고 뇌물로 회유하려 해도 그 지역 사람들은 사막을 횡단하려 하지 않습니다."

"어째서지? 게을러서인가?"

"놀에는 별다른 시설이 없습니다. 탑과 그 주변에 저희가 건설한 마을이 다죠. 다만 그 지역 사람들은 화산을 신성시합니다. 10년 전쯤인가, 어쩌면 더 오래됐을 수도 있는데…… 어쨌든 저희 군단이 주둔할 때는 아니었습니다. 폐하께서 어느 군단에게 화산 지역으로 쳐들어가 사원을 약탈하게 하셨다는 소문이 있습니다." 젠슨은 고개를 저었다. "그래서 그곳 사람들은 저희를 적대시합니다. 저희 군단이 한 짓이 아니었는데도요. 놀의 탑은 약탈 이후에 지어진 것입니다만 그들은 그 탑만 보면 악담을 퍼부었습니다. 저희한테도 마찬가지였고요."

"탑이라고?"

케이올이 나지막하게 말하자 에이디언이 미간을 찌푸렸다.

젠슨은 술을 한 번 더 길게 마셨다.

"저희는 그 탑 안에 들어가지도 못했습니다."

에이디언은 옅은 미소를 지으며 물었다.

"미쳐버린 자들도 있다고 했는데, 그들이 무슨 짓을 저지른 건가?"

낯빛이 어두워진 젠슨은 엿듣는 자가 없는지 확인하려는 듯 주변을 힐끗 둘러보았다. 이 대화를 그만두고 싶은 것 같기도 했다. 잠시 후 젠슨은 에이디언을 바라보며 입을 열었다.
"보고서에는 저희가 미친 군인들의 목에 화살을 쏴서 죽였다고 기재돼 있습니다. 빠르고 깔끔하게요. 하지만……."
에이디언은 앞으로 살짝 몸을 기울였다.
"이 테이블에서 나눈 얘기는 다른 데로 새어나갈 일 없어."
젠슨은 고개를 짧게 끄덕였다.
"궁수들을 대기시켰는데 미친 자들은 이미 자기 대가리를 후려쳐 부수고 있었습니다. 그렇게 해서라도 통증의 원인을 끄집어내고 싶다는 듯이요."
셀레이나는 칼테인과 롤랜드가 두통을 토로했다고 말했었다. 왕이 그들에게 끔찍한 마법의 힘을 사용한 결과였다. 또한 셀레이나는 유리성 지하에 비밀리에 감춰진 지하 감옥을 발견했을 때 머리가 욱신거린다고 했다. 그 지하 감옥과 연결된 곳이…….
케이올은 에이디언이 경고하며 쏘아보는데도 아랑곳 않고 젠슨에게 물었다.
"그 탑에는…… 한 번도 못 들어갔습니까?"
"문이 아예 없었습니다. 탑 자체가 하나의 장식 같았어요. 저도 그렇고 다들 그 탑을 싫어했습니다. 끔찍하게 생긴 시커먼 돌탑이었죠."
유리성 안에 있는 시계탑처럼. 몇 년 앞서기는 했지만 대략 비슷한 시기에 지어졌다. 에이디언이 느릿한 말투로 물었다.
"그런 걸 굳이 왜 만들었지? 자원 낭비 같은데."
젠슨의 눈빛에는 여전히 수많은 그림자가 드리워져 있었다. 그 속에 담긴 이야기들을 케이올은 감히 풀어 놓으라 말할 엄두가 나지 않았다. 젠슨은 남은 술을 마저 마시고 일어섰다.

"왜 굳이 그 탑을 만들라고 했는지는 저도 모릅니다. 아마로스에도 놀에 있는 탑과 비슷한 게 있는 것 같습니다. 간간이 서해를 통해 전령들이 오가며 서한을 주고받았으니까요. 아마로스에도 비슷한 시설이 있겠죠. 저희가 거기서 대체 뭘 하고 있었는지도 잘 모르겠습니다. 전투할 대상이 있었던 것도 아닌데 말입니다."

아마로스. 또 다른 전초 기지가 있는 곳. 마법 소멸을 위한 주문이 비롯되었을 것이라고 머터프가 추정한 장소들 중 하나였다. 놀에서 곧장 북쪽으로 향하면 아마로스였다. 놀에서 아마로스까지의 거리는 리프트홀드에서 놀까지, 리프트홀드에서 아마로스까지의 거리와 같았다. 검은 돌로 이루어진 세 개의 탑. 정삼각형의 각 꼭짓점을 이루는 위치였다. 그렇게 위치를 잡은 것도 주문의 일부일 것이다.

케이올은 술잔 가장자리를 손가락 끝으로 문질렀다. 그는 도리언을 위험에서 구하겠다고, 그를 안전하게 지키겠다고 맹세했다. 아직까지는 어떤 가설도 시험해볼 방법이 없었다. 시계탑에서 열 걸음 안쪽으로는 다가가고 싶지도 않았다. 하지만 소규모라면 가설을 시험해볼 수도 있을 것이다. 왕이 무슨 일을 했는지 알아낼 수만 있다면. 그렇다는 건…… 도리언이 필요하다는 얘기였다.

37

 마논이 열세 마녀단을 이끌고 훈련에 돌입한 지 두 주가 지났다. 그동안 해 뜨기 전에 일어나 각 협곡을 날아다니며 한 팀으로 움직이기 위한 훈련을 거듭했다. 그러다보니 여기저기 긁히고 삐기 일쑤였고, 실수로 추락하거나 와이번들끼리 싸움이 붙거나 혹은 멍청하게 잘못 계산한 탓에 죽을 뻔하기도 했다.
 그래도 천천히 본능적으로 감을 익혀나갔다. 전투 부대로서 일사불란하게 움직이는 동시에 개별 기수로서도 역량을 키웠다. 마논은 와이번들에게 산 안쪽에서 기른 냄새 나는 고기를 먹이고 싶지 않아서 하루에 두 번씩 데리고 나가 산양을 사냥했다. 허공을 날다가 급강하해 산비탈에서 산양을 잡아채는 식이었다. 얼마 안 가서 마녀들도 산양을 먹기 시작했다. 산길에 대충 불을 피우고 아침과 저녁 식사를 요리해 먹었다. 마논은 기수들은 물론이고 와이번들에게도 아달렌 왕의 군인들이 제공하는 음식을 먹이고 싶지 않았고, 군인들을 잡아먹게 만들고 싶지도 않았다. 냄새며 맛이 이상하다는 건 뭔가 잘못됐다는 얘기였다.

신선한 고기를 먹어서인지 추가로 훈련을 해서인지 몰라도 열세 마녀단은 다른 마녀단들을 능가하기 시작했다. 그 무렵 마논은 엘로 레그스 마녀들이 그들의 훈련을 지켜보려 모이면 훈련을 잠시 중단하라고 열세 마녀단에 지시를 내렸다.

아브락소스는 여전히 문제였다. 아직까지는 아브락소스를 데리고 협곡 횡단을 감행할 수 없었다. 날개가 약간은 튼실해졌지만 크게 나아지지 않았다. 좁은 구역을 급강하해서 날 수 있을 정도가 아니었다. 밤마다 열세 마녀단원들을 방으로 불러 모아 비행에 관한 의견을 교환하면서 마논은 아브락소스의 날개 문제를 줄곧 고민했다. 단원들은 와이번들에게 도열과 이류를 비롯한 화려한 동작을 어떤 식으로 가르쳤는지 설명하면서 반짝이는 쇠 손톱으로 허공에 그림을 그렸다.

다들 흥분되면서도 지쳐갔다. 고상 떠는 게 특기인 블루블러드 마녀들도 참을성이 거의 바닥나서 툭하면 마녀들끼리 싸움이 붙어, 마논이 열 번도 넘게 불려가야 했다.

마논은 쉬는 시간이면 아브락소스를 보러 갔다. 쇠 발톱과 이빨을 확인하고, 다들 잠든 동안 데리고 나와 추가 훈련을 시켜주기 위해서였다. 아브락소스는 할 수 있는 한 훈련을 받아야 하는 상황이었다. 무엇보다 마논은 은빛으로 빛나는 산봉우리와 하늘에 떠 있는 별들의 강 아래서 조용히 훈련할 수 있어 밤이 좋았다. 이튿날 아침에 일어나기가 고되기는 했지만 말이다.

노여움을 살 위험을 무릅쓰고 마논은 할머니를 설득해 블랙비크 마녀들에게 이틀간의 휴가를 받아주었다. 이대로 쉴 새 없이 훈련을 하다가는 식당 한가운데서 마녀들끼리 전쟁이 날 판이다, 그렇게 되면 왕은 비행 부대를 전투에 투입하지 못하게 될 수도 있다고 설득했다.

 이틀 휴가를 받은 마녀들은 자고 먹으며 휴식을 취했다. 산 너머 남자들만이 제공해줄 수 있는 쾌락을 맛보러 가기도 하는 듯했다. 마논은 베스타와 린, 애스터린, 악마족 혼혈 쌍둥이가 몰래 다리를 건너는 모습을 보았다. 열세 마녀단원들 중 상당수가 그렇게 하는 모양이었다. 오늘도 내일도 마논은 제대로 잘 시간이 없었다. 느긋하게 음식을 먹거나 남자들과 잠자리를 즐길 수도 없었다. 아브락소스를 데리고 룬 산지로 가볼 생각이었다.

 아브락소스는 이미 안장을 착용하고 대기 중이었다. 마논은 바람칼을 등에 단단히 묶어 차고 안장에 올라탔다. 안장 주머니가 예상외로 묵직했다. 열세 마녀단을 비롯한 다른 마녀단들에게도 이렇게 묵직한 안장 주머니를 차고 훈련을 받게 해야겠다는 생각이 들었다. 부대의 일원이 되면 다른 군인들처럼 보급품을 싣고 다녀야 한다. 미리 무거운 짐을 지고 훈련을 하다 보면 짐 없이 비행하게 됐을 때 훨씬 더 속도를 낼 수 있을 것이다.

 뒷문에 잠시 멈춰 선 마논에게 감독관이 물었다.

 "가지 말라고 해도 가시겠죠? 굳이 말하지 않아도 아실 겁니다. 상당히 위험할 수 있어요."

 "아브락소스의 날개가 약한 상태야. 지금까지 날개 강화를 위해 온갖 방법을 동원했지만 효과가 없었어. 지금으로서는 그게 날개를 강화하고 바람을 견디게 만들 수 있는 유일한 물질이야. 근처에 시장도 없으니 재료가 있는 곳으로 직접 가 봐야지."

 감독관은 회색 하늘을 올려다보며 인상을 찌푸렸다.

 "비행을 하기에는 날씨가 좋지 않습니다. 폭풍우가 몰려오겠어요."

 "오늘밖에 시간이 없어."

이 말을 하면서 문득 이렇게 폭풍우가 치는 날 열세 마녀단을 이끌고 날아올라 비행 훈련을 하면 좋겠다는 생각이 들었다. 궂은 날씨에 대비한 훈련으로 말이다.

"조심하세요. 그들이 제시하는 거래 조건에 대해서도 잘 생각해서 대응하십시오."

"내가 댁의 조언을 필요로 했으면 미리 요구했겠지."

마논은 이렇게 말했지만 감독관의 말이 옳다는 걸 알고 있었다.

마논은 아브락소스를 데리고 뒷문을 나가 늘 이륙하던 지점에 가 섰다. 오늘과 내일 장거리 비행을 해야 했다. 룬 산지 끄트머리까지 갔다 오는 여정이었다. 가서 거미 비단실을 찾아야 했다. 그러려면 말처럼 크고 독처럼 치명적인 전설 속 스티지언 거미들을 만나야 했다.

마논과 아브락소스는 룬 산지의 울퉁불퉁한 바위지대 최서단을 중심으로 허공에서 맴을 돌았다. 얼음장처럼 차가운 비가 얼굴을 때리고 겹겹이 입은 옷 속으로 스며들었다. 산기슭의 안개가 그 아래 들쭉날쭉한 회백색 미로를 베일처럼 덮어 가린 모습이었다.

솟구치는 바람과 번개의 영향을 온몸으로 받으며 마논은 눈에 보이는 유일한 공터로 아브락소스를 착륙시켰다. 폭풍우가 지나갈 때까지 기다렸다가 다시 이륙해 거미들을 찾아볼 심산이었다. 뼈라도 보이면 거미들이 어디 있는지 단서라도 찾을 수 있을 듯했다.

하지만 폭풍우는 계속 이어졌다. 마논과 아브락소스는 자그마한 절벽 측면에 몸을 바짝 붙였지만 바람과 비를 피할 수가 없었다. 차라리 눈을 맞는 게 낫겠다는 생각이 들 정도로 빗방울은 몹시 차가웠다. 바람이 몹시 불어 모닥불을 피울 엄두도 낼 수 없었다.

폭풍우 덕분에 날이 빨리 어두워졌다. 마논은 쇠 이빨이 위아래로 딱딱 부딪치며 입술을 찌르지 않도록 안으로 집어넣어야 했다. 머리에 내려쓴 두건은 흠뻑 젖어 눈으로 물을 뚝뚝 떨어뜨리고 있으니 쓰고 있으나 마나였다. 아브락소스도 폭풍우를 피해 몸을 공처럼 말고 웅크렸다.

오늘 같은 날 여기 오다니 어리석고 끔찍한 생각이었다. 마논은 안장주머니에서 산양 다리 한 짝을 꺼내 아브락소스에게 던져주었다. 아브락소스는 말고 있던 몸을 약간 펼치고 산양 다리를 우적우적 씹어 먹다가 다시 쏟아지는 빗물을 피해 웅크렸다. 마논은 젖은 빵과 딱딱하게 언 사과를 씹어 삼키고 치즈를 약간 뜯어 먹으며 멍청한 짓을 한 자신에게 욕을 퍼부었다.

그래도 시도해볼 가치는 있었다. 열세 마녀단이 승리를 하고 비행지도팀이 될 수 있다면 폭풍우 속에서 하룻밤을 건디는 것쯤은 아무것도 아니었다. 마논은 이보다 훨씬 안 좋은 일도 겪어봤다. 겨우 옷 몇 겹 입은 채로, 눈 내린 산길에서 옴짝달싹 못 하고 굶으면서 버틴 적도 있었다. 이튿날 아침 마녀 몇몇은 깨어나지 못할 정도로 지독했던 폭풍우에서도 살아남았다. 그래도 여전히 비보다는 눈이 낫다는 생각이었다.

저 아래 펼쳐진 바위 미로를 내려다보았다. 그곳에서 여기를 올려다보는 시선이 느껴졌다. 그것들은 쳐다보기만 할 뿐 감히 가까이 다가오지는 못했다. 시간이 지나자 마논은 아브락소스처럼 웅크리고 누웠다. 머리와 가슴을 절벽 면 쪽으로 향하고 두 팔을 바짝 당겨 모았다.

다행히 밤에는 비가 그쳤다. 계속해서 그들을 때리던 바람도 방향을 바꿨다. 그때부터는 좀더 편하게 잘 수 있었다. 여전히 춥기는 마찬가지였지만 아까보다는 나았다. 그나마 약간의 온기가 있고 건조해져서 죽거나 병들지 않고 버텨낸 것 같았다. 깜빡 잠들었다가 동터오는 하늘의 흐릿한 회색빛에 잠이 깼다.

눈을 뜨고 보니 그림자 속이었다. 건조하고 따뜻한 그림자. 아브락소스의 커다란 날개가 마논을 추위로부터 보호해주고 있었다. 아브락소스가 날개 안으로 불어 넣는 뜨끈한 입김 덕분에 날개 안쪽은 마치 작은 용광로처럼 뜨끈했다. 아브락소스는 여전히 깊이 잠들어 있었다.

마논은 아브락소스가 깨기 전에 날개 위에 묻은 크리스털 같은 얼음 덩어리들을 살살 털어주었다.

폭풍우가 물러가고 하늘은 쨍한 파란색으로 물들었다. 아브락소스를 타고 날아올라 룬 산지 서쪽 바위 지대를 한 바퀴 돌던 마논은 드디어 찾고 있던 것을 발견한 듯했다. 뼈는 아니고, 애도 중인 미망인의 베일 같은 흐릿한 회색 거미줄로 뒤덮인 나무들이었다. 그런데 아브락소스가 고도를 낮춰 나무 위를 활강하는 동안 자세히 내려다보니 거미 비단실이 아니라 평범한 거미줄이었다.

하지만 숲 전체가 거미줄로 뒤덮인 풍경을 평범하다고 말할 수 있을까. 아브락소스는 저 아래 무언가를 향해 한 번씩 으르렁댔다. 마논의 눈에는 보이지 않는 그림자나 어떤 속삭임 때문일 수도 있었다. 나뭇가지를 기어 다니는 각양각색의 거미들은 마논의 눈에도 보였다. 그 거미들은 거대한 집단의 보호 아래 목숨을 이어가고자 여기로 죄다 모여든 것도 같았다.

베일처럼 거미줄로 뒤덮인 숲 위에서 아침나절 내내 정지 비행을 하며 그들이 찾아낸 것은 잿빛 동굴들이었다. 숲 여기저기에 흩어진 뼈들이 보였다. 몇 바퀴 더 돌고 난 후 마논은 아브락소스에게 동굴 입구의 튀어 온 바위에 내려서게 했다. 그들 뒤로는 절벽 면 아래 말라붙은 협곡이 펼쳐져 있었다.

아브락소스는 동굴 안쪽을 주시하면서 꼬리를 좌우로 흔들며 퓨마처럼 서성였다. 마논은 절벽 끝을 가리키며 말했다.

"됐으니까 그만 서성대고 앉아. 우리가 여기 왜 왔는지 알잖아. 망치지 말고 가만히 있어."

아브락소스가 콧김을 훅 뿜으며 바닥에 털썩 앉자 부연 먼지가 허공에 흩날렸다. 아브락소스는 절벽 가장자리 너머로 긴 꼬리를 늘어뜨리고 앉아 마논이 자칫 절벽 너머로 떨어지지 않도록 몸으로 막았다. 마논이 아브락소스를 바라보고 있는데 동굴 입구에서 이 세상의 것 같지 않은 여성의 웃음소리가 흘러나왔다.

"오랜 세월 동안 본 적 없는 새로운 짐승이구나."

마논은 무표정을 유지했다. 햇빛이 밝아서, 동굴 입구 안쪽에 어렴풋이 나타난 고대 존재의 무자비한 눈이 분명히 보였다. 그 뒤에는 거대한 그림자 세 개가 도사리고 있었다. 집게발로 바닥을 두드리는 듯한 소리가 나고 목소리가 조금 더 가까이에서 들렸다.

"우리가 아이언티스 마녀를 상대하는 것도 정말 오랜만이야."

마논은 바람칼에 손댈 생각도 하지 않았다.

"세상이 변하고 있습니다, 자매여."

모습을 드러낸 여자 거미가 말했다.

"자매라. 너와 내가 자매이긴 하지. 검은 동전의 양면이고, 어둠의 창조주가 만들어낸 피조물이기도 하니까. 육신은 아니지만 영혼의 자매인 것은 맞겠구나."

햇빛을 향해 나온 거미의 옆으로 순례에 나선 유령 같은 부연 안개가 쓸려나갔다. 온통 검은색과 회색인 그 거미는 몸집만으로도 압도적이라 마논은 입안이 바짝 마를 지경이었다. 거대한 몸집에 어울리지 않게도 꽤 우아한 모습이었다. 길고 매끈한 다리, 유선형으로 반짝이는 몸. 근사했다.

아브락소스가 나지막하게 으르렁대자 마논은 조용히 하라는 뜻으로 손을 뻗었다.

"블루블러드 자매들이 왜 당신을 숭배하는지 이제 알겠습니다."

"요즘도 숭배한다고?" 이 말을 한 거미는 한 자리에서 꼼짝하지 않았고 그 뒤로 다른 세 마리가 조용히 주시하며 가까이 다가왔다. "블루블러드 여사제들이 우리가 사는 작은 언덕에 마지막으로 제물을 바친 때가 언제인지 기억도 가물가물한데. 그들이 그립구나."

마논은 긴장한 얼굴로 미소 지었다.

"이쪽으로 몇몇 보내야겠다는 생각이 드네요."

거미는 조그맣고 사악하게 웃었다.

"역시 블랙비크답네." 여덟 개의 커다란 눈알들이 마논을 주시하며 샅샅이 살폈다. "네 머리카락이 우리가 만드는 비단실 비슷하구나."

"칭찬에 몸 둘 바를 모르겠습니다."

"네 이름을 말해라, 블랙비크 마녀."

"제 이름 따위는 중요치 않습니다. 그저 흥정을 하러 왔을 뿐입니다."

"블랙비크 마녀가 우리의 귀중한 비단실로 뭘 하려는 걸까?"

마논은 바짝 경계 중인 아브락소스를 힐끗 돌아보았다. 아브락소스는 코끝부터 쇠 돌기를 박은 꼬리까지 바짝 긴장한 채 거대한 거미를 주시하고 있었다.

"이 짐승의 날개를 강화하는 데 쓰려고 합니다. 거미 비단실이 워낙 유명하니 도움이 되지 않을까 해서요."

"우리가 상인과 도둑, 왕에게 판 비단실은 직물로 자아서 드레스나 베일, 돛을 만드는 데 쓰이지. 날개에는 써본 적이 없어."

"저는 짜놓은 비단 옷감으로 10야드 사겠습니다."

거미는 한층 더 잠잠해진 모습이었다.

"인간들은 1야드를 사려고 목숨까지 바쳐."

"가격을 말씀해주세요."

"10야드면……" 거미는 뒤에 서 있는 세 마리를 돌아보았다. 새끼인지 하인인지 호위인지 마논은 알 수 없었다. "한 필 가지고 와. 가격을 붙이기 전에 살펴보게."

잘됐다. 생각한 대로 진행되는 분위기였다. 세 마리가 동굴 안으로 후다닥 들어가고 정적이 흘렀다. 마논은 장화를 타고 기어오르는 조그마한 거미들을 발로 걷어차지 않으려 애써 참았다. 협곡 너머 근처 동굴에서 내다보는 눈들과도 시선을 마주치지 않으려 조심했다.

"지금 그 짐승과는 어떻게 만나게 됐지, 블랙비크 마녀?"

"아달렌의 왕이 내려준 선물입니다. 저희는 지금 그 왕의 일을 돕고 있습니다. 왕이 맡긴 일을 끝마치고 나면 와이번들을 저희의 고향인 황무지로 데려갈 겁니다. 가서 저희의 왕국을 되찾아야죠."

"아. 저주는 풀렸나?"

"아직요. 하지만 저주를 풀 수 있는 크로컨 마녀를 찾아내면……."

마논은 크로컨들이 피 흘리는 꼴을 보며 즐거워할 것이다.

"더럽게 지독한 저주야. 너희가 차지한 땅을 교활한 크로컨들이 쓰지도 못하게 저주를 걸어놨으니. 요즘 황무지에 가본 적 있나?"

"아뇨. 저희 고향에는 한 번도 안 가봤습니다."

"몇 년 전에 들른 상인에게 들었는데 황무지에서 어떤 인간이 제왕 노릇을 하고 있다고 했어. 그리고 얼마 전 바람결에 들려온 소식에 따르면 포도주 빛 머리카락을 가진 젊은 여자가 그 제왕을 밀어내고 스스로 여제라 부르면서 그곳을 차지했다던데."

마논은 화가 치밀었다. 황무지의 여제라. 반드시 황무지로 돌아가 직접 그 땅을 보고 냄새 맡고 길들지 않은 아름다움을 볼 것이다. 그리고 제일 먼저 그 여제라는 년을 찾아 죽일 것이다.

거미가 계속해서 말했다.

"황무지는 참 묘한 땅이야. 그곳에서 온 상인은 원래 형태 변환자였어. 너희 필멸의 존재들과 마찬가지로 그도 어느 날 능력을 잃었지. 다행히 인간의 몸일 때 능력을 잃어 그 형태를 유지하게 됐지만. 그는 비단을 사려고 수명 20년 어치를 나한테 팔았는데, 그때 자기 능력 중 일부가 나한테 넘어온 걸 깨닫지 못했어. 물론 난 그 능력을 갖고만 있을 뿐 쓰지는 못해. 그래도 어떤 기분일지 궁금해. 너희처럼 예쁜 눈으로 세상을 보게 되면, 인간 남자를 만지게 되면 기분이 어떨까."

마논은 목덜미의 털끝이 쭈뼛 섰다.

"가져왔구나." 세 마리가 빛과 휘황한 색깔의 강물 같은 비단을 펄럭이며 가져오자 거미가 말했다. 마논은 놀라 숨이 막힐 지경이었다. "아름답지? 내가 자아낸 최고급 직물이거든."

"대단합니다. 가격은요?"

거미는 마논을 한참 바라보았다.

"오랫동안 살아온 마녀에게 어떤 대가를 요구해야 할까? 수명 20년 따위는 너에게 별것도 아닐 테지. 마법력을 갖고 있을 때도 평범한 인간 여자처럼 나이를 먹기는 했지만 말이야. 그리고 네 꿈은…… 참으로 어둡고 끔찍할 거야. 별로 맛있을 것 같지가 않아…… 그 꿈은." 거미는 한 발 더 다가왔다. "하지만 네 얼굴은 어떨까? 네 아름다움을 내가 갖는다면?"

"당신이 제 얼굴을 가져가시면 저는 여길 떠나지도 못할 텐데요."

거미가 깔깔 웃었다.

"아, 네 얼굴을 뜯어 가지겠단 소리가 아니야. 네 피부색, 불에 탄 금 같은 눈동자 색깔, 빛을 받으면 하얀 눈 위의 달빛처럼 빛나는 네 머리카락 색깔을 갖고 싶은 거야. 왕의 마음까지 훔칠 수 있는 아름다움이거든. 언젠가 마법이 돌아오게 되면 내가 쓸 여자 몸에 적용할 거야. 그걸로 내 왕의 마음을 얻어야지."

마논은 아름다움이 무기가 될 수 있음을 알지만 딱히 아름다움을 움켜쥐고 싶은 마음은 없었다. 하지만 그런 속내를 군이 입 밖에 내지는 않았다. 흥정 없이 냉큼 줘버릴 생각도 없었다.

"비단부터 살펴보고 싶습니다."

"견본을 잘라줘라."

거미가 명령하자 뒤에 있던 세 마리가 비단 필을 바닥에 내려놓고 정사각형으로 견본을 잘라냈다. 인간들은 저것보다 훨씬 적은 양의 비단을 이 거미한테서 사기 위해 살인도 불사하는데, 저것들은 평범한 울 직물 자르듯 슥슥 자르고 있었다. 마논은 견본을 내민 거미의 큼직한 집게발을 신경 쓰지 않으려 애쓰면서 절벽 쪽으로 걸어갔다.

아브락소스의 꼬리 너머로 비단 견본을 쭉 뻗어 햇빛에 비춰보았다.
어둑한 곳이지만 빛을 받자 영롱하게 반짝거렸다. 잡아 당겨보니 신축성이 있으면서도 강철처럼 튼튼했다. 말도 안 되게 가볍기도 했다. 하지만……

"여기 결함이 좀 있는데요…… 비슷한 손상이 있는지 더 살펴봐도 될까요?"

거미는 씩씩대며 마논 쪽으로 성큼성큼 다가왔다. 아브락소스가 경고의 뜻으로 으르렁대자 거미는 우뚝 멈춰 섰고, 나머지 세 마리가 그 뒤로 다가와 섰다. 호위가 맞는 듯했다. 마논은 햇빛을 향해 견본을 들어 올리고는 줄무늬를 손으로 가리키며 말했다.

"이런 거요."

"그건 결함이 아니야."

아브락소스가 꼬리로 마논을 감싸며 제 몸통 쪽으로 끌어당겼다. 거미들이 다가서지 못하게 방패처럼 막은 것이다.

마논은 해를 향해 견본을 더 높이 치켜들며 말했다.

"좀더 환하게 해서 보면 보여요. 이런 이류 직물에 제 미모를 팔아넘길 거라 생각했어요?"

"이류라니!" 거미는 분노했다. 아브락소스는 마논을 꼬리로 더 단단히 감았다.

"제가 실수한 거 같네요." 마논은 미소를 지으며 두 팔을 내렸다. "오늘은 아무래도 흥정할 기분이 아니에요."

절벽 끄트머리 쪽에 나란히 서 있던 거미들을 아브락소스가 꼬리를 채찍처럼 펼쳐 단번에 후려쳤다.

거미들은 비명을 지르며 저 아래 협곡으로 떨어졌다. 마논은 곧장 남아 있는 비단 본품을 빈 안장주머니에 집어넣었다. 그리고 계획대로 동굴 앞 절벽 끄트머리를 이륙 발판 삼아, 아브락소스를 타고 날아올랐다. 바보 같은 고대 괴물들을 완벽하게 속여 넘겼다.

38

 감독관은 거미 비단을 아브락소스의 날개에 신중하게 붙였다. 마논은 30센티미터가량의 거미 비단을 감독관에게 수고비로 떼어주었다. 비단이 꽤 많이 남았는데 아브락소스의 날개에 붙인 비단이 마모될 때를 대비해 나머지는 짐 가방 바닥 안쪽의 비밀 공간에 보관해두었다. 마논은 아브락소스와 어딜 다녀왔는지, 어째서 아브락소스의 날개가 특이한 빛을 내는지 아무에게도 말하지 않았다. 마논이 위험을 무릅쓰고 가서 거미 비단을 구해온 게 알려지면 애스터린은 마논을 죽이려고 달려들 것이고, 할머니는 마논의 곁을 제대로 지키지 못했다며 애스터린을 죽이려 할 것이다. 마논은 제2지휘관을 애스터린이 아닌 다른 마녀로 교체하고 싶지도, 열세 마녀단에 새로운 단원을 들이고 싶지도 않았다.
 아브락소스의 날개를 치료한 후 마논은 협곡 횡단을 시도하기 위해 노던팽의 입구로 아브락소스를 데려갔다. 전에는 날개가 너무 약해서 급강하를 해볼 엄두도 내지 못했지만 이제 비단으로 강화 처리를 했으니 훨씬 좋은 결과를 얻을 수 있을 터였다.

하지만 여전히 위험 요소는 남아 있어서 애스터린과 소렐이 각자 와이번을 타고 마논 뒤에서 대기 중이었다. 그들은 아브락소스의 날개가 버텨내지 못해 위로 차고 올라오지 못할 경우 마논에게 아브락소스의 등에서 뛰어내리라고 했다. 아브락소스는 떨어져 죽더라도 애스터린과 소렐의 와이번이 마논을 낚아채 구하겠다는 계획이었다.

마논은 그 계획이 그다지 달갑지 않았지만, 받아들이지 않으면 애스터린과 소렐은 끝까지 반대하고 나설 기세였다. 마논은 블랙비크 가문의 후계자지만 두 지휘관은 마논이 제대로 된 예방책 없이 협곡 횡단을 하게 두느니 어느 와이번 우리에 가둬버리고도 남을 것이다. 마논은 그들에게 쓸데없는 생각이나 하고 있다며 매질을 할 수도 있었지만 그들의 입장을 이해했다. 위험을 막기 위한 영리한 계획이기도 했다. 어느 때보다 긴장감이 팽팽하게 감돌았다. 협곡 횡단 중에 옐로레그스 가문의 후계자가 아브락소스를 겁먹게 만들 가능성도 있었다.

마논은 제2지휘관과 제3지휘관에게 고개를 끄덕여 준비됐음을 알린 뒤 아브락소스에게 다가갔다. 그다지 많은 이들이 모여 있지는 않았지만 전망대에서 싱긋거리고 있는 이스크라의 모습이 보였다. 마논은 등자와 안장, 고삐를 한 번 더 확인했다. 아브락소스는 긴장했는지 한 번씩 으르렁거렸다.

"가보자."

마논은 아브락소스에게 말했다. 등에 올라타기 위해 고삐를 잡고 아브락소스를 약간 앞으로 잡아끌었다. 앞쪽에는 도약을 위해 뛰어갈 공간이 충분했다. 날개도 강화했으니 잘할 수 있을 것이다. 급강하와 급상승 연습도 미리 해두었다. 하지만 아브락소스는 꿈쩍도 하지 않으려 했다.

"가자니까."

마논은 날카롭게 말하며 아브락소스를 잡아당겼다.

아브락소스는 한쪽 눈으로 마논을 보며 그르릉거렸다. 마논은 아브락소스의 뺨을 가볍게 치며 재촉했다.

"어서."

아브락소스는 뒷다리를 굽히며 날개를 바짝 움츠렸다.

"아브락소스."

아브락소스는 협곡을 쓱 쳐다보더니 마논을 돌아보았다. 눈을 희번덕거리는 게 겁을 집어먹은 듯했다. 쓸모없고 멍청한 겁쟁이 짐승 같으니라고.

"작작해." 마논은 안장에 올라타려고 아브락소스에게 다가갔다. "네 날개는 이제 멀쩡해."

마논이 엉덩이 쪽으로 올라가려 하자 아브락소스는 뒷걸음질을 쳤다. 발로 바닥을 쿵쿵 내리찍는 바람에 땅이 흔들릴 지경이었다. 마논 뒤에서 애스터린과 소렐이 각자의 와이번에게 나지막하게 지시를 내렸다. 그 와이번들은 덩달아 뒤로 물러나면서 아브락소스에게, 그리고 서로에게 하악거렸다.

전망대에서 나지막한 웃음소리가 들려왔다. 마논은 쇠 이빨을 내려쓰면서 다시 안장 쪽으로 다가갔다.

"아브락소스. 이리 와."

하지만 끝내 뒷걸음질을 친 아브락소스는 벽에 부딪히자 바닥에 주저앉아 웅크렸다.

군인 하나가 채찍을 가져오자 마논은 손을 들어 저지하고는 쇠 손톱을 내보이며 군인에게 경고했다.

"더 다가오지 마."

채찍질은 아브락소스를 더욱 통제하기 어렵게 만들 뿐이었다. 마논은 아브락소스를 돌아보고는 협곡을 가리키며 날카롭게 지시했다. "이 썩어빠진 놈아. 네 자리로 가서 서." 아브락소스는 마논의 눈을 마주보면서도 아까 서 있던 자리로 돌아가려 하지 않았다. "네 자리로 가라고, 아브락소스!"

애스터린이 조용히 말했다.

"단장님 말을 못 알아들을 겁니다."

"알아들어······." 마논은 입을 닫았다. 본인이 생각한 가설에 대해 아직 단원들에게는 말하지 않았다. 마논은 아브락소스를 돌아보며 협박했다. "나를 안장에 태우고 이륙을 안 하면 널 이 망할 산에서 제일 어둡고 비좁은 구덩이에 계속 가둬놓을 줄 알아."

아브락소스가 이빨을 드러내며 하악거리자 마논도 쇠 이빨을 드러냈다. 둘의 눈싸움이 1분가량 지속됐다. 마논은 창피하기도 하고 분노도 치밀어 올랐다.

"그래, 알았어." 도저히 안 될 것 같자 마논은 돌아섰다. 쓸데없이 시간 낭비만 했다. 마논은 감독관에게 지시했다. "제일 상태가 엿 같은 곳에 가둬놔. 협곡 비행을 하겠다고 할 때까지 내보내지 마."

감독관은 입을 딱 벌리고 쳐다만 보았다. 마논은 애스터린과 소렐에게 손가락을 튕겨 와이번에서 내리라고 신호를 주었다. 이렇게 끝이 났으니 할머니나 옐로레그스 마녀들이나 특히 지금 이미 구덩이 바닥으로 내려와 걸어오고 있는 이스크라의 입에서 무슨 말이 나올지 듣고 싶지도 않았다.

이스크라가 이죽거렸다.

"계속 여기 있지 그래, 마논? 네 와이번에게 어떻게 해야 하는지 가르쳐줄 테니까 잘 봐."

"그냥 가세요."

소렐이 조용히 마논에게 말했다. 마논도 지금 이스크라와 시비를 붙고 싶은 생각 따윈 없었다.

"다들 하는 얘기가 와이번이 문제가 아니라 기수가 문제라더라고."

이스크라는 모두에게 들으라는 듯 크게 말했다. 마논은 돌아서지 않았다. 군인들이 우리 안쪽에 처박아두려고 아브락소스를 문 너머로 다시 데려가는 모습도 보고 싶지 않았다. 어리석고 쓸모없는 와이번 같으니라고.

이스크라가 친절하게 가르침이라도 주듯 이죽거렸다.

"일단 당신 와이번은 교육을 좀 받아야 돼."

"어서 가시죠."

소렐은 마논의 옆에 바짝 붙어 문 쪽으로 밀고 갔다. 애스터린은 바로 뒤에서 따라오며 마논의 뒤를 지켰다.

이스크라가 누군가에게 소리쳤다.

"그거 이리 내. 이 새끼는 제대로 족쳐야 돼."

마논 일행 뒤에서 채찍 내려치는 소리에 이어 고통과 두려움에 찬 울부짖음이 들려왔다.

마논은 우뚝 멈춰 섰다.

아브락소스는 벽에 바짝 붙어 몸을 웅크렸다.

그 앞에 선 이스크라는 방금 아브락소스의 눈을 아슬아슬하게 비껴가 얼굴을 후려친, 피 묻은 채찍을 손에 들었다. 이스크라는 번뜩이는 쇠 이빨을 드러내고 마논을 쳐다보며 싱긋 웃고는 다시 채찍을 들어 올렸다가 앞으로 뻗었다. 아브락소스가 비명을 질렀다.

애스터린과 소렐이 차마 말릴 새도 없이 마논은 그대로 달려가 이스크라를 들이받았다.

둘은 이빨과 손톱을 내놓고 흙바닥을 구르며 치고받고 물어뜯었다. 분노한 마논의 입에서는 이 훈련장이 떠나갈 정도로 큰 고함이 터져 나왔다. 다음 순간 이스크라에게 배를 걷어차인 마논은 폐에서 공기가 쭉 빠져나갔다.

바닥에 쓰러진 마논은 한 입 가득 푸른 피를 뱉어내고는 곧 다시 일어섰다. 옐로레그스 후계자는 쇠 손톱을 내리덮은 손으로 마논에게 일격을 가했다. 제대로 맞았으면 살에 뼈까지 잘릴 수도 있었다. 마논은 경비병 옆으로 몸을 피했다가 이스크라를 밀어붙여 단단한 돌바닥에 쓰러뜨렸다.

마녀들이 몰려들어 고함을 치는 가운데 이스크라가 신음을 흘렸다. 마논은 이스크라의 얼굴을 주먹으로 내리찍었다.

손가락 관절이 얼얼할 정도로 연달아 주먹을 날리면서도 마논의 눈에는 채찍과 아브락소스의 눈에 담긴 고통, 두려움이 줄곧 어른거렸다. 몸에 올라탄 마논을 떨쳐내려 허우적대던 이스크라가 마논의 얼굴로 손을 뻗었다. 마논은 뒤로 몸을 젖혔지만 상대의 손톱이 목을 할퀴고 내려왔다. 마논은 피부가 찢어져 따끔거리고 뜨끈한 피가 흐르는데도 아무 느낌이 없었다. 그대로 이스크라의 가슴팍을 무릎으로 더욱 세게 찍어 누르며 주먹질을 해댈 뿐이었다.

찌릿하게 아픈 주먹을 다시 위로 올리는데 여러 손들이 마논의 손목과 팔을 잡고 뒤로 끌어당겼다. 마논은 그들에게서 놓여나려 몸부림을 쳤다. 입에서는 끝도 없는 괴성이 터져 나왔다.

"마논 단장님!"

소렐이 마논의 귀에 대고 고함을 치면서 쇠 손톱으로 그녀의 어깨를 꽉 잡았다. 상처가 날 정도로 세게는 아니지만 마논이 정신을 차릴 정도는 되었다. 구덩이와 전망대에서 다른 마녀들이 입을 딱 벌린 채 그들을 바라보고 있었다. 애스터린이 칼을 빼 들고 마논과 이스크라 사이를 막아섰다.

피떡이 되고 퉁퉁 부은 얼굴로 쓰러진 이스크라를 보호하려 이스크라의 제2지휘관도 칼을 빼들고 애스터린을 마주 보았다.

소렐은 마논의 어깨를 잡은 손톱 끝에 힘을 주며 말했다.

"녀석은 괜찮습니다. 아브락소스는 무사해요. 보세요. 멀쩡합니다."

코피로 콧구멍이 막혀 입으로 숨을 쉬면서 마논은 아브락소스를 돌아보았다. 녀석은 몸을 웅크린 채 휘둥그렇게 뜬 눈으로 마논을 바라보고 있었다. 녀석의 얼굴에 난 채찍 상처에는 이미 피가 엉겨 붙었다.

이스크라는 마논이 내던진 곳에서 옴짝달싹하지 않고 있었다. 애스터린과 이스크라의 제2지휘관은 으르렁대면서 한 판 붙을 분위기였다. 그들이 칼을 들고 싸우게 되면 이 산을 찢어놓을 정도로 판이 커지게 될 것이다.

이 정도면 됐다.

마논은 어깨를 잡은 소렐의 손을 떨쳐냈다. 다들 죽은 듯이 입을 닫고 바라보는 가운데 마논은 피 묻은 코와 입을 손등으로 쓱 닦았다. 바닥에 쓰러진 이스크라는 짓이겨진 코에서 찢어진 입술로 피를 줄줄 흘리면서 으르렁댔다.

마논이 말했다.

"한 번 더 아브락소스에게 손대면 네년의 골수를 빨아먹을 줄 알아."

◈◆◈

옐로레그스 후계자 이스크라는 그날 밤 식당에서 제 어미에게 뺨을 맞았고, 아브락소스에게 상처를 입힌 것에 대한 벌로 채찍질도 두 번 당했다. 이스크라의 모친은 마논에게 직접 이스크라를 때리라고 했지만 마논은 관심 없는 척 거절했다. 실은 팔이 너무 뻣뻣하고 아파서 채찍으로 제대로 때릴 수 없을 것 같아 거절한 것이었다.

이튿날 마논은 애스터린을 거느리고 아브락소스의 우리를 찾아갔다. 그런데 빨간 머리 제2지휘관을 대동한 블루블러드 후계자 페트라가 계단 입구에 서 있었다. 여전히 부은 얼굴과 시커멓게 멍든 눈을 한 마논은 페트라에게 짧게 목례를 했다. 이 아래 다른 우리들이 있기는 하지만 다른 마녀들, 특히 다른 가문의 후계자들과 평소에 이렇게 마주칠 일은 거의 없었다.

페트라는 입구의 빗장 앞에 서 있었고 페트라의 제2지휘관은 산양의 다리를 들고 있었다.

"어제 싸움이 꽤 볼 만했다고 들었어." 페트라는 마논과 열린 우리의 문에서 약간 거리를 두고 서서 약간 미소를 지었다. "이스크라의 몰골이 더 안 좋네."

마논은 아무렇지 않은 듯 눈썹을 위로 치켜떴다. 그런 표정을 지었더니 얼굴이 욱신거렸다.

페트라가 제2지휘관에게 손을 내밀자 그 마녀는 들고 있던 산양 다리를 건넸다.

"당신이 거느린 열세 마녀단과 소속 와이번들은 직접 잡은 고기만 먹는다며. 오늘 아침에 비행을 나갔다가 내 와이번 킬리가 잡은 산양이야. 킬리가 아브락소스와 나눠 먹고 싶다고 해서 가져왔어."

"경쟁 관계에 있는 마녀 가문이 주는 고기는 안 받아."

"우리가 경쟁자라고? 아달렌 왕이 우리더러 다시 한 깃발 아래서 비행하라고 설득했잖아."

마논은 길게 숨을 들이마셨다.

"원하는 게 뭐야? 10분 안에 훈련하러 가야 해."

제2지휘관이 발끈했지만 페트라는 미소 지으며 말했다.

"말했잖아. 킬리가 이걸 아브락소스에게 주고 싶어 했다고."

"뭐? 와이번이 당신한테 말을 했다고?"

마논은 코웃음을 쳤다.

페트라는 고개를 갸웃했다.

"당신 와이번은 당신한테 말 안 해?"

아브락소스는 다른 마녀들을 관심 있게 쳐다보고 있었다.

"와이번들은 말 못 해."

그러자 페트라는 손으로 가슴 쪽을 가볍게 툭 치고 어깨를 으쓱하며 말했다.

"말을 안 한단 말이지?"

페트라는 산양 다리를 그 자리에 놓아두고 시끌벅적하고 어둑한 우리들이 있는 곳으로 걸어 들어갔다.

마논은 산양 다리를 잡아 휙 던져버렸다.

39

"타투하는 방법을 어쩌다 배우게 됐는지 말해봐요."

"싫어."

호수에서 괴물을 만난 다음날 밤, 로완의 방에서 나무 작업대 앞에 구부정하게 선 셀레이나는 뼈 손잡이가 붙은 문신용 바늘을 로완의 손목 위로 가져간 채 눈을 들었다.

"답하지 않으면, 실수를 해버릴지도 몰라요."

그녀는 방금 한 말을 강조하듯 그의 근육질 황갈색 팔에 문신용 바늘을 가까이 가져갔다. 놀랍게도 로완은 입으로 풋 소리를 냈는데 아마도 웃음소리인 듯했다. 그는 본인 손이 닿지 않는 팔 부위에 문신을 넣기 위해 도움을 요청했고, 셀레이나는 그걸 긍정적인 신호로 해석했다. 셀레이나가 불로 지져놓은 상처가 희미해지면서 그의 손목 부위의 문신에 색을 다시 입혀야 했다.

"누구한테 배웠어요? 제자가 스승한테 배우듯이?"

로완은 어이없다는 듯 그녀를 힐끗 쳐다보았다.

"그래, 스승과 제자 맞아. 전투 야영지에서 머물던 시절이었는데 우리 부대에 있던 한 지휘관이 자기가 죽인 적의 숫자를 본인 피부에 문신으로 새기곤 했어. 전투에 관한 이야기 전체를 새길 때도 있었지. 젊은 군인들이 전부 따라 하고 싶어 했어. 나도 그 지휘관에게 가르쳐달라고 했어."

"당신의 그 잘난 매력을 이용해서 설득했겠네요."

그 말에 그는 희미한 미소를 지었다.

"내가 말한 곳에 색깔을 집어넣기나 해." 셀레이나가 문신용 바늘과 작은 망치로 피부에 검은색을 넣자 그 부위에서 피가 새어나왔다. "잘했어. 딱 그 정도 깊이야."

상처가 빨리 낫는 불멸의 몸이라 핏속의 마법이 문신 자국을 금방 지워버릴 수 있어서 그는 소금과 쇳가루를 섞은 잉크로 문신을 새겼다.

그날 아침 눈을 뜬 셀레이나는…… 머리가 맑아진 느낌을 받았다. 슬픔과 고통은 여전히 속에 남아 꿈틀거리고 있었지만, 오랜만에 처음으로 앞을 제대로 바라볼 수 있었다. 숨도 제대로 쉬어졌다.

손이 떨리지 않게 집중하면서 작은 점을 하나둘 새겨 나갔다.

"가족 얘기 좀 해봐요."

"당신부터 하면 내 가족 얘기도 해주지."

셀레이나는 계속해서 문신을 새겼고 그는 이를 악문 채 대답했다. 그녀에게 문신용 바늘을 맡기기 전에 그는 철저하게 문신 방법을 가르쳐주었다.

"그러죠. 그런데 부모님이 살아 있기는 해요?"

그의 짝에게 생긴 일을 생각하면, 어리석고 위험한 질문이었다. 그런데 고개를 젓는 그의 얼굴에서 슬픔 따윈 보이지 않았다.

"나를 가지셨을 때 부모님은 나이가 무척 많으셨어."

아무리 그래도 인간의 관점에서 생각하는 나이는 아니었을 것이다.

"나는 두 분이 짝이 되어 사신 오랫동안 유일하게 태어난 자식이었어. 내가 스무 살이 되기도 전에 두 분 다 다음 세상으로 넘어가셨어."

셀레이나는 로완이 죽음에 대해 흥미롭고 남다르게 표현한다고 생각했다. 그가 말했다.

"당신은 형제자매가 없지?"

셀레이나는 문신 새기기에 집중하면서 가느다란 기억을 더듬었다.

"어머니는 페이족의 후손이라 임신 기간 내내 힘들어하셨어요. 출산 때는 호흡이 멈추기도 하셨죠. 어머니를 이 세상에 붙들어놓은 건 아버지의 의지였다고들 했어요. 그렇게 힘들게 아이를 낳으셨으니 그 후 다시 임신하기가 어려우셨겠죠. 그래서 난 형제자매가 없어요. 하지만……" 맙소사. 그만 입을 다물어야 했다. "…… 사촌 오빠는 있었어요. 나보다 다섯 살 많았죠. 우린 여느 형제자매처럼 툭탁거리며 싸우기도 했지만 서로를 무척 아꼈어요."

에이디언. 지난 10년 동안 그 이름을 입 밖에 낸 적이 없었다. 그 이름을 주변에서 듣거나 서류에서 본 적은 있었다. 셀레이나는 바늘과 망치를 내려놓고 손가락을 잠시 풀어주기로 했다.

"그동안 무슨 일이 있었는지 모르겠지만 사람들은 에이디언을 아달렌 왕의 군대를 이끄는 유능한 장군으로 부르기 시작했어요."

셀레이나는 에이디언을 지독하게 실망시켰다. 그러니 에이디언이 무슨 짓을 하고 산다고 해도 그를 비난하거나 혐오할 자격이 없었다. 그동안 에이디언이 북부에서 구체적으로 무슨 일을 하고 있는지 굳이 알아보려 하지 않았다. 어렸을 때 에이디언은 테라센에 지독할 정도로 충성했다. 어쩌다가 뜻을 굽히고 아달렌에 충성하게 됐는지, 어떤 일 때문에 마음이 변했는지 알고 싶지 않았다. 셀레이나가 유리성에서 에이디언과 마주치지 않은 것은 순전히 운이 좋았거나 그럴 운명이기 때문이었을 것이다. 에이디언이 셀레이나를 알아본다고 해도, 셀레이나가 무슨 짓을 하며 살았는지 안다면…… 지독한 증오가 담긴 얼굴로 셀레이나를 볼 것이다. 로완은 생각에 잠긴 척 한곳을 응시했다. 셀레이나는 얘기를 계속했다.

"온갖 일이 있은 후에 그 사촌을 대면하게 되면 참 껄끄러울 거예요……. 아달렌 왕을 대면하는 것보다 더 껄끄럽겠죠."

테라센 왕국이 무너져 폐허가 되고 테라센 사람들이 죽임을 당하거나 노예가 되는 동안 자신이 한 일을 생각하면 이제 와서 할 말도, 할 수 있는 일도 없을 듯했다.

"문신 계속해." 셀레이나가 문신 도구를 무릎에 가만히 내려놓고 있자 로완이 턱을 들며 말했다. 셀레이나가 다시 문신을 시작하자 그는 조그맣게 신음을 흘렸다. 잠시 후 그가 말했다. "당신 사촌은 당신을 죽이거나 돕거나 둘 중 하나 아닌가? 그가 거느린 군대를 동원하면 전쟁의 판도를 바꿀 수도 있을 테고."

'전쟁'이라는 말에 셀레이나는 등줄기를 타고 소름이 쫙 끼쳤다.

"사촌이 나를 어떻게 생각할지, 지금 누구에게 충성하는지는 알 수도 없고, 알고 싶지도 않아요. 영원히."

셀레이나와 에이디언은 같은 눈동자를 갖고 있지만 혈통상으로는 꽤 거리가 멀었다. 그래서인지 예전에 하인들과 궁정인들이 언젠가 갈라시니어스 가문과 애쉬리버 가문이 연합하면 유용하지 않겠냐는 얘기들을 했었다. 10년 전에도 그랬지만 지금도 웃음이 나오는 얘기였다.

"사촌이 있어요?"

"너무 많지. 모라의 피를 이어받은 후손들은 그 수가 무척 많아. 간섭하기 좋아하고 온갖 소문을 퍼뜨려대는 사촌들 때문에 도라넬을 방문할 때마다…… 짜증이 나." 셀레이나는 그 모습을 생각하며 살짝 웃었다. "당신은 내 사촌들이랑 죽이 잘 맞겠어. 특히 염탐하는 걸 좋아하니까 말이야."

셀레이나는 문신을 멈추고 이 불멸의 존재에게 조금이라도 고통을 주려 그의 손을 꽉 잡았다.

"남 얘기하듯 하시네요, 왕자님. 지금까지 살면서 나에 대해 이렇게 많은 질문을 받아본 게 처음이거든요."

그 말은 사실이 아니었다. 하지만 딱히 과장도 아니었다. 지금까지는 셀레이나에게 이런 질문들을 한 사람이 없었던 거니까. 셀레이나 역시 이런 질문에 대답할 일이 없었다.

로완은 이를 드러내며 자신의 손목을 눈짓으로 가리켰다. 셀레이나는 이를 드러낸 그의 행동이 큰 의미가 있을 거라고는 생각하지 않았다.

"서둘러, 공주. 동트기 전에 눈 좀 붙여야겠어."

셀레이나는 그의 손을 잡고 있지 않은 다른 쪽 손으로 욕을 했다. 그러자 로완은 여전히 이를 드러낸 채 그녀의 손을 와락 잡았다.

"이건 무척 여왕답지 않은 행동이야."

"내가 여왕이 아니라 다행이네요, 안 그래요?"

그는 손을 놓아주지 않았다.

"당신은 친구의 왕국을 해방시키고 세상을 구하겠다고 맹세했어. 하지만 정작 자신의 왕국을 해방시킬 생각은 안 하고 있지. 생득권을 돌려받는 걸 왜 그렇게 두려워하지? 아달렌 왕이 무섭나? 남은 가족을 대면하는 게 겁이 나?"

그는 초록색 눈동자 속에 점점이 박힌 갈색 점이 보일 정도로 얼굴을 바짝 들이댔다.

"왜 왕위를 되찾으려 하지 않는지 제대로 된 이유를 말해봐. 제대로 된 이유가 하나라도 있으면 나도 더 길게 말하지 않을 테니까."

셀레이나는 그의 눈빛과 호흡에서 진심을 느끼고 입을 열었다.

"셀레이나로서 이일웨이를 해방시키고 아달렌 왕을 죽인 뒤 떠나고 싶어서요. 왕관은…… 내게 또 다른 족쇄가 될 수 있거든요."

이기적이고 끔찍한 이유지만 사실이었다. 오래전 네히미아도 비슷한 얘기를 한 적 있었다. 왕관의 무게에 눌리지 않고 평범하게 살고 싶은 강하고 이기적인 소망을 갖고 있다고. 네히미아는 자기가 그 얘기를 할 때 셀레이나가 속으로 얼마나 깊이 공감하는지 느꼈을까?

셀레이나는 로완이 질책할 거라 생각했다. 눈빛이 이글거리는 걸 보니 곧 질책이 떨어질 것도 같았다. 하지만 그는 조용히 물었다.

"또 다른 족쇄라니, 무슨 뜻이지?"

그가 쥐고 있던 그녀의 손을 살짝 놓자 그녀의 손목에 새겨진 가느다란 실 같은 상처가 드러났다. 그의 표정이 굳어졌다. 셀레이나는 손목을 뒤로 확 당겨 그의 손에서 놓여났다.

"별 것 아니에요. 스승이었던 에로밴이 나를 훈련을 시킬 때 종종 족쇄를 씌웠어요."

에로밴은 풀어내는 방법을 가르치기 위해 셀레이나에게 족쇄를 채웠다. 하지만 엔도비어 소금 광산에서는 그녀와 같은 처지인 이들과 한 족쇄에 묶여 있어야 했다. 케이올이 풀어줄 때까지 그녀는 족쇄에서 놓여나지 못했다.

로완에게 그 시절 얘기를 하고 싶지 않았다. 분노와 증오는 대처할 수 있지만 동정은 참을 수 없었다. 그리고 케이올에 대한 얘기도 하고 싶지 않았다. 케이올이 어떻게 그녀의 마음을 보듬어주었고 다시 갈기갈기 찢어놨는지는 엔도비어 시절을 얘기하지 않고는 설명할 수가 없었다. 그리고 그 얘기를 하게 되면 언젠가, 그때가 언제가 될지 모르지만, 엔도비어로 돌아가 노예들을 해방시키겠다는 계획을 털어놓게 될 것이다. 엔도비어 소금 광산의 노예들을 한 명 한 명 전부 해방시킬 생각이었다.

셀레이나는 다시 문신을 하기 시작했다. 로완은 그녀가 절반의 진실만 털어놓았음을 알아챈 듯 표정이 줄곧 굳어 있었다.

"에로밴과는 왜 계속 같이 지냈어?"

"당시 원하는 게 두 가지였어요. 첫째, 적들을 피해 세상에서 사라지고 싶었어요. 무엇보다…… 나 자신한테서 숨고 싶었던 게 커요. 난 사라져야 한다고 굳게 믿었어요. 내가 두 번째로 원하는 게 있는데, 언젠가 그걸 이루게 되면…… 내가 상처받았던 것과 똑같은 방식으로 다른 사람들한테도 상처를 주게 돼요. 알고 보니 내가 남한테 상처 주는 짓을 무척 잘하더라고요. 에로밴이 나를 거두지 않았으면 죽든지 반역 세력의 일원이 됐겠죠. 반역 세력들과 함께 살았으면 아달렌 왕에게 발각돼 죽임을 당했을 거예요. 아니면 증오에 가득 찬 생활을 하면서 어렸을 때부터 아달렌 군인들을 죽였을 수도 있겠죠." 로완이 의외라는 듯 눈썹을 치켜뜨자 셀레이나는 혀를 찼다. "내가 당신을 만나자마자 그동안 어떻게 살아왔는지를 당신 앞에 다 풀어놓을 줄 알았어요? 당신도 나 못지않게 사연이 많을 것 같으니 그렇게 놀란 표정 지을 거 없어요. 그냥 서로를 곤죽이 될 때까지 패던 시절로 돌아가든지요."

그는 포식자처럼 눈을 빛냈다.

"아, 그건 포기해, 공주. 언제든 하고 싶은 얘길 해도 돼. 이제 예전으로는 안 돌아가."

셀레이나는 문신 도구를 다시 들어 올렸다.

"당신 친구들은 당신이 근처에만 있어도 좋아 죽는 것 같던데요."

로완은 날카로운 미소를 지으며 그녀의 턱을 손으로 잡았다. 아플 정도로 세게 잡지는 않았지만 턱을 잡혔으니 셀레이나는 그를 똑바로 쳐다볼 수밖에 없었다.

"우선, 우린 친구가 아니야. 내 밑에서 훈련을 받고 있으니, 당신은 내 명령에 따라야 해." 셀레이나가 마음에 상처를 받은 표정이었는지, 그는 그녀의 턱을 잡고 앞으로 몸을 기울이며 덧붙였다. "둘째, 우리 사이를 꼭 규정해야 할까? 난 아직도 알아가고 있는 중이야. 마음 정리를 할 수 있게 어느 정도 여유를 줄 테니까 잘 정리해봐."

셀레이나는 그를 가만히 바라보았다. 둘의 호흡이 허공에서 뒤섞였다.

"그러죠."

40

"제일 큰 소원을 말해봐."

도리언은 소르샤와 깍지를 낀 채 그녀의 머리카락에 대고 속삭였다. 굳은살이 박인 그의 손에 닿은 그녀의 황갈색 피부가 너무나 부드러워 감탄이 나올 정도였다. 게다가 산비둘기 같은 그녀의 손은 너무나도 곱고 예뻤다.

그의 가슴에 얼굴을 기댄 소르샤가 미소 지었다.

"소원 같은 거 없어요."

도리언은 그녀의 머리카락에 입을 맞췄다.

"거짓말. 넌 거짓말을 진짜 못 해."

소르샤는 그의 침실 한옆에 난 창문으로 고개를 돌렸다. 그녀의 밤색 머리카락이 아침 햇살에 반짝였다. 처음 도리언에게 입을 맞추고 2주일째 되는 날이었다. 성 사람들이 다들 모두 잠든 뒤 몰래 이 탑 방으로 올라온 지 2주일째 되는 날이기도 했다. 그들은 한 침대를 쓰고 있었지만 도리언이 바라던 방식대로는 아니었다. 그는 그녀가 이렇게 몰래 이 방을 찾아오는 것도, 다른 사람을 피해 숨는 것도 마음이 편치 않았다.

하지만 관계가 발각되면 소르샤는 치료사 자리를 박탈당하고 말 것이다. 왕세자와 함께했다는 이유만으로…… 소르샤는 온갖 고통을 겪게 될 수 있었다. 어머니부터도 소르샤를 배에 태워 어딘 멀리 보낼 방법을 찾으려 할 것이다.

도리언은 가볍게 입을 맞추며 다시 말했다.

"말해, 어서. 꼭 들어줄게."

그는 늘 연인들에게 관대한 편이었다. 예전에는 흥미를 잃은 연인이 불평을 늘어놓지 않도록 하기 위해 선물을 건넸지만 이번에는 진심으로 무언가를 주고 싶었다. 보석이나 옷 선물을 하려고 했지만 소르샤는 번번이 거절했다. 그래서 그는 구하기 어려운 약초나 책, 작업실에 필요한 특별한 장비를 선물로 건네곤 했다. 소르샤는 그것도 다 거절하려 했지만 도리언은 재빨리 키스로 입막음을 해 거절하지 못하게 했다.

"하늘에 뜬 달로 목걸이를 만들어 달라면요?"

"디에나 여신에게 달을 달라고 기도해야겠네."

소르샤는 미소 지었지만, 도리언의 얼굴에서는 웃음기가 걷혔다. 사냥의 여신 디에나. 그는 평소 셀레이나, 즉 에일린 생각을 하지 않으려 애썼다. 셀레이나든 에일린이든 생각하고 싶지 않았다. 케이올과 거짓말, 에이디언과 배신에 대한 생각도 그만하고 싶었다. 소르샤와 함께 있는 지금은 더더욱 그들을 생각하고 싶지 않았다. 셀레이나를 위해 세상을 찢어발기리라 맹세했던 적이 있었다. 지금 생각하면 멍청이가 따로 없었다. 들불을 사랑한, 아니 들불을 사랑한다고 믿었던 소년일 뿐이었다.

"도리언?"

소르샤가 몸을 뒤로 빼며 그의 얼굴을 살폈다. 예전에 케이올을 바라보는 셀레이나의 표정이 꼭 지금의 소르샤 같았다.

그는 다시 부드럽고 느긋하게 소르샤에게 입을 맞췄다. 그녀의 몸이 그에게 녹아 들었다. 그녀의 팔을 손으로 쓰다듬으며 비단처럼 매끈한 피부의 감촉을 즐겼다. 소르샤는 뒤로 몸을 빼며 말했다.

"이제 가야겠어요. 늦었어요."

그는 아쉬움에 탄식이 나왔다. 아침 식사 시간이 다 되었다. 지금 나가지 않으면 누군가의 눈에 띄고 말 것이다. 소르샤는 그의 품에서 놓여나 옷을 입었다. 도리언은 그녀의 등 뒤로 끈을 묶는 걸 도와주었다. 늘 이렇게…… 평생을 숨겨야 할까? 사랑하는 여자뿐 아니라 마법력도, 생각도…….

소르샤는 그에게 입을 맞추고는 문 앞에 서서 살짝 미소 띤 얼굴로 말했다.

"제일 큰 소원 있어요. 하루라도 좋으니 동틀 때 문밖으로 도망치지 않고 싶어요."

그가 대답하기도 전에 소르샤는 방 밖으로 나갔다.

그녀의 소원을 들어주려면 무슨 말을 하고 어떤 행동을 취해야 할지 알 수 없었다. 소르샤가 치료사로서 해야 할 일이 있듯이 도리언도 마찬가지였다.

만약 도리언이 소르샤와 함께하기 위해 이곳을 떠난다면, 아버지의 뜻을 거역하거나 마법력을 발각당하면, 동생이 왕세자가 될 것이다. 어느 날 홀린이 이 나라의 왕이 되는 걸 생각하면……. 아버지의 힘까지 등에 업은 홀린은 이 세상에 무슨 짓을 할까? 그 생각을 하면 도리언에게는 선택지가 없었다. 선택할 여유 따위는 생각도 할 수 없었다. 그는 왕좌에 매인 몸이며 죽는 날까지 놓여나지 못할 것이다.

방문을 두드리는 소리에 도리언은 소르샤가 돌아왔나 싶어 미소를 지었다. 문이 열리자 그의 얼굴에서 미소가 걷혔다.

"말씀드릴 게 있어서 왔습니다."

문지방 너머에서 케이올이 말했다. 몇 주 만에 보는 얼굴이었다. 친구 케이올은 몇 주 만에 늙고 지쳐버린 듯했다.

"아첨을 떨러 온 건 아니겠지?"

도리언은 소파에 털썩 앉았다.

"제 속을 꿰뚫어 보시잖습니까."

케이올은 등 뒤로 문을 닫고 문에 기대어 섰다.

"어디 비위를 맞춰보든가."

"죄송합니다, 저하. 생각하시는 것보다 더 죄송한 마음입니다."

"그동안 거짓말로 나와…… 그녀를 속여 온 게 미안한가? 발각되지 않았으면 미안해하지도 않았겠지?"

케이올은 어금니를 꽉 물었다. 도리언의 말이 좀 심하기는 했지만 상관없었다.

"여러모로 죄송합니다. 그동안 어떻게든 바로잡으려 애쓰고 있었습니다."

"셀레이나는? 에이디언과 협력하는 게 나를 돕는 일이야, 아니면 셀레이나를 돕는 일이야?"

"양쪽 모두에게 도움이 될 겁니다."

"아직도 셀레이나를 사랑하지?"

그걸 왜 신경 쓰는지, 왜 이제 와서 그게 중요한지 알 수 없었다.

케이올은 잠시 눈을 감고 있다가 대답했다.

"제 일부는 셀레이나를 언제까지나 사랑할 겁니다. 하지만 그녀를 이 성에서 내보내야 했습니다. 여기는 너무 위험한 곳이고 셀레이나는…… 장차……"

"셀레이나는 원래가 그런 사람이고, 늘 그런 능력을 갖고 있었어. 자네가 드디어 모든 걸 보게 된 것뿐이지. 자네가 셀레이나의 다른 면을 보게 되더라도……" 도리언은 소르샤를 만나고 나서야 이런 감정을 제대로 이해할 수 있게 됐다. "그녀의 어떤 면을 골라서 사랑할 수 있는 게 아니야." 도리언은 케이올에게 연민을 느꼈다. 친구의 처지에 가슴이 아팠다. 케이올도 지난 몇 달 동안 이런 감정을 앓고 있었을 것이다. "내 일부를 골라 받아들일 수 있는 게 아니듯이."

"저는 그런 게 아니라……."

"그런 거 맞아. 하지만 이미 그리된 걸 어쩌겠어, 케이올. 되돌릴 수는 없는 노릇이지. 과거를 아무리 바꾸고 싶어도 불가능해. 좋든 싫든 자네는 우릴 지금의 자리로 보내는 역할을 했어. 자네는 셀레이나가 자신이 누구인지 깨닫도록 이끌었고, 앞으로 어떻게 할지를 결정하게 한 거야."

"제가 이런 일이 일어나길 바랐을 것 같으십니까?" 케이올은 두 팔을 벌리며 말을 이었다. "할 수만 있다면 전부 예전으로 되돌리고 싶습니다. 셀레이나가 여왕이 될 일 없게, 저하가 마법력을 가질 일이 없게 만들고 싶습니다."

"그래, 자네는 역시 마법을 골칫거리로 여기고 있군. 물론 셀레이나가 여왕이 아닌 다른 사람이길 바라겠지. 자넨 이런 상황을 두려워하지 않아, 안 그래? 이 상황이 의미하는 건 바로 변화야. 하지만 명심해." 도리언은 숨을 훅 들이마셨다. 마법이 훅 치고 올라왔다가 뜨끔하며 가라앉았다. "상황은 이미 변했어. 바로 *자네* 때문에 변한 거야. 나는 마법력을 갖고 있고, 그건 되돌리거나 없애지 못해. 셀레이나는……" 도리언은 치솟는 마법력을 애써 찍어 눌렀다. 셀레이나처럼 사는 게 어떤 기분일지 처음으로 알 것 같았다. "셀레이나가 다른 사람이면 좋겠다고 바랄 권리는 자네한테 없어. 자네가 할 수 있는 건 셀레이나의 적이 될지 친구가 될지를 결정하는 것뿐이야."

도리언은 셀레이나의 사정을 다 알지는 못했다. 무엇이 진실이고 거짓인지, 엔도비어에서 테라센 사람들과 함께 노예 생활을 하면서 어떤 생각을 했는지, 가족을 죽인 자에게 고개 숙이고 사는 게 어떤 기분일지 알지 못했다. 하지만 그는 셀레이나의 내면을 얼핏이나마 보았다. 그녀의 이름이나 지위에 관계없이 솔직한 내면을 보았.

셀레이나가 그의 마법력을 보고도 눈 하나 깜짝하지 않았음을, 오히려 그가 짊어진 부담감과 두려움을 이해했음을 도리언도 마음속 깊이 알고 있었다. 셀레이나는 도리언과 거리를 두거나 도리언이 다른 사람이길 바라지도 않았다. *왕세자님을 위해 돌아올게요,* 라고 셀레이나는 말했다.

도리언은 케이올이 상처 받고 방황하고 있음을 알면서도 친구를 바라보며 말했다.

"셀레이나에 관해서는 이미 마음의 결정을 내렸어. 때가 왔을 때, 자네가 여기 있든 아니엘에 가 있든, 나와 같은 선택을 하길 바랄게."

에이디언은 인정하고 싶지 않았지만, 은신처에서 머터프가 오기를 기다리는 동안 근위대장이 보여준 자제력은 무척 인상적이었다. 부상에서 회복 중인 렌은 잠시도 의자에 가만히 앉아 있질 못하고 큰방을 줄곧 서성였다. 케이올은 불 옆에 앉아 조용히 보고 듣기만 할 뿐이었다.

오늘 밤 근위대장은 분위기가 약간 달라 보였다. 좀더 주변을 경계하고 긴장한 모습이었다. 그동안 수차례 회의를 거치면서 근위대장의 움직임이며 호흡, 눈 깜박임 등을 면밀히 관찰할 기회가 있었기에 에이디언은 달라진 분위기를 곧바로 알아챘다. 새로운 소식이 들어왔거나 새로이 전개된 상황이 있었을까?

스컬 만 근처에 몇 주째 가 있던 머터프가 오늘 밤 돌아오기로 했다. 렌이 함께 가겠다고 했지만 머터프는 렌에게 은신처에서 쉬라며 거절했다. 렌은 크게 티는 안 냈지만 할아버지가 염려돼서인지 안절부절못하고 초조해하고 있었다. 렌이 이 숙소를 갈가리 찢어놓지 않은 것만도 다행일 정도였다. 전투 야영지에서였으면 에이디언은 렌을 대련장으로 데려가 실컷 싸우게 했을 것이다. 아니면 다른 일거리를 맡겨 바쁘게 만들거나 수 시간 동안 장작이라도 패게 했을 것이다.

"밤새 기다려야 되겠네요."

마침내 렌은 식탁 앞에 멈춰 서서 두 사람을 바라보며 말했다.

근위대장은 고개를 약간 끄덕일 뿐 별다른 말은 하지 않았다. 에이디언은 팔짱을 끼고 느긋하게 웃으며 렌에게 말했다.

"아니면 달리 할 일이 있어, 렌? 아편굴에 가고 싶은데 우리 때문에 못 가는 건가?"

약점을 툭 건드린 말이기는 하지만 근위대장도 렌이 그런 생각을 할지도 모른다는 추측은 했었다. 렌이 또 아편굴에 가고 싶은 내색을 비쳤다면 에이디언은 나중에라도 그를 에일린 옆으로 절대 못 오게 할 것이다.

렌은 고개를 저었다.

"며칠째 우리가 계속 기다리기만 하니 한 말입니다. 에일린이 어떤 신호라도 보내주길 기다리고 있지만 아무것도 없잖습니까. 할아버지도 빈손으로 돌아올 가능성이 높다고 봐요. 사실 제가 놈들에게 뒤를 밟힌 걸 생각하면 우리가 다 죽지 않은 게 놀라울 정도죠." 렌은 이 말을 하며 벽난로 안의 불을 바라보았다. 불빛을 받아 상처 자국이 한층 더 깊어 보였다. "아는 정보원들이 있는데……" 렌은 케이올을 힐끗 보며 말끝을 흐렸다. "그들을 통해 아달렌 왕에 대한 정보를 좀더 알아낼 수도 있을 것 같습니다."

케이올이 반박했다.

"위치를 발각당한 일도 있는데, 그 정보원들을 과연 믿어도 될까요." 알고 보니 렌의 정보원들 중 하나가 붙잡혀 고문당한 끝에 어쩔 수 없이 렌이 있는 곳을 불었다. 정보원이라는 자가 위치를 분 게 어쩔 수 없는 상황 때문이라고는 하지만 에이디언은 영 마뜩잖았다. 케이올이 그런 취지로 말하자 렌은 표정이 굳어지면서 멍청하고 성급한 말로 반박하려 입을 열었다. 그런데 그 순간 문밖에서 세 번 휘파람 소리가 들렸다.

근위대장이 휘파람으로 화답했다. 렌이 곧장 현관문 앞으로 가 문을 열었다. 문 앞에는 렌의 할아버지 머터프가 서 있었다. 에이디언은 뒤돌아 서 있는 렌의 등짝만 보고도 렌이 크게 안도하고 있음을 알 수 있었다. 렌과 머터프는 서로를 부둥켜안았다. 아무 소식도 주고받지 못한 채 몇 주 만에 만난 것이다. 머터프는 고생한 티가 확연히 났다. 두건을 뒤로 젖힌 머터프의 얼굴은 창백하게 굳어 있었다.

"테이블에 브랜디가 있습니다."

케이올이 머터프에게 말했다. 에이디언은 근위대장의 예리한 통찰력에 다시 한번 감탄했다. 물론 그 생각을 근위대장에게 말해줄 일은 없을 테지만 말이다. 머터프는 목례로 감사를 표하고는 망토를 벗을 겨를도 없이 브랜디부터 한 잔을 쭉 들이켰다.
 렌이 문 옆에서 안타까워하며 말했다.
 "할아버지."
 머터프는 에이디언을 돌아보며 물었다.
 "이봐, 솔직하게 말해주게. 나록 장군이 어떤 자인지 알고 있나?"
 에이디언은 느긋하게 일어섰다. 렌이 그들에게 다가왔다. 에이디언이 테이블 앞으로 와서 일부러 천천히 브랜디를 잔에 따르는 동안 머터프는 비켜서지 않고 그 자리에 가만히 서 있었다. 에이디언은 노인의 눈을 똑바로 쳐다보면서 무서울 정도로 차분하게 말했다.
 "한 번 더 내게 '이봐'라는 말을 했다가는 쓰레기통 같은 판잣집으로 돌아갈 줄 아시오."
 노인은 두 손을 들어 올렸다.
 "자네도 내 나이가 되면 알겠지만, 에이디언……."
 "쓸데없는 소리 하지 마세요." 에이디언은 의자로 돌아와 앉으며 말을 이었다. "마지막으로 들은 소식에 따르면, 나록은 남부에 있다고 했습니다. 데드 아일랜드로 함대를 데려가고 있다고 하더군요." 데드 아일랜드는 해적의 땅이었다. "그게 몇 달 전 소식입니다. 꼭 알아야 되는 사실 위주로 소식을 주고받았는데, 데드 아일랜드와 관련된 소식 중에 해적왕이 거느린 배들 중 일부가 북부 쪽으로 가고 있다는 얘기가 있었습니다. 나록의 함대를 피해 떠난 거라고 하더군요."
 해적들은 사실상 이리저리 흩어졌다. 해적왕 롤프는 선원 절반을 데리고 남부로 갔고, 일부는 동부로 떠났다. 그리고 일부는 테라센의 북부 해안으로 가는 치명적인 실수를 저지르고 말았다.

머터프는 테이블에 힘겹게 기대며 물었다.

"근위대장 생각은 어떻습니까?"

"저는 에이디언 장군보다 아는 게 적습니다."

머터프는 손으로 눈을 비볐다. 렌이 할아버지를 위해 테이블 앞에 의자를 끌어다 놓았다. 머터프는 조그맣게 신음을 내며 의자에 앉았다. 뼈에 가죽만 입힌 듯한 이 노인이 아직 숨을 쉬고 있는 것만도 기적이었다. 에이디언은 회한의 한숨을 속으로 눌러 담았다. 에이디언은 오늘처럼 거만하고 성급하며 멍청하게 행동하면 안 된다는 것을 잘 아는 사람이었다. 그 정도 가르침은 받으며 자랐다. 오늘 그가 이 노인에게 내뱉은 말을 로에가 들었으면 에이디언을 부끄럽게 여겼을 것이다. 하지만 로에는 세상을 떠났다. 에이디언이 사랑하고 우러러봤던 전사들은 모두 10년 전에 죽었고 세상은 더욱 끔찍해졌다. 에이디언도 같이 타락한 느낌이었다.

머터프는 한숨을 푹 쉬며 말했다.

"최대한 서둘러서 돌아왔네. 이번 주 통틀어서 몇 시간밖에 쉬질 못했어. 나록의 함대는 떠났고, 롤프 선장은 다시 스컬 만의 해적왕이 됐지. 하지만 더 세력을 키우려고 하지는 않고 있어. 롤프의 부하들은 데드 아일랜드 동쪽으로는 갈 생각도 안 한다더군."

머터프가 곧장 핵심을 말하지 않고 얘기를 빙빙 돌리자 에이디언은 그러면 안 되는 줄 알면서도 이를 뿌득 갈며 물었다.

"어째서죠?"

벽난로 불빛을 받은 머터프의 얼굴에 주름이 한층 깊어졌다.

"동쪽 섬으로 들어간 자들은 돌아오지 않았어. 바람이 부는 밤이면 롤프 선장도 섬에서 무언가가…… 으르렁대는 괴성을 들었다더군. 인간이 내는 소리 같은데 들어보면 꼭 그렇지도 않은 소리래.

그런데 나록이 점령한 동안 섬에 들어가 숨었던 선원들 얘기로는, 나록이 괴상한 소리를 내는 것들을 섬 밖으로 데리고 나간 것 같더래. 나록이 머물다가 떠나면 그 소리가 한동안 들리지 않더라는 거야……" 머터프는 콧등을 손으로 문지르며 말을 이어갔다. "섬으로 돌아간 날 밤, 해적들은 동쪽 섬 가장자리의 바위 위에 무언가가 서 있는 걸 봤다고 했어. 피부가 창백한 인간 형상인데…… 잘 보면 인간이 아니래. 롤프는 허풍이 심하기는 해도 거짓말을 늘어놓진 않아. 롤프는 그 괴물의 정체가 무엇인지…… 누구인지 몰라도…… 확실히 이상하다고 했어. 그 괴물 주변에는 정적이 깔리고 늘 듣던 괴상한 소리가 들리지 않는다더라고. 괴물은 해적들이 배를 타고 지나가는 모습을 가만히 쳐다만 보더래. 다음날 그들이 같은 장소에 다시 돌아가서 보니까 그 괴물은 사라지고 없었다고 했어."

근위대장이 말했다.

"바다에는 늘 괴상한 존재에 대한 전설이 있잖습니까."

"롤프와 그의 부하들은 그게 전설 따위가 아니라고 했어. 인공적으로 만들어진 존재라던데."

"그들이 그걸 어떻게 알겠습니까?"

에이디언은 근위대장을 눈여겨보며 물었다. 근위대장의 얼굴은 창백하게 질려 있었다.

"괴물의 목에는 검은 목걸이가 걸려 있었대. 애완동물처럼. 괴물이 당장 바다에 뛰어들어 선원들을 사냥할 것처럼 한 발 앞으로 내딛자 보이지 않는 손이…… 숨겨진 끈으로 홱 잡아당기는 것 같더래."

렌이 상처 난 눈썹을 위로 치켜떴다.

"해적왕은 데드 아일랜드에 괴물들이 있다고 생각하는 거예요?"

"맞아. 내 생각에도 그 섬에서 괴물이 만들어지고 있는 것 같아. 나록은 괴물 몇 마리를 데리고 나간 것이고."

이번에는 케이올이 물었다.

"나록은 괴물들을 어디로 데려갔습니까?"

"웬들린." 머터프의 대답에 에이디언은 심장이 철렁했다. "기습을 하기 위해 함대를 이끌고 웬들린으로 갔습니다."

근위대장은 벌떡 일어섰다.

"말도 안 됩니다. 왜요? 왜 하필 지금?"

"누군가가 왕의 전사를 웬들린으로 보내 왕족을 죽이게 하라고 아달렌 왕을 설득했으니까요." 에이디언은 머터프가 그렇게 날카롭게 말하는 걸 처음 들었다. "웬들린이 혼란에 빠져 있을 때야말로 그 괴물들을 풀어 효과를 시험해보기 적절한 때 아니겠습니까?"

케이올은 의자 등받이를 손으로 꽉 잡았다.

"셀레이나는 웬들린 왕족을 죽이지 않을 겁니다. 절대로. 그건 아달렌을 빠져나가기 위한 핑계일 뿐이었어요."

에이디언은 앨스브룩 남자들에게 에일린에 대해 그 이상 알려주고 싶지 않았다. 지금은 이 정도만 알면 되는 것이다. 에이디언은 렌의 경계하는 눈빛을 무시하고 무반응으로 일관했다. 렌의 입장에서는 에일린이 웬들린 왕실을 공격하러 들어갔다는 소식에 에이디언이 어떤 반응을 보일지 궁금할 것이다. 웬들린 왕실은 10년 전 테라센에 지원군을 보내지 않았으니, 에이디언에게 웬들린 왕실은 10년 전에 죽은 자들이나 다름없었다. 에이디언이 웬들린에 발을 들여놓는 순간 웬들린 왕족은 각오하는 게 좋을 것이다. 에이디언은 에일린이 그자들을 어떻게 생각할지 궁금했다. 아달렌이 보다 큰 규모로 국경선을 공격해 들어올 때 에일린은 웬들린 왕실을 설득해 동맹으로 삼으려 할까? 테라센 사람들이 그랬던 것처럼 웬들린 사람들도 전부 불에 타죽게 내버려두려 할 수도 있었다. 에이디언은 어느 쪽이든 상관없었다.

머터프가 말했다.

"웬들린 왕족이 암살을 당하는지 말지는 중요하지 않아. 일이 터지면 세상 사람들은 우리 여왕이 누구를 상대로 싸우는지 알게 되겠지."

렌이 물었다.

"우리가 웬들린에 경고를 해줘야 될까요? 롤프 선장을 시켜서 웬들린에 말을 전하게 해요?"

"롤프는 개입하지 않으려 할 거다. 우리 여왕께서 돌아오시면 금과 땅을 줄 거라고 제안했지만⋯⋯ 롤프는 꿈쩍도 하지 않았어. 자기 땅을 돌려받았으니 부하들을 다시 위험에 처하게 만들고 싶지 않겠지."

"그럼 밀항자를 통해서라도 몰래 말을 전해야죠."

렌은 고집을 부렸다. 에이디언은 10년 전 웬들린이 테라센을 돕지 않았다는 사실을 일깨워줄까 하다가 그만두었다. 굳이 지금 윤리적 토론을 시작하고 싶지 않았다.

머터프가 설명했다.

"몇 명을 보내기는 했는데 별로 믿음은 안 가. 그들이 도착했을 때는 이미 늦었을 수도 있어."

"우리는 뭘 해야 하죠?"

머터프가 브랜디를 한 모금 마시며 대답했다.

"여기서 도울 방법을 계속 찾아야지. 아달렌 왕이 최근에 만든 괴물이 데드 아일랜드에 계속 있는 것 같지는 않으니까."

그게 바로 흥미로운 점이었다. 에이디언은 브랜디를 한 모금 마시고는 잔을 내려놓았다. 복잡한 상황에서 계획을 세워야 하는 지금 술은 별로 도움이 되지 않을 것이다. 그는 다른 이들의 말에 건성으로 귀를 기울이면서 꾸준히 리듬을 타며 크고 작은 전투를 어떤 식으로 진행할지 머릿속으로 계획을 세웠다.

케이올은 숙소 안을 서성이는 에이디언을 조용히 바라보았다. 머터프와 렌은 자기네가 해야 할 일을 면밀히 따져보고 있었다. 마침내 에이디언이 입을 열었다.

"구역질이라도 할 것 같은 표정인 이유를 말해주겠나?"

"제가 아는 건 장군도 다 아시니 충분히 짐작하실 텐데요."

안락의자에 앉은 케이올은 어금니에 힘을 주며 대답했다. 마법력에 대한 가설을 시험해보기는 해야 하지만, 도리언과 싸워서 굳이 성으로 서둘러 돌아갈 필요는 없었다. 셀레이나에 대한 도리언의 말, 즉 셀레이나의 어두운 면과 능력, 진짜 정체 때문에 화가 난 케이올의 심리에 대한 도리언의 말은 옳았다. 하지만…… 그 점을 인정해도 케이올의 기분은 달라지지 않았다.

에이디언이 말했다.

"이 일에서 자네가 무슨 역할을 하려는 건지 짐작이 안 돼, 근위대장. 에일린이나 테라센을 위해 싸우겠다는 것도 아니잖아. 대체 무엇을 위해 싸울 생각이지? 공공의 선을 위해? 자네가 모시는 왕세자를 위해? 누구 편에 설 거야? 자네는 배신자야, 아니면 반역 세력이야?"

생각만으로도 케이올은 간담이 서늘했다.
"아뇨, 저는 누구의 편도 아닙니다. 아니엘로 떠나기 전에 친구를 돕고 싶을 뿐입니다."
에이디언이 이를 드러내고 으르렁거리듯 말했다.
"그게 바로 자네의 문제야. 편을 명확히 정하지 않으니 힘이 들지. 일단 자네 아버지한테 자네가 약속을 지키지 않을 거란 말부터 해."
"제가 이 왕국이나 왕세자 저하께 등을 돌리는 일은 없을 겁니다. 장군님의 부대와 힘을 합쳐 싸우면서 이 나라 사람들을 죽이는 일도 하지 않습니다. 아버지에게 한 약속도 깨지 않을 겁니다."
이 일이 끝났을 때 그에게 남은 건 명예뿐일 것이다.
"자네의 왕세자가 우리와 한편이 된다면?"
"그럼 저도 왕세자 저하와 함께 제 힘이 닿는 대로 싸우겠죠. 아니엘에 가 있더라도요."
"왕세자와 함께 싸울 생각은 있지만, 옳은 일을 위해 싸울 생각은 없다는 거로군. 본인이 원하는 바라든지, 자유 의지 같은 건 없나?"
"제가 무엇을 원하는지는 장군님이 신경 쓰실 필요 없습니다." 그가 원하는 것은 무엇일까……. "왕세자 저하께서 어떤 결정을 하실지 모르지만 무고한 이들을 죽이는 짓은 절대 하시지 않을 겁니다."
에이디언은 피식 웃었다.
"피 맛을 볼 생각은 없을 거다?"
케이올은 에이디언의 도발에 반응해 만족감을 줄 생각 따윈 없었다. 그는 곧장 급소를 찔렀다.
"무고한 이들의 피를 흘리게 했다가는 당신네 여왕께서 당신을 가만두지 않을 겁니다. 당신 얼굴에 침을 뱉겠죠. 이 왕국에는 무고하고 선한 사람들이 있으니, 어느 편을 들지 결정할 때는 그 사람들을 고려해야 합니다."

에이디언은 케이올의 뺨에 새겨진 상처를 힐끗 쳐다보았다.

"그녀는 자기 친구의 죽음을 자네 탓으로 여겼는데?"

에이디언은 슬며시 고약한 미소를 지었다. 다음 순간 에이디언의 코앞에는 케이올의 얼굴이 다가와 있었다. 의자 팔걸이에 올려둔 에이디언의 두 팔을 케이올이 단단히 붙잡고 있었다. 너무 빨라 인식하기도 전에 벌어진 일이었다.

장군은 코를 찡그리고 이를 드러내며 마치 이리처럼 노려보았다. 케이올은 에이디언이 반격을 할지 아니면 그를 죽일지 궁금했다.

"자네 부하들이 옆에서 죽어나가고, 당신 나라 여자들이 지독하게 상처받고, 고아가 된 아이들이 도시의 길거리에서 굶어 죽어갈 때도 자네 입에서 무고한 이들의 목숨을 지켜야 하네 마네 하는 얘기가 나올지 두고 보지. 그때까지 이 사실을 명심해, 근위대장. 자네는 덜 자란 소년이라서, 여전히 두렵기 때문에 어느 편에 설지 결정하지 못한 것뿐이야. 무고한 이들의 목숨을 잃을까 봐가 아니라, 자네가 매달리고 있는 꿈을 잃을까 봐, 라고 말하는 게 솔직하겠지. 자네가 모시는 왕세자는 앞으로 나아갔고 내 여왕도 마찬가지야. 하지만 *자네는 제자리에 있어. 결국 그 대가를 치르게 될 거야."*

케이올은 말없이 돌아서서 곧장 숙소를 나갔다. 그날 밤 그는 좀처럼 잠을 이루지 못했다. 책상 위에 놓아둔 칼만 멍하니 바라볼 뿐이었다. 다음날 해가 뜨자 곧바로 왕을 찾아가 아니엘로 돌아갈 계획이라고 말했다.

41

 그 후 두 주 동안 똑같은 일상이 되풀이됐다. 셀레이나는 반복되는 일상 속에서 위안을 찾기 시작했다. 갑작스럽게 일이 벌어지거나 상황이 바뀌거나 위험한 상황에 처하는 일도 없었고, 누군가 죽거나 배신을 당하거나 악몽 같은 일이 펼쳐지지도 않았다. 아침저녁으로 주방에서 하녀로 일했다. 늦은 아침부터 저녁 식사 전까지는 로완에게 훈련을 받으면서 내면의 마법 우물을 천천히 고통스럽게 탐색했다. 그 우물은 바닥이 보이지 않아 섬뜩할 정도였다.

 손가락으로 초에 불 켜기, 벽난로 불 끄기, 리본 모양 불꽃 만들기 같은 소소한 훈련은 여전히 지독하게 힘들었다. 로완은 셀레이나를 이 폐허에서 저 폐허로 끌고 다니며 연습을 시켰다. 셀레이나가 불을 제어하지 못할 경우 그나마 안전한 장소가 폐허였다. 셀레이나는 훈련을 받는 동안 줄곧 배고픔을 호소했고 뭐든 먹지 않으면 한 시간도 버티지 못해서 로완은 먹을거리를 싸 짊어지고 다녀야 했다. 마법이 워낙 에너지 소모가 큰 탓에 셀레이나는 평소보다 두세 배를 먹어댔다.

 조용히 대화를 나눌 때도 있었는데 셀레이나가 로완에게 주로 애기를 시키는 편이었다. 에이디언에 대한 얘기, 자유에 대한 이기적인 소망을 털어놓고 나니…… 속이 후련했다. 몇몇 부분에 대해서는 발설할 수 없었지만, 로완이 하는 얘기를 듣기만 해도 좋았다. 셀레이나의 부탁에 그는 그동안 치러온 다양한 전투와 모험도 들려주었다. 뒤로 갈수록 점점 더 잔인하고 참혹한 이야기였다. 웬들린 남부와 동부에는 거대한 세상이 존재했다. 그곳에는 셀레이나가 얼핏 듣기는 했지만 제대로 알지는 못하는 왕국이며 제국들이 있었다. 로완은 진정한 전사였다. 대량 학살 현장을 누비며 부하들을 이끌고 지옥을 통과했고, 거센 바다를 항해하며 멀고도 낯선 해안을 눈에 담았다.

오랫동안 살아온 그의 삶이, 그동안 보아온 세상에 대한 경험이 부럽기도 했다. 그의 이야기 속에는 분노와 슬픔이 흘렀다. 그는 말을 타거나 배를 타거나 혹은 날아서 온갖 곳을 다녔지만 아무리 먼 곳까지 가도 상실감을 떨쳐내지 못했다. 그는 여정을 함께했던 친구들에 대한 얘기는 거의 하지 않았다. 셀레이나는 그가 싸워온 전투들, 머나먼 땅에서 치른 전쟁, 모래와 돌로 지어진 도시들을 에워싸고 공격을 퍼부었던 참혹한 세월이 전혀 부럽지 않았다.

물론 그에게 그런 말을 하지는 않았다. 그가 가르침을 주면서 풀어놓는 얘기에 조용히 귀를 기울일 뿐이었다. 그의 얘기를 듣는 동안 메이브 여왕에 대한 증오가 피어나기 시작했다. 뼛속 깊이 지독하게 미워하게 됐다. 분노에 휩싸인 셀레이나는 밤마다 엠리스에게 메이브 여왕에 관한 전설을 들려달라고 요청하기에 이르렀다. 로완은 그런 셀레이나를 질책하지도 경고의 눈빛을 보내지도 않았다.

어느 날 엠리스는 이틀 후가 벨테인 축제일이라 연회와 춤, 축하 행사를 위한 준비를 시작해야 한다고 말했다. 로완은 벌써 벨테인 축제일이 다가왔고 셀레이나가 변신을 자유자재로 할 수 있게 되기는 했지만 도라넬에 입장하려면 아직 멀었다고 타박을 주었다. 지금쯤 테라센에도 봄꽃이 흐드러지게 피었을 것이다. 이곳 사람들은 축제를 맞이해 기둥을 세우고 산사나무 덤불에 장식을 했다. 아달렌 왕이 허락하는 것은 딱 그만큼이었다. 요정들을 위해 교차로에 작은 선물을 놓아두는 짓은 허용되지 않았다. 왕은 오직 신들에게 집중하면서 수확을 위해 농작물을 심는 간단한 행사만 허락하고 있었다.

축제일에는 모닥불을 피워놓고 몇몇 용감한 이들이 행운을 잡는다며, 악귀를 물리친다며, 풍작을 기원한다며 모닥불 위로 건너뛰는 놀이를 할 것이다. 소망을 이루려는 마음을 담은 놀이였다. 어렸을 때 셀레이나는 벨테인 축제일이 되면 오린스 성문 앞의 들판을 신나게 뛰어다니며 놀았다. 그날 사람들이 들판에 피워둔 천 개의 모닥불은 마치 백색의 도시 오닉스 주변에서 야영 중인 침략군이 피워둔 불 같았다. 어머니는 벨테인 축제일 밤이 바로 *에일린의 밤*이라고 했다. 불의 마법을 간직한 소녀가 두려움 없이, 힘을 숨기지 않고 즐길 수 있는 밤이었다. 리본처럼 뒤로 뻗어나가는 불꽃을 달고 달려가는 에일린의 모습을 보며 사람들은 '불의 심장을 가진 에일린'이라고 속삭였다. 에이디언과 몇몇 신하들은 너그러운 경호원처럼 에일린의 뒤를 따라갔다. 그날 그녀는 '들불의 에일린'이었다.

며칠 동안 엠리스가 음식 준비하는 일을 돕고 나서 셀레이나는 벨테인 축제일에는 쉴 기회를 엿보고 있었다. 하지만 결국 로완에게 끌려 나가 산악 고원의 들판에 섰다. 주머니에서 꺼낸 사과를 한 입 베어 물며 로완에게 눈썹을 치켜떴다. 로완은 모닥불을 피우기 위해 준비해둔 거대한 장작더미 앞에 서 있었다. 장작더미 양옆에는 불을 붙이지 않은 작은 장작더미가 하나씩 배치돼 있었다.

그들 주변에서는 반페이 몇 명이 장작이며 불쏘시개를 추가로 끌고 오고 있었고, 또 몇 명은 엠리스가 쉴 새 없이 만들어낸 요리들을 테이블에 차리고 있었다. 여러 주둔지에서 근무하던 반페이 수십 명이 도착하자 다들 축하의 말을 주고받으며 서로 껴안고 기분 좋게 놀리는 말을 해댔다. 엠리스를 돕고 로완과 훈련을 하느라 셀레이나는 그 반페이들을 자세히 볼 틈도 없었다. 그래도 그중 수컷 반페이들 몇몇이 감탄의 눈길로 자신을 바라보는 걸 알아채고 속으로 살짝 뿌듯했다.

하지만 그들은 그녀 옆에 서 있는 로완을 보고는 황급히 눈길을 돌렸다. 암컷 반페이 몇몇은 한층 더 뜨거운 눈길로 로완을 바라봤는데, 그 눈빛을 알아챈 셀레이나는 그녀들의 얼굴을 할퀴어버리고 싶은 심정이었다.

사과를 우적우적 씹으면서 로완을 바라보았다. 그는 평소 즐겨 입는 연회색 튜닉에 폭이 넓은 허리띠를 찼고 두건을 뒤로 젖혔다. 늦은 오후의 햇살을 받아 그의 가죽 완갑이 반짝거렸다. 맙소사. 셀레이나는 원래 로완에게 이런 식의 관심을 두지는 않았다. 로완 역시 그녀를 침대로 데려가고 싶은 마음은 없을 것이다. 어쩌면 셀레이나는, 페이의 몸으로 너무 오래 있다 보니…… 영역 동물처럼 구는 것인지도 몰랐다. 다른 암컷들에게 텃세를 부리고 팩팩거리고 못되게 구는 모습이 딱 그랬다. 어젯밤에 주방에서 로완을 계속 쳐다보면서 그에게 다가가 인사를 건네려는 암컷 반페이에게 으르렁거리기까지 했다.

온종일 멍하니 불만 바라보고 싶은 본능을 떨치려 고개를 흔들었다.

"연습을 시키려고 여기로 데려온 거예요?"

셀레이나는 어깨를 손으로 문질렀다. 어제 오후 내내 로완의 지시대로 연습을 한 바람에 밤새 열이 났다. 아침에 눈을 뜨니 기운이 하나도 없었다.

"장작에 불을 붙이고 밤새 화력을 일정하게 유지해."

"장작더미가 세 개인데요."

"양옆의 장작은 그 위로 뛰어다니며 노는 사람들이 쓸 거니까 화력을 낮게 유지해. 가운데 장작은 구름을 태워버릴 정도로 세게 하고."

사과를 먹지 말 걸 그랬다.

"잘못하면 위험할 수도 있어요."

로완은 한 손을 들어 그녀의 주변에 바람을 살짝 일으켰다.

"내가 있잖아."

그는 수 세기를 살아온 존재답게 오만한 눈으로 심드렁하게 말했다.

"그러다 내가 누구 하나를 살아 있는 횃불로 만들어버리면요?"

"축제를 즐기러 온 치료사들이 있으니 치료하면 그만이야."

셀레이나는 그를 노려보고는 어깨를 이리저리 돌렸다.

"언제 시작해요?"

"지금 당장."

그의 대답에 셀레이나는 배가 꽉 조였다.

몸에 열이 펄펄 끓었지만 화력을 꾸준하게 유지했다. 해가 넘어가자 들판에는 축제를 즐기는 이들로 가득 찼다. 숲 가장자리에 자리를 잡은 연주자들이 바이올린과 피들, 플루트, 북으로 세상을 뒤흔들었다. 아름다운 고대의 음악에 맞춰 셀레이나의 불꽃도 이리저리 일렁이며 루비색, 황수정색, 호안석색, 진한 사파이어색으로 물들었다. 지난 몇 주 동안 셀레이나의 마법은 더 이상 푸른색 들불을 만들어내는 데 그치지 않았다. 불들은 서서히 변하면서 커지고 있었다. 활활 타오르면서도 장작을 새까맣게 태우지 않는 불꽃을 신기해하는 이들도 일부 있었지만, 모닥불 빛 가장자리에 서 있는 셀레이나를 주목하는 이들은 없었다.

온몸에서 땀이 흘렀다. 야트막하게 타고 있는 작은 장작더미 위로 이리저리 뛰어다니는 이들의 몸에 불이 붙을까 하는 염려 때문이었다. 로완은 예민한 말을 달래듯 나지막하게 지시하며 곁을 지켜주었다. 셀레이나는 그에게 저리 가라고, 그를 춤판에 끌어들이려 유혹하는 암컷들과 실컷 놀라고 떠밀고 싶었다. 하지만 입을 꾹 다물고 불꽃에 정신을 집중했다. 피가 부글부글 끓기 시작했지만 불을 제어해야 했다. 허리가 뻐근해져서 자세를 약간 바꿔 섰다. 맙소사. 온몸이 땀투성이였다. 구석구석이 다 젖었다.

"조심해."

불꽃이 약간 위로 치솟자 로완이 말했다.

"알아요."

셀레이나는 이를 뿌드득 갈았다. 음악이 너무나도 유혹적이었다. 다들 모닥불 주변에서 경쾌하게 춤을 추었고 테이블에 차려진 음식에서 너무나도 맛있는 냄새가 풍겼다. 그런데 지금 셀레이나는…… 여기서 이렇게 불이나 피우고 있는 것이다. 뱃속에서 꾸르륵 소리가 났다.

"언제 그만해요?"

셀레이나는 다시 발을 바꿔 섰다. 그 순간 그녀의 움직임에 맞춰 제일 큰 모닥불의 불길이 일렁였다. 불길이 셀레이나와 함께 움직인다는 사실을 알아챈 이는 없었다.

"내가 그만하라고 하면."

로완은 주변 사람들을 이용하고 있었다. 셀레이나가 그들의 안전을 염려해 불을 최대한 제어하게 만들고 있는 것이다.

"땀나서 죽겠어요. 배도 고프고. 좀 쉬고 싶다고요."

"그만 징징대."

말은 이렇게 하면서도 그는 셀레이나의 목덜미에 시원한 바람을 불어주었다. 기분이 좋아진 셀레이나는 눈을 감고 신음을 흘렸다. 그의 시선이 느껴졌다. 잠시 후 로완이 말했다.

"조금만 더 버텨."

셀레이나는 긴장이 약간 풀리며 늘어질 뻔했지만 눈을 뜨고 다시 집중했다. 조금만 더 버티면 가서 실컷 먹을 수 있을 것이다. 춤도 춰야지. 열이 너무 오르고 아파서 불 마법을 중단한 순간 잠이 쏟아질 것 같긴 하지만, 그래도 조금은 즐길 힘이 남아 있는지 알아볼까.

음악이 넋을 잃게 할 정도로 매혹적이었다. 다들 그림자가 되어 빙글빙글 돌며 춤을 추었다. 아달렌과는 달리 여기서는 누가 반역죄를 저지르는지 몰래 숨어 지켜보다가 고발해 포상금을 타려는 마을 사람은 없었다. 그저 음악과 춤, 음식, 불...... 셀레이나의 불이 있을 뿐이었다.

연기 없이 피어오르는 모닥불과 그 주변에서 춤추는 이들의 그림자에 시선을 둔 채, 발을 바닥에 톡톡 치고 고개를 까딱거렸다. *간절히 춤을 추고 싶었다.* 그저 재미있을 것 같아서가 아니었다. 지금 그녀의 불과 음악이 뒤섞여 뼈에 고동치고 있었다. 음악은 빛과 어둠, 색으로 짠 벽걸이 융단이었다. 그녀의 심장에 연결되고 세상으로 뻗어나간 음악은 셀레이나를 세상 만물과 이어주는 장치였다.

그제야 이해가 됐다. 워드 문자는 셀레이나를 사물의 본질과 엮고 묶는 실과 비슷했다. 마법과 같았다. 셀레이나는 자신의 힘과 상상력, 의지, 핵심으로부터 무언가를 만들어내고 형태를 빚어낼 수 있었다.

"조심해." 로완은 다소 놀란 투로 덧붙였다. "음악 때문인가. 호수의 얼음판 위에 있던 그날도 당신은 노래를 흥얼거렸어." 셀레이나의 목에 또 한 차례 시원한 바람이 와 닿았다. 하지만 북소리와 함께 셀레이나의 피부는 한껏 고동치고 있었다. "음악을 이용해서 마음을 진정시켜."

"맙소사. 이렇게 자유로운 기분이라니…… 불꽃이 노랫가락과 함께 휘돌고 물결쳤다.

"조심해야 돼." 그녀의 몸 안을 가득 채운 소리의 파도 때문에 로완의 목소리는 잘 들리지 않았다. 셀레이나는 음악의 사슬이 자신을 땅과 연결짓는 것을 느꼈다. 음악은 영원한 실이었다. 잠시라도 좋으니 형태 변환자가 되고 싶었다. 이대로 피부를 벗고 다른 무언가로, 음악이나 바람, 세상을 휩쓰는 폭풍이 되고 싶었다. 너무 오래 불길을 바라보고 있어서인지 눈이 따끔거리고 시야가 부옇게 흐려졌다.

"진정해."

로완이 무슨 소리를 하는지 알 수 없었다. 불꽃은 차분하고 사랑스럽기만 했다. 이대로 저 불 속을 통과하면 어떻게 될까? 머릿속에서 '해봐, 해봐, 해봐' 하는 목소리가 고동치듯 울렸다.

"그만하면 됐어." 로완은 그녀의 팔을 잡았다가 깜짝 놀라며 놓았다. "이제 충분해."

천천히, 지나칠 정도로 천천히 셀레이나는 그를 돌아보았다. 그의 눈이 휘둥그레져 있었다. 모닥불의 빛 때문에 그의 눈에도 불이 붙은 듯 보였다. 불…… 그녀의 불. 셀레이나는 다시 불 쪽으로 시선을 돌렸다. 불의 의지에 자신을 바쳤다. 음악과 춤은 환하고 흥겹게 계속됐다.

"나를 봐." 로완의 목소리는 그녀에게 닿지 않았다. "나를 보라고."

마치 물속에 가라앉아 있는 것처럼 그의 목소리가 잘 들리지 않았다. 고통으로 예민해진 셀레이나의 속이 쿵쿵 울렸다. 한 번 고동 칠 때마다 칼이 정신과 몸을 날카롭게 베는 듯했다. 로완을 돌아볼 수가 없었다. 불에서 시선을 도저히 뗄 수가 없었다.

"이제 불은 알아서 타게 둬." 로완이 지시했다. 그의 목소리에서 두려움 비슷한 감정이 느껴졌다. 셀레이나의 목 힘줄을 타고 통증이 느껴졌다. 힘겹게 고개를 돌려 그를 바라보았다. 그는 콧구멍을 벌름거리며 명령했다. "에일린, 당장 멈춰."

말을 하려는데 목이 아프고 뜨거웠다. 몸도 움직여지지 않았다.

"멈춰." 못하겠다고 말하려 했는데 목만 아프고 목소리는 나오지 않았다. 지금 셀레이나는 모루이고 고통은 모루를 반복해서 내려치는 망치였다. "멈추지 않으면 당신 몸이 다 타서 없어질 거야."

그녀의 마법은 이렇게 끝나는 건가? 몇 시간 동안 모닥불을 피우다가? 다행이었다. 그게 사실이면 이보다 다행일 수가 없었다.

"속에서부터 몸이 다 타버릴 거야."

로완이 날카롭게 경고했다.

셀레이나는 눈을 깜박였다. 눈꺼풀 안에 모래가 들어온 듯 눈이 아렸다. 강한 통증이 척추를 타고 내려갔다. 셀레이나는 풀밭에 쓰러지고 말았다. 모닥불의 불길이 확 타올랐다. 사람들은 비명을 질렀고 음악이 흔들렸다. 셀레이나의 손이 닿은 풀이 치이익 소리를 내며 연기를 뿜었다. 셀레이나는 신음을 흘렸다.

불과 연결된 세 개의 사슬을 찾으려 내면을 더듬었다. 하지만 미로인지 미궁인지 모를 곳에 빠졌고 실은 온통 뒤엉키고 말았다…….

"미안해."

로완은 욕을 하며 조용히 내뱉었다. 사방의 공기가 사라진 듯했다.

셀레이나는 신음을 내며 움직여보려고 했는데 몸 안에 공기가 하나도 없었다. 속에서 타오르는 불에도 공기가 닿지 않았다. 이윽고 암흑이 밀려왔다. 망각의 어둠이었다.

셀레이나는 풀밭에 엎드린 채 숨을 몰아쉬었다. 모닥불은 여전히 잘 타고 있었다. 로완은 셀레이나를 내려다보며 말했다.

"숨 쉬어. 어서."

불과 연결된 실을 로완이 끊어놨지만 셀레이나의 몸은 여전히 불타고 있었다.

몸 바깥이 타고 있는 건 아니었다. 셀레이나가 쓰러진 풀밭에서도 더 이상 연기는 피어오르지 않았다.

그녀는 몸 안에서부터 활활 타고 있었다. 숨을 들이마실 때마다 폐와 혈관으로 불이 스며들었다. 말을 할 수도, 움직일 수도 없었다.

경계선을 넘은 느낌이었다. 경계선 안쪽으로 돌아오라는 경고는 듣지 못했다. 피부 안쪽에서부터 산 채로 타오르고 있었다.

달아오른 눈에서는 눈물도 흐르지 않았다. 그저 겁에 질려 흐느끼며 몸을 떨었다. 아팠다. 끝도 없는 통증이었다. 불길에서 도망쳐 숨을 만한 내면의 어두운 부분이 남아 있지 않았다. 이대로 차갑고 어두운 죽음을 맞이한다면 차라리 다행일 것 같았다.

로완이 언제 곁을 떠났는지 알 수 없었다. 잠시 후 그는 여자 둘을 데리고 헐레벌떡 뛰어 돌아왔다. 여자 하나가 말했다.

"안아서 옮길 수 있겠어요? 오늘 이 자리에 물 조종자가 없어서 찬물에 집어넣어야 해요. 당장."

그 외에 다른 말은 셀레이나의 귀에 들어오지 않았다. 피부 아래 용광로에서 고동치는 소리만 귓속을 울렸다. 혀를 차고 숨을 몰아쉬는 소리가 들리더니 셀레이나는 어느새 로완의 품에 안겨 있었다. 로완이 숲을 가로질러 달리는 동안 셀레이나는 그의 가슴에 몸을 이리저리 부딪쳤다. 그가 발을 뗄 때마다 빨갛게 달아오른 뜨거운 통증이 몸을 휘저었다. 그의 두 팔은 얼음처럼 차갑고 그가 싸늘한 바람을 뿜어냈지만 셀레이나는 계속해서 불의 바다를 표류했.

어둠의 신이 다스리는 지하 세계, 지옥에 떨어지면 바로 이런 느낌일 것이다. 숨이 끊어진 셀레이나가 가게 될 곳이 이렇지 않을까.

두려움에 사로잡힌 셀레이나는 최대한 정신을 차리려 안간힘을 썼다. 로완의 몸에서 소나무와 눈 냄새가 났다. 그 냄새를 폐 속으로 빨아들였다. 폐 속 깊이 끌어들여 붙잡았다. 폭풍우 치는 바다에 던져진 구명 밧줄을 붙잡듯이. 그 밧줄로 얼마나 버틸 수 있을지 알 수 없었다. 불타는 고통이 밧줄을 너덜거리게 만들어 밧줄을 붙잡은 힘이 점점 약해지고 있었다.

주변이 어두워지더니 소리가 더 크게 울렸다. 이윽고 그들은 계단을 올라가기 시작했다.

"물에 집어넣어."

그는 그녀를 밑으로 움푹 꺼진 돌 욕조에 집어넣었다. 허연 수증기가 셀레이나의 얼굴을 뒤덮었다. 누군가 외쳤다.

"물을 얼려요, 왕자님."

두 번째 목소리가 지시했다.

"당장이요."

더없이 기분 좋은 냉기가 몸을 감싸더니 다시 불길이 올라왔다.

"물 밖으로 꺼내!"

강력한 손이 셀레이나를 붙잡아 물 밖으로 끌어냈다. 희미하게 보글보글 끓는 소리가 났다.

셀레이나가 욕조 안의 물을 끓인 것이다. 욕조 안에서 제 몸을 삶다시피 하고 있었다. 잠시 후 그는 셀레이나를 또 다른 욕조 안에 집어넣었다. 욕조의 물이 얼어붙었다가 녹았다. 욕조 머리 쪽에 무릎을 굽히고 있던 로완이 셀레이나에게 말했다.

"숨 쉬어. 열기를 내보내. 몸 밖으로 빼내."

수증기가 피어오르는 가운데 셀레이나는 숨을 들이마셨다.

"잘했어."

로완이 가쁜 숨을 내쉬며 말했다. 물이 다시 얼었다가 녹았다.

몸에서 땀이 났다. 열기가 북처럼 그녀의 피부를 두드려댔다. 이런 식으로 죽고 싶지 않았다. 애써 한 번 더 숨을 들이마셨다.

냉기가 파도처럼 밀려왔다 쓸려가면서 욕조 안의 물이 얼었다 녹았다를 되풀이했다. 녹는 속도가 점차 느려졌다. 셀레이나의 몸에 들러붙은 냉기는 점점 더 강하게 몸을 식히며 긴장을 풀어주었다.

얼음과 불. 서리와 잉걸불. 두 가지 힘이 서로를 밀고 당기며 한바탕 전투를 치르고 있었다. 그 아래서 셀레이나는 로완의 강철 같은 의지를 느꼈다. 불이 그녀를 잡아먹지 못하게 막으려는 의지였.

몸이 아팠다. 인간의 몸으로 느끼는 통증이었다. 그녀의 볼은 여전히 타오르고 있었지만 얼음이 된 물은 차가웠다가 미지근했다가 따뜻해지더니 그 상태를 유지했다. 더 뜨거워지지 않고 따뜻한 상태로 멈춘 것이다.

여자의 목소리가 말했다.

"옷을 벗겨야겠어요."

시간이 얼마나 흘렀을까. 자그마한 손 네 개가 그녀의 머리 위로 젖은 옷을 벗겨냈다. 옷을 벗으니 물속에서 거의 무게가 없는 듯 느껴졌다. 로완이 보고 있든 말든 상관없었다. 그가 여자 몸을 처음 보는 것도 아니고 이미 숱하게 탐색했을 것이다. 셀레이나는 천장을 향해 고개를 든 채 눈을 감았다.

얼마 후 로완의 목소리가 들렸다.

"그렇다 아니다로만 대답해. 더 길게는 필요 없어." 셀레이나는 간신히 고개를 끄덕였다. 목과 어깨를 내리자마자 찌르는 듯한 통증이 느껴져 인상을 찌푸렸다. "다시 불타오를 것 같은 느낌이야?"

뺨과 다리, 몸의 중심부에는 여전히 열기가 고동쳤지만 꾸준히 잦아들고 있었고 호흡도 일정해졌다.

"아뇨."

셀레이나는 속삭이듯 대답했다. 혀에서 뜨끈한 공기가 뿜어 나왔다.

"아직도 통증이 느껴져?"

안타까워 묻는 질문이 아니라, 최선의 방책을 세우려는 지휘관의 말투였다.

"네."

입에서 수증기가 흘러나왔다.

여자가 말했다.

"저희는 물약을 준비할 테니 계속 몸을 식혀주세요."

여자가 돌바닥을 타박타박 밟으며 욕실 밖으로 나가는 소리가 들리더니 곧 문이 닫혔다. 로완은 들통에 물을 담아 셀레이나의 머리 위로 부어주었다.

얼음처럼 차가운 천이 이마 위에 놓이자 셀레이나는 기분 좋은 한숨이 절로 나올 듯했다. 얼음처럼 차가운 물이 또 한 차례 머리 위로 쏟아지고 시원한 천에서 떨어진 물이 머리카락과 목으로 흘러내렸다.

로완이 나지막하게 말했다.

"당신 힘이 한계에 도달했어. 낌새가 있었을 텐데 말을 했어야지."

날카로운 말투에 셀레이나는 눈을 떴다. 그는 욕조 머리 쪽에 무릎을 굽히고 앉아 있었다. 그의 옆에는 물이 담긴 들통이 놓였고 손에는 물에 젖은 천을 쥐고 있었다. 그는 천을 살짝 짠 뒤 셀레이나의 이마에 얹어주었다. 물이 어찌나 시원한지 신음이 나올 뻔했다. 욕조의 물은 많이 식었지만 여전히 뜨끈한 정도로 온기가 남아 있었다.

"조금만 늦었으면 몸이 완전히 타버렸을거야. 끝에 다다랐다는 징후를 포착하는 방법을 익혀야 해. 너무 늦기 전에 물러서는 방법을 배워야 해." 그저 하는 말이 아니라 명령이었다. "안 그랬다간 불이 속에서부터 당신을 갈가리 찢어놓을 거야. 이 정도는……" 그는 고개를 절레절레 흔들며 말을 이었다. "아무것도 아니야. 충분히 휴식을 취하기 전에는 마법을 쓸 생각도 하지 마. 알았어?"

셀레이나는 차가운 물을 얼굴에 더 부어달라는 뜻으로 고개를 살짝 들었다. 로완은 셀레이나가 알았다며 고개를 끄덕일 때까지 천의 물을 얼굴에 짜주지 않았다. 몇 분 정도 찬물을 부어 열기를 식혀준 뒤 그는 천을 들통에 걸쳐놓고 일어섰다.

"약이 어떻게 돼가고 있는지 확인해야겠어. 금방 올게."

셀레이나가 다시 고개를 끄덕이자 그는 비로소 욕실을 나갔다. 그에 대해 잘 몰랐으면 화를 낸다고 여겼을 것이다. 심지어 걱정하고 있다고 착각했을 수도 있었다.

테라센에서 살던 시절 셀레이나는 너무 어려서 그녀가 지닌 힘의 치명적인 부분에 대해 아무에게도 가르침을 받지 못했다. 배울 수 있는 부분도 너무 제한적이라 제대로 설명해준 사람도 없었다. 이런 식으로 제 몸이 타버릴 줄은 생각도 못 했다. 순식간에 일어난 일이었다. 셀레이나가 가진 마법의 힘은 어쩌면 이 정도가 한계일 수도 있었다. 힘의 우물이 그다지 깊지 않을 수도 있었다. 그렇다면 다행이었다.

다리를 들어 올리는데 근육을 따라 통증이 느껴져 절로 앓는 소리가 났다. 앞으로 몸을 기울여 두 팔로 무릎을 감싸 안았다. 바닥보다 깊게 들어간 욕조 가장자리 너머로 돌바닥에 놓아둔 촛불 몇 개가 보였다. 촛불의 불꽃을 쏘아보았다. 욕실 안이 어두워 불이 필요하긴 하겠지만, 이제 불이라면 진저리가 났다.

상처 난 무릎에 이마를 얹었다. 피부가 온통 그을려 있었다. 눈을 감고 조각난 의식을 모았다.

욕실 문이 열리고 로완이 들어왔다. 셀레이나는 차가운 어둠 속에 머무르며 점점 더 시원해지는 물과 잦아드는 피부 속 고동을 즐겼다. 그는 욕실을 반쯤 가로질러 오다가 우뚝 멈춰 섰다.

그가 다 들릴 정도로 크게 헉 소리를 내자 셀레이나는 어깨너머로 그를 돌아보았다.

그의 시선은 셀레이나의 얼굴이나 욕조 안의 물이 아니라, 그녀의 등에 박혀 있었다.

무릎을 두 팔로 감싸며 웅크리고 앉은 탓에 셀레이나의 등이 고스란히 드러난 것이다. 채찍질로 엉망이 된 등을 본 그가 물었다.

"누가 이런 짓을 했지?"

편하게 거짓말로 넘길 수도 있었지만 말을 지어내기도 힘들 만큼 피곤했다. 게다가 그는 아무 쓸모도 없는 그녀의 몸을 오늘 구해주었다.

"여러 명이요. 엔도비어의 소금 광산에서 한동안 있었어요."

너무 조용해서 셀레이나는 그가 숨도 안 쉬는 줄 알았다. 그는 잠시 후 물었다.

"얼마나 오래 있었지?"

셀레이나는 긴장했지만 그는 무표정했다. 아니, 무표정이 아니었다. 죽일 듯한 분노로 차올라 얼굴에서 표정이 사라진 거였다.

"1년이요. 거기서 1년 있다가…… 얘기가 길어요."

너무 지치고 목 안이 아파서 길게 얘기할 수가 없었다. 문득 그의 팔에 감겨 있는 붕대가 눈에 들어왔다. 셔츠 안쪽으로 그의 넓은 가슴팍에도 붕대가 감겨 있었다. 셀레이나가 또다시 그에게 화상을 입힌 모양이었다. 그는 뜨겁게 달아오른 셀레이나를 안고 여기까지 달려왔다. 도중에 한 번도 내려놓지 않았다.

"노예 생활을 했군."

셀레이나는 천천히 고개를 끄덕였다. 그는 입을 열었다가 닫고는 숨을 삼켰다. 그의 얼굴에서 분노가 사라졌다. 지금 자기가 누구에게 말하고 있는지 상기한 모양이었다. 그 정도 벌은 응당 받아야 한다고 생각하는 것일 수도 있었다.

돌아서서 욕실을 나간 그는 등 뒤로 문을 닫았다. 그가 문을 세차게…… 부서져라 닫기를 바랐지만 그는 딸깍 소리가 살짝 들릴 정도로 조용히 문을 닫았다. 그리고 돌아오지 않았다.

42

그녀의 등이 눈앞에 어른거렸다. 로완은 나무 위로 날아올랐다. 바람을 타고 더욱 빠르게 속도를 높였다. 그의 머릿속에서 울려대는 고함에 비하면 바람의 포효는 아무것도 아니었다. 주변 세상은 그저 본능적으로 인식하며 눈에는 담지도 않았다. 그의 눈은 내면으로 향하고 있었다. 그녀의 상처투성이 몸을 마음에서 떨쳐낼 수가 없었다.

그동안 온갖 끔찍한 상처를 다 보아온 그였다. 적들에게, 그리고 친구들에게 그는 무수한 상처를 입히며 살아왔다. 크게 보자면 에일린의 등에 난 상처는 그가 보아온 지독한 상처에 비할 바가 못 되었다. 그런데도 그녀의 상처를 본 순간 그는 심장이 멈춰버렸다. 그의 머릿속에는 잠시 압도적인 정적이 흘렀다.

상처를 뚫어져라 바라보는 동안 그는 마법과 전사로서의 본능이 파괴적으로 결합하는 것을 느꼈다. 그녀의 등에 그런 짓을 한 자들을 맨손으로 찢어 죽이고 싶었다. 그는 욕실을 박차고 나와 곧바로 변신한 뒤 밤하늘로 날아올랐다.

메이브 여왕이 거짓말을 했다. 일부러 사실을 말하지 않은 것도 거짓말이었다. 여왕은 알고 있었다. 저 소녀가 어떤 일을 겪으며 살았는지. 노예 생활을 한 것도 알았다. 그날 아침 로완은 저 소녀에게 제대로 하지 않으면 채찍질을 하겠다고 위협했다. 그 말을 듣고 에일린은 벌컥 화를 냈다. 에일린이 세상 물정 모르는 어린애라 성질을 부렸다고 생각한 그는 오만한 멍청이였다. 알았어야 했다. 무언가에 별나게 반응을 보였다면 그만큼 상처가 깊다는 의미임을 눈치챘어야 했다. 그 외에도 에일린에게 상처가 될 말들을 몇 번이나 했다.

우뚝 솟은 캠브리언 산의 윤곽이 저 앞에 보였다. 끔찍한 채찍질을 당했을 때 에일린은 아직 완전히 어른이 되지도 않은 나이였다. 에일린은 왜 그에게 말을 안 했을까? 메이브 여왕은 왜 그에게 말해 주지 않았을까? 매로 변신한 그는 날카롭게 소리를 내질렀다. 그 소리는 캠브리언 산의 암회색 돌벽에 부딪치며 메아리쳤다. 곧바로 기괴한 울부짖음이 합창하듯 울려퍼졌다. 메이브 여왕의 명으로 산길을 지키는 늑대들의 울음이었다. 이대로 쭉 도라넬로 날아가 여왕을 만나 대답을 요구해도 여왕은 답을 주지 않을 것이다. 피의 맹세를 한 그에게 여왕은 미스트워드로 돌아가지 말라고 명령할 수도 있었다.

마법의 힘으로 바람을 움켜쥐고 흐름을 제어했다. 에일린은 그를 믿지 않았기에 사실을 알리고 싶지 않았던 것일 수도 있었다.

오늘 에일린은 무방비 상태로 훈련하다 제 몸을 다 태워버릴 뻔했다. 속에서 태고의 분노가 날카롭게 솟구치고 영역 동물로서의 본능과 소유욕이 차올랐다. 에일린을 원해서가 아니라, 수컷으로서 의무를 이행하고 명예를 지키기 위한 욕구였다. 그는 평소처럼 차분하게 그녀의 부상을 받아들이지 못했다.

 노예 생활을 한 사실을 그에게 털어놓고 싶지 않았던 만큼 에일린은 지금도 그에 대해 잘못 생각할 공산이 높았다. 그가 아무 말도 하지 않고 욕실을 나가버린 것을 두고 어쩌면 최악의 오해를 할 수도 있었다. 그는 마음이 좋지 않았다. 그는 북쪽으로 방향을 돌렸다. 마법으로 바람의 고삐를 잡은 뒤 미스트워드 요새로 돌아갔다. 조만간 메이브 여왕한테서 이번 일에 대한 답을 듣고야 말 것이다.

 치료사들이 물약을 가지고 들어왔다. 셀레이나는 더 이상 제 몸을 불태우지 않을 거라고 치료사들을 안심시키면서 이가 딱딱 맞부딪칠 때까지 욕조 안에 머물렀다. 덕분에 방으로 돌아가기까지 평소보다 세 배는 더 시간이 걸렸다. 너무 춥고 기운이 없어서 옷을 갈아입지도 못하고 그대로 침대에 쓰러져 누웠다.
 아까 말없이 욕실을 나가버린 로완의 행동은 무슨 의미인지 생각하고 싶지 않았다. 하지만 마법을 쓰느라 온몸이 아프고 저린 와중에도 계속 그 생각이 났다. 뒤척이다 까무룩 잠에 빠져들었다. 몸이 너무 추웠다. 방 안 공기가 내려가서인지 마법을 쓴 여파 때문인지 알 수가 없었다. 각자 방으로 돌아가는 이들의 웃음소리와 노랫소리에 잠시 잠을 깼다. 그리고 제일 많이 취한 이들도 본인 방이나 다른 이의 방으로 찾아 들어가고 나자 다시 소르르 잠이 왔다. 여전히 이를 딱딱 부딪치며 자고 있는데 바람결에 창문이 삐걱 열렸다. 너무 춥고 몸이 아파서 일어날 엄두도 낼 수 없었다. 날개를 파닥이는 소리가 나고 빛이 깜박였다. 확인하려 몸을 돌리기도 전에 그가 그녀를 담요째로 들어올렸다.
　몸에 힘이 남아 있었으면 저항했을 것이다. 그는 셀레이나를 안고 계단을 올라가 복도를 지나 어느 방으로 향했다. 활활 타오르는 벽난로의 불, 따뜻한 이불과 부드러운 매트리스. 묵직한 누비이불. 놀라울 정도로 부드럽게 누비이불을 여며주는 손길. 바람결에 벽난로의 불빛이 어두워지더니 매트리스가 살짝 흔들렸다. 깊어지는 어둠 속에서 그가 거친 목소리로 말했다.
　"이제 내 옆에 계속 있어." 로완은 최대한 셀레이나와 거리를 두고 매트리스 끄트머리에 가 누웠다. "오늘 밤에는 이 침대를 쓰고 내일은 따로 침대를 준비해둘게. 깨끗하게 씻고 침대에 눕지 않으면 원래 쓰던 방으로 다시 쫓겨날 줄 알아."
　셀레이나는 부드러운 베개로 파고들며 대답했다.
　"알았어요." 벽난로의 불빛이 어두워졌지만 방 안의 공기는 뜨끈했다. "동정은 싫으니까 하지 마세요."
　"이건 동정이 아니야. 여왕님은 당신이 겪은 일을 나한테 말씀하지 않으셨어. 당신이라도 말을 했어야지. 난 그런 줄도 모르고……."
　셀레이나는 팔을 뻗어 그의 손을 잡았다. 원망의 말을 뱉어내 그에게 깊은 상처를 주고 그의 마음을 박살 낼 수도 있을 것이다.
　"알아요. 처음에는 그런 얘기를 했다가 당신한테 비웃음을 살까 봐 두려웠어요. 당신이 조롱이라도 했으면 난 당신을 죽이려고 달려들었을 거예요. 그 후에는 당신한테 동정받고 싶지 않았어요. 무엇보다, 내가 핑계를 댄다고 오해할까 봐 말 안 한 거예요."
　"훌륭한 군인 같네." 그 말이 얼마나 큰 의미로 다가왔는지 그에게 들키고 싶지 않아 셀레이나는 잠시 고개를 돌렸다. 그가 깊게 숨을 들이마시자 넓적한 가슴이 쭉 펴졌다. "그곳에 어쩌다 가게 됐고 어떻게 나왔는지 말해줘."

셀레이나는 뼛속 깊이 피로했지만 힘을 내서 그동안 겪은 일을 들려주었다. 리프트홀드에서 살았던 일, 말을 훔쳐 타고 사막을 건넌 일, 창녀와 도둑을 비롯해 세상의 온갖 아름답고 사악한 것들과 더불어 동이 틀 때까지 춤을 춘 일 등이었다. 그리고 샘을 죽음으로 떠나보낸 일, 엔도비어에서 처음으로 채찍을 맞은 일, 이듬해에 보고 겪은 일에 대한 얘기도 들려주었다. 이어서 더 이상 참을 수 없어 죽으려고 덤벼들었던 날의 얘기도 덧붙였다. 근위대장이 그녀의 인생에 들어오고, 폭군의 아들인 도리언 왕세자가 시합에 나가는 조건으로 자유를 제안한 일에 대한 얘기를 할 때는 마음이 무거워졌다. 시합에서 어떤 식으로 싸워 이겼는지에 대한 얘기까지 하고 나니 눈꺼풀이 스르르 내려왔다.

그 후 무슨 일이 있었는지는 나중에 말할 기회가 있을 것이다. 워드 문자와 엘레나와 네히미아에 대해, 어쩌다가 완전히 무너지고 쓸모없는 존재가 되어버렸는지에 대한 얘기는 나중에 들려줘야지. 셀레이나는 하품을 했고 로완은 한 손으로 눈을 비볐다. 그의 다른 쪽 손은 여전히 셀레이나에게 잡혀 있었다. 그는 그 손을 빼지 않았다. 새벽이 밝기 전에 눈을 뜬 셀레이나는 로완이 그녀의 손을 잡고 자기 가슴팍에 올려둔 모습을 보았다. 따뜻하고 안전하게 잘 쉬었다는 느낌이었다.

속에서 무언가 따뜻하게 녹아내렸다. 그것은 여전히 벌어져 있는 마음속 균열로 흘러들어 틈을 메웠다. 그녀의 마음에 상처를 입히고 망가뜨리는 대신, 상처를 용접해 붙여주었다. 아주 단단하게.

43

 그날 로완은 셀레이나를 침대 밖으로 나가지도 못하게 했다. 음식을 쟁반에 담아 가지고 들어오더니 쇠고기 스튜 한 그릇을 국물 한 방울 남기지 않고 다 마시게 했다. 갓 구워낸 빵 반 조각, 봄철의 첫 베리 한 그릇, 생강차 한 컵도 함께였다. 굳이 다 먹으라고 말할 필요도 없었다. 셀레이나는 몹시 배가 고팠으니까. 로완에 대해 잘 알지 못했다면 그가 괜한 호들갑을 떤다고 여겼을 것이다.
 엠리스와 루카는 셀레이나가 살아 있는지 보려고 한번 방을 찾아왔다가 로완의 돌처럼 차갑게 굳은 표정, 나지막하게 으르렁대는 목소리를 듣고는 얼른 나갔다. 그들은 잘 돌봐주시는 분이 곁에 있어 다행이라며, 몸이 좀더 나아지면 다시 찾아오겠다고 말했다.
 차를 네 컵째 마시며 셀레이나가 말했다.
 "여기는 오랫동안 내 헛소리를 참으면서 같이 일한 사람들밖에 없으니 지금 와서 새삼스럽게 누가 나를 공격하진 않을 것 같은데요."
 작업대 앞에 앉아 시신의 위치가 표시된 지도를 들여다보고 있던 로완은 지도에서 눈을 들지 않고 대답했다.
 "협상의 여지는 없어."

몸이 지독하게 쑤시고 아프지만 않았어도 셀레이나는 웃음을 터뜨렸을 것이다. 웃었다가는 더 아플 것 같아서 컵을 손으로 꽉 잡고 호흡에 집중하면서 웃음을 참았다. 셀레이나가 요란법석을 떠는 로완을 내버려두는 이유는 통증 때문이었다. 어젯밤 마법의 끝을 향해 달린 덕분에 안 아픈 곳이 없었다. 계속해서 욱신거리고 따갑고 이리저리 뒤틀리는 기분이었다. 미간이 지끈거리고 시야 가장자리가 흐릿한데다 방 저쪽으로 시선을 돌리기만 해도 두통이 일었다.

"누구든 자기 몸을 바싹 태울 뻔한 일이 생기면 이렇게 과잉보호를 받아야 한다는 거네요. 암컷이 그런 일을 벌이면 주변에 있는 수컷들은 누구나 이렇게 미쳐 날뛰나요?"

로완은 펜을 내려놓고 고개를 돌려 셀레이나를 바라보았다.

"이건 미쳐 날뛰는 게 아니야. 당신은 마법을 쓸 수 없을 지경이 돼도 몸으로 싸워 스스로를 방어할 수 있겠지. 다른 페이들은, 무기를 갖고 있고 방어 훈련을 받았어도 마법을 쓸 수 없는 상태가 되면 적의 공격에 취약해져. 기운이 잔뜩 빠지고 부상으로 통증에 시달릴 땐 더더욱 그렇지. 그래서 사람들…… 특히 수컷들은 그런 페이들을 지키려고 신경이 곤두서게 돼. 위협 요소라고 여겨지면 두 번 생각할 것도 없이 죽이기도 해. 그 요소가 실제든 아니든."

"어떤 위협이요? 메이브 여왕의 땅은 평화롭잖아요."

셀레이나가 컵을 내려놓으려 앞으로 몸을 기울이자 로완은 컵이 테이블에 닿기도 전에 재빨리 낚아챘다. 물론 무척 조심스럽게. 컵이 빈 걸 확인한 뒤 차를 더 채웠다.

"위협 요소야 많지…… 다른 수컷이나 암컷, 괴물도 있을 수 있고…… 아니라고는 말 못 하니까. 우리 문화에서만 그런 게 아니라 무방비 상태인 개체를 보호하려는 본능은 있게 마련이잖아. 그게 암컷이든 수컷이든 어린애든 늙은이든." 그는 빵 한 조각과 쇠고기 수프가 담긴 그릇을 향해 손을 뻗었다. "이것도 먹어."

"한 입만 더 먹었다간 여기 다 토해놓을 것 같아요."

아, 로완은 확실히 요란을 떨어대고 있었다. 비참했던 셀레이나의 마음에 위안이 되긴 했지만 살짝 짜증스러운 것도 사실이었다.

로완은 빵을 쇠고기 수프에 담그더니 셀레이나에게 내밀었다.

"어서 기운을 되찾아야 해. 뱃속에 음식을 담고 있지 않아서 기운 소진 상태에 가까워졌던 것일 수도 있어."

그래, 까짓것 더 먹자. 어쨌든 냄새는 무척 좋았다. 셀레이나는 빵이 든 수프를 받아 들었다. 셀레이나가 먹는 동안 로완은 방 상태를 점검했다. 벽난로 안의 불은 셀레이나 몸의 한기를 몰아낼 만큼 활활 타오르고 있었고 창문은 셀레이나 몸의 열을 식혀줄 바람이 들어오도록 살짝만 열려 있었으며 문은 아예 잠겨있었다. 그리고 차가 또 한 주전자 그의 작업대 위에 준비돼 있었다. 모든 준비가 잘돼 있고 어둠 속에 위협 요소도 없는 것을 확인한 로완은 셀레이나의 상태를 샅샅이 살펴보았다. 남아 있는 열감 때문에 식은땀으로 젖은 창백한 피부, 파리하고 갈라진 입술, 힘없이 축 늘어진 자세, 아픈 기색이 역력하고 치솟는 짜증이 담겨 있는 눈. 로완은 또다시 인상을 찌푸렸다.

빈 그릇을 그에게 건네고 셀레이나는 엄지와 검지로 미간을 문질렀다. 두통이 끊임없이 밀려왔다.

"마법이 소진되면…… 알아서 멈추든지 아니면 다 타버리는 건가요?"

로완은 의자 등받이에 기대어 앉았다.

"그런 경우에 대비해 '카라남'이라는 게 있어." 그의 혀가 고대어를 아름답게 발음했다. 죽기 전 마지막 순간에 그에게 고대어로 말해달라고 부탁하고 싶을 정도였다. 그 섬세한 소리를 즐기고 싶었다.

"설명하기 어려운데, 대학살 현장에서 몇 번 본 적이 있어. 내가 기운이 다 떨어지면 내 카라남이 와서 자기 힘을 나한테 넘기는 식이야. 그러려면 서로 힘이 호환되어야 하고 혈연도 있어야 돼."

셀레이나는 고개를 갸웃했다.

"만약 우리가 카라남이고 내가 당신한테 내 힘을 준다고 쳐요. 그래도 당신은 불이 아니라 바람과 얼음만 쓸 수 있는 건가요?"

그의 굳은 얼굴로 고개를 끄덕였다.

"누군가와 힘이 호환되는지는 어떻게 알아요?"

"해보기 전에는 몰라. 그런 식으로 결합될 수 있는 인연은 무척 드물어서 페이 대부분은 그런 상대를 평생 못 만나기도 해. 만난다고 해도 시험해볼 만큼 서로를 믿지 못하거나. 감당하기엔 너무 위험하니까. 숙련이 덜 된 상태에서 시도했다가는 정신이 박살 날 수 있어. 둘 다 완전히 소진되어 무너지든지."

흥미로웠다.

"다른 페이한테서 마법을 훔칠 수도 있어요?"

"돼먹지 않은 페이들 중에 그런 시도를 한 것들이 있어. 전투에서 이기고 자기 힘을 강화하려고. 하지만 원한 대로 된 적은 없어. 만약에 됐다면 포로로 잡은 자와 우연히 호환되는 경우였겠지. 메이브 여왕은 내가 태어나기 훨씬 전부터 그런 강제 결합을 법으로 금지하셨어. 카라남을 노예로 데리고 있는 부패한 페이를 잡아들이라고 몇 번 나를 보내신 적도 있어. 가서 보면 노예들은 이미 너무 망가진 상태라 치료가 불가능한 경우가 대부분이었어. 목숨을 끊어주는 게 내가 베풀어줄 수 있는 유일한 자비일 정도로."

그의 표정과 목소리에 아무 변화가 없었지만 셀레이나는 조용히 말했다.

"전쟁터에 나가거나 적을 포위할 때보다 그런 일을 할 때 더 힘들었겠네요."

그의 거친 얼굴에 그림자가 잠시 스쳤다.

"불멸의 삶을 사는 건 필멸자들이 생각하는 것만큼 축복이 아니야. 들으면 속이 울렁거릴 만큼 더러운 괴물이 되기도 해. 당신이 만나본 가학 성애자들을 생각해봐. 그런 놈들이 천년을 살면서 뒤틀린 욕망으로 솜씨를 갈고닦으면 어떻게 되겠어."

셀레이나는 몸서리를 쳤다.

"식사를 한 뒤에 듣기에는 너무 끔찍한 얘기네요." 셀레이나는 베개에 몸을 기댔다. "당신이 같이 다니는 무리들 중에 누가 제일 잘생겼는지, 제일 잘생긴 수컷이 나를 좋아하는지 말해봐요."

로완은 숨이 막힌다는 듯 컥 소리를 냈다.

"당신이 내 동료들과 함께 있는 걸 생각만 해도 오싹해지는데."

"다들 그 정도로 못생겼다고요? 당신이 아끼는 친구를 본 적 있는데 멀끔하던데요."

로완은 눈썹을 치켜떴다.

"내가 아끼는 친구가 당신을 잘 다룰 수 있을지 장담을 못 하겠어. 다른 동료들도 마찬가지고. 당신과 어울렸다가는 피바다로 끝나게 될 것 같으니 말이야." 셀레이나가 웃자 그는 팔짱을 끼며 말을 이었다. "당신은 필멸의 존재라 얼마 안 가 늙고 쇠약해질 텐데 내 동료들이 당신한테 관심을 둘 이유가 없지. 당신을 차지하려고 애쓸 필요도 없을 테고."

셀레이나는 눈을 위로 굴렸다.

"김새는 소리 하시네."

침묵이 흘렀다. 그는 다시 한번 셀레이나의 상태를 살펴보았다. 기운이 없고 침울하긴 해도 의식은 또렷했다. 그가 맨 손목을 흘끗 쳐다봤을 때도 셀레이나는 그다지 놀라지 않았다. 그가 몸에 둘러준 담요 때문에 겉으로 드러난 피부는 그곳뿐이었으니까. 어젯밤 그들은 손목의 상처에 대한 얘기를 나누지는 않았다. 그래도 그가 궁금해하고 있음을 셀레이나는 느낄 수 있었다.

"솜씨 좋은 치료사한테 맡기면 상처를 없앨 수 있어. 손목의 상처뿐만 아니라 등의 상처도 대부분 없애는 게 가능해."

이 말을 하면서 그는 멋대로 판단하려는 눈빛이 아니었다.

셀레이나는 이를 악물었다가 잠시 후 길게 숨을 내쉬었다. 길게 설명하지 않아도 짐작하고 있을 것 같았다.

"광산 깊숙한 곳에 노예들을 벌주기 위한 독방이 있었어요. 그 독방은 너무 어두워서 자다가 깨서 보면 눈이 먼 게 아닌가 하는 생각이 들 정도였어요. 그들은 나를 종종 그 독방에 가둬뒀는데 한번은 3주 동안 가둬놓은 적도 있었어요. 미치지 않고 버티려고 내 이름을 되풀이해서 되뇌었어요. 나는 셀레이나 사르도시엔이다."

로완의 표정이 굳었다.

"그러다 독방을 나서면, 어둠 속에서 의식 대부분이 닫혀 있던 상태라 기억나는 게 내 이름뿐인 거예요. 내 이름은 셀레이나다. 오만하고 용감하며 솜씨 좋은 셀레이나 사르도시엔, 두려움과 절망을 모르는 셀레이나, 죽음으로 연마된 무기인 셀레이나다. 이렇게요." 그녀는 떨리는 손으로 머리카락을 쓸어 넘겼다. "엔도비어 시절에 대해서는 평소에 생각하지 않고 있어요. 그곳을 나와서도 밤에 자다가 깨면 꼭 그 감방으로 돌아가 있는 것 같은 생각이 들 때가 있었어요.

그럼 그게 아니라는 걸 증명하려고 방에 초를 있는 대로 다 켰어요. 광산에서 목숨은 유지했는지 몰라도 속은 많이 망가진 거죠.

엔도비어에는 수천 명의 노예들이 있는데, 대다수는 테라센 사람들이에요. 내가 뭘 할 수 있을지 모르겠지만 언젠가 그들을 해방시킬 방법을 꼭 찾을 거예요. 그들을 반드시 해방시켜야죠. 엔도비어뿐만 아니라 캘라컬라 노동수용소의 노예들도요. 이 상처를 보면 그 결심을 되새길 수 있어요."

굳이 입 밖에 내지는 않았지만 생각해둔 바가 있었다. 아달렌 왕을 처리한 후에도 노동수용소를 끝장내지 못할 수 있었다. 하지만 시간이 걸리더라도 노동수용소의 돌을 하나하나 무너뜨릴 것이다.

로완이 물었다.

"10년 전에 무슨 일이 있었어, 에일린?"

"그 얘기는 하고 싶지 않아요."

"왕좌를 되찾고 그 자리에 앉으면 엔도비어를 훨씬 쉽게 해방시킬 수 있을 텐데……."

"그 얘기는 안 할래요."

"어째서?"

그녀의 기억 속에는 구덩이가 있었다. 한번 빠지면 기어 나올 수 없는 구덩이. 부모님의 죽음이 아니었다. 셀레이나는 다른 이들에게 부모님의 죽음에 대해 어느 정도는 말을 꺼낼 수 있었다. 그 생각만 하면 여전히 몸이 휘청거릴 정도로 괴로웠지만 말할 수는 있었다. 에일린 갈라시니어스의 모든 것을 박살내버린 순간은 부모님의 시체 사이에서 눈을 떴을 때가 아니었다. 그녀의 기억 저 깊숙한 곳에 여자의 목소리가 남아 있었다. 사랑스럽고 다급한 또 다른 여자의 목소리가…….

셀레이나는 다시 이마를 문지르며 거친 목소리로 내뱉었다.

"분노…… 때문이에요. 절망과 증오와 분노가 내 안에 살아 숨 쉬고 있어요. 정신이 나갈 정도의 감정이에요. 무른 구석이라곤 없어요. 내 피부 아래 존재하는 괴물이죠. 지난 10년 동안 매일 매시간, 그 괴물을 내 안에 가둬두려고 안간힘을 썼어요. 그런데 지난 이틀 동안 이 얘기를 하면서, 그 전후에 일어난 일들에 대해 털어놓다 보니 괴물이 놓여나려 하고 있어요. 내가 한 짓에 대한 변명으로 삼겠다는 건 아니에요.

어쨌든 그 괴물을 제어하면서 아달렌의 왕 앞에 설 수 있었고, 그 아들 그리고 근위대장과 친구가 될 수 있었어요. 그들과 함께 그 궁전에서 살 수도 있었고요. 내 안의 분노와 기억을 전혀 내비치지 않았으니까. 지금 나는 적을 박살 낼 도구를 찾고 있잖아요. 이런 상황에서 괴물을 내보냈다가는 아달렌 왕에게 성급히 그 도구를 사용하게 될 테고, 한번 시작하면 절대 물러설 수 없어요. 복수심에 섣불리 세상을 파괴할 수도 있겠죠. 그래서 나는 에일린이 아니라 셀레이나로 살아야 해요. 에일린으로 살게 된다는 건 그 모든 것을 정면으로 맞닥뜨리고 괴물을 내 안에서 내보내야 한다는 뜻이니까요. 이해해요?"

"어떤 상황이 오더라도 당신이 복수심에 세상을 파괴할 거라고는 생각 안 해." 그의 목소리는 차분하게 가라앉아 있었다. "고통받고 싶은 마음은 있겠지. 본인이 저지른 죄에 대한 대가를 치르고 싶어서 몸에 이런저런 상처를 증거처럼 모으는 걸 테고. 나도 200년 동안 그러고 살아서 잘 알아. 당신은 축복을 받으며 저세상으로 갈 수 있을 거라고 생각해? 아니면 불타는 지옥에 떨어질 것 같아? 아마 지옥에 떨어지고 싶을 거야. 저세상에서 다른 이들을 마주 볼 수가 없을 테니까. 차라리 영원히 고통 받는 지옥에 떨어지는 게 낫지……."

"그만해요."

셀레이나는 나지막하게 말했다. 그 목소리가 비참하고 보잘것없게 들렸는지 그는 작업대로 돌아갔다. 셀레이나는 눈을 감았지만 심장은 몹시 빠르게 뛰고 있었다.

시간이 얼마나 흘렀을까. 얼마 후 매트리스가 움직이고 삐걱대다가 옆에 따뜻한 몸이 눕는 게 느껴졌다. 그는 그녀를 안지 않고 그냥 옆에 누워만 있었다. 셀레이나는 눈을 감은 채 그의 체취를 들이마셨다. 소나무와 눈 향기에 마음의 고통이 조금은 덜어지는 기분이었다.

"적어도 당신이 지옥에 가면 우린 함께 있을 수 있겠네."

그의 가슴속에서 울리는 진동이 고스란히 느껴졌다.

"지옥에 사는 어둠의 신이 안됐단 생각이 드네요." 그는 큼직한 손으로 그녀의 머리카락을 쓰다듬었다. 셀레이나는 좋아서 탄식이 나올 뻔했다. 자신이 타인의 손길을 이토록 그리워한 줄 미처 몰랐다. "내가 다시 평소 상태로 돌아가면, 나 때문에 몸이 불에 탈 뻔했다고 고함을 지를 건가요?"

그는 부드럽게 웃으며 계속 그녀의 머리를 쓰다듬었다.

"그거야 어떻게 될지 모르는 거지."

셀레이나는 베개에 대고 미소 지었다. 그는 잠시 손을 멈췄다가 다시 머리를 쓰다듬었다. 한참 후 그가 나지막하게 말했다.

"당신은 언젠가 노동수용소의 노예들을 해방시킬 수 있을 거야. 어떤 이름을 쓰든 꼭 그렇게 할 수 있을 거라고 믿어."

울컥한 셀레이나는 감은 눈이 뜨거워지는 걸 느꼈다. 그의 손길에 조금 더 의지하며 그의 넓은 가슴팍에 손을 얹었다. 꾸준하고 확고한 심장 박동을 느끼며 위로를 받았다.

"나를 돌봐줘서 고마워요."

그는 흐음 하고 말았다. 알았다는 뜻인지, 시끄럽다는 뜻인지 알 수 없었다. 이내 잠이 소르르 쏟아졌다. 셀레이나는 망각 같은 잠으로 빠져들었다.

◆◆◆

그 후 며칠 더 로완은 셀레이나를 자신의 방에 머물게 했다. 셀레이나가 이제 멀쩡해졌다고 말한 후에도 그는 그녀를 한나절 더 침대에 머물게 했다. 위압적이고 사나운 페이 전사가 자신의 생사 여부를 신경 써주고 있다는 게 셀레이나는 좋았다.

그날은 셀레이나의 생일이었다. 그다지 기쁘지만은 않은 열아홉 번째 생일이었다. 그날 로완은 그녀를 몇 시간 동안 혼자 내버려뒀고 셀레이나에게는 그게 유일한 선물이었다. 얼마 후 로완은 해변에서 반페이의 시신 한 구가 추가로 발견됐다는 소식을 가지고 돌아왔다. 셀레이나가 시신을 직접 보고 싶다고 요청했지만 단박에 거절당했다. 그는 직접 시신을 확인했는데 같은 패턴이라고 했다. 코 밑에 마른 코피 자국, 몸 안의 피는 다 빠지고 껍데기만 남은 채 아무렇게나 버려진 시신. 로완은 그 마을에 다시 다녀왔는데 마을 사람들은 그가 금과 은을 가져다주니 꽤 좋아한 모양이었다.

그는 셀레이나가 그의 부재를 생일 선물로 여기는 게 기분 나빴는지 초콜릿을 선물로 가져왔다. 셀레이나가 포옹하려 하자 그는 싫다며 거절했다. 그래도 화장실을 쓰고 나온 셀레이나는 작업대 앞에 앉아 있는 그에게 몰래 다가가 뺨에 입을 맞췄다. 그는 손을 휘젓고 그르렁대며 얼굴을 문질러 닦았지만 셀레이나가 보기에는 방어 자세를 낮추고 가까이 오는 걸 허락해준 것 같았다.

드디어 밖으로 나갈 수 있게 돼서 좋다고 생각한 게 실수였을까.
셀레이나는 이끼로 뒤덮인 공터에서 로완을 마주 보고 섰다. 무릎을 약간 굽히고 주먹을 느슨하게 쥐었다. 로완이 그렇게 하라고 지시하진 않았지만 희미하게 번뜩이는 그의 눈빛을 본 셀레이나는 자연스럽게 방어 자세를 취했다.

그녀의 삶을 지옥으로 만들기 직전에 그는 늘 그런 눈빛이었다. 그는 셀레이나가 한 가지 마법 요소를 완전히 익혔다고 여긴 듯했다. 비록 셀레이나가 벨테인 축제 때 마법을 폭발시키긴 했지만, 그는 다음 단계의 마법으로 넘어갈 때가 됐다고 판단했을 것이다.

"당신의 마법에는 형태가 결여돼 있어." 로완은 미동도 없이 서서 말했다. 셀레이나는 그의 침착한 태도가 부러웠다. "형태가 없으니까 제어도 거의 못하지. 불덩어리나 불 파도가 공격할 때 유용하기는 해. 하지만 노련한 적과 싸울 때는 당신의 힘을 좀더 잘 이용할 줄 알아야 해." 셀레이나가 그건 어려운 일이라는 듯 한숨을 쉬자 그가 날카롭게 덧붙였다. "그래도 다른 마법 조종자에 비해 당신은 유리한 점이 있어. 이미 무기를 갖고 싸우는 방법을 알고 있다는 거."

"초콜릿을 생일 선물로 주더니, 웬일로 칭찬도 다 해줘요?"

그는 눈을 가늘게 떴다. 그 상태로 그들은 소리 없는 대화를 나눴다.

말을 많이 할수록 더 힘든 훈련을 받게 될 테니 그렇게 알아.

셀레이나는 싱긋 웃었다.

죄송하게 됐네요, 스승님. 어디 마음껏 가르쳐보시든가요.

머리에 피도 안 마른 게.

그는 턱을 치켜들며 말했다.

"원하는 대로 불의 형태를 만들 수 있어. 당신 상상력이 어디까지인지가 한계인 거야. 당신이 자라온 환경을 생각하면 공격에 들어가게 됐을 때……"

"나더러 불로 칼이라도 만들라는 거예요?"

"화살이든 단검이든 당신이 가진 힘을 조종해서 하면 돼. 치명적인 무기를 만들겠다고 생각하면서 상상하고 시각화해봐."

셀레이나는 숨을 삼켰다. 그가 히죽 웃었다.

불을 갖고 놀려니까 겁이 나나, 공주?

당신 눈썹을 불로 태워버리면 지금처럼 기분이 좋진 않을 걸요.

어디 해보든가.

"자객 훈련을 받으면서 제일 처음 배운 게 뭐였지?"

"나 자신을 지키는 거요."

그가 왜 그렇게 즐거워했는지 셀레이나는 알 것 같았다.

"좋아. 시작해보자고."

예상대로 얼음 단검이 날아왔다. 섬뜩했다.

로완은 얼음 마법으로 만든 단검을 연달아 던져댔다. 셀레이나는 불 방패를 만들어 단검을 막으려 했지만 뜻대로 되지 않았다. 하다 보니 불 방패는 겨우 만들어냈지만 단검이 날아오는 방향에 맞추지 못하고 왼쪽이나 오른쪽으로 기울어지곤 했다.

로완이 요구하는 것은 불벽이 아니었다. 잘 제어된 자그마한 방패를 만들라는 거였다. 그가 던진 단검에 셀레이나는 손과 팔, 얼굴에 수차례 상처를 입었다. 피가 말라붙어 뺨 아래쪽이 얼얼할 지경이었지만 그는 아랑곳하지 않았다. 제대로 된 불 방패를 만들어 방어에 성공하면 그는 그제야 단검을 그만 던질 것이다.

셀레이나는 땀을 흘리고 숨을 몰아쉬며 단검을 이리저리 피했다. 차라리 다음 단검이 날아오는 방향에 맞춰 몸에 칼을 맞으면 이 고통을 끝낼 수 있지 않을까, 하는 생각이 드는 순간 로완이 사납게 명령했다.

"더 노력해."

"노력하고 있다고요."

그 와중에도 그는 번뜩이는 얼음 단검 두 개를 더 날려 보냈고 셀레이나는 날카롭게 대꾸하며 옆으로 몸을 굴려 피했다.

"곧 지쳐 나가떨어질 것 같네."

"완전히 지친 거 맞아요."

"겨우 한 시간 연습해놓고 지쳐 나가떨어져도 된다고 생각했다면."

"벨테인 축제 때도 마법을 쓰다가 기운이 빠르게 소진돼버렸잖아요."

"당신 힘은 거기서 끝이 아니었어." 그가 던지려는 얼음 단검이 허공에 떠 있었다. "당신은 마법의 힘에 넘어가 그 힘이 이끄는 대로 했고, 그래서 그 힘에 먹혔던 거야. 침착하게 힘을 유지하면 그 상태로 불을 수주일 아니 수개월 동안 계속 타오르게 할 수 있어."

"아뇨, 못 했을 거예요."

셀레이나는 더 나은 대답을 생각해낼 수가 없었다.

로완이 콧구멍을 약간 벌름거리며 말했다.

"당신이 왜 그러는지 알아. 자신이 가진 힘이 보잘것없길 바라겠지. 그 정도 힘이 전부라고 생각하면 마음이 놓일 테니까."

그는 경고도 없이 단검을 연달아 던졌다. 셀레이나는 방패를 들어 막듯이 왼팔을 들어 올렸다. 팔 주변에 불꽃이 생겨나 단검들을 막아주길, 싸그리 녹여 없애길 바라면서. 하지만……

셀레이나의 입에서 튀어나온 요란한 욕설에 새들도 지저귐을 멈췄다. 셀레이나의 팔뚝에서 흘러나온 피가 튜닉을 적셨다.

"그만 던져요! 말귀 알아들었다고!"

하지만 단검은 다시, 또다시 날아왔다.

고개를 숙여 이리저리 피하고, 피 묻은 팔을 다시 들어 올리며 셀레이나는 이를 악물고 그를 욕했다. 그는 단검의 속도를 높이기 위해 빙글빙글 돌려가며 던지고 있었다. 셀레이나가 아무리 빠르게 움직이려 해도 얇은 칼날이 광대뼈를 스치고 지나가는 것까지 피하지는 못했다. 입에서 욕이 절로 나왔다.

언제나처럼 로완의 말이 옳았다. 그래서 더 싫었다. 몸에서 흘러넘치는 마법의 힘도 싫고 그 힘이 원하는 대로 하기도 싫었다. 그러니 그 힘을 *제어*해야만 했다. 다른 방법은 없었다. 셀레이나는 이 힘의 노예가 아니었다. 더 이상 그 무엇도 셀레이나를 노예로 부릴 수는 없었다. 로완이 또 얼굴을 향해 얼음 단검을 날린다면……

그는 정말 그렇게 했다.

수정처럼 맑은 얼음 단검은 셀레이나의 팔뚝을 통과하지 못하고 치이익 소리를 내며 사라졌다.

셀레이나는 팔뚝 앞에서 붉게 타오르는 불덩어리 너머를 바라보았다. 그 모양은 영락없는 방패였다.

로완이 느긋하게 미소 지었다.

"오늘 훈련은 여기까지. 식사하러 가지."

둥그런 불 방패는 불꽃이 소용돌이치고 지글지글 소리를 내기는 했지만 셀레이나의 몸까지 태우지는 않았다. 셀레이나가 명령한 대로 된 것이다.

셀레이나는 눈을 들어 로완에게 말했다.

"아뇨. 한 번 더 해요."

일주일 동안 다양한 모양과 온도의 불 방패를 만들며 훈련에 매진했다. 이제 한 번에 여러 개의 불 방패도 만들 수 있었고, 외부의 공격을 막아야 한다는 생각만으로도 협곡 전체를 불 방패로 에워쌀 수도 있었다. 새벽이 밝기 전 눈을 뜬 셀레이나는 로완과 함께 쓰고 있던 방에서 조용히 빠져나가 거석으로 향했다. 어째서인지 이유는 알 수 없었다.

몸이 떨리는 이유가 이른 아침의 추위 때문만은 아니었다. 그녀가 옆으로 지나가는 순간 곡선형의 거대한 돌들이 그녀의 피부에 반응해 위잉 소리를 냈다. 총안 흉벽을 지키는 보초들 중 누구도 조각이 새겨지고 탑처럼 높이 솟은 바위를 따라 걸어가는 그녀를 막아서지 않았다. 셀레이나는 마침내 고른 땅을 밟았고 조용히 연습을 시작했다.

44

 열세 마녀단은 다른 블랙비크 마녀단들을 이끌며 하나가 되어 날았다. 비가 오나 해가 쨍쨍하나 바람이 부나 연습에 연습을 거듭한 그들은 피부가 황갈색으로 그을리고 주근깨투성이가 되었다. 거미 비단을 날개에 덧댄 아브락소스는 아직 협곡을 횡단하지는 못했지만 전보다는 확실히 비행 실력이 향상되고 있었다.
 만사가 잘 풀리는 느낌이었다. 아브락소스는 린의 수컷 와이번과 주도권 다툼을 벌였고 승리를 거뒀다. 그 후 열세 마녀단 내에서는 물론이고 다른 마녀단의 와이번도 감히 아브락소스에게 도전하지 못했다. 모의 전쟁의 날이 빠르게 다가오고 있었다. 마논에게 맞아 반쯤 죽다시피 한 이스크라는 그 후 조용히 지내고 있는 눈치였지만 그들은 늘 등 뒤를 경계했다. 목욕할 때에도 어둡고 구석진 곳을 살폈고 와이번에 올라타기 전 고삐와 끈을 두 번 이상 확인했다.
 그렇게 하루하루가 아름답게 흘러가고 있었는데 마논은 갑작스레 할머니에게 호출을 받았다. 마논이 방으로 들어가자 서성이고 있던 할머니는 인사 대신에 이를 드러내며 호통을 쳤다.

"네 왜소하고 아무짝에도 쓸모없는 와이번이 여태 협곡 횡단을 하지 않았다는 얘기를 왜 내가 망할 크리시다에게 전해 들어야 하지? 나는 네가 승리하도록 모의 전쟁의 방향을 계획하고 있어. 그런데 네 와이번은 협곡 횡단조차 못 하고 있어. 주도적으로 비행을 이끌기는커녕 모의 전쟁에 참가도 못할 형편 아니냐?"

눈앞에 할머니의 손톱이 번뜩이고 마논의 뺨에는 손톱자국이 새겨졌다. 상처가 남을 정도는 아니지만 피가 흐를 정도는 되었다.

"너와 네 짐승 때문에 창피해 죽겠다." 할머니는 마논에게 이를 드러내며 날카롭게 내뱉었다. "내가 원하는 건 네가 이 모의 전쟁에서 승리하는 것뿐이야. 그래야 우리가 대마녀 정도가 아니라 여왕으로 등극하지. 황무지의 여왕 말이다, 마논. 그런데 넌 최선을 다해 그 계획을 망칠 궁리를 하는 것 같구나."

마논은 바닥만 내려다보았다. 할머니는 마논의 가슴팍을 손톱으로 그어 붉은 망토를 뚫고 심장 바로 위의 살까지 할퀴었다.

"네 심장이 말랑해진 거냐?"

"아뇨."

"그래, 아니겠지. 아니어야 마땅해. 넌 *심장 따위는 없으니까.* 우린 심장을 갖고 태어나지 않아. 참 다행이지." 할머니는 돌바닥을 손으로 가리키며 말을 이었다. "우리를 염탐하러 온 망할 크로컨 마녀를 이스크라가 붙잡았다는 소식을 오늘 들었다. 그건 어떻게 설명할래? 크로컨 마녀가 우리가 머무는 곳에 숨어 들어왔다는 것과 이스크라 쪽에서 그 마녀를 이틀 동안 심문하고 있다는 걸 왜 내가 이제야 들어야 하지?"

마논은 눈을 깜박이는 정도로 놀란 속을 표현했다. 크로컨 마녀들이 이쪽을 염탐하고 있었으니. 할머니는 이제 곧 다른 쪽 뺨도 할퀴어 상처를 낼 게 분명했다.

"내일 협곡 횡단을 해, 마논. 바로 내일이야. 협곡 아래 바위 지대에 추락하든 말든 그건 네가 알아서 하고. 살아남으면 모의 전쟁에서 승리하게 해달라고 어둠의 신에게 기도하는 게 좋을 거다. 횡단을 해내지 못했다가는……"

할머니의 손톱이 마논의 목을 얇게 스치고 지나갔다. 그 자리에 피가 흘러내렸다. 해내지 못하면 목을 자르겠다는 뜻이었다.

다들 협곡 횡단을 구경하러 모여들었다. 등에 안장을 찬 아브락소스의 시선은 밤하늘이 내다보이는 동굴 입구에 박혀 있었다. 애스터린과 소렐은 와이번에 탑승하지 않고 그 옆에 선 채로 마논의 뒤를 지켰다. 마논과 아브락소스가 절벽 아래로 추락할 경우 애스터린과 소렐이 구하러 나설 계획임을 알아챈 할머니가 곧장 구출하러 가지 못하게 막아놓은 것이다. 만약 일이 잘못되더라도 그것은 마논의 어리석음과 자만심 때문이라고 할머니는 분명히 말했다.

마녀들은 전망대에 늘어섰고 그 위의 작은 발코니에는 대마녀들과 후계자들이 자리했다. 마논은 애스터린과 소렐을 힐끗 돌아보았다. 둘은 바짝 긴장해서 돌처럼 굳은 표정이었다.

"아브락소스 때문에 너희 와이번이 겁먹지 않도록 벽에 붙어 있어."

마논의 지시에 그들은 어두운 표정으로 고개를 끄덕였다.

아브락소스의 날개에 거미 비단을 붙인 후 마논은 아브락소스의 상처가 완전히 나을 때까지 무리한 훈련을 시키지 않으려고 해왔다.

협곡을 횡단하면서 급강하를 하고 강하게 바람을 타야 하는데 거미비단이 버텨주지 못한다면 날개는 순식간에 너덜너덜해질 것이다.

"기다리고 있다, 마논." 저 위쪽 발코니에서 할머니의 우렁찬 목소리가 들려왔다. 할머니는 동굴 입구를 향해 손을 흔들며 말했다. "어디 마음껏 늑장을 부려봐라."

그 말에 옐로레그스와 블랙비크를 비롯한 대부분 마녀들의 입에서 웃음이 터져 나왔다. 페트라는 웃지 않았다. 전망대 제일 가까운 곳에 모여 선 열세 마녀단의 마녀들도 바짝 굳은 표정이었다.

마논은 고개를 돌려 아브락소스의 눈을 들여다보았다. 그리고 고삐를 당기며 말했다.

"가자."

하지만 아브락소스는 두려워서인지 공포에 질려서인지 꿈쩍도 하지 않았다. 천천히 고개를 들어 마논의 할머니가 서 있는 곳을 쳐다보더니 나지막하게 경고하듯 으르렁거렸다. 위협이었다. 마논은 무례한 행동을 한 아브락소스를 나무라야 하는 입장이었다. 그런데 아브락소스는 이 안에서 일어나고 있는 일에 대해 어느 정도 눈치를 챈 것처럼 보였다. 이런 짐승이 그 정도 상황 파악을 한다는 건 불가능한 일 아닌가.

"이러다 밤이 다 지나가겠구나."

할머니는 분노에 찬 눈으로 자신을 노려보는 짐승 따위는 아랑곳 않고 외쳤다.

마논은 소렐과 애스터린이 눈빛을 주고받으며 슬그머니 칼자루에 손을 얹는 모습을 포착했다. 아브락소스를 해치려는 게 아니었다. 그 둘뿐만이 아니라 열세 마녀단의 단원들 모두가 자연스럽게 무기로 손을 뻗고 있었다. 할머니가 마논과 아브락소스를 제압하라는 명령을 내릴 경우에 대비하기 위해서였다. 그들은 나지막하게 으르렁대는 아브락소스에게서 반항의 기운을 느꼈지만 아브락소스는 그 이상 행동에 나서지 않았다.

할머니는 그들이 심장 없이 태어났다고 말했다. 모두가 그랬다. 복종, 규율, 잔혹성. 마녀라면 이 세 가지 가치를 가슴에 늘 품고 살아야 했다. 애스터린은 경이로울 정도로 눈을 번뜩이며 마논에게 고개를 끄덕였다. 이스크라가 아브락소스에게 함부로 채찍질을 했을 때 마논이 느낀 것과 같은 감정일 것이다. 그 감정을 정확히 표현할 수는 없지만 당시 마논은 뵈는 게 없었다.

마논은 아브락소스의 주둥이를 손으로 잡고 할머니한테서 억지로 시선을 떼게 만들었다. 그리고 나지막하게 속삭였다.

"이번 한 번뿐이야. 딱 한 번만 점프를 해내면 돼, 아브락소스. 그럼 저들의 입을 영원히 다물게 만들 수 있어."

저 아래 깊은 곳에서 두 개의 음으로 된 꾸준한 박동 소리가 들려왔다. 사슬에 묶인 채 거대한 기계를 돌리고 미끼 노릇까지 하는 다른 쭉정이 와이번들이 내는 소리였다. 그것은 쿵쾅대는 심장 소리 같기도 하고 힘차게 내려치는 날갯소리 같기도 했다.

그 소리는 점점 커져갔다. 저 아래 구덩이의 와이번들 모두가 지금 무슨 일이 일어나고 있는지 아는 듯했다. 우렁찬 그 소리는 동굴에까지 이르렀고 애스터린은 그 소리에 맞춰 방패로 바닥을 내려쩍었다. 나머지 열세 마녀단의 마녀들도 그 소리에 합류했다.

"저 소리 들리지? 너를 응원하는 소리야."

잠시 그들 주변에서 쿵쿵 소리와 함께 산에서 날개를 치는 듯한 소리가 들려왔다. 환상과도 같은 그 소리에 마논은 이대로 여기서 아브락소스와 함께 죽는 것도 나쁘지 않겠다는 생각을 했다.

"너도 열세 마녀단의 일원이야. 지금부터 어둠이 우리를 갈라놓을 때까지, 너는 내 것이고 나는 네 것이야. 저들에게 그 이유를 보여주자."

아브락소스는 마논의 손바닥에 대고 숨을 뿜었다. 이미 다 알고 있으며 그런 말을 하는 것조차 시간 낭비라는 듯이. 마논은 아브락소스가 할머니 쪽으로 또다시 도전적인 눈길을 보내는 것을 알아채고 슬쩍 웃었다. 아브락소스는 마논이 안장에 올라탈 수 있도록 자세를 낮췄다.

안장에 올라타고 나니 바닥에 서 있을 때보다 입구까지의 거리가 훨씬 짧아 보였다. 마논은 아브락소스에 대해 한 치의 의심도 품지 않았다. 조용히 안쪽 눈꺼풀을 내려 덮고 쇠 이빨을 집어넣었다. 거미 비단은 잘 버텨줄 것이다. 달리 대안도 없었다.

"날자, 아브락소스."

마논은 아브락소스의 옆구리를 박차로 찼다.

아브락소스는 고함을 지르며 동굴 입구까지 쿵쿵 뛰어 내려갔다. 전력으로 질주하는 아브락소스의 강력한 움직임에 맞춰 마논은 자연스럽게 안장을 탔다. 아브락소스가 발을 내디딜 때마다 산 아래쪽에 갇혀 있는 와이번들이 바닥을 탁탁 내리쳤다. 아브락소스는 한 번 두 번 날개를 퍼덕이면서 아무 두려움이나 망설임 없이 속도를 높였다.

응원의 울림은 멈추지 않았다. 그 울림은 발로 혹은 손으로 박자를 맞추는 와이번들과 열세 마녀단, 블랙비크 마녀단들한테서 나오는 소리가 아니었다. 장검으로 단검을 탁탁 치는 블루블러드 후계자 페트라나 그녀를 따르는 블루블러드 마녀들이 내는 소리도 아니었다. 산 전체가 박자에 맞춰 흔들리고 있었다.

빠르게, 더욱 빠르게 아브락소스는 절벽 끝을 향해 달려갔다. 마논은 고삐를 단단히 쥐었다. 마침내 동굴 입구가 확 열리고 아브락소스는 날개를 뒤로 모았다. 가속도를 이용해 절벽 끄트머리를 밟고 마지막으로 치고 나가 마논과 함께 그 아래로 훌쩍 뛰어내렸다.

번개처럼 빠르게 하늘을 가로지르며 협곡 바닥을 향해 강하했다.

마논은 안장에 바짝 몸을 붙였다. 땋아 내린 머리카락이 풀리면서 망토 바깥에서 펄럭였다. 바람이 머리카락을 잡아당기는 느낌이었다. 눈꺼풀을 내리덮었는데도 눈에 눈물이 고였다. 아브락소스는 계속해서 아래로 내려갔다. 날개를 단단히 접고 꼬리를 곧게 해 중심을 잡았다.

지옥을 향해, 저 아래 영원의 세계로 추락하는 기분이었다. 마논은 일순간 가슴속이 꽉 죄어들었다.

마논은 눈을 감지 않았다. 달빛에 물든 협곡 바닥의 바위 지대가 점점 가까이 또렷하게 다가왔다. 굳이 눈을 감을 필요도 없었다.

강력한 범선의 돛을 펼치듯 아브락소스는 힘차게 날개를 펼쳤다. 날개의 방향을 위로 하자 그들을 아래로 끌어내리던 죽음의 기운에서 벗어날 수 있었다.

거미 비단을 덧대어 반짝이는 아브락소스의 날개는 탄탄하고 굳건하게 버텨주었다. 오메가의 측면을 따라 깔끔하게 위로 날아오른 그들은 그 위의 빛나는 하늘로 곧장 솟아올랐다.

45

로완이 변신하며 총안 흉벽에 내려섰을 때 보초들은 그다지 놀라지 않았다. 그들은 그가 날아서 도착하는 모습을 이미 주시하고 있었다. 로완은 그들에게서 두려움의 냄새를 맡았지만 예상했던 바였다. 다만 전보다 그 냄새가 조금 더 거슬리기는 했다.

"에일린이 얼마 동안 저러고 있었지?"

로완의 질문에 보초는 약간 동요하며 대답했다.

"한 시간쯤 됩니다, 왕자님."

보초는 저 아래에서 번쩍이는 불꽃을 내려다보았다.

"며칠 째야?"

"사흘째입니다."

에일린이 동이 트기도 전에 침대에서 빠져나간 지 사흘째 되던 날, 로완은 그녀가 주방 일을 도우러 갔을 거라고 생각했다. 그런데 어제 훈련을 하면서 에일린은…… 밤사이 실력이 훌쩍 향상된 모습을 보였다. 이 정도 근성이면 인정해줘야 했다.

에일린은 거석 바깥에서 불꽃을 다루며 연습 중이었다. 그녀의 손에서 나간 단검 모양의 불꽃이 거석 사이의 보이지 않는 장벽을 향해 차례로 날아갔다. 적의 머리를 노리고 달려드는 듯한 모양새였다. 마법의 벽에 부딪친 불꽃 단검은 빛을 터트리며 튀었다. 그 벽은 요새를 에워싼 보호 장벽이었다. 튀어온 불꽃 단검을 에일린은 빠르고 힘차고 확실하게 막아냈다. 전장에 내놓아도 손색이 없는 전사의 모습이었다.

보초가 말했다.

"저런 식으로 싸우는 사람은…… 본 적이 없습니다."

로완은 굳이 대꾸하지 않았다. 반페이 여성이 저런 식으로 힘을 사용할 줄 알게 된 것에 대해 메이브 여왕이 기뻐할지도 확신할 수 없었다. 로완은 그의 지휘관이며 도라넬에서 유일하게 자신보다 계급이 높은 수컷인 로르칸에게 지금 본 것에 대해 말할 생각이었다. 에일린의 방식을 그들의 훈련에 사용할 수 있을지 판단을 받아봐야 했다.

에일린은 무기를 던지는 연습에서 백병전 연습으로 넘어갔다. 힘차게 주먹을 내지르고 불꽃으로 빠르게 발길질을 하는 연습이었다. 그녀의 불꽃은 황금색, 붉은색, 오렌지색으로 화려한 색깔을 뿜어냈다. 마법뿐 아니라 그녀의 싸움 기술, 움직이는 방식은 정말이지 대단했다. 저렇게 철저하게 훈련을 시켜놓은 걸 보면 에일린의 예전 스승은 괴물 같은 실력을 지닌 자임이 분명했다. 에일린은 무자비할 정도로 빠르고 거세게 자세를 낮추고 몸을 비틀고 돌렸다.

루비색 불꽃이 벽에 튀며 날아오자 에일린은 여느 때처럼 욕을 했다. 가까스로 피하기는 했지만 엉덩방아를 찧고 말았다. 하지만 보초들 중 그 모습을 보고 웃는 자는 없었다. 로완이 옆에 있기 때문인지 에일린의 압도적인 존재감 때문인지는 알 수 없었다.

잠시 후 로완은 그 답을 알 수 있었다. 로완은 에일린이 고함을 지르거나 악을 쓰면서 그 자리를 떠날 줄 알았다. 하지만 그녀는 천천히 바닥에서 일어섰다. 옷에 묻은 흙과 잎사귀를 털어내지도 않고 곧 다시 연습에 매진했다.

일주일 후 또 시체가 발견됐다. 셀레이나와 로완은 상쾌한 봄날의 아침부터 우울한 소식을 접하고 곧장 시체가 발견된 곳으로 달려갔다.

지난 일주일 동안 셀레이나는 로완의 지도 아래 마법을 활용해 공격과 방어를 하고 마법을 조종하는 훈련을 해왔다. 그 와중에 그곳을 지나가던 페이 귀족들 때문에 훈련에 방해를 받으면서 셀레이나는 도라넬에 굳이 서둘러 입성할 필요가 없겠다는 생각을 했다. 다행히 손님들은 하룻밤 정도만 머물렀고 셀레이나의 훈련을 크게 방해하지 않았다.

셀레이나가 친수성을 타고났지만 그들은 불을 이용한 훈련에 매진했다. 셀레이나는 물을 마실 때나 목욕을 할 때, 비가 내릴 때를 이용해 물을 소환해보려고 꾸준히 시도했지만 뜻대로 되지 않았다. 그런데 불 마법은 어렵지 않게 쓸 수 있었다. 셀레이나는 이른 아침부터 따로 훈련을 계속했고 로완이 그걸 알고 있음을 눈치챘다. 하지만 로완은 낮 훈련의 강도를 낮춰주지 않았다. 그들이 사용하는 마법이 한데 뒤엉키면서…… 셀레이나의 불꽃이 로완의 얼음을 가지고 놀거나 셀레이나가 만든 잉걸불 사이에서 로완의 바람이 춤을 추기도 했다. 아침마다 훈련은 더욱 가혹해졌고 색다르고 고된 방식으로 진행되면서 매일 새로웠다. 로완은 정말이지 대단했다. 교활하고 사악하면서도 훌륭했다.

그는 단 하루도 빼놓지 않고 셀레이나의 기운을 모조리 빼놓았다. 악의가 있어서가 아니었다. 가르치려는 바를 확실하게 짚어주기 위해서였다. 적들은 절대 쉴 틈을 주지 않는다는 게 그의 요지였다. 싸우다 쉬려고 하거나 힘에 부치면 죽는 것이다.

그래서 로완은 셀레이나에게 강풍과 얼음을 쏟아내 진창이나 개울, 풀밭에 나뒹굴게 만들었다. 셀레이나는 매번 벌떡 일어나 불꽃화살을 쏘아댔다. 이제 셀레이나의 제일 강력한 동맹은 바로 불 방패였다. 배고프고 지칠 때까지, 비와 안개와 땀에 흠뻑 젖을 때까지 훈련을 반복했다. 그러다 보니 불 방패는 본능적으로 곧장 꺼내 쓸 수 있게 됐고, 불화살과 단검을 함께 던질 수 있게 됐으며, 로완을 엉덩방아 찧게 만들 수도 있게 됐다. 아직 배울 것은 많았다. 그렇게 셀레이나는 하루하루 살고 호흡하며 불을 꿈꾸었다.

바다 건너 제국에 사는 갈색 눈을 가진 남자를 꿈에서 볼 때가 있었다. 그런 날이면 곁에 누운 따뜻한 남자의 몸으로 손을 뻗었다가 그게 근위대장이 아님을 깨닫고 그만두곤 했다. 앞으로 다시는 케이올 곁에 누울 수 없을 것이다. 그 생각을 하면 아직도 가슴이 아파 숨이 잘 쉬어지지 않았다.

로완과는 한 침대를 썼지만 연애 감정 따위는 없었다. 그들은 각자의 자리에 누워 잠만 잤다. 시체가 발견된 곳을 향해 달려간 셀레이나가 몸에 열을 식히려 셔츠를 벗을 때도 로맨틱한 분위기는 전혀 아니었다. 셔츠를 벗고 속옷만 입고 있으니 셀레이나의 피부에 차가운 바다 공기가 닿으며 기분 좋은 한기가 느껴졌다. 로완도 묵직한 재킷을 벗고 시신이 발견된 장소로 조심스럽게 다가갔다.

셀레이나는 숨을 몰아쉬며 말했다.

"이번에는 확실히 그 냄새가 나는데요."

그들이 출발한 지 세 시간도 채 안 되어서 이곳에 도착했다. 셀레이나는 그동안 훈련해온 대로 페이 형상으로 몸을 바꾼 덕분에 전보다 더 빠르고 오래 뛸 수 있었다.

"이 시신은 사흘 전에 발견된 반페이보다 여기서 더 오랫동안 부패한 것 같아."

셀레이나는 지난번 현장에 데려가지 그랬냐고 받아치려다 말았다. 지난번에 반페이의 시신이 발견됐을 때 로완은 셀레이나에게 종일 혼자 연습을 하게 시켜놓고 혼자 현장으로 날아갔다. 오늘 아침에도 혼자 가려다 화가 나서 이글거리는 셀레이나의 눈빛을 보고 마지못해 데려온 거였다.

셀레이나는 카펫처럼 깔린 솔잎을 조심스레 밟으며 근처에서 싸움이나 공격의 흔적을 찾아보았다. 근처에 개울이 빠르게 흐르고 있었지만 작은 바위 뒤에 얼핏 보이는 옷더미에서 파리들이 붕붕 대고 있었다.

로완은 작고 날카롭게 욕을 뱉으며 팔뚝으로 코와 입을 가렸다. 껍데기만 남은 반페이 수컷의 얼굴은 공포로 뒤틀려 있었다. 만약 처음 보는 광경이었다면 셀레이나도 질겁했을 것이다.

여기서도 전에 맡았던 냄새가 풍겼다. 첫 번째 현장 때처럼 강하지는 않았지만 일부 남아 있기는 했다. 그 냄새에 반응해 떠오르려는 기억을 애써 찍어 눌렀다. 그날 무덤 터에서 셀레이나를 온통 사로잡았던 기억이었다.

"놈은 우리가 자기를 주목하는 걸 알고 있어요. 반페이를 목표물로 삼는 건 우리에게 메시지를 보내기 위해서이거나 아니면…… 자기 입맛에 맞아서겠죠. 하지만……" 셀레이나는 로완의 방에 보관돼 있던 지도를 떠올리며 움찔했다. 꽤 넓은 지역을 담아낸 그 지도에는 시신들이 발견된 장소가 표시돼 있었다. "만약 괴물이 하나가 아니라면요?" 로완은 양쪽 눈썹을 치켜뜨며 셀레이나를 돌아보았다. 셀레이나는 단서를 망치지 않으려 조심하면서 시신 옆에 서 있는 로완 곁으로 조용히 걸음을 옮겼다. 속이 뒤집히면서 목 뒤가 따가울 정도로 신물이 올라왔지만 불로도 녹일 수 없는 냉정함으로 공포를 찍어 눌렀다.

"당신은 나이가 많으니 우리가 상대하는 괴물이 여러 마리일 수도 있다는 생각을 했을 거예요. 사건이 발생한 지역이 광대하기도 하니까요. 우리가 묘지에서 봤던 괴물이 이 반페이들을 죽인 괴물이 아닐 수도 있지 않겠어요?"

그는 눈을 가늘게 뜨며 고개를 끄덕였다. 셀레이나는 시신의 홀쭉한 얼굴과 찢어진 옷을 자세히 들여다보았다.

옷의 찢어진 자리는 손바닥을 따라 그어진 작은 상처와 같은 방향으로 나 있었다. 마치 손톱으로 할퀸 듯한 모양새였다. 다른 시신들은 손바닥에 이런 자국이 없었는데…

셀레이나는 손을 휘저어 파리 떼를 쫓으며 말했다.

"로완. 로완, 여기 와서 이거 좀 봐요."

그는 또다시 독한 욕을 뱉어내더니, 웅크리고 앉아 찢어진 목깃 부분을 단검 끝으로 들췄다.

"이 수컷은……."

"싸웠어요. 놈에게 맞서 싸운 거죠. 보고서에 따르면 다른 시신들은 이렇지 않았잖아요."

악취가 너무 지독해 셀레이나는 무릎이 꺾일 지경이었지만 꾹 참

앉다. 썩어가는 손과 팔뚝, 안팎이 뒤집힌 채 쪼그라진 피부를 확인했다. 로완에게 단검을 좀 달라는 뜻으로 손을 내밀었다. 로완은 자기를 올려다보는 셀레이나를 바라보며 망설였다.

그러다 그녀의 손바닥에 칼자루를 쥐여주며 '오늘 오후만이야'라고 말하듯 으르렁거렸다. 단검을 받아 든 셀레이나는 속으로 말했다. '알아요, 알아. 너무 신경 곤두세우지 말아요.'

소리 없는 대화를 끝낸 셀레이나는 로완의 으르렁대는 소리를 들으며 껍질만 남은 시체로 시선을 돌렸다. 로완과 부딪혀 싸우는 걸 좋아하긴 했지만 지금은 그런 싸움을 즐길 때가 아니었다.

어쩐지 익숙한 기분을 느끼면서 셀레이나는 천천히 조심스럽게 반페이 수컷의 쪼개지고 더러워진 손톱 아래를 단검 끝으로 파냈다. 그 내용물을 손바닥에 대고 문지르고 확인했다. 흙과 시커먼 물질이었다…… 이 검은 물질은……

"그게 뭐지?"

셀레이나 옆에 무릎을 굽히고 앉은 로완은 그녀가 내민 손바닥에 대고 코를 킁킁거렸다. 그는 뒤로 휙 물러나며 내뱉었다.

"이건 흙이 아니야."

그렇다. 흙이 아니었다. 밤보다 더 까맣고 지독한 악취를 풍기는 물질이었다. 도서관 밑의 지하 무덤, 흑요석처럼 매끈하고 기름기를 머금은 피 웅덩이에서 셀레이나는 이 냄새를 처음 맡았다. 이 근방에 떠다니는 다른 끔찍한 냄새와는 약간 다르지만 비슷하게 끔찍한 냄새. 어디서 맡아봤냐면……

"이건 말도 안 돼." 셀레이나는 벌떡 일어섰다. "이건…… 이건…… 이건……" 셀레이나는 떨림을 멈추려 서성대며 말했다. "내가 틀렸어요. 내가 틀렸을 거야."

도서관 아래, 그러니까 아달렌 왕의 지하 무덤에는 감방들이 무척 많았다. 그곳에서 셀레이나가 만난 괴물은 인간의 심장을 지니고 있었다. 인간의 심장은 그 괴물에게 결점이었을 것이다. 만약…… 결점 없이 완성된 괴물이 그곳을 떠나 다른 곳으로 이동했다면? 그 괴물들이 지금 여기…… 와 있다면?

"말해."

로완이 나지막하게 요구했다. 그는 이 숲 어딘가에 도사리고 있을 위협에 대응하느라 신경을 바짝 곤두세우고 목소리를 낮췄다.

셀레이나는 손으로 눈을 문지르려다가 손가락에 묻어 있는 물질을 떠올렸다. 셔츠에 문질러 닦으려다가 생각해보니 지금 몸에 걸친 것은 부드러운 흰 천으로 된 가슴 가리개뿐이었다. 뼛속까지 추웠다. 손에 말라붙은 검은 피를 씻어내려 근처 개울로 달려갔다. 이 물질이 개울을 통해 세상에 퍼져나갈 것을 생각하면 끔찍했지만 어쩔 수 없었다. 셀레이나는 도서관에서 본 괴물과 워드 열쇠, 메이브 여왕이 알고 있다는 아달렌 왕의 힘을 없애는 방법에 대해 로완에게 빠르게 설명했다. 그런 괴물들을 만들어내는 게 바로 아달렌 왕의 힘이었다. 아달렌 왕은 핏속에 마법력을 가진 이들을 찾아내 숙주로 만들었다.

로완은 얼음처럼 침착한 표정으로 물었다.

"그 괴물이 어떻게 여기까지 왔지?"

"모르겠어요. 내 생각이 틀리면 좋겠어요. 그런데 그 냄새가…… 살아 있는 동안 절대 못 잊을 냄새예요. 속에서부터 완전히 썩어버린 존재한테서 풍기는 악취라서."

"놈은 약간의 인지 능력을 갖고 있어. 정체가 뭐든 시체를 이렇게 버려놓은 걸 보면 인지 능력을 갖고 있는 게 분명해."

셀레이나는 침을 삼키려 두 번이나 애썼지만 입안이 바짝 말라 삼켜지질 않았다.

"반페이는…… 그 괴물들에게 완벽한 숙주가 됐을 거예요. 대부분이 마법력을 갖고 있고, 웬들린이나 도라넬에는 그들의 생사 여부에 관심 있는 사람이 아무도 없으니까요. 그런데 시체로 발견된 게 이상해요. 납치해서 숙주로 삼으면 됐을 텐데 왜 죽였을까요?"

"바꿔치기가 안 되는 몸이었을 수도 있지. 바꿔치기가 안 되면 몸 안의 정수를 쭉 빼는 것 말고 다른 쓸모가 있었을까?"

"시신을 아무렇게나 버려둔 건요? 보는 이들에게 겁을 주려고 한 걸까요?"

로완은 턱에 힘을 주고 걸어가며 바닥과 주변의 바위들을 살폈다.

"시신을 불로 태워, 에일린." 그는 칼집과 허리띠를 풀어 셀레이나에게 던졌다. 단검은 지금 셀레이나의 손에 있었다. 셀레이나는 다른 쪽 손으로 칼집과 허리띠를 낚아채 잡았다. "사냥을 시작한다."

로완이 변신해 하늘을 맴돌며 주변을 살펴보았지만 그들은 아무것도 찾아내지 못했다. 날이 어두워지면서 그들은 그 지역에서 제일 크고 잎이 무성한 나무로 올라갔다. 굵직한 나뭇가지 위에 자리를 잡고 몸을 웅크렸다. 그는 셀레이나에게 불꽃 한 점 만들어내지 말라고 경고했다.

셀레이나가 잠자리가 너무 불편하다고 투덜대자 로완은 달도 없는 밤이면 스킨워커보다 더 끔찍한 것들이 숲을 돌아다닌다고 알려주었다. 그 말에 셀레이나는 아예 입을 다물어버렸다. 잠시 후 로완은 도서관에서 만난 괴물의 강점과 약점을 자세히 설명하라고 요구했다.

셀레이나가 설명을 마치자 그는 길쭉한 칼 한 자루를 꺼내 닦기 시작했다. 그가 소지하고 다니는 멋진 무기들 중 하나였다. 감각이 예민해진 셀레이나는 별빛을 통해 강철 칼과 로완의 손, 어깨 근육의 움직임을 분간할 수 있었다. 그는 수백 년의 세월 동안 무자비한 훈련과 전투로 다듬어진 아름다운 무기 그 자체였다.

"그 괴물에 대해 내가 착각했다고 생각해요?"

그는 다 닦은 칼을 치우고 옷 안에 숨겨둔 다른 칼들을 꺼내려 했다. 그 칼들도 첫 번째 칼과 마찬가지로 깨끗했지만 셀레이나는 굳이 지적하지 않았다.

로완은 옷 안에 차고 있던 칼들을 꺼내려고 셔츠를 머리 위로 벗어 올렸다. 그의 넓은 등짝이 드러났다. 근육질에 상처투성이인 그의 등은 영광스럽기까지 했다. 여성적이라 볼 수 있을 정도로 고운 피부는 셀레이나도 인정할 수밖에 없었다. 그가 웃통을 내보였지만 셀레이나는 아무렇지 않았다. 로완도 셀레이나의 몸 구석구석을 이미 다 봤다. 로완의 벗은 몸을 봐도 전혀 놀랄 부분이 없는 건 케이올 덕분이기도 했다. 아니, 케이올에 대해서는 생각하고 싶지 않았다. 겨우 심신에 균형을 잡고 머리가 맑아진 지금은 더욱 떠올리고 싶지 않았다.

"우린 교활하고 치명적인 포식자를 상대하고 있어. 그것이 어디에서 왔든 몇 마리나 있든 달라질 건 없어." 그는 흉근에 가로질러 끈으로 고정한 단검을 깨끗이 문질러 닦으며 말했다. 셀레이나는 그의 얼굴에서부터 목, 어깨, 팔로 이어지는 문신의 선을 눈으로 훑었다. 삭막하고 잔인해 보이는 표식이었다. 케이올의 얼굴 상처는 다 나았을까, 아니면 그녀가 한 짓을 영원히 떠올리게 하는 표식으로 남았을까? "착각했으면 차라리 다행이지."

셀레이나는 나무줄기에 등을 기대고 바닥에 앉았다. 또 케이올 생각이 났다. 이대로 끝장을 내버리는 게 유일한 선택지라 여겨질 만큼 몹시 지친 상태였다.

지난 몇 달 동안 케이올이 어떻게 살고 있는지, 그녀를 생각하고 있는지 알고 싶지 않았다. 케이올이 그녀에 대한 정보를 아달렌 왕에게 팔아넘겼다면 아달렌 왕은 그녀를 죽이기 위해 괴물을 이곳으로 보냈을 수도 있었다. 그리고 도리언은…… 젠장. 그동안 비참한 자신의 입장에만 골몰한 나머지 도리언에 대해서는 생각할 겨를도 없었다. 도리언은 마법력을 지녔다는 비밀을 잘 지켜냈을까. 부디 그가 무사하기를.

셀레이나가 상념에 젖어 있는 동안 로완은 무기 정리를 마치고 물주머니를 꺼내 손과 목, 가슴을 씻었다. 물에 젖은 그의 피부가 별빛을 받아 어슴푸레하게 빛나고 있었다. 셀레이나는 그를 곁눈질로 바라보았다. 로완과의 육체관계를 통해 케이올에 대한 그리움을 떨쳐내려는 것은 어리석고 무모한 생각임을 셀레이나도 잘 알고 있었다. 이럴 때 로완이 자신에게 관심이 없으니 다행이었다.

셀레이나의 가슴속에는 여전히 커다란 구멍이 뚫려 있었다. 그 구멍은 날이 갈수록 커질 뿐 작아지지는 않았다. 로완을 잠자리에 불러들인다고 해서 메워질 구멍이 아니었다. 어떤 날은 자수정 반지가 세상 무엇보다 귀중한 보물 같다가도, 어떤 날은 당장이라도 불 속에 던져버리고 싶은 심정이었다. 처음부터 아달렌 왕을 섬기는 남자를 사랑한 게 어리석은 짓이었다. 하지만 광산에서 살아남은 뒤 샘마저 잃은 셀레이나에게 케이올은 꼭 필요한 존재였다.

그런데 요즘은 자신이 뭘 필요로 하는지, 뭘 원하는지 알 수가 없었다. 솔직히, 자신이 누구인지도 알 수가 없었다. 절망과 슬픔의 구렁텅이에서 기어 올라온 셀레이나는 그 구렁텅이에 처박혔던 셀레이나와는 다른 사람이라는 것만은 분명했다. 차라리 잘된 일인지도 몰랐다.

로완은 다시 옷을 입고 나무줄기에 기대어 앉았다. 옆에 앉은 그의 몸이 따뜻하고 탄탄하게 느껴졌다. 잠시 어둠 속에 말없이 앉아 있던 셀레이나가 조용히 입을 열었다.

"진정한 짝을 찾게 되면 그 짝의 몸에 상처를 내는 건 생각조차 못하게 된다고 전에 말했잖아요. 짝에게 상처를 내는 건 자신에게 상처를 내는 것과 마찬가지가 된다고."

"그랬지. 왜?"

"난 그 남자를 죽이려고 했어요. 네히미아의 죽음이 그 남자의 탓이라고 생각해서 그의 얼굴에 상처를 냈어요. 그리고 심장에 칼까지 박아 넣으려 했죠. 옆에서 말리지 않았으면 죽이고도 남았을 거예요. 케이올이, 그가 정말 내 짝이었다면 난 그런 짓을 못하지 않았을까요?"

그는 한동안 말이 없었다.

"당신은 10년 동안 페이의 몸으로 돌아온 적이 없었어. 그러니 페이의 본능이 더 앞서지 못했을지도 모르지. 진정한 짝과 결합이 이루어지기 전에 다른 사람들과 본능적으로 맺어질 수도 있어."

"진정한 짝과의 만남이 쓸데없는 기대일 수도 있다는 거네요."

"진실을 알고 싶어?"

셀레이나는 튜닉 안으로 턱을 넣고 눈을 감았다.

"오늘 밤은 그러고 싶지 않아요."

46

눈으로 쏟아지는 강렬한 빛을 손으로 가리며 셀레이나는 절벽과 그 아래 해변을 둘러보았다. 바람 한 점 없이 타는 듯이 더운 데도 로완은 두툼한 진회색 재킷과 널찍한 허리띠, 팔뚝의 완갑을 그대로 유지했다. 그날 아침 로완은 만일의 사태에 대비해야 하니 어쩔 수 없다는 듯 셀레이나에게 무기 몇 개를 내주었다.

새벽녘에 그들은 왔던 길을 되짚어 최근 사건이 발생한 현장으로 돌아갔다. 그곳에서 셀레이나는 괴물의 흔적을 찾아냈다. 근처 바위에 떨어져 있는 시커먼 피 한 방울을 찾아낸 것이다. 로완이 냄새를 추적해 이 절벽까지 오게 됐다. 셀레이나는 곡선으로 길게 뻗은 해변을 따라 절벽에 자연적으로 형성된 동굴들을 내려다보았다. 딱히 눈에 띄는 흔적은 없었다. 만약 있었다고 해도 바다와 바람 같은 온갖 요소들로 인해 이미 사라졌을 것이다. 그들은 30분 동안 이곳을 돌아다니며 흔적을 찾아보려 했지만 성과를 올리지 못했다. 딱 한 군데만 빼고······.

바로 절벽 가장자리. 부드럽게 아래쪽으로 이어지는 듯한 경사면이었다. 수많은 이들이 절벽 가장자리를 따라 그 아래로 미끄러져 내려간 것 같은 형상이었다. 셀레이나가 금방이라도 부서져 내릴 듯한 그 아래 계단을 내려다보자 로완은 그녀가 떨어질 것 같았는지 팔을 붙잡았다. 셀레이나가 쏘아보았지만 그는 팔을 놓지 않았다.

"설마 날 모욕하려고 이러는 건 아니겠죠. 와서 보기나 해요."

바로 밑에 있는 그 계단은 관목이 점점이 자라는 바위와 모래 무더기에 지나지 않았다. 해변 너머 바다는 너무나도 맑고 고요해서 해변을 둘러싼 보초로 무언가 접근하려 했다가는 바로 눈에 띌 것 같았다. 배를 박살 내지 않고 안전하게 해변까지 다다르려면, 작은 배를 타고 산호초 사이의 좁은 틈새로 들어오는 수밖에 없었다. 그러니 전함이나 상선은 접근조차 할 수 없을 것이다. 이곳이 개발되지 않은 이유 중 하나일 듯했다. 다만 이 나라로 들어와 숨어 지내기에는 완벽한 장소일 터였다.

셀레이나는 모랫바닥에 손으로 긴 선을 그리고 몇 군데 점을 찍었다.

"시신들이 개울과 강 주변에 버려져 있었잖아요."

로완은 옆에 와서 무릎을 굽히며 말했다. "맞아. 바다에서 멀리 떨어지지 않은 곳이니 바다에 버릴 수도 있었을 텐데……"

"시신들이 해변으로 다시 떠밀려 올 경우 사람들이 해변을 수색할 수도 있으니 개울가에 버린 것 같기도 해요. 여기 좀 봐요." 셀레이나는 바닥에 그려놓은 해안선을 가리켰다. 그 선의 한가운데가 현재 그들의 위치였다.

"해변의 이쪽 구역에는 동굴들이 무수히 많아요."

셀레이나는 파도가 암초에 부딪히는 곳을 가리켰다. 그 사이에 파도가 거의 치지 않는 좁은 틈새가 있었다. "그 나라에서 쉽게 들어올 수 있겠죠……" 차마 그 나라의 이름을 입에 올릴 수 없었다. 지금은 이 부근에 배가 없지만 밤사이에 한두 척, 혹은 그 이상이 아달렌에서 저 좁은 틈새로 들어와 좀더 작은 보트를 이용해 포악한 괴물이 들어 있는 상자를 육지로 실어 날랐을 수도 있었다.

로완이 일어섰다.

"당장 여길 떠나자."

"그들이 우릴 봤으면 진작 공격하지 않았겠어요?"

"주변을 탐색하려면 밤에 하는 편이 나아. 개울가로 돌아가서 일단 먹을 걸 찾아보자고. 그리고……" 그는 환하게 웃으며 덧붙였다. "재미를 봐야지."

신이 그들을 가엾게 여겼는지 해 질 녘 이후 비가 내리기 시작했다. 그들이 해변으로 돌아가 동굴들을 샅샅이 살펴보는 동안 뇌운이 맹렬하게 몰려와 비를 쏟아냈다.

하지만 신의 보살핌은 거기까지였다. 척박한 해변 위로 솟아 있는 좁은 절벽에 배를 깔고 엎드려가며 이리저리 살펴보니 예상보다 좋지 않은 결과물이 드러났다. 아달렌 왕은 괴물만 만들어내는 게 아니었다.

군인들까지 만들고 있었다.

몇몇 군인들이 거대한 동굴 입구 밖으로 걸어 나왔다. 그 동굴은 바위와 모래 지대 사이에 있어 눈에 잘 띄지 않았다. 로완의 날카로운 후각이 아니었으면 그 군인들을 포착하지 못했을 것이다. 로완은 그 군인들한테서 나는 냄새를 자세히 묘사하지 않았지만 셀레이나는 이미 알고 있었다.

시커먼 형체들이 동굴을 드나드는 모습을 보면서 셀레이나는 입이 바짝 마르고 뱃속이 움츠러들었다. 움직임만 보더라도 그들은 고도로 훈련 받은 군인들임이 분명했다. 도서관에서 맞닥뜨린 과격하고 치명적인 괴물들이나 묘지에서 본 차갑고 완벽한 존재와 달리 인간처럼 보였다. 전부 의식이 있고 규율이 잡혀 있으며 무자비한 군인들이었다.

셀레이나는 로완에게 속삭였다.

"마을의 게 장수가 그물에 무기들이 걸려 올라왔다고 했어요. 배를 타고 최대한 가까이 와서 마을 사람들 눈에 띄지 않게 헤엄을 쳐 암초 지대를 통과해 해변으로 올라온 게 분명해요. 더 가까이 가서 봐야 돼요." 셀레이나가 눈썹을 치켜뜨며 재촉하자 로완은 사냥꾼의 눈빛으로 미소 지었다. "네가 언젠가는 쓸모가 있을 줄 알았어."

로완은 콧방귀를 뀌며 순식간에 변신했다. 셀레이나는 매로 변신한 그가 폭풍우에 먹혀버리지 않을까 우려가 되기는 했다. 로완은 날개를 퍼덕이며 절벽 가장자리로 날아가 바다 쪽으로 활공했다. 먹잇감을 찾는 포식자 같았다. 로완은 하늘에서 한 바퀴 돌아 부서지는 파도 위쪽의 바위에 내려앉았다. 셀레이나는 로완이 동굴 입구 쪽으로 다시 접근하는 모습을 바라보았다. 영락없이 빗속에서 쉴 곳을 찾아가는 매의 모습이었다. 동굴의 높은 천장에 가까이 다가간 그는 그대로 동굴 안으로 날아 들어갔다.

그가 밖으로 나올 때까지 셀레이나는 숨도 쉴 수 없었다. 천둥과 번개의 간격을 숫자로 헤아리면서 언제든 칼자루를 잡을 준비를 했다.

마침내 로완이 느긋하게 동굴 밖으로 날아서 나왔다. 그는 셀레이나가 있는 곳을 지나서 숲 쪽으로 날아갔다. 따라오라는 뜻이었다.

셀레이나는 흙과 진창, 돌 사이를 힘겹게 지나 나무 사이로 걸어 들어갔다. 안쪽으로 갈수록 숲은 점점 더 빽빽해졌고 거세게 내리는 비 때문에 아무 소리도 들리지 않았다.

그는 옹이투성이 소나무 앞에 팔짱을 끼고 서 있었다.

"동굴 안에 군인 200명, 괴물 세 마리가 있어. 해변에 망 같은 걸 숨겨놨더라고."

목이 막히는 기분이었다. 셀레이나는 그의 설명을 기다렸다.

"나록 장군이라는 자가 그들을 지휘하고 있어. 군인들은 모두 잘 훈련되어 있었지만 괴물 세 마리와는 거리를 두고 있더라고." 로완은 코를 쓱 문질렀다. 번개가 번쩍인 순간 셀레이나는 그의 코에 묻어 있는 피를 보았다. "당신 말이 맞았어. 괴물 세 마리는 얼핏 보면 인간 같지만 인간이 아니었어. 무어라 말할 수 없이 구역질 나는 것이…… 그들 피부 안에 들어앉아 있는 것 같았어. 그들이 내 마법과 피, 내 정수를 밀어내는 기분이었어." 그는 손가락에 묻은 피를 내려다보며 말했다. "그들은 모두 무언가를 기다리고 있었어."

세 마리라. 셀레이나는 그중 한 마리에게 죽임을 당할 뻔했다.

"뭘 기다려요?"

로완이 짐승 같은 눈을 번뜩이며 셀레이나를 바라보았다. "당신이 말해주지 그래?"

"아달렌 왕은 이런 일에 대해 얘기한 적이 없었어요. 그는…… 그는……" 아달렌에 뭔가 안 좋은 일이 일어난 걸까? 케이올이 아달렌 왕에게 셀레이나의 정체를 까발려서, 왕이 저들을 이곳으로 보낸 거라면……. 아니, 저 괴물들을 여기로 몰래 들여오는 데만 몇 주, 몇 달이 걸렸을 것이다. "웬들린의 군대에 알려야 해요. 당장 경고해야 돼요."

"내가 내일 당장 배러스에 도착해서 알린다고 해도 그들이 육상으로 이동해 여기까지 오려면 일주일도 넘게 걸려. 게다가 웬들린 군부대 대부분은 봄 동안 북부에 배치돼 있어."

"그래도 그들이 위험한 상황인 건 알려야죠."

"머리를 좀 굴려 봐. 서쪽 해안에는 몸을 숨길 만한 동굴이며 틈새가 엄청 많은데 저들은 하필 이곳을 골랐어. 바다에서 내륙으로 접근이 가능한 곳을 고른 거야."

셀레이나는 머릿속에 이 지역 지도를 그려보았다.

"산길을 통해 요새를 지나갈 수 있으니까 그런가 보네요." 그 순간 셀레이나는 소름이 돋다 못해 피까지 얼어붙는 기분이었다. 그런 그녀를 달래주려 마법이 불꽃을 피워내려 할 정도였지만, 그 정도로는 그녀에게 온기를 보낼 수 없었다. 셀레이나가 말했다. "아니…… 지나가려는 게 아니라, 요새로 쳐들어오겠다는 거네요. 저들은 반페이들을 사냥하고 있으니까요."

로완은 천천히 고개를 끄덕였다.

"우리가 찾아낸 시신들은 저들이 실험을 하고 버린 껍데기였어. 저들은 반페이의 약점과 강점을 파악하고, 어떤 반페이를 이용해야 자기네들 입맛에 맞는 존재로 변형시킬 수 있을지 연구하고 있는 것 같아. 저 부대는 반페이를 붙잡아 데려가려고 여기 왔을 거야. 못 데려갈 것 같으면 잠재적인 위협을 없애려 하겠지."

저들은 아달렌의 일원으로 변형시켜 노예로 삼지 못하면 반페이를 적으로 만날 가능성이 높았다. 전쟁이 나면 반페이는 웬들린을 위해 싸우게 될 테니까. 웬들린이 거느린 부대에서 제일 강한 전사가 될 테니, 아달렌 입장에서는 골치 아픈 일이었다.

셀레이나는 턱을 들고 말했다.

"해변으로 내려가서 저들을 우리 마법으로 쓸어버려요. 저들이 자고 있는 동안 하면 되겠네요."

그들을 처리할 생각만으로도 셀레이나의 영혼 일부는 이미 거칠게 날뛰기 시작했다.

로완이 그녀의 팔꿈치를 잡으며 말렸다.

"그렇게 할 수만 있었으면 내가 벌써 저들을 질식시켜 죽였을 거야. 하지만 지금은 불가능해. 저들을 죽이려다가 우리 목숨이 위험해질 수 있어."

"난 할 수 있고 의지도 있어요."

저들은 아달렌의 군인들이었다. 저들은 무수히 많은 인명을 도살하고 약탈했으며 도저히 눈 뜨고 볼 수 없는 악행을 저질렀다. 셀레이나는 저들을 죽여 없앨 수 있었고 그렇게 *해야만* 했다.

"아니, 당신은 저들에게 아무런 해도 가할 수 없어, 에일린. 지금은 안 돼. 저들은 워드 문자로 야영지를 보호하고 있어서 우리 마법은 통하지 않아. 요새를 둘러싸고 있는 돌과 비슷한 워드인데 종류가 달라. 저들이 사용하는 물건에는 다 쇠가 들어 있어. 무기에도 그렇고 갑옷에도. 적에 대해 잘 아는 거지. 우리 실력이 좋기는 하지만 단독으로 동굴에 쳐들어가 저들을 상대한다면 살아서 나오지 못해."

셀레이나는 비에 젖은 머리카락을 두 손으로 쓸어올리며 서성였다. 문득 그가 말을 다 한 게 아니라는 생각이 들었다.

"계속해요."

"나록은 동굴 뒤쪽에 있는 방에 있었어. 나록도 그 괴물과 똑같아. 인간의 가죽을 쓴 괴물이지. 그는 괴물 세 마리를 내보내서 반페이를 동굴로 잡아 오게 했어. 그렇게 가져온 반페이로 실험을 하는 것 같았어."

로완이 왜 그녀를 해변이 아닌 이 숲까지 따라오게 했는지 이제 이유를 알 수 있었다. 안전 때문이 아니었다. 바로 지금 저 동굴 안에 잡혀 들어온 반페이가 있기 때문이었다.

"여자 반페이였는데, 나는 그 여자의 숨통을 끊어서 편하게 갈 수 있게 해주려고 했어. 그런데 그들이 그 여자한테 쇠를 너무 많이 집어넣은 거야. 우리가 지금 쳐들어간다고 해도 그 여자는 오늘 밤을 넘기기 힘들어. 이미 숨도 제대로 못 쉬고 껍질만 남아 있는 상태였어. 원래대로 되돌릴 수 없을 거야. 그들은 그 여자의 생명력을 빨아먹고 그 여자를 악몽 속에 가뒀어. 그 여자는 자기가 겪은 끔찍하고 무시무시한 상황을 머릿속으로 계속 되새기고 있을 거야."

셀레이나의 핏속에 피어오르던 불이 싸늘하게 얼어붙을 지경이었다.

"묘지에서 만난 날 괴물은 나를 빨아먹으려 했어요. 도망치지 못했으면 나도 그 꼴이 됐을 거예요."

로완은 으르렁대는 듯한 나지막한 소리로 동의했다.

셀레이나는 속이 울렁거려 손으로 얼굴을 문지르며 고개를 뒤로 젖혔다. 저 위의 우듬지에서 빗방울이 흘러내렸다. 그녀는 마침내 길게 숨을 들이마시며 로완을 마주 보았다.

"저들이 동굴 안에 모여 있는 동안에는 우리도 마법으로 저들을 죽일 수 없는 거네요. 웬들린의 군대는 여기서 너무 멀리 떨어진 곳에 있고. 나록은 괴물 세 마리, 군인 200명을 거느리고 반페이 사냥을 하고 있고요." 셀레이나는 생각을 소리 내서 말하고 있었다. 로완은 고개를 끄덕이며 조용히 들었다. "미스트워드에 있는 보초들 중 실제로 전투에 나가 싸워본 경험이 있는 보초는 몇 명이죠?"

"30명 정도. 그중 일부는 맬라카이처럼 나이가 너무 많기는 하지만 싸울 수는 있어. 싸우다 죽겠지."

로완은 숲으로 더 깊숙이 들어갔다. 셀레이나는 그의 뒤를 따라 걸었다. 만약 해변에 한 걸음이라도 더 가까이 있었으면 그들에게 붙잡혀간 반페이 여자를 구하러 갔을 수도 있었다. 로완의 어깨가 잔뜩 긴장한 상태인 걸 보니 그도 셀레이나의 그런 마음을 느끼고 있는 듯했다.

어느새 비가 그쳤다. 셀레이나는 두건을 뒤로 젖혔다. 달아오른 얼굴에 안개 낀 공기가 스며들었다. 이 지역은 양치기와 농부, 어부들이 주로 살았다. 반페이 말고는 저 괴물들과 싸울 수 있는 이들이 없었다. 그들은 적보다 이 지역을 잘 안다는 것 말고는 딱히 내세울 만한 강점이 없었다. 웬들린으로 전언을 보낸다고 해도 지원군이 오려면 일주일은 걸릴 것이다.

로완이 갑자기 걸음을 멈추고 주먹을 위로 치켜들었다. 그가 저 앞의 숲을 둘러보는 동안 셀레이나도 멈춰 서서 대기했다. 그는 노련하게 아무 소리도 내지 않고 완갑에서 단검 하나를 빼들었다. 인간의 피부를 뒤집어쓴 괴물의 악취가 잠시 후에 셀레이나의 코끝에 와 닿았다.

"한 마리야."

그가 목소리를 잔뜩 낮춰서 페이 귀를 쫑긋 세운 셀레이나도 겨우 들었다.

"별로 마음이 놓이지는 않는데요."

셀레이나도 마찬가지로 나지막하게 대답하며 단검을 손에 들었다.

로완이 방향을 가리켰다.

"우리 쪽으로 곧장 오고 있어. 당신은 오른쪽으로 18미터 정도 이동해. 나는 왼쪽으로 갈게. 놈이 우리 사이로 지나가게 될 거야. 내가 신호를 하면 공격해. 근처에 있는 놈의 동료들을 불러 모을 수 있으니까 마법은 쓰지 마. 빠르고 조용히 단박에 해내야 돼."

"로완, 이 괴물은……."

"빠르고 조용히 단박에."

그가 초록색 눈을 번뜩였다. 셀레이나는 그의 눈을 바라보며 속으로 말했다.

그 괴물은 내 피를 빨아서 껍데기만 남겨놓으려 한 적이 있어요. 지금 여기서 우린 그런 꼴을 당할 수도 있다고요.

그때 당신은 싸울 준비가 돼 있지 않았어. 지금은 내가 함께 있잖아. 그의 눈빛은 이렇게 말하는 듯했다.

이건 미친 짓이에요. 난 저런 괴물을 상대하다가 죽을 뻔했다고요.

그래서 겁이 나, 공주?

당연히요. 그래야 제정신이겠죠.

하지만 그의 판단이 옳았다. 이 숲은 그들의 구역이고 그들은 전사다. 이번에는 다를 것이다. 셀레이나는 명령대로 행동하는 군인답게 고개를 끄덕였다. 조용히 숲으로 걸음을 옮기면서 발을 가볍게 내려놓았다. 거리를 계산하고, 주변 숲에 귀를 쫑긋 세우며, 호흡을 차분하게 유지했다.

이끼 낀 나무 뒤로 몸을 숨기며 다른 칼 하나를 더 빼들었다. 악취가 꾸준히 진해져 머리가 지끈거렸다. 머리 위의 구름이 걷히면서 희미한 별빛이 비옥한 땅에 낮게 드리워진 안개를 비췄다. 아무것도 보이지 않았다.

로완이 착각을 했나 하는 생각이 든 순간, 나무 사이에서 괴물이 나타났다. 예상보다 셀레이나의 위치에 가까웠다. 훨씬 많이 가까웠다.

눈보다 느낌으로 먼저 놈의 접근을 알아챘다. 놈은 시커먼 얼룩 같았다. 정적을 망토처럼 온몸에 두르고 있는 듯했다. 안개조차도 놈을 피하는 것 같았다.

두건 아래로 창백한 피부와 관능적인 입술이 얼핏 보였다. 놈은 무기도 들고 있지 않았지만, 놈의 손톱을 보고 셀레이나는 흠칫했다. 셀레이나가 기억하는 그대로, 길고 날카로운 손톱이었다. 도서관에서 저런 손톱에 상처를 입었을 때의 느낌이 아직도 생생했다.

그런데 도서관에서 봤을 때와는 달리 이 손톱은 부러진 상태가 아니었다. 곡선을 그리는 검은 손톱은 윤기마저 흘렀다. 손가락 피부는 뼈처럼 희었고 흠 하나 없었다. 너무 매끈해서 부자연스럽게 느껴질 정도였다. 놈의 피부에서 시커멓게 번들거리는 혈관이 셀레이나의 시야에 들어왔다. 한때 그 혈관을 타고 흘렀던 피를 대신해 지금은 다른 액체가 흐르고 있을 것이다.

셀레이나는 눈도 깜박이지 못하고 놈을 바라보았다. 놈이 두건 쓴 머리를 돌려 셀레이나 쪽을 바라보았다. 로완은 아직도 신호를 주지 않았다. 놈이 얼마나 가까이에 있는지 로완도 알고 있을까?

따뜻한 물 한 방울이 그녀의 콧구멍에서 입술로 흘렀다. 셀레이나는 긴장하며 전의를 다졌다. 놈은 얼마나 빨리 움직일까. 얼마나 깊게 놈을 베어야 할까. 장검은 크고 무거우니 마지막에 쓸 작정이었다. 중간 길이의 칼을 쓰려면 어느 정도 가까이 접근해야 했다.

놈이 나무들을 눈으로 훑었다. 셀레이나는 나무 뒤에 몸을 바짝 붙였다. 도서관에서 만난 괴물은 금속 문을 커튼처럼 찢었다. 게다가 워드 문자를 사용할 줄도 알았다……

셀레이나는 나무 뒤를 힐끗 살폈다. 놈은 무서울 정도로 우아하게 셀레이나가 숨어 있는 나무를 향해 오고 있었다. 길고 고통스러운 죽음을 선사할 것만 같은 모습이었다. 놈은 정신이 완전히 박살 나지 않았다. 생각하고 계산하는 능력이 여전히 있었다. 아달렌 왕은 그런 괴물을 이곳에 세 마리만 가져다 두었다. 아달렌에는 저런 것들이 몇 마리나 더 숨겨져 있을까?

숲이 너무 고요해서 씩씩거리는 숨소리까지 들릴 정도였다. 놈이 셀레이나의 냄새를 맡고 있었다. 셀레이나는 타오르려는 마법을 찍어 눌렀다. 로완의 명령이 있든 없든 마법으로 저것을 건드리고 싶지 않았다. 괴물이 다시 냄새를 맡고는 셀레이나 쪽으로 또 한 걸음 다가왔다. 그날 묘지에서처럼 공기가 쭉 빨려 들어가는 느낌이 들면서 셀레이나의 귓가에서 공기가 고동을 쳤다. 다른 쪽 코에서 피가 흐르기 시작했다. 제길.

그 생각을 한 순간 세상이 흔들렸다. 괴물이 로완 쪽으로 먼저 갔으면 어떻게 하지? 나무 뒤를 다시 힐끗 내다보았다.

괴물은 없었다.

47

 셀레이나는 속으로 욕을 하며 나무 사이를 살펴보았다. 제기랄. 괴물이 어디로 갔을까? 다시 비가 내리기 시작했다. 사방에 죽음의 냄새가 들러붙어 있었다. 단검을 들어 로완이 향한 방향으로 각도를 맞췄다. 로완의 생사 여부를 확인하기 위한 신호이기도 했다. 로완은 살아 있어야 한다. 다른 선택지는 받아들일 수 없었다. 칼날이 어찌나 깨끗한지 얼굴까지 훤히 비칠 정도였다. 뒤쪽의 나무와 하늘······
 그리고 뒤에 서 있는 괴물까지 비쳤다.
 셀레이나는 곧장 돌아서면서 괴물의 옆구리를 노렸다. 한 손의 칼을 놈의 옆구리에 곧장 꽂아 넣고 다른 손의 칼로는 목을 그을 작정이었다. 수년 동안 연습해온 동작이라 숨쉬듯 쉽게 해낼 수 있을 것 같았다.
 하지만 놈의 깊이를 알 수 없는 검은 눈동자를 본 순간 셀레이나는 그 자리에 얼어붙고 말았다. 몸과 마음, 영혼까지 얼어붙고 말았다. 마법의 불꽃도 꺼져버렸다.
 칼날이 젖은 땅에 떨어지는 소리가 귀에 들릴 듯 말 듯했다. 얼굴로 떨어지는 빗방울의 감촉도 흐릿하게 느껴질 뿐이었다.

어둠이 점점 퍼져나가며 그들 주변을 환영하듯 감쌌다. 위안이 되기도 했다. 괴물은 망토의 고깔을 뒤로 넘겨 벗었다.

젊은 남자의 얼굴이었다. 섬뜩할 정도로 완벽했다. 목에 걸린 검은 돌 목걸이가 빗물 사이에서 빛났다. 셀레이나는 그 검은 돌이 워드 돌임을 어렴풋이 알아보았다. 이 남자는 죽음의 신의 현신이었다. 그는 인간이라면 지을 수 없는 표정과 목소리를 지니고 있었다. 그는 미소 띤 얼굴로 말했다.

"너."

셀레이나는 시선을 돌릴 수가 없었다. 어둠 속에서 비명이 터져나왔다. 오랜 세월 외면하려 애써온 비명이었다. 이제 그 비명이 그녀를 소리쳐 부르고 있었다.

그자는 지나치게 새하얀 이빨을 드러내며 입을 한껏 벌리고 웃었다. 셀레이나의 목을 향해 손을 뻗었다.

부드럽고 차가운 손가락. 그의 엄지가 셀레이나의 목을 쓰다듬었다. 그리고 그녀의 얼굴을 잡더니 눈을 똑바로 들여다보며 중얼거렸다.

"너의 고통은 와인 맛이 나는구나."

셀레이나의 내면 깊숙한 곳까지 들여다본 것이다.

그 순간 바람이 셀레이나의 얼굴과 팔, 배를 찢을 듯 불어왔다. 바람이 그녀의 이름을 소리쳐 불렀다. 하지만 셀레이나의 눈은 달콤한 어둠을 약속받은 듯 흔들림 없이 차분했다. 시선을 다른 곳으로 돌릴 수조차 없었다. 이대로 마음 편히 삶을 놔버리는 게 차라리 축복일 듯했다. 이 남자가 요구하는 대로 어둠에 굴복하기만 하면 되었다. '가져가요. 다 가져가'라고 셀레이나는 말하고 싶었다. 그렇게 말하려 했다.
 은과 강철이 번뜩이며 시커먼 베일을 가르더니 또 다른 존재가 나타났다. 분노에 차 송곳니를 드러낸 그 괴물은 바람 그 자체였다. 바람의 괴물은 셀레이나를 어둠의 존재로부터 낚아챘다. 셀레이나는 바람의 괴물을 손톱으로 할퀴며 저항했지만 그는 얼음처럼 싸늘했다. 그는…… 로완이었다.
 로완은 셀레이나의 이름을 소리쳐 부르며 그녀를 끌고 갔다. 하지만 셀레이나는 손을 뻗어 로완을 잡을 수도, 어둠의 괴물에게 끌리는 마음을 멈출 수도 없었다.
 셀레이나의 목과 어깨 사이에 날카로운 이빨이 들어왔다. 셀레이나는 몸을 비틀었다. 이 고통을 생명의 밧줄처럼 붙잡고 무감각의 바다에서 위로 기어 올라갔다.
 로완은 한 팔로 셀레이나를 단단히 붙잡고 다른 손으로 칼을 휘둘렀다. 어둠의 괴물을 피해 뒷걸음질로 물러나는 로완의 턱으로 셀레이나의 피가 흘러내렸다. 고통…… 셀레이나는 그날 아침 발견된 반 페이 시신의 손바닥에 상처가 있던 이유를 그제야 깨달았다. 그 반페이는 어둠의 괴물한테서 벗어나기 위해, 무엇이 현실이고 비현실인지를 일깨우기 위해 스스로 몸에 상처를 낸 것이다.
 어둠의 괴물이 웃음을 터뜨렸다. 아, 맙소사. 어둠의 괴물은 셀레이나를 노예로 만들었다. 너무도 빠르고 쉽게. 셀레이나는 벗어날 기회조차 없었다. 로완은 제대로 공격조차 하지 못하고 있었다.
 어둠 속에서는 로완도 저 괴물의 상대가 되지 않았다. 칼로는 죽일 수 없는 적을 상대로 제한된 무기로 싸워서는 승산이 없었다. 진정한 전사는 싸움에서 물러설 때를 아는 법이다. 로완이 나지막하게 말했다.

"도망쳐야 해."

어둠의 괴물은 가까이 다가오며 낮은 소리로 웃었다. 로완은 더 뒤로 물러섰다.

"정신 차려."

셀레이나의 귀에는 현실 세계에서 들리는 목소리 같지가 않았다. 하지만 정신을 차리기에는 충분한 목소리였다. 셀레이나는 마법의 힘을 끌어 올렸다.

로완과 함께 전력으로 달아나면서 쏟아낸 불꽃이 벽을 만들었다. 셀레이나가 의지와 공포, 수치심을 단번에 쏟아낸 결과물이 바로 그 불의 방패였다. 괴물은 쐐액 소리를 냈다. 그게 눈을 찌르는 빛 때문인지 공격이 좌절당해서인지는 알 수 없었다.

지금으로서는 신경 쓸 겨를도 없었다. 불의 방패 덕분에 시간을 번 그들은 나무 사이로 언덕을 달려 올라갔다. 뒤에서 무언가 박살나는 소리가 들리더니 악취를 머금은 어둠이 거미줄처럼 퍼져나갔다.

숲을 잘 아는 로완은 흔적을 숨기는 방법도 알고 있었다. 덕분에 그들은 시간을 벌었고 괴물과의 거리도 벌릴 수 있었다. 로완이 그들의 체취를 바람으로 퍼뜨렸지만 어둠의 괴물은 줄기차게 그들을 쫓아왔다.

수 킬로미터를 쉴 새 없이 달리다 보니 폐 안에 유리 조각이 떠다니는 것처럼 숨쉬기가 고통스러웠다. 로완도 지치는 기색이었다. 그들은 요새로 갈 수가 없었다. 저 괴물을 달고 요새 가까이로 가서는 안 되는 일이었다. 그래서 그들은 캠브리언 산 쪽으로 가기로 했다. 공기는 점점 차가워지고 경사는 더욱 가팔라졌다. 어둠의 괴물은 여전히 그들을 쫓고 있었다.

"놈은 멈추지 않을 거예요." 셀레이나는 숨을 몰아쉬며 지친 몸을 이끌고 거의 엎드리다시피 경사진 숲을 올라갔다. 이대로 쓰러져 구토를 하고 싶은 충동을 애써 억누르며 말을 이었다. "놈은 개처럼 냄새를 잘 맡아요."

특히 셀레이나의 체취를 쫓아, 괴물은 악착같이 올라오고 있었다.

로완의 얼굴로 빗물이 흘러내렸다. 그는 이를 드러내며 말했다.

"그럼 지금 내려가서 놈을 들이받아 죽일게."

그 순간 번개가 치면서 비탈 위쪽에 산짐승이 다니는 길이 드러났다. 셀레이나는 숨을 헐떡이며 말했다.

"로완, 좋은 생각이 있어요."

셀레이나가 아직도 죽음을 무의식적으로 동경하고 있는 걸까. 아니면 죽음의 신이 그녀를 가지고 노는 걸 과도하게 좋아하는 걸까.

나무 사이로 또 다른 오르막길이 보였다. 그 길의 나뭇가지들은 죄다 껍질이 벗겨져 있었다. 셀레이나는 그곳에 모닥불을 피우고 사람이 다니지 않는 그 길가에 횃불까지 피워놓았다. 껍질 없는 나무들 사이로 불빛이 환하게 퍼져나갔다.

저 아래서는 로완이 셀레이나가 말한 대로 어둠의 괴물을 잘 붙잡아두고 있을 것이다. 셀레이나의 체취가 묻어 있는 튜닉을 들고 그는 같은 곳을 빙빙 돌며 괴물을 유인하고 있었다.

스윽스윽. 셀레이나는 커다란 바위에 걸터앉아 숫돌로 단검을 갈았다. 몸이 계속 떨렸지만 칼을 갈면서 콧노래를 흥얼거렸다. 노예가 되기 전, 매년 리프트홀드에서 공연되는 교향곡 연주를 들으러 갔었다. 그때 들은 교향곡을 지금 콧노래로 부르고 있었다. 호흡을 제어하면서 시간을 헤아렸다. 다른 방법을 찾기 전에 얼마나 더 기다려야 할까. 스윽스윽.

드디어 썩은 내가 코로 밀려들고 고요하던 숲에 완전한 정적이 밀려들었다.

스으윽. 셀레이나의 칼 가는 소리에 화답하듯, 셀레이나가 아닌 다른 누군가가 칼을 가는 소리였다.

드디어 됐다. 셀레이나는 숫돌로 단검을 한 번 더 갈고 무릎에 힘을 주며 일어섰다. 껍질이 벗겨진 나무들 사이에 서 있는 다섯 명을 본 순간, 셀레이나는 움찔하지 않으려 애썼다. 키 크고 바짝 마른 그들은 모두 손에 사악해 보이는 무기를 들었다.

도망쳐, 라고 셀레이나의 몸은 본능적으로 외쳤다. 하지만 셀레이나는 굳건히 그 자리를 지키며 턱을 들고 어둠을 향해 미소 지었다.

"내 초대를 받아줘서 기뻐요." 셀레이나가 말했지만 그들은 어떤 소리를 내지도 움직이지도 않았다. "내가 지난번에 모닥불을 피웠을 때 당신네 동족 네 명이 불청객으로 찾아왔고 다들 끝이 좋지 않았어요. 이미 알고 있겠지만요."

또다시 칼 가는 소리가 들리더니 삐죽삐죽한 금속이 모닥불 빛에 드러났다. 그들 중 하나가 말했다.

"페이 년아. 오늘 널 아주 즐겁게 가지고 놀아주마."

썩은 고기 냄새 때문에 속이 울렁거렸지만 셀레이나는 절하는 시늉을 해보였다. 그리고 마치 지휘봉으로 교향악단원들에게 신호를 주듯 횃불을 흔들며 말했다.

"아, 물론 그러셔야죠."

그들에게 둘러싸이기 전에 셀레이나는 재빨리 뛰기 시작했다.

덤불 밟는 소리나 칼이 허공으로 날아오는 소리 때문이 아니라 울퉁불퉁한 손가락으로 감각을 찢어발기는 듯한 지독한 악취 때문에 셀레이나는 그들이 가까이에서 추격해오고 있음을 알 수 있었다. 한 손에 횃불을 들고 다른 손으로는 균형을 잡으며 바위와 검은딸기나무, 느슨한 돌멩이 사이로 가파른 길을 달려 내려갔다.

1.6킬로미터가량 내려가니 셀레이나가 로완에게 어둠의 괴물을 유인해두라고 했던 장소가 나왔다. 셀레이나는 어둠 속에서 그곳을 향해 미친 듯이 내달렸다. 발목과 무릎이 더는 못 견디겠다고 아우성을 쳤지만 계속해서 달려갔다. 스킨워커들은 사슴을 쫓는 늑대들처럼 점점 거리를 좁혀왔다.

당황하지 않는 게 제일 중요했다. 당황하면 어리석은 결정을 하고 만다. 당황하면 죽는다. 날카롭게 짖는 소리가 들려왔다. 매가 짖어대는 소리였다. 로완은 그들이 계획한 장소에 도착해 있었다. 아달렌 왕이 보낸 어둠의 괴물은 덤불을 헤치며 로완을 바로 뒤에서 쫓고 있을 터였다. 셀레이나는 들고 있던 횃불을 개울 바로 옆에 던졌다. 바위를 따라 길이 꺾이는 곳이었다.

오래된 산짐승 길을 놔두고 셀레이나는 방향을 틀었다. 그 순간 산짐승 길로 부는 바람이 셀레이나의 체취를 담아갔다. 셀레이나는 나무 뒤로 몸을 던졌다. 그녀의 가쁜 숨소리가 새어나가지 않도록 그의 손이 입을 막았다.

잠시 후 단단한 몸이 셀레이나의 몸을 감싸며 위험으로부터 보호했다. 다섯 쌍의 맨발은 바람이 몰고 간 체취를 따라 산짐승 길로 미끄러지듯 달려갔다. 바람을 타고 계속해서 내려간 체취는 반대 방향에서 올라오는 어둠의 괴물 쪽으로 스킨워커들을 이끌었다.

셀레이나는 로완의 가슴에 얼굴을 묻었다. 그의 두 팔은 성벽처럼 단단하게 셀레이나를 감쌌다. 그가 몸에 지니고 있는 여러 가지 무기들 때문에 셀레이나는 한층 더 안심이 됐다.

잠시 후 그는 셀레이나의 소매를 잡아당기며 나무 위로 올라가라고 손짓했다. 셀레이나는 재빨리 나무를 타고 우듬지 근처의 큰 가지까지 올라갔다. 잠시 후 올라온 로완은 나무줄기 가까이에 앉아 셀레이나를 가까이 끌어당겼다. 그는 뒤에서 그녀를 안고 두 팔로 감싸 저 아래서 날뛰는 괴물들이 그녀의 체취를 맡지 못하게 막았다.

1분쯤 지나자 저 아래서 비명이 들려오기 시작했다. 두 종류의 괴물들이 쏟아내는 울음 섞인 비명과 고함과 포효였다. 그들은 죽음이 닥쳐왔음을 알았을 것이다. 죽음의 얼굴은 결코 다정하지 않았다.

30분 동안 괴물들은 비 내리는 어둠 속에서 싸움을 이어갔다. 마침내 비참한 울음은 의기양양한 포효로 바뀌었다. 섬뜩한 고함은 더 들리지 않았다.

셀레이나와 로완은 서로 바짝 끌어안은 채 뜬눈으로 밤을 지새웠다.

48

 요새로 돌아간 그들은 목격한 것을 털어놓았다. 소동이 벌어지거나 난리가 나지는 않았다. 맬라카이는 즉시 웬들린의 왕에게 전령을 보내 지원을 요청했고, 다른 반페이 거주지에 연락해 전투에 참여할 수 없는 이들은 피난을 가라고 알렸으며, 치료사 거주지에도 전령을 보내 누워서 꼼짝할 수 없는 환자가 아니면 모두 대피시키라고 지시했다.
 웬들린 왕을 만나고 돌아온 전령들은 최대한의 지원 병력을 보내 주겠다는 약속을 받아왔다. 셀레이나는 마음이 놓이면서도 한편으로는 두렵기도 했다. 갤런 애쉬리버가 이곳으로 온다면, 어머니 쪽 친척이 찾아온다면 어떻게 하지……. 하지만 지금은 그런 걸 걱정할 때가 아니었다. 더 큰 문제가 있었다. 셀레이나는 마음을 다잡고 지원 병력이 신속하게 도착하기를 바라기로 했다. 그리고 그동안 요새의 거주자들과 전투 준비를 했다. 이제 곧 그들은 적을 마주하게 될 것이다. 나록과 그의 세 괴물이 200명의 군인들을 이끌고 이곳으로 들이닥칠 테니까.

로완은 침착하게 요새를 이끌었다. 다른 이들은 그저 그에게 고마워할 뿐이었다. 로완이 교대 순번을 정하고 임무를 배정하고 생존을 위한 계획을 짜기 시작하자 맬라카이는 감사를 표했다. 지원 부대가 도착해 공격이 가능해지기까지 며칠밖에 시간이 없었다. 적군이 동굴에서 더 빨리 나올 경우를 대비해 로완은 적의 진격 속도를 늦추고 최대한 무력화시킬 방도를 강구해야 했다. 반페이들이 정식 군인이 아니라서 이 요새에는 여느 군용 요새처럼 필요한 자원이 모두 갖춰져 있지 않았다. 로완은 그들이 갖고 있는 지혜와 결단력, 지형에 대한 지식을 최대한 활용하자고 격려했다. 어젯밤 들린 소리로는 스킨워커들이 어둠의 괴물을 쓰러뜨린 것 같았는데, 그렇다면 나록의 괴물들도 무적은 아니라는 뜻이었다. 하지만 아침에 가서 확인해보니 시체가 없어서 스킨워커들이 그 괴물을 어떤 식으로 죽였는지는 알 수가 없었다.

로완과 셀레이나는 공격 준비를 위해 숲으로 향하는 몇몇 이들과 함께 요새를 나섰다. 나록의 군대가 요새를 약탈하러 산짐승 길로 온다면 다양한 덫이 설치된 구역을 거쳐야 할 것이다. 지독한 스킨워커들이 살고 있는 협곡, 뾰족한 말뚝을 잔뜩 설치해놓고 위를 덮어 가려놓은 함정, 모퉁이마다 설치된 다양한 올가미 등을 다 거쳐야 요새까지 올 수 있을 것이다. 그 정도로는 적을 다 죽이지는 못하더라도 진행 속도를 늦춰 지원군이 올 때까지 시간을 좀더 벌 수 있을 것이다. 적에게 포위당할 경우, 그들은 요새 밑에 있는 비밀 터널로 빠져나갈 계획이었다. 워낙 오래전에 만들어진 데다 그동안 방치된 터널이라 이곳 주민들 대부분은 맬라카이가 말해주기 전까지 그 터널에 대해 알지 못했다. 그나마도 없는 것보다는 나았다.

며칠 후 로완은 식당으로 장교들을 불러 식탁에 둘러앉게 했다.

"바스의 정찰팀이 보고한 바에 따르면, 며칠 내로 괴물들이 동굴 밖으로 나올 것 같다고 한다." 로완은 지도를 손으로 가리키며 물었다. "요새를 중심으로 1.5에서 3킬로미터까지 덫을 설치하는 작업은 거의 다 됐지?" 장교들은 그렇다고 대답했다. "좋아. 내일 부하들을 데리고 몇 킬로미터 더 작업을 해둬."

그 옆에 선 셀레이나는 로완이 회의를 이끌어가는 모습을 바라보았다. 그는 계획의 세세한 부분을 모두 챙겼고 장교들뿐만 아니라 그 밑의 군인들 이름, 그들이 맡은 임무도 모두 파악하고 있었다. 이제 곧 지옥 같은 일이 펼쳐질 예정이었지만 그는 강력하면서도 차분하고 안정된 모습이었다.

회의 때 지켜보니 반페이들은 모두 로완에게 시선이 집중되어 있었다. 그들은 로완이 수세기를 살면서 쌓아온 침착한 태도, 차가운 결단력, 지략을 믿고 따르는 모습이었다. 셀레이나는 로완의 그런 점이 부러웠다. 살아서 이 대륙을 떠나게 되면…… 혼자 가게 되지 않기를 바랐다.

"가서 좀 자. 멍하게 있으면 나한테 도움이 안 되잖아."

로완의 말에 셀레이나는 눈을 껌벅이며 상념에서 깨어났다. 셀레이나는 줄곧 그를 바라보고 있었다. 회의는 끝났고 장교들은 각자 맡은 일을 수행하러 나가고 있었다.

"죄송해요."

셀레이나는 눈을 비볐다. 그들은 새벽이 밝아오기 전부터 일어나 요새로 이어지는 길 마지막 수 킬로미터에 덫을 설치했고, 그동안 준비한 함정들의 상태를 확인했다. 로완과 함께 일을 하는 것은 크게 힘이 들지 않았다. 괜한 비난을 받지도 않았고 굳이 입장을 설명해야 할 필요도 없었다. 네히미아를 대신할 사람은 아무도 없는 걸 알고 있었고, 누구를 네히미아의 자리에 대신 넣고 싶지도 않았지만, 로완과 함께 있으면…… 마음이 한결 편안했다. 몇 달 동안 숨도 제대로 못 쉬다가 마침내 편하게 숨이 쉬어지는 기분이었다. 하지만 이제…….

로완은 셀레이나의 표정을 살피더니 인상을 쓰며 말했다.

"말해."

셀레이나는 둘 사이에 놓인 지도를 살펴보며 의견을 내놓았다.

"인간 군인들은 우리가 상대할 수 있겠지만 나록과 괴물들은 어려울 거예요……. 이럴 때 페이 전사들이 우리와 함께해준다면 좋을 텐데요. 당신한테 문신을 받으러 왔던 그 전사라든가……." 그 전사를 로완의 '절친한 벗'이라고 부르는 것은 별로 도움이 될 것 같지 않았다. "당신과 함께하는 다섯 명의 전사들이 와준다면 열세를 만회할 수 있지 않을까요." 셀레이나는 이쪽 땅과 그 너머 불멸의 존재들이 사는 곳을 분리하는 산맥을 손으로 가리켰다. "그런데 당신은 그들을 불러올 생각을 안 하잖아요. 이유가 뭐죠?"

"알잖아."

"메이브 여왕이 반페이들에 대한 반감 때문에 당신까지 도라넬로 들어오라고 할까 봐요?"

그는 이를 악물며 대답했다.

"몇 가지 이유가 있어."

"겨우 그런 분을 당신은 모시고 있는 거네요."

"그걸 다 알고도 나는 그분의 피를 마시고 충성 맹세를 했어."

"그럼 웬들렌의 지원군이 여기 빨리 오기를 바라는 수밖에 없겠네요." 셀레이나는 입술을 오므리며 그들이 같이 쓰는 방으로 향했다. 로완이 그녀의 손목을 잡았다. 그는 턱에 잔뜩 힘이 들어가 있었다.

"나를 그런 눈으로 보지 마."

"어떤 눈이요."

"혐오하는 눈."

"그런 거 아니에요." 하지만 그는 셀레이나를 날카롭게 바라보았다. 셀레이나는 한숨을 푹 쉬었다. "이 일은…… 이번 일은 말이에요, 로완……" 셀레이나는 식탁에 놓인 지도, 반페이 장교들이 걸어나간 문, 마당에서 보급품을 챙기고 방어 준비를 하는 사람들의 소리를 향해 손짓했다. "메이브 여왕이 뭘 가치 있게 생각하는지 모르겠지만, 이번 일만 보더라도 당신을 소중하게 여기지 않는다는 게 너무나 명백하잖아요. 당신도 알 테고요."

그는 옆으로 시선을 돌렸다.

"그건 당신이 관여할 필요 없어."

"그렇겠죠. 하지만 당신한테 말해주고 싶었어요."

그는 대답하지 않았다. 셀레이나의 눈을 보려고도 하지 않았다. 셀레이나는 식당을 나갔다. 뒤를 힐끗 돌아보니 여전히 식탁을 내려다보고 있는 로완의 모습이 보였다. 식탁에 두 손을 짚고 선 그의 등이 보였다. 그의 눈은 지도를 향해 있었지만 지도를 보고 있는 게 아니었다.

그에게 나중에 아달렌으로, 그리고 테라센으로 같이 가자고 굳이 말할 필요는 없을 듯했다. 로완은 메이브 여왕에게 한 맹세를 깰 수 없었다. 깰 수 있다고 하더라도 셀레이나는 그를 데리고 떠날 수 없을 것이다. 셀레이나는 여왕이 아니었다. 여왕이 될 계획도 없었다. 그가 메이브 여왕한테서 벗어나게 되면 그에게 같이 왕국을 통치하는 왕이 되어달라고 말할 수 있을까……. 그런 말도 지금은 불필요했다.

셀레이나는 그대로 로완을 두고 식당을 나갔다. 하지만 그를 갖고 싶다는 생각마저 멈출 수는 없었다.

이튿날 오후, 로완의 방에서 일어난 셀레이나는 세수를 하고 팔뚝의 화상 상처에 붕대를 감았다. 저녁 식사 준비를 도우러 아래층 주방으로 내려가려다가 문득 요새 전체에 흐르는 정적의 기운을 느꼈다. 지난 며칠 동안 요새를 감돌던 불안한 고요보다 더 깊고 무거운 정적이었다.

메이브 여왕이 이곳에 온 첫날 밤 이후로 요새에 이렇게 긴장감이 팽배했던 적이 없었다. 여왕이 셀레이나의 상태를 살피러 이렇게 빨리 다시 찾아올 리는 없었다. 몇 가지 유용한 기술과 여러 가지 형태의 불 방패를 제외하고는 별로 자랑스럽게 보여줄 만한 것도 없었다.

계단을 두 칸씩 밟고 주방으로 내려갔다. 메이브 여왕이 침략에 대해 듣고 로완에게 여기를 떠나라고 명령했으면 어떻게 하지……. 침착하게 숨을 쉬면서 생각하는 것. 여왕과의 만남에 대비해 이 두 가지를 명심해야 했다.

마지막 계단을 내려가자 주방의 열기와 효모 냄새가 코에 훅 닿았다. 여왕이 셀레이나를 만나러 주방까지 내려올 리는 없겠지만 그래도 혹시 모르니 걸음을 늦추고 턱을 치켜든 채 주방으로 걸어 들어갔다. 제정신이 아닌 것처럼 보이면 안 되니까. 그런데……

주방에 와 있는 건 메이브 여왕이 아니었다.

로완이었다. 그는 셀레이나에게 등을 보인 채 엠리스, 맬라카이, 루카와 함께 주방 저쪽 끝에 서서 두런두런 얘기를 나누고 있었다.

맬라카이의 팔을 붙잡고 있는 엠리스의 핏기 하나 없이 창백한 얼굴을 보고 셀레이나는 우뚝 멈춰 섰다.

로완이 고개를 돌려 그녀를 바라본 순간 세상이 멈춰버린 듯했다. 로완의 얇은 입술과 커다란 눈이 제일 먼저 보였다. 그의 눈에는 충격과 공포, 슬픔이 담겨 있었다. 로완은 두 팔을 아래로 내리고 있었는데 손가락을 연신 폈다 오므렸다 하는 모습이었다. 그의 입에서 도저히 믿을 수 없는 말이 나올 것 같아, 잠깐이지만 셀레이나는 이대로 위층으로 도망쳐 올라가버릴까 생각했다.

로완이 한 걸음 다가오자, 셀레이나는 고개를 저으며 그를 밀어내려는 듯 두 손을 위로 들어 올렸다. 그녀는 떨리는 목소리로 말했다.

"제발. 제발요."

로완은 도저히 피할 수 없는 어두운 소식을 가지고 그녀에게 다가왔다. 셀레이나는 그 소식을 피해 도망칠 수 없을 것임을 알았다. 그렇다고 이미 일어난 일을 도로 물러달라고 무릎을 꿇고 빌 수도 없었다.

로완은 가까이 다가오기는 했지만 셀레이나에게 손을 대지는 않았다. 그는 잔뜩 굳어진 표정이었다. 화가 나서가 아니었다. 이 중에 누군가는 정신을 바짝 차려야 한다는 것을 알기 때문이었다. 그는 침착해야 했다. 정신이 흐트러져서는 안 되었다.

로완은 한 번, 또 한 번 숨을 삼키고 입을 열었다.

"캘라컬라 노동수용소에서…… 반란이 일어났어."

셀레이나는 심장이 철렁했다.

"네히미아 공주가 암살당한 후에 한 노예 소녀가 감독관을 죽이고 반란을 일으켰어. 노예들이 노동수용소를 장악했어." 그는 얕은 숨을 쉬며 말을 이었다. "아달렌 왕이 2개 군단을 보내 반란을 진압하게 했는데 그들이 모두 죽었어."

"노예들이 왕의 군인들을 죽였다고요?"

셀레이나는 그제야 숨이 쉬어졌다. 캘라컬라에는 수천 명의 노예가 있었다. 모두 합심했으면 꽤 강력한 힘을 발휘할 수 있었을 것이다. 아달렌 왕의 2개 군단과 맞서 싸울 수 있을 만큼.

그런데 로완은 무서울 정도로 부드럽게 셀레이나의 손을 잡았다.

"그게 아니라 군인들이 캘라컬라의 노예들을 모두 죽였어."

세상이 쩍 갈라지고 그 사이로 파도처럼 날카로운 울부짖음이 새어나갔다.

"캘라컬라에서 일하는 노예는 수천 명이에요."

그는 고개를 끄덕였다. 침착하던 그의 표정이 흔들렸다. 그가 입을 열었다 닫는 모습을 보고 셀레이나는 얘기가 다 끝난 게 아님을 알았다. 셀레이나는 겨우 입을 열어 물었다.

"엔도비어는요?"

바보처럼 애원하는 투였다.

천천히, 너무나도 천천히 로완은 고개를 저었다.

"이일웨이에서 반란이 일어났다는 소식을 들은 아달렌 왕은 또 다른 2개 군단을 북부로 보냈어. 엔도비어의 노예들도 전부 죽었어."

로완은 심연으로 떨어지려는 그녀를 붙잡듯 팔을 잡아주었다. 하지만 셀레이나는 그의 얼굴이 눈에 들어오지 않았다. 그녀가 버리고 떠나온 노예들이 눈앞에 가득했다. 회색빛 산, 그들이 매일 파던 거대한 무덤들, 옆에서 함께 노역하던 백성의 얼굴들…… 셀레이나가 버린 사람들. 그들은 셀레이나가 잊고 산 사람들이며 고생하도록 내버려둔 사람들이었다. 언젠가 구원의 날이 오기를 기도하면서, 누군가 그들을 기억해주길 희망하면서 하루하루를 살아온 사람들이었다.

셀레이나는 그런 사람들을 버렸다. 그리고 이제 너무 늦어버렸다. 네히미아의 백성들, 다른 왕국의 사람들, 그리고 셀레이나의 백성들까지 모조리 도륙을 당했다. 테라센 사람들. 아버지와 어머니가 너무나도 사랑했던 사람들이었다. 엔도비어에서도 반란이 일어났다. 그들이 테라센 왕국을 위해 싸우는 동안 셀레이나는 어디 있었을까.

엔도비어에는 어린아이들도 있었다. 캘라컬라에도 마찬가지였다. 셀레이나는 그들을 지켜주지 못했다. 주방 벽과 천장이 무너져 내리는 듯했다. 공기가 너무 희박하고 뜨거웠다. 숨이 점점 가빠지고 로완의 얼굴이 눈앞에서 흔들거렸다. 로완은 다른 이들이 듣지 못하도록 셀레이나의 이름을 조그맣게 불렀다. 그것은 언젠가 세상을 구원하리라는 약속이 담긴 이름이며, 셀레이나가 침을 뱉고 더럽힌 이름이었다. 그녀가 가질 자격이 없는 이름이었다.

셀레이나는 로완의 손을 뿌리치고 주방을 나섰다. 마당을 가로질러 성벽이 있는 곳을 지나 보이지 않는 장벽을 따라 걸어갔다. 요새가 눈에 보이지 않는 곳까지 무작정 걸어갔다.

세상이 비명과 울부짖음으로 가득했다. 셀레이나는 그 소리에 묻혀버렸다.

셀레이나는 말없이 장벽에 대고 마법을 쏟아냈다. 폭음에 나무가 흔들리고 땅이 울렸다. 보이지 않는 벽을 향해 힘을 쏟아내며 고대의 돌들이 그 힘을 흡수하기를, 그 힘을 사용해주기를 바랐다. 장벽은 그녀의 뜻을 알아주기라도 하는 듯 그녀의 힘을 모조리 빨아들였다. 강렬한 불꽃이 깜박이는 잉걸불이 될 때까지 흡수해주었다.

셀레이나는 그렇게 자신을 태우고 태우고 또 태웠다.

49

몇 주 동안 케이올은 친구들—동맹이라고는 하는데 정확히는 알 수 없는 자들—과 연락을 주고받지 않았다. 마지막으로 늘 해오던 보초 근무를 시작했다. 보고서는 만들어 올리면 되지만, 왕의 점심 식사를 지켜보며 보초를 서는 일은 생각보다 쉽지 않았다. 에이디언이나 렌한테서는 아무 소식이 없었다. 주문과 관련된 가설을 시험해 봐야 하는데 도리언에게 마법을 써보라는 말도 아직 하지 못했다. 에일린의 이름을 내세우는 반란 세력이 점점 힘을 키워가는 지금, 그는 자신이 역할을 제대로 하고 있는지 의문이었다.

이곳저곳 돌아다니며 정보는 충분히 모았다. 이제 아니엘 쪽에서 어떤 식으로 나올지 파악해야 할 때였다. 조만간 아니엘로 돌아가면 모라스와 더 가까이 있게 되니 아달렌 왕이 그곳에서 무슨 일을 꾸미고 있는지 알게 될 것이다. 그는 이제 그만 아니엘의 후계자 자리로 돌아가겠다 뜻을 왕에게 전했고, 왕은 별다른 반대 없이 받아들였다. 이제 그의 자리를 대신할 근위대장 후보자들을 왕에게 알리면 될 것이다.

지금 케이올은 대연회장에서 왕이 에이디언, 도리언 등과 함께 점심을 먹는 동안 옆에서 보초를 서고 있었다. 봄의 공기를 맞아들이기 위해 문을 활짝 열어놓았고, 케이올의 부하들은 무기를 소지한 채 문 양옆에 서서 보초를 서는 중이었다.

모든 게 평소와 같았고 아무 일도 일어나지 않았다. 그런데 갑자기 왕이 자리에서 일어섰다. 왕의 검은 반지가 높은 창문을 통해 흘러 들어오는 한낮의 햇살을 게걸스레 먹어치우는 것 같았다. 왕이 고블린 잔을 들어 올리자 좌중이 일시에 입을 다물었다. 에이디언이 연설을 위해 잔을 들어 올릴 때와는 분위기가 판이하게 달랐다. 케이올은 에이디언이 편을 확실하게 정하라고 했던 말, 셀레이나와 왕세자를 있는 그대로 받아들이지 못하는 자신에 대해 도리언이 했던 말을 속으로 곱씹고 있었다. 몇 번이고 거듭 생각했다.

케이올은 물론이고 누구도 마음의 준비를 못 한 상태에서, 왕은 대연회장의 단 아래 식탁에 둘러앉은 이들에게 미소를 지으며 입을 열었다.

"오늘 아침 이일웨이와 북부 지역에서 좋은 소식이 왔다. 캘라컬라의 노에 반란이 잘 진압됐다는 소식이다."

다들 아무 소식도 못 들은 상태였다. 왕이 다음 말을 내뱉은 순간 케이올은 귀를 틀어막고 싶었다.

"캘라컬라 노동수용소도 그렇고 엔도비어 소금 광산에도 노예들을 다시 채워야 해 성가시게 됐지만, 반역자들을 모조리 제거했으니 그만하면 좋은 소식이지."

케이올은 기둥에 기대고 서 있어서 다행이었다. 도리언은 창백하게 질린 얼굴로 왕에게 물었다.

"지금 무슨 말씀을 하시려는 겁니까?"

왕은 도리언에게 미소를 지었다.

"용서해라. 네히미아 공주가 불행하게 죽은 뒤로 캘라컬라의 노예들이 반란을 일으키려 한 모양이야. 우린 반란을 용납하지 않기로 했다. 앞으로도 반란의 가능성이 보이면 싹을 자를 거다. 반역자들을 가려내기 위해 노예들을 한 명 한 명 심문할 여력이 없기 때문이지."

케이올은 캘라컬라와 엔도비어에서 얼마나 많은 사람이 죽었을지 계산해보았다. 그리고 그 순간 공포에 질린 도리언이 고개를 가로젓지 않으려고 얼마나 애쓰는지 느낄 수 있었다.

왕은 가만히 앉아 있는 에이디언에게 말했다.

"애쉬리버 장군, 자네와 자네의 베인 부대도 환영할 만한 소식이야. 엔도비어에서 반란 세력이 제거된 후로 자네 부대가 맡고 있던 지역에서 반란군이 쓸데없는 짓을 멈췄다고 하는군. 엔도비어 광산에 있는 친구들과 같은 운명이 되고 싶지 않은 모양이야."

케이올은 에이디언이 어떻게 그런 용기와 의지를 발휘했는지 알 수 없었다. 에이디언은 미소 띤 얼굴로 고개를 숙이며 말했다.

"감사합니다, 폐하."

도리언은 소르샤의 작업실로 뛰어 들어갔다. 탁자 앞에 서 있던 소르샤는 깜짝 놀라 가슴에 손을 얹었다. 도리언은 등 뒤로 문을 세차게 닫으며 물었다.

"들었어?"

눈가가 빨개진 걸 보니 들은 모양이었다. 도리언은 그녀의 얼굴을 두 손으로 잡고 이마를 마주 댔다. 진정하려면 그녀의 차분한 힘이 필요했다. 아까 대연회장에서 울음을 터뜨리거나 구역질을 하거나 아버지를 죽이지 않고 어떻게 참아냈는지 알 수 없었다. 하지만 지금 소르샤를 바라보면서 그녀의 로즈마리와 민트향을 들이마시니 이유를 알 수 있었다.

"널 이 성 밖으로 내보내야겠어. 필요한 돈을 마련해줄 테니까 의심을 사지 않는 방법을 찾아내자마자 여길 떠나."

소르샤는 그의 손에서 벗어나며 물었다.

"미치셨어요?"

아니었다. 그는 어느 때보다도 명확하게 상황을 판단하고 있었다.

"네가 여기 남아 있으면, 우리 사이가 발각되면…… 필요한 돈은 얼마든지 구해줄 테니까……"

"돈을 아무리 주신 대도 전 여기서 안 떠나요."

"널 말에 묶어서 내보낼 수도 있어."

"제가 떠나면 누가 왕세자님을 돌봐주죠? 누가 물약을 만들어주는데요? 근위대장님하고는 말도 안 섞으시잖아요. 제가 어떻게 떠나요?"

도리언은 그녀의 어깨를 잡았다. 소르샤는 이해해야 했다. 소르샤를 이해시켜야 했다. 그녀의 충성심을 그는 사랑했지만 지금은…… 그 충성심 때문에 소르샤는 죽임을 당하고 말 것이다.

"아버지가 수천 명을 한 방에 죽이셨어. 네가 나를 돕고 있었다는 걸 아버지가 알게 되면 어떻게 될지 생각해봐. 죽음보다 더한 고통을 주실 거야, 소르샤. 그러니까 제발…… 제발 떠나."

소르샤는 그의 손에 깍지를 끼었다.

"그럼 같이 가요."

"난 못 가. 내가 떠나고, 내 동생이 왕세자가 되면 일이 더 꼬여버려. 그리고…… 아버지를 막으려는 사람들을 내가 알고 있어. 내가 여기 있으면 그 사람들을 어떻게든 도울 수 있을 거야."

아, 케이올. 도리언은 케이올이 셀레이나를 웬들린으로 보낸 이유를 이제 완전히 이해했다. 케이올이 아니엘로 돌아가려는 이유도……. 케이올은 셀레이나의 안전을 위해 자신을 왕에게 팔아넘긴 거였다.

"왕세자님이 남으시면 저도 남아요. 설득하셔도 소용없어요."

"제발." 그는 목청을 높일 수도 없었다. 그랬다가는 또 수많은 이들의 목숨이 희생되고 말 것이다. "제발……."

소르샤는 엄지로 그의 뺨을 문지르며 달랬다.

"함께해요. 우리 함께 헤쳐나가요."

이기적이고 끔찍한 짓인 줄 알면서도 그는 더 이상 소르샤에게 떠나라고 말할 수 없었다.

케이올은 애도하며 마음껏 소리라도 지르려고 무덤을 찾았다. 그런데 그는 혼자가 아니었다.

에이디언이 팔뚝을 무릎에 대고 나선형 계단에 걸터앉아 있었다. 케이올이 초를 내려놓고 옆에 앉았는데도 에이디언은 고개도 돌리지 않았다. 에이디언은 어둠을 응시하며 나지막하게 말했다.

"바다 건너 다른 대륙에 사는 사람들은 우릴 어떻게 생각할까? 우리가 서로에게 하는 짓을 보면서 우릴 증오할까, 아니면 동정할까? 그곳도 여기와 마찬가지일지도 몰라. 더 끔찍할 수도 있지. 하지만 내가 이 일을 하려면, 이 상황을 뚫고 나가려면…… 거기는 여기보다 나을 거라 믿어야 돼. 여기보다 나은 곳이 있다고 믿어야만 해."
 케이올은 대답하지 않았다.
 에이디언의 치아가 빛을 받아 번뜩였다.
 "난 어쩔 수 없이 온갖 부패하고 비열한 짓을 해왔어. 하지만 내 백성을 죽인 자에게 감사를 표한 오늘만큼 나란 놈이 더럽게 느껴진 적이 없어."
 케이올은 어떤 말로도 그를 위로할 수 없었고 어떤 약속도 해줄 수 없었다. 그는 어둠을 바라보는 에이디언을 그 자리에 두고 떠났다.

 그날 밤 왕립 극장은 만석이었다. 박스석은 물론 계단식 관람석까지 귀족과 상인을 비롯해 표를 살 여력이 되는 사람들로 가득 찼다. 유리 샹들리에의 불빛 아래 반짝이는 보석과 비단은 제국의 부를 과시하는 듯했다.
 노예 대학살에 관한 소식은 그날 오후 도시 곳곳으로 퍼져나갔다. 소문이 수군거림의 파도를 타고 퍼져나간 자리에는 무거운 침묵이 남았다. 위층 계단식 관람석에 앉은 이들은 별나게 말이 없었다. 청중은 음악이 끔찍한 소식의 잔상을 쓸어내길 바라며, 위로를 받기 위해 이곳을 찾은 듯했다.
 박스석에 앉은 이들은 여느 때처럼 수다를 떨었다. 고급스러운 진홍색 벨벳 의자에 앉아 있는 이들의 재산에 이번 사태가 어떤 영향을 미칠 것인가, 쉼 없이 노역을 시켜야 하는데 새로운 노예들을 어디서 들여올 것인가, 향후 그들이 소유한 노예들을 어떤 식으로 다

뭐야 할 것인가에 대한 수다였다. 공연 시작을 알리는 종소리가 들리고 샹들리에가 위로 올라가며 불빛이 어두워졌는데도 박스석 청중들이 입을 다물기까지는 평소보다 더 오랜 시간이 걸렸다.

붉은 커튼이 올라가고 의자에 앉은 교향악단이 모습을 드러냈을 때도 그들은 여전히 떠들고 있었다. 지휘자가 절뚝거리며 무대를 가로질러 한가운데에 서자 그들은 겨우 짬을 내 박수를 쳤다.

그들은 무대에 오른 연주자들 모두가 상복 차림임을 보았고, 그제야 입을 다물었다. 지휘자가 두 팔을 들고 연주가 시작됐다. 동굴 같은 극장 안을 가득 채운 것은 교향곡이 아니었다.

이일웨이의 노래였다.

이어서 펜헤로우의 노래, 멜리산드의 노래. 테라센의 노래가 이어졌다. 노동수용소에 끌려갔던 노예들이 원래 속해 있던 국가들이었다.

마지막으로, 의기양양하게 승리를 만끽하기 위해서가 아니라 이 나라가 한 짓을 애도하기 위해 교향악단은 아달렌의 노래를 연주했다.

연주를 마친 지휘자는 청중을 돌아보았다. 연주자들도 지휘자와 함께 일어섰다. 그들은 대륙의 피를 쥐어짜내 보석으로 치장한 관람석의 부자들을 바라보았다. 그리고 말없이, 어떤 손짓도, 인사도 없이 그대로 무대를 떠났다.

이튿날 아침 칙령에 따라 왕립 극장은 폐쇄됐다.

그 후 그 연주자들과 지휘자를 본 사람은 아무도 없었다.

50

 셀레이나의 목에 입을 맞추듯 시원한 바람이 불어왔다. 셀레이나가 보이지 않는 장벽을 불로 수차례 공격하는 동안 주변의 새와 곤충들이 모두 입을 다물어 숲이 온통 고요했다. 셀레이나가 쏘아댄 마법의 불꽃을 모조리 빨아들인 장벽은 새로이 기운을 충전한 듯했다.
 소나무와 눈 향기가 셀레이나를 감쌌다. 뒤를 돌아보니 로완이 나무에 기대어 서 있었다. 그 자리에 한참을 서서 지켜본 듯했다.
 셀레이나는 지치지 않았다. 아직 이 울화를 다 쏟아내려면 멀었다. 그녀의 내면에서 들불이 여전히 마구 솟구치고 있었다. 그 들불을 잉걸불로 죽이고, 슬픔과 공포를 잦아들게 해야 했다.
 "웬들린에서 소식이 왔어. 지원군은 오지 않을 거래."
 "그들은 10년 전에도 지원군을 보내지 않았어요." 몇 시간 동안 한마디도 하지 않고 불만 쏘아댄 탓에 셀레이나는 목이 아렸다. 서늘하고 침착한 기운이 그녀의 혈관을 타고 흘렀다. "이제 와서 왜 지원군을 보내겠어요?"

그의 눈꺼풀이 실룩거렸다.

"에일린. 오늘 밤에 도라넬로 같이 들어가자. 메이브 여왕께 당신이 원하는 정보를 받아가. 내가 도라넬 입장을 허락할게."

"여길 떠나라고 말하면서 날 모욕하지 말아요. 난 여기서 싸울 거예요. 네히미아도 남았을 거예요. 부모님도 남았을 거고요."

"당신 부모님은 자기네와 함께 혈통이 끊어지지 않아 다행이라고 생각하셨을 텐데."

셀레이나는 이를 갈았다.

"경험해봤으니 알잖아요. 당신도 여기 남아야 해요. 저 반페이들이 살아남을 수 있게 해줄 유일한 사람이잖아요. 그들은 당신을 믿고 존경해요. 나도 여기 남을 거예요. 저들은 당신을 필요로 하고 난 언제까지나 당신을 따를 겁니다."

괴물들이 몸과 영혼을 집어삼킨다고 해도 셀레이나는 상관없었다. 그렇게 될 운명이면 어쩔 수 없다.

한참 말이 없던 그는 이마를 살짝 찡그리며 물었다.

"언제까지나?"

셀레이나는 고개를 끄덕였다. 그는 노예 대학살을 언급할 필요도, 그녀를 위로할 필요도 없었다. 셀레이나의 입을 통해 듣지 않아도 그녀의 기분이 어떤지 그는 이해했다.

셀레이나의 핏속에서 마법이 고동쳤다. 그 힘은 밖으로 뻗쳐 나가고자 했다. 이 이상을 갈구하고 있었다. 하지만 기다려야 했다. 때가 될 때까지 기다려야 했다. 나록과 그의 괴물들이 시야에 들어올 때까지.

셀레이나는 로완이 그 생각을 꿰뚫어보고 있음을 알았다. 로완은 튜닉 안으로 손을 넣어 단검을 꺼냈다. 셀레이나의 단검이었다. 그가 내미는 단검의 칼날이 번뜩였다. 그가 지난 수개월 동안 아무도 모르게 광을 내고 손질을 해온 모양이었다.

 단검을 손에 쥔 셀레이나는 검의 무게가 전보다 가벼워졌음을 느꼈다. 로완은 그녀의 눈을 통해 내면을 들여다보며 말했다.

 "불의 심장."

 웬들린의 지원 부대는 오지 않을 것이다. 아달렌의 군단이 북부 국경 지대로 쳐들어왔기 때문이었다. 배를 타고 건너온 3000명의 군사들이 전면적인 공격을 시작하자 웬들린은 모든 병력을 북쪽 해안으로 이동시켰다. 반페이들은 나록의 부대를 홀로 감당해야 할 상황이었다. 로완은 비전투원들은 요새를 떠나라고 차분하게 지시했다.

 하지만 요새를 떠나는 자는 없었다. 엠리스도 떠나지 않기로 했다. 맬라카이는 짝이 있는 곳에 남아야지 어딜 가겠냐고 말할 뿐이었다.

 지원군의 도움을 받을 수 없게 된 그들은 수 시간에 걸쳐 작전을 수정했다. 로완은 모든 이들에게 지시를 내리면서 뛰어난 머리로 능수능란하게 전략을 조절했다. 셀레이나는 로완을 조용히 지켜보면서 작전에 도움을 주었다. 엔도비어와 캘라컬라에 관해서는 생각하지 않으려 애썼지만, 그 생각이 계속 끓어올랐다.

 엠리스가 이제 곧 새벽이 밝아올 테니 가서 잠들 자라고 하자 드디어 그들은 논의를 끝내고 해산했다.

 방으로 돌아가자마자 셀레이나는 옷을 벗고 침대로 들어가 누웠다. 로완은 천천히 셔츠를 벗고 대야 쪽으로 향했다.

"오늘 당신이 작전 수립에 도움이 됐어."

셀레이나는 그가 얼굴과 목을 씻는 모습을 바라보았다.

"놀란 것 같네요."

그는 수건으로 얼굴을 닦고 화장대에 기대어 서서 두 손으로 화장대 끝을 짚었다. 나무로 된 화장대가 삐걱거렸으나 그의 얼굴은 흔들림이 없었다.

'불의 심장'이라고 그는 셀레이나를 불렀다. 그는 그 이름이 그녀에게 어떤 이름인지 알고 있을까? 묻고 싶었다. 그에게는 묻고 싶은 게 무척 많았다. 하지만 분주했던 하루를 보낸 지금은 그저 잠이 고팠다.

"그들에게 전갈을 보냈어." 로완은 화장대에서 손을 떼고 침대로 걸어오며 말했다. 셀레이나는 산의 동굴에서 가져온 칼을 침대 기둥에 걸어두었다. 로완이 금으로 된 칼자루를 손가락으로 훑어 내리자 검게 그을린 루비가 흐릿한 빛 속에서 반짝였다. "내…… 전사들한테. 당신이 내 전사들이라고 부르는 이들 말이야."

셀레이나는 팔꿈치로 몸을 떠받치며 물었다. "언제요?"

"며칠 됐어. 그들이 지금 어디 있는지는 나도 몰라. 제때 올 수 있을지도 모르겠고. 메이브 여왕께서 그들이 여기 못 오게 하실 수도 있어. 그들 중 몇몇은 여왕께 묻지도 않겠지만. 그들이 어떻게 할지는 예측 불가능이야. 난 도라넬로 돌아오라는 명령을 받았기 때문에."

"당신이 도움을 요청했어요?"

그의 눈이 가늘어졌다. *방금 그렇다고 했잖아.*

셀레이나가 일어서자 그는 한 걸음 물러섰다. *왜 마음을 바꾼 거죠?*

위험을 감수할 가치가 있는 일도 있으니까.

셀레이나가 가까이 다가갔지만 그는 뒤로 물러서지 않았다. 셀레이나는 너덜너덜해진 심장 속에 남은 잉걸불을 끌어모아 말했다.

"당신이 뭐라고 말하든, 싫다고 저항하든 상관없어요. 로완 화이트손, 당신은 이제부터 내 친구예요."

로완은 그녀가 얼굴을 보지 못하게 대야 쪽으로 돌아섰지만 셀레이나는 표정에서 그의 생각을 읽어냈다. 그런 건 중요하지 않아. 우리가 살아남아서 도라넬로 가게 되면, 당신은 혼자서 메이브 여왕의 왕국을 걸어 나가게 될 거야.

이튿날 아침, 임무를 받지 못한 미스트워드의 반페이들은 환자들을 안전한 곳으로 옮기는 일을 돕기 위해 치료사 거주지로 향했다. 엠리스도 그 일에 합류했다. 전투에 나설 수 없는 이들은 병들고 부상당한 이들을 돕겠다며 남았다. 엠리스는 끝까지 그곳에 있겠다고 선언했다. 그래서 그들은 상황이 몹시 안 좋아질 경우를 대비해 보초 몇 명을 엠리스의 곁에 남겨두었다. 셀레이나는 로완과 함께 숲으로 걸어가면서 굳이 작별 인사를 하지 않았다. 다른 이들도 대부분 마찬가지였다. 마치 죽음의 초대장을 받은 듯했다. 셀레이나는 신들의 보살핌을 받을 것 같지 않다는 느낌을 받았다.

그날 밤, 못 박인 커다란 손이 셀레이나의 어깨를 잡아 흔들어 잠을 깨웠다. 죽음이 그들을 기다리고 있었다.

51

"칼과 무기를 챙겨. 서둘러야 해."

로완의 말에 셀레이나는 곧바로 일어나 침대 옆에 놓인 단검으로 손을 뻗었다.

그는 이미 방을 반쯤 가로질러 걸어가면서 대단히 효율적인 방식으로 옷을 입고 무기를 챙기는 중이었다. 필요한 얘기는 이미 들었기에 셀레이나는 질문을 하지 않았다. 서둘러 바지를 입고 장화를 신었다.

"누군가 우리 계획을 누설했어."

셀레이나는 검대의 버클을 손으로 잡고 열린 창밖으로 돌아섰다. 고요했다. 숲에는 절대적인 정적이 감돌고 있었다.

지평선을 따라 시커먼 얼룩 같은 것이 커져가고 있었다. 셀레이나가 나지막하게 말했다.

"오늘 밤이면 이곳에 도착하겠네요."

"주변을 둘러봤어." 로완은 장화 안쪽에 칼을 집어넣었다. "누군가 우리가 설치한 함정과 경종의 위치를 적에게 알린 것 같아. 적은 한 시간 안에 들이닥칠 거야."

"장벽은 잘 작동하고 있는 거죠?" 셀레이나는 머리를 마저 땋고 등에 칼을 가로질러 맸다.

"잘 작동 중이야. 내가 경종을 울렸어. 맬라카이와 반페이들은 장벽에서 방어 준비를 하고 있어."

로완이 웃통을 벗은 채 방에서 고래고래 명령을 내리는 모습을 본 맬라카이가 무슨 생각을 했을지 상상하며 셀레이나는 피식 웃었다.

"누가 우릴 배신했을까요?"

"모르지. 지금은 더 큰 문제를 걱정해야 해."

지평선의 시커먼 기운이 점점 커지며 별과 나무, 빛을 집 삼켰다.

"저게 뭘까요?"

로완은 입에 힘을 주며 대답했다.

"더 큰 문제."

장벽의 돌들은 요새를 지키는 마지막 방어선이었다. 나록이 미스트워드를 포위하려고 든다면 저 장벽으로는 영원히 요새를 방어할 수 없을 것이다. 그나마 장벽이 적의 힘을 약화시키리라는 기대는 있었다. 총안 흉벽과 안뜰, 탑 위에는 반페이들이 배치되었다. 장벽이 무너지면 궁수들이 활을 쏠 것이다. 그들은 요새의 오크나무 문을 이용해 안뜰로 연결되는 병목 지역을 만들 수도 있다.

저 앞에서 나록과 괴물들은 암흑을 몰고 진격해오고 있었다. 새와 짐승들은 요새 너머로 떼를 지어 도망쳤다. 퍼덕이는 날개, 찰박이는 발, 돌을 긁는 발톱들이 다 같이 탈출 중이었다. 작은 페어리 요정들이 숲의 동물들을 안전한 곳으로 이끌고 있었다. 나록과 괴물들이 끌고 오는 암흑이 닥쳐오면…… 누구든 그 암흑으로 들어간 자는 살아서 나오지 못할 것이다.

셀레이나는 로완과 함께 안뜰의 문 앞에 서 있었다. 요새와 장벽 사이의 풀밭이 오늘따라 너무나 비좁게만 느껴졌다. 이제 짐승들과 작은 페어리 요정들의 모습도 보이지 않았다. 바람도 고요히 잦아들었다.

"장벽이 무너지면 적의 눈으로 화살을 쏴." 로완은 손에 느슨하게 활을 들고 셀레이나에게 지시했다. "저들이 당신이든 다른 누구든 정신을 사로잡을 시간을 주지 마. 군인들은 다른 이들이 상대하게 둬."

200명에 달하는 병력이 오는 소리는 아직 듣지도 보지도 못했지만 셀레이나는 손에 활을 들고 고개를 끄덕였다.

"마법은요?"

"아껴서 써. 마법으로 적을 박살 낼 수 있을 것 같다는 생각이 들면 망설이지 마. 무조건 다 될 거라는 착각에 빠지지 않도록 해. 모든 수단을 이용해서 무너뜨려."

얼음처럼 냉정한 계산이었다. 순혈 전사다웠다. 그의 몸에서 뿜어 나오는 공격적인 기운이 고스란히 느껴졌다.

장벽 너머에서 악취가 올라오기 시작했다. 그들 뒤의 안뜰에 있던 보초 몇 명이 웅성거리기 시작했다. 지옥의 괴물이 인간의 피부를 덮어쓰고 숨어 있는, 다른 세상에서 온 냄새였다. 미처 피신하지 못한 짐승들이 숲에서 뛰쳐나와 입에 거품을 물었다. 그들 뒤로 암흑이 짙어져 갔다. 셀레이나는 눈보다 먼저 느낌으로 적의 존재를 파악했다.

"로완, 그들이 여기 왔어요."

숲 가장자리, 장벽에서 바로 앞에서 괴물들이 모습을 나타냈다.
셀레이나는 깜짝 놀랐다. 괴물이 셋이었다.
둘이 아니라 셋이라니.
"하지만 스킨워커들이……."
세 괴물이 요새를 둘러보는 모습에 셀레이나는 말을 맺지 못했다. 그들은 짙은 검은색 옷을 입었다. 튜닉 앞쪽이 열려 있어 그들의 목에 걸린 워드 돌 목걸이가 보였다. 스킨워커들은 저 괴물을 죽이지 못했다. 그때 본 남자 괴물이 지금 셀레이나를 똑바로 보며 웃고 있었다. 벌써부터 그녀의 맛을 느낄 수 있다는 듯이.
덤불에서 토끼가 뛰쳐나와 장벽의 돌로 달려왔다. 괴물 뒤의 암흑은 거대한 짐승처럼 토끼에게 앞발을 휘둘렀다.
암흑의 앞발이 펄쩍 뛰어오른 토끼의 몸에 닿았다. 토끼의 생명이 쭉 빨리면서 털이 칙칙한 색으로 변하고 엉겨 붙었다. 이어서 토끼의 뼈가 확연히 드러났다. 장벽과 탑에 서서 내려다보던 보초들이 동요했고 몇 명은 욕을 뱉었다. 셀레이나는 저 괴물 중 하나에게 붙잡힐 뻔했다가 가까스로 도망쳤다. 그런데 그런 괴물이 이제 셋이나 되니 아마도 어마어마하게 강력할 것이다.
로완이 말했다.
"장벽이 무너지게 두면 안 돼. 암흑은 몸에 닿는 모든 걸 죽이고 있어."
로완이 이 말을 하는 동안 암흑은 요새 주위를 에워쌌다. 그들을 여기 가둬두려는 걸까. 장벽이 울고, 그 반향이 셀레이나의 장화 바닥으로 전해졌다.
셀레이나는 페이족의 몸으로 변신했다. 통증 때문에 움찔했지만 어쩔 수 없었다. 인간의 몸일 때보다 더 예리한 청력과 한층 강해진 힘, 치유력이 필요했다. 괴물 셋은 숲 가장자리에 서 있었고 암흑은 계속해서 퍼져나갔다. 200명의 군인들은 어디에 있는지 보이지도 않았다.

뒤쪽에서 그림자가 다가오자 괴물 셋은 마치 한 몸처럼 그 그림자를 향해 돌아서더니 한 발 물러서며 고개를 숙였다. 이윽고 나무 사이에서 나록이 모습을 드러냈다.

다른 괴물들과는 달리 나록은 아름다운 모습은 아니었다. 상처투성이였고 덩치가 컸으며 이빨까지 무장되어 있었다. 피부에는 빛을 내는 검은 혈관이 퍼져나갔고 흑요석 목걸이를 걸었다. 멀리 떨어져 있었지만 셀레이나는 나록의 눈에서 파괴적인 공허감을 읽어냈다. 그 공허감은 강물에 떨어진 피처럼 그들을 향해 뻗어오고 있었다.

셀레이나는 나록이 무슨 말이라도 하기를 기다렸다. 왕의 힘에 굴복하지 않으면 죽이겠다든지 하는, 사기를 떨어뜨리는 연설이라도 늘어놓을 것이라 생각했다. 하지만 나록은 고개를 천천히 돌리며 미스트워드를 바라보더니 쇠칼을 빼서 곡선형의 장벽 문을 가리켰다.

암흑의 일부가 떨어져 나와 보이지 않는 장벽을 공격했다. 셀레이나와 로완이 당장 할 수 있는 일은 없었다. 공기가 흔들리고 장벽의 돌들이 웅웅거렸다.

로완은 문 쪽으로 이동하면서 궁수들에게 활을 쏠 준비를 하라고, 모든 마법을 동원해 다가오는 암흑을 막으라고 소리쳤다. 셀레이나는 자리를 지켰다. 암흑이 한 번 더 공격을 가하자 장벽이 흔들렸다.

"에일린." 로완이 날카롭게 그녀를 불렀다. 셀레이나가 어깨너머로 그를 돌아보았다. "성문 안에 들어가 있어."

하지만 셀레이나는 활을 등에 걸쳐 매고 손을 들었다. 손은 이미 불이 되어 있었다.

"그날 밤 숲에서, 괴물은 불길을 피해 뒤로 물러섰어요."

"불을 쓰려면 장벽 밖으로 나가야 해. 이 안에서 쓰면 벽에 되튀게 되어 있어."

"알아요."

"지난번에 그 괴물을 맞닥뜨렸을 때 괴물의 마법에 걸려들었잖아."

암흑이 다시 공격했다.

"지난번과는 다를 거예요." 셀레이나는 나록과 그의 세 괴물을 주시했다. 이제 승부를 내야 할 때였다. 몸 안에 피가 끓었다. "달리 방법도 없잖아요."

암흑이 이 안으로 밀려 들어오면 그들이 가진 칼이며 화살은 무용지물이 될 것이다. 공격할 기회조차 빼앗기고 만다.

뒤에서 비명에 이어 금속이 서로 부딪치는 소리가 들려왔다. 누군가 소리쳤다.

"터널이다! 적군이 터널로 들어왔다!"

셀레이나는 그 자리에 서서 멍하니 눈을 껌벅였다. 탈출용 터널로 적군이 들어오다니. 이번에도 누군가의 배신으로 계획이 틀어지고 말았다. 하지만 나록의 군인들이 지금 어디 있는지는 확실히 알게 됐다. 그들이 괴이한 힘을 가진 장벽으로 눈앞의 위협을 상대하고 있는 동안 나록의 군인들은 지하로 슬그머니 들어온 것이다.

고함 소리, 싸우는 소리가 점점 커져갔다. 로완은 비교적 약한 전사들을 내부에 배치해두었다. 그 전사들의 목숨을 최대한 살려두기 위해서였는데 그들이 배치된 곳이 바로 터널 입구였다. 지금 그곳은 도살장이 되어 있을 것이다.

"로완……."

암흑이 다시, 또다시 장벽을 공격했다. 셀레이나가 장벽 쪽으로 걸어가자 로완이 으르렁대며 말렸다.

"한 걸음만 더 갔다가는……."

셀레이나는 개의치 않았다. 요새 안에서는 비명이 시작되었다. 고통과 죽음, 공포의 비명이었다. 그 소리에서 한 걸음씩 멀어질수록 마음이 괴로웠지만 셀레이나는 장벽을 향해, 거석 문을 향해 걸어갔다. 로완이 셀레이나의 팔꿈치를 잡았다.

"이건 명령이야."

셀레이나는 그의 손을 쳐냈다.

"당신은 저 안에 있어요. 장벽은 나한테 맡겨요."

"그 방법이 통할지 확실히 모르잖아……."

"통할 거예요. 어차피 난 소모품이에요, 로완."

"당신은 왕국의 계승자야."

"지금 나는 여럿의 목숨을 구할 수 있는 힘을 갖고 있어요. 하게 해줘요. 당신은 가서 다른 사람들을 도와요."

로완은 장벽의 돌들과 요새, 저 아래서 도움을 요청하는 보초들을 바라보았다. 그는 일의 경중을 따지고 계산을 한 뒤 마침내 입을 열었다.

"저들과 직접 싸우지는 마. 암흑에 집중하면서 암흑이 장벽에 가까이 못 오게 막는 일에 집중해. 방어선을 지켜, 에일린."

하지만 적을 코앞에 두고 방어선을 지키는 일만 하고 싶지는 않았다. 캘라컬라와 엔도비어에서 죽임을 당한 영혼들의 무게가 셀레이나를 짓누르며, 요새 안의 병사들처럼 요란하게 비명을 지르고 있었다. 셀레이나는 그들을 구해내지 못했다. 너무 늦었다. 더는 견딜 수 없었다. 하지만 로완 앞에서 셀레이나는 말 잘 듣는 군인처럼 고개를 끄덕였다.

"알겠습니다."

"장벽 밖으로 발을 내딛자마자 저들이 당신을 공격할 거야." 로완이 그녀의 팔을 놓았다. 마법이 그녀의 혈관 속에서 부글부글 끓기 시작했다. "불 방패 준비해."

"알고 있어요."

셀레이나는 짧게 대답하고 장벽 쪽으로, 그 너머에서 소용돌이치는 암흑을 향해 다가갔다. 거석 문의 돌에 새겨진 곡선 문양이 저 앞에 보였다. 등에 차고 있던 칼을 빼서 오른손에 쥐었다. 왼손은 불덩어리에 휩싸여 있었다.

네히미아의 사람들이 도살당했다. 셀레이나의 사람들도 살해당했다. 그녀의 백성들이었다.

아치형의 돌문을 나서는데 돌에 깃든 마법이 울리며 그녀의 피부에 입을 맞췄다. 이제 몇 걸음만 더 나가면 장벽 밖이었다. 그녀가 처음 몇 분을 살아남을 수 있을지 보려고 뒤에서 머뭇거리며 기다리고 있는 로완의 존재가 느껴졌다. 살아남을 것이다. 살아서 저것들을 싸그리 태워 재와 먼지로 만들어버릴 것이다.

엔도비어와 캘라컬라에서 죽임을 당한 이들에게 빚을 졌다. 그러니 오랜 세월이 지난 지금이라도 빚을 갚아야 했다. 괴물들을 죽이는 괴물이 되어야 했다.

셀레이나는 문 너머 심연으로 발을 내디뎠다. 왼손의 불덩어리가 한층 더 밝게 빛났다.

52

보이지 않는 장벽을 넘어선 순간 암흑이 셀레이나에게 달려들었다.

불의 벽이 검은 창을 태웠다. 셀레이나가 시험 삼아 불의 강도를 높이자 암흑이 움츠러들었다. 하지만 암흑은 곧 작은 독사처럼 재빨리 다시 공격을 해왔다.

셀레이나는 암흑과 타격을 주고받았다가 불을 확 퍼뜨렸다. 붉은색과 황금색의 불벽을 만들어 등 뒤의 장벽을 감쌌다. 괴물들한테서 풍기는 악취, 귀에 와닿는 공기의 공허감, 미친 듯이 욱신거리는 머리는 무시했다. 괴물 셋이 가까이 몰려들고 있는 지금, 장벽 안에서 보호를 받을 때보다 훨씬 힘이 들었다. 코에서 피가 흐르기 시작했지만 물러날 수는 없었다.

암흑이 돌진해왔다. 장벽을 공격하는 동시에 셀레이나의 불벽에 구멍을 냈다. 셀레이나는 곧장 구멍을 메우면서 힘을 조종했다. 장벽을 보호하라는 명령을 수행해야 했다. 문 너머로 한 걸음 더 내디뎠다. 나록은 보이지 않았지만 세 괴물은 그녀를 기다리고 있었다.

지난번 숲에서 만났을 때와는 달리 그들은 길고 가느다란 장검으로 무장했다. 그들은 지상의 존재 같지 않은 우아한 움직임으로 칼을 빼들고 공격을 시작했다. 좋아, 해보자.

셀레이나는 그들의 눈을 보지 않았다. 코에서 흐르는 피도, 귀를 찢을 듯한 압력도 무시했다. 왼 팔뚝에 불의 방패를 두르고 고대의 칼을 휘두르기 시작했다. 그녀가 명령을 무시하고 공격을 감행하는 모습을 로완이 아직 남아서 보고 있는지 알 수 없었다.

세 괴물이 빠르고 조심스럽게 거리를 좁히며 다가왔다. 그들은 오랜 세월 검술을 연마해온 듯 하나의 정신과 하나의 몸처럼 일사불란하게 움직였다. 한 명의 공격을 피하면 곧장 다른 괴물이 공격을 해왔다. 셀레이나가 불과 칼로 한 명을 치면 다른 하나가 밑에서 공격하며 그녀를 붙잡으려 했다. 저들이 몸을 만지게 해서도, 저들의 눈을 마주 보아서도 안 되었다.

장벽을 둘러싼 불의 방패가 셀레이나의 등 뒤에서 뜨겁게 타올랐다. 괴물들의 암흑이 불 방패를 찌르고 물어뜯었지만 셀레이나는 꿋꿋이 버텼다. 장벽을 지켜내겠다고 로완에게 한 말은 거짓이 아니었다.

괴물 하나가 셀레이나에게 칼을 휘둘렀다. 죽이려는 게 아니라 무력화하려는 시도였다. 셀레이나는 자연스럽게 불꽃으로 반격했다. 불의 기운이 칼에 깃들게 한 것이다. 칼이 괴물의 검은 쇠칼에 닿자 푸른 불꽃이 튀었다. 그 환한 빛에 셀레이나는 괴물의 얼굴을 얼핏 볼 수 있었다. 놀라고 두려워하고 분노하는 얼굴이었다.

칼자루가 위로하듯 따뜻한 기운을 뿜어냈다. 그리고 마치 스스로 불을 품은 듯 칼자루의 루비가 빛을 내기 시작했다. 세 괴물은 동시에 동작을 멈췄다. 그들은 관능적인 입술을 안으로 말고 지나치게 하얀 이빨을 드러내며 으르렁거렸다. 그중 가운데 있는 괴물이 전에 셀레이나와 맞닥뜨린 괴물이었다. 그 괴물은 칼을 보며 목쉰 소리로 말했다.

"골드린 검이구나."

암흑도 멈칫했다. 그 틈을 타 셀레이나는 방패를 복구했다. 불길의 열기가 가까이 있는데도 등줄기를 타고 소름이 끼쳤다. 칼을 더 높이 치켜들고 한 걸음 나아갔다.

그 옆의 괴물이 말했다. "하지만 넌 어둠의 여왕이 사랑하는 애스릴이 아니야.'

또 다른 괴물도 말했다. "들불의 브래넌도 아니지."

"그걸 어떻게……" 셀레이나의 목 안에서 말이 나오려다 막혔다. 몇 달, 아니 아주 오래전의 기억이 머릿속에 떠올랐다. 예전에 존재했던 어느 왕국, 그리고 케인의 안에 살았던 존재에 관한 기억이었다. 그것은 그녀에게 그리고 엘레나에게. 브래넌의 딸 엘레나에게 말했다. 네가 다시 돌아왔구나, 끝내지 못한 게임이니 선수들이 모두 다시 참여해야지.

하늘과 땅이 창조될 때 시작된 게임이었다. 악마족은 워드 열쇠를 만들었고, 그 열쇠를 이용해 이 세상으로 침입했다. 메이브 여왕은 힘을 써서 그들을 쫓아냈다. 하지만 몇몇 악마들은 에렐리아에 갇혔고 그 후 수백 년이 지난 어느 시기에 전쟁을 벌였다. 그 전쟁에서 엘레나가 악마들에게 맞서 싸웠다. 자기네 왕국으로 돌아간 다른 악마들은 어떻게 됐을까? 워드 열쇠의 존재에 대해 알게 된 아달렌 왕이 그 열쇠가 숨겨진 곳까지 알게 됐다면? 이용하는 방법까지 알아냈다면?

맙소사. 셀레이나가 조용히 말했다.

"당신들은 볼그족이군."

인간의 몸 안에 들어앉은 세 괴물이 미소 지었다.

"우린 왕국의 왕자들이다."

"어떤 왕국인데?" 셀레이나는 등 뒤의 방패에 마법의 힘을 쏟아냈다.

가운데에 선 볼그 왕자는 몸을 전혀 움직이지 않고서도 셀레이나에게 가까이 다가왔다. 셀레이나가 불꽃을 내지르자 그는 물러섰다.

"영원한 어둠과 얼음, 바람의 왕국이지. 네 세상의 햇빛을 다시 맛보기까지 아주 오랜 시간이 걸렸어."

아달렌 왕은 셀레이나가 상상한 것보다 훨씬 강력했다. 그가 이 악마 왕자들을 제어할 수 있다고 생각했다면 세상 누구보다 멍청한 자였다.

코에서 피가 뚝뚝 떨어졌다. 세 괴물 중 대장으로 보이는 자가 셀레이나를 구슬렸다.

"우리를 들어가게 해주면 피를 흘리거나 고통을 받을 필요가 없어."

셀레이나는 그들에게 한 번 더 불벽을 밀어붙였다.

"브래넌 왕이 이끄는 전사들은 너희 같은 놈들을 망각 속으로 밀어 보냈어." 셀레이나는 폐에 불이 붙은 듯 느껴졌다.

그들은 나지막하게 웃었다.

"우릴 밀어 보낸 게 아니야 가둬둔 거지. 그런데 어느 날 어떤 어리석은 자가 이렇게 멋진 육신을 이용해서 우리를 소환했어."

이 육신들의 원래 주인이 아직 몸 안에 남아 있을까? 이들의 머리를 자르거나 워드 돌 목걸이라도 없애버리면 이들은 사라질까, 아니면 또 다른 몸으로 들어가게 될까?

예상보다 일이 훨씬 안 좋게 돌아가고 있었다.

대장 격인 자가 셀레이나에게 한 걸음 다가와 콧방귀를 뀌며 말했다.

"그러니 넌 우리를 두려워해야 한다. 우리를 받아들여야 한다."

"이거나 먹어."

셀레이나는 그자의 머리를 향해 완갑에 숨겨두었던 단검을 날렸다.

그가 재빨리 피한 바람에 칼은 뺨을 스치고 지나갔다. 칼이 스친 자리에서 검은 피가 흘러내렸다. 괴물은 달처럼 하얀 손으로 상처 부위를 만지며 말했다.

"너를 속에서부터 파먹어주마."

암흑이 셀레이나를 다시 치고 들어왔다.

요새 안쪽에서도 격한 전투가 이어지고 있었다. 좋은 신호였다. 아군이 아직 다 죽지 않았다는 뜻이니까. 셀레이나는 볼그의 세 왕자를 향해 골드린을 휘둘렀다. 시간이 갈수록 칼은 점점 무거워졌고 등 뒤의 불 방패는 얇아졌다. 내면의 더 깊은 곳에서 힘을 끌어올릴 시간도, 힘의 배분을 고민할 시간도 없었다.

볼그가 몰고온 암흑은 계속해서 성벽을 공격했다. 셀레이나는 불 방패를 계속해서 쏘아 올렸다. 그녀의 피와 호흡, 정신을 타고 불이 활활 타올랐다. 마법을 자유로이 풀어두면서 등 뒤의 불 방패를 계속 타오르게 하는 데 집중했다. 불 방패는 그녀의 남은 힘을 먹어치우며 아직까지는 잘 버텨주었다.

로완은 도와주러 오지 않았다. 셀레이나는 그가 다시 와서 도와줄 거라고 믿었다. 그를 필요로 하는 이유는, 그의 도움을 바라는 이유는 단순히 자신이 약해서가 아니었다…….

등 아래쪽에 경련이 일었다. 골드린을 손에서 놓치지 않으려 애쓰고 있는데 볼그 왕자들 중 대장인 자가 셀레이나의 목을 노리며 팔을 휘둘렀다. 안 돼.

등 근육이 찌르르 꼬이는 느낌이었다. 셀레이나는 공격을 피하며 비명을 삼켰다. 에너지가 소진됐을 리 없었다. 그동안 해온 연습이 얼마인데 이렇게 빨리 소진될 수는 없었다.

등 뒤의 불 방패에 구멍이 하나 뚫리자 암흑이 그 구멍을 통해 장벽을 공격했다. 마법이 흔들리며 날카롭게 울렸다. 셀레이나가 그곳을 향해 생각을 집중하자 불이 다시 타오르며 구멍을 막았다. 혈관을 따라 피가 마구 고동치며 흘렀다.

볼그 왕자들이 다시 거리를 좁혀왔다. 셀레이나는 새하얀 불의 벽을 만들어 그들 쪽으로 보냈다. 그들이 점점 뒤로 밀리는 것을 보면서 셀레이나는 깊게 숨을 들이마셨다.

그런데 숨을 내쉰 순간 입에서 기침과 함께 피가 튀어나왔다.

이대로 성문 안으로 도망쳐 들어간다면, 불 방패는 저 볼그 왕자들과 고대 암흑의 힘에 맞서 얼마나 더 버텨줄까? 성안에 있는 사람들은 얼마나 오래 버틸 수 있을까? 어느 쪽이 이기고 있는지 고개를 돌려 확인해볼 엄두가 나지 않았다. 들려오는 소리는 좋지 않았다. 승리의 함성이 아니라 고통과 두려움의 비명이 들려오고 있었다.

무릎이 와들와들 흔들렸다. 입에 고인 피를 삼키며 다시 숨을 들이마셨다. 이런 식으로 끝나리라는 상상 따위는 해보지 않았다. 하지만 왕국을 버리고 떠난 죄가 있으니 이런 꼴을 당해도 쌀 것이다.

볼그 왕자들 중 하나가 불벽으로 손을 넣었다. 암흑이 볼그 왕자의 살을 감싸 불에 녹아내리지 않도록 보호해주고 있었다. 그를 한 번 더 칼로 내려치려던 셀레이나는 숲 사이로 내려오는 이들을 보았다.

언덕 저 위쪽, 산에서부터 내려오는 이들이 있었다. 음식이나 잠잘 곳을 찾아 들르려는 자들 같지는 않았다. 키가 상당히 큰 남자 하나, 거대한 새 하나, 그리고 대형 육식동물 셋.

모두 다섯이었다. 로완의 요청에 응한 친구들이었다. 그들은 나무 사이로, 바위 너머로 달려 내려왔다. 검은 늑대와 하얀 늑대, 강건한 골격을 가진 남자, 그들을 향해 낮게 날아서 내려오는 새, 그리고 빠르게 달려 내려오는 퓨마의 모습이었다. 그들은 암흑과 요새 사이의 공간을 향해 다가오고 있었다.

검은 늑대는 암흑 가까이에서 속도를 늦추다가 멈춰 섰다. 적의 정체를 가늠해보려는 듯했다. 요새 안에서는 더욱 큰 비명이 들려왔다. 지금 도착한 이 다섯 전사가 나록의 군인들을 죽이면, 생존자들은 암흑이 모든 것을 집어삼키기 전에 터널을 통해 탈출할 수 있을 것이다.

땀이 눈을 찔렀다. 통증이 몸속 깊은 곳까지 찢어놓은 듯했다. 이 통증은 영원히 지속되지 않을까 싶었다. 하지만 로완에게 사람들의 목숨을 구하겠다고 한 말은 허언이 아니었다.

셀레이나는 의심이나 상념으로 멈칫거리지 않았다. 남은 힘을 로완의 다섯 친구 쪽으로 날려 보냈다. 불의 다리가 만들어져 암흑을 둘로 갈라놓았다.

셀레이나의 등부터 성문까지 이어지는 불의 길이었다.

로완의 친구들은 망설임 없이 불의 다리로 달려갔다. 늑대 두 마리가 앞장을 섰고 거대한 물수리가 그 뒤를 따랐다. 셀레이나는 불의 다리에 힘을 집중하는 동안 이를 악물며 고통을 견뎠다. 다섯 전사는 셀레이나를 돌아볼 겨를도 없이 곧바로 내달렸다. 다만 황금색 털을 가진 퓨마는 셀레이나 뒤의 성문으로 달려가면서 속도를 약간 늦추었다. 셀레이나는 가슴을 들썩이며 기침을 토했다. 풀밭에 피가 선명하게 튀었다.

셀레이나는 간신히 말했다.

"그는 안에 있어요. 가서 그를 도와요."

커다란 퓨마는 망설이며 셀레이나를, 그녀가 지키고 있는 벽과 셀레이나의 불길과 싸우고 있는 볼그 왕자들을 바라보았다.

"가라고요."

셀레이나가 거칠게 숨을 몰아쉬며 말했다. 암흑을 가른 불의 다리가 무너지고 있었다. 검은 힘이 셀레이나와 불 방패, 세상을 공격하자 셀레이나는 뒤로 한 걸음 물러섰다. 귓속에서 피가 요란하게 포효하고 있어 귀로는 소리를 거의 들을 수가 없었다. 퓨마가 요새를 향해 달려갔다. 로완의 친구들이 왔다. 잘됐다. 그가 혼자가 아니어서 다행이다. 그와 함께해줄 전사들이 왔다.

셀레이나는 다시 기침으로 피를 뱉었다. 바닥과 볼그 왕자의 다리에 피가 후두둑 떨어졌다.

그때까지 겨우 버티고 있던 셀레이나는 볼그 왕자의 주먹에 맞아 마법의 불벽에 세게 부딪쳤다. 불벽이 돌로 만들어진 듯 단단해서 셀레이나는 지독한 통증을 느꼈다. 요새로 들어가려면 이 성문을 통과할 수밖에 없다. 골드린을 휘두르는 셀레이나의 팔에 힘이 확연히 빠졌다. 볼그들, 아달렌 왕이 가진 무시무시한 힘, 왕을 따르는 군대에 저항하는 일이 부질없게 느껴졌다. 네히미아의 무덤에서 한 맹세도 부질없었다. 그녀는 그저 부서진 왕좌와 부서진 이름의 계승자일 뿐이었다.

 핏속에서 마법이 끓었다. 핏속에서 연기를 피워내는 지옥에 비하면 암흑은 마음이 편할 정도였다. 볼그 왕자가 한 발 더 다가왔다. 셀레이나의 속에서 비명이 터져 나왔다. 일어나라고, 계속 싸우라고, 참혹하게 끝장나지 않으려면 분노하고 포효하라고 외치고 있었다. 하지만 팔다리를 움직이기가 말도 못 하게 고되었다. 숨도 제대로 쉴 수 없었다.

 몹시 지쳐버렸다.

 고함과 싸움이 이어지는 요새 안은 사방이 피였다. 로완은 적군이 꾸역꾸역 들어오는 터널 입구에서 계속해서 칼을 휘둘렀다. 루카가 보고한 바로, 적군을 이리로 들여보낸 자는 정찰팀 대장 바스였다. 바스와 공모한 다른 반페이는 괴물들의 힘을 받고, 그들의 세상에서 한 자리 차지하려 했다. 피를 흘리는 루카의 눈빛에서 바스가 이미 죽었음을 알 수 있었다. 로완은 바스를 죽인 게 루카는 아니기를 바랐다.

 군인들이 계속해서 터널로 들어왔다. 고도로 훈련받은 자들이었다. 쇠로 무장한 군인들은 젊은이와 늙은이, 남자와 여자를 가리지 않고 참혹하게 자르고 베고 죽였다.

 이보다 더 오랜 시간, 더 안 좋은 조건에서 전투를 치러 봤기에 로완은 아직 전혀 지치지 않았다. 하지만 다른 이들은 이미 힘이 빠지기 시작했다. 군인들이 이미 터널을 통해 요새에 잔뜩 들어와 있는 상태였다. 로완은 쓰러진 군인의 몸에 꽂아 넣은 장검을 뽑아 들었다. 단검으로는 그 옆 군인의 목을 베었다. 그때 요새의 돌들이 흔들릴 정도로 요란하게 으르렁거리는 소리가 들렸다. 반페이 몇 명은 그 소리에 얼어붙었으나 로완은 안심이 되어 몸이 떨릴 정도였다. 쌍둥이 늑대가 계단을 달려 내려와 아달렌 군인 두 명의 목을 물었다.

거대한 날개가 퍼덕이더니 검은 눈동자에 찌푸린 얼굴을 한 남자가 로완의 앞에 섰다. 미스트워드의 주민들보다 더 오래된 칼을 휘두르는 그 남자는 바로 본이었다. 본은 로완에게 고개를 살짝 끄덕이고는 별다른 인사말 없이 곧장 자리를 잡고 싸우기 시작했다.

그 뒤로 늑대들이 무시무시하게 군인들을 물어뜯었다. 늑대들은 굳이 페이족의 모습으로 변신하지 않고 군인들을 한 명씩 쓰러뜨렸다. 늑대들이 미처 물어뜯지 못한 군인은 본이 마저 쓰러뜨리고 있었다. 로완은 피투성이가 되어 싸우는 반페이들을 피해 계단 쪽으로 달려갔다.

아직 암흑이 내리지 않았다. 그렇다는 것은 셀레이나가 아직 버티고 있다는 뜻이었다. 셀레이나는 아직 방어선을 지키고 있었다.

퓨마가 계단 층계참에 미끄러지듯 내려서며 페이족의 모습으로 변신했다. 개브리얼이었다. 로완은 개브리얼을 힐끗 쳐다보며 말했다.

"그 여자는 어디 있지?"

개브리얼은 로완을 막으려는 듯 팔을 뻗었다.

"그 여자는 상태가 좋지 않습니다. 제 생각엔……."

로완은 오랜 친구를 밀치고, 지금 막 그에게 다가온 또 다른 키 큰 남자 로르칸을 어깨로 밀며 달려갔다. 로르칸도 로완의 부름에 응해 주었다. 하지만 감사 인사는 나중에 해야 했다. 검은 머리의 반페이 로르칸은 성문 쪽으로 달려가는 로완에게 아무 말도 하지 않았다.

앞을 바라본 로완은 충격으로 무릎이 꺾일 것만 같았다.

불벽은 너덜너덜해진 채로 여전히 장벽을 보호하고 있었다. 하지만 에일린은 세 괴물 앞에 구부정한 자세로 서서 숨을 헐떡였다. 칼도 제대로 들지 못하는 상태였다. 세 괴물이 다가오자 미약한 푸른 불꽃이 그들 앞에 튀어 올랐다. 괴물들은 손으로 아무렇지 않게 불꽃을 밀어 치웠다. 또 다른 불꽃이 튀어 오르고 셀레이나는 휘청하며 무릎을 꿇었다.

불 방패는 셀레이나의 몸 주변에서 고동치며 앞으로 쏠렸다 뒤로 밀렸다 하고 있었다. 셀레이나는 힘을 거의 다 소진한 듯했다. 셀레이나는 어째서 후퇴하지 않았을까?

한 걸음 더 다가온 괴물들이 고개를 치켜든 셀레이나에게 무어라 말했다. 셀레이나는 괴물의 얼굴을 바라보았다. 로완은 그녀에게 가까이 갈 수도, 경고의 말을 해줄 틈도 없음을 알았다. 셀레이나는 로완에게 거짓말을 했다. 그녀는 사람들을 구하고 싶다고 했다. 그 말은 사실이었다. 하지만 자신의 목숨을 구할 생각은 처음부터 없었다.

로완은 숨을 들이마셨다. 달려가면서 고함을 지르고 힘을 끌어모았다. 그런데 뒤에서 벽처럼 강한 근육이 그의 뒤를 후려쳐 풀밭에 쓰러뜨렸다. 로완은 개브리얼에게서 놓이려 몸을 비틀었지만 400년 동안 훈련을 거듭한 데다 고양잇과 동물의 본능까지 갖고 있는 개브리얼을 떨쳐낼 수는 없었다. 개브리얼은 로완이 성문 너머로, 세상을 파괴하는 암흑으로 달려나가지 못하게 막았다.

괴물이 에일린의 얼굴을 손으로 잡자 에일린은 멍하니 칼을 바닥에 떨어뜨렸다. 괴물이 셀레이나를 품으로 끌어당겼다. 로완은 고함을 질렀다. 셀레이나는 더 이상 저항하지 않았다. 그녀의 불꽃이 꺼지고 암흑이 그녀를 통째로 집어삼켰다.

53

　사방이 피였다. 셀레이나는 피 묻은 두 침대 사이에 서 있었다. 악취 나는 숨결이 그녀의 귀와 목, 등줄기를 어루만졌다. 포식자처럼 주변을 맴돌며 그녀의 괴로움과 고통을 조금씩 맛보고 즐기는 볼그 왕자들의 존재가 느껴졌다.
　빠져나갈 길은 없었다. 셀레이나는 꼼짝 못 한 채 서서 양쪽의 침대를 번갈아 쳐다보았다. 한쪽 침대에는 네히미아의 시신이 있었다. 네히미아는 셀레이나가 너무 늦게 와서 죽음을 맞이했다.
　그리고 다른 쪽 침대에는 목이 베어진 부모님의 시신이 회색빛이 되어 누워 있었다. 두 분은 셀레이나가 알아채지 못한 탓에 기습을 받아 살해당했다. 셀레이나는 알아챘을 수도 있었다. 그러니 그날 밤 살금살금 움직였을 것이다. 이미 늦기는 했지만.
　두 개의 침대. 셀레이나의 영혼에 생겨난 두 개의 균열. 볼그 왕자들에게 붙잡히기 한참 전부터 그 균열을 통해 심연의 어둠이 그녀의 내면으로 쏟아져 들어왔다. 발톱이 셀레이나의 목을 긁어내렸다. 셀레이나는 부모님의 시신이 누워 있는 쪽으로 비틀거리며 물러섰다.

암흑은 그녀의 주변을 휩쓸면서 지친 불꽃을 마저 꺼버렸다. 그리고 그녀의 속에 담긴 난폭한 분노를 조금씩 갉아먹기 시작했다. 결국 셀레이나는 장벽을 더 이상 지키지 못한 채 물러서고 말았다. 어둠 속에는 완벽하고 영원한 정적이 흘렀다. 굶주리고 흥분한 볼그들은 차갑고 오래된 악의로 가득 차 있었다. 생기를 즉시 쭉 빨아먹을 줄 알았는데, 그들은 어둠 속에서 가만히 지켜보면서 고양이처럼 그녀의 옆을 스치고 지나다닐 뿐이었다. 그러다 희미한 빛이 생겨나고 셀레이나는 두 침대 사이에 서게 된 것이다. 다른 곳으로 시선을 돌리지도 못하고, 조금씩 욕지기와 공포가 치밀어 오르는 것을 느껴야만 했다.

꼼짝 않고 침대에 누운 네히미아의 시신이 속삭였다. 겁쟁이. 셀레이나는 구토를 했다. 뒤에서 희미하게 웃음소리가 들렸다. 네히미아의 침대에서 뒤로 조금씩 물러섰다. 그리고 서게 된 곳은 붉은색, 흰색, 회색의 바다였다.

셀레이나는 부모님의 침대 위에 유령처럼 서 있었다. 10년 전 셀레이나가 누워 있던 침대였다. 부모님의 시신 사이에 누워 있다가 하녀의 비명에 눈을 떴다. 높은 소리로 끝없이 울려대는 그 비명이 들렸다.

셀레이나는 침대에 기대며 주저앉았다. 현실처럼 매끈하고 차가웠다. 도망칠 곳이 없었다. 현실이 아니라 기억이기 때문이었.

나무로 된 침대를 두 손바닥으로 짚으며 솟구치는 비명을 참아냈다. 겁쟁이. 네히미아의 목소리가 또다시 방을 채웠다. 셀레이나는 눈을 질끈 감고 벽에 대고 말했다. "나도 알아. 알고 있어."

차가운 손톱이 뺨과 이마, 어깨를 스치는 걸 느끼면서도 셀레이나는 저항하지 않았다. 손톱 하나가 그녀의 길게 땋은 머리를 깨끗이 잘라냈다. 암흑이 자신을 통째로 집어삼키고 깊은 곳으로 끌고 내려가는 것을 알면서도 셀레이나는 저항하지 않았다.

◆◆◆

암흑은 끝도 시작도 없었다. 10년 동안 셀레이나를 따라다닌 심연 속으로 그녀는 또다시 기꺼이 추락했다.

아무 소리도 들리지 않았다. 없을지도 모르는 바닥을 향해 계속 추락하고 있다는 어렴풋한 느낌만 있을 뿐이었다. 어쩌면 그 바닥이 진정한 끝을 의미할 수도 있었다. 볼그 왕자들은 이미 그녀를 먹어치우고 껍질만 남겨놓았을 수도 있었다. 그녀의 영혼은 추락하는 어둠 속에 영원히 갇혀버렸을 수도 있었다. 그렇다면 여기가 바로 지옥이었다.

검은 기운이 잔물결처럼 퍼져나갔다. 셀레이나가 지나가는 길을 따라 소리와 색깔이 일렁거렸다. 그녀가 살아온 기억의 이미지들이, 점점 더 끔찍해지는 기억들이 눈앞에 펼쳐졌다. 셀레이나의 정체를 알게 된 케이올의 표정. 네히미아의 시신. 네히미아에게 셀레이나가 내뱉은 지독한 말. 백성들이 죽어 쓰러질 때 울면서 저한테 달려오지나 마세요.

그 말은 현실이 됐다. 노예가 된 이일웨이 백성 수천 명이 용감하게 반란을 일으켰다가 모조리 죽임을 당했다.

자신의 말이 현실로 증명된 지금, 소용돌이치는 기억 속에서 셀레이나는 비틀거리며 어쩔 줄을 몰랐다. 셀레이나는 쓸데없이 공간을 차지하고 공기를 낭비하는 쓰레기였다. 세상의 얼룩이었다. 살아 있을 권리조차 없는 존재였다. 여기는 지옥이었다. 누가 봐도 지옥이었다. 엔도비어에서 난동을 부리던 날 그녀가 만들어놓은 피바다가 눈앞에 펼쳐져 있었다. 죽어가는 자들, 셀레이나가 손수 벤 자들이 토해내는 비명이 유령의 손처럼 셀레이나를 잡아 뜯었다. 그녀는 이런 고통을 당해도 쌌다.

엔도비어에 들어간 첫날 셀레이나는 미쳐버렸다. 추락하는 속도가 느려지면서 그날의 기억으로 돌아갔다. 옷이 벗겨진 그녀는 두 개의 기둥에 묶였다. 차가운 공기가 그녀의 가슴을 잡아 뜯는 듯했다. 하지만 채찍이 떨어질 때의 공포와 고통에 비하면 추위쯤은 아무것도 아니었다.

밧줄에 묶인 몸을 뒤로 젖혔다. 숨을 들이쉴 새도 없이 채찍이 또다시 몸으로 떨어졌다. 채찍은 번개처럼 그녀의 피부를 찢어놓았다. "겁쟁이." 네히미아가 뒤에서 말했다. 동시에 채찍이 떨어졌다. "겁쟁이." 눈앞이 아득해지는 고통이었다. "나를 봐." 셀레이나는 고개를 들 수가 없었다. 돌아볼 수도 없었다. "나를 보란 말이야."

밧줄에 묶인 채 축 늘어진 셀레이나는 가까스로 어깨너머를 돌아보았다. 아름답고 멀쩡한 모습의 네히미아였다. 두 눈에는 증오가 가득했다. 그 뒤에는 잘생기고 키 큰 샘이 보였다. 샘도 네히미아와 비슷한 방식으로 살해당했다. 몇 시간에 걸친 고문 끝에 죽었으니 훨씬 비참한 죽음이었다. 셀레이나는 샘도 구하지 못했다. 샘은 끝에 쇳덩어리가 붙어 있는 채찍을 들고 있었다. 셀레이나는 나지막하게 웃었다.

샘은 심호흡을 하며 채찍을 휘둘렀다. 그의 옷이 버스럭거리는 소리가 들렸다. 셀레이나는 두 팔 벌려 고통을 맞이했다. 채찍의 쇠 부분이 셀레이나의 피부를 깨끗이 찢어놓았다. 다리에 힘이 쭉 빠졌다.

"쳐." 셀레이나는 쉰 목소리로 말했다. "다시 쳐."

샘은 하라는 대로 했다. 샘과 네히미아는 번갈아가며 그녀의 피부에 채찍을 휘둘렀다. 그들 뒤로 사람들이 줄을 서 있었다. 셀레이나가 해내지 못한 일에 대한 대가를 치르게 하기 위해 있는 사람들이었다.

줄이 참 길었다. 셀레이나가 목숨을 빼앗은 사람들, 그리고 지켜주지 못한 사람들이었다. 채찍을 치고 치고 또 쳤다.

장벽을 넘어가면서 셀레이나는 볼그 왕자들을 이길 수 있으리라는 기대는 하지 않았다. 엔도비어에서 마지막 발악을 했던 날과 같은 이유로 걸어나간 것이었다. 하지만 볼그 왕자들은 아직 셀레이나를 죽이지 않았다.

셀레이나가 채찍질을 더 하라고 요구할 때마다 그들은 기뻐했다. 셀레이나의 고통이야말로 그들이 섭취하는 영양분이었다. 그녀의 육신은 그들에게 아무 의미도 없었다. 그 육신으로 느끼는 고통이야말로 그들이 원하는 바였다. 그들은 셀레이나를 애완동물처럼 곁에 두고 그 고통을 영원히 빨아먹을 작정이었다.

셀레이나를 구하러 와줄 사람은 아무도 없었다. 이 암흑으로 들어와 살아나갈 수 있는 사람도 없었다. 볼그 왕자들은 셀레이나의 기억을 하나하나 더듬어갔다. 셀레이나는 그들이 원하는 것을 모조리 내어주며 영양분을 제공했다. 그들은 어둡고 뒤엉킨 과거로, 수많은 세월 속을 더듬었지만 셀레이나는 상관하지 않았다. 볼그 왕자들의 눈을 바라보며 셀레이나는 떠오르는 태양을 다시 볼 수 있으리라는 기대를 접었다.

그들과 함께 얼마나 오랫동안 추락했는지 알 수 없었다.

어느 순간 저 아래서 빠르고 요란한 바람이 느껴졌다. 얼어붙은 강이었다. 속삭임과 안개 낀 빛이 떠올라 그들을 맞이했다. 아니 떠오른 게 아니었다. 여기가 바닥이었다.

심연의 끝. 셀레이나에게 마침내 끝이 찾아왔다. 그들은 셀레이나의 영혼의 바닥에 자리한 얼어붙은 강에 떨어졌다. 볼그 왕자들이 씩씩거리는 이유가 분노 때문인지 기쁨 때문인지 알 수 없었다.

54

그의 도착을 알리는 트럼펫 소리가 울려 퍼졌다. 경사진 길 주변에 모인 오린스 사람들은 쥐죽은 듯 말이 없었다. 그 길은 그들을 굽어보는 하얀 궁전으로 이어졌다. 몇 주 만에 맞이하는 화창한 날이었다. 눈이 빠르게 녹고 있었지만 아직 겨울의 칼바람이 남아 있어서 아달렌 왕과 그의 대규모 방문단은 예복 위에 털까지 두른 모습이었다.

그들이 가져온 금색과 진홍색 깃발들이 차가운 바람에 펄럭거렸다. 금색 깃대는 맨 앞에서 걸어가는 기수들의 갑옷만큼이나 화려하게 빛났다. 에일린은 알현실 발코니에서 아달렌 왕의 행렬을 내려다보았다. 옆에서 에이디언은 멋진 검은색 군마를 타고 앞쪽에서 오고 있는 아달렌 왕은 물론이고 말과 갑옷, 무기 상태에 대해 쉴 새 없이 떠들어댔다. 아달렌 왕의 옆에는 몸집이 작은 아이가 조랑말을 타고 나란히 오고 있었다. 에이디언이 에일린에게 설명했다.

"코흘리개 아들도 데리고 왔네."

성안은 썰렁할 정도로 고요했다. 다들 말없이 긴장된 분위기 속에서 바삐 움직이고 있었다. 에일린의 아버지는 아침 식사 때 신경이 곤두서 있었고 어머니는 다른 데 정신이 팔린 듯했다. 궁전 전체가 혼란스러운 분위기 속에서 평소보다 더 많은 무기로 무장했다. 큰할아버지 올론 왕만이 평소와 다름없이 에일린에게 미소를 지어주면서 파란색 드레스에 금으로 된 티아라를 쓰니 무척 예쁘다고 칭찬해 주고 새로 말아놓은 곱슬머리를 장난스레 잡아당겼다. 아달렌 왕의 행차에 대해 설명해준 사람은 아무도 없었지만 에일린은 이번이 중요한 행사임을 눈치챘다. 에이디언까지도 깨끗한 옷을 입고 머리에는 왕관을 썼다.

"에이디언, 에일린." 알현실 안쪽에서 누군가 나지막하게 그들을 불렀다. 에일린 어머니의 절친이자 시녀인 매리언 귀부인이었다. "지금 단 위로 올라가셔야 해요." 사랑스러운 매리언 귀부인 뒤에서 밤처럼 검은 머리카락에 오닉스처럼 까만 눈을 가진 엘리드—매리언 귀부인의 딸—가 고개를 빼꼼 내밀었다. 엘리드는 평소에 말수가 너무 없고 섬세해서 에일린이 아무렇지 않게 귀찮게 할 수가 없었다. 에일린의 보모이기도 한 매리언 귀부인은 딸 엘리드를 애지중지하는 편이었다.

"제기랄."

에이디언이 욕을 하자 매리언은 얼굴이 달아올랐지만 당장 야단을 치지는 않았다. 오늘이 평소와 다른 날일 수 있다는 증거이기도 했다.

에일린은 속이 울렁거렸지만 매리언 귀부인을 따라 알현실로 들어갔다. 에이디언은 언제나처럼 에일린의 뒤를 따라갔다. 에일린은 아버지의 자리 바로 옆에 마련된 작은 왕좌에 앉았고 에이디언은 바로 옆자리에 앉아 어깨를 펴고 고개를 꼿꼿이 들었다. 에이디언은 벌써부터 에일린의 보호자이자 전사 역할을 톡톡히 하고 있었다.
 산에 위치한 궁전으로 들어가는 아달렌 왕을 오린스 전체가 조용히 지켜보았다.

 에일린은 아달렌 왕이 싫었다.
 그는 미소 한번 짓지 않았다. 알현실로 들어와 올론 왕과 에일린의 부모를 만났을 때도, 장남인 도리언 하빌리아드 왕세자를 소개할 때도, 에일린이 지금까지 본 중 제일 규모가 큰 연회가 준비된 연회장으로 들어오면서도 그는 웃는 모습을 보이지 않았다. 에일린도 딱 두 번 쳐다보았다. 처음 만났을 때 어찌나 한참 동안 뚫어져라 보는지 에일린의 아버지가 그에게 뭐가 그리 흥미로우냐고 물어볼 정도였다. 궁정 안에 긴장감이 맴돌았다. 에일린은 아달렌 왕의 어두운 눈빛을 피하지 않았다. 에일린은 그의 야수 같은 상처투성이 얼굴과 털옷이 싫었다. 옆에 인형처럼 얌전하게 서 있는 우아하고 고상해 보이는 아들을 무시하는 태도도 마음에 들지 않았다.
 두 번째로 쳐다본 건 식탁 앞에 앉았을 때였다. 에일린은 몇 자리 떨어진 곳에 앉았는데 양옆에는 매리언 귀부인과 에이디언이 자리하고 있었다. 아달렌 왕 가까이에 앉은 매리언 귀부인은 드레스 안쪽 다리에 단검 몇 자루를 숨겨놓았다. 매리언 귀부인에게 한 번씩 몸이 부딪친 에일린은 단검이 그 안에 있다는 걸 눈치챘다. 매리언의 남편 칼 로컨 경은 번뜩이는 칼을 차고 아내 옆에 앉았다.
 식사가 끝나자 엘리드는 다른 아이들과 함께 위층으로 올라갔다. 에일린과 에이디언, 도리언 왕세자만이 이곳에 남았다. 아달렌 왕이 뼈까지 꿰뚫어볼 것 같은 날카로운 시선으로 에일린을 또다시 쳐다보자 당당하게 가슴을 쭉 펴고 앉아 있던 에이디언은 불쾌한 기색을 감추지 않았다. 잠시 후 아달렌 왕은 에일린의 부모와 올론 왕, 왕족을 둘러싼 귀족 및 귀부인들과 대화를 나누기 시작했다.

에일린이 알기로 테라센 왕실은 도박을 하지 않았다. 부모님도 할아버지인 올론 왕도 마찬가지였다. 지금도 아버지의 친구들은 주변 사람들과 대화를 이어나가면서도 창문과 문간을 연신 살피고 있었다.

연회장은 아달렌에서 온 사람들, 올론 왕을 따르는 하급 귀족들, 아달렌과 교역할 기회를 잡아보려는 도시의 큰 상인들로 붐볐다. 에일린의 관심은 맞은편에 앉은 도리언 왕세자에게 가 있었다. 도리언은 자기 아버지와 왕실 사람들에게 완전히 무시당하는 듯, 에일린과 에이디언이 앉아 있는 끝자리에 앉아 있었다.

에일린은 도리언이 음식을 참 예쁘게 먹는다고 생각했다. 도리언은 구운 닭 요리를 칼로 깔끔하게 썰어서 먹고 있었다. 식탁 아래로 부스러기 하나 떨어뜨리지 않았다. 에일린은 식사 매너가 좋은 편이지만 에이디언은 뼈와 부스러기를 사방에 떨어뜨리며 먹는 편이라 거의 절망적이라 할 수 있었다. 에이디언이 먹다 튕긴 음식 부스러기가 에일린의 옷까지 튈 정도였다. 에일린은 성질이 나서 에이디언을 걷어찼지만 에이디언의 관심은 식탁 저 아래쪽에 앉아 있는 귀족들에게 가 있었다.

그렇게 따지면 이 자리에서 무시당하고 있는 사람은 에일린과 도리언 왕세자뿐이었다. 에일린은 도리언을 다시 한번 바라보았다. 나이는 비슷할 듯했다. 추운 지역에서 와서 그런지 피부가 창백했고 푸른빛이 도는 검은 머리카락은 깔끔하게 다듬어져 있었다. 그는 접시만 내려다보다가 사파이어색 눈동자를 들어 에일린을 마주 보았다.
 에일린이 말했다.
 "꼭 우아한 숙녀처럼 먹네."
 그는 입을 꾹 다물었다. 그의 상아색 뺨이 발그레해졌다. 도리언은 자기 아버지를 힐긋 쳐다보았다. 아달렌 왕은 올론 왕과 얘기 중이었다. 도리언은 두려움에 찬 눈으로 조용히 대답했다.
 "난 왕자처럼 먹어."
 "빵까지 포크와 칼로 잘라 먹을 필요는 없거든."
 그 순간 에일린은 머리가 가볍게 울리면서 살짝 열이 오르는 느낌을 받았지만 크게 신경을 쓰지는 않았다. 이유가 있어 창문을 모두 닫아놓은 터라 연회장 내부는 후끈 달아올라 있었다.
 도리언은 빵에 칼과 포크를 얹어 놓은 채 가만히 듣고만 있었고 에일린은 계속해서 말했다.
 "여기 북부는 그렇게 격식 차리지 않아. 허세 같은 건 안 부려."
 몇 자리 떨어진 곳에 앉은 부하 헨이 들으라는 듯 헛기침을 했다. 에일린은 헨이 무슨 말을 하고 싶어 하는지 짐작이 갔다. 머리카락을 세심하게 말아서 구불구불하게 만들고 새 드레스까지 차려입은 꼬마 숙녀가 말하는 것 좀 보게. 이러다 우리가 옷을 더럽히기라도 하면 옷을 싹 다 벗기겠다고 위협하겠어.
 에일린은 헨을 한 번 흘겨보고는 다시 외국의 왕세자에게 시선을 돌렸다. 도리언은 남은 저녁 시간 내내 무시 받을 것이라 생각했는지 다시 음식 접시만 내려다보고 있었다. 외로워 보이는 도리언에게 에일린은 불쑥 제안했다.
 "괜찮으면 나랑 친구 하자."
 주변에 있던 이들 중 무슨 말을 하거나 헛기침을 하는 이는 없었다.

도리언은 딕을 들었다.

"친구 있어. 그 친구는 언젠가 아니엘의 영주 겸 세상에서 제일 용맹한 전사가 될 거야."

에일린은 에이디언이 그런 주장에 과연 동의할까 싶었다. 에이디언은 조용히 듣고 있기만 했다. 에일린은 말을 괜히 꺼냈다 싶었다. 이런 아무 쓸모 없는 외국의 왕세자도 친구가 있다는데. 두통이 점점 심해져서 에일린은 물을 한 모금 마셨다.

컵으로 손을 뻗는데 시뻘겋게 달궈진 못 같은 두통이 머릿속을 후벼 파고 지나가는 느낌이 들어 에일린은 움찔했다. 언제나 제일 먼저 에일린의 변화를 알아채는 퀸이 물었다.

"공주님?"

에일린은 눈을 깜박였다. 눈앞에 검은 점이 왔다 갔다 했다. 다행히 두통은 멈췄다. 아니, 완전히 멈춘 게 아니라 일시적이었다. 두통은 잠시 그쳤다가 다시 시작됐다. 미간에서 시작된 두통은 머리를 콱콱 찌르며 안으로 들어오려 했다. 에일린은 이마를 손으로 문질렀다. 목이 막히는 느낌에 물컵으로 손을 뻗었다. 가정교사들과 궁정 사람들에게 배운 대로 시원함과 차분함, 냉정함을 생각했다. 그런데 몸 안에서 마법이 요동치며 타오르기 시작했다. 그럴수록 두통은 더욱 심해져갔다.

"공주님."

퀸이 다시 불렀다. 에일린은 다리를 떨며 일어섰다. 두통이 심해질수록 눈앞이 더욱 어두워지고 몸이 흔들거렸다. 마치 물속에 있는 것처럼 저 멀리서 매리언 귀부인이 그녀의 이름을 부르는 소리가 들렸다. 매리언 귀부인이 손을 뻗었지만 에일린이 원하는 것은 어머니의 시원한 손길이었다.

어머니는 울적한 표정으로 고개를 돌렸다. 어머니의 금귀고리에 빛이 반사되어 반짝거렸다. 어머니는 팔을 뻗으며 에일린에게 물었다.

"무슨 일이니, 불의 심장아?"

"몸이 좋지 않아요."

에일린은 간신히 그 말을 입 밖에 내놓았다. 어머니의 벨벳 옷소매를 붙잡았다. 위안을 받기 위해, 그리고 그대로 무릎을 굽히며 쓰러지지 않기 위해서였다.

"어디가 안 좋은데?"

어머니는 에일린의 이마를 한 손으로 짚었다. 어머니는 걱정스러운 눈빛으로 아버지를 돌아보았다. 아버지는 아달렌 왕 옆에서 딸을 바라보았다. 어머니가 나지막하게 말했다.

"열이 많이 나요."

매리언 귀부인이 곧장 뒤에 와 섰다. 어머니는 고개를 들고 매리언 귀부인에게 말했다.

"치료사를 에일린의 방으로 보내도록 하세요."

매리언은 즉시 옆문으로 나갔다. 치료사가 필요한 정도는 아니라고 생각한 에일린은 어머니의 팔을 잡고 그렇게 말하려고 했다. 하지만 속에서 마법이 뜨겁게 치받아 오르자 입에서 말이 나오지 않았다. 어머니는 낮게 비명을 지르며 팔을 뒤로 뺐다. 에일린이 붙잡은 어머니의 드레스 소매에서 연기가 피어오르고 있었다.

"에일린."

또다시 두통이 밀려왔다. 강력한 통증이었다. 그리고 머릿속에서 무언가 몸을 비틀며 꿈틀거렸다. 암흑의 벌레 같은 것이 머릿속으로 밀고 들어오는 느낌이었다. 에일린의 마법은 자신과 에일린을 구하기 위해 그 벌레를 밀어내 태워버리려고 몸부림쳤다. 하지만……

"에일린."

"나가." 에일린은 관자놀이를 손으로 누르며 식탁에서 뒷걸음질 쳤다. 아달렌의 귀족 두 명이 식탁 앞에 앉아 있던 도리언을 서둘러 연회장 밖으로 데리고 나갔다.

벌레가 꿈틀대며 계속 파고 들어오자 에일린의 마법이 종마처럼 날뛰었다. "나가."

"에일린."

아버지가 칼자루에 손을 얹으며 일어섰다. 식탁에 둘러앉았던 이들 중 절반도 덩달아 일어섰다. 에일린은 그들에게 멀리 떨어지라고 경고하기 위해 한 손을 뻗었다.

그 순간 푸른 불꽃이 뻗어 나갔다. 두 명은 가까스로 불꽃을 피했고, 모두가 일어선 덕분에 푸른 불꽃은 빈 의자들을 향해 쭉 나아갔다.

벌레는 에일린의 정신을 단단히 붙잡고 놓아주지 않았다.

에일린이 머리를 부여잡자 마법이 비명을 질렀다. 세상을 박살 낼 것 같은 요란한 비명이었다. 이윽고 에일린의 몸에 불이 붙었다. 그녀는 살아 있는 청록색 불기둥이 되었다. 검은 벌레가 계속해서 파고 들어오자 정신의 벽이 무너지기 시작했다. 입에서 흐느낌이 흘러나왔다.

에일린의 목소리 너머로, 연회장에 모인 사람들의 고함 너머로 아버지가 큰소리로 어머니에게 명령하는 소리가 들려왔다.

"어서 해, 에벌린."

어머니는 무릎을 바닥에 대고 앉은 채 에일린에게 두 팔을 뻗으며 제발 멈추라고 애원했다. 불기둥은 더욱 뜨거워졌다. 견딜 수 없게 된 사람들이 연회장 밖으로 도망쳐나갔다. 어머니는 고통스러워하는 눈빛으로 애원하며 에일린을 바라보았다.

그리고 물이 에일린에게 쏟아졌다. 물벽이 에일린에게 쏟아져 그녀를 바닥에 쓰러뜨렸다. 물이 목구멍 안으로, 눈 안으로 쏟아져 들어와 숨을 쉴 수가 없었다. 이러다 익사할 것만 같았다. 불꽃이 다시 타오르지 못하게 공기를 없애버리려는 듯했다. 이제 물과 얼어붙게 차가운 포옹만이 남아 있었다.

아달렌 왕이 세 번째로 에일린을 바라보며 미소 지었다.

볼그 왕자들은 두렵고 고통스러운 에일린의 기억을 즐겼다. 그들이 느긋하게 그 기억을 맛보는 동안 셀레이나는 비로소 깨달았다. 아달렌 왕은 그날 밤 에일린에게 자신의 힘을 사용했다. 에일린이 의식을 잃자마자 벌레가 사라졌고 그들 옆에서 앉아 있던 아달렌 왕도 사라진 터라, 어둠의 벌레를 에일린의 머릿속으로 집어넣은 자가 누구인지 부모님은 밝혀내지 못했다.

나록 안에서 살고 있는 네 번째 볼그 왕자가 나타나 말했다.

"군인들이 터널을 거의 다 차지했어. 곧 안으로 들어올 준비가 될 거야." 셀레이나는 자신을 내려다보는 나록의 시선을 느낄 수 있었다. "우리 왕께서 재미있어 하실 만한 상을 찾았네. 다 마셔버리지는 마. 조금씩만 마셔."

셀레이나는 마음 안에서 공포를 불러일으키려 했다. 이들이 자신을 어디로 데려갈지, 어떤 짓을 하려고 하는지를 생각하면서 감정을 느껴보려 했다. 하지만 아무것도 느낄 수가 없었다. 나머지 세 왕자들은 알았다며 조용히 대답했고, 이제 또 다른 기억으로 넘어갔다.

 메이브 여왕이 에일린을 공격한 것이라 여긴 에벌린은 자신이 메이브에게 지고 있는 빚을 떠올리며 자신들이 얼마나 취약한 상황인지 절감했다. 에일린은 얼음처럼 차가운 물이 담긴 욕조에 몸을 담근 채 페이족 특유의 뛰어난 청력으로 부모님 방의 거실에서 오가는 얘기를 엿들었다. 부모님은 궁정 사람들과 이번 사태를 놓고 논의하고 있었다.
 그들은 이번 사태의 주범을 메이브 여왕이라 여겼다. 메이브 여왕이 아니면 누가 그런 짓을 하겠는가. 마법을 혐오하는 아달렌 왕 앞에서 그런 모습을 보이는 게 두 나라의 관계에 얼마나 악영향을 미칠지 뻔히 아는 메이브 여왕의 소행임이 분명하다. 주로 이런 대화가 오갔다.
 몸이 회복되어 다시 공주답게 걷고 말하고 행동할 수 있게 됐지만 에일린은 말을 하고 싶지 않았다. 어머니는 정상으로 돌아온 모습을 보이는 게 도움이 될 거라며, 이튿날 오후 도리언 왕세자와 함께 차를 마시라고 했다. 에이디언이 둘 사이에 동석한 가운데, 세심하게 지켜보는 눈들 앞에서 그들은 차를 마셨다. 흠 없이 예의를 차리던 도리언이 실수로 찻주전자를 손으로 쳐 에일린의 새 드레스에 차를 엎지르고 말았다. 에일린은 에이디언을 부추겨 도리언을 위협하면서 주먹으로 치는 시늉을 하게 만들었다.
 하지만 실은 왕세자든 차든, 드레스든 별로 관심이 없었다. 에일린은 간신히 힘을 내 방으로 돌아왔고 그날 밤 구더기가 머릿속으로 파고 들어오는 악몽을 꿨다. 입으로 비명과 불꽃을 내뿜으며 잠에서 깨어났다.

새벽녘, 부모님은 에일린을 성에서 이틀 거리에 있는 그들의 영지로 데려갔다. 외국에서 온 손님들 때문에 에일린이 스트레스를 많이 받았을 수 있다고 치료사가 말했기 때문이었다. 치료사는 매리언이 에일린을 데리고 가면 될 거라고 했지만 부모님은 직접 데리고 가겠다고 고집했다. 에일린이 마법을 마구 휘둘러대는 한, 아달렌 왕이 성안에서 머무르지 않을 것 같은 분위기라 어쩔 수 없었다.

에이디언은 오린스의 성에 남았다. 부모님은 에일린이 안정되면 부르러 사람을 보내겠다고 에이디언에게 약속했다. 하지만 에일린은 그게 에이디언의 안전을 위해서임을 알고 있었다. 매리언 귀부인은 남편과 엘리드를 성에 남겨두었는데, 그것도 남편과 엘리드의 안전을 위해서였을 것이다. 에일린은 괴물이었다. 격리시키고 감시해야 할 괴물.

부모님은 영지에 도착한 날부터 이틀 동안 내리 말다툼을 했다. 매리언 귀부인은 에일린 곁을 지키며 책도 읽어주고 머리도 빗겨주고 고향 퍼렌스의 이야기도 들려주었다. 매리언은 어린 시절 궁전에서 일하는 세탁부였다. 그런데 에벌린이 궁전에 도착한 후로 그들은 친구가 됐다. 에벌린 공주가 남편이 좋아하는 셔츠를 잉크로 더럽혔는데 남편이 알아채기 전에 세탁을 해놓으려다 매리언과 친해지게 된 것이었다.

얼마 후 에벌린은 매리언을 시녀로 삼았고, 칼 로컨 경이 남부 국경 근무를 마치고 성으로 돌아왔다. 잘생긴 칼 로컨은 어찌 된 일인지 성에서 제일 지저분한 남자가 되어 매일 매리언을 찾았다. 그리고 사생아로 태어난 세탁부 매리언에게 청혼했다. 그렇게 해서 매리언은 테라센에서 두 번째로 큰 지역인 퍼렌스의 귀부인이 되었이다. 2년 후 매리언은 퍼렌스의 후계자가 될 엘리드를 낳았다.

에일린은 매리언의 이야기를 무척 좋아했다. 그 후 며칠 동안 고요하고 긴장감이 맴도는 집에서 에일린은 매리언의 이야기에 매달려 위안을 찾았다. 아직까지 겨울이 세상을 휘어잡고 있어 강풍을 맞은 저택이 한 번씩 신음을 흘렸다.

어머니가 에일린의 방에 들어온 밤에도 세찬 바람 때문에 여기저기서 삐걱거리는 소리가 들려오고 있었다. 지금 쓰는 방은 성에 있는 방에 비하면 훨씬 작지만 사랑스럽게 잘 꾸며져 있었다. 겨울 동안 이 저택은 외풍이 심하고 오가는 길이 험해서 그들은 여름에만 여기서 지내는 편이었다. 그런데 겨울인 지금 그들은 여기 와 있는 것이었다.

"아직 안 자고 있었어?"

어머니가 물었다. 침대 옆에 앉아 있던 매리언 귀부인이 일어섰다. 매리언은 어머니와 따뜻하게 몇 마디 나누고 두 사람에게 미소를 지으며 방을 나갔다. 어머니는 매트리스에 누워 에일린을 가까이 끌어당겼다.

"미안해." 어머니가 에일린의 머리에 대고 속삭였다. 에일린이 얼음처럼 차가운 물이 머리 위까지 올라와 숨을 쉴 수 없게 되는 악몽을 주로 꾸기 때문이었다. "정말 미안해, 불의 심장아."

에일린은 어머니의 가슴에 얼굴을 묻고 따뜻한 기운을 만끽했다.

"아직도 잠드는 게 무서워?"

에일린은 어머니에게 꼭 매달려 고개를 끄덕였다.

"선물을 가져왔어." 에일린이 꼼짝하지 않자 어머니가 물었다. "어떤 선물인지 보고 싶지 않아?"
 에일린은 고개를 저었다. 선물 같은 건 필요 없었다.
 "이건 널 위험에서 보호해주고 언제나 안전하게 지켜줄 거야."
 그제야 에일린은 고개를 들고 어머니의 미소 띤 얼굴을 바라보았다. 어머니는 잠옷 안쪽에 걸고 있던 묵직한 둥근 장식이 달린 금줄 목걸이를 빼서 에일린에게 내밀었다. 에일린은 휘둥그레진 눈으로 그 목걸이를 보다가 어머니를 올려다보았다.
 그것은 오린스의 부적이라 불리는 목걸이였다. 가보 중 제일 귀한 물건이었다. 둥글납작한 판은 에일린의 손바닥만 했고 밝은 청색으로 된 앞면에는 뿔을 깎아 만든 하얀 수사슴 조각이 들어가 있었다. 그 뿔은 숲의 왕이 하사한 선물이었다. 수사슴의 뿔 사이에는 불타는 듯 휘황한 금관이 자리했다. 그 금관은 고향 테라센으로 가는 길을 알려주는 영원불멸한 별이었다. 에일린은 그 부적에 관해서라면 속속들이 잘 알고 있었다. 그동안 그 부적을 수없이 만지면서 뒷면에 새겨진 상징들의 모양새까지 모두 외울 정도였다. 부적의 뒷면에는 아무도 기억하지 못하는 낯선 언어의 단어들이 새겨져 있었다.
 "이건 어머니가 웬들린에 있을 때 아버지가 주신 거잖아요. 어머니를 보호하려고요."
 어머니는 미소를 머금은 채 대답했다.
 "네 큰할아버지인 올론 왕께서 네 아버지가 성년이 됐을 때 주신 선물이었어. 우리 집안에서 길잡이를 필요로 하는 사람에게 주게 되어 있는 선물이야."
 에일린 멍하게 부적을 바라보는 사이에 어머니는 부적을 에일린의 목에 걸어 앞쪽으로 내려주었다. 줄이 길어서 따뜻하고 묵직한 부적이 에일린의 배꼽에 닿았다.

"절대로 벗지 마. 절대 잃어버리지도 말고." 어머니는 에일린의 이마에 입을 맞췄다. "늘 목에 걸고 다니면서 네가 사랑받는 존재라는 걸 명심해, 불의 심장아. 그럼 넌 안전할 거야. 그게 바로 이 부적의 힘이거든." 어머니는 에일린의 가슴에 한 손을 얹었다. "중요한 건 그거야. 어디로 가게 되든 잊지 마, 에일린." 어머니는 그녀에게 속삭였다. "아무리 먼 곳으로 가게 되든 이 부적이 널 고향으로 데리고 와 줄 거야."

그녀는 오린스의 부적을 잃어버렸다. 그것도 바로 다음 날 밤에. 더 이상 견딜 수가 없었다. 볼그 왕자들에게 어서 생기를 다 빨아먹고 이 비참한 고통을 끝내달라고 애원하고 싶었다. 하지만 여기서는 목소리를 낼 수가 없었다.

어머니에게 오린스의 부적을 받고 몇 시간 뒤 폭풍이 몰아쳤다.

부자연스러운 어둠이 깃든 폭풍이었다. 폭풍 속에서 꿈틀거리는 끔찍한 존재가 느껴졌다. 그것은 또다시 에일린의 머릿속으로 치고 들어오려 했다. 공기 중에 괴상한 냄새가 섞여 있었지만 부모님은 저택 안의 다른 사람들과 마찬가지로 아무것도 모르는 채였다.

목에 건 부적을 손에 꼭 쥔 채 자고 있던 에일린은 어둠과 천둥소리에 놀라 눈을 떴다. 부적을 손에 쥐고 그녀가 아는 모든 신에게 기도했다. 하지만 부적은 그녀에게 힘이나 용기를 주지 않았다. 에일린은 자신의 방과 마찬가지로 칠흑처럼 어두운 부모님의 방으로 살그머니 건너갔다. 부모님 방의 창문은 열려 있었고 강풍과 비에 덜컹거리고 있었다.

비 때문에 방 안이 온통 젖어 있었다. 에일린을 달래느라 지쳐서

인지, 아니면 애써 불안감을 감추느라 힘이 들어서인지 부모님은 미동도 하지 않았다. 에일린은 창문을 닫은 뒤 비에 젖은 침대로 조심스럽게 올라갔다. 부모님을 깨우지 않으려고 애썼다. 부모님은 에일린에게 손을 뻗지도, 무슨 일이냐고 묻지도 않았다. 침대가 너무 차가웠다. 에일린의 침대보다 더 냉기가 돌았다. 꺼림칙한 구리와 쇠 냄새가 났다.

깜빡 잠들었던 에일린은 시녀 매리언 귀부인이 내지른 비명에 깨어났다. 구리와 쇠 냄새가 여전히 코를 찔렀다.

매리언은 눈을 휘둥그렇게 뜨고 방으로 달려 들어왔다. 친구들의 시신을 돌아볼 새도 없이 곧장 침대로 다가와 에벌린의 시신 너머로 허리를 굽혔다. 매리언은 몸집이 작고 뼈가 얇은 편이었지만 부부 사이에 누워 있는 에일린을 번쩍 들어 안고 방을 빠져나갔다. 저택의 하인 몇 명은 두려움에 어쩔 줄 몰라 했고, 몇 명은 적어도 하루 거리는 떨어져 있는 곳으로 도움을 청하러 갔다. 도망친 하인들도 있었다.

매리언은 그 집에 남았다. 욕조부터 가져와 피범벅이 된 에일린의 차가운 잠옷부터 벗겼다. 그들은 아무 말도 하지 않았다. 입을 열 엄두도 나지 않았다. 매리언은 에일린의 몸을 씻기고 깨끗이 물기를 닦아준 뒤 차가운 주방으로 데리고 내려갔다. 담요로 몸을 감싼 에일린을 긴 테이블 앞에 앉혀두고 벽난로에 불을 피우기 시작했다.

에일린은 오늘 아무 말도 하지 않았다. 내면에 어떤 소리도 단어도 남지 않은 듯했다. 남아 있던 하인들 중 하나가 비어 있다시피 한 집 안으로 뛰어들어와 올론 왕도 죽었다고, 조카 부부와 마찬가지로 침대에서 살해당했다고 소리쳤다.

그 하인이 주방으로 들어오기 전에 매리언이 이를 드러내며 주방에서 달려나갔다. 언제나 다정하던 매리언이 그 하인의 뺨을 올려붙이며, 쓸데없는 소식을 물어 나르지 말고 나가서 제대로 도움을 청하라고 명령했다. 에일린의 귀에 그 소리는 막연하게만 들렸다.

살해당했다. 가족들이…… 죽임을 당했다. 죽은 사람은 살아 돌아오지 못한다. 부모님도…… 하인들이 부모님의…… 시신을 어떻게 처리할까…….

몸이 심하게 떨리면서 감싸고 있던 담요가 아래로 떨어졌다. 이까지 딱딱 부딪쳤다. 의자에 앉아 있는 것만도 기적이었다.

사실일 리 없었다. 또 다른 악몽일 것이다. 잠에서 깨면 오린스에 있겠지. 아버지가 머리를 쓰다듬어주고 어머니는 미소로 맞아줄 것이다.

따뜻하고 묵직한 담요가 다시 에일린의 몸을 감쌌다. 매리언은 에일린을 그대로 품에 안고 의자에 앉아 가만가만 몸을 앞뒤로 흔들었다.

"알아요. 저는 안 떠날 거예요. 도와줄 사람들이 올 때까지 공주님이랑 여기 있을 거예요. 내일이면 올 거예요. 로컨 경, 퀸 근위대장, 그리고 공주님을 지키는 에이디언도 모두 내일이면 여기 올 거예요. 아마 새벽쯤 오지 않을까요." 매리언 귀부인도 에일린처럼 몸을 떨고 있었다. 그녀는 조용히 울며 말했다. "알아요. 어떤 마음인지 알아요."

매리언의 울음과 함께 모닥불이 잦아들었다. 그들은 꼼짝 않고 주방 의자에 앉아 서로를 부둥켜안고 버텼다. 새벽이 오기를 기다렸다. 도와줄 사람들이 어서 오기를 기다렸다.

집 밖에서 타가닥타가닥 소리가 희미하게 들렸다. 사방이 고요하다 보니 말 한 마리의 발소리임을 그들은 단박에 알 수 있었다. 바깥은 아직 어두웠다. 매리언은 천천히 집 주변을 맴도는 말발굽 소리에 귀를 기울이며 주방 창문 밖을 살폈다. 그러다 에일린을 데리고 서둘러 식탁 밑으로 내려가 얼어붙게 차가운 바닥에 엎드리게 했다. 에일린의 작은 몸을 자신의 몸으로 덮었다.

말이 어둑한 집 앞쪽으로 다가오고 있었다. 주방에 모닥불이 피워져 있으니 안에 사람이 있는 줄 알았을 것이다. 그러니 어둑한 집 앞쪽으로 몰래 들어오려는 모양이었다. 전날 밤에 시작한 일을 끝맺기 위해.

"에일린." 매리언이 속삭였다. 매리언은 작고 강한 손으로 에일린의 얼굴을 부여잡고 자신을 바라보게 했다. 눈처럼 하얀 피부에 붉은 입술이 에일린을 마주 보았다. "에일린, 내 말 잘 들으세요." 매리언은 숨소리가 빨랐지만 침착한 목소리로 말했다. "지금부터 강까지 뛰어가요. 다리로 가는 길 기억나죠?"

협곡을 가로지르는 밧줄과 나무로 된 좁은 다리. 유속이 빠른 플로린 강을 가로지르는 다리였다. 에일린은 고개를 끄덕였다.

"그래요. 그 다리를 건너가요. 길옆에 있던 빈 농장 기억하죠? 거기 가서 숨어 있어요. 아는 사람이 찾으러 가기 전에는 절대 밖으로 나오면 안 돼요. 어느 누구의 눈에도 띄지 않도록 하세요. 아무리 친구라고 주장하면서 불러내려 해도 듣지 말아요. 궁정 사람들이 갈 때까지 기다려요. 그들이 공주님을 찾아낼 거예요."

에일린이 다시 몸을 떨자 매리언이 어깨를 꼭 잡아주었다.

"최대한 시간을 벌어드릴게요, 에일린. 어떤 소리를 듣고 무엇을 보게 되더라도 뒤돌아보지 말고 숨을 곳을 찾을 때까지 멈추지 말아요."

에일린은 고개를 저었다. 뺨을 타고 소리 없이 눈물이 흘러내렸다. 앞문이 삐거억 소리를 내며 열리고 빠르게 움직이는 무언가가 느껴졌다.

매리언은 장화 안에 넣어둔 단검으로 손을 뻗었다. 희미한 빛을 받아 단검이 반짝였다.

"내가 뛰라고 하면 뛰셔야 해요, 에일린. 아셨죠?"

에일린은 전혀 뛰고 싶지 않았지만 어쩔 수 없이 고개를 끄덕였다.

매리언이 에일린의 이마에 입을 맞췄다. 그리고 갈라진 목소리로 말했다. "내 딸 엘리드에게…… 많이 사랑한다고 전해주세요."

집 앞쪽에서 차분하게 걸어 들어오는 발소리가 들렸다. 매리언은 에일린을 식탁 밖으로 끌고 나가 주방 문을 약간 열어주었다.

"뛰어요."

매리언은 이렇게 말하며 에일린을 바깥으로 밀어냈다.

에일린의 등 뒤에서 문이 닫혔다. 차갑고 어두운 공기 속에 숲이 보였다. 그 숲 사이로 난 길을 지나면 다리가 나올 것이다. 에일린은 비틀거리며 뛰기 시작했다. 다리가 납처럼 무겁고 맨발이라서 흙바닥에 살이 찢어졌다. 겨우 숲에 이르렀을 때 집 안에서 쾅 소리가 들렸다.

에일린은 다리에 힘이 풀려 나무줄기를 붙잡고 섰다. 열린 창문 너머로 키가 크고 두건을 내려쓴 남자 앞에 서 있는 매리언 부인의 모습이 보였다. 매리언 부인은 손에 단검을 든 채 덜덜 떨고 있었다.

"넌 그분 못 찾아."

남자가 무어라 말하자 매리언은 주방 문 쪽으로 뒷걸음질 쳤다. 달아나기 위해서가 아니라 문을 막아서기 위해서였다.

남자에게 맞서기에는 몸집이 너무나 작았다.

"그분은 어린아이일 뿐이야."

매리언이 소리쳤다. 에일린은 매리언이 그렇게 악쓰는 걸 처음 들었다. 매리언의 목소리에는 분노와 혐오, 절망이 차올라 있었다. 매리언은 남편이 거듭 가르쳐준 방법대로 칼 두 자루를 치켜들었다.

에일린은 이렇게 숲 사이에 숨어 있을 게 아니라 당장 가서 도와야 한다는 생각이 들었다. 에일린은 장검과 단검 쓰는 방법을 모두 배웠다. 그러니 가서 도와야 했다.

남자가 매리언에게 달려들었다. 매리언은 얼른 옆으로 피하면서 남자에게 돌진해 칼로 베고 찢고 이로 물어뜯었다.

다음 순간 부서지는 소리가 났다. 너무나 심하게 부서져 다시는 회복될 수 없게 됐다. 에일린과 매리언 모두 마찬가지였다. 남자는 매리언을 붙잡아 식탁 가장자리에 던졌다. 뼈가 부러졌다. 남자의 칼이 넋 나간 매리언의 머리로 떨어졌다. 붉은 피가 튀었다.

머리가 저 정도로 잘리면 죽는다, 끝이다 라는 정도는 에일린도 잘 알고 있었다. 남편과 딸을 무척 사랑했던 매리언 부인은 그렇게 세상을 떠났다. 에일린은 그것이 바로 희생임을 알았다.

에일린은 달렸다. 메마른 나무 사이로 죽어라 달렸다. 덤불이 옷과 머리카락을 찢어놓을 듯 잡아당겼다. 남자는 이제 조용히 할 필요도 없다 싶은지 주방 문을 벌컥 열어젖혔다. 말에 올라탄 남자는 에일린의 뒤를 쫓아 전속력으로 달렸다. 말발굽 소리가 어찌나 큰지 숲 전체에 울릴 듯했다. 남자가 탄 말도 괴물이었다.

에일린은 나무뿌리에 발이 걸려 비틀대다가 바닥에 쓰러졌다. 멀리서 눈 녹은 강물이 세차게 흘러내리고 있었다. 얼마 남지 않은 거리인데 발목에 번개를 맞은 듯한 통증이 느껴졌다. 발이 진흙과 나무뿌리 사이에서 끼어버렸다. 나무뿌리에서 벗어나려고 손톱으로 후벼 팠지만 소용없었다. 진창이 된 바닥을 손톱으로 긁었다. 손가락에 불이 붙은 듯 아팠다.

칼집에서 나온 칼이 위잉 우는 소리가 들리고 말발굽 소리와 함께 땅이 흔들렸다. 그것은 점점 더 가까이 다가오고 있었다.

희생. 매리언 부인은 목숨을 바쳐 희생했다. 하지만 이대로라면 그 희생은 헛된 일이 되고 만다. 매리언 부인의 죽음을 무의미한 희생으로 만들 수는 없었다. 죽기보다 싫었다. 에일린은 땅을 손톱으로 파고 나무뿌리를 밀어냈다. 그때……

어둠 속에서 작은 눈들이 반짝였다. 작은 손가락들이 뿌리를 잡고 위로, 위로 밀어 치웠다. 에일린은 드디어 발이 빠져 위로 올라갈 수 있었다. 이미 자취를 감춘 작은 페어리 요정들에게 고마움을 표할 겨를도 없이 절뚝거리며 무작정 뛰었다. 말발굽이 고사리를 짓밟으며 오는 소리가 들렸다. 하지만 에일린은 다리로 가는 길을 알고 있었다. 수차례 와본 길이라 어두워도 충분히 길을 찾을 수 있었다.

다리까지만 가면 된다. 말은 그 다리를 건널 수 없으니까. 이 속도면 충분히 먼저 다리에 도달할 수 있을 것이다. 작은 페어리 요정들이 또다시 도와주겠지. 다리까지만 가면 되는 것이다.

숲 사이의 틈으로 강물이 세차게 흐르는 소리가 점점 크게 들려왔다. 이제 얼마 남지 않았다. 그 순간 말이 나무 사이로 달려 나오고 있음을, 눈으로 보기 전에 느낌과 소리로 먼저 알 수 있었다. 에일린의 목을 그 자리에서 베어내기 위해 칼을 허공에 휘두르는 소리도 들렸다.

달도 없는 밤, 저 앞에 희미하게 두 개의 기둥이 보였다. 다리의 기둥이었다. 이제 얼마 남지 않았다. 몇 걸음만 더 가면 된다…….

말의 뜨거운 숨결이 목 뒤에 와 닿는 순간 에일린은 두 기둥 사이로 몸을 날렸다. 다리의 널빤지 바닥으로 도망치려 한 것이다. 하지만 에일린의 몸은 널빤지가 아닌 허공에서 저 아래로 추락하고 있었다.

　방향을 잘못 알고 몸을 날린 게 아니었다. 아까 본 것은 인도교의 기둥들이 분명했다. 남자가 이미 다리를 끊어놓은 것이다.

　강을 향해 추락하는 동안 다른 생각은 할 겨를이 없었다. 비명을 내지를 틈도 없이 곧장 얼음처럼 차가운 강물로 떨어진 에일린은 물 밑으로 쭉 빨려 내려갔다.

　매리언 귀부인은 테라센 왕국을 무사히 지킬 수 있으리라는 희망으로, 자신의 목숨을 버렸다. 돌아오기를 기다리고 또 기다릴 남편과 딸의 기대를 저버리면서까지 품은 희망이었다.

　그 순간, 에일린 갈라시니어스의 모든 것, 앞으로 그녀가 이루고자 했던 모든 것이 부서졌다. 그녀는 세상의 바닥에, 지옥의 바닥에 널브러졌다. 지금까지 대면할 수 없었고, 대면한 적도 없는 바로 그 순간이었다.

　수면에 떨어진 직후 생각이 이어졌다. 하지만 얼음과 검은 강물, 낯선 빛이 뒤섞여 기억은 희미해졌다. 추락 지점에서 한참 떨어진, 갈대가 우거진 강변에서 웅크리고 앉아 그녀를 내려다보던 에로밴의 모습이 남은 기억의 전부였다. 그리고 얼마 후 차가운 자객들의 요새에 마련된 낯선 침대에서 눈을 떴다. 오린스의 부적은 강에서 잃어버리고 말았다. 그날 밤 그 부적은 그녀의 목숨을 살리는 것으로 보호 마법을 모조리 사용해버린 게 분명했다.

두려움과 죄책감, 절망이 뒤섞이며 새로운 감정으로 이어졌다. 이어서 증오가 치밀었다. 증오를 딛고 무너진 삶을 다시 세우고 분노를 삶의 연료로 삼았다. 그리고 심장 안쪽의 무덤에 기억을 묻고 다시는 꺼내지 않았다.

매리언 부인의 희생 덕분에 살아남은 그녀는 괴물이 됐다. 그녀의 가족과 매리언 부인을 죽인 자와 다를 바 없는 괴물이었다.

그래서 더더욱 고향으로는 갈 수 없었다.

살육이 시작되고 처음 몇 주 동안, 그리고 그 후 몇 년간 사망자 수가 얼마나 됐는지 굳이 찾아보지 않았다. 칼 로컨 경이 처형당했다는 소식은 들었다. 퀸 근위대장과 그의 부하들도. 그 외에 수많은 아이들도…… 모두 그녀가 보호했어야 하지만 보호하지 못한 이들이었다.

셀레이나는 바닥에 쓰러진 채 일어날 줄을 몰랐다.

그 얘기를 케이올이나 도리언, 엘레나 여왕에게 도저히 할 수 없었다. 네히미아는 자신의 목숨을 내놓으면서까지 셀레이나를 자극해 행동에 나서게 하려 했다. 그 희생을, 그 엄청난 희생을 어찌한단 말인가.

바닥에서 일어설 수가 없었다. 바닥 아래에는 아무것도 없었다. 어디로도 갈 수 없었다. 이 진실을 피해 달아날 곳은 없었다. 어디인지도 모를 이 바닥에 얼마나 오래 누워 있었을까. 마침내 볼그 왕자들이 다시 움직이기 시작했다. 생각과 악의의 그림자로 존재하는 그들은 그녀의 기억들을 속속들이 파헤치며 마치 잔치를 즐기듯 조금씩 맛보았다. 한 입씩, 한 모금씩. 그들은 이미 승리했기에 굳이 그녀 쪽을 쳐다보지도 않았다. 차라리 다행이었다. 하고 싶은 대로 하라지. 나록이 그녀를 아달렌으로 데려가 왕의 발 앞에 던진다고 해도 상관없었다.

저벅저벅 발소리가 들리더니 작고 부드러운 손길이 느껴졌다. 슬픈 청록색 눈으로 그녀를 바라보고 있는 것은 케이올이나 샘, 맞은편에 누워 있는 네히미아가 아니었다. 이끼에 뺨을 대고 누운 어린 공주 에일린 갈라시니어스가 그녀에게 손을 내밀며 나지막하게 말했다.

"일어나."

셀레이나는 고개를 저었다. 에일린은 셀레이나를 위해 애쓰고 있었다. 그녀의 세상의 갈라진 틈을 메워주려 하고 있었다.

"일어나."

그것은 더 나은 삶, 더 나은 세상에 대한 약속이었다.

볼그 왕자들이 멈칫했다.

셀레이나는 그동안 삶을 낭비했다. 매리언의 희생으로 얻은 삶을 대충 살았다. 그녀가 제대로 살아내지 못했기에, 제때 도우러 가지 못했기에 노예들은 도륙을 당했다.

"일어나." 어린 공주의 뒤에서 누군가 말했다. 샘이었다. 샘이 그녀의 시야가 닿는 곳에서 희미하게 웃으며 서 있었다.

"일어나." 또 다른 목소리…… 여자였다. 네히미아였다.

"일어나." 두 목소리가 동시에 말했다. 어머니와 아버지였다. 근엄한 얼굴이지만 눈은 환하게 빛나고 있었다. 은발에 테라센 왕관을 쓴 할아버지도 그 옆에서 부드럽게 말했다. "일어나."

그들은 안개 속에서 그림자처럼 차례로 모습을 드러냈다. 들불 같은 심장으로 열렬히 사랑했던 사람들의 얼굴이었다.

그리고 매리언 부인의 모습이 보였다. 매리언은 남편 옆에서 미소 띤 얼굴로 속삭였다. "일어나." 그녀의 목소리에는 세상을 향한 희망, 살아서 다시는 보지 못했던 딸에 대한 희망이 담겨 있었다.
 어둠 속에서 진동이 일었다. 에일린은 여전히 손을 뻗은 채 앞에 누워 있었다. 볼그 왕자들이 뒤를 돌아보았다.
 볼그 왕자들이 돌아서자 어머니가 셀레이나 앞으로 다가왔다. 얼굴이며, 머리카락, 체구까지 셀레이나와 꼭 닮은 모습이었다. 어머니가 날카롭게 내뱉었다. "네가 정말 실망스러워."
 아버지도 근육질 팔로 팔짱을 끼며 말했다. "넌 내가 세상에서 혐오하는 모습 그 자체로구나."
 가지진 뿔 모양의 왕관을 쓴 모습으로 나타난 할아버지가 말했다. "이렇게 우리를 부끄럽게 하고, 우리에 대한 기억에 먹칠을 하고, 백성들을 배신하느니 차라리 우리와 함께 죽었으면 좋았을 것을."
 그들의 목소리가 다 같이 외쳤다. "배신자. 살인자. 거짓말쟁이. 도둑. 겁쟁이."
 구더기처럼 그녀의 머릿속으로 파고들었던 아달렌 왕의 힘처럼, 그들의 목소리가 되풀이해 야금야금 파고들었다.
 아달렌 왕은 그저 혼란을 일으키고 에일린에게 상처를 주려고 그런 짓을 한 게 아니었다. 에일린 가족을 성 밖으로 내보내기 위해서였다. 그래야 싸그리 죽이더라도 아달렌 왕이 아니라 외부의 다른 누군가가 한 짓처럼 보일 테니까.
 그녀는 자기 때문에 가족들이 영지의 저택으로 오게 되어 살해당했다고 믿으며 자책을 해왔다. 하지만 그것도 아달렌 왕의 세세한 계획이었다. 다만 에일린이 살아서 빠져나가게 된 것은 그의 실책이었다. 어쩌면 부적 목걸이가 그녀의 목숨을 구해주었기 때문일 수도 있었다.
 가족들이 조용히 말했다.

"우리와 함께 가자. 우리와 함께 영원한 어둠으로 가자."

그들이 손을 내밀었다. 그들의 얼굴은 그림자로 뒤덮이고 일그러졌다. 증오로 일그러진 그들의 얼굴조차도 그녀는 너무나도 사랑했다. 그들이 아무리 그녀를 혐오해도, 그래서 마음이 아파도 그들을 사랑하는 마음은 멈출 수 없었다. 마침내 가들의 날카로운 목소리가 희미하게 잦아들었다. 그들의 모습도 연기처럼 사라지고 옆에 누운 에일린만 남았다. 에일린은 줄곧 그녀의 옆을 지켜주었다.

그녀는 에일린의 얼굴을 바라보았다. 한때 자신의 것이었던 얼굴이었다. 에일린은 작고 상처 하나 없는 손을 그녀에게 내밀고 있었다. 그녀는 그 손을 바라보았다. 볼그 왕자들의 암흑이 흔들렸다.

바닥이 단단했다. 이끼와 풀잎. 지옥이 아니라 흙바닥이었다. 그녀의 왕국이 자리한 흙바닥이었다. 그곳 사람들, 그녀의 백성들만큼이나 굳건하며 푸르른 산악 지대였다.

10년을 꼬박 기다려준 그녀의 백성들이었다. 하지만 더 이상은 아니었다.

꼭대기가 눈으로 덮인 스태그호른 산이 보였다. 산기슭에는 초목이 무성한 오크월드 숲이 펼쳐져 있고…… 빛과 지혜의 도시인 오린스가 있었다. 오린스는 테라센의 수도이자 중추이며 그녀의 집이었다. 이제 다시 그리로 돌아가야 한다. 그 빛이 꺼지게 두지 않을 것이다.

세상을 빛으로, 그녀의 빛으로…… 그녀의 재능으로 채워나갈 것이다. 어둠을 환하게 밝혀, 길을 잃었거나 어디를 다쳤거나 망가진 이들도 모두 그 빛을 보고 찾아올 수 있게 할 것이다. 아직 심연에 갇혀 있는 이들을 위한 횃불 역할을 할 것이다. 괴물을 죽이기 위해 괴물이 될 필요는 없다. 어둠을 몰아낼 빛이 되면 되는 것이다.

두렵지 않았다.

세상을 새로이 만들 것이다. 영광스럽게 빛나던 심장으로 깊이 사랑했던 사람들을 위해 새로운 세상을 만들어나갈 것이다. 환하게 빛나고 번영하는 세상. 언젠가 저세상에서 다시 보더라도 부끄럽지 않을 세상. 아직 살아남은 이들을 위해 그런 세상을 만들 것이다. 그리고 그 사람들을 다시는 포기하지 않을 것이다. 그들을 위해 마지막 숨이 다하는 날까지 최선을 다해 지금껏 존재한 적 없는 왕국을 만들 것이다. 이제 그들의 여왕이 되어야 한다. 그들을 위해 기꺼이 그리되어야 한다.

에일린 갈라시니어스가 여전히 손을 뻗은 채 그녀에게 미소를 지었다. 그리고 말했다.

"일어나."

흙바닥을 가로질러 손을 내민 셀레이나는 에일린의 손을 잡았다. 그리고 일어섰다.

55

장벽이 무너졌다.

그런데 암흑은 성문을 넘어가지 않고 있었다. 요새 바깥의 풀밭에서 개브리얼과 로르칸에게 붙잡혀 있는 로완은 그 이유를 알고 있었다.

괴물들과 나록은 반페이보다 훨씬 값어치 있는 먹이를 붙잡아놓고 있었다. 그들은 그녀를 한참 동안 빨아먹고 즐길 작정인 듯했다. 그녀 외에 다른 것들은 그다지 중요하지 않은 모양이었다. 그녀를 맛보느라 신이 나서 진군을 계속하는 것조차 잊은 것 같았다.

그들 뒤에서는 싸움이 계속되고 있었다. 장벽이 무너지자마자 로완은 암흑을 향해 바람과 얼음을 쏘아댔지만 암흑은 꿈쩍도 하지 않았다. 영원한 암흑을 뚫고 공주의 상태를 확인하기 위해 로완은 공격을 계속했다. 그의 귀에 부드럽고 따뜻한 여자의 목소리가 들리기 시작했다. 그 목소리는 암흑 속에서 그를 부르고 있었다. 수 세기에 걸쳐 서서히 잊었던 그 목소리가 지금 그를 갈가리 찢어놓고 있었다.

"로완." 개브리얼이 로완의 팔을 단단히 잡았다. 비가 다시 쏟아지기 시작했다. "안으로 들어가서 싸워야 합니다."

"싫어." 로완은 거칠게 저항했다. 에일린이 살아 있음을 느낄 수 있었다. 몇 주 동안 서로 붙어 지내며 체취를 마신 터라 둘 사이에는 유대의 끈이 형성돼 있었다. 에일린은 살아 있었다. 고통 속에 죽어 썩어가고 있는 상태는 확실히 아니었다. 개브리얼과 로르칸이 로완을 붙잡고 있는 이유도 그래서였다. 그들이 붙잡지 않으면 로완은 리리아가 부르는 저 암흑 속으로 당장 달려갔을 것이다.

에일린을 위해 로완은 이들의 속박에서 벗어나야 했다.

"로완, 다른 사람들이."

"싫어."

로르칸이 쏟아지는 폭우의 요란한 소리를 뚫고 외쳤다.

"그 여자는 죽었습니다. 왜 이렇게 멍청하게 굽니까? 정신 차리고 다른 사람들 목숨이라도 구해야 합니다."

그들은 로완의 발을 잡아끌다시피 했다.

"나를 놓아주지 않으면 너희 머리통을 몸에서 날려버릴 거야."

로완은 로르칸에게 내뱉었다. 도와줄 세력도 없이 거의 홀로 적과 맞서게 된 로완을 돕기 위해 전사들을 이끌고 와준 지휘관 로르칸에게 한 말이었다.

개브리얼은 로르칸과 말없이 눈빛을 주고받았다. 로완은 그들을 떨쳐버리려 몸에 힘을 주었다. 개브리얼과 로르칸은 로완이 암흑으로 달려가게 두느니 주먹으로 쳐서 기절시키려 들 것이다. 어서 오라고 손짓하던 리리아는 이제 제발 살려달라고 비명을 지르고 있었다. 저건 실제가 아니었다. 실제일 리 없었다.

하지만 에일린은 *실제*였다. 로완이 여기 붙잡혀 있는 동안 에일린은 생기를 빨리고 있었다. 저 암흑의 세력을 물리치려면 개브리얼이 마법 방패를 내려놓아야 했다. 개브리얼은 로완을 단단히 붙잡고 있으면서 로완의 힘을 제어하기 위해 마법 방패를 세워두고 있었다. 어서 암흑 속으로 들어가 에일린을 구해야 했다. 로완이 으르렁거리며 말했다.

"이거 놓으라고."

그때 땅이 우르르 울렸다. 그들은 모두 두려움에 얼어붙었다. 그들 밑에서 엄청난 힘이 올라오고 있었다. 저 아래 깊은 곳에서 거대한 무언가가 올라오는 게 느껴졌다.

그들은 암흑을 돌아보았다. 황금색 빛이 암흑을 가로지르며 아치를 그리다 사라지는 것을 로완은 분명히 보았다.

개브리얼이 나지막하게 말했다.

"말도 안 돼. 기운이 다 소진됐을 텐데."

로완은 눈도 깜박일 수 없었다. 에일린은 늘 어느 정도 마법을 발산했다 싶으면 기운이 소진되곤 했다. 두려움과 정상인으로 살고 싶은 욕구가 뒤섞인 내면의 장벽 때문에 본인의 힘이 가진 진정한 깊이를 받아들이지 못했다.

저 괴물들은 절망과 고통, 공포를 먹이로 삼는다. 만약…… 만약 피해자가 더 이상 공포를 품고 있지 않다면? 공포를 극복하는 정도가 아니라…… 받아들이면 어떻게 될까?

그 질문에 대답이라도 하듯 암흑의 장벽에서 불꽃이 터져 나왔다.

붉은 오팔 같은 강렬한 색의 불꽃이 비 내리는 밤을 가득 채웠다. 로르칸의 입에서는 욕이 튀어나오고 개브리얼은 마법 방패를 추가로 더 세웠다. 로완은 그럴 여유가 없었다.

그들의 손아귀에서 벗어나 일어서는 로완을 그들은 굳이 막지 않았다. 불꽃은 로완의 머리카락 한 올도 태우지 않았다. 아무도 깨뜨릴 수 없는 영광스러운 불멸의 불꽃은 그의 머리 위로 쭉쭉 뻗어나갔다.

성문 너머 두 괴물 사이에 서 있는 에일린이 보였다. 에일린의 이마에는 지금껏 본 적 없는 상징이 빛을 내고 있었다. 길이가 짧아진 그녀의 머리카락은 불꽃처럼 환하게 빛나며 일렁였다. 눈 가장자리는 붉은 기가 돌고 눈동자는 살아 있는 불길처럼 황금색으로 빛났다.

두 괴물이 에일린에게 달려들었다. 암흑의 기운이 그들 주변을 휩쓸었다.

로완이 한 걸음 더 나아가려는데 에일린이 두 팔을 뻗어 괴물들의 완벽한 얼굴을 잡았다. 그녀는 그들의 벌린 입에 손바닥을 붙이고 날카롭게 숨을 토해냈다.

그들의 몸속 중심을 향해 불을 불어넣은 듯했다. 괴물들의 눈과 귀, 손가락 끝에서 불이 터져나왔다. 두 괴물은 비명 한 번 내지르지 못하고 불에 타 재가 되었다.

에일린이 두 팔을 내렸다. 강렬한 마법의 힘 때문에 빗줄기는 그녀의 몸에 닿기도 전에 수증기가 되었다. 고통 속에서 벼려진 그녀의 무기는 한층 더 강력해졌다.

로완은 개브리얼과 로르칸에 대해서는 잊은 채 에일린에게 달려갔다. 황금색과 붉은색, 푸른색 불은 불의 후계자인 에일린의 것이었다. 드디어 그에게 눈길을 준 에일린이 희미하게 미소 지었다. 여왕의 미소였다.

하지만 그 미소 속에 지친 기색이 엿보였다. 환하게 빛나던 그녀의 마법이 깜박거렸다. 그녀의 뒤에서 나록과 나머지 괴물 하나—그들이 숲에서 맞닥뜨린 바로 그 괴물—가 공격 준비를 하는 듯 자신들의 몸 안에 암흑을 풀어냈다. 에일린은 약간 휘청이며 그들을 돌아보았다. 그녀의 피부가 죽은 사람처럼 창백했다. 저들은 에일린의 기를 빨아먹고 있었다. 괴물 두 마리를 재로 태워버린 에일린은 기운을 거의 다 써버린 듯했다. 이제 정말로 기운이 바닥나고 있었다.

검은 장벽이 위로 솟구쳤다. 에일린을 마지막으로 강력하게 내려치려는 듯했다. 에일린은 암흑 속에서 황금색 빛을 발하며 굳건히 서서 버텼다. 로완은 그 모습을 보며 자신이 무엇을 해야 하는지 깨달았다. 바람과 얼음을 써봤자 소용없었다. 하지만 다른 방법이 있었다.

로완은 단검으로 손바닥을 그으며 성문 너머로 달려나갔다.

어둠이 켜켜이 쌓여갔다. 셀레이나는 저 어둠이 내려치면 무척 아프겠다는 생각을 했다. 어쩌면 그녀와 로완 모두 죽을 수도 있을 것이다. 하지만 셀레이나는 달아날 생각은 없었다.

피투성이가 된 로완이 숨을 헐떡이며 달려왔다. 셀레이나는 그에게 달아나라고 소리쳐 그를 모욕하는 짓은 하지 않았다. 로완은 셀레이나를 향해 피 묻은 손바닥을 뻗었다. 이제 기운이 거의 다 소모된 그녀에게 그가 가진 원초적인 힘을 내주려는 것이었다. 셀레이나는 그 방법을 쓸 수 있음을 직감적으로 알았다. 지금까지는 설마 했지만 이제 확신할 수 있었다. 그들은 '카라남'이었다.

로완은 그녀를 위해 와주었다. 에일린은 그의 눈을 바라보며 갖고 있던 단검으로 손바닥을 그었다. 네히미아의 무덤 앞에서 상처를 낸 바로 그 자리였다. 로완은 셀레이나가 무슨 말을 하려는지 얼굴을 보고 미리 알았을 것이다. 셀레이나가 말했다.

"언제까지나?"

로완은 고개를 끄덕였다. 셀레이나는 그의 손을 잡았다. 그의 다른 쪽 팔이 그녀를 단단히 감싸 안았다. 그들은 피에서 피로, 영혼에서 영혼으로 이어졌다. 그는 두 손을 꼭 쥐고 그녀의 귀에 속삭였다.

"당신은 내 것이야, 에일린 갈라시니어스."

칠흑 같은 어둠의 물결이 포효하며 그들을 내리덮었다.

하지만 이대로 끝은 아니었다. 적어도 셀레이나의 끝은 아니었다. 셀레이나는 상실감과 고통, 고문을 이기고 살아남았다. 노예 생활과 증오, 절망을 견뎌냈다. 이 고통도 이겨낼 것이다. 그녀의 이야기는 암흑에 묻혀버리지 않을 것이다. 전사의 손을 잡고 있는 지금, 그녀는 압도적인 암흑도 두렵지 않았다. 진정한 친구를 갖고 있기에 용기가 났다. 그 친구와 함께라면 삶도 그리 끔찍하지만은 않을 테니까.

로완의 마법이 셀레이나의 안으로 밀고 들어왔다. 오래되고 괴이하며 거대한 힘에 그녀는 무릎이 휘청거렸다. 로완은 그녀가 쓰러지지 않도록 단단히 붙잡고는 내면의 장벽을 열고 그녀에게 강력한 힘을 쏟아부었다.

그들이 절반쯤 무너진 검은 파도를 황금색 빛으로 박살 내자 나록과 볼그 왕자는 놀라 입을 딱 벌렸다.

셀레이나는 그들이 정신을 차리고 암흑을 빨아들일 틈을 주지 않았다. 로완의 도움으로 끝없는 내면의 우물에서 힘을 끌어 올린 뒤 불과 빛, 잉걸불과 작은 온기마저 하나로 뭉쳤다. 천 번의 새벽과 일몰의 빛까지 모두 끌어모은 것이었다. 볼그가 에렐리아의 햇빛을 갈

구하고 있으니 몽땅 쏟아 부워줄 작정이었다.

나록과 볼그 왕자가 비명을 내질렀다. 볼그 왕자는 물러서고 싶어 하지 않았다. 그녀의 세상으로 돌아오기 위해 오랜 기간 기다렸는데 이대로 끝내고 싶지 않았을 것이다. 하지만 셀레이나는 그들의 목구멍에 빛을 쑤셔 넣고 그들의 검은 피까지 불태웠다.

셀레이나는 로완의 손을 잡고 이를 갈며 그들의 비명을 견뎌냈다. 그리고 다음 순간 정적이 찾아왔다. 셀레이나는 나록을 바라보았다, 그는 꼼짝 않고 서서 그녀를 바라보며 기다리고 있었다. 그 순간 검은 창이 셀레이나의 머릿속으로 치고 들어와 한 번 더 환영을 보여주었다. 찰나의 순간 눈앞에 떠오른 그것은 과거의 기억이 아니라 미래의 단편이었다. 소리와 냄새, 모습이 너무나 현실 같았다. 셀레이나는 로완의 손을 닻으로 삼은 덕분에 흔들리지 않을 수 있었다. 잠시 후 환영은 사라졌다. 빛은 굳건히 버티며 그들 모두를 감쌌다.

셀레이나는 거대한 빛을 두 볼그에게 쏟아부었다. 빛이 온몸 구석구석으로 파고들자 두 볼그는 무릎을 꿇고 말았다. 나록의 눈에서 암흑이 사라져가고 있음을 셀레이나는 알 수 있었다. 그의 눈이 인간의 눈으로 돌아와 갈색을 띠면서 짧은 순간 그녀에게 감사하는 마음을 내비쳤다. 셀레이나는 나록 본인과 그 안에 깃든 악마를 모두 재로 만들었다.

끝까지 버티던 볼그 왕자는 두 걸음도 채 기어가지 못하고 쓰러지고 말았다. 완벽한 생김의 얼굴이 소리 없이 비명을 지르며 불에 타 사라졌다. 빛과 불꽃이 물러가자 나록과 볼그 왕자들이 있던 자리에는 워드 돌기둥 네 개가 남아 있을 뿐이었다. 돌기둥들은 축축이 젖은 풀밭에서 수증기를 모락모락 피워냈다.

56

도저히 용서할 수 없는 저열한 노예 대학살이 벌어지고 며칠 후, 소르샤가 친구에게 보낼 편지를 거의 다 써갈 무렵 작업실 문을 두드리는 소리가 들렸다. 깜짝 놀란 소르샤는 편지 한가운데를 펜촉으로 휙 긋고 말았다.

도리언이 문 안쪽으로 고개를 들이밀며 싱긋 웃었다. 편지를 본 그의 얼굴에서 웃음기가 잦아들었다.

"내가 방해를 했나 봐."

그는 안으로 들어와 문을 닫았다. 그가 문 쪽을 보고 있을 때 소르샤는 얼른 편지를 구겨 뭉쳐서 쓰레기통에 넣었다.

"그런 거 아니에요." 그가 다가와 목에 코를 비비며 허리를 두 팔로 감싸 안자 소르샤는 발가락을 오므렸다. "누가 들어오면 어쩌시려고요."

소르샤는 그의 품에서 벗어나려 꼼지락거렸다. 도리언은 그녀를 놓아줬지만 반짝이는 눈빛을 보니 오늘 밤 둘만 있게 되면 그녀를 품에서 절대 안 놓아줄 것 같았다. 소르샤는 미소를 지었다.

"한 번 더 해봐."

소르샤는 웃으며 다시 미소를 지어 보였다. 도리언이 당황한 표정을 하자 소르샤가 물었다.

"왜요?"

"내가 본 중에서 제일 아름다운 거라서."

쑥스러운 마음에 소르샤는 고개를 얼른 옆으로 돌리고 손을 바삐 움직일 만한 일을 찾았다. 그들은 조용히 일을 해나갔다. 도리언이 작업실에 꽤 익숙해져서 그들은 요즘 자주 여기서 이런저런 일을 하고 있었다. 도리언은 소르샤가 다른 환자들을 위해 물약을 만들 때 종종 돕곤 했다.

문 쪽에서 헛기침 소리가 들리자 그들은 곧바로 긴장했다. 소르샤는 심장이 목구멍 밖으로 뛰쳐나올 것 같았다. 문이 열린 줄도 몰랐는데 근위대장이 어느새 문 안쪽에 들어와 서 있었다.

근위대장이 가까이 다가오자 도리언은 소르샤 옆에서 긴장하는 모습이었다. 소르샤가 물었다.

"근위대장님, 도움이 필요하신가요?"

도리언은 아무 말도 없었다. 그는 별나게 굳은 표정이었다. 아름다운 두 눈이 불안으로 어두워졌다. 도리언은 따뜻한 손으로 소르샤의 허리를 감싸면서 그녀의 등에 가져다 댔다. 근위대장은 조용히 문을 닫고는 복도를 향해 귀를 기울이다가 입을 열었다.

그는 도리언보다 더 어두운 표정이었다. 떡 벌어진 어깨가 보이지 않는 짐에 내리눌린 듯 처져 있었다. 그래도 도리언을 바라보는 금색 섞인 갈색 눈은 맑았다.

"그렇습니다."

◆◆◆

 도리언이 이 실험에 동의한 것 자체가 기적이라고 케이올은 생각했다. 오늘 아침 도리언의 슬픔 가득한 얼굴을 본 케이올은 지금 부탁을 하면 도리언이 따라줄 것이라 여겼다.
 도리언은 케이올에게 어떻게 된 상황인지 설명해달라고 요구했다. 소르샤 앞에서. 그게 도리언이 요구한 대가였다. 그가 밝히게 될 진실, 자신이 어떤 위험을 감수하고 있는지 알 자격이 있는 여자에 대한 도리라는 이유였다.
 케이올은 조용히 빠르게 모두 설명했다. 마법, 워드 열쇠, 세 개의 탑까지…… 전부. 다행히 소르샤는 정신적으로 무너지거나 의심에 휩싸이지 않았다. 케이올은 소르샤가 동요할 수도 있다고, 그동안 아무 말도 하지 않은 도리언에게 화를 낼 수도 있다고 생각했다. 하지만 치료사로서 훈련을 받아 뛰어난 자제심을 가진 덕분인지 소르샤는 아무런 내색도 하지 않았다. 도리언은 속에서 들끓는 감정을 읽어내려는 듯 무표정한 가면 같은 그녀의 얼굴을 바라보았다.
 이제 도리언은 케이올과 함께 가야 했다. 작업실을 나서기 전 소르샤에게 입을 맞추며 귀에 대고 속삭였다. 그 말에 소르샤는 미소를 지었다. 케이올은 도리언이 치료사와 이토록 행복한 시간을 보내고 있을 줄 예상하지 못했다. 소르샤. 오늘까지 그녀의 이름조차 모르고 있던 터라 케이올은 당황스러웠다. 도리언과 소르샤가 서로를 바라보는 눈빛을 확인한 케이올은 친구 도리언이 마음 맞는 여자를 찾아내 다행이라는 생각을 했다.
 도리언이 먼저 작업실을 나간 후, 소르샤는 방금 들은 얘기 때문에 놀랐을 텐데도 여전히 미소 띤 얼굴이었다. 너무 놀라서일까……

넋이 나간 것 같기도 했다.

"아무래도……" 케이올이 입을 열었다. 다시 일을 할 준비를 하던 소르샤는 눈썹을 치켜뜨며 그를 바라보았다. 그는 희미하게 웃으며 말했다. "아무래도 이 왕국이 치료사를 왕비로 맞으려나 봅니다."

소르샤는 웃지 않았다. 오히려 몹시 슬퍼 보이는 눈빛으로 고개를 돌리고 일을 하기 시작했다. 케이올도 도리언과 하기로 한 실험을 준비하기 위해 조용히 그곳을 나섰다. 도리언은 이 성에서 아니, 이 세상에서 그를 도울 수 있는 유일한 사람이었다. 아마 모든 이들을 도울 수 있지 않을까.

셀레이나의 말처럼 도리언은 원초적인 힘을 갖고 있었다. 자신의 의지대로 그 힘을 쓸 수도 있을 것이다. 좋은 쪽이든 나쁜 쪽이든 워드 열쇠의 힘과 유일하게 비슷한 면이기도 했다. 셀레이나의 마법책에서 케이올은 크리스털이 마법의 전달 매체로 쓰기에 좋다는 내용을 읽은 적이 있었다. 시장에서 어렵지 않게 크리스털 몇 개를 구매했다. 눈처럼 하얀 색깔의 크리스털로, 그의 손가락 길이만 했다.

준비를 마쳤을 때쯤 도리언이 비밀 터널 중 한 곳으로 들어와 바닥에 자리를 잡고 앉았다. 케이올은 그들 주변에 초 여러 개를 켜놓았다. 케이올은 계획을 설명하면서, 세 크리스털 사이에 붉은 모래를 뿌려 마지막 줄을 만들었다. 상인의 주장대로라면 그것은 붉은 사막의 모래였다. 세 크리스털의 간격은 모두 같아서 머터프가 대륙 지도에서 그린 것과 똑같은 정삼각형 모양이 되었다. 정삼각형 한가운데에 작은 물그릇을 놓았다.

도리언이 그를 빤히 쳐다보았다.

"박살 나도 내 탓은 하지 마."

"바꾸면 됩니다."

케이올은 크리스털을 열두 개나 사놓았다.

도리언은 첫 번째 크리스털을 바라보았다.

"내 힘을 저기다…… 모으라고?"

"그리고 힘의 선을 쭉 땅겨 다음 크리스털, 그리고 그다음 크리스털로 옮기세요. 목표는 그릇에 담긴 물을 얼리는 것이라 생각하면서요. 그게 전부입니다."

도리언은 한쪽 눈썹을 치켜떴다.

"그건 주문이라고 부를 수도 없는 건데."

"그냥 한번 해보세요. 다른 방법이 있었으면 이런 걸 해보자고 말씀도 안 드렸을 겁니다." 케이올은 물그릇에 손가락을 담가 잔물결을 일으켰다. 순전히 힘과 의지를 필요로 하는 주문임을 케이올은 직감적으로 알 수 있었다.

도리언이 길게 내쉰 한숨 소리가 터널 안의 돌벽과 아치형 천장에 메아리쳤다. 도리언은 리프트홀드를 나타내는 첫 번째 크리스털을 바라보았다. 몇 분 동안 아무런 변화도 나타나지 않다가 도리언이 빠르게 숨을 들이마시며 땀을 흘리기 시작했다.

"지금……."

"괜찮아."

도리언은 가쁜 숨을 들이마셨다. 첫 번째 크리스털이 하얗게 빛나기 시작했다.

그 빛은 점점 밝아지고 도리언은 고통스러운 듯 땀을 흘리며 신음했다. 케이올이 그만하자고 말하려는데 빛의 선이 다음 크리스털로 이어졌다. 너무 빨라서 모래에 살짝 잔물결이 인 것 말고는 빛의 이동을 제대로 포착하지도 못했다. 두 번째 크리스털이 번쩍하더니 남쪽으로 다시 모래 선을 따라 이동했다. 이번에도 모래가 잔물결처럼 일렁거렸다.

물은 액체 상태 그대로였다. 세 번째 크리스털이 빛을 내고 마지막 선이 완성되어 삼각형을 이루면서 크리스털 세 개가 한꺼번에 빛을 발했다. 그리고…… 천천히 부드럽게 탁탁 소리를 내면서 물이 얼기 시작했다. 케이올은 치밀어 오르는 두려움을 애써 눌러 가라앉혔다. 도리언의 마법 제어 능력이 상당히 좋아졌음을 알게 된 그는 두렵기도 하고 감탄스럽기도 했다.

도리언의 창백한 피부가 땀에 젖어 번들거렸다.

"아버지가 이런 식으로 주문을 걸었단 말이지?"

케이올은 고개를 끄덕였다.

"10년 전에 이 세 개의 탑을 이용하셨습니다. 수년 전에 미리 탑들을 세워놓고 군대를 앞세워 침략하면서 바로 주문을 거셨죠. 그래야 아무도 반격을 못할 테니까요. 마법 전체를 얼려버려야 했으니 폐하께서 쓰신 주문은 훨씬 더 복잡했을 겁니다. 기본적으로는 지금 이것과 비슷하겠지만요."

"탑들이 어디 있는지 보고 싶군." 케이올이 고개를 젓자 도리언이 말했다. "이미 나한테 다 얘기해줬잖아. 지도를 보여줘."

도리언은 세상을 파괴하는 신처럼 손을 휘저어 힘을 방출시켜 크리스털 하나를 쓰러뜨렸다. 얼음이 녹으면서 그릇에 담긴 물이 출렁거렸다. 케이올은 눈을 껌벅이며 생각에 잠겼다.

탑을 하나라도 쓰러뜨릴 수 있다면…… 상당히 위험한 짓일 것이다. 행동에 나서기 전에 제대로 확인을 해둬야 했다. 케이올은 머터프가 위치를 표시해준 지도를 꺼냈다. 그는 그 지도를 어디에도 둘 수 없어 쭉 품에 넣고 다녔다.

"여기, 여기, 그리고 여기입니다." 케이올은 리프트홀드와 아마로스, 놀을 가리켰다. "이 세 곳에 탑이 하나씩 세워져 있습니다. 감시탑 같은 모양새이기는 한데 같은 특징을 갖고 있습니다. 검은 돌로 지어졌고 괴물 석상이 있어요……."

"정원에 있는 시계탑이 그 탑들 중 하나라고?"

도리언이 믿기지 않는다는 듯 웃었지만 케이올은 고개를 끄덕였다.

"저희 생각에는 그렇습니다."

도리언은 한 손으로 바닥을 짚고 지도를 들여다보았다. 그는 리프트홀드에서 아마로스까지, 리프트홀드에서 놀까지 손으로 쭉 그어 보았다.

"북쪽 선은 페리언 협곡을 관통해. 남쪽 선은 모라스를 지나고. 자네는 아버지가 마법의 힘을 핏속에 간직한 귀족들과 함께 롤랜드와 칼테인을 모라스로 보낸 것 같다고 에이디언 장군에게 말했어. 그게 그냥 우연일 가능성은 없겠어?"

"페리언 협곡은…… 셀레이나가 날갯짓 소리를 들었다고 한 곳입니다. 네히미아 공주가 정찰을 해오라고 그리로 보냈던 자들도 돌아오지 않았고요. 거기서 무언가 일을 꾸미고 있는 것 같습니다."

"아버지가 두 곳에서 군대를 양성하고 있을 수도 있겠네. 마법의 힘을 이용해서 어떤 흐름을 만들고 계실 수도 있고."

"세 곳입니다." 케이올은 데드 아일랜드를 가리켰다. "여기서 괴물 같은 것을 만들어내서…… 웬들린으로 보냈다는 보고가 들어왔습니다."

"아버지가 셀레이나를 웬들린으로 보내셨잖아. 우리가 미리 경고해줄 방법은 없어?"

"이미 시도는 했습니다."

도리언은 이마에 맺힌 땀을 닦아냈다.

"그러니까 자네는 그들과 협력하고 있는 거로군. 그들과 한편이야."

"아뇨. 한편인지는 모르겠습니다. 정보를 공유하고 있을 뿐이죠. 우리에게…… 왕세자님에게 도움이 될 정보는 이게 전부입니다."

도리언의 눈에 힘이 들어갔다. 그 순간 서늘한 바람이 불자 케이올은 움찔했다.

"이제 어쩔 생각이지? 시계탑을…… 부수는 건가?"

시계탑을 부수는 건 전쟁을 하겠다는 얘기였다. 수많은 이들의 목숨을 위험에 빠뜨릴 수 있었다. 한번 시작하면 돌이킬 수도 없었다. 에이디언이나 렌에게는 말도 꺼내고 싶지 않았다. 그들이 어떻게 나올지 걱정이 되어서였다. 아마 그들은 두 번 생각하지도 않고 탑에 불을 질러 이 성에 사는 이들을 싸그리 죽이고도 남을 것이다.

"모르겠습니다. 어떻게 해야 할지. 왕세자님 생각이 맞을 겁니다."

그는 도리언에게 할 말이 더 있기를 바랐지만 지금으로서는 몇 마디 말을 꺼내기도 쉽지 않았다. 그는 자신을 대신해 근위대장 자리를 맡을 후보자들을 추려놓았고 매주 아니엘로 짐이 담긴 상자를 보내고 있었다. 부하들을 살펴볼 겨를조차 없는 상황이었다. 도리언과는…… 풀어야 할 일이 많았다.

도리언은 케이올의 생각을 읽은 것처럼 조용히 말했다.

"지금은 때가 아니야."

케이올은 숨을 삼켰다.

"감사합니다. 왕세자님이 감수하는 위험을 생각하면……."

"누구나 위험은 감수하기 마련이야." 함께 성장기를 보낸 친구로서 할 말은 아니었다. 도리언은 회중시계를 들여다보며 말했다. "이만 가야겠어."

계단으로 걸어가는 도리언의 얼굴에 두려움이나 의심은 깃들여 있지 않았다.

"자네가 오늘 진실을 말해줬으니 나도 진실을 말해줄게. 자네와 예전 같은 사이로 돌아가고 싶다는 생각이 안 들어……. 예전의 내 모습으로 돌아가고 싶지 않다는 뜻이야. 이번 일을 통해서……." 도리언은 바닥에 널브러진 크리스털과 물그릇을 턱 끝으로 가리키며 덧붙였다. "좋은 변화가 일어날 수도 있을 거야. 두려워하지 마."

도리언은 터널을 떠났다. 케이올은 입을 열었으나 아득해져서 아무 말도 할 수 없었다. 도리언은 왕세자로서 그 말을 한 것이 아니었다.

이 나라의 왕이 될 사람으로서 한 말이었다.

57

셀레이나는 이틀을 내리 잤다. 나룩과 볼그 왕자를 불로 태워 재로 만들어버린 후 무슨 일이 있었는지는 거의 기억나지 않았다. 로완의 전사들을 비롯한 이들이 요새를 통제하고 있다는 걸 어렴풋이 느끼기는 했다. 아군의 사망자는 열다섯 명뿐이었다. 반페이를 죽이는 게 아니라 생포해서 아달렌으로 끌고 가게 하는 것이 목적이기 때문이었을 것이다. 아군은 살아남은 적군의 군인들을 지하 감옥에 가뒀는데 몇 시간 후에 내려가서 보니 모두 죽어 있었다. 소지한 독으로 스스로 목숨을 끊은 듯했다. 심문을 받기보다는 죽음을 택한 것이다.

셀레이나는 피로 물든 계단을 비틀비틀 올라가 침대로 향했다. 쇄골까지밖에 오지 않는 머리카락을 보고 잠시 멈칫하며 인상을 찌푸렸다. 볼그 왕자들의 면도칼처럼 날카로운 손톱 때문에 머리카락이 짧아지고 말았다. 셀레이나는 그대로 침대에 쓰러져 깊은 잠에 빠져들었다. 다시 눈을 뜨고 보니 요새 곳곳에 묻어 있던 피는 깨끗이 사라졌고 군인들의 시신도 땅에 묻혔다. 로완은 워드 돌기둥 네 개를 숲속 어딘가에 감춰두었다. 마음 같아서는 당장 바다에 던져버리고 싶겠지만 셀레이나를 가까이서 돌봐야 하니 그럴 수도 없었을 것이다. 그는 전사 친구들이 그들을 메이브에게 갖다 바치지 않으리란 보장도 없다고 여겼다.

셀레이나가 깨어나서 보니 로완의 전사들은 요새 수리와 치료 일을 돕다가 거의 다 떠난 모양이었다. 셀레이나에게 인사를 하려고 남아 있던 건 개브리얼뿐이었다. 로완과 함께 숲으로 산책을 나갔다가 요새의 후문 근처에서 서성이고 있는 금발의 전사를 보았다.

그 전사를 본 로완은 표정이 굳어졌다. 로완은 그의 전사 친구들이 어떻게 대하더냐고, 그들이 도움을 주려고 했느냐고 셀레이나에게 대놓고 물어봤다. 셀레이나는 대답을 피하려 했지만 그는 물러서지 않았다. 하는 수없이 셀레이나는 개브리얼이 유일하게 그녀를 도우려 했다고 대답했다. 그의 전사 친구들을 욕하고 싶지 않았다. 그들은 셀레이나에 대해 알지 못했고, 아무런 빚도 지고 있지 않았다. 그들과 연을 맺은 사람은 로완이었다. 그런 게 뭐 그리 대수인지 셀레이나는 이해가 되지 않았다. 이유를 물어보자 로완은 상관할 필요 없다고만 말했다.

그런데 후문 근처에서 개브리얼이 그들을 기다리고 있었다. 로완의 표정이 굳어지는 것을 본 셀레이나는 두 사람에게 미소를 지으며 후문 쪽으로 걸어갔다.

로완이 말했다. "떠난 줄 알았는데."

개브리얼은 황갈색 눈을 깜박였다. "쌍둥이와 본은 한 시간 전에 떠났습니다. 로르칸은 새벽녘에 떠나면서 인사를 전해달라고 했고요."

로완은 고개를 끄덕였지만 로르칸이 그런 말을 했을 리 없다는 걸 잘 알고 있었다.
"무슨 일로 여기 있는 거지?"
셀레이나는 이들이 말하는 '친구'의 개념은 그녀가 아는 '친구'와는 다른 모양이라고 생각했다. 개브리얼은 셀레이나를 머리부터 발끝까지 위아래로 훑어보다가 로완을 바라보며 말했다.
"메이브 여왕을 알현할 때 조심하십시오. 그때쯤 우리는 이미 보고를 올렸을 겁니다."
로완은 험악한 표정을 풀지 않았다.
"그럼 잘 가게."
로완은 이렇게 말하며 가던 길로 나아갔다.
셀레이나는 머뭇거리며 개브리얼을 바라보았다. 개브리얼의 금빛이 도는 눈동자에 슬픔이 스쳤다. 개브리얼도 로완과 마찬가지로 메이브 여왕에게 매인 몸이었다. 그럼에도 불구하고 로완과 셀레이나에게 경고를 해준 것이다. 피의 맹세를 했으니 메이브는 개브리얼에게 지금 이 순간을 비롯해 여기서 있었던 일에 대해 상세히 털어놓게 만들 수도 있을 것이다. 그리고 경고를 해줬다는 이유로 개브리얼을 벌할 수도 있었다. 하지만 그는 친구이니 말해주는 것이겠지.
"고마워요."
셀레이나는 금발의 전사에게 말했다. 개브리얼은 눈을 껌벅였고 로완의 표정은 얼어붙었다. 셀레이나는 팔이 욱신거렸고 붕대를 감아놓은 손의 상처도 아물지 않았지만 개브리얼에게 손을 내밀었다.
"경고를 해줘서, 그리고 그날 망설여줘서 고맙다고요."
개브리얼은 잠시 그녀의 손을 바라보다가 놀라울 정도로 부드럽게 잡고 악수를 했다.
"몇 살이지?"

"열아홉이요."

개브리얼은 길게 한숨을 내쉬었다. 한숨의 의미는 슬픔일 수도, 안도일 수도 어쩌면 둘 다일 수도 있을 것이다. 그는 마법을 더 인상적으로 갈고 닦아보라고 말했다. 셀레이나는 그에게 붙인 별명을 알면 인상이 더러워질 거라고 말해주려다가 그냥 윙크만 한 번 하고 말았다.

로완은 뒤따라온 셀레이나에게 인상만 찌푸릴 뿐 아무 말도 하지 않았다. 멀어져가는 그들을 보며 개브리얼이 나지막하게 말했다.

"행운을 빕니다."

로완은 셀레이나를 숲의 웅덩이로 데려갔다. 셀레이나는 처음 와보는 곳이었다. 아름다운 폭포에서 맑은 물이 햇빛 속에 춤추듯 떨어졌다. 그는 널찍하고 편편하며 햇볕에 따뜻하게 데워진 바위에 걸터앉아 장화를 벗고 바지를 걷어 올린 뒤 물에 발을 담갔다. 셀레이나는 근육이며 뼈가 욱신거려 인상을 쓰면서 바위에 앉았다. 로완이 그렇게 왜 나왔냐는 듯 인상을 쓰자, 셀레이나는 어디 침대에 누워 쉬라는 명령을 또 내리기만 해보라는 눈빛으로 그를 쏘아보았다.

셀레이나도 물웅덩이에 발을 담갔다. 그들은 느긋하게 앉아 숲의 음악이 몸에 스며들게 했다. 얼마 후 로완이 입을 열었다.

"나록에게 한 일은 되돌릴 수 없어. 에일린 갈라시니어스가 아달렌에 대항해 싸웠다는 소문이 세상에 퍼지면 그들은 당신이 살아 있다는 걸 알게 될 거야. 아달렌 왕도 알게 되겠지. 당신이 어디 있는지도 알아낼 테고, 웅크려 숨을 생각이 없다는 것도 알게 될 거야.

당신은 남은 평생 그에게 쫓기게 되겠지."

"장벽 밖으로 걸어 나가면서 그런 운명은 이미 받아들였어요."

셀레이나는 나지막하게 대답했다. 물을 발로 차자 잔물결이 물웅덩이를 가로질러 퍼져나갔다. 마법으로 피폐해진 그녀의 몸은 그 정도 움직임만으로도 덜덜 떨었다.

로완은 가죽 물통을 건네주었다. 받아서 한 모금 마신 셀레이나는 진통 물약이 섞여 있음을 알아챘다. 아침에 눈을 뜨자마자 줄곧 마셔온 약이었다.

행운을 빈다고 개브리얼은 말했다. 셀레이나가 로완에게 작별 인사를 해야 할 날이 곧 올 것이다. 헤어지면서 무슨 말을 할까? 담담하게 행운을 빈다는 말로 끝맺음할 수 있을까? 로완에게 건네줄 선물이 있으면 좋을 것이다. 그의 목줄을 쥔 여왕에게 저항할 때 그를 보호해줄 물건이라도 말이다. 엘레나의 눈은 케이올에게 주었다. 오린스의 부적을 잃어버리지 않았으면 로완에게 줄 수 있을 텐데. 가보든 아니든, 로완을 보호해줄 수만 있다면 흔쾌히 내줄 수 있을 것이다.

한쪽 면에 신성한 수사슴이⋯⋯ 다른 쪽 면에 워드 문자가 새겨져 있는 부적.

숨이 턱 막혔다. 옆에 있는 로완도 보이지 않고, 숲의 노랫소리도 들리지 않았다. 테라센은 에렐리아 대륙에서 제일 큰 왕국이었다. 침략을 받거나 정복당한 적도 없이 오직 번영을 누려온 강력한 왕국이라 주변 왕국들은 테라센에 싸움을 거는 것이 어리석은 짓임을 잘 알았다. 대를 이어온 청렴결백한 왕들은 에렐리아의 모든 지식을 위대한 도서관에 모았다. 테라센은 세상에서 가장 똑똑하고 대담한 자들을 끌어모으는 횃불이었다. 셀레이나는 세 번째이자 마지막 워드 열쇠가 어디 있는지 지금 막 깨달았다. 강물로 추락하던 날 밤 그녀의 목에 걸려 있었다.

조상들의 목에서 목으로 이어져오던 그 부적은 브래넌 왕이 만든 것이었다. 브래넌은 태양 여신 말라의 사원에서 여대사제에게 원반 모양의 장식물을 받고 나서 아무도 뒤를 밟지 못하도록 그 사원을 파괴해버렸다.

밝은 청색으로 된 원반 모양 장식에는 영원히 불타는 왕관을 쓴 하얀 태양의 수사슴, 즉 불을 가져오는 자 말라의 수사슴이 새겨져 있었다. 웬들린의 해안을 떠나면서 브래넌은 그곳 수사슴들을 훔쳐 와 오크월드 숲에 풀어놓았다. 세 번째 워드 열쇠를 부적 안에 넣고 그 사실을 아무에게도 말하지 않았다.

워드 열쇠 자체는 본질적으로 악하지도 선하지도 않았다. 보유한 자가 어떤 식으로 사용하는지에 달려 있을 뿐이었다. 테라센의 왕과 왕비 목에 걸려 있는 동안 이 워드 열쇠는 좋은 목적으로 사용되었고 그에 따라 그것을 소지한 이들을 오랫동안 보호해왔다.

그리고 그날 밤, 강으로 추락한 셀레이나를 보호해주었다. 얼음처럼 차가운 강물 속 깊은 곳에서 빛을 내던 게 바로 워드 열쇠였다. 셀레이나의 살려달라는 간절한 외침에 호응한 것이다. 하지만 그녀는 오린스의 부적을 잃어버렸다. 강에 빠지면서…… 아니다.

그렇지 않았다. 강에 빠지면서 바로 잃어버린 게 아니었다. 그랬으면 강둑까지 올 수 없었을 것이다. 강둑까지 왔다는 건 그때까지 그 부적을 갖고 있었다는 얘기였다. 그리고…… 그리고…… 에로밴 헤멜이 그 부적을 오랜 세월 가지고 있었을 것이다. 깊이를 알 수 없는 힘을 지닌 부적을 말이다.

부적을 되찾아 와야 했다. 에로밴한테서 찾아와 그 부적에 무엇이 숨겨져 있는지 아무도 알지 못하게 해야 했다. 그러고 나서…… 그 다음은 아직 생각해보지 않았다.

서둘러 메이브를 만나 필요한 정보를 얻어내고 돌아가야 했다. 테라센이 아니라 리프트홀드로. 자신을 살아 있는 무기로 만든 남자, 그녀의 인생의 한 부분을 박살 낸 남자, 앞으로 그녀에게 가장 큰 위협이 될 수도 있는 남자를 만나야 했다.

로완이 물었다.

"왜 그래?"

"세 번째 워드 열쇠요."

아무에게도 말할 수 없었다. 누구든 알게 되면…… 곧장 리프트홀드로 가려 할 것이다. 자객들의 요새로 쳐들어가겠지.

"에일린." 그의 눈빛에 담긴 것은 두려움일까, 고통일까. 아니면 둘 다일까. "뭘 알게 됐는지 말해."

"당신이 메이브 여왕에게 매여 있는 동안에는 말 못 해요."

"난 영원히 매여 있을 거야."

"알아요."

그는 메이브의 노예였다. 아니 노예보다 더했다. 아무리 끔찍한 명령이라도 모두 복종해야 하는 처지였다.

그는 허리를 굽히고 커다란 손을 물에 담갔다.

"그래. 나한테 말하지 마. 아무 말도 하지 마."

"짜증나네요. 그 여자 진짜 싫어요."

시선을 돌린 그는 바위에 올려둔 골드린을 바라보았다. 오늘 아침에 셀레이나는 페이족 성인 전사 세 명분의 음식을 먹어치우면서 전설의 칼 골드린의 역사에 대해 로완에게 말해주었다. 그는 딱히 깊은 인상을 받은 것 같지는 않았다. 셀레이나가 칼집 안에서 발견한 반지를 보여줬을 때도 그는 "그걸 잘 사용하길 바랄게"라고만 말했다. 그게 다였다.

둘 사이에 흐르는 침묵을 견딜 수 없게 된 셀레이나는 헛기침을 했다. 세 번째 워드 열쇠에 관한 진실은 말해줄 수 없지만 다른 얘기는 해줄 수 있었다. 그것도 진실이었다. 있는 그대로의 완전한 진실. 온갖 일을 그와 함께 겪었으니 이제 말해도 될 듯했다. 셀레이나는 마음을 굳게 먹고 입을 열었다.

"이 얘기는 아무한테도 한 적이 없어요. 이 세상에서 아무도 모르는 얘기죠. 내 얘기예요." 셀레이나는 눈 안에 열기가 차올라 눈을 깜박이며 말을 이었다. "이제 이 얘기를 할 때가 된 것 같아서요."

로완은 손바닥으로 뒤를 받치며 바위에 기대어 앉았다.

"오래전……" 로완과 세상, 자기 자신에게 하는 얘기였다. "오래전에 불에 타 재가 되어버린 땅에 자신의 왕국을…… 무척 사랑했던 어린 공주가 살았어요."

그녀는 들불로 활활 타오르는 심장을 가진 공주, 북부의 강력한 왕국, 왕국의 몰락과 매리언 귀부인의 희생에 대한 얘기를 이어갔다. 긴 얘기였다. 때로는 잠시 침묵하기도 하고 울기도 했다. 그럴 때면 그는 몸을 기울여 그녀의 눈물을 닦아주었다.

셀레이나가 얘기를 마치자 로완은 물약을 건네주었다. 셀레이나는 그를 보며 미소 지었다. 그도 셀레이나를 가만히 바라보다가 미소 지었다. 그전까지 그가 보여준 미소와는 느낌이 달랐다.

그리고 그들은 한참 말이 없었다. 셀레이나는 왜 그랬는지 알 수 없지만 손을 앞으로 뻗어 손바닥이 물웅덩이의 수면을 향하게 했다.

그러자 구슬만 한 물방울이 천천히 흔들거리며 수면에서 떠올라 컵 모양으로 웅크린 손바닥에 닿았다.

"마법으로 끌어올릴 수 있는 물이 고작 그만큼이니, 당신의 자기 보호 감각이 형편없는 것도 이해가 돼."

그는 농담을 하며 셀레이나의 턱을 손으로 툭 쳤다. 물 한 방울을 손으로 끌어올린 행동의 의미가 무엇인지 그는 이해하는 것 같았다. 머나먼 저 세상에서 그녀에게 미소 짓고 있는 어머니를 가까이 느끼고 싶어서였다. 눈가에 눈물이 고인 채 셀레이나는 로완을 보며 활짝 웃고는 그의 얼굴에 물방울을 튕겼다. 로완은 셀레이나를 들어 물웅덩이에 집어 던지더니, 소리 내어 웃으며 물속으로 뛰어들었다.

셀레이나를 비롯해 다른 부상당한 반페이들은 일주일 동안 쉬면서 힘을 회복한 후, 엠리스와 루카가 개최한 승전 축하 파티에 참석했다. 로완과 함께 파티에 참석하러 아래층으로 내려가기 전에 거울을 들여다본 셀레이나는 거울 속에 비친 자신의 모습에 놀라 우뚝 멈춰 섰다.

머리카락이 좀 짧아진 것은 변화의 극히 일부일 뿐이었다. 얼굴이 확 피어 있었다. 눈빛도 형형하고 맑아졌다. 그해 겨울 동안 빠진 살을 다시 찌웠는데도 얼굴의 윤곽이 더 뚜렷해졌다. 소녀티를 벗고 여자가 된 자신이 거울 속에서 미소 짓고 있었다. 상처와 흠, 생존의 흔적에도 불구하고 아름다웠다. 진심 어린 미소였다. 그 미소가 오랫동안 가슴속에서 잠들어 있던 환희에 불을 붙였다.

그날 밤 셀레이나는 춤을 추었다. 그리고 이튿날 아침, 드디어 떠날 때가 되었음을 깨달았다.

셀레이나는 로완과 함께 그곳 사람들에게 두루 작별 인사를 하고,

숲 가장자리에 서서 무너져가는 돌 요새를 바라보았다. 엠리스와 루카가 나무가 늘어선 곳에서 그들을 기다리고 있었다. 아침 햇살 아래서도 엠리스와 루카의 얼굴은 창백해 보였다. 엠리스는 셀레이나와 로완의 배낭에 음식을 비롯해 필요한 물품을 가득 넣어놓고도 지금 또 셀레이나의 손에 뜨끈한 빵 한 덩어리를 쥐어 주었다.

"시간이 좀 걸리겠지만…… 제 왕국을 되찾게 되면 반페이들이 와서 살면 좋겠어요. 두 사람…… 그리고 맬라카이는 원한다면 저와 한집에서 살고요. 제 친구로서요."

셀레이나의 말에 엠리스는 눈을 반짝이면서 고개를 끄덕거리며 루카의 손을 잡았다. 전투 중에 얼굴 아래쪽에 길고 흉한 상처를 입은 루카는 그 상처를 치료하지 않고 두기로 했다. 루카는 말없이 셀레이나를 바라보기만 했다. 루카의 얼굴에 드리워진 그림자를 보며 셀레이나는 가슴이 아팠다. 바스의 배신 때문에 많이 괴로운 모양이었다. 셀레이나는 루카에게 미소를 짓고는 머리를 헝클어뜨렸다.

셀레이나가 돌아서려는데 엠리스가 말했다.

"어머님이 자랑스러워하실 겁니다."

셀레이나는 가슴에 손을 얹고 고개를 숙여 감사를 표했다.

로완이 재촉하듯 헛기침을 하자 셀레이나는 엠리스와 루카를 마지막으로 한 번 더 바라보며 미소를 지었다. 그리고 로완을 따라 숲으로 들어갔다. 드디어 메이브 여왕을 만나러 도라넬을 향해 걸음을 내디뎠다.

58

"이틀 안에 수리아로 떠날 준비를 해." 한밤중에 숙소에서 에이디언이 렌에게 명령을 내렸다. 에이디언과 렌, 케이올은 지금 숙소에 와 있었다. 렌과 머터프는 자기네가 머물고 있는 이 숙소의 주인이 누구인지 아직도 알지 못했다. "그때쯤 감시가 제일 소홀해질 테니까 남쪽 대문으로 빠져나가."

그들은 몇 주 만에 다시 얼굴을 보았다. 머터프가 수리아의 술에게 애매한 내용의 편지를 받은 지 사흘째 되는 날이었다. 오랫동안 보지 못한 친구에게 방문해줄 것을 청하는 친근한 내용의 편지였다. 단순한 단어를 쓴 걸 보니 수리아의 젊은 영주 술은 머터프가 보낸 편지에서 언급한 '기회'에 흥미를 보이면서 그들의 의향을 떠보는 듯했다. 그 후 에이디언은 모든 군단과 수비대의 움직임과 위치를 계산해가며 북쪽으로 향하는 길을 모조리 살펴보았다. 그리고 이틀 후 그들은 이렇게 숙소에서 다시 모이게 됐다.

"왜 우리가 도망치는 것 같은 기분이 들죠?"

줄곧 서성이던 렌이 걸음을 멈추고 물었다. 앨스브룩의 젊은 영주

렌은 상처가 많이 회복됐다. 그는 기운을 되찾기 위해 숙소의 큰 방을 개인 훈련실로 바꿔놓고 체력 관리에 매진했다. 에이디언은 여왕이 그걸 알면 얼마나 좋아할지 생각했다.

"도망치는 거 맞으니까." 에이디언은 렌과 머터프를 위해 시장에서 직접 골라온 사과 하나를 베어 물며 느릿하게 설명했다. "자네들이 여기 머무는 시간이 길어질수록 우리 계획이 발각될 위험이 높아져. 자네는 지금 너무 눈에 띄어. 자네가 테라센에 있는 게 나한테는 더 유용해. 밀고 당길 필요도 없는 사안이니까 시도도 하지 마."

"근위대장은요?"

렌은 늘 앉던 자리에 앉아 있는 근위대장에게 물었다.

케이올은 인상을 찌푸리며 조용히 대답했다.

"나는 며칠 안에 아니엘로 떠납니다." 에일린을 웬들린으로 보내기 위해 자유를 팔았으니 이제 거래 조건을 이행해야 했다. 에이디언이 좀더 깊게 생각을 해봤으면 케이올의 기분이 얼마나 안 좋을지 짐작하고, 그에게 여기 남으라고 설득했을 수도 있을 것이다. 에이디언은 근위대장을 좋아하지도 않았고 존중하지도 않았다. 계단통에서 홀로 조용히 노동수용소에서 학살당한 백성들을 애도하고 있었는데 그 모습을 케이올에게 들킨 것도 마땅찮았다. 하지만 그들은 결국 이 자리에 모였고 이제 돌이킬 수 없었다.

다시 서성이던 렌은 근위대장을 내려다보며 물었다.

"우리 쪽 첩자 노릇을 해주는 겁니까?"

"내가 리프트홀드에 있든 아니엘에 있든 내부에 사람을 심어둬야 할 겁니다."

"이미 심어뒀어요."

에이디언이 손을 흔들며 끼어들었다. "내부에 누굴 심어놨든 관심 없어, 렌. 떠날 준비나 해. 끝없이 질문을 해대면서 사람 성가시게 하지 말고."

에이디언은 할 수만 있다면 렌을 사슬로 묶어 말에 연결해 당장 떠나보내고 싶은 심정이었다.

에이디언이 돌아서서 숙소를 나가려는데 계단을 밟고 달려 올라오는 요란한 발소리가 들렸다. 세 사람은 모두 칼을 빼들었다. 숙소 문이 벌컥 열리더니 머터프가 나타나 문틀을 붙잡고 숨을 헐떡였다. 노인의 눈은 마구 흔들렸고 입을 벌렸다 닫았다 하며 숨을 들이켜고 있었다. 뒤따라 올라오는 위협적인 존재는 보이지 않았다. 그래도 에이디언은 여전히 칼을 빼든 채 더 나은 자세로 공격할 준비를 했다.

렌은 얼른 머터프에게 달려가 어깨 아래를 받쳐주었다. 머터프는 안으로 들어와 깔개를 발뒤꿈치로 밟고 서서 말했다. "그분이 살아계셔." 그는 렌과 에이디언에게 말했지만 혼잣말을 하는 듯한 말투였다. "그분이…… 정말 살아계셔."

에이디언은 가슴이 철렁했다. 심장이 멈췄다가 다시 뛰고 그러다 다시 멈췄다. 에이디언은 날뛰는 심장을 가라앉히고 천천히 칼을 칼집에 꽂으며 말했다.

"전부 보고해요."

머터프는 눈을 껌벅이며 컥 소리 나게 웃었다.

"그분은 웬들린에 계셔. 살아 계신다고."

근위대장은 방을 가로질러 그들 쪽으로 다가갔다. 에이디언도 다리가 움직였으면 그 옆으로 갔을 것이다. 머터프가 그녀에 대한 소식을 들었다는 건……. 근위대장이 머터프에게 말했다.

"자세히 말해주시죠."

머터프는 고개를 절레절레 흔들었다.

"도시가 온통 그 소식으로 난리예요. 사람들이 죄다 거리로 나왔어요."

에이디언이 날카롭게 요구했다.

"핵심만 말해요."

"나록 장군의 군단이 웬들린으로 갔던 게 사실이었어. 어떤 방법으로 갔는지 왜 갔는지는 아무도 모르지만 아무튼 에일린…… 에일린 님이 거기 계셨나 봐. 캠브리언 산에. 그리고 나록 장군의 군단과 맞붙어 싸우셨대. 사람들 얘기로는 에일린 님이 지금까지 도라넬에 숨어 계셨다고 하더라고."

살아 있다. 에이디언은 속으로 그 말을 되뇌었다. 살아 있다. 전투가 끝난 후에도 죽지 않았다는 얘기였다. 다만 에일린이 지금까지 쭉 도라넬에 있었다는 것은 잘못된 정보이기는 했다.

머터프는 미소 띤 얼굴로 말을 이었다.

"그들이 나록과 그의 군단을 모조리 죽였고, 에일린 님이 마법으로 많은 사람의 목숨을 구했다는군. 사람들 얘기로는 불 마법이래. 브래넌 왕 이후로 세상에 나타난 적 없는 엄청난 마법이라고 하더라고."

에이디언은 가슴이 터질 것 같았다. 근위대장은 말없이 머터프를 바라볼 뿐이었다. 그 전투는 세상에 전하는 메시지였다. 에일린은 칼이나 마법으로 싸울 수 있는 전사다, 그리고 그녀는 더 이상 숨지 않기로 했다, 라는 메시지. 머터프는 문 쪽으로 돌아서며 말했다.

"오늘 바로 말을 타고 북쪽으로 가야겠어. 계획을 세웠으니 더 기다릴 필요 없지. 아달렌 왕이 소문이 못 퍼져나가게 막기 전에 테라센에 가서 이 소식을 알릴 거야."

그들은 머터프를 따라 계단을 밟고 아래층 창고로 내려갔다. 건물 안에서도 에이디언은 페이족 특유의 청력으로 거리에서 점점 커져가는 사람들의 목소리를 들을 수 있었다. 궁전으로 들어가는 순간 걸음걸이며 숨결까지 신중을 기해야 할 것이다. 이제 그에게 쏠릴 눈이 너무 많아졌다.

에일린. 그의 여왕. 에이디언의 얼굴에 서서히 미소가 퍼져나갔다. 아달렌 왕은 자신이 웬들린으로 보낸 사람이 누구인지 꿈에도 생각하지 못했을 것이다. 왕의 전사가 나록을 죽였다. 갈라시니어스 가문이 메이브 여왕을 뼛속 깊이 불신한다는 사실에 대해 아는 이는 별로 없었다. 그러니 사람들은 에일린이 그동안 도라넬에서 숨어 지내며 성장했을 것이라 믿을 것이다.

머터프는 창고 안에 매어둔 말에게 걸음을 옮겼다.

"이 도시를 빠져나가자마자 기수들을 펜헤로우와 멜리산드의 연락책에게 보낼 거야. 렌은 여기 있어. 수리아 일은 내가 알아서 할 테니까."

에이디언은 머터프의 어깨를 잡았다.

"베인 부대에 이 말을 전해주세요. 내가 돌아갈 때까지 눈에 띄는 짓 하지 말고 있으라고. 그리고 비용이 얼마가 들든 반란 세력에게 물품 공급을 계속하라고." 그는 머터프가 고개를 끄덕이자 손을 놓았다.

렌은 말에 안장을 얹는 머터프를 도우며 말했다. "할아버지, 제가 대신 갈게요."

그러자 에이디언이 명령했다. "자네는 여기 있어."

렌이 발끈했으나 머터프는 에이디언과 같은 생각이었다. "여기서 정보를 최대한 많이 모아둬. 내가 준비되면 알려줄 테니 그때 와."

에이디언은 렌이 반발할 시간을 주지 않고 머터프를 위해 창고 문을 당겨 열었다. 상쾌한 밤공기와 함께 시끌벅적한 거리의 소음이 창고 안으로 흘러 들어왔다. 에일린…… 에일린이 이 일을 해냈다. 이 도시를 떠들썩하게 만들었다. 종마가 발로 땅을 구르며 숨을 뿜었다. 근위대장이 고삐를 잡지 않았다면 머터프는 곧장 전속력으로 달려나갔을 것이다. 근위대장이 머터프에게 말했다.

"이일웨이. 이일웨이에도 소식을 전해주십시오. 견디면서 준비하고 있으라고." 불빛 때문인지, 추위 때문인지 몰라도 에이디언은 근위대장의 눈에 맺힌 눈물을 보았다. "반격할 때가 왔다고 전해주십시오."

머터프와 기수들은 들불처럼 빠르게 소문을 퍼뜨렸다. 모든 길을 따라, 모든 강을 건너, 북쪽과 남쪽과 서쪽으로. 눈과 비와 안개를 뚫고 기수들이 탄 말의 말발굽이 모든 왕국의 먼지를 차올렸다.

기수들이 들른 마을마다 술집과 비밀 모임에서는 소식을 전해 듣고 더 많은 기수를 각지로 보냈다.

그렇게 퍼져나간 기수들은 대륙의 모든 도로를 달렸다. 이제 에일린 갈라시니어스가 살아 있으며, 아달렌에게 맞서기 위해 일어섰다는 사실을 모르는 이는 없었다.

화이트팽 산과 룬 산지를 가로질러, 서부 황무지 곳곳으로, 무너져가는 성을 다스리는 붉은 머리 여왕의 귀로도 소식이 전해졌다. 사막 반도와 침묵의 자객들이 머무는 오아시스 요새로, 자갈길에 불꽃을 튀기며 말발굽 소리가 요란하게 대륙 곳곳으로 퍼져나갔다. 밴

잘리로, 아직도 한밤중처럼 검은 상복을 입고 사는 이일웨이의 왕과 왕비가 사는 강기슭의 궁전으로도 소식이 들어갔다.
　견뎌내라. 기수들은 세상에 말을 전했다.
　견뎌내라.

　도리언은 아버지가 그토록 격노하는 모습을 처음 보았다. 오늘 아침 감히 왕을 진정시키려 했다는 이유로 장관 두 명이 처형됐다.
　에일린이 웬들린에서 한 일에 대한 소식이 전해지고 다음날까지도 아버지는 분노를 가라앉히지 못한 채 측근들에게 사태에 대한 답을 요구했다.
　이토록 화려하게 소식을 전하다니, 셀레이나다웠다. 몹시 두렵지만 않았다면 도리언은 이 상황이 재미있다 여겼을 것이다. 셀레이나는 그저 존재감을 드러낸 정도가 아니라, 아달렌 왕이 거느린 제일 무시무시한 장군을 패배시켰다.
　지금껏 그런 짓을 하고도 살아남은 자는 없었다. 단 한 명도.
　셀레이나는 세상을 바꾸고 있었다. 도리언에게 했던 약속을 지키고 있었다. 셀레이나는 도리언뿐만 아니라 여기 남아 있는 친구들을 잊지 않았다. 그들이 탑을 무너뜨리고 아버지가 묶어둔 마법을 해방시킬 방법을 찾아내면 셀레이나는 친구들도 그녀를 잊지 않았음을, 도리언이 그녀를 잊지 않았음을 알게 될 것이다.
　도리언은 아버지가 격하게 화를 내도 가만히 보고만 있었다. 회의에 참석해서 조용히 자리를 지켰다. 아버지가 또 다른 장관을 처형시켜도 혐오감과 공포를 드러내지 않고 속으로 숨겼다. 소르샤를 위해, 소르샤를 안전하게 지켜주겠다는 약속을 지키기 위해, 언젠가 자신의 정체를 숨기지 않고 드러낼 수 있는 날을 위해 도리언은 가면을 쓴 채 에일린의 처분에 관해 따분한 제안만 내놓았다. 그렇게 철저히 자신을 숨겼다. 마지막까지.

  셀레이나는 맹세한 대로 돌아올 것이다. 그녀가 돌아오면……

  그들은 함께 세상을 바꿔나갈 것이다.

59

 셀레이나와 로완이 도라넬에 도착하기까지 꼬박 일주일이 걸렸다. 그들은 메이브 여왕의 야생 늑대들이 밤낮으로 감시하는 험악한 산을 이동해, 숲과 들판을 끼고 있는 초목 무성한 골짜기를 지나갔다.

 남쪽으로 갈수록 기온이 점점 올라갔지만 바람이 불어 크게 불쾌하지는 않았다. 얼마 후 돌로 지은 예쁘장한 마을들이 저 멀리 군데군데 보이기 시작했다. 로완은 그쪽으로는 시선도 두지 않고 계속 이동했다. 마침내 바위 언덕 꼭대기에 이르자 눈앞에 도라넬이 펼쳐졌다.

 도라넬을 본 셀레이나는 놀라 숨이 멎을 지경이었다. 오린스도 비교가 되지 않을 정도였다.

 사람들이 이곳을 '강의 도시'라고 부르는 이유를 알 수 있었다. 여러 갈래로 뻗어나간 강줄기 한가운데에 거대한 섬이 있었다. 그 섬에 연한 색깔의 돌로 지어진 도시가 바로 도라넬이었다. 언덕과 산에서 흘러 내려온 물줄기들이 강이 되어 흘렀다. 섬 북쪽 끝에는 강력하게 쏟아지는 폭포 입구에서 강물이 격하게 흐르고 있었다. 맑은 날인데도 거대한 강 유역에 안개가 자욱하게 깔려 반구형 건물들, 진주 광택을 내는 첨탑들, 파란 지붕들은 윗부분에만 햇빛을 받아 반짝거렸다. 도시 가장자리에 묶어둔 배들은 보이지 않았다. 강물을 가로지르는 우아한 돌다리 두 개가 보였다. 다리 입구는 경비가 삼엄했다. 페이들이 다리를 왔다 갔다 하면서 감시 중이었다. 채소부터 건초, 와인에 이르는 물건들을 가득 실은 수레들도 보였다. 저런 물건들을 필요로 하는 들판과 농장, 마을이 저 안에 있다는 얘기였다. 물론 메이브 여왕은 도시에서 필요로 하는 물품들을 이미 성안에 잔뜩 쌓아두었을 것이다.

"평소에는 다리를 건너지 않고 곧장 날아서 성으로 들어갔겠네요."

셀레이나는 로완에게 말했다. 로완은 인상을 찌푸린 채 도시를 바라보았다. 오랜만에 고향에 돌아온 전사 같은 모습은 아니었다. 그는 고개를 조금 끄덕이다 말았다. 어제 로완은 거의 말이 없었다. 말수가 확 줄고 멍한 모습이었다. 둘 사이의 벽을 다시 쌓아올리는 듯도 했다. 오늘 아침, 셀레이나가 언덕배기의 야영지에서 눈을 뜨고 보니 로완이 조용히 일출을 바라보고 있었다. 태양과 대화를 나누는 것 같기도 했다. 셀레이나는 태양의 여신 말라에게 기도를 드렸냐고, 기도 내용은 무엇이었냐고 물어볼 엄두가 나지 않았다. 야영지 주변에 이상할 정도로 익숙한 온기가 감돌았다. 몸 안의 마법 기운도 덩달아 들뜨는 느낌이었다. 그 이유에 대해서는 굳이 생각하지 않기로 했다.

어제 셀레이나는 기운을 모으고 머리를 맑게 하느라 내면에 집중하는 시간을 가졌다. 말도 별로 하지 않았다. 현재에 집중하는 것만 해도 상당한 힘이 소요됐다. 셀레이나는 과장되게 숨을 크게 들이쉬면서 골드린의 칼자루를 손으로 툭 쳤다.

"자, 사랑하는 우리 증조이모할머니를 만나러 어서 가죠. 오래 기다리시게 하고 싶지가 않네요."

해 질 녘에야 다리 앞에 도착했다. 늦은 시간이라 다행이라고 셀레이나는 생각했다. 셀레이나와 로완이 왔음을 알아챈 페이는 별로 없어 보였다. 구불구불하고 우아한 거리에는 연주자들, 춤추는 사람들, 뜨끈한 음식과 음료를 파는 행상들로 붐볐다. 아달렌의 거리에도 그런 사람들은 많았지만, 이곳 사람들은 제국의 압박에 시달리거나 암흑이나, 추위, 절망으로 괴로워하는 모습은 아니었다. 메이브는 10년 전 테라센에 지원군을 보내지 않았다. 이곳 페이족이 설탕과 향신료를 넣은 사과주를 마시며 춤추고 노는 동안 셀레이나의 사람들은 칼에 베이고 불에 타 죽어갔다. 물론 이들의 잘못은 아니었다. 하지만 이 도시를 가로질러 폭포 옆 북쪽 가장자리 쪽으로 걸어가는 동안 셀레이나는 유쾌하고 떠들썩한 이곳 주민들을 보며 미소가 지어지지는 않았다.

물론 테라센 사람들이 온갖 고생을 한 10년 동안 셀레이나도 춤추고 술 마시고 하고 싶은 대로 하며 살았다. 그러니 셀레이나는 이 도시를 지배하는 메이브 여왕 외에 페이족을 비롯한 이곳 주민들에게 분노할 입장이 아니었다.

경비병들 중 그들을 막아서는 이는 없었다. 셀레이나는 맹금류 몇 마리가 하늘에서 맴을 돌며 지붕과 골목 여기저기에서 그림자처럼 그들 뒤를 따라오고 있음을 눈치채고 있었다. 로완도 알고 있는지 금색 가로등 불빛에 이를 드러내긴 했지만 굳이 알은 채를 하지 않았다. 로완은 하늘의 호위대를 달가워하지 않는 눈치였다. 로완은 저들 중 몇 명과 개인적으로 아는 사이일까? 저들 중 몇 명을 데리고 지도에도 나와 있지 않은 땅으로 가서 전투를 치렀을까?

로완의 친구들의 모습은 보이지 않았다. 로완도 그들을 여기서 볼 것이라 예상하는지에 대해 아무 말도 하지 않았다. 로완이 정면만 보며 걷고 있었지만 셀레이나는 그가 주변 보초들의 호흡과 시선을 모두 인지하고 있음을 알 수 있었다.

셀레이나는 의심이나 두려움을 마음에 품을 여유가 없었다. 로완과 함께 걸어가면서 셀레이나는 주머니에 넣어둔 반지를 손으로 잡고 이리저리 돌리며 앞으로의 계획, 이 도시를 떠나기 전에 완수해야 하는 일에 대해 생각했다. 셀레이나는 메이브와 다를 바 없는 여왕이었다. 강인한 사람들로 이루어진 강력한 왕국의 군주였다.

재와 불의 후계자이니 어느 누구에게도 고개 숙일 필요가 없었다.

그들은 연한 빛깔의 돌, 하늘빛을 띤 고운 커튼, 섬세한 타일 모자이크 바닥으로 이루어진 빛나는 궁전 안으로 들어갔다. 모자이크 바닥은 춤추는 처녀들부터 목가적인 풍경, 밤하늘에 이르기까지 다양한 장면을 담고 있었다. 강물은 성 안쪽으로 들어와 작은 개울이 되어 구석구석 흘렀다. 곳곳에 자리한 물웅덩이 주변에는 백합들이 점점이 피어 있었다. 거대한 기둥 주변에는 재스민이 자리했다. 색유리로 된 아치형 천장에서 빛이 흘러 들어왔다. 궁전을 이루는 요소들을 보니 이곳은 늘 이렇게 온화한 기후를 유지하고 있음을 짐작할 수 있었다. 멀리 떨어진 곳에서 음악 소리가 들려왔지만, 대리석으로 된 이 거대한 궁전 벽 너머 도시의 다채로운 소음과 색깔에 비하면 희미하고 잔잔했다.

사방에 보초들이 있었다. 그들은 눈에 띄지 않는 곳에 숨어 있었지만 페이의 몸으로 변신한 셀레이나의 코에는 그들한테서 풍기는 냄새가 또렷이 와 닿았다. 강철 냄새, 그리고 그들이 막사에서 사용하는 비누의 상쾌한 냄새였다. 유리성과 크게 다르지 않았다. 다만 메이브의 근거지인 이 성은 유리가 아닌 돌로 지어졌다. 온통 돌이었다. 연한 색깔의 돌에 조각을 새기고 반들반들하게 윤기를 냈다. 이 성 어딘가에 로완의 개인 숙소가 있을 것이다. 도라넬에는 화이트손 가문 사람들이 살고 있는 집들이 있을 법도 한데 로완의 친척은 아직까지 눈에 보이지 않았다. 여기로 오는 동안 로완은 그의 가문에는 여러 왕자들이 있으며 아버지의 형제가 가문의 수장을 맡고 있다고 말해주었다. 삼촌에게 세 아들이 있으니 로완은 집안을 책임질 필요가 없었다. 물론 집안사람들은 로완이 메이브 여왕과 가까운 사이라는 점을 자기네 유리한 쪽으로 이용하려 했지만 말이다. 아달렌의 여느 왕족 가문과 마찬가지로 이 집안도 책략과 아첨이 난무하는 모양이었다.

한참을 말없이 걸어가던 로완은 강을 향해 돌출된 널찍한 베란다로 셀레이나를 데려갔다. 셀레이나는 로완이 긴장했음을 느꼈다. 셀레이나의 후각과 청각이 미치지 못하는 무언가를 감지한 모양인데 그는 별다른 경고를 해주지 않았다. 궁전 너머에서 폭포가 요란한 물소리를 내기는 했지만 궁전 사람들의 대화를 방해할 정도는 아니었다.

베란다 저쪽에 놓인 돌로 된 왕좌에 메이브 여왕이 앉아 있었다. 왕좌 양옆에는 쌍둥이인 검은 늑대와 흰 늑대가 자리했다. 늑대들은 교활해 보이는 금색 눈동자로 로완과 셀레이나를 바라보았다. 그들 외에는 아무도 없었다. 타일 바닥을 걸어가는 동안 로완의 전사 친구들의 체취도 맡을 수 없었다. 셀레이나는 로완이 그녀를 여기로 데려오기 전에 자기 숙소에서 몸단장을 하게 해줬으면 좋았으리라는 생각을 했다. 물론…… 이 만남에 몸단장이 중요한 요소는 아니겠지만 말이다.

로완은 셀레이나와 속도를 맞춰 걸었다. 셀레이나는 조각이 새겨진 난간 앞의 작은 단으로 다가갔다. 걸음을 멈춘 로완은 양 무릎을 바닥에 대고 고개를 숙이며 나지막하게 말했다.

"여왕 폐하."

메이브는 로완을 쳐다보지도, 그에게 일어서라고 말하지도 않았다. 그녀는 조카인 로완을 무릎 꿇고 있게 내버려두고는, 별처럼 반짝이는 보랏빛 눈을 돌려 셀레이나를 바라보면서 거미처럼 미소 지었다.

"임무를 완수한 모양이구나, 에일린 갈라시니어스."

또 다른 시험일까. 메이브는 반응을 이끌어내려 일부러 그 이름으로 부르는 듯했다.

셀레이나는 메이브를 바라보며 마주 미소 지었다.

"그렇습니다."

로완은 고개를 숙여 바닥만 쳐다보고 있었다. 메이브는 마음만 먹으면 로완을 100년 동안 무릎 꿇게 만들 수도 있을 것이다. 왕좌 양 옆의 늑대들은 꼼짝도 하지 않았다. 메이브는 로완을 힐끗 쳐다보더니 셀레이나에게 다시 희미한 미소를 지었다.

"네가 로완의 허락을 이렇게 빨리 얻어내다니 놀라워." 메이브는 왕좌에 느긋하게 앉아 말을 이었다. "어디 지난 몇 달 동안 네가 뭘 배웠는지 한번 보자."

셀레이나는 주머니에 넣어둔 반지를 손으로 꼭 쥐었다. 턱을 꼿꼿이 든 채 대답했다.

"그전에 알고 계신 정보를 먼저 듣고 싶습니다."

메이브는 혀를 찼다.

"내 말을 못 믿겠다?"

"먼저 협상의 패를 보여주셔야 여왕님이 원하는 것도 제가 전부 내드릴 수 있지 않을까요."

긴장한 로완은 어깨에 힘이 들어갔지만 고개는 들지 않았다.

메이브는 눈을 가늘게 떴다.

"워드 열쇠에 대한 정보다."

"워드 열쇠를 어떻게 파괴할 수 있는지, 지금 어디에 있는지, 그 외에 아시는 정보를 전부 주십시오."

"워드 열쇠는 파괴할 수 없어. 워드 대문에 돌려놓을 수 있을 뿐."

셀레이나는 속이 확 뒤틀리는 기분이었다. 이미 알고 있었지만 확인까지 하게 되니 암담한 기분이었다.

"워드 대문에 어떻게 돌려놓죠?"

"누구든 그 방법을 알았으면 워드 열쇠들을 이미 워드 대문에 돌려놓지 않았을까?"

"방법을 아신다고 하셨잖습니까."

메이브는 살무사 같은 미소를 지었다.

"알기야 알지. 다른 세상과 연결하는 문을 만들거나 없애거나 여는 일에 사용할 수 있어. 하지만 돌려놓은 방법은 몰라. 알았던 적도 없어. 브래넌이 그 열쇠들을 바다 건너로 가져갔고 그 후로 난 본 적도 없어."

"생김은 어떻죠? 어떤 느낌이에요?"

메이브는 손바닥을 컵처럼 모으고 그 안을 들여다보았다. 마치 그 안에 담긴 열쇠들을 바라보는 것처럼.

"검고 반짝거리지. 돌 조각처럼 보이지만 돌이 아니야. 이 세상, 어느 왕국에도 없는 물질이야. 살아 있는 신의 살점을 들고 있는 것 같은 기분이 들지. 모든 왕국의 모든 살아 있는 존재의 숨결이 담긴 것 같은 느낌이거든. 광기와 기쁨, 공포, 절망, 영원의 물질이야."

메이브가 그 열쇠 세 개를 잠시 가지고 있는 걸 생각만 해도 소름이 돋았다. 셀레이나는 그런 상상을 깊게 하지 않기로 마음먹었다.

"저에게 더 주실 수 있는 정보가 있습니까?"

"기억나는 건 그게 전부야."

메이브는 왕좌에 등을 기대고 편안하게 앉았다.

아니…… 그럴 리 없었다. 다른 방법이 있을 것이다. 이렇게 불리한 흥정이나 하자고, 이렇게 멍청하게 속으려고 지난 수개월을 허비한 게 아니었다. 워드 열쇠에 대해 메이브가 정말 더 아는 바가 없다면 다른 정보라도 빼내야 했다. 빈손으로 떠날 수는 없었다.

"볼그 왕자들에 대해서…… 해주실 말씀은요?"

메이브는 원래 약속했던 것 이상의 대답을 해주는 게 자신에게 유리한지 고민하는 듯 잠시 침묵했다. 셀레이나는 메이브가 그녀에게 유리한 결정을 내려줄지 확신할 수 없었다.

"아…… 그래. 그들에 관한 얘기를 들은 적 있어." 메이브는 오래된 기억 속에서 정보를 끌어올리는 듯 생각에 잠겼다가 말을 이었다. "볼그족은 여러 종류가 있어. 아무리 지독한 악몽도 상대가 안 될 정도로 무시무시한 것들이야. 그들은 그림자와 절망, 증오로 만들어진 볼그 왕자들의 지배를 받아. 볼그 왕자들은 육신이 없어서 다른 이의 육신으로 파고 들어가야 하지. 왕자들의 수는 그리 많지 않아. 하지만 볼그 왕자 여섯 명이 페이 전사들로 이루어진 군단 하나를 수 시간 만에 모조리 잡아먹은 걸 본 적 있어."

셀레이나는 등줄기에 소름이 돋았다. 늑대들도 목 뒷부분의 털을 곤두세우는 모습이었다.

"저는 불과 빛으로 그들을 죽였어요…….."

"브래넌이 어떻게 그런 대단한 영광을 누리고 왕국을 세웠다고 생각해? 브래넌은 보잘것없는 자의 버려진 아들, 부모 양측 모두 원치 않던 아들이었어. 그런데도 말라는 브래넌을 무척 사랑했지. 덕분에 브래넌은 우리가 밀고 나갈 힘을 모을 때까지 볼그 왕자들의 침입을 막아줄 불꽃의 힘을 갖게 됐어."

셀레이나는 다음 질문을 하려다가 말았다. 메이브가 아무렇게나 정보를 내놓았을 리 없었다. 셀레이나는 조심스럽게 물었.

"브래넌 왕이 왕족이 아니었다고요?"

메이브는 고개를 갸웃했다.

"네 이마에 새겨진 표식의 의미에 대해 아무 얘기도 못 들었어?"

"신성한 표식이라는 얘기는 들었어요."

메이브는 재미있다는 듯 눈을 빛냈다.

"왕국을 세운 자의 이마에 있던 표식이니 신성하다고 말할 뿐이지. 그전에는 아무것도 아니었어. 브래넌은 사생아로 태어났거든. 그러니 그 표식은 아무도 원치 않는 아이, 부모 없는 아이에게 붙는 '무명인'의 표식일 뿐이야. 아무리 고귀한 혈통이라고 주장해도 브래넌의 후계자들은 무명인이라는 표식을 이마에 새기고 살아가는 것이지."

셀레이나가 케인과 결투를 한 날 이마의 표식이 빛을 냈다. 아달렌의 왕 앞에서도. 셀레이나는 몸에 소름이 돋았다.

"그럼 내가 케인과 결투를 했을 때, 볼그 왕자들과 마주했을 때 어째서 표식이 빛을 냈을까요?"

아마 메이브는 케인의 속에 살고 있던 어둠의 생물에 대해 잘 알고 있을 것이다. 케인의 속에 있던 자는 볼그 왕자까지는 아니었을 것 같고, 케인이 개목걸이 대신 끼고 다닌 워드 돌 반지에 깃들 정도의 미약한 존재였을 듯했다. 그 존재는 엘레나를 알아보았다. 그리고 엘레나와 셀레이나에게 이렇게 말했다. *너희가 왔구나. 모두가 왔어. 끝나지 않은 게임의 참가자들이 다 모였어.*

"네 피가 볼그 족을 인식해서 무슨 말을 하려고 했던 것일 수도 있겠지. 아무 의미도 없을 수도 있고."

셀레이나의 생각은 달랐다. 부모님이 살해당한 다음날 아침 부모님의 침실에서 볼그족의 악취가 풍겼다. 자객이 볼그에게 빙의됐거나 부모님을 의식불명 상태에 빠뜨려 살해하기 위해 볼그의 힘을 사용했거나 둘 중 하나였다. 일단 메이브 곁을 떠나고 나서, 지금까지 모은 자잘한 정보들을 모아 다시 생각해보기로 했다.

"볼그왕자들을 죽이려면 불과 빛을 쓸 수밖에 없는 겁니까?"

"그들을 죽이기는 무척 어렵지만 무적은 아니야. 아달렌 왕은 볼그에게 빙의된 자들을 물리치려고 목을 베었어. 그것도 한 방법이랄 수 있지. 아달렌으로 돌아가면 너도 그 방법을 쓸 수밖에 없어."

아달렌 왕은 아달렌에서 마법을 쓰지 못하게 해놓았다. 그곳에서 볼그 왕자를 맞닥뜨리게 되면 칼과 기지로 죽이는 방법뿐이었다.

"아달렌 왕이 볼그를 군대로 불러들여 쓰고 있다면, 어떻게 해야 그들을 막을 수 있을까요?"

"나도 워드 열쇠들을 잠깐 소지한 적이 있는데, 나는 배짱이 없어서 못했던 일을 아달렌 왕은 지금 하고 있더구나. 물론 열쇠 세 개를 다 가진 게 아니니 그의 힘은 제한적일 수밖에 없어. 지금은 세상들을 잇는 문을 잠깐 열어서, 그가 미리 준비해둔 육신으로 볼그 왕자가 스며들게 하는 방법을 쓰고 있을 뿐이야. 하지만 열쇠 세 개를 다 갖게 되면 아달렌 왕은 언제든 세상들을 잇는 문을 열 수 있지. 볼그 군대를 전부 소환해서 육신을 가진 볼그 왕자들이 이끌게 만들 수 있는 거야. 그렇게 되면…….." 메이브는 흥미롭다는 표정으로 덧붙였다. "열쇠 세 개를 모두 손에 넣으면 아달렌 왕은 볼그족을 위해 마법력을 가진 자들을 준비해둘 필요도 없게 될 거야. 볼그족들 중에는 어떤 육신이든 가리지 않고 이쪽 세상으로 넘어오고 싶어 환장한 것들이 무수히 많아."

"아달렌 왕은 그들 목에 채울 개목걸이들을 만들어둬야겠네요."

"열쇠 세 개가 있으면 그럴 필요도 없어. 만물을 완전히 지배하게 되니까. 굳이 살아 있는 숙주를 쓸 필요도 없어. 그냥 육신이면 되지."

셀레이나는 심장이 약간 철렁했다. 엎드려 있는 로완도 긴장하는 모습이었다.

"왕은 볼그족이 깃든 시체 군대를 보유하게 되겠군요."

"먹거나 자거나 숨 쉴 필요도 없는 군대지. 그들은 너의 대륙뿐만 아니라 다른 세상도 전염병처럼 휩쓸 거야."

그러려면 아달렌 왕은 열쇠 세 개를 모두 가져야 할 것이다. 셀레이나는 가슴이 조여드는 기분이었다. 탁 트인 바깥 공기를 쐬고 있는데도 이 궁전과 강, 별들이 사방에서 압박해오는 기분이었다. 어떤 군대로도 시체 군대를 막아낼 수는 없을 것이다. 게다가 마법도 쓸 수 없으니…… 승산이 없었다. 이대로라면 끝이었다. 셀레이나도…….

누군가 그녀를 끌어당겨 품에 안은 것처럼 차분하고 따뜻한 기운이 셀레이나를 감쌌다. 여성적이고, 유쾌하며, 무한히 강력한 기운이었다. 그 존재가 셀레이나의 귀에 대고 이렇게 말하는 듯했다. *벌써 끝장이 난 것도 아니잖아. 아직 시간이 있어. 두려움에 굴복할 필요 없어.*

메이브는 고양잇과 동물처럼 흥미로운 눈빛으로 셀레이나를 바라보았다. 어둠의 여왕 메이브는 무엇을 보고 있을까, 셀레이나를 위로해주는 이 오래된 존재를 메이브도 느끼는 걸까. 셀레이나는 몸이 따뜻해지면서 두려움이 사라졌다. 누군가 안아주고 있는 것 같은 느낌은 없어졌지만 그 존재가 근처에 있다는 걸 알 수 있었다. 아직 시간이 있었다. 아달렌 왕이 세 번째 열쇠를 갖고 있지는 않으니까.

브래넌 왕은 열쇠 세 개를 손에 넣었지만 워드 대문에 돌려놓는 대신 숨겨놓았다. 문득 그게 제일 궁금해졌다. 왜 그랬을까?

메이브가 말했다.

"열쇠 세 개가 어디에 있는지는 나도 몰라. 브래넌이 바다 건너로 가져간 이후로 아무 소식도 못 듣고 있다가 10년 전에 다시 내 귀에 얘기가 들어왔어. 아달렌 왕이 적어도 하나 아니면 두 개를 갖고 있는 것 같은데, 세 번째 열쇠가 있는 곳은……" 메이브는 셀레이나를 위아래로 훑어보았다. 셀레이나는 미동도 하지 않았다. "네가 알 것 같은데?"

셀레이나가 입을 열려는 순간, 메이브가 왕좌의 손잡이를 손가락으로 꽉 잡았다. 돌로 된 왕좌가 셀레이나의 눈에 들어왔다. 이 성과 이 도시는 온통 돌로 이루어져 있었다. 메이브는 아까 브래넌 왕이 열쇠들을 바다 건너로 '가져갔다'고 말했다…….

메이브가 재차 물었다.

"안 그래?"

돌…… 식물과 가구 외에 나무라고는 보이지 않았다…….

"모릅니다."

메이브는 고개를 옆으로 기울였다.

"로완, 일어나서 진실을 말해라."

주먹을 부르쥐며 일어선 로완은 메이브를 보며 숨을 두 번 삼켰다.

"에일린은 수수께끼를 풀어 열쇠 하나가 아달렌 왕의 수중에 있음을 알아냈지만 그 장소는 알아내지 못했습니다. 브래넌 왕이 세 번째 열쇠로 무엇을 했는지, 어디에 뒀는지도 알아냈지만 저에게는 말해주지 않았습니다."

그의 눈빛에는 공포가 담겨 있었다. 보이지 않는 힘에 의해 억지로 말을 하는 듯 주먹을 부들부들 떨었다. 늑대들은 조용히 지켜볼 뿐이었다.

메이브는 혀를 찼다.

"비밀로 했다 이거야, 에일린? 네 조상인 나한테서?"

"세 번째 열쇠가 어디 있는지는 절대 말하지 않을 겁니다."

"아, 그렇단 말이지." 메이브는 고양이처럼 가르랑거리더니 손가락을 딱 소리 나게 튕겼다. 그러자 늑대들이 자리에서 일어섰다. 빛이 번쩍하더니 늑대들은 셀레이나가 세상에서 본 중 가장 아름다운 남자들로 변신했다. 늑대 전사들은 우아하면서도 강력하게 움직였다. 한 명은 피부가 희고 한 명은 어두웠는데 눈부시도록 완벽한 외모였다.

셀레이나는 골드린으로 손을 뻗었다. 그런데 늑대들은 셀레이나가 아닌 로완에게 다가가더니, 그의 팔을 붙잡고 무릎을 꿇렸다. 로완은 저항조차 하지 않았다. 그림자 속에 숨어 있던 두 명이 그들 뒤에서 모습을 드러냈다. 개브리얼과 로르칸이었다. 개브리얼의 황갈색 눈은 묘하게 텅 비었고 로르칸의 얼굴은 돌처럼 굳어 있었다.

그들의 손에는 끝에 쇳덩어리가 붙어 있는 채찍이 들려 있었다. 그걸 본 셀레이나는 숨 쉬는 것조차 잊었다. 로르칸은 망설임 없이 로완의 재킷과 튜닉, 셔츠를 벗겼다.

"에일린이 대답할 때까지 쳐라."

메이브는 차 한 잔을 주문하듯 아무렇지 않게 명령했다.

로르칸이 쥐고 있던 채찍을 풀었다. 쇠로 된 채찍 끄트머리가 돌바닥에 닿아 달그락 소리를 냈다. 로르칸이 채찍을 든 팔을 뒤로 젖혔다. 로르칸의 강인한 얼굴에 자비심이라곤 담겨 있지 않았다. 무릎을 꿇은 친구에 대해 어떤 감정도 없는 얼굴이었다.

"제발."

셀레이나가 나지막하게 입을 열었다. 짜악! 소리가 나고 세상이 박살 났다. 고개 숙인 로완의 등으로 채찍이 떨어졌다. 그는 이를 악물며 날카롭게 숨을 내뱉을 뿐 비명을 지르지 않았다.

"제발."

셀레이나가 다시 한번 애원했다. 개브리얼이 너무나 빠르게 채찍을 다시 내리친 바람에 로완은 내뱉은 숨을 들이마실 여유도 없었다. 개브리얼의 아름다운 얼굴에는 어떤 회한도 없었다. 셀레이나가 몇 주 전 감사를 표했던 페이 수컷의 모습이 아니었다.

베란다 저쪽에서 메이브가 말했다.

"채찍질을 얼마나 당할지는 전적으로 너에게 달려 있어, 에일린."

셀레이나는 로완한테서 시선을 뗄 수가 없었다. 로완은 어떻게 기운 조절을 해야 하는지, 얼마나 많은 고통을 참아내야 하는지 아는 것처럼 채찍질을 받아들이고 있었다. 그의 친구들 역시 이런 식의 처벌을 주고받는 게 익숙한 듯, 생기라곤 없는 눈빛이었다.

메이브는 전에도 로완을 다치게 했다. 그의 몸에 그동안 얼마나 많은 상처를 낸 걸까?

"그만해요."

셀레이나가 나지막하게 으르렁거렸다.

"절대로 말하지 않겠다고, 에일린? 로완 왕자가 맞고 있는데도?"

또다시 채찍이 떨어지고 돌바닥에 피가 튀었다. 그 소리, 채찍 소리는…… 악몽 속에서 울려 퍼지던 소리, 셀레이나의 피를 얼어붙게 만들던 소리였다…….

"세 번째 워드 열쇠가 어디 있는지 말해, 에일린."

짜악. 둘이서 내리치는 쇠 채찍을 맞고 로완은 몸을 비틀었다. 그날 아침 로완이 말라 여신에게 기도를 한 이유가 이것 때문이었나? 메이브가 무슨 짓을 할지 이미 알고 있었던 건가?

셀레이나가 입을 열려는데 로완은 고개를 들고 이를 드러냈다. 고통과 분노로 일그러진 얼굴이었다. 그는 셀레이나가 자신의 눈빛에 담긴 말을 읽어낼 줄 알면서도 소리까지 내서 말했다.

"말하지 마."

셀레이나가 힘을 자제하기 위해 붙잡고 있던 틀을 그 말이 깨버렸다. 마법의 정수에서 최대치의 힘을 끌어올리면서도 마지막까지 치우지 않고 둔 마음속의 제동 장치였다.

셀레이나의 몸에서 열기가 퍼져나갔다. 주변의 돌이 빠르게 데워지면서 바닥에 튄 로완의 피가 붉은 수증기가 되었다. 전사들은 욕을 내뱉으며 그들과 메이브 여왕 주변에 물결치는 투명한 방패를 세웠다.

셀레이나의 눈에 담긴 금색이 불꽃이 되어 타올랐다. 메이브 여왕의 얼굴이 뼈처럼 하얗게 질리고 있었다. 다음 순간 셀레이나는 사방에 불을 질렀다.

60

메이브는 불에 타지 않았다. 로완과 그의 친구들도 마찬가지였다. 셀레이나는 그들이 만든 방패를 가볍게 찢어버렸다. 뜨거워진 강물에 수증기를 피웠고 궁전과 도시 곳곳에서 아우성이 들려왔다. 아직까지 그 무엇도 불로 태우거나 다치게 하지는 않았지만 셀레이나의 불꽃이 곳곳에 자리했다. 섬 전체가 들불에 둘러싸였다.

메이브는 왕좌가 놓인 단에서 일어서 있었다. 셀레이나는 조상인 메이브에게 다가가며 불꽃에 약간의 열기를 더했다. 메이브의 피부가 달아오르는 게 보였다. 로완은 친구들의 팔에 기댄 채 휘둥그레진 눈으로 그들을 바라보았다. 돌바닥에 떨어진 그의 피가 쉬이익 소리를 냈다.

"힘을 보여달라고 하셨죠." 셀레이나가 조용히 말했다. 등에서 땀이 흘러내렸지만 셀레이나는 최대한 힘을 잘 제어했다. "마음만 먹으면 당신의 도시는 불에 다 타버릴 거예요."

메이브가 받아쳤다.

"돌로 만들어진 도시야."

셀레이나는 미소를 지었다.

"당신의 백성들은 돌로 만들어지지 않았잖아요."

메이브의 콧구멍이 미세하게 벌름거렸다.

"무고한 사람들을 죽일 셈이냐, 에일린? 그럴 수도 있겠지. 수년 동안 그런 짓을 하면서 살았으니까. 안 그래?"

셀레이나는 꿋꿋이 미소 지으며 대답했다.

"어디 해보세요. 계속 밀어붙여 보세요, 할머니. 어떤 결과가 빚어질지 지켜보세요. 당신이 원한 대로잖아요, 안 그래요? 당신이 원한 건 나를 단련시켜 마법에 숙달하게 만드는 게 아니었어요. 내 힘이 얼마나 강한지 알고 싶었던 것뿐이지. 당신 자매의 피가 내 혈관에 얼마나 많이 흘러들었는지 확인하려던 것도 아니었어요. 애초에 당신은 내가 마브의 힘을 별로 물려받지 못했다는 걸 이미 알고 있었어요. 그러니 브래넌 왕한테서 내가 얼마나 많은 힘을 물려받았는지가 중요했겠죠."

불꽃이 확 높아지자 고통이 아니라 두려움으로 인한 비명 소리가 커져갔다. 셀레이나가 제어하는 한 이 불꽃이 누군가를 다치게 하지는 않을 것이다. 셀레이나는 자신의 마법을 치고 들어오려는 다른 마법들을 느꼈다. 그것은 셀레이나의 힘에 구멍을 내려 애쓰고 있었다. 하지만 베란다를 둘러싼 셀레이나의 불길은 대단히 강력했다.

"당신은 브래넌에게 열쇠를 내주지 않았어요. 브래넌과 애스릴이 볼그족한테서 열쇠를 되찾아오는 여정에 동참한 적도 없고요." 셀레이나는 머리에 불의 화관을 쓴 채 말을 이어갔다. "당신이 직접 그 열쇠를 훔쳤죠. 그 열쇠를 갖고 있으려고 했고요. 브래넌과 애스릴은 그 사실을 알고 당신에게 맞서 싸웠어요. 그리고 애스릴은……"

셀레이나는 골드린을 뽑아 들었다. 골드린의 칼자루가 피처럼 붉게 빛났다. "당신이 사랑했던 애스릴, 브래넌의 절친이었던 애스릴은…… 당신에게 맞서다가 죽임을 당했어요. 당신은 볼그 족은 아니니까 슬프고 참담했겠죠. 당신 마음이 약해진 틈을 타 브래넌은 당신한테서 열쇠들을 빼냈어요. 태양 여신의 사원을 무너뜨린 건 적군이 아니라 브래넌이었어요. 브래넌은 추격을 피하기 위해 자신의 마지막 흔적을 지우려고 사원에 불을 지른 거였죠. 그래야 당신이 뒤를 밟지 못할 테니까요. 브래넌은 친구 애스릴을 기리기 위해 애스릴의 칼을 동굴 안에 보관했고 당신에게는 알려주지 않았어요. 애스릴이 호수 괴물의 눈을 도려냈던 바로 그 동굴이었어요. 브래넌이 호숫가를 떠난 후 당신은 브래넌을 쫓아갈 수가 없었어요. 브래넌이 열쇠들을 모두 갖고 있었고, 지금은 나의 마법이 됐지만 당시 브래넌의 마법이 너무나도 강력했기 때문이었을 거예요."

브래넌이 추가로 힘을 보태면서까지 워드 열쇠를 가문의 가보 안에 숨긴 이유가 바로 그래서였다. 평범한 적에게 대비하기 위해서가 아니라 메이브가 찾으러 올 경우에 대비해서였다. 메이브가 지상의 모든 땅을 차지하게 되면, 열쇠들의 힘을 소환해 메이브에게 저항해야 하니 브래넌은 열쇠들을 워드 대문에 돌려놓지 않았을 것이다.

"그래서 당신은 산기슭의 땅을 썩게 버려두고 이곳으로 들어와, 물로 둘러싸인 돌의 도시를 지었어요. 그래야 브래넌의 후계자들이 이곳에 돌아오더라도 당신을 산 채로 태워 죽이지 못할 테니까. 그래서 당신은 나를 보고 싶어 했고, 내 어머니와 거래를 했던 거예요. 장차 내가 당신에게 얼마나 위협이 될지 알아야 했겠죠. 브래넌의 피가 마브의 혈통과 섞이면 어떤 자손이 나올지 알고 싶었겠죠."

셀레이나는 두 팔을 옆으로 쭉 펼쳤다. 한 손에 든 골드린이 환하게 빛을 발했다. "잘 봐요, 메이브. 내 안의 깊고 어두운 곳에 어떤 힘이 있는지 똑똑히 보세요."
 셀레이나는 숨을 내쉬었다. 도시를 밝힌 모든 불이 일시에 꺼졌다.
 힘의 강도나 기술이 중요한 게 아니었다. 힘을 얼마나 잘 조절할 수 있느냐가 관건이었다. 셀레이나는 힘을 *완전히* 제어했다. 자신의 불이 얼마나 광대하고 치명적인지도 잘 알고 있었다. 몇 달 전까지만 해도 셀레이나는 맹세를 이행하기 위해서라면 누구든, 무엇이든 죽이고 희생시키고 도륙할 각오가 돼 있었다. 하지만 그것은 진정한 힘이 아니었다. 망가지고 붕괴된 자의 분노와 슬픔일 뿐이었다. 어머니는 셀레이나에게 부적 목걸이를 주면서 심장이 있는 가슴 쪽을 손으로 토닥여주었다. 그 행동의 의미를 셀레이나는 분명히 깨달았다.
 도라넬에 불이 다 꺼지자 세상이 어둠에 잠겼다. 셀레이나는 로완에게 다가갔다. 그녀가 이를 드러내자 쌍둥이는 로완을 놓아주었다. 로완은 셀레이나의 이름을 부르며 그녀에게 기대었다. 개브리얼과 로르칸은 피 묻은 채찍을 손에 든 채 그 자리에 서서 꼼짝도 하지 않았다.
 다시 불이 켜졌다. 메이브는 드레스가 시커멓게 그슬린 채 얼굴이 땀으로 번들번들해진 상태로 그 자리에 서 있었다.
 "로완, 이쪽으로 와."
 메이브의 명령에 로완은 고통으로 숨을 몰아쉬면서도 허리를 펴고 단상 쪽으로 휘청휘청 걸어갔다. 등에 난 끔찍한 상처에서 피가 줄줄 흘러내렸다. 셀레이나는 쓰디쓴 담즙이 솟구쳐 목 안이 뜨끔거렸지만 조용히 메이브를 노려보았다. 메이브는 셀레이나 쪽을 쳐다보지도 않고 분노로 끓어오르는 목소리로 그녀에게 명령했다.
 "그 칼을 내놓고 여기서 *나가.*"

그러고는 골드린을 향해 손을 뻗었다.

셀레이나는 고개를 저었다.

"그러고 싶지 않아요. 브래넌이 이 칼을 동굴에 숨긴 건 당신이 못 찾게 하기 위해서였어요. 피와 불, 어둠을 거쳐 이제 내 칼이 됐죠." 셀레이나는 골드린을 칼집에 집어넣었다. "당신이 원하는 걸 순순히 내주지 않으니까 기분이 안 좋은가 봐요?"

로완은 참혹한 상처에도 불구하고 차분한 얼굴이었다. 하지만 그의 눈은…… 그의 눈에 담긴 것은 슬픔이었을까? 그의 친구들은 메이브의 공격 명령을 기다리는 듯 조용히 지켜보았다. 어디 해보라지.

메이브가 입술에 힘을 주었다.

"대가를 치르게 될 거다."

셀레이나는 메이브에게 다가가 손을 꼭 잡고 말했다.

"아, 그럴 것 같진 않은데요."

그리고 여왕에게 정신을 확 열어젖혔다.

셀레이나의 정신에는…… 나록을 불로 태울 때 나록한테서 건너온 환영이 담겨 있었다. 볼그 왕자들이 셀레이나의 기억을 헤집는 동안 나록은 셀레이나의 속에 어떤 잠재력이 있는지 파악했다. 돌에 새겨진 미래는 아니었다. 하지만 셀레이나는 메이브에게 그 사실을 알게 하지 않을 것이다. 셀레이나는 그 환영이 사실인 듯, 앞으로의 계획인 듯 메이브에게 선뜻 보여주었다.

오린스의 왕궁. 연한 색 돌로 이루어진 통로를 따라 군중의 환호성이 귀가 먹먹하게 들려왔다. 군중들은 거의 울부짖듯 그녀의 이름을 부르고 있었다. 에일린. 어두운 계단을 올라가는 걸음마다 그녀의 이름이 울려 퍼졌다. 등에 찬 골드린이 묵직했다. 저 위쪽 계단통 창문으로 흘러드는 햇빛을 받아 골드린의 루비에서 연기가 피어올랐다. 그녀의 튜닉은 아름답지만 간소했다. 안쪽에 단검을 숨겨둔, 강철 장갑은 치명적일 만큼 화려하게 장식돼 있었다.

계단을 올라간 그녀는 통로를 걸어갔다. 열린 아치문 너머 그림자 속에 근육질의 몸집 큰 전사들이 숨어 있었다. 바로 그녀의 전사들이었다. 그녀의 사람들이었다. 에이디언을 비롯해 그림자에 얼굴이 가려진 전사들 몇 명이 희미하게 이를 드러내며 웃음 지었다. 그녀도 그들에게 마주 웃음 지었다. 그들은 세상을 바꿀 것이다.

그녀의 이름을 외치는 소리가 점점 커져갔다. 걸음을 뗄 때마다 가슴에 건 부적 목걸이가 흔들거렸다. 희미한 웃음을 머금은 채 앞을 똑바로 바라보았다. 환호성이 더욱 커지는 가운데 그녀는 마침내 발코니로 나섰다. 궁전 바깥에 보여 있는 군중들의 환호가 극에 달했다. 거리에는 수천 명이 모여 그녀의 이름을 외치고 있었다. 궁전 안뜰에서는 말라의 어린 여사제들이 그녀의 이름을 외치는 소리에 맞춰 춤을 추었다. 그녀를 광적으로 숭배하는 이들의 춤이었다.

그녀는 손에 넣은 워드 열쇠로, 압도적인 힘으로 그들을 위한 세상을 만들었다. 그녀가 세운 군대는 적들을 물리쳤다. 그녀는 농작물을 자라게 했고 그림자들을 몰아냈다. 그야말로 기적이었다. 그녀는 단순한 인간이 아니었다. 단순한 여왕도 아니었다.

에일린.

사랑받는 자. 불멸의 존재. 축복받은 자.

에일린.

들불의 에일린. 불의 심장 에일린. 빛을 가져오는 자 에일린. 에일린.

두 팔을 들어 올린 그녀가 햇빛을 향해 고개를 들었다. 군중의 환호에 하얀 궁전이 흔들릴 지경이었다. 그녀의 이마의 표식—브래넌의 후손이라는 성스러운 표식—이 푸른빛을 뿜었다. 그녀는 군중들에게, 백성들에게, 세상을 향해 미소 지었다. 때는 충분히 무르익었다.

셀레이나는 메이브의 손을 놓고 물러섰다. 메이브의 얼굴이 창백해졌다. 셀레이나가 보여준 거짓을 믿는 눈치였다. 애초에 나록이 셀레이나에게 보여준 그 환영은 셀레이나가 워드 열쇠 세 개를 다 찾아서 보유하게 되면 어떤 일이 일어날지를 보여주는 것이었다. 한때 사람이었던 나록이 셀레이나에게 준 선물이기도 했다. 그 환영을 셀레이나는 지금 메이브에게 일종의 경고로 보여주었다.

셀레이나는 페이 여왕 메이브에게 말했다.

"나나 내 사람들을 위협하거나 로완에게 다시 상처를 입히기 전에 아주 신중하게 생각해야 할 겁니다."

메이브는 날카롭게 내뱉었다.

"로완은 내 것이야. 내 마음대로 할 수 있어."

셀레이나는 로완을 바라보았다. 메이브의 곁에 서 있는 로완의 눈은 고통으로 점철돼 있었다. 등의 상처 때문이 아니라, 도라넬로 오는 동안 계속 이별을 예감했기 때문이었다.

셀레이나는 천천히 신중하게 주머니에서 반지를 꺼냈다.

◆◆◆

지난 며칠 셀레이나가 갖고 있던 건 케이올이 준 반지가 아니었다.

골드린의 칼집에 들어 있던 단순한 모양의 금반지였다. 지난 몇 주 동안 그 반지를 간직하고 있었다. 엠리스에게 요청해 메이브에 관한 여러 가지 이야기를 들으면서 메이브에 관한 진실의 조각들을 신중하게 모아 짜 맞췄다. 바로 이 순간, 이 일을 위해서였다.

셀레이나가 손가락 두 개로 반지를 들어 올리자 메이브는 죽은 듯 말이 없었다.

"오랫동안 이 반지를 찾고 계셨겠네요."

"그 반지는 네 것이 아니야."

"그럴까요? 제가 찾았는데요. 골드린의 칼집에 들어 있었어요. 브래넌 왕은 애스릴의 시신에서 반지를 빼내 그 안에 넣어두셨죠. 애스릴이 언젠가 당신에게 주려고 했던 가족 반지였어요. 그 후 천년의 세월 동안 당신은 이 반지를 못 찾았고요. 우연히 제 손에 들어왔으니 제 것이죠." 셀레이나는 반지를 쥔 손을 모아 쥐며 물었다. "여왕님이 이렇게 감상적인 분인 줄 누가 알까요?"

메이브는 입을 꾹 다물고 있다가 말했다.

"이리 내."

셀레이나는 소리 내어 웃었다.

"그 무엇도 당신께 드릴 이유는 없어요."

셀레이나의 얼굴에서 미소가 가셨다. 메이브의 왕좌 옆에 선 로완은 폭포를 향해 돌아서 있어 표정을 읽을 수가 없었다.

이 모든 것은 로완을 위해서였다. 그는 그날 산의 동굴에서 꺼내

온 칼의 정체가 무엇인지 정확히 알았고, 훗날 메이브와의 협상에서 쓰도록 얼음을 가로질러 셀레이나에게 던져주었다. 이 반지는 셀레이나가 메이브에게 대항해 쓸 수 있는 유일한 보호 장치였다. 물론 셀레이나가 그 반지의 의미를 알아낼 정도로 똑똑해야 가능한 얘기였다.

셀레이나는 몇 주 전에 그 반지에 대한 얘기를 꺼냈고, 로완은 그녀에게 그 반지를 유용하게 잘 사용하기 바란다고 말했다. 그제야 셀레이나는 로완이 무엇을 했는지, 그동안 어떤 사실을 쭉 알고 있었는지 깨달았다. 하지만 그는 셀레이나가 힘이나 안전, 동맹을 위한 협상 따위에는 관심이 없음을 알지 못했다.

셀레이나가 말했다.

"거래를 제안할게요." 메이브가 미간을 찌푸렸다. 셀레이나는 턱을 치켜들었다. "당신이 그토록 사랑하는 이 반지를 드릴 테니 로완을 피의 맹세에서 자유로이 풀어주세요."

로완의 몸이 굳어졌다. 그의 친구들이 일제히 셀레이나를 보았다.

메이브가 엄격하게 말했다.

"피의 맹세는 영원해."

셀레이나가 느끼기에 로완의 친구들은 숨조차 쉬지 않는 듯했다.

"상관없어요. 로완을 풀어주세요." 셀레이나는 반지를 다시 내밀었다. "알아서 선택하세요. 로완을 풀어주지 않으면 이 반지를 지금 이 자리에서 녹여버릴게요."

도박이었다. 몇 주 동안 머리를 굴리고 계획을 세우고 잘되기를 속으로 바라왔다. 로완은 여전히 돌아선 채였다.

메이브의 시선이 반지에 꽂혔다. 셀레이나는 그 이유를 이해했다. 그래서 감히 이런 시도를 한 것이다. 오랜 침묵 끝에 메이브가 허리를 펴자 드레스 자락이 바스락거렸다. 메이브의 얼굴은 핏기 하나 없이 굳어 있었다.

"좋아. 수십 년간 데리고 있었더니 지겨워졌어."

로완이 천천히 고개를 돌려 셀레이나를 바라보았다. 방금 들은 말이 믿기지 않는 모양이었다. 그는 빛나는 눈으로 메이브가 아닌 셀레이나의 눈을 마주 보았다.

메이브가 말했다.

"너에게 흘러 들어간 내 피로 말하노라. 이 자리에서 피의 맹세를 깨고 로완 화이트손을 자유로이 풀어주겠노라."

로완은 그저 말없이 셀레이나를 바라볼 뿐이었다. 메이브가 고대 언어로 더 길게 말했지만 나머지는 셀레이나의 귀에 거의 들어오지도 않았다. 로완이 단검을 꺼내들자 그의 피가 돌바닥으로 흘러내렸다. 그 의미가 무엇인지는 알 수 없었다. 셀레이나는 피의 맹세를 깨는 일에 대해서는 들어본 적도 없었지만 위험을 무릅쓰고 시도했다. 명예로운 방식으로 피의 맹세를 깬 사례는 역사상 처음일 것이다. 그의 친구들은 휘둥그레진 눈으로 조용히 지켜보았다.

메이브가 말했다.

"너는 이제 자유다, 로완 화이트손 왕자."

필요한 말을 다 들었다고 판단한 셀레이나는 메이브에게 반지를 던졌다. 로완은 곧장 셀레이나에게 달려와 두 손으로 그녀의 뺨을 부여잡고 이마를 맞댔다.

"에일린."

그가 그녀의 이름을 불렀다. 그의 목소리에 담긴 뜻은 비난이나 감사가 아니라…… 기도였다.

"에일린."

그는 웃으며 다시 나지막하게 말하고는 셀레이나의 이마에 입을 맞췄다. 그리고 그녀의 앞에 무릎을 꿇었다.

그가 손목을 잡으려 하자 셀레이나는 뒤로 물러섰다.

"당신은 자유예요. 이제 자유의 몸이에요."

그들 뒤에서 메이브는 눈썹을 치켜뜨고 가만히 지켜봤다. 메이브는 이 상황을 받아들일 수도, 동의할 수도 없었다.

완전하고 절대적인 복종. 피의 맹세는 그런 것이다. 지금 그녀에게 맹세를 한다면 로완은 그의 목숨과 재산, 자유의지까지 모두 그녀에게 바치게 된다.

로완은 침착하고 확고한 얼굴이었다. 나를 믿어.

당신을 내 노예로 삼고 싶지 않아요. 난 그런 여왕이 될 생각 없어요.

당신은 지금 궁정도 없고 무방비 상태야. 땅도 없고 동맹도 없어. 오늘은 메이브 여왕이 당신을 여기서 걸어 나가게 해줄지 모르지만 내일이면 당신을 치러 올 수도 있어. 메이브 여왕은 내가 얼마나 강한지 아니까, 우리 둘이 힘을 합하면 얼마나 강해질지 잘 아니까. 내가 당신에게 피의 맹세를 하면 메이브 여왕도 함부로 당신을 못 건드려.

이러지 말아요. 당신이 원하는 건 뭐든 다 줄게요. 이것만은 안 돼요.

당신은 내 것이야, 에일린. 언제까지나.

셀레이나는 그와 소리 없는 논쟁을 이어갈 수도 있었다. 그런데 그날 아침 야영지에서 느꼈던 이상하고 여성적인 온기가 다시 한번 셀레이나를 감쌌다. 마치 이 가슴 아프게 간절한 제안을 받아들여도 된다고, 로완 왕자를 믿으라고, 그리고 무엇보다도 자신을 믿으라고 말해주는 듯했다. 로완이 다시 손목으로 손을 뻗자 셀레이나는 더 이상 거부하지 않았다.

"우린 함께야, 불의 심장." 그는 이렇게 말하며 그녀의 튜닉 소매를 걷어 올렸다. "세상을 바꿀 궁정을 만들어갈 길을 함께 찾는 거야." 그는 그녀의 드러난 손목을 올려다보며 맹세했다.

셀레이나는 고개를 끄덕이며 미소 지었다. 그는 장화 안쪽에 끼워둔 단검을 꺼내 셀레이나에게 내밀었다.

"당신도 말해, 에일린."

메이브나 로완의 친구들 앞에서 손을 떨지 않으려 애쓰면서 셀레이나는 단검을 받아 손목에 가져다 댔다.

"지금부터 죽는 날까지 내 신하로 일하겠다고 약속하겠습니까, 로완 화이트손?"

이런 맹세에 어울리는 단어나 고대 언어 따위는 알지 못했다. 피의 맹세에 굳이 아름다운 구절을 사용할 필요는 없을 듯했다.

"약속합니다. 마지막 숨이 떨어지는 날까지, 그리고 그 너머의 세상에서도. 언제까지나."

셀레이나는 거기서 멈추고 그에게 진심으로 이렇게 하고 싶은지 묻고 싶었지만 메이브가 그 자리에서 그들을 지켜보고 있었고 그들 뒤에는 그림자가 도사리고 있었다. 로완이 굳이 지금 이 자리에서 이렇게 맹세를 하는 이유도 그래서였다. 셀레이나는 반대할 수도, 그에게 그만두라고 할 수도 없었다.

이렇게 저돌적으로 밀어붙이는 게 로완다운 행동이기는 했다. 셀레이나는 싱긋 웃으며 단검으로 손목을 살짝 그어 피를 냈다. 그리고 그에게 그 손목을 내밀었다.

그는 놀라울 정도로 정중하게 두 손으로 그녀의 손목을 잡고 입을 가져다 댔다. 일순간 번개처럼 환하게 빛나는 무언가가 셀레이나의 몸을 관통했다. 로완이 그녀의 피를 빨아 마실 때마다 빛나는 실이 두 사람을 더욱 탄탄하게 묶어주었다. 그는 송곳니로 셀레이나의 손목을 찌르며 피를 세 모금 마셨다. 고개를 든 그의 입가에 그녀의 피가 묻어 있었다. 생기로 빛나는 그의 눈에 강철 같은 기운이 깃들었다. 그 순간 두 사람 사이에 흐르는 감정은 어떤 말로도 표현할 수 없었다.

메이브가 날카롭게 말을 뱉는 바람에 그들은 어떤 말을 해야 할지에 대한 고민을 덜게 됐다.

"이만하면 나를 실컷 모욕했으니 그만들 나가. 전부 다."

로완의 친구들은 끔찍한 채찍을 들고 순식간에 그림자 속으로 사라졌다.

셀레이나는 로완을 일으켜 세웠다. 로완은 그녀의 손목에 난 상처를 아물게 해주면서 동시에 본인 등의 상처도 치료했다. 그들은 어깨를 나란히 하고 마지막으로 페이 여왕 쪽을 바라보았다.

하지만 메이브가 있던 자리에는 하얀 올빼미 한 마리뿐이었다. 올빼미는 달 밝은 밤을 향해 날개를 퍼덕이며 날아갔다.

서둘러 도라넬을 빠져나간 그들은 수 킬로미터 떨어진 어느 작고 외딴 마을의 조용한 여관으로 들어갔다. 로완은 소지품을 챙기러 도라넬 궁전의 숙소에 들를 생각도 하지 않았다. 딱히 가지고 나올 만한 물건도 없다고 했다. 로완의 친구들은 그들을 쫓아오거나 작별 인사를 건네지 않고 조용히 다리를 건너가 그 너머 밤의 베일에 싸인 들판으로 향했다. 수 시간을 달려온 셀레이나는 피곤에 지쳐 침대에 눕자마자 죽은 듯이 뻗어 잤다. 새벽에 깨어난 셀레이나는 로완에게 짐 가방에서 문신용 바늘과 잉크를 꺼내놓으라고 요청했다.

셀레이나가 목욕을 하는 동안 로완은 필요한 준비를 했다. 셀레이나는 비좁은 여관 욕실에서 피부에 윤기가 날 때까지 굵은 소금으로 몸을 문질렀다. 잠시 후 침실로 돌아온 셀레이나는 가운을 벗고 상의를 입지 않은 채 작업대에 엎드렸다. 로완이 미리 여관에 얘기해서 준비해둔 작업대였다. 로완은 와서 눕는 셀레이나를 한 번 힐끗 쳐다보았을 뿐 아무 말도 하지 않았다. 작업대 위에 바늘과 잉크가 놓여 있었다. 로완이 소매를 팔꿈치까지 걷어 올리고 머리카락을 뒤로 모아 묶자 그의 우아하고 잔혹한 문신이 좀더 잘 드러났다.

"깊게 숨 쉬어." 셀레이나는 두 손으로 턱을 받치고 시키는 대로 하면서 잉걸불 사이로 직접 만든 불을 불어넣으며 장난을 쳤다. 그가 물었다. "물과 음식은 충분히 먹었어?"

셀레이나는 고개를 끄덕였다. 목욕하러 가기 전에 아침을 배불리 먹어두었다.

"일어서야 될 것 같으면 말해."

그는 셀레이나를 존중하는 의미에서 그녀의 결정에 대해 이러쿵저러쿵 비판하거나 아플 거라고 경고를 하지 않았다. 캔버스를 확인하는 예술가처럼 그녀의 상처투성이 등을 손으로 한 번 쓸어내렸다. 못 박힌 강인한 손가락으로 상처 하나하나를 만져보았다. 피부에 닿는 느낌이 까칠거렸다.

그는 앞으로 몇 시간 동안 문신을 새길 도안을 피부에 표시하기 시작했다. 아침 식사를 하면서 몇 가지 문양을 그려 셀레이나에게 확인을 받았다. 너무나 완벽한 문양이라 마치 그녀의 영혼으로 파고

들어와 그린 것 같았다. 당연히 알 것 같아서 셀레이나는 놀라지도 않았다.

셀레이나가 욕실을 사용하는 동안 그는 문양의 윤곽을 완성했다. 셀레이나가 다시 두 손으로 턱을 괴고 작업대에 엎드리자 그가 말했다.

"지금부터는 움직이지 마. 시작할게."

셀레이나는 알았다는 뜻으로 끄응 소리를 내고는 벽난로의 잉걸불을 바라보았다. 로완의 몸에서 나오는 열기가 그녀의 몸을 감싸는 느낌이었다. 그가 숨을 짧게 들이마셨다. 그리고…….

첫 바늘이 들어가면서 따끔했다. 소금과 쇠를 이용하는 문신이라 꽤 아팠다. 셀레이나는 이를 악물고 통증을 참고 받아들였다. 이런 문신에는 소금을 사용해야 한다고 로완은 미리 말했다. 상실의 고통을 깊어지게 하기 위해서라고 했다. 그래…… 좋아. 통증이 등에 거미줄처럼 퍼져나가는 동안 셀레이나는 속으로 생각했다. 견디자.

다음 바늘이 들어가면서부터 셀레이나는 입을 열고 기도를 시작했다. 10년 전에 했어야 할 기도였다. 고대 언어로 침착하게 단어들을 쏟아냈다. 부모님과 큰할아버지, 매리언의 죽음에 대해 신들에게 고했다. 이틀에 걸쳐 세상에서 지워져버린 네 사람을 위한 기도였다. 로완의 바늘이 살을 파고들 때마다 셀레이나는 사랑하는 네 사람의 영혼을 천국으로 받아들여 안전하게 지켜달라고 불멸의 신들에게 기도했다. 그들이 얼마나 가치 있는 영혼인지, 그들이 살아 생전에 한 선행과 아름다운 말, 용감한 행동에 대해 고했다. 딸로서, 친구로서, 후계자로서 진즉에 했어야 할 기도를 이제야 쉴 새 없이 이어갔다.

로완의 움직임도 그녀의 기도 리듬에 맞춰졌다. 셀레이나는 끝없이 기도를 올리고 노래를 불렀다. 그는 그녀의 기도에 맞춰 말없이 작은 망치로 바늘을 두드렸다. 셀레이나의 목소리가 쉬고 목 안이 거칠어져 속삭임으로 바뀌었지만 그는 물을 들이대 그녀의 기도를 욕보이지 않았다. 테라센에서라면 셀레이나는 해가 뜰 때부터 질 때까지 먹지도 마시지도 쉬지도 않고 자갈밭에 무릎을 꿇고 노래를 불렀을 것이다. 여기서는 문신을 새기는 동안 등의 통증을 신들에게 공물로 바치며 노래를 부를 뿐이었다.

마침내 문신이 완성되었다. 셀레이나는 등이 얼얼하고 욱신거렸다. 몇 번 휘청한 끝에 작업대에서 일어섰다. 로완은 셀레이나를 따라 밤의 어둠이 깔린 근처 들판으로 나가 함께 풀밭에 무릎을 꿇었다. 셀레이나는 달을 올려다보며 마지막 노래를 불렀다. 그녀 가문 고유의 성스러운 노래였다. 10년 동안 부르지 않고 간직해온 페이의 애가였다.

셀레이나가 쉰 목소리로 노래하는 동안 로완은 아무 말도 하지 않았다. 새벽까지 그저 곁을 지켜주었다. 그녀의 등에 새겨진 문신만큼이나 오랜 시간이었다. 셀레이나의 등에 있는 제일 큰 상처 세 개를 따라 새겨진 글은 그녀의 사랑과 상실에 관한 이야기였다. 한 줄은 부모님과 큰할아버지, 한 줄은 매리언, 그리고 하나는 그녀의 신하와 백성들을 위해 새겨졌다.

좀더 작고 짤막한 상처에는 네히미아의 이야기 그리고 샘의 이야기가 담겼다. 셀레이나가 사랑했으나 이제 죽음으로 떠나간 사람들이었다. 셀레이나는 더 이상 그 모든 진실을 가슴 속에 담아두고 외면하지 않을 것이다. 더 이상 부끄럽게 살지 않을 것이다.

61

 모의 전쟁이 시작됐다. 아이언티스 마녀 동맹에 속한 모든 마녀는 전날 쉬어도 좋다는 허락을 받았지만, 마지막 순간까지 훈련을 하거나 계획과 전략을 점검하느라 쉴 여유가 없었다.
 지난 며칠 동안 아달렌의 관리들과 의원들이 속속 도착하고 있었다. 그들은 노던팽 꼭대기에서 모의 전쟁을 지켜보게 될 것이다. 그리고 마녀와 와이번이 함께 한 모습이 어땠는지, 누가 승자인지를 아달렌 왕에게 보고할 것이다.
 몇 주 전, 아브락소스는 협곡 횡단에 성공했고 오메가로 돌아간 마논에게 마녀들의 웃음과 박수갈채가 쏟아졌다. 할머니의 모습은 보이지 않았다. 예상했던 바였다. 마논이 대단한 업적을 세운 것도 아니고, 당연히 해야 할 일을 한 것뿐이었으니까.
 오메가 깊숙한 곳에 갇힌 크로컨 포로에 관해서는 어떤 소식도 들려오지 않았다. 그 포로에 대해 아는 이도 없는 것 같았다. 마논은 할머니에게 물어볼까 하다가 그만두었다. 할머니가 마논을 부른 것도 아니었고, 괜히 찾아갔다가 손찌검을 당하고 싶은 기분도 아니었다.

요 며칠째 마녀들은 자기네 가문의 숙소에 틀어박혀 다른 가문의 마녀와는 말도 거의 섞지 않았다. 마논도 신경이 곤두섰다. 아브락소스가 협곡을 횡단하던 날 밤, 마녀들은 단결된 모습을 보여줬는데 모의 전쟁의 날이 다가오면서 다시 몇 세기에 걸친 경쟁과 피 튀기는 앙숙 관계로 돌아갔다.

모의 전쟁은 노던팽에서 내려다보이는 제일 가까운 골짜기를 포함해, 두 개의 봉우리 사이에서 치러질 예정이었다. 세 마녀 가문은 근처 산봉우리 꼭대기에 둥지를 차리게 된다. 잔가지와 큰 가지로 만들어진 진짜 새 둥지였다. 각 둥지에는 유리로 된 새알이 놓이게 된다.

알을 확보해 승리할 수도 있고 알을 놓쳐 패배할 수도 있었다. 각 마녀 가문은 자기네 둥지를 지키는 한편, 다른 두 마녀 가문의 알을 확보해야 했다. 지키고 있는 이가 틈을 보일 때 다른 두 마녀 가문의 알을 둥지에서 훔치든지, 아니면 빼앗든지 알아서 하면 되었다. 알을 갖고 있다가 깨뜨리면 자동으로 탈락이었다.

마논은 경갑옷에 비행용 가죽옷을 입었다. 어깨와 손목, 허벅지에는 금속판을 댔다. 화살에 맞거나 와이번의 발톱에 찢기거나 적의 칼날에 베일 수 있는 부위들이었다. 마논은 무겁고 움직임이 자유롭지 않은 옷에 익숙했고, 아브락소스도 마찬가지였다. 지난 몇 주 동안 마논이 블랙비크 마녀와 와이번 들에게 강요해온 혹독한 훈련 덕분이었다.

다른 마녀를 불구로 만들거나 죽이지 말라는 엄격한 명령이 떨어지긴 했지만 그들은 무기를 두 개씩은 소지할 수 있었다. 마논은 바람을 가르는 칼과 제일 잘 드는 단검을 챙겼다. 그림자들(에다와 브라이어), 애스터린, 린, 악마 쌍둥이는 활을 쓰기로 했다. 그들은 와이번을 타고서도 활을 잘 쐈다. 협곡에서 계속 이동하는 표적을 향해 활을 쏘는 훈련을 했는데 매번 명중이었다. 자신이 얼마나 대단한 무기인지 잘 아는 애스터린은 그날 아침에도 당당한 모습으로 식당에 들어왔다.

각 마녀 가문은 꼬아서 만든 염색한 가죽 띠를 이마에 둘렀다. 각 가문을 상징하는 검정색, 파란색, 노란색 띠였다. 와이번들도 꼬리와 목, 옆구리에 같은 색을 칠했다. 다 같이 이륙한 후에는 저 아래 산에 서 있는 자그마한 인간 군인들에게 제대로 된 위용을 보여주었다. 열세 마녀단은 블랙비크 마녀단들의 맨 앞에서 완벽하게 대기했다.

"저 멍청이들은 자기네가 무슨 짓을 했는지도 모를걸요." 애스터린의 말이 바람을 타고 마논에게 전해졌다. "어리석은 인간들."

마논도 짧은 한마디로 동의를 표했다.

그들은 대형을 유지하며 비행했다. 맨 앞에는 마논, 다음 줄에는 애스터린과 베스타, 그다음 줄은 양 옆에 초록색 눈의 악마 쌍둥이를 끼고 있는 이모젠, 그다음 줄에는 카야와 시아를 양 옆에 둔 기슬린, 그다음 줄은 두 그림자와 린, 맨 뒤는 소렐 혼자였다. 균형이 잘 맞고 결함이 없어 적군의 전선을 뚫기에 알맞은 공성망치 같은 대형이었다.

마논이 적을 거꾸러뜨리지 못하면 그다음 줄에 있는 애스터린과 베스타가 가차 없이 장검을 휘두를 것이다. 그들도 막지 못하면 중앙의 여섯 명이 죽음의 덫을 펼쳐놓는다. 대부분은 예리한 눈으로 사방을 경계하는 그림자들과 린의 줄을 뚫지 못할 것이다. 마지막에는 대형의 뒤를 지키는 소렐이 있었다.

다른 때 같으면 무기를 사용했겠지만 모의 전쟁인 만큼 손과 발로 적들을 한 명씩 제거해야 했다. 목표는 다른 마녀를 죽이는 게 아니라 유리 알을 빼앗는 것이다, 라고 마논은 스스로와 나머지 열세 마녀단원들에게 다시금 강조했다.

오메가 어딘가에서 들려오는 거대한 종소리가 모의 전쟁의 시작을 알렸다. 하늘에 날갯짓 소리가 폭발하듯 차오르더니 잠시 후 발톱 소리와 날카로운 외침 소리가 터져 나왔다.

그들은 블루블러드의 새알을 먼저 노리기로 했다. 마논은 옐로레그스가 블랙비크의 둥지를 털러 올 것으로 예상했는데 그들은 과연 예상대로 행동했다. 마논은 열세 마녀단의 마녀들과 전체 병력의 3분의 1에게 본진으로 돌아가라고 신호를 보냈다. 그들은 옐로레그스에 맞서 이빨과 날개로 공고한 벽을 세웠다.

블루블러드는 그동안 온갖 의식과 기도만 일삼았지 최소한의 작전도 세우지 않은 듯했다. 블루블러드 역시 군건한 벽을 뚫을 수 있는지 보려고 블랙비크의 둥지 쪽으로 병력을 보냈는데 그게 바로 실수였다.

10분도 안 돼서 마논과 열세 마녀단은 블루블러드 둥지를 에워쌌다. 블루블러드 둥지를 지키던 마녀는 항복하고 보물을 내놓았다.

함성과 웃음이 터져 나왔다. 열세 마녀단이 아니라 다른 블랙비크 마녀들의 입에서 나온 소리였다. 열세 마녀단은 여전히 돌처럼 굳은 얼굴로 눈을 빛내며 긴장을 풀지 않았다. 뒤쪽에 있던 나머지 블랙비크 마녀들이 대열에서 잠시 이탈해 한 바퀴 돌고 나서 마논에게 다시 합류했다. 이제 그들은 블루블러드와 옐로레그스를 박살내야 했다.

와이번을 탄 마녀들은 위아래로 빠르게 움직이며 날았는데 승리를 위해서이기도 했지만 대체로 비행 능력을 뽐내기 위해서였다. 마논은 적들이 앞뒤에서 달려드는 걸 보면서도 꿈쩍하지 않았다. 압박이 어찌나 거센지 놀란 와이번들이 기수를 몸에서 떨어뜨리고 달아나려 움찔거릴 정도였다.

마논이 계획했던 대로였다. 빗자루를 타고 참여했던 전투들은 이렇게 빠르고 위험천만하지 않았다. 이런 식으로 적을 맞닥뜨리면서 무기까지 쓸 수 있게 된다면……. 마논은 평평한 산꼭대기에 위치한 블랙비크 둥지에 블루블러드 새알을 가져다 놓으면서 활짝 웃었다.

얼마 후 마논과 아브락소스는 전장을 가로질러 날았다. 열세 마녀단이 뒤에서 합류했다. 그동안 가까이에서 바짝 날던 애스터린은 미친 듯이 웃더니 노던팽에 모인 이들 앞을 보란 듯이 빠르게 지나갔다. 금발의 마녀 애스터린은 안장에서 벌떡 일어나 아래로 훌쩍 뛰었다.

그 아래 와이번에 타고 있던 옐로레그스 마녀는 애스터린이 자기 몸으로 뛰어내릴 때까지도 상황을 파악하지 못했다. 애스터린은 손으로 그 마녀의 목을 잡았다. 실제 상황 같으면 단검으로 목을 그었을 것이다. 옐로레그스 마녀가 항복의 뜻으로 두 손을 들어 올리자 마논은 기쁨으로 숨이 막힐 지경이었다.

애스터린은 그 마녀의 목을 놓아준 뒤 두 팔을 위로 뻗어 자기 와이번의 발톱을 붙잡았다. 와이번은 애스터린을 위로 휙 집어던졌고 애스터린은 와이번의 등으로 훌쩍 내려와 안장에 앉았다. 그리고 다시 아래로 내려와 마논과 아브락소스 옆에 자리했다. 아브락소스는 애스터린의 파란 와이번 쪽으로 몸을 돌리더니 날개로 툭 쳤다. 장난스럽기도 하고 관심을 보이는 그의 행동에 파란 암컷 와이번은 환성을 내질렀다.

마논은 제2지휘관 애스터린에게 눈썹을 치켜뜨며 말했다.

"연습 많이 했나 보네."

애스터린은 환하게 웃었다.

"저도 가만히 놀고먹으면서 이 자리까지 올라온 게 아니니까요."

애스터린이 아래로 쑥 내려와 날개 하나가 들어갈 자리를 두고 대형에 맞춰 들어갔다. 아브락소스가 포효하자 열세 마녀단원들은 즉각 마논을 둘러쌌다. 그들 옆으로 4개의 마녀단들이 자리했다. 이대로 옐로레그스의 새알을 훔쳐 블랙비크의 둥지로 가져가면 되는 것이다.

그들은 교전 중인 마녀단들 위로 날아올랐다. 옐로레그스 본진에 다다르자 속도를 줄이고 정지 비행을 하면서 뒤쪽에 있던 네 개의 마녀단을 앞으로 보냈다. 그들은 화살처럼 빠르게 날아가 방어벽에 구멍을 냈고 열세 마녀단이 그 구멍으로 날아 들어갔다.

노던팽에서 제일 가까운 곳에 위치한 옐로레그스 둥지는 네 개나 되는 마녀단이 지키고 있었다. 둥지를 지키고 있던 그들은 블랙비크 마녀들이 접근하자 마치 한 몸처럼 일어섰다. 따로 움직이지 않고 한꺼번에 움직이는 그들을 본 마논은 속으로 웃음지었다. 블랙비크 마녀들이 전진하자 옐로레그스 마녀들은 그 자리에서 버텼다.

마논이 휘파람을 불었다. 마논과 소렐은 각자 위아래로 움직였고 열세 마녀단은 연습한 대로 세 덩어리로 나뉘었다. 한 생물에게 붙어 있는 팔다리처럼 따로 움직이면서도 일사불란하게 옐로레그스 본진의 마녀들을 공격했다. 옐로레그스 마녀들은 다른 마녀단 및 와이번 들과 밀접하게 날면서 훈련해본 경험이 없었다. 열세 마녀단이 그들을 흐트러뜨리고 밀어붙이자 옐로레그스 마녀들 사이에 혼란이 가중됐다. 그들은 고함을 질러 명령을 내리고 악을 쓰며 이름을 불러댔으나 이미 닥쳐온 혼란은 가라앉지 않았다.

블랙비크 마녀들이 둥지를 향해 거리를 좁혀 가는데 블루블러드 소속 네 개 마녀단이 난데없이 나타났다. 그들을 이끄는 자는 킬리를 탄 페트라였다. 페트라는 둥지를 향해 자유낙하를 시도했다. 블랙비크와 옐로레그스가 싸우는 동안 둥지는 무방비 상태였다. 페트라는 굴에서 기회를 노리는 여우처럼 옆에 숨어 이 순간을 기다려온 모양이었다.

페트라가 둥지로 날아가자 마논이 욕을 하며 곧장 그 뒤를 따라갔다. 노란빛이 번쩍이고 분노에 찬 비명이 터져 나왔다. 마논과 아브락소스가 재빨리 뒤로 물러나자마자 이스크라가 둥지 옆을 빠르게 지나 페트라를 들이받았다.

이스크라와 페트라, 그리고 그들의 와이번은 서로를 물고 할퀴며 싸움을 벌였다. 저 아래 산에서 구경하는 이들, 공중에서 날고 있는 마녀들 사이에서 함성이 터져 나왔다.

아브락소스가 승리를 굳히고자 둥지 위에 수평으로 자리하자 마논은 빙빙 도는 머리를 부여잡았다. 마논이 아브락소스에게 둥지로 내려가라고 신호를 주려는데 페트라가 악을 썼다. 분노가 아니라 고통에서 비롯된 비명이었다.

영혼이 찢기는 듯한 고통스러운 비명. 마논은 그런 비명을 처음 들어보았다. 이스크라의 와이번이 킬리의 목을 꽉 물었기 때문이었.

이스크라는 의기양양하게 환호성을 올렸고 이스크라의 수컷 와이번 펜드르는 킬리를 주둥이로 물고 마구 흔들었다. 페트라는 안장을 간신히 붙잡고 매달렸다.

지금이다. 지금 저 새알을 집어 올려야 한다. 마논은 아브락소스를 툭 치며 허리를 굽히고 날카롭게 명령했다.

"내려가."

그대로 내려갈 줄 알았는데 아브락소스는 고도를 낮추지 않았다. 날개도 거의 치지 않고 그 자리에서 킬리가 싸우는 모습을 지켜보았다. 페트라가 다시 비명을 질렀다. 페트라는 이스크라에게 제발 그만하라고 애원하고 있었다.

"지금이야, 아브락소스!"

마논은 박차로 아브락소스를 걷어찼다. 아브락소스는 말을 듣지 않았다.

드디어 이스크라가 목청 높여 명령을 내리자…… 펜디르는 킬리를 놓아주었다.

산에서 두 번째 비명 소리가 들려왔다. 딸이 협곡 아래 바위 지대로 추락하는 것을 본 블루블러드 대마녀의 비명이었다. 다른 블루블러드 마녀들이 방향을 돌렸지만 그들은 너무 멀리 떨어져 있었고 그들이 탄 와이번들은 속도가 느려 추락하는 페트라를 잡아줄 수 없었다.

하지만 아브락소스는 아니었다.

마논은 자신이 아브락소스에게 페트라를 구하라는 명령을 내렸는지, 아니면 그런 생각을 하기는 했는지 알 수 없었다. 하지만 대마녀의 비명, 생전 처음 들어보는 어머니의 비명에 마논은 자신도 모르게 아브락소스에게 몸을 기울이며 강하 준비를 했다. 아브락소스는 반짝이는 날개를 접고 유성처럼 급강하했다. 그들은 심하게 다친 와이번과 그 등에 타고 있는, 아직 살아 있는 마녀를 구하러 아래로 내려갔다.

거리를 좁히면서 보니 킬리는 숨이 붙어 있었다. 세찬 바람에 마논은 얼굴과 옷이 찢어질 듯했다. 킬리는 숨을 쉬고 있었고 균형을 잡으려 안간힘을 쓰고 있었다. 살아남기 위해서가 아니었다. 킬리는 자신이 곧 죽을 것임을 알고 있었다. 등에 탄 마녀를 살리기 위해 애쓰고 있는 것이었다.

페트라는 안장에 몸이 꼬인 채 기절한 상태였다. 추락의 충격 때문인지 산소 부족 때문인지는 알 수 없었다. 페트라는 안장에 위태롭게 매달려 있었고, 킬리는 최대한 부드럽고 완만하게 추락하기 위해 마지막 숨을 가다듬었다. 날개가 찌그러지자 킬리는 고통스러워하며 비명을 질렀다.

아브락소스는 날개를 펼치고 추락하는 킬리 가까이에서 빠르게 두 번 활공을 했다. 협곡 바닥이 너무 빠르게 다가오고 있었다. 두 번째 활공을 마칠 때쯤 아브락소스는 피투성이가 된 킬리의 몸에 바짝 가까이 다가갔다. 마논은 아브락소스가 무슨 생각인지 알아챘다.

아브락소스는 킬리의 추락을 막아줄 수가 없었다. 킬리의 체중을 떠받치기엔 아브락소스의 몸집이 너무 작았다. 하지만 페트라의 목숨만은 건질 수 있었다. 아브락소스는 애스터린이 다른 와이번의 몸으로 뛰어내리는 걸 봤다. 기절한 페트라를 구하려면 마논이 킬리의 몸으로 뛰어내려 안장에서 페트라를 빼내야 했다.

아브락소스가 킬리에게 고함을 질렀다. 마논은 아브락소스가 알 수 없는 언어로 명령을 내렸음을 알 수 있었다. 킬리는 기수를 위해 마지막으로 힘을 내 몸을 최대한 수평으로 만들었다. 뛰어내릴 발판을 만들어준 것이다.

나의 킬리, 라고 페트라는 말하곤 했다. 그 말을 할 때 페트라는 미소를 지었다.

마논은 페트라가 킬리와 동맹을 맺기 위해 그랬던 거라고, 남들에게 보여주기 위한 행동이었을 뿐이라고 생각했다.

하지만 죽어가는 와이번의 눈에 담긴 것은 기수 페트라를 향한 무조건적인 사랑이었다. 하네스의 버클을 풀고 안장에서 일어선 마논은 아브락소스의 몸에서 뛰어내렸다.

62

 마논이 훌쩍 뛰어내리자 킬리는 비명을 내지르면서도 온 힘을 다해 균형을 잡았다. 마논은 바람에 날아가지 않도록 버티면서 페트라가 매달려 있는 안장으로 다가갔다. 손이 뻣뻣해진 데다 장갑까지 끼고 있어 쉽지는 않았지만 안장의 가죽 끈을 칼로 하나씩 잘라내기 시작했다. 아브락소스가 위험을 알리며 고함을 질렀다. 협곡의 입구가 저 아래 가까이 다가왔다.
 부디 어둠이 자비를 베풀기를.
 마침내 마논은 페트라를 안장에서 풀어냈다. 블루블러드 후계자 페트라는 마논의 품에서 무겁게 늘어졌다. 바람에 날리는 페트라의 머리카락이 천 개의 작은 칼처럼 마논의 얼굴을 후려쳤다. 마논은 길쭉한 가죽 끈을 자신과 페트라의 몸에 둘러 감았다. 한 번. 두 번. 매듭을 지은 뒤 두 팔로 페트라의 몸을 꽉 껴안았다. 킬리는 수평을 잘 유지했다. 협곡 입구가 바로 아래에 있고 사방에 그림자가 깔려 있었다. 마논은 페트라의 발을 등자에서 빼내고 끄응 소리를 내며 안장에서 안아 올렸다.

커다란 돌이 바로 옆으로 지나갔다. 다음 순간 그림자가 태양을 가리고 작고 날렵한 아브락소스가 날아 내려왔다. 이런 협곡에서 그렇게 빠른 속도로 비행할 수 있는 와이번은 아브락소스뿐이었다.

"고마워."

킬리에게 감사를 표한 마논은 페트라를 안고 허공으로 몸을 날렸다.

그들의 몸이 옆으로 틀어지면서 순식간에 아브락소스가 내민 발톱 안으로 툭 떨어졌다. 아브락소스는 그들을 그대로 안고 협곡 측면을 따라 이동해 절벽 너머 안전한 곳으로 날아올랐다.

킬리는 산 전체가 울리도록 요란하게 쿵 소리를 내며 협곡 바닥에 떨어졌다. 그리고 다시는 일어서지 못했다.

모의 전쟁은 블랙비크 마녀 가문의 승리로 돌아갔다. 마논은 주름 장식이 달린 옷을 입고 땀을 흘리는 아달렌 사람들 앞에서 비행 지도자의 자리에 올랐다. 그들은 마논에게 영웅이니 진정한 전사니 하는 화려한 칭호를 갖다 붙였다. 하지만 마논이 페트라를 전망대에 내려놓았을 때 할머니는 역겹다는 표정이었다.

마논은 무릎을 꿇고 감사를 표하는 블루블러드 대마녀를 본 둥 만 둥 했다. 다른 마녀들이 페트라를 데려가는 모습도 굳이 쳐다보지 않았다.

다음날, 페트라가 의식을 회복하지 못하고 있다는 소문이 돌았다. 킬리의 죽음으로 영혼이 다친 모양이라고들 했다.

통제 불가능한 와이번들 때문에 벌어진 불행한 사고였다고 옐로레그스 대마녀는 주장했고, 이스크라도 같은 말을 했다. 하지만 마논은 이스크라가 자기 와이번에게 페트라의 와이번을 죽이라고 명령하는 소리를 분명히 들었다.

페트라는 그런 명령을 못 들었어도 자기 와이번이 죽었으니 이스크라를 불러내 결투를 신청할 수 있을 것이다. 복수를 할지 말지는 페트라가 결정할 일이었다.

그날 밤 할머니는 명령에 복종하는 자세가 부족하다고, 잔혹함이 모자란다고, 규율이 몸에 덜 뺐다고 마논을 수차례 때리면서 페트라가 죽게 내버려뒀어야 한다고 악을 썼다.

마논은 잘못했다고 하지 않았다. 킬리가 협곡 바닥에 떨어질 때 나던 소리가 머릿속에 맴돌았다. 나약하고 규율이 덜 배어서인지 모르겠지만 마논은 킬리의 희생을 헛되이 하지 않은 것을 후회하지 않았다.

그 외에 모든 이들에게는 칭찬 세례를 받았다. 소속 가문을 막론하고 모든 마녀단의 마녀들이 마논에게 고개 숙여 존경을 표했다.

비행 지도자. 마논은 애스터린을 비롯한 열세 마녀단의 절반을 이끌고 축하 파티가 벌어질 식당으로 걸어가면서 속으로 말했다.

열세 마녀단의 나머지 절반은 위험 요소나 함정이 있는지 정찰하기 위해 미리 식당 안에 들어가 있었다. 마논이 비행 지도자가 된 데다 이스크라를 욕보이기까지 했으니, 다른 마녀들은 전보다 더 악랄하게 마논을 짓누르고 그녀의 자리를 차지하려 들 것이다.

식당은 유쾌한 분위기였다. 번뜩이는 쇠 이빨을 드러낸 마녀들이 식당에 모였다. 에일 맥주가 컵에 넘치도록 담겼다. 아달렌의 끔찍한 인간들이 가져온 진짜, 신선한 에일 맥주였다. 마논이 에일 맥주가 담긴 컵 하나를 집어 들자 애스터린이 그 컵을 가져가 한 모금 마시고는 잠시 후에 돌려주었다.

"저것들이 단장님을 독살할 생각은 없나 봅니다."

애스터린이 윙크를 하며 말했다. 그들은 세 대마녀들이 기다리고 있는 식당 앞쪽으로 향했다. 인간들은 모의 전쟁을 기념하는 소소한 의식을 이미 치렀고, 이 파티는 마녀들, 특히 마논을 위한 것이었다.

식당 안에 모인 이들이 양옆으로 쫙 갈라져 서자 마논은 절로 미소가 지어지려 했으나 꾹 참았다.

임시 왕좌에 세 대마녀들이 착석해 있었다. 블루블러드 대마녀는 손가락 두 개를 이마에 갖다 붙이는 마녀식 인사를 하며 마논에게 미소 지었다. 맞은편에 앉은 옐로레그스 대마녀는 가만히 앉아 있을 뿐이었다. 가운데에 앉은 마논의 할머니는 슬쩍 미소 지었다.

뱀 같은 미소였다.

"어서 와라, 비행 지도자."

할머니가 이렇게 말하자 마녀들이 환호성을 올렸다. 열세 마녀단 원들은 침착하고 조용히 서 있었다. 그들은 무서울 정도로 치명적이고 무한한 영광을 누리게 되었기에 굳이 환호를 할 필요가 없었다. 할머니가 나지막하게 말했다.

"네가 우리를 위해 한 일을 기리기 위해 너에게 무슨 선물을 주고, 어떤 화관을 수여해야 할까? 넌 잘 드는 칼과 무시무시한 마녀단을 거느리고 있어." 그 말에 열세 마녀단 전원의 얼굴에 만족스러운 웃음이 번졌다. "네가 이미 갖고 있지 않은 걸 줘야 할 텐데, 우리가 뭘 줄 수 있을까?"

마논은 고개를 숙이며 대답했다.

"이미 영광스럽게 대접해주셨으니 달리 바라는 건 없습니다."

할머니가 웃음을 터뜨렸다.

"새 망토는 어떠냐?"

마논은 허리를 폈다. 거절할 수는 없지만 이건…… 늘 입고 다닌 그녀의 망토였다.

"지금 네 망토는 낡아 보이잖아." 할머니는 군중 속의 누군가에게 손을 흔들었다. "우리가 준비한 선물이다, 비행 지도자. 새로운 망토다."

무리 사이에서 신음과 욕설이 터져 나왔다. 피에 대한 갈망과 기대에 찬 숨소리도 들려왔다. 옐로레그스 마녀 세 명이 족쇄를 채운 마녀 하나를 끌고 와 마논 앞에 무릎 꿇렸다.

그 마녀는 얼굴이 망가지고 손가락이 박살 났으며 여기저기 찢기고 불에 데어 정체를 알 수 없었지만, 피처럼 붉은 망토를 입고 있는 것으로 보아 어디 소속인지는 알 수 있었다.

크로컨 마녀는 새로이 경작한 땅 같은 색깔의 눈동자로 마논을 올려다보았다. 온몸에 새겨진 끔찍한 상처에도 불구하고 눈빛이 너무나도 형형했다. 어떻게 이런 상황에서 쓰러지거나 빌지 않고 버티고 있는 걸까.

할머니는 크로컨 마녀에게 쇠 손톱이 끼워진 손을 뻗으며 말했다. "내 손녀에게 어울리는 선물이지. 이년의 목숨을 끊고 새 망토를 가져가."

마논은 이게 도전 과제임을 알아챘다. 마논이 단검을 빼 들자 애스터린이 크로컨 마녀를 주시하며 한 발 가까이 다가왔다.

마논은 잠시 그 마녀를 내려다보았다. 철천지원수 크로컨 마녀였다. 크로컨 마녀족은 그들에게 저주를 내려 그들의 땅에서 영원히 추방당하게 만들었다. 그러니 모조리 죽여 씨를 말려도 시원치 않았다.

하지만 지금 마논의 머릿속에서 그 말을 내뱉은 건 그녀의 목소리가 아니었다. 어째서인지 몰라도 그것은 할머니의 목소리였다.

"마음껏 즐겨라, 마논."

할머니가 달콤하게 속삭였다.

크로컨 마녀는 힘겹게 숨을 삼켰다. 갈라진 입술에서 피가 흘렀다. 크로컨은 마논을 올려다보며 킬킬 웃었다.

"마논 블랙비크." 이가 부러지지 않고 목이 상처투성이가 아니었으면 느긋하게 늘어지는 말투였을 것이다. "내가 널 잘 알지."

식당 저 뒤쪽에서 누군가 소리쳤다.

"저년을 죽여라!"

마논은 적의 얼굴을 내려다보며 눈썹을 치켜떴다.

"우리가 널 뭐라고 부르는지 알아?" 크로컨은 입술을 말아 올리며 미소를 지었다. 입술 안쪽으로 피가 고였다. 크로컨은 피 맛을 음미하듯 눈을 감으며 말을 이었다. "우린 널 하얀 악마라고 부른다. 넌 우리가 작성한 명단에 올라 있어. 보는 즉시 죽여야 할 괴물들의 명단. 너는……" 그녀는 눈을 뜨더니 저항과 분노로 가득한 웃음을 지어 보였다. "넌 그 명단 맨 위에 있다. 네가 그동안 해온 짓들이 있으니."

"영광이네."

마논은 이를 드러내고 웃으며 말했다.

또 누군가가 소리쳤다.

"저년의 혀를 잘라!"

애스터린도 옆에서 날카롭게 말했다.

"끝내시죠."

마논은 단검을 위로 획 던져 올렸다가 잡으며 크로컨의 심장에 쑤서 넣기 위해 각도를 잡았다.
 크로컨은 웃음을 터뜨렸으나 이내 기침으로 바뀌었다. 크로컨은 몸을 들썩이며 콜록거렸고 바닥에 파란 피가 튀었다. 크로컨의 눈에서 눈물이 흘러내렸다. 마논은 크로컨 마녀의 가슴에서 깊게 감염된 상처 자국을 보았다. 고개를 든 크로컨은 피 묻은 입을 벌려 다시 미소 지었다.
 "네가 원하는 게 뭔지 잘 봐. 네 자매라는 저들이 나한테 한 짓을 보란 말이야. 끝내 나를 부수지 못했다는 걸 알면 얼마나 고통스러울까."
 마논은 크로컨의 망가진 몸을 내려다보았다.
 "이게 뭔지 알아, 마논 블랙비크? 난 잘 알지. 네가 모의 전쟁 때 한 일에 대해 저들이 떠드는 소리를 들었어."
 마논은 저 마녀가 계속 떠들게 놔둘 이유를 찾을 수 없었지만 이대로는 끝장을 내버릴 수가 없었다.
 크로컨은 모두가 들을 수 있게 목소리를 높였다.
 "이건 기억에 새기기 위해서다. 내 죽음으로 너에게 늘 상기시키겠다는 것이지. 네 손으로 날 죽이게 만들어서. 저들이 아니라 너에게 상기시키려는 거다." 크로컨은 흙을 떠올리게 하는 갈색 눈으로 마논을 똑바로 올려다보며 숨을 몰아쉬었다. "저들이 너를 무엇으로 만들었는지 떠올리도록. 저들이 널 이렇게 만들었으니까.
 크로컨의 대단한 비밀을 알려줄까? 우리가 그동안 목숨을 내놓으면서까지 너에게 숨겨왔던 진실 말이다. 우리의 은신처나 너희의 저주를 깰 수 있는 방법 따위가 아니야. 저주를 깨는 방법이라면 너희도 그동안 쭉 알고 있었어. 너희의 구원은 오직 너희 손에 달려 있다는 걸 지난 500년 동안 똑똑히 알고 있었지. 우리의 비밀은, 우리가 너희를 동정한다는 거다."

모두가 조용히 듣고 있었다.

크로컨은 마논을 계속 올려다보았고 마논은 단검을 내리지 않았다.

"우린 너희가 가여워. 너희들 하나하나 전부. 너희가 너희의 어린 자녀들에게 하는 짓도 불쌍하기 짝이 없어. 너희는 악하게 태어난 존재가 아닌데, 아이들을 몰아붙여 누군가를 죽이게 하고 상처 입히게 하고 미워하게 만들지. 너희 내면에 아무것도 남지 않을 때까지. 네가 오늘 밤 이 자리에 있는 것도 그래서다, 마논. 네가 할머니라고 부르는 저 괴물에게 너라는 존재가 위협이 되니까. 네가 경쟁자를 가엾게 여겨 목숨을 구해준 순간 넌 저 괴물에게 위협이 됐지." 크로컨은 숨을 헐떡이고 속절없이 눈물을 흘리며 이를 드러냈다. "저들은 널 괴물로 만들었어. 원래부터 괴물이 아니라 괴물로 만든 거라고, 마논. 그래서 우린 네가 참 *가엾구나*."

"그만하면 충분히 들었어."

뒤에서 대마녀가 말했다. 하지만 식당 안은 고요했고 마논은 천천히 눈을 들어 할머니를 바라보았다.

이대로 할머니의 뜻을 거스르면 매를 맞고 고통을 당하게 될 것이다. 그리고 나면 할머니는 만족하겠지. 크로컨 마녀가 진실을 말했는지 여부는 블랙비크 대마녀만이 알 것이다.

크로컨 마녀는 마논이 이해할 수 없을 정도로 용감하게 눈을 빛내며 나지막하게 말했다.

"어서 해."

마논은 도전이 아닌 간청의 말임을 간파했으나 다른 이도 그걸 알까 싶었다.

마논은 단검을 손바닥 안에서 돌린 뒤 칼끝의 각도를 맞췄다. 크로컨 마녀도, 할머니도, 그 외에 어느 누구도 바라보지 않은 채 크로컨 마녀의 머리채를 잡고 뒤로 잡아당겼다.

그리고 그대로 목을 칼로 그었다.

룬 산지의 어느 평평한 봉우리에 올라 앉은 마논은 절벽을 향해 뻗은 다리를 달랑거렸다. 그 옆에 늘어져 누운 아브락소스는 봄의 초원에 밤마다 피는 꽃들의 향기를 맡았다.

크로컨 마녀의 망토를 받은 마논은 평소 입고 다니던 낡은 망토를 벗어 시신 위에 던졌다. 망토가 시신 위로 떨어지자마자 마녀들이 모여들어 시신을 찢어발겼다.

저들이 널 괴물로 만들었어.

마논은 고양이처럼 꼬리 끝을 하늘하늘 흔들고 있는 아브락소스를 바라보았다. 조용히 축하 파티장을 빠져나가는 그녀를 주목한 이는 없었다. 애스터린도 크로컨 마녀의 피를 마시고 취한 터라, 인파 속으로 들어가 모습을 감춘 마논을 보지 못했다. 마논은 아브락소스를 만나러 간다고 소렐에게는 말해두었다. 제3지휘관 소렐은 마논이 혼자 가게 해주었다.

마논과 아브락소스는 달이 높이 뜰 때까지, 오메가에 모인 마녀들의 악쓰는 소리, 낄낄대며 웃는 소리가 들리지 않을 때까지 날아갔다. 그리고 이렇게 룬 산지 끝자락에 앉아 있는 것이다. 마논은 봉우리와 서쪽 바다 사이에 끝없이 평평하게 펼쳐진 평원을 바라보았다. 저 너머 어딘가, 지평선 너머에 한 번도 가본 적 없는 고향이 있을 것이다.

크로컨들은 거짓말이 입에 붙었고 늘 짜증 나게 가르치려 들었다. 아까 그 크로컨 마녀도 한바탕 연설을 늘어놓으며 즐거웠을 것이다. 멋지게 최후의 말을 내뱉으면서 말이다. *우린 너희가 가여워.*

마논은 눈을 비비고는 팔꿈치로 무릎을 감싸고 절벽 아래를 내려다보았다. 페트라의 목숨을 구하기 위해 마지막 남은 힘을 다 쓰고 추락하던 킬리의 눈빛을 보지 않았다면, 지금도 얼음처럼 차가운 빗물로부터 마논을 지키려 날개를 뻗은 아브락소스만 아니면, 크로컨 마녀에 대한 생각 따위는 마음에서 곧바로 지워버렸을 것이다.

와이번들은 적을 죽이거나 불구로 만들거나 적의 심장 깊은 곳에 공포를 불어넣기 위해 존재했다. 그런데……

그런데 꼭 그렇지만은 않은 것도 같았다. 별들이 점점이 박힌 지평선 쪽을 바라보았다. 따뜻한 봄바람이 얼굴로 불어왔다. 뒤에 느긋하게 앉아 있는 꾸준하고 굳건한 벗이 있어 고마웠다. 곁을 지켜주는 아브락소스에게 고마운 마음이 들다니. 낯선 감정이었다.

또 다른 낯선 감정이 마논의 가슴을 당겼다 밀었다 하며 흔들었다. 식당 안에서 일어났던 일이 머릿속에서 계속 되풀이됐다.

지금까지는 후회라는 걸 모르고 살았다. 회한 따위는 알지도 못했다.

그런데 그 크로컨 마녀의 이름을 몰랐던 게 후회됐다. 새로 받아 어깨에 걸친 이 망토의 원래 주인이 누구였는지, 그 마녀가 어디 출신이고 어떻게 살았는지에 대해 아는 게 없어 안타까웠다.

불멸로 살아오다 고작 10년의 세월을 흘려보냈을 뿐인데…….

후회의 감정이 밀려오면서 마치 필멸의 존재가 된 것 같은 지독하게 무거운 기분에 휩싸였다.

63

에이디언은 나지막하게 휘파람을 불며 케이올에게 와인 병을 내밀었다. 그들은 셀레이나의 집 옥상에 나란히 앉아 있었다. 케이올은 술 마실 기분이 아니라 고개를 저었다.

"나도 거기서 그 장면을 봤어야 하는데." 에이디언은 케이올에게 이렇게 말하며 늑대처럼 잔인한 미소를 지어 보였다. "이런 말을 했는데도 자네가 욕을 안 하니 놀랍구만."

"아달렌 왕이 나록 장군과 함께 보낸 자들은 아마 무고한 자들은 아니었을 겁니다. 더이상 인간이 아니었을 테고요."

그녀가 해냈다. 며칠이 지나도록 계속 사람들의 입에 회자되는 대단한 일을 해낸 것이다. 에이디언은 여전히 축하하고 싶은 기분인 모양이었다. 물론 티 나지 않게 조용히 말이다.

케이올은 아달렌 왕이 사용한 마법 주문과 그 주문을 박살 낼 방법에 대해 에이디언과 렌에게 말해줄 생각으로 이곳에 왔다. 하지만 아직 말을 꺼내지 못했다. 그 정보로 에이디언이 어떤 일을 벌일지 판단이 서지 않아서였다. 특히 케이올이 아니엘로 떠난 사흘 후에 말이다.

"에일린이 고향으로 돌아오면 자네는 아니엘에서 납작 엎드려 지내야 할 거야." 에이디언은 술병을 입에 대고 꿀꺽꿀꺽 마신 후 말을 이었다. "그 사이에 에일린이 누구였는지 정체가 밝혀질 테니까."

그럴 것이다. 케이올은 도리언과 소르샤를 유리성에서 빼낼 준비를 이미 하고 있었다. 그들은 잘못한 게 없지만 셀레이나와 친구로 지냈으니 문제가 될 것이다. 아달렌 왕이 셀레이나가 에일린이라는 사실을 알게 되면, 도리언의 마법력에 대해 알게 될 때만큼이나 끔찍한 사태가 벌어질 수 있었다. 그녀가 고향으로 돌아오면 모든 게 달라지는 것이다.

그렇다. 에일린은 고향으로 돌아올 것이다. 물론 케이올에게 돌아오지는 않을 것이다. 테라센으로, 에이디언과 렌, 그밖에 그녀의 이름 아래 모이게 될 신하들에게 돌아오겠지. 그녀가 돌아오면 전쟁과 유혈 사태가 벌어지고 그녀는 무거운 책임을 짊어지게 될 것이다. 그녀가 나록을 어떻게 처리했는지, 바다 건너에서 그녀가 어떤 함성을 내지르며 싸웠는지 그는 상상조차 할 수 없었다. 피에 굶주린 강인한 그녀의 모습이 받아들여지지 않았다. 셀레이나를 생각하면 숨도 삼키기 힘들 만큼 가슴이 먹먹해져 가급적 생각을 안 하려 애썼다. 하지만 에일린은…… 그녀의 정체를 짐작해 알아낸 순간부터 그는 알고 있었다. 셀레이나라면 그를 곁에 두겠지만 에일린이라면 그러지 않을 것임을 말이다.

이 대륙으로 돌아오는 사람은 셀레이나 사르도시엔이 아닐 것이다. 이 아픔이 멈추려면, 이 고통을 떠나보내려면 시간이 걸리겠지만 영원히 지속되지는 않을 것이다.

"혹시……" 에이디언은 말을 해도 되는지 고민하는 듯 입을 꾹 다

물었다가 덧붙였다. "에일린에게 전할 말이나 주고 싶은 물건이 있어?"

이제 에이디언은 언제든 테라센으로, 그의 여왕에게로 도망쳐야 할 상황이었다.

목에 건 엘레나의 눈이 따뜻하게 느껴졌다. 케이올은 엘레나의 눈으로 손을 뻗으려다 말았다. 지금 엘레나의 눈을 보낸다면 그녀를 마음에서 완전히 떠나보내겠다는 뜻으로 해석될 것이다. 아직은 그럴 수 없었다. 그는 아직 시계탑에 대한 얘기도 에이디언에게 꺼내지 못하고 있었다.

케이올이 나지막하게 말했다.

"제가 장군님과 엮이지 않았다고, 장군님이 저나 도리언 왕세자에게 해준 얘기도 거의 없다고 전해주세요. 저는 아니엘에서 잘 지낼 거라고, 우리 모두 안전할 거라고요."

에이디언은 잠자코 듣기만 했다. 침묵이 길어지자 케이올은 그만 이곳을 떠나려 일어섰다. 그때 에이디언이 말했다.

"다시 에일린을 보게 되면 주고 싶은 물건은?"

케이올은 고개도 돌리지 않고 대답했다.

"지금은 딱히 없습니다."

소르샤는 도리언의 어깨에 머리를 기대고 그의 체취를 마셨다. 그는 이미 깊이 잠들어 있었다. 오늘 밤 그들은 거의 결론을 내릴 뻔했다. 하지만 소르샤는 또다시 망설였다. 도리언이 그녀에게 준비가 됐느냐고 물었을 때 또 어리석은 의심이 머릿속으로 파고들었다.

'예'라고 대답하고 싶었지만 결국 '아뇨'라고 대답하고 말았다.

배가 당기고 머릿속이 복잡해 잠을 이룰 수가 없었다. 도리언과 하고픈 일도 많고 보고픈 것도 많았다. 하지만 세상이 바뀌고 있었다. 바람의 방향이 달라지고 있었다. 에일린 갈라시니어스가 살아 있었다. 소르샤가 도리언에게 모든 사실을 털어놓는다면 그는 앞으로 며칠, 아니 몇 달은 힘들겠지만 더 이상 소르샤에 대해 걱정할 필요는 없을 것이다.

만약 근위대장과 도리언 왕세자가 그들이 아는 정보에 따라 행동에 나선다면, 마법을 자유로이 풀어놓는다면…… 세상은 혼란에 빠질 것이다. 마법이 갑작스레 돌아오면 사람들은 마법이 갑자기 사라졌을 때와 마찬가지로 거의 미쳐버릴 것이다. 그렇게 됐을 때 아달렌 왕이 무슨 짓을 할지 생각도 하고 싶지 않았다.

내일이나 다음 주, 내년에 무슨 일이 일어나도 지금은 그저 감사한 마음이었다. 오늘 밤 도리언에게 키스할 수 있는 용기를 준 것에 대해 신들과 운명에게 감사했고, 용기를 낸 자신에게도 고마웠다. 얼마 안 되는 시간이지만 도리언과 함께 보낼 수 있어 그저 감사할 뿐이었다.

몇 주 전 근위대장은 소르샤에게 왕비가 될 가능성이 있는 것처럼 말했다.

하지만 도리언이 이런 위기에서 살아남으려면 진정한 왕비를 곁에 두어야 할 것이다. 언젠가 소르샤는 도리언이 더 나은 삶을 살 수 있도록 보내줘야 하는 선택에 직면하게 될 것이다. 소르샤는 여전히 너무나 조용하고 작은 사람이었다. 애머시에게 저항할 용기도 없는데 조국을 위해 싸울 수 있을까?

원래 대단한 용기를 가진 사람이 아니어서, 할 수 있는 일에도 제

한이 있었다. 그러니 소르샤는 여왕이 될 수 없었다.
 하지만 지금은…… 지금은 조금만 더 이기적이고 싶었다.

 이틀 동안 케이올은 도리언과 소르샤를 성에서 탈출시키기 위한 계획을 준비했다. 에이디언도 그를 도왔다. 마침내 케이올이 탈출 계획을 설명했을 때 도리언과 소르샤는 반대하지 않았다. 내용을 듣고 도리언은 살짝 안심하는 눈빛이기도 했다. 그들은 케이올이 아니엘로 떠나기로 한 내일 함께 성을 나서기로 했다. 친구와 하루나 이틀 정도 함께 가다가 작별 인사를 하겠다고 말하면 되니, 성에서 다 같이 빠져나갈 완벽한 핑계였다. 케이올은 도리언이 리프트홀드로 돌아가려 할 것임을 알고 있었다. 그런 일이 일어나면 도리언과 싸워야 할 수도 있었다. 그래도 그들은 소르샤를 성에서 탈출시켜야 한다는 점에서는 같은 생각이었다. 에이디언의 물건들 중 일부는 이미 렌이 머무는 숙소에 있었다. 렌은 그들에게 필요한 물건들을 계속 구해서 숙소에 보관해두었다.
 만약의 경우를 대비해 케이올은 자신을 대신할 근위대장 후보자 몇 명을 아달렌 왕에게 추천했다. 내일 아침이면 차기 근위대장이 발표될 예정이었다. 오랜 세월 끝에, 온갖 계획과 희망과 작업을 뒤로 하고 드디어 떠나게 되었다. 지니고 있던 칼도 후임자에게 전달해야 하는데 도저히 넘길 마음이 나지 않았다. 내일…… 내일까지는 어떻게든 무사히 넘겨야 했다.
 케이올은 아달렌 왕에게 특별 회의실로 오라는 갑작스러운 연락을 받았다. 가서 보니 에이디언은 이미 회의실 안에 있었고 케이올이 모르는 경비병 열다섯 명이 그들을 에워쌌다. 경비병들은 왕실을 상징하는 와이번이 검은 실로 수놓은 튜닉을 입은 모습이었다.

아달렌 왕이 씨익 웃었다.

◆◆◆

몇 분 뒤 도리언은 에이디언과 케이올이 아버지의 특별 회의실로 불려갔다는 소식을 들었다. 그 얘기를 듣자마자 그는 방에서 달려나갔다. 케이올이 아니라 소르샤를 만나러 가기 위해서였다.

작업실에 있는 소르샤를 본 그는 마음이 놓여 쓰러질 뻔했다. 그래도 애써 무릎에 힘을 주고 작업실을 몇 걸음 만에 가로질러가 소르샤의 손을 잡았다.

"나가자. 당장. 넌 지금 당장 이 성에서 나가야 돼, 소르샤."

소르샤는 손을 뒤로 빼며 물었다.

"무슨 일인데요? 말해주세요. 대체 무슨······."

"우린 *지금* 여기서 나가야 돼."

그는 숨까지 헐떡였다.

그때 누군가 열린 문간에서 나지막하게 말했다.

"아, 그건 안 되겠는데요."

고개를 돌린 도리언의 눈에 늙은 치료사 애머시가 보였다. 애머시는 문간에 서서 팔짱을 낀 채 실실 웃고 있었다. 애머시의 등 뒤로 못 보던 경비병 여섯 명이 보이자 도리언은 당장 어떻게 할 도리가 없었다. 애머시가 말했다.

"폐하께서 두 사람을 방으로 데려오라고 하셨습니다. 지금 당장요."

64

유리성 높은 곳에 위치한 회의실로 들어간 에이디언은 출구부터 파악해두었다. 그리고 싸움이 벌어졌을 때 방어나 공격을 위해 쓸 수 있는 가구도 점찍어두었다. 방에 있던 에이디언을 데리러 온 경비병들은 그에게 족쇄를 채우지는 않았지만 그의 칼부터 받아서 치워두었다. 족쇄를 채우지 않은 건 치명적인 실수였다. 멍청한 경비병들은 근위대장에게도 족쇄를 채우지 않는데, 심지어 무기까지 소지하게 했다. 유리 왕좌에 앉은 왕이 지켜보는 앞에서 근위대장은 무슨 일인지 도통 모르겠다는 표정을 짓느라 애썼다.

"오늘은 참 재미있는 밤이구나. 내 첩자들이 물어온 정보가 어찌나 흥미롭던지."

왕은 에이디언과 케이올, 도리언, 그리고 도리언의 여자를 차례로 돌아보며 말했다.

"내가 데리고 있는 제일 뛰어난 장군은 내 금을 잔뜩 써가며 파티를 열어놓고는 본인은 참석도 안 하고 한밤중에 리프트홀드 여기저기를 남몰래 돌아다닌다는 거야. 수년 동안 적대적으로 지내온 근위대장과 붙어 지내다시피 하면서. 그 와중에 내 아들은……" 그 순간 왕이 왕세자에게 보내는 미소가 에이디언은 절대 부럽지 않았다. "…… 하찮은 계집을 데리고 놀고 있다고 하더군. 또다시."

도리언은 사납게 내뱉고 말았다.

"말 가려서 하세요, 아버지."

"그래?" 왕은 상처가 난 두툼한 눈썹 한쪽을 치켜떴다. "네가 이 치료사와 도망칠 계획이라고 하더구나. 왜 그런 짓을 하려고 하지?"

왕세자는 두려움을 삼키며 고개를 꼿꼿이 세웠다.

"아버지가 궁전이라고 부르는 이 썩어빠진 똥통 같은 곳에서 이 여자가 1분이라도 더 살게 하고 싶지 않아서요."

에이디언은 중요한 정보를 내주지 않고 받아친 왕세자가 존경스러울 지경이었다. 왕은 손을 들어 보였다. 도리언은 똑똑하고 용감했지만 그 정도로는 이 상황에서 그들 모두의 목숨을 구하기에 충분치 않았다.

"그래. 나도 못 참겠거든."

왕은 이렇게 말하며 손을 흔들었다. 에이디언이 소리쳐 경고하기도 전에 경비병들이 왕세자와 치료사를 붙잡아 따로 떼어놓았다. 네 명이 도리언을 붙잡았고 두 명이 소르샤의 뒷무릎을 걷어차 바닥에 무릎 꿇렸다.

대리석 바닥에 무릎을 찧은 소르샤는 비명을 질렀으나 이내 입을 닫았다. 회의실 전체에 적막이 흘렀다. 세 번째 경비병이 긴 칼을 뽑아 그녀의 가느다란 목 뒤에 가볍게 가져다 댔다.

"건드릴 생각 마."

도리언이 으르렁대며 말했다.

에이디언은 케이올을 돌아보았다. 근위대장은 얼어붙은 듯한 모습이었다. 이 경비병들은 근위대장의 부하가 아니었다. 그들은 렌을 붙잡으려고 쫓아왔던 자들이 입고 있던 것과 같은 제복을 입었다. 하나같이 죽은 듯 생기 없는 눈이었고 기분 나쁜 기운을 풍겼다. 그래서 에이디언은 지난번 골목에서 이들의 동료를 죽이고도 별로 후회하지 않았다. 그날 밤에는 큰 상처를 입지 않고 여섯 명을 쓰러뜨렸는데, 이 자리에서는 몇 명을 베어낼 수 있을까? 에이디언은 근위대장과 잠시 눈이 마주쳤다. 근위대장은 에이디언의 긴 칼을 손에 쥔 경비병을 돌아보았다. 그쪽으로 제일 먼저 움직일 생각인 듯했다. 에이디언의 긴 칼을 확보해야 저들과 싸울 수 있을 테니까.

싸워야만 했다. 여길 빠져나가지 못하면 모두 죽은 목숨이었다.

왕이 도리언에게 말했다.

"내가 너라면 이제부터는 말을 신중하게 할 거다, 왕세자."

소르샤의 목에 칼이 올려진 상태이니 케이올은 싸움을 시작할 수 없었다. 그의 최우선 목표는 소르샤를 살려 여기서 내보내는 것이었다. 그다음은 에이디언이었다. 왕은 도리언을 이 자리에서 이런 식으로 죽이지는 않을 것이다. 하지만 에이디언과 소르샤는 여기서 도망쳐야 했다. 왕이 경비병에게 물러서라고 하지 않는다면 도망은 불가능한 일이었다. 도리언이 입을 열었다.

"저 여자를 보내주세요. 그럼 다 말씀드리겠습니다." 도리언은 손바닥을 펼쳐 보이며 아버지에게 한 걸음 다가갔다. "저 여자는 아무 관계도 없습니다. 이게 무슨 일인지 모르겠지만요. 아버지가 생각하시는 게 무엇이든 저 여자는 무관합니다."

"넌 관계가 있다는 뜻이냐?" 왕은 여전히 미소 짓고 있었다. 왕의 옆에 놓인 자그마한 테이블 위에 검은 돌을 둥글게 깎아 만든 물건이 있었다. 눈에 익은 검은 돌이었다. 케이올은 그 물건의 정체를 알 수 없었지만 보고 있으니 속이 뒤집히는 기분이었다. "말해라, 아들아. 요 몇 달 애쉬리버 장군과 웨스트폴 근위대장이 왜 계속 따로 만나고 있지?"

"모릅니다."

왕이 혀를 차자 경비병이 소르샤의 목을 내려치려고 칼을 들어 올렸다. 놀란 소르샤가 숨을 들이마시는 모습을 보며 케이올이 앞으로 나섰다. 도리언이 한 손을 앞으로 내뻗으며 외쳤다.

"안 돼…… 멈춰!"

"그럼 질문에 대답을 해."

"모른다니까요! 젠장. 몰라요! 그들이 왜 만나는지 제가 어떻게 아냐고요!"

경비병의 칼은 아직 위로 올라가 있는 상태였지만 언제 떨어질지 모르니 케이올은 거기서 더 움직일 수가 없었다.

"내 성에 몇 달째 첩자가 있었다는 사실을 알고 있나, 왕세자? 반란 세력의 수장이라고 알려진 자와 내통하면서 적에게 정보를 제공하고 나를 치려고 음모를 꾸미고 있다는데?"

제기랄. *제기랄.* 왕이 말한 반란 세력의 수장은 렌이었다. 왕은 렌이 누구인지 알고 있는 것이다. 그러니 렌을 사냥했겠지.

"그 첩자가 누구인지 말해라, 도리언. 그럼 네가 친구를 데리고 무슨 짓을 하든 상관 안 하마."

왕은 그동안 렌과 꾸준히 만나온 게 케이올인지 에이디언인지 아니면 둘 다인지 정확히 모르는 모양이었다. 반란 세력이 왕의 계획이나 왕이 마법을 제어하는 방법에 대해 얼마나 알고 있는지도 왕은 아직 파악하지 못한 게 분명했다. 에이디언은 여전히 입을 꾹 다문 채 언제든 싸움에 나설 준비를 했다.

그동안 에이디언은 희망이라곤 없는 상황에서도 오랫동안 버텨왔다. 깊이 사랑해온 여왕을 다시는 만날 수 없을지 모른다는 생각을 하면서도…… 최선을 다해 그의 왕국을 지키려 애써왔다. 그러니 에이디언은 그녀를 만날 자격이 있었다. 셀레이나도 에이디언을 신하로 둘 자격이 있는 사람이었다.

케이올은 본인 목숨을 끝장낼 말을 내뱉을 준비를 하며 숨을 들이마셨다. 그런데 에이디언이 먼저 입을 열었다.

"첩자를 찾는다고? 배신자를 찾겠다는 건가?" 에이디언은 느긋하게 말을 뱉으며 손에 끼고 있던 가짜 검은 돌 반지를 바닥에 던졌다. "그게 바로 나다. 근위대장과 내가 왜 자주 만나고 다녔는지 알고 싶다고? 네놈이 부리는 멍청한 근위대장 놈이 내가 반란 세력과 함께 일을 도모하고 있다는 걸 알아냈기 때문이지. 근위대장은 몇 달 동안 나를 협박해서 정보를 뜯어냈어. 아버지인 아니엘의 영주가 당신에게 부탁할 게 있을 때 써먹을 수 있도록 그 정보를 넘겨준 거야. 그런데 그거 알아?" 그들을 둘러보며 싱긋 웃는 에이디언은 그야말로 북부 늑대의 화신이었다. 왕은 그가 반지를 패대기친 걸 보고 놀랐을 텐데 겉으로 표를 내지 않았다. "너희 괴물들은 이제 지옥에서 불에 활활 탈 거다. 내 여왕이 돌아오실 테니까. 내 여왕은 이 빌어먹을 성의 벽에 네놈을 못 박을 거다. 그분이 돼지의 내장을 꺼내듯 네놈의 내장을 끄집어낼 때 도와드리고 싶어서 몸이 근질거려 죽겠다."

에이디언은 왕의 발에 대고, 탁탁 튀다가 바닥에 내려앉은 가짜 반지에 대고 침을 뱉었다.

분노와 오만, 승리감을 완벽하게 표현한 모습이었다. 하지만 에이디언이 그들을 돌아볼 때 케이올은 심장이 부서지는 듯했다.

짧은 순간이지만 그와 눈이 마주친 에이디언의 청록색 눈동자 속에 분노와 승리감 대신 다른 것이 담겨 있었다. 에이디언이 다시는 보지 못할 여왕에게 전하는 메시지였다. 그녀에 대한 사랑과 희망, 자긍심은 굳이 말로 표현할 필요도 없었다. 여인으로 자라난 그녀를 볼 수 없게 된 데 따른 슬픔이 보였다. 에이디언은 셀레이나에게 바치는 선물로 케이올의 목숨을 살려주는 것이었다.

케이올은 지금 당장은 도우러 나설 수 없기에 고개만 살짝 끄덕였다. 경비병이 소르샤의 목에 얹은 칼을 치우기 전에는 나설 수 없었다. 그 칼이 치워지면 싸울 것이다. 그리고 저들을 여기서 내보낼 것이다.

경비병들이 다가와 손목과 발목에 족쇄를 채우는 동안 에이디언은 저항하지 않고 가만히 서 있었다.

왕이 말했다.

"나는 늘 그 반지가 뭔가 이상하다는 생각은 했어. 반지가 조종하는 대로 움직이지 않는 게 거리가 멀어서인지, 아니면 자네의 강한 기개 때문인지 알 수가 없었어. 어쨌든 반역죄를 고백해주니 기쁘구만, 에이디언." 왕은 고소하다는 듯 느긋하게 말을 이었다. "증인들 앞에서 그렇게 해주니 아주 기뻐. 이로써 자네를 처형하는 일이 훨씬 쉬워지겠어. 하지만 나는……." 왕이 미소 띤 얼굴로 가짜 검은 돌 반지를 바라보았다. "…… 좀더 기다릴 생각이야. 한두 달쯤. 처형을 보러 아주 멀리서 막판에 손님들이 오실 것 같거든. 기다리다 보면 누군가가 그 계집에게 자네를 구할 수 있을 거라고 말하겠지."

에이디언은 으르렁댔지만 케이올은 반응을 보이지 않으려 애써 참았다. 어쩌면 왕은 그들에 대해 정확히 아는 게 없을 수도 있었다. 에이디언에게 자백을 받아내기 위한 계략이었을 수도 있었다. 왕은 에이디언이 무고한 이를 구하기 위해서라면 자기 목숨을 기꺼이 내어줄 것임을 알고 있었다. 그러니 아끼던 장군을 먹이로 내던지고 느긋하게 즐기면서, 에일린을 잡아들일 덫을 만들려는 것이다. 에이디언이 붙잡혔다는 소식을 듣게 되면, 처형 날짜를 알게 되면…… 셀레이나는 리프트홀드로 달려올 수밖에 없을 테니까.

에이디언이 왕에게 약속했다.

"에일린이 당신을 잡으러 오면 사람들은 당신의 남은 몸뚱어리를 벽에서 긁어내야 할걸."

왕은 미소를 지을 뿐이었다. 그러고는 숨조차 제대로 쉬지 못하는 도리언과 소르샤를 돌아보았다. 치료사 소르샤는 바닥에 엎드린 채 고개도 들지 못하고 있었다. 왕은 굵은 팔뚝을 무릎에 올린 채 소르샤에게 물었다.

"넌 따로 할 말 없느냐?"

소르샤는 바들바들 떨며 고개를 저었다.

"그만하세요." 도리언이 날카롭게 내뱉었다. 이마에 땀이 맺혀 있었다. 그는 몸 안의 철분으로 마법력을 억누르느라 인상을 쓰며 말했다. "에이디언이 자백했으니 치료사를 풀어주세요."

"이 성안에 숨어든 진정한 반역자를 내가 왜 풀어줘야 하지?"

소르샤는 계속해서 떨었다.

수년 동안 숨죽이고 살면서 온갖 훈련을 받아왔는데. 처음에는 펜헤로우에서 만난 반란 세력에게, 그 후에는 리프트홀드에서 그들이 그녀의 가족에게 보내준 연락책들에게 훈련을 받아왔지만…… 모두

허사가 됐다.

왕이 말했다.

"네년이 친구에게 보낸 편지들이 참으로 흥미롭더구나. 네가 쓰다 만 편지를 쓰레기통에 넣지 않았으면 네 스승이 그걸 찾아서 나에게 갖다 줄 일도 없었겠지. 너희 반란 세력도 첩자를 두고 있고, 나도 첩자를 쓰고 있다. 내 아들을 이용해 먹기 시작한 후부터……." 소르 샤는 왕이 그녀에게 보내는 비웃음을 느낄 수 있었다. "반란 세력 친구들에게 내 아들의 동향에 대해 얼마나 많이 알려줬지? 수년 동안 내 어떤 비밀을 그들에게 누설했지?"

"그 여자를 건드리지 마세요."

도리언이 으르렁거렸다. 소르샤는 울음을 터뜨렸다. 도리언은 여전히 그녀가 무고하다고 믿었다.

만약 도리언이 진실을 알고 놀란다면, 왕 앞에서 충격받고 역겨워하는 모습을 보인다면 그는 이 곤경에서 빠져나갈 수 있을 것이다.

그 생각을 한 소르샤는 입술을 바들바들 떨면서도 고개를 들었다. 눈이 불타는 듯 따가웠지만 아달렌의 왕을 똑바로 쳐다보며 입을 열었다.

"당신은 내가 가진 모든 걸 파괴했어. 그러니 앞으로 닥쳐올 일도 다 당신이 초래한 거야." 소르샤는 눈이 휘둥그레지고 얼굴이 백지장처럼 하얗게 질린 도리언을 돌아보며 말했다. "당신을 사랑하면 안 됐지만 사랑하게 됐어요. 지금도 그래요. 우리가 함께할 수 있는 일도, 함께 볼 수 있는 것도 많기를…… 바랐는데."

왕세자는 소르샤를 바라보다가 단 앞으로 걸어가 무릎을 꿇고 아버지에게 빌었다.

"원하시는 대가를 말씀하세요. 제가 감당하겠습니다. 저 여자는 보내주세요. 이 나라에서 내쫓으면 됩니다. 추방하세요. 뭐든 대가를 말씀하세요. 따르겠습니다."

소르샤는 고개를 저었다. 그를 배신한 게 아니라고…… 사랑하는 왕자를 배신한 적 없다고 말하고 싶었다. 소르샤가 배신한 것은 아달렌의 왕이었다. 수년 동안 소르샤는 왕의 동향을 파악했고, 세세하게 편지를 써서 '친구'에게 보냈다. 도리언에 대한 내용은 쓴 적이 없었다.

왕은 아들을 한참 바라보다가 근위대장과 에이디언을 돌아보았다. 꼿꼿하게 서 있는 그들은 희망의 불꽃이었다.

왕은 왕좌 앞에 무릎을 꿇은 아들을 다시 돌아보았다. 아들은 여자를 위해 무릎을 꿇었다. 왕이 입을 열었다.

"아니."

"아니."

케이올은 그 말을 듣지 못한 줄 알았다. 그 말이 허공을 가르자마자 경비병의 칼이 떨어졌다.

강력한 칼이 단번에 끝을 냈다.

그렇게 소르샤의 목이 떨어졌다.

도리언의 입에서 터져 나온 비명은 케이올이 그동안 들어본 중 가장 끔찍한 소리였다.

소르샤의 머리가 붉은 대리석에 축축하고 묵직하게 떨어진 소리보다 더 끔찍했다.

에이디언은 고함을 지르기 시작했다. 왕에게 저주를 퍼붓고 소리를 지르며 족쇄와 연결된 사슬을 마구 잡아당겼다. 하지만 경비병들은 에이디언을 끌고 방을 나갔다. 케이올은 멍하니 그 자리에 서서 소르샤의 몸이 바닥으로 고꾸라지는 것을 바라보았다. 도리언은 여전히 비명을 지르며 피범벅이 된 바닥을 가로질러 그녀의 머리로 달려갔다. 마치 머리를 다시 몸에 붙일 수 있다는 듯이.

그녀를 다시 온전하게 만들 수 있다는 듯이.

65

경비병이 소르샤의 머리를 자른 순간부터, 그녀의 피 웅덩이에 무릎을 꿇고 앉은 도리언이 비명을 그칠 때까지 케이올은 미동도 하지 않고 그대로 서 있었다.

"반역자의 말로는 이런 거다."

왕이 조용한 방에 대고 말했다.

케이올은 왕과 마음이 산산이 부서진 친구 도리언을 차례로 돌아본 후 칼을 뽑았다.

왕은 눈을 위로 굴렸다.

"칼 치워, 근위대장. 네 헛짓거리까지 봐줄 마음 없다. 넌 내일 네 아버지가 있는 고향으로 돌아가. 불명예스럽게 떠나지 말고 곱게 가."

케이올은 칼을 집어넣지 않았다. 그는 나지막하게 으르렁거렸다.

"아니엘로 안 돌아갑니다. 그리고 더 이상 당신을 섬기지도 않습니다. 이 방에 진정한 왕은 한 분뿐입니다. 언제나 그랬죠. 그분은 저 왕좌에 앉지 않으실 겁니다."

도리언의 표정이 굳었다.

케이올은 계속해서 말했다.

"북에는 여왕이 계십니다. 그분은 당신을 이미 한 번 이기셨고 다시, 또다시 이기실 겁니다. 그분이 대표하는 것, 당신의 아드님이 대표하는 것은 바로 당신이 제일 두려워하는 '희망'입니다. 아무리 많은 사람의 집을 파괴하고 그들을 노예로 만들어도 희망까지 훔칠 수는 없습니다. 아무리 많은 사람을 죽여도 희망을 부수지는 못합니다."

왕은 어깨를 으쓱했다.

"그럴지도 모르지. 너부터 손보면 되겠구나." 왕은 경비병들에게 손가락을 튕겼다. "저놈도 죽여라."

케이올은 뒤에 서 있는 경비병들을 향해 돌아서며 몸을 웅크렸다. 도리언을 데리고 여길 빠져나가려면 싸워서 길을 내야 했다.

그때 석궁이 발사됐다. 그제야 케이올은 이 방 안에 다른 자들도 있음을 알아챘다. 짙은 그림자 속에 몸을 숨기고 있던 자들이 있었다.

뒤로 고개를 돌린 순간 정확히 자신을 향해 발사된 석궁 화살이 보였다. 도리언의 눈이 휘둥그레지고 방 안 전체가 얼어붙었다.

허공에서 얼어붙은 화살은 그대로 바닥으로 떨어져 산산조각이 났다. 케이올은 두려움에 아무 말도 못 하고 도리언을 바라보았다. 도리언의 눈은 진한 분노로 파랗게 타오르고 있었다. 도리언이 말했다.

"그를 건드리지 마세요."

방 안에 퍼져나간 얼음은 놀라서 우뚝 멈춰 선 경비병들의 다리를 타고 올라갔다. 소르샤의 피도 꽁꽁 얼었다. 도리언은 일어서서 두 손을 들어 올렸다. 그의 손가락을 따라 희미한 빛이 흘러나오고 차가운 바람이 그의 머리카락 속으로 파고들었다.

"네놈이 그럴 줄 알았지……."

왕이 일어서려는데 도리언이 그에게 한 손을 뻗었다. 차가운 바람이 쏟아져 나와 왕을 의자 쪽으로 밀어붙였다. 왕 뒤의 창문이 박살 났다. 바람이 방 안으로 몰아쳐 들어와 모든 소리를 잡아먹었다.

남은 소리는 도리언의 목소리뿐이었다. 손과 옷에 온통 소르샤의 피가 묻은 도리언이 케이올을 돌아보며 말했다.

"도망쳐. 다시 돌아오게 되면……" 왕이 다시 일어서려 하자 도리언의 마법이 다시 한번 왕을 강타해 쓰러뜨렸다. 피로 얼룩진 도리언의 뺨에 눈물이 흘렀다. "다시 돌아오게 되면 이곳을 불태워버려."

왕좌 뒤에서 치익 소리와 함께 검은 벽이 생겨나 그들 쪽으로 몰려왔다. 도리언은 반격을 시작한 아버지 쪽으로 고개를 돌리며 케이올에게 명령했다.

"어서 가."

도리언이 빛을 폭발시켜 파도처럼 밀려오는 검은 벽을 막아냈다. 성 전체가 흔들렸다.

사람들은 비명을 질렀고 케이올은 무릎이 흔들렸다. 일순간 케이올은 여기 남아 친구 도리언과 함께 저항해야 할지 아니면 떠나야 할지 고민했다.

문득 이것도 함정일지 모른다는 생각이 들었다. 에이디언과 에일린을 잡기 위한 함정 하나, 소르샤를 잡으려는 함정 둘. 그리고 도리언의 힘을 끌어내기 위한 함정 셋.

도리언도 알고 있었다. 그걸 알고도 케이올을 탈출시키기 위해 힘을 꺼내 보인 것이다. 그는 케이올이 에일린을 찾아 오늘 여기서 일어난 일을 전하길 바라고 있었다. 누군가는 여기서 빠져나가야 했다. 살아남아야 했다.

케이올은 마지막으로 친구를 바라보며, 처음 만난 순간부터 늘 알고 있던 말을 했다. 그는 도리언을 처음 봤을 때부터 영혼의 형제임을 알아보았다.

"사랑합니다, 왕세자님."

도리언은 고개를 끄덕였다. 그는 파랗게 불타는 눈으로 아버지를 바라보면서 두 손을 다시 들어올렸다. 형제로서, 친구로서, 왕으로서 해야 할 일이었다.

왕의 힘이 또 한 차례 방 안을 휩쓸었다. 케이올은 여전히 얼어붙은 경비병들 사이를 비집고 그 방에서 도망쳐나갔다.

성이 흔들리자 에이디언은 일이 완전히 잘못됐음을 알았다. 하지만 지금 그는 머리부터 발끝까지 족쇄가 채워진 채 지하 감옥으로 끌려가는 중이었다.

고민할 것도 없는 선택이었다. 근위대장은 에이디언과 도리언을 위해 나서려 했고, 그 순간 에이디언은 에일린을 떠올렸다. 근위대장이 죽으면 에일린이 얼마나 상심할까. 에일린을 다시는 못 보게 된다고 해도, 그녀를 만나 근위대장이 죽었다는 소식을 전하는 것보다는 나았다.

소리를 들어보니 왕세자가 근위대장이 도망칠 수 있도록 막아주는 듯했다. 여자를 죽인 아버지를 벌하지 않고 그냥 지나갈 수도 없었을 것이다. 그런 생각을 하며 에이디언 애쉬리버는 어둠 속으로 끌려갔다.

본인을 위해서나 근위대장을 위해 기도 따위는 하지 않았다. 지난 10년간 신들은 그를 돕지 않았는데 지금 와서 새삼스레 도와줄 리 없었다. 이대로 죽는다고 해도 상관없었다.

마지막으로 한 번만 그녀를 다시 보고 싶기는 했지만.

소르샤의 피 웅덩이가 녹아내린 대리석 바닥에 도리언이 쓰러졌다.

왕이 보낸 맹렬한 검은 기운이 도리언을 몰아붙이며 그의 입과 혈관으로 파고들었다. 앞이 보이지도 않는 상황에서 비명을 지르는 동안에도 도리언의 눈에는 오직 그 순간만 보였다. 칼날이 그녀의 살과 힘줄, 뼈를 가르던 순간. 소르샤의 휘둥그레진 눈. 빛을 받아 희미하게 반짝이던 머리카락도 잘렸다.

도리언은 그녀를 구할 수 있었다. 그렇게 갑작스럽게 죽이지만 않았으면 가능했을 것이다. 케이올에게 석궁의 화살이 발사된 순간…… 도리언은 그 죽음만큼은 견뎌낼 수 없었다. 케이올은 입장을 명확히 했다. 그는 도리언의 편이었고, 도리언을 자신의 왕이라 불렀다.

이제 아버지에게 힘을 드러내는 것도 두렵지 않았다. 친구를 구할 수만 있다면 죽는다고 해도 겁날 게 없었다.

강렬한 힘이 잦아들자 도리언은 돌바닥에 쓰러져 숨을 헐떡였다. 몸에 남은 힘이 하나도 없었다.

케이올이 빠져나갔다. 그거면 충분했다.

소르샤의 시신이 있는 곳으로 한쪽 손을 뻗었다. 팔이 불에 타는 듯했다. 부러졌거나 아버지의 힘이 여전히 그를 짓누르고 있기 때문일 것이다. 그래도 그는 그녀를 향해 팔을 뻗었다.

아버지가 다가와 그를 내려다보고 섰을 때 도리언은 손을 겨우 약간 움직일 수 있을 뿐이었다.

"죽이세요."

도리언이 거친 목소리로 내뱉었다. 피 때문에 그리고 이 상황 때문에 숨이 막혔다.

"아니, 그렇게 되진 않을 거다." 아버지는 그의 가슴을 무릎으로 찍어 눌렀다. "널 죽일 생각은 없어, 재능 있는 아들아."

아버지의 손에 시커멓게 빛나는 무언가가 쥐어져 있었다.

도리언은 그의 팔을 잡아 누르는 경비병들에게 저항해 없는 힘을 쥐어짜내며 버둥거렸다. 아버지는 워드 돌로 만들어진 개목걸이를 그의 목에 채우려 했다.

데드 아일랜드에 있는 괴물들이 차고 있더라고 케이올이 말한 바로 그 개목걸이였다.

안 돼…… 안 돼.

도리언은 소리를 질렀다. 그는 지하 무덤에서 그 괴물을 직접 봤다. 롤랜드와 칼테인에게 무슨 일이 일어났는지도 들었다. 워드 돌로 만들어진 반지를 손가락에 끼는 것만으로도 얼마나 큰 영향을 받는지 도리언은 잘 알고 있었다. 하물며 이것은 반지보다 훨씬 크고 열쇠 구멍조차 없는 개목걸이였다…….

"단단히 붙잡아."

아버지가 그의 가슴팍을 더 깊게 누르며 큰소리로 명령했다.

도리언의 가슴에서 숨이 쑥 빠져나갔다. 짓눌린 갈비뼈가 아팠다. 하지만 피할 방법이 없었다.

그는 경비원 한 명에게 잡혀 있던 팔을 가까스로 빼내며 악을 썼다.

소르샤의 늘어진 손을 잡은 순간 차가운 워드 돌로 된 개목걸이가 그의 목을 죄었다. 희미하게 딸깍 쉬익 소리가 들리더니, 검은 기운이 속으로 밀려 들어와 그를 갈가리 찢어놓았다.

케이올은 미친 듯이 달렸다. 지금 입고 있는 옷 외에 다른 옷가지를 챙길 시간은 없었다. 그는 도리언의 방으로 달려갔다. 밤마다 늘 그랬듯 플릿풋이 기다리고 있었다. 플릿풋을 어깨에 걸쳐 안고 셀레이나의 방으로 가 비밀 통로로 들어갔다. 지하로 내려가는 동안 플릿풋은 평소답지 않게 얌전했다.

세 번 큰 폭발음이 들리면서 성이 흔들렸다. 저 위쪽 돌들이 흔들리며 흙먼지가 떨어졌다. 폭발음이 들린다는 건 도리언이 조금 더 버티며 살아 있다는 뜻이었다. 폭발음이 영영 들리지 않게 될까 봐 두려웠다.

희망…… 케이올이 짊어진 것은 바로 희망이었다. 에이디언과 소르샤, 도리언은 더 나은 세상이 오리라는 희망을 위해 스스로를 희생시켰다.

케이올은 플릿풋을 안은 채 한 걸음 한 걸음 내려갔다.

신들에게 조용히 용서를 구하는 기도를 올리며 무덤으로 달려 들어가 다마리스를 손에 쥐었다. 그 신성한 칼을 허리띠 안쪽에 집어넣고 금화 몇 줌을 망토 주머니에 쑤셔 넣었다. 해골 모양의 노커는 꼼짝도 하지 않았지만 케이올은 이곳에서 도망쳐 어디에 가 있을 작정인지 모트에게 정확히 말해주었다.

"셀레이나가 여기로 돌아오면 알려줘. 모를 수도 있으니까."

모트는 여전히 움직임이 없었지만 케이올은 모트가 듣고 있다는 느낌을 받았다. 도리언과 셀레이나의 마법 책들이 담긴 자루를 집어 든 케이올은 하수관 터널로 연결되는 통로로 내달렸다. 몇 분 뒤 그는 하수를 가로막은 묵직한 철문을 위로 들어 올렸다. 철문 너머는 어둡고 고요했다.

플릿풋을 품에 고쳐 안고 통로 벽을 따라 걷다가 그 너머 하수관의 제방으로 올라섰다. 성에서는 더 이상 폭발음이 들려오지 않았다. 비명이 들리기는 했지만 그 외에는 고요했다. 도리언이 살았는지 죽었는지 판단이 서지 않았다.

어느 쪽이 더 최악인지는 알 수 없었다.

마침내 케이올은 비밀 숙소에 도착했다. 초조하게 서성이던 렌이 물었다.

"대체 무슨 일인지······."

케이올은 자신의 몸에 온통 피가 묻어 있음을 그제야 깨달았다. 소르샤의 목이 잘리면서 튄 피였다. 케이올은 말이 쉽게 나오지 않았지만 유리성에서 일어난 일을 렌에게 들려주었다.

"그럼 이제 우리뿐인 겁니까?"

렌이 조용히 물었다. 케이올은 고개를 끄덕였다. 플릿풋이 코를 킁킁대며 숙소 안을 돌아다녔다. 렌은 개를 여기 두면 지나치게 주목을 끌게 된다며 반대했지만, 플릿풋은 이미 검사를 마쳤고 렌을 잡아먹을 필요는 없다는 판단을 내린 듯했다. 플릿풋은 이곳에 머물기로 했다. 협상할 수 있는 사안도 아니었다.

렌의 턱 근육이 움찔거렸다.

"에이디언을 구해낼 방법을 찾아야 합니다. 최대한 빨리요. 우리 둘이 해야겠죠. 당신은 성에 대해 잘 알고, 나는 연락책이 있으니 방법을 찾아보도록 하죠." 렌은 목소리를 낮추고 물었다. "그런데 도리언 왕세자의 여자가 치료사라고 하셨습니까?" 케이올이 고개를 끄덕이자 렌은 속이 좋지 않은 표정으로 물었다. "그 여자의 이름이 소르샤였고요?"

"소르샤가 편지를 보낸 친구가 바로 당신이었군요."

"나는 그 여자에게 계속 정보를 요구했습니다. 계속해서요……." 렌은 두 손으로 얼굴을 감싸고 떨리는 숨을 내쉬었다. 다시 케이올을 바라보는 렌의 눈빛은 형형했다. 렌은 천천히 손을 내밀었다. "이제 우리 둘이 그들을 구해내야 됩니다. 에이디언과 당신의 왕세자요."

케이올은 반역자가 내민 손을 망설임 없이 잡았다.

66

"모라스에 가서 전투를 하라고요?"

마논은 제대로 들은 게 맞는지 의아했다.

책상 앞에 선 할머니는 고개를 돌리며 눈을 번뜩였다.

"왕의 명령에 따라 공작을 모시고 전투를 치를 거다. 왕은 비행 지도자가 모라스에서 대기하면서 마녀들의 절반과 더불어 언제든 명령이 떨어지면 즉시 비행할 수 있는 상태이길 바라고 계셔. 나머지 절반은 이스크라의 지휘 아래 이곳에 머물면서 북부를 감시하게 될 거다."

"할머니는…… 어디 계실 건데요?"

할머니는 시선을 들며 날카롭게 말했다.

"비행 지도자가 됐다고 질문이 참 많아졌구나."

마논은 고개를 숙였다. 그들은 크로컨 마녀 일에 대해서는 입에 올리지 않았다. 마논은 할머니의 뜻을 충분히 알아들었다. 다음에는 열세 마녀단원 중 하나를 무릎 꿇릴 수도 있다는 의미였다. 마논은 고개를 숙인 채 말했다.

"할머니와 떨어져 있고 싶지 않아 여쭤본 것뿐이에요."

"거짓말. 어설퍼서 티가 다 나는구나." 할머니는 다시 책상 쪽으로 고개를 돌렸다. "난 여기 있다가 여름에 모라스로 갈 거다. 여기서 마무리해야 할 일이 있어."

턱을 치켜든 마논은 새 붉은 망토를 피처럼 두르고 물었다.

"모라스로 언제 출발할까요?"

할머니는 번뜩이는 쇠 이빨을 드러내며 미소 지었다.

"내일."

어둠이 내렸지만 따뜻한 봄바람은 신록과 눈이 녹아 흐르는 강물의 기운을 한껏 품고 있었다. 팽 산맥을 따라 남쪽으로 이동하는 마논 일행의 날갯짓 소리가 간간이 바람을 흔들어놓을 뿐이었다.

그들은 산의 그림자에 몸을 숨긴 채 이동했다. 혹시 누가 보더라도 정확한 수를 가늠할 수 없도록 줄을 바꿔가면서 날아갔다. 마논이 코로 내쉰 한숨은 바람이 소리와 함께 쓸어갔다. 기다란 붉은 망토가 마논의 등 뒤로 휘날렸다.

마논은 애스터린과 소렐 가운데 자리했다. 산을 따라 수 시간을 이동하는 동안 다른 마녀단들과 마찬가지로 그들 역시 말이 없었다. 그들은 모라스의 산과 제일 가까이에 있는 오크월드 숲을 가로지른 뒤 나머지 대부분의 여정 동안 구름 위로 날아갈 예정이었다. 그래야 눈에 띄지 않고, 소리도 내지 않은 채 이동할 수 있으니까. 왕은 그들이 그렇게 은밀하게 공작의 산속 요새에 도착하길 바랐다. 그림자처럼 빠르고 매끄럽게. 하늘을 날아가는 그들 아래로 땅이 덩달아 흔들리는 듯했다.

　소렐은 돌처럼 굳은 얼굴로 주변 하늘을 둘러보았다. 애스터린은 옅은 미소를 띠었다. 상대를 죽이려고 달려들면서 짓는 사나운 웃음이 아니라 차분한 미소였다. 구름 위로 떠서, 구름을 스치듯 날아가고 있어서일 것이다. 블랙비크 마녀들이 속한 곳이 바로 이런 곳이었다. 마논이 속한 곳이기도 했다.

　애스터린은 마논과 눈이 마주치자 더 환하게 웃었다. 그들 뒤에서 따라 날고 있는 다른 마녀들과 저 앞에 있는 모라스를 전혀 염두에 두지 않는 듯한 미소였다. 사촌 애스터린은 바람을 정면으로 마주하며 기분 좋게 숨을 들이마셨다.

　마논은 이 아름다운 봄바람을 즐기고 한껏 기뻐할 여유가 없었다. 해야 할 일이 있었다. 그들 모두가 마찬가지였다. 크로컨 마녀가 뭐라고 말했든, 마논은 심장이나 영혼을 갖고 태어나지 않았다. 그런 게 필요하지도 않았다.

　그들이 왕의 전쟁에 참전하면 적들은 그들의 손에 무너져 피 흘리며 쓰러질 것이다……. 그리고 나면 마녀들은 잃어버린 왕국을 되찾으러 갈 것이다.

　마논도 드디어 고향으로 돌아가는 것이다.

67

떠오르는 태양이 에이버리 강을 금빛으로 물들였다. 망토를 입은 남자가 빈민가의 낡은 부두를 성큼성큼 걸어가고 있었다. 어부들은 일을 나가고, 술꾼들은 밤사이 마신 술에 취해 비틀거렸다. 리프트홀드는 아직 잠들어 있었다. 전날 밤 무슨 일이 일어났는지도 모르는 채로.

남자는 멋진 칼을 빼들었다. 칼자루 끝의 독수리 장식이 새벽의 첫 햇살을 받아 반짝거렸다. 그는 한참 동안 그 칼을 바라보면서 그 칼이 한때 상징했던 의미를 떠올렸다. 그는 옆구리에 또 다른 칼을 차고 있었다. 고대 왕의 칼이었다. 선량한 사람들이 고상한 군주를 섬기고 그로 인해 세상이 번성했던 시절의 물건이었다.

숨이 끊어지더라도 그런 세상이 다시 태어나는 모습을 보고 싶었다. 지금은 이름도 지위도 직책도 없이 그저 맹세를 어긴 자, 반역자, 거짓말쟁이라는 이름으로 불리고 있을 뿐이지만.

남자가 그 칼을 강물에 버리는 모습을 본 자는 없었다. 햇빛을 받은 칼자루는 황금색으로 불타올라 환한 빛을 뿜은 뒤 검은 강물 속으로 빨려 들어가 누구의 눈에도 띄지 않았다.

68

 누군가에게 피의 맹세를 하고 '복종'하는 게 로완의 적성에 맞는 모양이었다. 웬들린의 제일 가까운 항구까지 이동하는 두 주 동안 로완은 셀레이나에게 전보다 더 이래라저래라 했다. 그녀의 신하가 됐으니 셀레이나의 안전과 움직임, 계획에 관해 좌지우지할, 타협 불가능한 권리라도 가진 줄 아는 모양이었다.

 자갈길 끄트머리에 있는 부두로 가는 동안 셀레이나는 그를 자신에게 영원히 묶어둔 게 아무래도 실수가 아니었나 하는 생각을 했다. 지난 사흘 동안 그들은 셀레이나의 다음 행보에 관해, 그녀가 아달렌으로 돌아갈 때 타기로 한 선박에 관해 언쟁을 했다.

 "이 계획은 말도 안 돼." 부두 근처 어느 술집 그늘에서 멈춰선 로완은 벌써 백 번째 투덜거렸다. 바다 공기가 가볍고 시원했다. "혼자 그곳으로 돌아가는 건 자살 행위나 다름없어."

 "일단 나는 에일린이 아니라 셀레이나로서 그리로 돌아가는 거예요."

 "왕의 임무를 저버린 셀레이나, 이제 그들이 사냥하려고 혈안이 된 셀레이나 말이지?"

"이일웨이의 왕과 왕비는 지금쯤 경고를 받았을 거예요."

셀레이나는 학살당한 이일웨이 노예들에 관해 조사하면서 마을에 도착하자마자 제일 먼저 이일웨이로 편지를 보냈다. 지금 다른 곳에서는 이일웨이로 편지를 보내는 게 거의 불가능했지만 웬들린에는 그걸 가능하게 하는 자들이 있었다. 그리고 케이올은…… 셀레이나가 지금 배를 타려고 이 부두에서 와 있는 또 다른 이유가 바로 케이올이었다. 그날 아침 눈을 뜬 셀레이나는 손가락에 끼고 있던 자수정 반지를 뺐다. 심장에 드리운 마지막 그림자에서 해방되는 기분이었다. 그래도 케이올에게 아직 하지 못한 말이 남아 있었다. 케이올이 안전한지, 앞으로도 안전할지 확실히 해둬야 했다.

"옛 스승한테서 워드 열쇠를 받아내고 근위대장을 찾은 다음에는 뭘 어쩌려고?"

참으로 순종적인 신하가 아닐 수 없었다.

"북쪽으로 가려고요."

"몇 달이 될지 모르는데 당신이 돌아올 동안 죽치고 앉아 기다리라는 말이야?"

셀레이나는 눈을 위로 굴렸다.

"당신 외모가 어지간히 눈에 띄어야죠, 로완. 몸의 문신도 그렇고 머리카락, 귀, 이빨까지……"

"다른 형상으로 변하면 돼."

"누누이 말했지만 거기서는 마법을 쓸 수가 없어요. 다른 형태로 변한 상태로 들어가면 그곳에 있는 내내 그 형태로 지내야 돼요. 리프트홀드의 쥐들이 맛있다는 얘길 듣긴 했지만 몇 달 동안 쥐를 잡아먹고 살 생각이 아니면 그만둬요."

로완은 셀레이나한테서 시선을 떼고 배를 바라보았다. 셀레이나는 그가 어젯밤에 배를 살펴보려고 여관의 객실에서 몰래 빠져나갔음을 알고 있었다.

"우린 같이 있을 때 더 강해."

"당신이 이렇게 성가시게 굴 줄 알았으면 그놈의 맹세인지 뭔지를 못 하게 할 걸 그랬네요."

"에일린." 그가 그녀를 '폐하'나 '마마'로 부르지 않으니 그나마 다행이었다. "당신이 본래 모습으로 가든 셀레이나의 모습으로 가든 그들은 당신을 찾아서 죽이려고 혈안이 돼 있을 거야. 이미 당신을 쫓고 있을 수도 있어. 일단은 배러스로 가서 어머니 쪽 집안인 애쉬리버 가문을 찾아가는 게 좋겠어. 그들이 계획을 세워두고 있을 수도 있잖아."

"리프트홀드에서 워드 열쇠를 가지고 나오려면 눈에 안 띄게 셀레이나로 들어가야 된다니까요."

"제발."

셀레이나는 턱을 꼿꼿이 들고 고집을 세웠다.

"뭐라고 해도 갈 거예요, 로완. 나머지 신하들, 우리 동지들을 모아서 세상에서 제일 큰 군대를 일으킬 생각이에요. 셀레이나 사르도시엔과 내 부모님, 내 가문에 호의를 가진 자들, 빚을 진 자들을 모두 불러 모아야죠. 그리고……" 셀레이나는 바다 건너 고향 쪽을 바라보았다. "그리고 세상을 흔들어놓을 거예요." 셀레이나는 그를 끌어안았다. 약속의 의미였다. "적당한 때가 되면 당신에게 와달라고 소식을 전할게요. 얼마 안 걸려요. 그때까지 할 일을 하고 있어요."

그는 고개를 절레절레 흔들면서도 그녀를 꽉 안았다.

셀레이나는 고개를 끄덕였다.

"우리가 도라넬로 들어가기 전, 그날 아침에 당신이 말라에게 무슨 기도를 했는지 나한테 말 안 해줬어요."

그는 대답을 안 해줄 것 같았는데 잠시 후 조용히 대답했다.

"두 가지 기도를 했어. 우선은 당신이 메이브 여왕을 만나고도 목숨을 건지게 해달라고, 당신을 이끌어주고 당신에게 필요한 힘을 달라고 기도했어."

이상하게 마음이 따뜻해지면서 위안이 됐다. 그의 존재만으로도 든든했다. 확인을 해주듯 저무는 햇살이 그녀의 뺨에 따듯하게 입을 맞춰주었다. 등줄기를 따라 전율이 일었다.

"두 번째 기도는요?"

"이기적인 소원이었어. 바보 같은 희망이었고."

셀레이나는 그의 눈빛에서 답을 읽어냈다. 그의 두 번째 기도는 이루어졌다.

"얼음과 바람의 왕자가 불을 가져오는 자 말라에게 기도를 하다니 위험한 짓을 했네요."

로완은 어깨를 으쓱했다. 그녀의 뺨을 타고 흘러내리는 눈물을 닦아주는 로완의 얼굴에 아무도 모르게 미소가 피어났다.

"어째서인지 말라가 나를 마음에 들어 한 모양이야. 당신과 내가 강력한 한 쌍이 되도록 허락해준 걸 보면."

셀레이나는 태양의 여신 말라가 어떤 계획을 하고 있는지 알고 싶지도 않았다. 생각하고 싶지도 않았다. 로완에게 안긴 채 그의 체취를 들이마시며 그의 느낌을 머릿속에 새겨 넣었다. 그는 그녀의 첫 번째 신하였다. 그들은 함께 세상을 바꿀 것이다. 세상을 다시 세울 것이다.

날이 어두워지자 셀레이나는 배에 올랐다. 선원들은 암초 사이를 지나가는 항로를 알 수 없도록 셀레이나를 비롯한 승객들을 조리실로 몰아넣었다. 출항하느라 시끌벅적한 소리가 나더니 얼마 후 선원들은 승객들을 조리실 밖으로 내보내주었다. 갑판으로 올라간 셀레이나는 탁 트인 검은 대양을 바라보았다. 흰 꼬리 매 한 마리가 배를 따라 하늘을 날다가 아래로 휘익 내려왔다. 작별 인사를 하듯 별처럼 은색으로 빛나는 날개로 그녀의 뺨을 스치고는 날카롭게 울며 항구로 돌아갔다.

달 없는 하늘 아래서 셀레이나는 손바닥의 상처를 내려다보았다. 네히미아에게 한 맹세의 표식이었다.

에로밴한테서 첫 번째 워드 열쇠를 받아내고 다른 열쇠들도 찾아내야 한다. 그리고 워드 열쇠 세 개를 모두 워드 대문에 돌려놓을 방법을 알아낼 것이다. 마법을 해방시키고 아달렌 왕을 죽인 다음 백성들을 구해야 한다. 실현 가능성이 얼마나 되든, 시간이 얼마나 오래 걸리든, 얼마나 멀리까지 가야 하든 상관없었다.

고개를 들어 별을 올려다보았다. 그녀는 에일린 애쉬리버 갈라시니어스. 강력한 두 가문의 자손이며, 한때 찬란한 영광을 누린 사람들의 보호자이고, 테라센의 여왕이었다.

에일린 애쉬리버 갈라시니어스. 그녀는 두려울 게 없었다.

사라 제이 마스
Sarah J. Maas

유리왕좌 시리즈
Throne of Glass Series

1권 유리왕좌   *Throne of Glass*
2권 어둠의 왕관   *Crown of Midnight*
3권 불의 후계자   *Heir of Fire*
4권 그림자의 여왕   *Queen of Shadows*
5권 폭풍의 제국   *Empire of Storms*
6권 여명의 탑   *Tower of Dawn*
7권 재의 왕국   *Kingdom of Ash*
별권 암살자의 검   *The Assassin's Blade*